莹光血痕

许刚 ◎ 著

作家出版社

目 录

前　言

金华市武义县，素称"萤石之乡"，萤石开采量及其品质全球闻名。在二十世纪二三十年代，日本钢铁工业所需的萤石辅料，一直依赖以武义为主的浙江萤石矿山供应。日本侵华后，中国政府严令各矿业公司断绝对日本的萤石供应。

因缺少萤石，日本钢铁工业生产受阻，影响武器的制造。1942年，日军悍然发动浙赣战役，占领金华，日军二十二师团进入武义，强占各萤石矿山，随即建电厂、修铁路、抓矿工，血腥掠夺武义萤石。

武义人民在国共两党的领导下，与日军斗智斗勇，前赴后继、不怕牺牲地保卫萤石资源，涌现出很多可歌可泣的动人事迹。多年来，我一直想用文字呈现 1942 年到 1945 年武义沦陷期间，日军带给武义人民的深重灾难，纪念和歌颂为保卫萤石矿藏而牺牲的军民人等。为此，我长期搜集文字资料，书面、实地采访多人，包括我自己父亲的口述。那些真实的事件和细节使我感动涕零、愤慨难平，同时也了解到当时武义各阶层人士的思想状态，在小说中予以反映。

小说脱胎于我创作的 30 集电视连续剧《萤光血痕》剧本，初稿完成后有 70 章、50 多万字，后删去了 20 章，定稿近 40 万字。我将书稿交给了作家出版社的编辑。2007 年，我在作家出版社出版了 60 万字的长篇小说《东楼梦》，展示浙中农村从清朝末年到改革开放时期发生的深刻变化。2011 年，又在作家出版社出版了 30 万字的长篇小说《希望》，记叙全国首个村务监督委员会的诞生过程。

出版社的编辑在审稿过程中提出了很多宝贵意见并删掉若干情节。惜乎我借书中男女主人公之口阐发的对宇宙和人类起源的假想，因与小说情节关联不大而被删除，特借前言加以叙述——

女主人公问：为什么日本要侵略中国？

男主人公回答：这是人类的本性。

中国民间世代传说，盘古开天辟地前，世界是一片混沌，并无空间和时间的概念。盘古于虚无黑暗中沉眠太久，不知道什么是时间和空间，以为世间一切莫过于此。

于是最初，最初，最初……天体宇宙包括现在的自然界，根本不存在，更没有太阳、月亮、星星、地球……所有的一切都没有。那时的世界无边无际，漆黑无光，空空如也。

说不清是什么时候，造物运化，产生了稀薄的气，或者说是云更形象些。

气或是云又经历了漫长的化学变化，产生地球以及各个星球的物质坯基和元素，之后才有矿石等等。这些物质不停地运化，渐渐稠密、凝固，形成了无数的实体，就是现在的星球。它们悬挂在宇宙中，互相吸引又互相排斥，有了空间距离，就是现在的天体星球的距离。

其中一个离地球较近的、很大很大的球体，由于内部热能充沛，引起爆炸燃烧，这就有了太阳光。

有了太阳后，地球就像一个无比巨大的孵化室，在光和热中产生了无数能够形成动植物生命的元素（包括蛋白质等营养素），而这些元素由于种种奇妙的化合作用，结合成无数各具特性的动物、植物的精子和卵。

是的，动物、植物、微生物，地球上所有的生命，都起源于精子和卵的结合。这就回答了先有蛋还是先有鸡的争论。

比如人这种动物，精卵结合初步形成时，根本没有生存能力，是怎样存活下来的呢？

我想象，精子和卵结合成人后，仍然依附于地球表面这个孵化室发育，就像婴儿置身于子宫中那样，张口就能吮吸到生命所需的营养，因为当时地球表面的元素极其丰富。逐渐人长大了，于是可以独立觅食。

进化论说人是猿进化来的，也不能完全否定。我们当地有一句土语"黄怪尾巴尖"，批评那些没有道德的人。意思是很早以前人和很多动物一样，也是有尾巴的，等到尾巴变尖时，人就要死了，坏人知道自己快死了，就什么恶事都做得出来了。这和进化论有暗合之处。

由于形成生命的坯基中，有着自私、自存、自强的基因，于是作为高等动物、有着超常智慧的人类拼命扩展地盘、守护地盘，这就有了掠夺和战争。植物也会争夺土地，只是方式和程度不同而已。

书中的女主人公说，既然贪欲是人类的本性，那人类的自相残杀岂不是会永远进行下去？

男主人公回答：是的，地球上只要有人，战争就会持续。人有贪欲的本性，能力又有高低，那么强者必然想征服弱者，弱者必然不肯归顺强者。

也许，科学再发展下去，人类可以任意居住在宇宙中的各个星球，不必再觊觎别人的地盘。同时，通过基因的提纯改造，人类的智慧达到了顶点，所有人同样聪明、同样强大，谁也征服不了谁。那时，人类已没有寿命的概念，身体一直保持在最佳状态。每个人的思想都是透明的，谁产生贪欲，谁想发动战争，大家都看得清清楚楚，全人类共斥之。再没有国家矛盾、民族矛盾，根本不会有战争，只有一个"球长"，并且很可能是轮值的。

我幻想，到那时，我们可以复活许多人。根据物质不灭定律，人死后，不管被烧了还是腐烂了，都会转化成各种元素，科学能使我们把这些元素一步步复原，最后复原成活生生的人。到那时，各朝代的冤假错案都能平反昭雪，亲人重又相聚，会有多少感人的故事啊！当然，那些恶人就让他们永远躺在泥土中好了。

科学发展，军事随之发达。也许在世界大同之前，哪个首脑会在穷途末路时，使用高毁灭性的武器，令全人类从地球上消失。不过，现今的世界，本就是从虚无中自然运化而成，再过若干万年，人类又会出现在地球上，一切从头再来。

或者，我们这些人，就是科技高度发达导致前一代人类毁灭后，地球重新孕育的一代。

但愿人类和平共存。

一　沦陷

1942 年 5 月 17 日，武义县上空防空警报鸣旋，二十七架日本军机飞临武义上空。其中几架在城郊军用机场上空盘旋，扔下炸弹。守卫机场的国民党军队使用高射炮对战，一派硝烟弥漫的战斗场面。

几架日机窜入县城上空盘旋，扔下的炸弹四处爆炸，火光冲天。老百姓被炸死炸伤，到处是悲惨的哭叫声。

还是前清建起的县政府大院里，消防队员正用抽水机灭火。几个县政府职员从被炸得一片狼藉的办公室里搜罗出文件和账簿，扔进院子里的火堆中，大火熊熊，纸灰飞舞。脚夫们把尚算完好的桌椅和箱柜搬上板车。

通往南部山区的石子路上，拥满了上身赤膊、下身穿叠腰便裤①的担夫。他们满身大汗地挑着箱子、箩筐以及铺盖、锅、罐等零碎日用品，匆匆赶路。穿着长布衫或大襟衣的男男女女一边跟着担夫跑，一边咒骂日本兵，骂声中夹杂着小儿的哭叫声。豪华轿子和简易的仰天轿也混杂在逃难的人群中，那些昔日眼睛朝天的老爷太太、少爷小姐们此刻满面惊惶。

警察跑到装满箱柜的板车前，大声喊叫："让一让，让一让。"

官和民都在逃往南部山区，因为七十九师驻守在岭下汤村和新宅村的大山峻岭峡口，依靠地形筑起两道防线，保卫着撤退到丽水的浙江省政府。

---

①　叠腰便裤：早时农村人穿的裤子裤腰较大，穿时裤腰叠起来用裤带绑住。

5 月 20 日，日军二十二师团的铁蹄踏上武义土地，武义县城及东北方向的十一个乡沦陷，一片愁云惨雾。

6 月 18 日这天是端午节，武义县杨家砩矿①的十几个矿工家庭围坐在饭厅的几张四方桌旁，吃着粽子、麦饼②和鸡蛋，兴致勃勃地谈笑着。

小男孩沈明靠在父亲沈保康身上，女孩萍如对他显摆："我有香袋和端午串，你什么都没有。"她举起挂在胸前的端午串、香袋，"又香又好看！"

沈明跑到女孩身边，挺胸仰头："上午爹带我进城去看推端午船，好多人在街上推，真好看。你没看过。"

矿工龚舍荣看着得意扬扬的沈明，笑了笑："过节时总是小孩最高兴。古话说，三日清明四日年，端午一个大午前。吃了中饭，我们都得上矿山干活了。"

"哦，要不今年的端午节就下午连着休息吧？"说话的是砩矿老板方松青。他五十岁光景，平头短发，说这话时两眉拢起，神态和话音都带着无奈。

矿工郑三棱霍地站起来，咧开嘴巴："老板，既然下午还放假，那就来个'闹花台'高兴高兴吧，我去把行头拿出来。"他转身就走。

"好，你们乐吧，我不参加。"方松青边说边站起来。

龚舍荣望着邻桌的女人："月婷，我看老板心事大着呢，你这个老板娘应该把老板叫住，和大家同乐，消消烦心。"

"是啊，上海沦陷后，金华好多家砩矿的萤石都堆在一起，运不出去，由他一个人负担着。现在日军又占了武义，他能不心愁吗？"月婷转脸劝丈夫："松青，三棱都去拿行头了，你也和大家一起玩玩吧。"

方松青不吭声，低着头仍向门外走。月婷推着身旁的女儿："玉莹，去把你爹叫回来。"

---

① 砩矿：即萤石矿的别称。
② 麦饼：是浙江省武义县、永康县、缙云县出名的小吃，把面擀成圆薄片，然后放上梅干菜肉馅或咸菜肉馅，或是土豆拌肉、四季豆拌肉的馅，然后包成盘样，放锅里烤，味道极香。一般在节日做。

玉莹把两根短辫向背上一甩，跑出饭厅。大家的眼睛都往门口看，只一会儿玉莹就拉着爹爹回到饭厅。

郑三棱打开箱子，拿出锣、鼓、二胡、笙、大唢呐……众人纷纷起身拿了自己的乐器。玉莹把二胡塞到方松青手上，方松青很不情愿地接了，坐在小竹椅上调校音准。

"爹，我先唱段《花木兰从军》吧，唱完就去练擒拿功。"玉莹说着，向方松青眨了眨眼。

霎时，鼓乐齐鸣，玉莹清脆的嗓音在饭厅中悠扬回荡。她唱完后做了个鬼脸，连蹦带跳地跑出饭厅。

乐器暂停，矿工顾大木面向月婷："老板娘，玉莹眉间那颗美人痣，相书上叫'二龙抢珠'，是大富大贵之相。玉莹今年二十了吧？恐怕家里门槛都让媒人踏破喽。"

月婷笑容满面："有媒人上门就好了。女孩子家爱学功夫，有男人要才怪呢。"

敲锣的沈保康笑着说："女人学点功夫好防身，男人不敢欺负。"

龚舍荣的目光从门口收回："老板娘，如果没眉间那颗痣，玉莹真是一脸男孩相，说话行动也像小子。倒是她哥玉柱讷言，像个姑娘，你把他们生反了。"

萍如的娘侧着头问月婷："咦，玉莹和睿剑从小一起长大，又门当户对，人人都说是一对儿，还没定亲吗？"

月婷收起笑脸："去年日机飞来武义轰炸，他爹娘被炸死，他回家料理完父母丧事后就回了日本，一年来再没与我们联系。他们又没行过礼，哪能说得准呢。"

沈保康咧着嘴巴："玉莹的花木兰唱得真不错，如果她学花木兰去当兵，真能瞒过人。"

郑三棱敲了两下鼓板，咳了一声，不服气地看沈保康："都说花木兰女扮男装从军，没人知道她是雌的，我不信，纯是骗人的鬼话。"

沈保康敲了一下锣，也咳两声："硬蛮坯①，古人讲下来总是有的，

①　硬蛮坯：指凡事都与人计较、钻牛角尖、提出异议且无理也坚持的人。

甭不相信。"

郑三棱歪着头："女人的身段、坐立……反正就是瞒不过去！"

饭厅里的人们为此分成两派，吵了起来。

龚舍荣喷郑三棱："硬蛮坯，世上的人数你最聪明好吗？别吵了，'闹花台'了。"他说着打起令板。

方松青早已听得不耐烦，摇了摇头，拉起二胡，接着大唢呐呜呜一响，鼓、锣、琴、笙、钹齐齐配合，两个矿工大声哼唱。热闹呀！人们沉浸在欢乐之中。方松青拉着琴弓，身体都摇动起来，渐渐神采飞扬，时不时露出白玉兰苞般的门牙。

突然二胡嘭地响了一声，方松青顿时惊愕："啊！弦断了，不祥之兆呀。"

乐器全体停歇，气氛凝固。

郑三棱蹙眉："老板，什么不祥之兆？"

方松青低头抚弄着琴弦："看来，我们逃不过日本人这道关了。"

郑三棱仰头甩手："日本人已经来武义一个月了，没来过我们矿山，我们怕什么。"

方松青看看郑三棱，叹了口气："你不懂，日本人炼钢铁、造武器需要萤石，而政府下令不准我们把萤石卖给敌国。日本人没萤石炼不成钢，武义又是'萤石之乡'，萤石品质亚洲第一，业内早就透出信息，说日军要来强抢武义的矿山了。"

龚舍荣走近方松青："老板，还是谨慎点好，尤其是分布图，一定要藏好。"

方松青猛地站起来，快步走出饭厅，月婷紧跟在他身后。

方松青进了办公室后，从文件柜里拿出个小箱子递给妻子："这图最要紧，是得防着日本人。你先把它放到卧室的防盗壁①里，过几天带回老家，藏在水淹不到、火烧不到的地方。"

---

① 防盗壁：中有空间的夹层墙壁，里面装有砂石、玻璃碎，防止贼人撬墙进入房间。

月婷拿着箱子进卧室后，方松青又去了财务室："陈会计，你把法国人的那笔账还有提货单给我找出来，我自己另外保管……"

话音未落，只听见一片嘈杂声，一队日本兵气势汹汹地闯进正对着财务室门口的明堂[①]。方松青心中惊悚不已："他们果真来了……"

他强作镇静，盯住领头走进财务室的那人："王友仁，听说你给日本人当翻译官了，今天带这么多日本兵到我这里干什么？"

王友仁皮笑肉不笑："皇军已经占领大半个武义县了，司令部就设在童庐村童维梓的日式洋楼里，县城、履坦、童庐都驻了兵，四周还建了很多碉堡，县城里又有宪兵队维持秩序，军事力量非常强大。我们不如早点顺从，早日投奔皇军。"

"难道他们再也不走了？"方松青又急又气。

"他们还要在这里采萤石呢，现在就是来和你商量事的。"

站在明堂里的两个日本人走进财务室，王友仁满脸假笑，指着其中一人说："方老板，这位是华东矿业公司武义矿业所所长大西吉雄。"又指着另一人说："这位是山本藤木队长。"山本藤木的左脸上有一撮长毛，别人私下都叫他"半脸毛"。

方松青对两个日本人不屑一顾："和日本人有什么好商量的，你带他们回去吧。"

王友仁假笑："方老板，你总该先听听他们要和你说什么，再说我们武义的风俗是客来不逐客。"

方松青看看放满账簿的柜子，朝陈会计使个眼色，又对王友仁一声冷笑："哦，是有这句古话。这里坐不下，到业务室吧。"

"嘻嘻，这就对了。"王友仁笑道。

方松青带着日本人走出财务室，陈会计马上打开柜门想拿账本，大西吉雄看了一眼陈会计，拉住一个日本兵，指着陈会计："你把他赶走，看住这里，不准任何人动这里的东西。"

日本兵手握步枪对准陈会计："你的，出去。"陈会计被迫走出来，口中念道："老板要我拿出那账也不成了。"

---

① 明堂：房屋或村庄周围的空地、平地。

日本兵守在财务室门口。

业务室里一张长方形大桌子，方松青坐在首席，王友仁、大西吉雄、山本藤木坐在两旁。六个日本兵手持步枪四下靠墙站着。

王友仁打着哈哈："方老板，你是否该给皇军泡杯茶？"

方松青嗔着脸："给日本人泡茶？"

王友仁似笑非笑："给我一个面子嘛。"

方松青皱着眉头，十分无奈地向窗外喊话："月婷，泡茶！"

王友仁一阵奸笑："嗯，对了。"

原来，月婷放好箱子后，知道日本人来了，慌张地来到了业务室门口的明堂，密切关注丈夫的动静。

方松青眼睛直盯王友仁，想先发制人："你带日本人来是要买萤石吗？中国政府有令，萤石不卖给敌国，这事免谈。喝了茶你带他们回去好了。"

大西吉雄不等王友仁回话就大摆手，傲气十足的样子："不，不，不，无须你卖，这里的矿和矿山都已经是我们的了。"

方松青瞪着眼："要强夺我的矿？这是什么道理，做生意的国际惯例是公平自愿，你真想要我的矿山，请按照现存矿产实有价值付我现金。"

"咦，这话是一个中国矿主说出来的吗？都说中国人是懦夫，你哪儿来的这个底气呢？"大西吉雄感叹道，紧接着一阵狞笑，"从现在起，武义所有的矿山都是日本皇军的了。"

方松青手指大西吉雄："你们是强盗？"

"半脸毛"拔出军刀："大胆，敢骂我们是强盗，你不怕死吗？"

大西吉雄向"半脸毛"摆手，一脸狞笑："何止区区矿山，告诉你吧，整个中国都是大日本帝国的了。我们今天来，就是要你那份《武义县萤石及温泉点分布图》，快点交出来。"

方松青怒不可遏："什么分布图？我从来没听说过。"

大西吉雄忽地站起来，手指着几个日本兵："你、你、你，到各个房间去搜。"三个日本兵立刻走出业务室。

此时月婷拎着热水瓶，神色紧张地走进业务室，对着一个个凶神恶煞般的日本兵强装笑脸："喝茶，喝茶。"

她给"半脸毛"倒水泡茶。"半脸毛"端详着她的脸，突然抓住她的手。月婷陡地一惊，热水瓶掉在地上，砰地炸开来，屋内顿时鸦雀无声，空气像凝固了一样。

王友仁劝阻"半脸毛"："队长，这是矿长夫人。"

"半脸毛"松手，月婷捂着脸逃出业务室。"半脸毛"尴尬地掸着裤子上的水，眼睛贼溜溜地盯着月婷的背影。

方松青使劲拍桌子："青天白日，你放规矩点！"

王友仁把"半脸毛"又拔出的军刀按回鞘里："队长消消气，消消气。"又对方松青说："方老板，日本人可不是好惹的，你切不可冲动。昨天柳宅村村民柳炳法和柳松云被日本兵拉去，叫他们把水缸抬到白阳山上，因山路陡峭，两人滑倒摔破了缸，当场就被日本兵活活刺死在山上。"

"再硬的树也有硬虫啃，日本兵不守规矩，终会被啃倒的。"方松青愤愤地道。

去搜查的三个日本兵走进业务室："报告，所有办公室都搜不到分布图。"

大西吉雄凝视方松青："方老板，分布图放在哪里？你还是快交出来的好。"

方松青假装没听到大西吉雄的话，他往窗外看，月婷揩着眼泪，正与玉柱、玉莹以及弟弟方松茂和矿工们说话。

大西吉雄瞪大眼，用威胁的口气说："方先生，分布图既然没放在办公室，那就是藏在卧室里喽。"他指着"半脸毛"："带他妻子到卧室里搜。"

"半脸毛"带着三个日本兵走出业务室。方松青的心跳加快：日本兵到卧室里搜查，分布图肯定会被搜到，这如何是好？

见月婷看过来，方松青连忙向她眨眼努嘴，月婷会意，连忙走近儿女："玉柱、玉莹，你们快去卧室，拿着分布图跑路，越快越好。"

兄妹俩快步跑进卧室，翻出小箱子，然而紧随而来的方松茂拦住兄妹俩："不能将分布图带走，不然你爹会没命的！"

兄妹俩不禁犹豫了。

明堂里，"半脸毛"等人逼问月婷："卧室在哪里？快带我们去。"

月婷突然大喊："你们快点走！"

玉柱用力推倒方松茂，兄妹俩夺门而出。方松茂悻悻地从地上爬起来："你们一定会闯出大祸的。"

王友仁观望了一阵，手指上山的路："队长，那边两个人是方家的儿女，他们肯定想带着图跑到山上去。"

"半脸毛"手一挥："追！一定要夺回分布图。"

月婷紧紧拖住"半脸毛"的胳膊，王友仁带着日本兵去追兄妹俩。他朝天放枪，大声恐吓道："站住，把分布图交出来！再不站住，就打死你们！"

"半脸毛"一时甩不脱月婷，气急败坏地说："你拖住我不放，好，你可别后悔。"说着把月婷拖进一间办公室，扔了枪，摁在地上就扯衣裳。

月婷岂是一般妇女，双手狠抓"半脸毛"的脸，牙齿死死咬住他手臂。"半脸毛"羞恼成怒，捡起枪连刺月婷。月婷鲜血逆流，躺在地上惨叫。"半脸毛"甩下她，回转业务室。

矿工们见他出来，忙拥进屋看月婷。

山上，玉莹气喘吁吁地把小箱子递给玉柱："哥，你拿着箱子快跑，我来挡住日本兵。"

玉柱不接："我想法把日本兵引过来，你往那边跑，千万不能让分布图落在日本人手上。"

玉莹坚持："死也得我死，你保管箱子。"

玉柱推着玉莹走："来不及了，快走吧。爹说了，要把分布图藏到水淹不到、火烧不到的地方。"他说完转身就向北跑，玉莹只得抱着箱子向南跑。

追来的日本兵朝玉柱大喊："站住，看到你了，不站住就打死你！"

玉柱故意放慢速度，最终站住。王友仁气喘吁吁地走近他："玉柱，听我的话，把图交出来。现在我们只有投靠皇军这一条路。"他眼睛一瞥，突然扳住玉柱的肩膀，"咦，箱子呢？"

"放柴蓬①里了。"玉柱恨恨地说。

日本兵用枪指着玉柱："快拿出来。"

"我找，我找。"玉柱故意这个柴蓬翻翻，那个柴蓬看看。七转八弯来到山崖边，他猛地往下一跳。

"跳崖了，跳崖了。"日本兵焦急地大喊，连连向崖下开枪。又转向王友仁："我们中计了，分布图肯定在那女孩手上。中国人太狡猾，现在我们往哪边追？"

王友仁摇头："在山上找一个人无异于大海捞针。不过没关系，走得了儿子走不了老子，他老子在我们手上，不怕他不拿分布图来换。我们快回去报告。"

跑在山间的玉莹听到枪声，不禁一惊："他们是对着哥哥开枪吗？"眼泪不由自主地滚落，心像在油锅里煎熬。她手摁住胸口，双腿颤抖得瘫在地上，眼睛直盯着枪响的方向。

她见日本兵向山下走去，连忙爬起来，把箱子藏在柴蓬里，快步往枪响的方向走，边寻边哭喊："哥，哥……"

---

① 柴蓬：丘陵山峦上的灌木丛，大的可以让人躲进里面。

二　噩耗

王友仁和三个日本兵气喘吁吁地回到业务室，大西吉雄眼睛紧盯着王友仁："你们没拿到分布图？"

方松青松了口气。

王友仁讲述追赶兄妹俩的经过，大西吉雄没等他说完，就瞪圆了眼，狠狠地打了他一个耳光："废物！"王友仁连忙赔笑，又向大西吉雄耳语，拿起桌上的毛笔在纸上写了四个字，用茶杯压住。

大西吉雄收起凶狠的脸色，手指方松青："把他押到司令部去。"日本兵推着方松青向门口走，方松青瞟了一眼杯底的纸条，原来是"献图救父"四个字。他跺脚骂王友仁："大汉奸，为虎作伥，竟帮日本人出这样狠毒的主意。"

王友仁尴尬地笑："你尽管骂吧，谁让你不把分布图交出来，是你在逼我呀。就算我不说，皇军难道想不到？唉，做人难啊！"

方松青被日本兵推扯着走进明堂，只见矿工们抬着血淋淋的月婷往外走，龚舍荣急切地告诉他："老板娘被日本兵刺伤了，我们得送她到医院。"

方松青大惊失色，用力甩脱日本兵，跑到月婷身边唤道："月婷！月婷！"月婷微微睁开眼，嘴巴动了动，又将眼合上了。方松青惊慌地摸索着月婷的脉搏，突然大喊："你们竟敢杀害我的妻子！"

"半脸毛"跑出来，拎起方松青："杀了她又怎么样，你乖乖蹲监狱去，等着你的儿女拿分布图来换你。"

方松青无法遏制心中的愤怒，猛地甩脱"半脸毛"，冲过去双手紧紧箍住大西吉雄的颈项，把他扳倒在地上，嘴里嚷着："和你拼死！"大西吉雄挣脱不掉方松青的手，两人在地上翻滚，"半脸毛"上前用刺刀连扎方松青的后背，方松青终于松了手，躺在地上爬不起来。

大西吉雄被日本兵扶起来，满脸通红，摸着颈项连连咳嗽："中国人竟有这样不要命的。"他踢了一脚正在流血的方松青，"他们夫妻俩都死了，儿女携图出逃了，现在我们怎么办？"

王友仁点头哈腰："没事没事，赶快回去请司令派兵到村里抓他的女儿，跑不掉的。"

大西吉雄无奈地道："快回司令部。"

日本兵一走，矿工们把老板和老板娘抬进屋去，只见明堂上血迹斑斑，只听杨家矿哭声回荡。

龚舍荣挥舞着双手大喊："日本人太可恶了，如果真让他们霸占了我们的矿山，我们决不给日本人开矿，宁愿回家种田。"

沈保康积极响应："对，我们决不给日本人开矿！"

矿工们情绪激昂，个个奋臂大呼："大家都回家种田，不给日本人开矿！"

池之上坐在办公室里，捧着青花瓷杯喝茶。卫兵走进来："报告，大西吉雄所长、山本队长和王组长要见你。"

池之上放下茶杯："请他们进来。"

这三人走进办公室时，池之上身边多了一个穿着军官制服的年轻女子。池之上向三人伸出手："参谋长已备了酒席给你们庆功，快拿分布图来看。"

三人垂手低头，面面相觑，都不敢说话。池之上不敢相信地侧着头："难道你们没拿到分布图？"

那年轻女子就是参谋长，她逼问："分布图现在在哪儿？"

大西吉雄上前，深深一鞠躬，把自己带人索图以及方松青一家拼死护图的经过详细说了一遍。

池之上脸上先是疑容，又转为怒颜，眼中的火焰直射王友仁："武义应该没有这样不怕死的人吧？接下来你们打算怎么办？"

王友仁向池之上连连鞠躬："武义这儿的风俗是，爹娘死了，儿女肯定要在灵堂三跪六拜尽孝。我和队长守着灵堂抓他女儿，一定能拿到分布图。他女儿两眉间有一颗痣，很容易认出来。"

池之上把手放在额头上："英勇死去的方老板很值得我崇敬。"说着看了一眼参谋长："盛边参谋长，请代我给方老板送个花圈，挽联我亲自写，以表尊敬。"

盛边竹子行个军礼："是！"

池之上手握毛笔想了一会儿，写道："气贯山河浩然，骨凝石玉晶莹。"

大西吉雄看着挽联，竖起大拇指："司令，你如此夸赞方老板，他在泉下也心安了。"

池之上的心情稍有好转，转向竹子说："参谋长，你见了他女儿后，就说我对他家的不幸十分痛惜，让她到我身边来，我负责她的生活，保证她前途无量。"

竹子点头："我明白，司令放心。"

玉莹在杨家山上找不到哥哥，心想没见到尸体，哥哥肯定还活着。她急急忙忙地跑到方家村藏好了图，又匆匆返回杨家砩矿，不料在半路上正遇见矿工们抬着她父母的尸体。玉莹当场哭昏在地，大家把她也抬回方家村。玉莹醒后说了玉柱失踪之事，大家又连夜去杨家山上找玉柱，却无果而返。

这晚方家村的方松青家，五间头房舍的中堂里停着两副棺材，棺材前设起香案，烟雾缭绕，道士坐在棺材前，经声绵绵又哀哀。屋里挤满了头上箍着白布的男女，全身素裹的玉莹跪在棺材旁痛哭，泪如雨下。她双手拍着棺材哭唱："万恶的日本人，我与你何仇何冤？爹爹、娘……苍天啊我如何是好！我没爹娘了呀……"

龚舍荣搀扶着玉莹："莹，人死不能复生，你节哀，活着的人身体要紧。"

"我哥哥又无音信，让我好无助啊！哥，你在哪里？莫非真被日本人打死了？"玉莹一次次哀恸，哭倒在地上。

"你哥没被日本人抓走，也找不到尸体，他肯定还在世上，会回来的，你先不要难过。"矿工俞洪浪安慰着玉莹。

方松茂指着玉莹骂："叫你们不要把地图拿走，不听我的话，结果就是家破人亡呗。"

玉莹无心理会方松茂，她扑在爹娘的棺材上，哀恸不已。那哭声如浸着冰水的钢刀刺入人心，再铁石心肠的人也会同情流泪。五间头里一片哭泣声，沉浸在极度的悲哀里。

玉莹头撞棺材："我也不想活了，娘……我来陪你了。"

龚舍荣用力拉住玉莹，大声喊道："方玉莹，你不能这样，要振作起来，把账记到日本人身上，我们要报仇，不能让你爹娘白死！"

玉莹的哭泣戛然而止，她抬起头，牙齿咬住一缕头发，眼中是寒霜一片："是，要报仇，一定要报仇！"

婶婶搀扶着玉莹："莹，一个女孩子报什么仇，婶给你找个好人家，早点嫁出去，有个依靠就好了。"

玉莹推开婶婶，悲哀的神色渐渐转为沉着："我想回房间睡一会儿。"

舅舅搀起玉莹："去睡吧，天亮后出殡，我会来叫你的。"他拿着蜡烛，把玉莹扶到厢房。

方松茂拿了些稻草铺在中堂里："大家也都在地上睡一会儿吧，不然明天没力气。"

守灵的人歪七斜八席地而睡，五间头中堂经声暂停，夜静悄悄的。

玉莹闩了房门，坐在床沿上，却哪里睡得着，只是忍不住地唏嘘叹息，时而喃喃道："我要报仇，我要报仇！"

玉莹忽地站起，卸掉孝帽，拿起剪刀走到镜前，整把捋起自己的长发，放在张开的剪刀刃上，突然婶婶的话在耳边响起："一个女孩子报什么仇……"她的眼泪连串而下，呆呆地看着镜中的自己。正当她犹豫不决时，龚舍荣的话又响在耳边："要振作起来，把账记到日本人身上，我们要报仇……"她一闭眼，终于咬牙切齿地下了第一剪，接着一剪又一剪，很快给自己剪了个小平头。

她又摸摸胸口："该死的胸！怎么办？"她脱掉孝衣，从柜中拿出布匹，把胸裹得紧紧的、平平的，又拿出玉柱的旧衣裤穿好，对着镜中的自己露出一丝苦笑。她把孝帽戴回头上，穿回孝衣，看上去俨然是个披麻戴孝的男孩子。

天边发亮，太阳冉冉升起，五间头里的人们还在悲哀和疲劳中沉睡。龚舍荣从地上爬起来，揉着眼睛直起腰："哎呀，太阳这么高了，大家快起来准备出殡，谁去叫醒玉莹？"

婶婶转身到厢房推门、敲门，惊慌失措地叫道："不好了！你们快来，玉莹叫也不应，门也不开，不会是……"

众人一阵惊呼，拥到厢房门口。方松茂一脚踢开房门，走到玉莹床前，满脸惊诧："玉柱你回来了，玉莹呢？"

玉莹睡得一动不动，方松茂摇着她的身体："玉柱你快醒醒，玉莹呢？"

玉莹睁开眼睛："叔叔，我是玉莹！"

方松茂目瞪口呆："好端端的你剪什么头发，简直和玉柱一模一样，我都分不出来了。先别说了，快起来吃早饭，马上要出殡了。"

两班抬棺的人用绳索绑牢棺材，道士们念念有词，五间头里的男女们整理着孝衣孝帽，哭声此起彼伏。

突然，一个全身素裹的女人走进中堂，跪在棺材前大哭："啊，松青，你们死得可怜啊！月婷，愿你们下一世平平安安！松青、月婷，要保佑你们女儿别来这里，日本人会来抓她的。"

她哭喊了一遍又一遍，方松茂拿出几张纸币递给她："好了，好了，哭得这么响，让人难过死了，拿钱走吧。"

这是武义葬礼中常见的"帮哭人"，她说："钱已经有人付我了，现在你们又付，我今天拿了双份，真是谢谢了！"

婶婶看了一眼那女人："上代传下的帮哭风俗也不好，死人的钱都要赚。"

龚舍荣用手肘碰碰顾大木："这'帮哭人'说得不错，日本人拿不到地图，肯定会到这里来抓玉莹的。"

顾大木一脸惊愕："那怎么办？她父母没了，哥哥又不知去向，安葬时必须由她送棺，尽女儿之孝。"

"我们派人在村口站岗，看到日本人来就赶快通报，让玉莹避开。"龚舍荣说。

"好，那我去站岗。"顾大木说着往村路上走。

龚舍荣递给玉莹一个小水桶："莹，日本兵很可能会来这里抓你，如果他们来了，你就提着这水桶装成去打水，从横门逃出去，轻易不要回来……"

龚舍荣的话还没说完，就听得大门外传来日本兵的皮鞋声和喊叫声。他连忙把玉莹的身体一转："快走，日本兵来了。"

院外，竹子站在大门口对日本兵下令："你们把各个门口看好，不能让任何一个人出去。"

玉莹提着水桶飞快地跑出横门，向村外冲去，一只黄狗跑在玉莹的前面。

日本兵封住了两个横门和一个正门。"半脸毛"走进五间头中堂，手指着众人："都不准动。"

众人顾不上哭泣了，个个紧张惶恐。这时顾大木才跑进来，语气中是深深的后悔："我刚到村口，日本兵就冲进来了，我来不及回来报信，现在怎么办？"

龚舍荣轻声说："玉莹刚逃出去了。"

竹子走近香案，拱了拱手："司令对矿主夫妇的不幸深表同情，特敬献花圈。"日本兵将花圈放在两具棺材的当中，竹子继续说道："我们要为日中同携、亚洲共荣消除隔阂，共创辉煌。你们看看，司令的挽联写得多好。"

龚舍荣轻轻骂道："假惺惺！"

竹子又说："司令非常崇敬方老板，决定抚养栽培他的女儿。哪位是矿长的女儿？跟我们一起去司令部，日后的生活和工作都由司令负责安排。"

"半脸毛"凶狠地扫视众人："谁是矿长的女儿？出来。"

中堂里异常寂静。王友仁吃喝道："矿主的女儿眉间有一颗痣，藏不住的，没人站出来，我们就一个一个看。”

龚舍荣向竹子说：“太君，这里的女人眉间都没有痣，矿长的女儿不在这里，先让我们出殡吧。”

竹子抓住龚舍荣的胸襟：“你是谁？”

龚舍荣指着众人：“我们都是方老板的矿工，他家已经没人了，只能由我们办后事。”

竹子不相信玉莹不在，气势汹汹地大喊：“把女人头上的白布都拿下来，看谁眉间有痣。”

日本兵拿掉所有女人头上的白布，仔细地检查她们眉间是否有痣，最后向竹子报告：“这屋里所有女人的眉间都没有痣。”

王友仁奴颜婢膝地对竹子说：“参谋长，矿主的女儿有可能女扮男装，得让男人也全部摘下白帽。”

竹子挥手：“全部男人摘下白帽。”

日本兵又拿掉了所有男人头上的白帽和白布，仔细查看：“报告，所有人的眉间都没有痣。”

王友仁把脚一跺：“我们刚到门口时，我看见有个人提着水桶从横门出去，肯定是她逃走了。”

竹子凶狠地抓牢龚舍荣的胸襟：“你说，她是不是已从这里逃走了？”

“半脸毛”把刺刀逼到龚舍荣胸口：“快说，如果撒谎，就杀了你。”

龚舍荣使劲摇头：“出去提水的是一个乞丐，来帮忙哭丧的。”

“半脸毛”把刺刀往龚舍荣胸口顶了一下：“乞丐来帮忙哭丧？哪有这样的事！”

顾大木向竹子鞠躬：“太君，我们武义是有这样的风俗。”

竹子问王友仁：“王组长，武义有这样的风俗吗？”

王友仁说：“参谋长，我们武义倒是有请人来哭丧的风俗，不过……”

竹子逼问龚舍荣：“那乞丐为什么还不回来？”

龚舍荣答：“或许是看到太君们害怕，不敢回来了。”

竹子推开龚舍荣：“狡猾的中国人。”她命令“半脸毛”：“你带第一分队和王组长快追，认准眉间有痣的。"

"半脸毛"手一挥，带着八个日本兵和王友仁跑上了村路。

龚舍荣向竹子鞠躬："太君，出殡时辰已到，请高抬贵手。"

竹子用手点点龚舍荣和顾大木："把这两人绑起来，今天若抓不到矿主女儿，就把他们凌迟处死。"几个日本兵立刻把龚舍荣和顾大木绑在中堂的柱子上。

竹子看着满堂的男男女女："一个孝顺的女儿，肯定会来给父母送行的。"她指着棺材，"现在出殡，我要亲自送方老板夫妇上山。"

众人面面相觑，但也无计可施。方松茂杀了鸡，把鸡血淋在棺材头，八个殓者抬起两具棺材走出五间头，踏上山路。大火炮、小鞭炮响起来，大锣敲起来，哭声一片。

"那女儿或许会回来这里。"竹子指着三个日本兵，"你们埋伏在这里，我跟着出殡队伍，双管齐下，一定能抓住她。"

龚舍荣斜眼看竹子，心想："这日本女军官心真毒，但愿玉莹不要回来才好。"

竹子跟着送葬队伍到了山上，直等到棺材入坑，也不见有可疑之人参与送葬，遂恨恨地骂道："连父母下葬都不来送，真是个不孝之女。也罢，我们回十四保仔细搜，也许图就放在五间头。"（日本人侵占武义后，沿袭国民政府县、乡、保的行政体系。民国时期官方把保一级的村子又以数字编号，即第 × 保，如方家村是东乡第十四保。但民间常将原村名和第 × 保混着叫，大家也都知道。）她带着日本兵回方家，像过筛子一样搜了几遍，把屋子翻了个底朝天也搜不到分布图。

竹子让日本兵在五间头外墙上贴了通缉令，指着三个日本兵："你们继续驻守，她总会回来的。"她又恶狠狠地指着龚舍荣和顾大木："把他们带走，交给杨家矿做苦力。"

村里胆大的人见日本人走远了，拥到五间头墙前看通缉令：

> 杨家碚矿方松青之女方玉莹，违抗皇军命令，拒交分布图且潜逃。凡村人见到方玉莹（眉间有痣），务必扭送到皇军司令部，奖赏大洋一千块。凡村人有窝藏者，全家凌迟，全

村同罪。

日本大本营驻武义司令部司令　池之上

昭和十七年六月二十四日

"半脸毛"他们追到了十二保，王友仁上气不接下气地说："玉莹肯定是躲进村里哪户农家了，我们进村去搜。"

八个日本兵挨家挨户搜都找不到玉莹，"半脸毛"大喊："把村民集中到晒谷场，务必让他们交出方玉莹。"

村民被驱赶到了晒谷场，"半脸毛"暴跳如雷："你们不交出方玉莹，就烧村子，把你们都杀了。"王友仁把"半脸毛"的话翻译了一遍。

日本兵气势汹汹地点起火把，推上子弹。王友仁连忙拉住"半脸毛"："队长，别、别，不能烧村子，不能屠村。玉莹肯定逃到山上了。"

"半脸毛"打王友仁的耳光："笨蛋，方玉莹肯定在村里，烧村子就能让她出来，快烧！"

顿时，十二保火烟冲天，村人的哭喊声在十二保上空回荡。

竹子等人来到池之上的办公室，向池之上报告抓捕玉莹的情况。池之上手捧着青花瓷杯，在他们面前踱步，眼光严厉地巡视他们，突然大声叹道："白费我的苦心，叫我怎么说你们好！"

竹子满脸尴尬，"半脸毛"和王友仁低头立在一边，身体微微颤抖。池之上踱到竹子身边，语气威严："现在要做的，一、对所有通向中国管辖区的渡口、路口实行戒严，严防方玉莹逃到中国政府管辖区。

"二、派人在方家等候，到各村搜寻，不，成立特别行动队，由山本当队长，王组长协助，务必抓到方玉莹，拿到分布图。"

竹子转向"半脸毛"和王友仁："对每个渡口、路口的行人都必须仔细检查眉间是否有痣。要不分日夜蹲守，不放过任何可疑的人。还有，在所有村庄都贴上通缉令，告知窝藏者同罪。"

池之上赞同地点头。

玉莹果真逃到山里了，看着十二保被烧，想到自己这几天的遭遇，痛苦、悲哀和愤怒充溢全身。她仰望天空大喊："天啊！这是为什么？为什么……"

突然枪声响起，只见三匹马跑在前，四匹马在后追逐，相互射击，玉莹心中疑惑："咦，后面四个是日本兵，那前面三个是什么人呢？"

玉莹看着几匹马跑过去，下山直奔五间头。她刚刚小心地在屋外探头，就被守候的日本兵发现，立刻追过来，玉莹扭身向山上跑，三个日本兵紧追不放。

幸好武义县是自然生成的八山半水分半田，村庄就在山脚，房子也在山脚，而且山连山，山上小树挨大树，灌木茂密得人难挤过去。玉莹跑进山里，很快就把日本兵甩掉。但是身处连绵山峦中的玉莹不知向何处去，捶胸顿足，向天悲号："现在叫我如何是好？到哪里安身？怎样报仇？"

"玉莹！"忽然有人亲切地叫了她一声，分开灌木走来。玉莹定睛看去，顿时如溺水的人抓住了稻草，惊喜地叫道："舅舅！"

舅舅拍着胸脯："还好，还好，你没被他们抓走。"

玉莹猛地扑在舅舅怀里大哭："我爹娘安葬好了吗？"

舅舅拍着玉莹的背："不哭，不哭，他们都已安稳入土了，还好你没回来，日本人一直守着你，真叫我担心，到处找你。现在找到你就好了，今晚先住舅舅家，明天过国统区表姐家暂且住着。"

第二天，玉莹起床吃了饭，和舅舅一起来到永康江北岸石苍岩渡口，想过江去国统区。只见江水滔滔浊浊，江岸上都是背着枪的日本兵、伪军和便衣特务，对过渡的人挨个搜身，翻看他们随身携带的物品。领头的不断大喊："仔细检查每一个人的眉间。看是否有痣。"

一个伪军突然指着玉莹两个人大喊："你们是干什么的？东张西望。过来检查！"

舅舅连忙摆手："危险，快回去。"

玉莹转身往山上跑，在一棵柿树下歇脚，心想："哎呀，国统区是肯定过不去了，怎么办？"

舅舅追上玉莹："先回家住着，接着再想办法。"

第三天刚吃完早饭，村里的徐保长慌慌张张地跑进舅舅家，颤抖着声音呵斥道："你要害死全村人吗？居然把外甥女带到家里来。现在村里来了好多日本兵和特务，大喊大叫说哪家藏了方玉莹赶紧交出来，不然搜到就全家凌迟、全村同罪。"

舅舅呆了一下，慌忙拿了刀架①系在玉莹身上，又将一把柴刀插进刀架，递上一根柴担，开了后门："快假装打柴跑到山上去。"又递上一个装有干糕和糯米糖的点心袋，"日本人抓你抓得这么紧，这几天先不要来舅舅家。"

徐保长瞪着玉莹："不是这几天不要来，而是以后都绝不能再来舅舅家，免得连累全村人遭殃。"

玉莹流着眼泪跑出了舅舅家，跑到山上，看着密密层层、郁郁葱葱的山林，不知去往何方，心中茫然无计，只得漫无目的地走着。到了晚上，她下山走进山脚田垄的灰铺②里，拿些稻草盖在身上过夜。天亮了，她又进山躲藏，点心吃完了，只能摘野果充饥。一连几天的劳累和悲痛使她极度虚弱，走着走着便跌倒在地。她手抚着脚上的红肿大哭："苍天，你不公啊！为什么日本人要夺我矿产，抢我分布图，杀我爹娘？现在我有家难归！哥，你在哪里？我要死了，我要死了……"

玉莹躺在地上无助地哭喊，像离开水的鱼儿扇着尾巴一样，双脚乱敲地面，张开口急促地喘息着，全身颤抖，极度地悲痛、愤怒、无助和无力。她多希望有人能救她呀！

又是一日傍晚，玉莹在山中踉跄前行，隐隐看见前面有几间小屋。她心中惊喜，加快脚步走过去，看到正中的门头上有"竹林庵"三个黑色大字，不禁一怔："难道天意让我出家？啊！我也确实无家可归了。"一只脚已踏进门槛，玉莹突然想到："但是爹娘的仇呢？"她犹豫着退了出来，转身离开竹林庵。

---

① 刀架：系在腰上、用来插柴刀的木壳子。
② 灰铺：农民用来存放各种种田工具的简易房。因为农民会把稻草烧成灰，放在简易房里作为来年育田的肥料，所以叫"灰铺"。

一条黄狗不知从哪里蹿出来，咬住玉莹的衣服不让她走。玉莹的肚子咕咕地叫起来，她连忙用双手摁住腹部。

一个尼姑走出来："你是谁，站在门口欲走不走是为何？"

"我肚子饿，想讨点吃的。"

"你稍等，我禀报师父。"尼姑转身进门，一会儿出来说："跟我来。"

尼姑带着玉莹走进大殿，大殿里香烟弥漫，经声沉沉悠悠，木鱼声节奏分明，一派庄严肃穆。住持身穿僧衣端坐在椅上，嘴唇微微开合，十指抚弄着佛珠，显得威严又和善。这样的情景，让玉莹不由自主地跪在了住持面前。

住持端详玉莹："你眉间有痣，又女扮男装，莫非是杨家矿主的女儿？"

玉莹一惊又一呆，看着师父和气的面容，心想肯定瞒不住她："师父明察秋毫，我正是方玉莹。"

"今天到寒庵即是有缘，有什么话起来说。"住持扶起玉莹。

玉莹起身："师父已知我的情形，不敢隐瞒。现下实在是饥饿，求师父赐一碗饭。"

"你看，饭不是来了？"

一个尼姑把一碗饭递给玉莹，另一碗饭给黄狗。住持看着玉莹狼吞虎咽，问道："接下来你打算怎么办？"

"我想杀掉仇人，为父母报仇。"

"现在你家里埋伏着日本兵，各村都贴了通缉令抓你。你的仇人太强大，你杀不掉的。"

玉莹泪水潸潸："那我……我也出家，请师父收留我。"

"出家人万念俱灰，你不是。不过你现在这样的境况，我不能不管，你就在我庵旁小屋暂且栖身吧。平时空闲时去山上砍柴，看世事变化再作抉择。"

玉莹像寒天穿上了棉袄，全身温暖了起来，连忙又跪下："谢师父。"

住持搀起玉莹："随我来。"玉莹随住持走出竹林庵后门，横过一条小路，进了一间小屋，屋内放有小床、马桶、面盆架……

住持给玉莹一把柴刀、一个刀架、一根柴担："平时到山上替庵里砍柴，吃饭可以到膳房，不用另烧。"玉莹接过柴刀和柴担："谢师父。"

玉莹白天到山上砍柴，晚上睡在庵外小屋内。每当想起爹娘和哥哥，心里就发痛，时时萌发下山去杀仇人的心。

三　临危受命

玉莹在山中见到的那三骑快马一路冲冲打打，终于出了武义沦陷区，来到宣平县山区里的金华保安司令部训练基地。副司令蔡一鸣正对着纵横列队的战士训话："……省政府从杭州迁到金华，从金华迁到永康方岩，现在又迁到丽水……"

三人翻身下马，蔡一鸣打住话头，看着还没喘过气来的人和马："怎么这样紧张？先歇一下再回话。"

三人中的通信员好不容易喘匀了气："报告蔡副司令，我们奉命给你送调令，出了缙云刚到永康，就遇上了日本兵的巡逻队。他们一路上追赶我们，幸好我们熟悉路途，绕山谷跑田垄，没被他们追上。到了武义地界，国军巡逻队阻住了他们。"

蔡一鸣与三人握手："镇定，镇定，平安到达就好。回去时不要过永康，过清溪坑直接进丽水，虽然都是山岭，但安全。"

通信员手捧文书递给蔡一鸣："蔡副司令，省政府调令。"

蔡一鸣接过调令："黄主席真要我去武义县当县长啊？"他在回执上签了字，想起周恩来副主任在金华宾馆做抗日演讲时，自己和黄绍竑省主席坐在一起听的情景。

周副主任在台上讲话，黄主席对蔡一鸣说："周副主任的讲话精神你领会了吗？抗日要不分党派，不分老少。现在很多县的顽固派县长总是排斥有共产党身份的人一起抗日，我必须把他们换下来。你也做好思想准备，说不定哪天就让你去当县长。"蔡一鸣附和着："是啊，听了周副主任的演讲，我受益匪浅。只要黄主席下令，蔡某赴汤蹈火在所不辞，一定团结共产党人共同抗日。"

蔡一鸣把调令交给旁边的参谋赵成章："黄主席让我们去武义县。"

赵成章看完调令，向蔡一鸣敬军礼："服从命令，我愿意随司令到武义，协助司令的工作。"

"我俩真是受命于危难之间啊！这就向我们的战士告别吧！"蔡一鸣和赵成章与来接替的军官交接事务，和战士们一一握手，最后恋恋不舍地上了马。

两人行走在山路上，身侧青山连绵，树木森森，萧条无人迹。远处忽然传来隐隐的哭声，蔡一鸣触景生情，随口而吟："荆榛满地人烟少，鸡犬无闻野哭多。蒿目时艰低首忆，何年收复此山河。"

一间农舍的中央摆着张四方桌，桌上放一盏玻璃罩煤油灯。农舍半明不暗，桌子周围四条四尺凳上，坐着共产党浙江省委特派员朱恒庆，共产党武义县阳山乡支部书记沈维庭，共产党员周东曦、倪云腾、何旭阳、张正钧、李红莲、俞洪浪等人。

朱恒庆目光巡视了一圈，咳了两声才开腔："同志们，省委派我来武义贯彻党在抗日时期的方针策略。我想先了解下武义的当前情况，请大家发言。"

沈维庭站起来，声调沉重："日军侵占我县后，立即霸占了各个砩石矿，杨家砩矿的矿主因不肯交出《武义县萤石及温泉点分布图》而惨遭杀害，现在日本兵在四处追寻他的女儿，想得到分布图。"

朱恒庆立刻面色凝重："这件事很重要，我们要尽快找到矿主女儿，保护好分布图，千万不能让图落入敌人手中。另外，必须在杨家矿建立党支部，掌握敌人动态，团结矿工与敌斗争。"

倪云腾站了起来："蔡县长给我来信，请我出山组织游击队抗日，我已着手组织了一百多人的队伍，正与敌人展开斗争，抓汉奸，破坏敌人萤石开采，受到了蔡县长的表扬。"

朱恒庆笑了："好，再接再厉，但要记住党的独立自主政策和策略。"

倪云腾点头："特派员的话我一定会牢记。"

朱恒庆又望向周东曦："周东曦同志，组织上让你从上海回来，安排你当乡长，你和有关部门联系了吗？"

"本来想这几天去，可是我收到了现任县长蔡一鸣的信，有点不知所措，正准备向组织汇报。现在请你指示。"周东曦把信递给朱恒庆。

朱恒庆展开信笺：

> 东曦阁下，闻知先生爱国爱民，大有文韬武略之才。现今日寇入侵武义，盗矿杀人无恶不作。愿你效仿明朝抗倭名将戚继光、俞大猷，组织武装抗日，为抗日有所担当。武义百姓幸甚，鄙人感谢不尽！望勿推辞。
>
> 此致
>
> 蔡一鸣
>
> 民国三十一年七月三十日

朱恒庆把信笺交还周东曦："很好，周恩来同志在浙江和黄绍竑省主席的多日接触及谈话，尤其是在金华的二十多场演讲，终于起到作用了。你就在乡里组织游击队吧，乡长、游击队队长一担都挑起来。"

周东曦激动地站起来，噘着嘴巴："特派员，蔡县长要我组织武装抗日还有点道理，你要我当国民党的乡长，我想不通。"

朱恒庆手掌向下，朝周东曦压了几下，语重心长地说："东曦同志，现在是国共合作时期，我们党的政策策略是，一方面要团结国民党一起抗日，另一方面要独立自主地发展党的武装力量。这是形势的需要、中央的决定。"

"哦……"周东曦缓缓坐下。

朱恒庆接着说："你不要担心，可以在游击队成立党支部，让沈维庭兼任支部书记，何旭阳、张正钧同志担任副队长。让更多的同志到游击队去，大力扩大组织，发展武装力量。"

何旭阳激动地站起来："太好了，我天天盼着参加抗日游击队。"

李红莲也激动地站起来："现在学校停课，我到游击队去做后勤。"

张正钧激动地站起来，举起手："我也去游击队！"

"很好，大家热情都很高。"朱恒庆注视周东曦："看到了吗，感觉怎么样？"

周东曦轻声说道："这么多同志到乡公所、游击队来，我心里当然踏实了。"

朱恒庆击掌："大家静一静，我再总结一下今晚上的会议精神。一、抗日，我们要团结国民党。二、在沦陷区杀敌有其特殊性，不要为杀几个日本兵，害了一村百姓，我们要对百姓有担当。三、现在最要紧的是找到方玉莹，保护好分布图。"

党员们齐声说道："我们一定记住特派员的话，马上寻找方玉莹。"

会议结束时沈维庭又说："龚舍荣和顾大木同志，在矿主的葬礼上被日本兵抓回杨家矿当矿工了，现在再派一人进矿就行，问题是派谁去。"

俞洪浪站起来："我从前也是杨家矿的矿工，我去。"

沈维庭示意俞洪浪坐下："好，你去，由龚舍荣同志任支部书记。"

周东曦健步走进新宅村县政府民政科，向张科长打招呼："同志，你好！我是阳山乡周东曦，来报到的。"

张科长认真地打量周东曦："阳山乡的新乡长原来这么年轻，又一表人才！"他一开口就滔滔不绝，"你终于来了，现在沦陷区的所有乡长都到位了。来，签个字，望早日上任，县政府等着你把沦陷区的税费收上来，抗战实在太缺钱了。"他走出座位握住周东曦的手，"蔡县长急着想见你，你这就去他办公室吧。"他走到房门口，指着天井对面，"蔡县长的办公室是正中那间。"

"好，谢谢！"周东曦签完字要去，忽又回头，"科长，如果原阳山乡的职员来找你，请你转告他们，阳山乡乡公所设在上仑村祠堂，让他们早日来上班。"

张科长一副不相信的样子："好，如果有人来，我会转告的。"

周东曦走进蔡一鸣的办公室："蔡县长，我是周东曦。"

蔡一鸣抬头，笑逐颜开："哦，是周东曦同志，收到我给你的信了？现在有什么打算和安排？"他给周东曦泡了茶，拉拉椅子，靠近周东曦坐下。

周东曦接了茶杯："我已想好了，乡公所就设在上仑村祠堂，接下来准备在乡里成立游击队。"

蔡一鸣说："上仑村离日寇司令部只有三十华里，离我们和敌人胶着最激烈的东干村只有十来里路，你怕不怕？"

周东曦把茶杯放在桌子上，拳头一捏："首先国军在五华山有一个加强团的兵力，上仑村正在保护范围之内。其次，它与沦陷区隔着永康江，有天然防护。再次，乡里成立抗日游击队，有自己的武装保卫。最主要是考虑去沦陷区做群众工作、了解敌情方便。"

"县里已建起了自卫队、游击队，你在乡里组织游击队更好。但是万事起头难，创建初期一定困难很多，比如人员、经费，你都要预计到，不要碰上困难就气馁，哈哈。"蔡一鸣笑道，"给你打个预防针。"

周东曦回答："人员没问题，只是枪支和经费确实有困难。"

蔡一鸣凑近周东曦，脸色兴奋又诡秘，轻声说道："汤恩伯将军通过七十九师师长给了家乡一些三八式，枪支我给你们解决。经费嘛，反正乡长也是你，你以抗战的名义、捐税的名义向各保去收。你收来多少，我拨你多少。如有战绩，经费就更好解决一些。"

周东曦一脸喜色："有了枪，就解决了关键问题。"

蔡一鸣拍着周东曦的肩膀："对于抗日，我们要有信心，精诚团结、统一思想、统一指挥，为保护萤石矿，早日光复武义、光复全国尽力。"

周东曦捏起拳头："我一定尽力。"

蔡一鸣神色愉悦："好，好。"突然脸色又凝重起来，"周乡长，现在有一个非常迫切而重要的任务，你要多费力。"

周东曦向蔡一鸣敬礼："请蔡县长指示。"

蔡一鸣声调沉重："杨家矿的矿主被日本兵杀害，他收藏的《武义县萤石及温泉点分布图》由其女儿带出。现在日本兵在搜寻她，渡口、路口查得很严。如果日本兵抓到她，后果不堪设想。望你尽力找到她，把她保护起来或送到我这里，绝不能让敌人拿到分布图。"

周东曦皱起眉头思忖："蔡县长和朱特派员下了一样的指示，可见分布图的重要性。"他又向蔡一鸣敬礼:"我一定尽力去找。"

蔡一鸣拉住周东曦的手:"在沦陷区抗日,要记住发动群众这个抗日的法宝,这是周恩来副主任在金华演讲的精神之一。"

周东曦答应着:"好,我会的,也会发动群众寻找方玉莹。"

这时有人走进办公室,蔡一鸣忙拉住那人的手:"武义县抗战总指挥部副总指挥赵成章。"一手拉住周东曦,"阳山乡乡长兼阳山乡抗日游击队队长周东曦。你们认识一下。"

周东曦与赵成章握手:"幸会,幸会。"赵成章回应,两人立刻谈起了抗日工作。

上仑村祠堂拥进了几十个游击队员,扫地的扫地,粉刷的粉刷,把祠堂大厅、后厅、东西厢房、戏台和天井打扫得干干净净。

去往上仑村祠堂的路上走来一男一女,男的是原阳山乡副乡长秦浩淼,女的是乡公所秘书萧洒。秦浩淼抱怨道:"王友仁当了汉奸,我以为乡长肯定是我这个副乡长升上去,哪料到蔡县长又派了我多年不见的同学周东曦来当乡长。他把乡公所设在上仑村祠堂,真是不聪明。"

萧洒漫不经心地应着,秦浩淼回头看她:"等下见到东曦,我们一定要劝他把乡公所和县政府设在一起,在上仑村办公太危险了。"

"好的。"

"记住,一定要坚持,如果他不同意,我们就闹辞职。"

"知道了。"

两人走进祠堂大厅,周东曦先看见他俩。高兴地叫道:"浩淼,你来了!"又看向萧洒:"都有太太了?"他边说边指着大厅里的竹椅子,"坐,快坐,这些椅子都是村民送来的。"

萧洒凝视着周东曦:"我不是他太太。我叫萧洒,是乡公所的职员。"

秦浩淼不高兴地盯了她一眼:"嗯,她是乡公所的秘书。"

周东曦满脸笑容:"你们来了就好,乡公所的事就归你们干了,我专心与日本人打游击。"

秦浩淼不愿坐下，摆着手掌说："不，不，我是来告诉你，乡公所不可以设在这里。这里是日军和国军、国统区和沦陷区交错的地方，太危险了。"

周东曦的笑脸转为疑惑："那你说乡公所应该设在哪里？"

秦浩淼的语气斩钉截铁："我们是流亡乡公所，应该和区公所或县政府设在一起……"

周东曦不待秦浩淼说完，就抢着说道："乡公所和县政府设在一起，那我们做什么呢？我们还有游击队，从这里到沦陷区，了解敌情、发动群众抗日都方便呀。"

秦浩淼看着萧洒，等她发话，不料萧洒的眼光停在周东曦身上，根本不看秦浩淼。秦浩淼急了："还有游击队？那就更危险了。如果你坚持不搬，我辞职。"他的眼睛向萧洒一眨，手指着她，"我们俩都辞职。"

萧洒低下头，语气坚定："秦副乡长并不代表我，我觉得周乡长你说得有道理，要想乡公所对抗日起作用，就应该设在这里。"

周东曦哈哈大笑："一个说不好，一个说好，这事就难……"

萧洒抢着说："不难。假如秦乡长真要辞职，民政科自然会派人来接替的。"

秦浩淼推了一把萧洒："你怎么这样说？难道你……"

正在此时，十多个穿自卫队服装的人抬的抬、挑的挑，进了祠堂。周东曦一脸惊喜："赵副总指挥，你们来了！"连忙向前握手。

赵成章握着周东曦的手："什么赵副总指挥，太别扭了，叫我名字好了。"

周东曦想了一下："直呼其名不大好吧，那就叫你赵指挥。"

秦浩淼走近："对，叫赵指挥好。"他讪笑着与赵成章握手，指着刚抬进来的木箱："这一箱一箱的是什么呀？"

赵成章回答："蔡县长说，东曦雷厉风行，估计灶已垒好，叫我送粮食来了。县游击队倪队长已经领了一百多支枪。"

游击队员们围过来，周东曦兴奋地大声宣布："同志们，县抗战总指挥部的赵指挥给我们送枪来了。"他指着箱子，"快打开。"

何旭阳和队员们高兴地打开箱盖，摸着枪，笑得合不拢嘴。

秦浩淼哈哈大笑："赵指挥真是及时雨，有了枪，我们就可以打日本兵了。"

周东曦拍着秦浩淼的肩膀："不辞职了？"

秦浩淼拿起一把枪："我是和你开玩笑的，哪会辞职呢！"

周东曦大声喊李红莲，她来到大厅。周东曦指着秦浩淼和萧洒："李老师，这位是秦副乡长，这位是乡公所的秘书，把他们的办公室和宿舍都安排一下。真的都是自己人，把他们安排在一起吧。"

李红莲问："秦乡长，你喜欢住东厢还是西厢？"

秦浩淼没正面回答，却说："这位老师叫得好，以后大家就叫我秦乡长，别叫秦副乡长了。东曦是游击队队长，不用叫乡长了。"

萧洒看了他一眼："死要面子。"

周东曦笑嘻嘻地对赵成章说："现在发枪吧？队员们都等不及了。"

赵成章说："枪是给你们的，你自己决定。"

周东曦手一挥："旭阳，集合发枪。"

何旭阳吹起哨子："集合，发枪！"

队员们说笑着，按三纵三横在祠堂大厅列队。周东曦满脸笑容地站在队伍前："在发枪前，有请武义县抗战总指挥部的赵指挥训话。"

赵成章拿出公文："训话不敢当，稍讲几句吧。同志们，武义县阳山乡抗日游击队今天正式成立，现在我宣布，周东曦同志为队长，秦浩淼同志、何旭阳同志、张正钧同志为副队长。我们游击队的任务是：

"一、服从县抗战总指挥部领导，执行总指挥部任务。

"二、独立行动，宣传抗日，到沦陷区刺探敌情、骚扰敌人。针对日军掠夺我们的萤石，要尽力破坏他们的采运。

"三、抓住有利时机消灭小股敌人。但我们游击队人数少，力量不够，只能巧打智斗。就像猴子戏老虎那样，拖敌人后腿，拔敌人的鼻毛，做个绊子什么的，让日本兵跌一跤，弄他个鸡犬不宁。"

队员们大笑，热烈鼓掌。游击队员金吉水大声笑道："哈哈，拔敌人的鼻毛！"

赵成章笑了笑，又说："别看我们游击队力量不大，但我们对日军的骚扰大大有利于国军的正面拼杀。今天先给你们三十支步枪、十五箱子弹，以后游击队扩大规模，我们会陆续送枪来。希望大家练好枪法，奋勇杀敌，为早日把日本兵赶出武义、赶出中国而奋力拼杀。"

队员们全部跳起来鼓掌。

周东曦走近何旭阳："接下来，我们白天打靶，晚上去沦陷区找方玉莹，顺便贴标语。"

秦浩淼捋起袖子："大家利用晚上，发动亲戚、朋友去找方玉莹。"

萧洒难以置信地走近秦浩淼，轻声问："你不辞职了？"

秦浩淼扳着萧洒的肩膀："你爸爸嘱咐我，一定要保证你的安全。这地方做乡公所太危险了，既然你不走，我当然要留下来保护你。"

萧洒甩掉秦浩淼的手："我不用你保护！"

当天晚上，游击队员们扮成樵夫或装作走亲戚，到沦陷区寻找玉莹。

大西吉雄和王友仁带着一个西装革履的青年，走进池之上的办公室。王友仁介绍："司令，这位是杨家矿曾二股东的儿子曾睿剑，在大日本东京攻读岩石力学，刚刚回国。"

曾睿剑不卑不亢向池之上微微点头："司令好。"

池之上看看他，目光转向王友仁："你是怎么认识他的？"

"五年前，我和他还有一批青年，其中包括杨家矿方松青的儿子方玉柱，一起去日本留学，有三年的时间我们朝夕相处。"

曾睿剑从容地一笑："我们都是受了汤恩伯、童维梓他们的影响。他们去日本后，读军校的当了将军，做生意的发了财。"

王友仁摇着头："可是我们这些人中很多人亏了本，借了路费才回来。我和人合伙做生意时就没赚到钱，但学了日语，现在正好派上用场。"

池之上一脸喜色地看向曾睿剑："噢，那你父亲呢，还在杨家矿吗？"

王友仁抢着回答："去年他父母从杨家矿回城里，路上恰逢皇军战机轰炸县城，不幸被炸身亡了。"

池之上听了，灿烂的笑脸马上被阴云笼罩。

曾睿剑不以为意地摇摇头："不是的，我父母是进矿洞烧香，不巧悬石塌掉被压死的。刚好那天皇军战机轰炸武义城，炸死了好多人，别人就以为我父母是被炸身亡，真是乱讲。"

池之上的脸简直笑成了一朵花，问曾睿剑："眼下你的计划是什么？"

曾睿剑向大西吉雄略一点头："这次回来，我本是想子承父业，和方叔大展宏图，不料方叔方婶已遭不幸。你们太过分了，居然做出这样的恶劣行径。"

空气顿时沉寂，众人都怔住了。王友仁连忙安抚曾睿剑："事情是这样的：皇军在武义采矿，急需德国人勘测绘制的《武义县萤石及温泉点分布图》，这张图就在你方叔手上，皇军向他借用，他这个花岗岩脑袋竟负隅顽抗，让儿女携图出逃，自己飞蛾扑火袭击皇军，他是自寻死路。现在分布图在他女儿玉莹手上，这个女孩和她爹一样，拒不献图，皇军天天搜捕她，终有一日会找到她。"

曾睿剑似笑非笑："是啊，鸡蛋是碰不过岩石的，头脑要灵清。"

大西吉雄来了劲："你比他们聪明，就在杨家矿当经理好了。"

曾睿剑心想："命令、任务在身，我就先周旋吧，看我把你们一个个收拾到天上去。"他笑了笑说道："当经理嘛，不难，但我的百分之四十股份不能少。还有方老板的股份，也应该归还他女儿。"

池之上和大西吉雄顿时板起脸，脸色阴沉难看，一时气氛又凝固了。

王友仁拍着曾睿剑的肩膀："司令这么看重你，可别计较钱的事，前途为重。"

曾睿剑摆手："我和你不一样，杨家矿山原就是我们投资的，产生的利润必须按股份分红。"

一直站在一旁的"半脸毛"拔出军刀："大胆！"

池之上向"半脸毛"摆手，笑对曾睿剑："但方玉莹必须把分布图交出来，才可以继承方家的股份。"

"这还马马虎虎，只是方叔一家太可怜了。"曾睿剑的口气不轻不重。

池之上连忙点头："是啊，方老板夫妇遭遇不幸，我们也十分痛惜。我还亲自给他写了挽联，让参谋长送上花圈，他也能安息了。"

曾睿剑说："司令真心可感，我在你麾下做事，必会全力以赴。"

大西吉雄面色得意："司令若无真心，哪能为方老板写出那副情真意切的挽联。司令对中国的爱国者一向尊重有加，哪怕是方老板这样的顽固抵抗者，司令真是心胸宽广。"

竹子这时走进来，插嘴说："司令对识时务者虽然爱护有加，但也奖罚分明，绝不错爱。"

王友仁点头哈腰："对，对！"

池之上走近，拍着曾睿剑的肩膀："你在东京读书，一定知道我们大日本军事强大、工业先进、社会进步、政治开明。我们来武义的目的，就是要大力开采萤石，支援国内军工生产。希望你能真心协助皇军，为实现东亚共荣共同努力。现在你先去当杨家矿的经理，以后给你个县长当当。"

曾睿剑目光直射池之上："我不懂什么东亚共荣，但可以和你们合作开矿。"

"那就一言为定，我们现在就去杨家矿。"大西吉雄说。

曾睿剑向池之上点头微笑，和大西吉雄一起走出司令部："我先回家一趟。"

方松青遇难的那天，曾睿剑正兴致勃勃地走在县城下街的石板路上。他乌黑的西式头上罩着一顶鸭舌帽，一身轻便西洋打扮，手提行李箱。

他与街道上巡逻的日本兵擦肩而过，拐进下河巷，踏进一间大屋，屋里正在抽烟筒的中年人急忙站起来："睿剑，你回来了，家里出大事了！"

"四叔，我知道，一个月前武义沦陷了嘛，刚才我看到日本兵在街上巡逻。"

四叔跺着脚："不是呀，今天方松青夫妇被日本兵杀害了呀。"他把方松青夫妇死难的情形详细说了一遍。

曾睿剑听了后，面色惨白如死，呆若木鸡。忽而他双眼射出凌厉无匹的光芒，两手抓住四叔的肩膀摇晃："我不信，这肯定不是真的，一定是谣言对不对？"他重重地跌坐在椅子上，大口喘气。

四叔被他摇得头昏脑涨，慢慢地说道："事情已经发生了，你要节哀，幸好玉莹还没事。"

曾睿剑渐渐恢复了理智："现在玉莹不知哭成什么样了，死活都难讲，我要去找她。"

"眼下玉莹肯定在方家老屋守灵，她爹娘的尸体已经运回去了。"

曾睿剑猛地一跺脚："这样的话，日本人肯定会去灵堂抓玉莹。危险！我现在就去方家村。"

他急匆匆地向外走，突然四个日本宪兵走进大屋，抓住他的手臂："走，到宪兵队去一趟。"

曾睿剑用日语问："你们为什么抓我？"

宪兵审视曾睿剑："你的穿着打扮就值得怀疑，还会说日语？肯定是潜伏进城的间谍，我们要审查你。"

曾睿剑措手不及，一边挣扎一边用武义方言对四叔说："四叔，你快去方家村通知玉莹，不要去灵堂，最好马上过国统区躲藏。另外，你快找人到宪兵队来保我。"

四叔眼睁睁看着曾睿剑被押走，又是惊恐又是忧虑，连忙找人去方家报信，又借钱找人去宪兵队求情担保，结果找到了正红得发紫的王友仁。

王友仁收了钱，来到宪兵队保出曾睿剑，还劝说曾睿剑和他一起给日本人做事，曾睿剑却回说自己要继承父业。王友仁当天就把他带到下街武义矿业所，大西吉雄所长见过曾睿剑，又听了王友仁的介绍，盘算着让曾睿剑去武义最大的砩矿杨家矿当经理，就把他带来见池之上。不料池之上竟想到让曾睿剑来当县长，觉得曾睿剑比现在的县长人选朱双臣优秀多了。

大西吉雄和曾睿剑走出池之上的办公室后，竹子急切地说："司令，我看这个姓曾的小子不能用。他讲话时，我一直在观察他，这人城府非常深，恐怕是抱有目的而来。"

不等池之上说话，王友仁连忙解释："他父亲是杨家矿第二股东，土生土长的武义人。我和他在东京相处三年，这人就是多了点生意经，参谋长尽管放心。"

竹子向王友仁挥手："用不着你说，你走。"

王友仁走出办公室，竹子又说："司令，曾的言谈举止很像中国军统方面的人，要用他，待我先查清他父母的死因。"

池之上说："现在杨家矿的矿工老是与我们作对，产量提不上去，先让他去试试看。另外，让吉雄把矿业所从县城下街搬到杨家矿，亲自看着他。"

竹子点头："我马上着手调查曾，我太不放心他了。"

四　青梅竹马

曾睿剑从日军司令部回来，就焦急地问四叔："那天你是否去通知玉莹了？她现在怎样？"

四叔却说："你终于回来了，我用了五十块银圆托王友仁组长保你呢。"

曾睿剑敷衍地答道："花了五十块银圆吗？难怪我没被提审也没挨打。那天你去通知了玉莹吗？"

四叔拿来茶杯和茶叶："你被带走后，我马上安排人到灵堂，叫玉莹快逃。"

曾睿剑如释重负："哦，那就好，现在她在哪儿？"

四叔泡好茶递给曾睿剑："不知道，日本兵四处抓她，不过没听说被抓到。"

曾睿剑放下茶杯："我必须尽快找到玉莹。"他匆匆走出大屋，四叔看着他的背影："也难怪，他们毕竟是青梅竹马，不是一般的感情。"

曾睿剑到了方家村，见方家五间头里被翻得乱七八糟，根本不像住人的样子，心想玉莹或许在她舅舅家，于是又到了徐家村。舅舅流着眼泪说了玉莹如何从他家逃走的情况。

曾睿剑摁住胸口："现在她会在哪个亲戚家呢？"

舅舅摆手："哪个亲戚都不敢留她住，国统区她也肯定过不去。"

"那么，玉莹是死是活都没人知晓？这叫我如何是好……"曾睿剑失魂落魄地回到大屋，闷闷不乐地躺在床上，一会儿又翻身起床，皱着眉头在房间里踱步，脸色既焦急又惘然："任务重要，但玉莹也重要，一定要找到她，劝她把图交给日军。留得青山在，报仇待后来。"

曾睿剑想定后，拔腿就走，开门时发现门脚有个纸团，拾起展开看，上面写着："尽快打入敌人内部，杀掉既定目标，破坏其掠夺萤石，勿误。"

曾睿剑烧掉了纸条，心想上级不知道他被日本宪兵队关押的事，嫌他拖延，这才来了暗令。也罢，公事压倒私事，还是先到杨家矿当经理吧，再细细筹划。

他收拾东西要出门，想起池之上他们对自己父母的死因起过疑，这是一个破绽和隐患，弄不好会误大事，必须让四叔帮着修补一下。

四叔见他要出门，问他打算去哪里，曾睿剑尴尬地看着四叔的面色说："我忘了跟你说，我要到杨家矿给日本人当经理了。"

四叔一听勃然大怒，手指着曾睿剑："你父母还有玉莹的爹娘都死在日本人手上，你居然还给日本人做事，亏你说得出口。"他抬手欲打曾睿剑耳光，曾睿剑握住四叔的手，轻声说道："就是为了报仇我才去当经理的，我要让日本人叫苦不迭、死无全尸，这事还需要你帮忙。"

四叔豁然省悟："对，我差点忘了，你是有真本事的，我相信你，如果有用得到我的地方，我一定尽力。"

"四叔，你马上做块坟碑，名字刻上曾志竖，做好后靠在我父母的坟屋①边，别忘了把坟碑弄得旧一些。"

四叔流着眼泪说："按照武义的风俗，先在山上的坟屋停棺而不入土，过三年就要拆掉坟屋，把棺木移到祖茔地重葬。当时已打好坟碑放在祖茔地，现在不用再打了。"

"不，一定要按我说的去做，记住名字一定写曾志竖。要对付日本人，必须这样偷梁换柱。"曾睿剑又附在四叔耳边说了几句话。

"我虽然不懂，但既然你这样说了，我明天就秘密去弄。"四叔抚着曾睿剑的肩头，"那玉莹呢，你打算怎么办？她现在很危险。在我心目中，她就是我们曾家的人，你早点找到她就早点完婚。"

---

① 坟屋：武义当地风俗，把棺木四面用砖封起来，上面盖上瓦片，像房屋一样，来解决棺木暂时不能入土的难题，比如坟址还没选好，重要亲人没回来，还有其他种种因素。

曾睿剑难过地揉着眼睛:"我是在想办法找她,保护她。"

这一夜,曾睿剑怎么也睡不着,心想自己一说起给日本人当经理,四叔就怒气冲天,玉莹得知后一定更不理解,肯定会跺脚骂他恨他,自己必须尽快向她解释清楚。

"她如果知道我回来,一定会来这里找我的。我给她留封信吧。"曾睿剑写好了信,又想:"请四叔把信交给她?不,她肯定爱屋及乌,不,是恨屋及乌,不会见四叔的。嗯,放进有我相片的相框里吧,也许她恨得砸相框,这样就能发现信。"

曾睿剑布置好一切,心里想着玉莹,伏在桌子上伤心流泪:"玉莹,你在哪里?我想告诉你,我们宁可不要分布图,保全性命第一。等我报了仇,就与你远走高飞。玉莹,等着我。"

玉莹在竹林庵的小屋里,也是睡梦中都在思念曾睿剑:"睿剑哥,你在哪里?我好无助,多希望你能立刻出现在我面前,指引我以后的路……"她突然看见曾睿剑西装革履地坐在杨家矿办公室,连声大叫"睿剑哥",终于把自己叫得睁开眼睛。啊,原来是梦呀,自己做梦都在想着他。

虽然是梦,但玉莹整天都心神不宁。吃完早饭,她绕柴蓬避荆棘,向杨家矿疾步奔去。到了杨家矿,铁丝网、铁大门,背着枪的矿警,碉堡,让她望而却步,但又不甘心,于是绕到后山,潜伏在柴蓬中,向山下窥视。

好久都没见到曾睿剑,玉莹在心里骂自己:"真是神经病,做梦也当真,赶紧回竹林庵吧。"站起来顺原路往回走。临入山林时,她恋恋不舍地回头看了一眼,只见大西吉雄和曾睿剑两人并肩走进铁门。

玉莹连忙用手背揉了揉双眼,仔细一看,情不自禁地叫着"睿剑哥",双脚向他奔去。突然她刹住双脚,摁住胸口,全身一阵战栗:"他为什么和日本兵如此亲密?他不可能忘记自己父母死在日军的炮弹下,不可能不知道我爹娘被日本兵杀害吧?"玉莹脑中浮出一连串的问号,她不愿意怀疑曾睿剑,不想逼问自己,可眼见为实,曾睿剑的的确确和日本人走在一起了。她泪水汹涌而下,瘫倒在山上,好一会儿爬不起来。终于，她咬着牙站起来，挨扶着一棵棵山树向前走。

玉莹跌跌撞撞，不知不觉来到爹娘坟前，看到坟前摆着祭品："是谁来祭过？祭品还这么新鲜。"看了一会儿，想了一会儿，她手抚着坟碑痛哭流涕："爹爹，你说睿剑哥是个有骨气的青年，可他和天气一样捉摸不定，从日本回来后，竟然给日本人做事了。娘，你说睿剑哥是我可依靠的人，可他从日本回来，没来看我一眼就去当汉奸了呀。现在哥哥又不知去向，我是欲哭无泪、欲诉无门了呀。睿剑哥是我最后的希望，现在连这也破灭了，我的命怎么这样苦啊！爹、娘……"

玉莹叫得天昏地暗，哭得鬼神同泣。不知道过了多久，她终于哭干了眼泪，用尽了力气，在坟前昏昏睡去……

她看到曾睿剑来到自己家："莹，你吃早饭了吗？今天你是第一天上学校，不能迟到的。"

玉莹流着眼泪："我哥哥患上急性盲肠炎，爹娘都陪他去金华医院了，今天我肯定去不成学校了。"

曾睿剑像个大人一样说："没关系，你爹已给你交了学费，干吗不去？"他指着放在桌子上的菜和米，"只要把这米和菜带去学校就行了，我和你一起去。"

"你行吗？"玉莹侧着头问。

"我比你大四岁，是五年级的学生了。"曾睿剑整了整身上崭新的童子军制服，"我是军人了，你看！"他拿起自己和玉莹的米、菜挂在担上，拉着玉莹的手走出杨家矿，步行十五里路到了壶山小学，把玉莹交给老师，看着玉莹坐进课堂才去自己教室。

星期六，曾睿剑带玉莹回到杨家矿。刚好玉柱病愈，方松青夫妇都回了家，夫妻俩竖起大拇指，笑哈哈地夸赞曾睿剑像个当哥哥的，玉莹看着曾睿剑，笑得甜甜的。

正笑着，突然腿疼得一抽，玉莹不由自主地翻了个身："啊，真疼。"曾睿剑连忙给她揉腿，嘴里说："不要怕疼，练桩功就是得把脚腿练疼，然后坚持练到不疼，这是学功夫的必要过程，你要明白这点。"玉莹满脸羞红，一股暖流涌进心里，不好意思地说："谢谢睿剑哥！"心里是说不尽的幸福和惬意。

毕竟真实的疼痛压过了梦中的惬意，玉莹坐起来揉着腿脚："啊，天都亮了，原来自己是做梦和他在一起。"看着自己又红又肿的脚，"原来已经肿成这样了，难怪这么痛。都是这几天跑的，这疼与练功时的一模一样，所以梦到他给我揉腿，可见自己对他还放不下。"

　　她突然跳起来："不，肮脏的曾睿剑，早知他是这样的人，我真不该以前对他好。"她狠狠地搓着自己的腿脚，好像曾睿剑碰过的地方还沾着脏污，要把它刮掉。她的手摸上左脸颊："不对，他的嘴吮吸过这里。"

　　她记起有一次跟着曾睿剑和玉柱到山上采野蜂蜜，脸面被野蜂蜇了一针，当即就肿起来，是玉柱和曾睿剑轮流用嘴给她吸吮，红肿才消退。"啊，我真傻，现在想起来简直是被他当猴耍。"玉莹悔恨得打了自己一巴掌。

　　再后来，玉莹已经从高级小学毕业，十四岁了，还跟着曾睿剑和玉柱练功，且越练越沉迷。月婷阻止玉莹，骂道："女人家学什么功夫，以后没人要。"玉柱把嘴巴凑到娘耳边："放心，睿剑和玉莹已经很要好，常瞒着我偷偷在一起说话。"月婷美美地笑了，玉莹却追着哥哥，把哥哥一顿好揍。

　　一个暑假的下午，曾睿剑和玉柱在中堂看书，方松青从山上下来，把一捧个大皮黑的地橘①递给他俩："地橘熟了，真甜，我摘了一捧给你们尝鲜。"

　　玉柱和曾睿剑各拿了一些地橘，吃得津津有味。这时玉莹走进中堂："我也要。"玉柱摊开双手："刚吃完。"

　　曾睿剑连忙把正要放进自己嘴里的地橘递给玉莹："最后一颗，给你。"

　　玉莹接过地橘砸在地上："我不要。"板着脸噘起嘴巴生气。

　　曾睿剑十分难为情："总共就一手捧，你要早来，就都是你的。"

　　月婷责备玉莹："几颗地橘吃不到就要生气，就要哭，地橘又不

---

① 地橘：武义一带山上的野果，果实结在藤蔓上，形圆，如樱桃般大小。初夏到秋天结果，未熟时呈青色，熟了变黑，很甜。

是肉。"

"我哪哭了！"玉莹虽然嘴里这么说，却真的跑出屋哭了。玉柱尴尬地说："爹、娘，妹妹真的气哭了。"

方松青笑了笑："你当哥的再给她摘些来嘛。"玉柱转身想走，月婷不高兴地说："不要去，我看天马上要下大雨了，她气就气呗。宠她宠她，宠成这个样子。"

玉柱又坐下，曾睿剑却一声不响地跑出去，靠着玉莹蹲下："是我们贪嘴，我们不对，现在我和你去山里摘。"

玉莹扭着身子，硬邦邦地说："不吃了。"

曾睿剑拉着玉莹："我们去后山摘，选最大最黑透的，摘好多好多，让你吃得满嘴巴黑黑的。"

玉莹扑哧一笑，让曾睿剑拉着自己的手，又蹦又跳地上山。

两人在山上找地橘，玉莹指着一窝地橘说："睿剑哥，这里有好多。"曾睿剑一看："这些不好。"他拉着玉莹的手钻柴蓬、避荆棘，边笑边找，突然看到一窝又黑又大的地橘，两人兴奋极了。

曾睿剑选了一颗："来，张开嘴。"玉莹的嘴巴张得很大，曾睿剑把地橘准准地投进她口中。玉莹边吃边笑边说："真甜，再来一颗。"于是曾睿剑一颗接一颗地把地橘投进玉莹口中。

挑完了这窝里最好的，他们又去挑另一窝。两人找地橘，吃地橘，看着对方黑黑的嘴巴笑哈哈。他们沉浸在幸福和兴奋之中，高兴得忘了归家。

八月的天气说变就变，突然头顶上雷声隆隆，乌云翻滚，暴雨如倾盆。玉莹焦急地喊道："睿剑哥，我们快跑到大树下避雨。"

"学校没教过你们？雷雨天绝对不能在大树下避雨，而是要到开阔地带。"曾睿剑拉着玉莹的手，跑到比较开阔、没有大树的地方，两人都淋成了落汤鸡。

雨仍然下着，山上气温骤降。曾睿剑看玉莹瑟瑟发抖，便脱下衣服遮盖在玉莹头上。玉莹拉起衣服一角递给曾睿剑："你拉一边，我拉一边，我们两个都能遮住。"

两人扯紧衣服，像在头上遮了一把雨伞。玉莹拉拉曾睿剑："雨还淋着你的肩膀呢，靠近我点。"两人面对面站着，靠近了些。

忽然一阵大风刮来，衣服从他们手上飞走。两人没去捡衣服，而是紧紧地抱在一起，彼此没说一句话，只是听着对方的呼吸声。两个人的胸膛贴得紧紧的，能互相感觉到对方不断加快的心跳。

雨渐渐小了，但两人没分开，都真心希望这雨下得越大越好。

"睿剑、玉莹，我来给你们送蓑衣箬帽了。"玉柱轻声招呼紧紧拥抱的两人。

两人不知什么时候凑在一起的嘴唇慌忙分离，身体也猛地弹开。

坟前的玉莹沉浸在思绪中，尴尬和甜美同时显现在脸上，汇成一股热潮。她低着头，好像玉柱就在面前盯着她，弄得她极其难为情。

一年前，也就是武义沦陷的前夕，1941 年 6 月，曾睿剑从日本回来料理完父母丧事，整日无语，昼夜昏睡在床上。方松青把曾睿剑接到了杨家矿居住，让玉柱和玉莹陪他看书、聊天、散步。他劝曾睿剑："侄儿，人死不能复生，以后和叔叔一起把矿场做大，不要再回日本了。"

曾睿剑声音嘶哑："我要杀尽日本人报仇。"

"怎么报仇? 国家都打不过日军，何况我们小老百姓，不要去想这件事了。"玉莹坐在床沿劝慰曾睿剑，十分忧心。

月婷烧了鸡蛋面捧到曾睿剑床前："剑，别胡思乱想了，等三年孝期一满，你和玉莹就成婚，我们两家亲上加亲，办矿更能勠力同心。"

玉莹揩着曾睿剑的眼泪："起来，我们出去走走。"她扶起他，"解解忧愁。"

两人并肩走在山间小路上，曾睿剑拉着玉莹的手："莹，我一定要报仇。我要去当兵，打败日本兵后再回来和你结婚。"

"你不要去当兵，我们村里有几个去当兵的，结果……"玉莹没说下去，大眼睛眨呀眨的，"我要你留下来陪我。"

曾睿剑双手交叉搂着玉莹的腰背，玉莹的双手勾着曾睿剑的颈项，两人的嘴唇凑到一起……

远远地又听到了玉柱召唤他们的声音，曾睿剑松开玉莹："莹，我早已参加……"他突然紧紧合上嘴唇。

玉莹问道："参加了什么？"

曾睿剑连忙改口："我的心早已参军了，就在军营。不过，既然你这样说，我就先回日本，等中国军队把日本人赶走了，我就回来和你完婚。"

"这个随你，但不知什么时候才能把日本兵赶出去。不管怎样，三年孝期一满你就要回来，免得我爹娘犯愁，也不要忘了常给我写信，免得我挂心。"

玉莹在坟前回忆着往事，抚摸黄狗的头顶，像是在对它倾诉："旺旺，睿剑哥不会真的做汉奸吧？我们必须当面问问他。但是到杨家矿找他太危险，对，我们去大屋等他，他总要回家的。如果他坚持当汉奸，我们就先杀了他。"她说这话时，牙齿咬得很紧。

夜幕降临的时候，玉莹扮成一个乞丐，打算从东门进城。城门口，特务和伪军仍在仔细检查进城人的眉间，她连忙离开，去了小南门。一些人正在那儿的河里捕鱼，随便从涵洞进城出城，她就杂在捕鱼人中间混进城，在下河巷大屋门外等候曾睿剑回家。到了半夜，还不见曾睿剑的人影，玉莹心急如焚，找了根竹竿搭着，翻过围墙进了天井。

玉莹蹑手蹑脚走到曾睿剑的房间门口，脱下布鞋翻转鞋底，往六节锁的底部一拍，锁杆弹出掉在地上。玉莹推门进去，小心地把门关好，从柜子里取出被子铺在床上："我就睡在这里等他。"

可是玉莹连着睡了三晚，仍然不见曾睿剑。她心中一股怒火往外喷涌，在屋里走来走去，突然扯下墙上装有曾睿剑照片的相框，猛地往地上一砸，玻璃碎片飞溅，露出一个信封，信封上写着：亲爱的玉莹怒收。

玉莹连忙取出信笺展开，雄健而熟悉的字体映入眼帘：

  莹，日本人在到处抓你，看到信，马上过国统区。或者把图交给日本人，最好是交给我，我替你保管。另外，以后再不要来这里，因为日本人会埋伏在这里抓你。睿剑。

玉莹看完信，满腹疑惑："他怎么知道我会来他房间，又怎么知道我会砸相框呢？难道我在做梦吗？"她狠狠地捏了自己脸颊一把，痛得直咬牙，"不是梦，是真的。好你个曾睿剑，竟叫我把图献给日本人！"她把信笺撕得粉碎，撒在地上，忽而又想："他怕我被日本人抓去，要我过国统区，难道良心尚存？渡口的日本兵还在吗？先去看看能否逃出去。"

玉莹心情纠结不解，半信半疑地到永康江北岸石苍岩渡口查看情形。只见江水仍然浊浊又滔滔，江岸上仍然有背着枪的日本兵和伪军。他们凶神般仔细搜查过渡的人，日军队长不断地喊："仔细检查每一个人眉间是否有痣，不要漏过一人。"

玉莹假装镇定地离开，心想："这个渡口看来过不去，到东干渡看看吧。"

快到东干渡时，她远远地看到，日伪军对过渡人的检查更严，有两个人被绑了起来。玉莹连忙避开，又到泉溪渡，还是看不出能过渡的样子。折腾了一天，玉莹突然大怒："他要我过国统区，原来是想让日本兵抓我。"她狠狠一咬牙，"我饶不了他！"

回竹林庵小屋的路上，黄狗钻出柴蓬迎她，玉莹抚摸着它说："我们回去养好体力，选个日子去杨家矿，把那个汉奸杀了。"

五　擦肩而过

　　周东曦打扮成猎人，到村里打听玉莹的消息。这天，他在山里忽闻挖土之声，于是小心地循声走近，躲在柴蓬后面偷看。只见一个小伙子手握铁锹在挖坑，额上的头巾拉得低低的，把眉毛都遮住了，身穿布扣对襟土布衫，叠腰便裤外面围着白汤布①。他时而伸脚踩进坑里试试，然后接着挖，直到试得满意，才拿起铁箍放进坑里，再把坑遮掩起来。

　　挖完几个后，他又在一棵大毛竹脚下挖了个坑，在坑里打进一个横桩，然后爬上毛竹，把竹干弯下来，用绳索把竹子和坑里的横桩连起来拉紧，整棵毛竹成了弓状。最后他又把坑伪装起来。

　　卧在他身边的黄狗似乎发现了周东曦，狂吠起来，小伙子警惕地看了看四周，没发现人迹，便拍着黄狗的脊背说："不要叫，要是把人叫进来，我的秘密就暴露了。"

　　周东曦更好奇了，躲在柴蓬里一动不动。

　　只见小伙子用汤布拍着身上的尘土，收拾好工具放进柴蓬，手握柴刀离开。他经过了周东曦的藏身处，四下观察后，在一个大柴蓬下卧倒，捋着黄狗的头毛："旺旺，快睡下，我们就潜伏在这里。等日本兵路过，跳出去一刀劈了他。如劈不着，就假意逃跑诱他追我，嘿嘿，看他知不知道自己是怎么死的。"

―――――――――――

① 　汤布：武义永康一带的农民随身携带布匹，约一米长、五十厘米宽，劳动时系捆在腰上，或围在腰间，可护腰可揩汗。不用时挂在肩上，呈 U 字形，可以当装饰。有的农民甚至在夏天把它围在腰上当裤子，通风凉快。

周东曦听清楚了小伙子与黄狗的悄悄话："啊！这人要杀日本兵，太危险了，必须阻止他。"他突然站起身走过去："小伙子，你趴在这里干吗？"

小伙子一惊，歪着头看了看身边的大柴刀，没有说话。

"你在这里干什么？"周东曦又说。

远远的村路上走来一队日本兵，走在前面的是汉奸王友仁，最后面的正是"半脸毛"。小伙子盯着他们，抄起柴刀，焦急地推周东曦："日本兵来了，你快走，别碍我的事。"

"你要杀日本兵？"周东曦使劲摇头，"还是快躲起来吧。"

小伙子举起柴刀，脚踢周东曦："不要你管，你再不走，我就不客气了。"

周东曦避开小伙子的脚："凭你一个人、一把刀，能杀掉一整队日本兵吗？"

"我杀掉脸上长毛的那个就够了。"

"日本兵不是吃素的，你这样肯定杀不死他们，自己还要被日本兵害死。"

"你知道什么。"小伙子从身上摸出个小瓶子一扬："这里是草乌熬制的毒药，我已涂在刀口上，随便砍中他们哪里，三天内那人都会剧毒攻心而死。现在我要你快走开。"

"即使是这样，你自己也活不成，我们不能死。"

"我杀死那个'半脸毛'，死也甘心了。"

"你这是愚蠢的行为。"

小伙子举起柴刀："我好不容易等到他们，偏偏碰到你这个假好心。"他猛地砍向周东曦，周东曦闪身，一把箍住小伙子摁倒在柴蓬下，小伙子奋力挣扎着大叫："放开我！放开我！"

周东曦捏住小伙子手中的柴刀柄，用身体压住小伙子："不要动，不要说话，让日本兵发现了，我们都得死。"

小伙子被迫静了下来，因为路上的日本兵已走近了，他明白的确很危险。

"半脸毛"突然站住："咦，好像有人的声音。"他端着枪在柴蓬中东挑西挑，周东曦和小伙子都屏住呼吸。过了一会儿，"半脸毛"没有什么发现，追着队伍走了。

周东曦松开小伙子跳起身，顺手夺过他的柴刀，小伙子流着眼泪，脚踢周东曦："你这人真可恶，本来我能杀掉仇人的。"

周东曦避开小伙子的脚："我和你说……"

小伙子一脚接一脚："我不要听，刀还给我。"

周东曦把刀还给他："小伙子坐下来，我给你说说抗日。"

小伙子接过刀就砍，一刀又一刀，越砍越狠。周东曦退步避开："小伙子，我劝你千万不能这样蛮干，不然会闯大祸的。"他一抱双拳，"后会有期。"说完转身就跑。

他跑出很远后，回头看了一眼小伙子，见小伙子正向日本兵追去。周东曦不禁担心，又返回来跟踪他。

王友仁带着日本兵走近村前的山口，在山上站岗望风的村民敲起大锣，边跑边喊："日本兵进村了，大家快躲起来。日本兵来了，大家快躲起来……"村民们闻声扶老携幼往山上逃。

日本兵到了村里，破门入户，搜、敲、打、骂："混蛋，人都逃走了，粮食都藏了，花姑娘也找不到了。"

"半脸毛"进了一间村屋，赶来的小伙子咬紧牙，手握大柴刀站在房门外："等你出来就一刀劈死你。"

周东曦连忙追过去："你这样是自己找死！"

小伙子恨恨地盯了周东曦一眼："你总跟着我，是和我有仇吗？"

"你这样杀日本兵，等于自己送死，还要连累村人，我必须阻止你的行为。"

小伙子跺脚："大汉奸，快走开。"

"半脸毛"在房内翻箱倒柜，砸得嘭嘭响。门外，周东曦拉住小伙子："你不能这样乱来，我是抗日游击队的，专门抗日……"

小伙子大怒，把刀架在周东曦的脖子上："你太可恨了。我数三下，你不走，这刀就割进你的脖颈了，到时你颈喷血雾，一命呜呼。一、二……"

周东曦猛地托起小伙子手肘，顺势夺过刀："那边的日本兵过来了，快跑！"说着就往晒谷场跑。

小伙子手中无刀，只能紧追周东曦："你这个大汉奸，又坏我的大事，今天决不放过你。"

"半脸毛"在屋里竖起耳朵听了一会儿，连忙出来，看到小伙子追着周东曦，惊讶地大叫："那边有两个可疑分子，快把他们抓起来。"他吹起哨子，日本兵从各个农舍出来，追赶周东曦和小伙子。

周东曦和小伙子跑进山里。周东曦见已经脱离了危险，站住脚说："小伙子，来来来，我和你说怎样抗日……"一句话还没说完，小伙子一拳捶在周东曦背上："谁要听你说，刀还我。"

周东曦把刀扔出老远："我不要你的刀，你先听我说……"

小伙子狠狠揪了周东曦后背一把："不听。"

周东曦哈哈大笑："真舒服，就像我娘给我揪痧。"

小伙子又是一脚踢来："你真可恨。"

周东曦避开，丝毫不动气："今天你如果杀不死那日本兵，肯定会被杀死。如果杀了那个日本兵，你也一定会死，还要连累……"

小伙子怒极，对着周东曦左一拳右一拳。周东曦有点忍耐不住了："看样子，不教训教训你，你最终会祸害村民的。"他急转身，双手从后背一把箍住小伙子，小伙子又羞又恨又急，奋力挣扎，就是挣不脱周东曦铁箍一样的手臂，于是低下头用牙齿咬他的手臂。

周东曦松手："哎哟，你怎么像女人，打不过就咬人。"

此时，"半脸毛"带着日本兵追到山前："那两个可疑分子肯定在山里，我们去把他们抓出来审查。"

叫田泽茂的副队长说："队长，山里或许有游击队埋伏，最好别进去。再说，我们的首要任务是抓方玉莹。"

"胆小鬼，青天白日哪儿来的游击队埋伏。""半脸毛"挥手命令，"纵队，间隔五米，小步向山里搜索前进。"

日本兵小心地踏进密林，大喊："出来，不出来打死你们！"

周东曦连忙说："小伙子，日本兵追进来了，我们别打了，分开走！"他跑出几步，还是不放心，躲在柴蓬里观察。

小伙子果然不跟着跑，而是拾回刀，笑嘻嘻地向"半脸毛"他们招手。

"半脸毛"一惊一呆，用枪遥指小伙子："竟敢向我挑衅，站住，不许跑！"

"我就在这里，日本狗，敢来抓我吗？"小伙子不自觉地伸手，把遮住眼眉的头巾往上一推，马上觉得不妥，又往下一拉。

就在这一推一拉头巾之际，"半脸毛"惊喜万分，兴奋地挥舞着双手："你们听着，这人眉间有痣，肯定是方玉莹。你们分开两边包围，必须抓活的。"说着，他自己向小伙子追去。

日本兵半信半疑地散开两边，包围小伙子。

小伙子往他挖坑的地方跑，"半脸毛"紧追不舍，突然一只脚踩进了坑里，被野猪夹牢牢夹住，身体也被竹子弹起来，倒挂在半空，疼得大喊救命。

小伙子回头哈哈大笑，极快地从一个柴蓬里拿出两股叉就要过去。周东曦连忙闪出拦住他："没等你刺到他，救他的日本兵就赶到了。"

小伙子恼火地与周东曦争夺两股叉："你为什么总和我作对？放手，再不放手，我就和你拼了。"

几个日本兵向挂着"半脸毛"的竹子跑去。周东曦放开两股叉："小伙子，你看日本兵这么快就赶到了，刚才来得及杀掉他吗？以后不能这样莽撞了。"说完转身就走。

小伙子恨恨地看了一眼正在救"半脸毛"的日本兵，转身追周东曦："这人太可恨了，今天非得给他点教训。"

田泽茂来到倒挂着"半脸毛"的竹子下："队长，先救你还是先抓方玉莹？"

"半脸毛"歪着脸咬着牙："先把我放下，我吃不消了。"三个日本兵暗笑："队长现在活像一只青蛙，倒挂在竹子上，蛮滑稽的。"

日本兵用刺刀砍毛竹，竹干慢慢倾斜。一个日本兵抱住"半脸毛"，田泽茂小心地拆下铁夹子："这铁夹的齿已咬到脚骨了，队长，你真厉害，没叫一声痛。"

抱着"半脸毛"的日本兵笑道:"我们队长是英雄嘛!"

"半脸毛"狠狠地打日本兵的耳光:"严肃点,快做个担架抬上我,接着追方玉莹。她肯定跑不远。"

日本兵砍了几棵竹子做成简易担架,抬着"半脸毛"追赶小伙子。

周东曦本以为自己救了小伙子就无事了,不料小伙子迁怒于他,追着他不放,周东曦干脆站住脚。

小伙子满脸怒色,一副绝不原谅周东曦的神态:"本来我刚才两叉上去,就能结果'半脸毛'的命,你坏了我的大事,我今天和你拼了。"

"如果那会儿你去刺杀'半脸毛',现在早已是一具尸体了,哪还能活着和我说话。来,现在给你上堂课,说说抗战的大道理。"

小伙子举刀砍周东曦:"我想吃你的肉,谁听你的大道理。"

周东曦避开刀锋:"我的手臂已给你咬掉一块肉了。"

小伙子瞟了一眼周东曦淌血的手臂,一拳击在伤口上:"我恨不得把你身上的肉一块块撕下来。"

周东曦握住小伙子的手臂,心想:"这人的身子和手臂都软绵绵的,或许真是女扮男装的方玉莹。"他突然发问:"你究竟是女人还是男人?"

小伙子一惊,眼珠转了几圈,叫道:"停一下,我解个手再和你打。"

这话正中周东曦下怀:"好,等你解了手再打。"

小伙子走开几十步,背向周东曦站立,双手放在腰前,一股水流激起地上的尘土。

"啊,原来他真是男儿,不是方玉莹……"周东曦心中失望,不料小伙子趁他走神,捡起柴刀就砍,周东曦避不及,手臂被割开一道口子,鲜血直流。

第二刀接着砍来,周东曦连忙避开,闪到一棵大树后:"你真想砍死我?好,我走,后会有期。"转身就跑。

小伙子追出一段路后站住:"哼,就不告诉你我已经换了无毒的柴刀,砍不死你吓死你。"这时黄狗摇着尾巴来到小伙子身边,小伙子捋着黄狗的毛:"旺旺,今天打得好累,我们找个大柴蓬睡一会儿。"

周东曦摁住手臂,用嘴吮吸伤口的血。小伙子说过,刀口上涂了极毒的草乌,必须吮出毒汁。

突然从柴蓬里钻出来两个人,叫道:"队长!"

周东曦大喜:"子旭、寿长,是你们俩。有方玉莹的消息吗?"

"没有,都说不知道呢。"王子旭看到周东曦的手臂流着血,"队长你受伤了?"

周东曦"嗯"了一声:"一个小伙子要杀日本兵,我阻止了他的鲁莽行为,他手持柴刀与我打斗,不小心被他砍了一刀。"

王子旭双手叉腰:"竟有这样不知好歹的人,我去找他算账。"

周东曦摆手:"算了吧,他再不知悔改的话,迟早会死在日本兵手上。"

王子旭一脸怒色:"不行,这种人不教训教训他,我这口气咽不下去。他在哪里?"

"我们在虎爪山分开走的。"

"我送队长回去,你放心去收拾那家伙好了。"陈寿长边说边向王子旭打手势,抬手、开掌,做打耳光状。

周东曦仍吸吮着手臂伤口的血:"你告诉他,不要不知天高地厚,再别做一个人刺杀日本兵的蠢事了。但是别真伤着他,教训一下就行。"

"我知道。"王子旭一口气跑到虎爪山,一面走一面四下张望。黄狗突然朝着他狂吠起来,小伙子翻身坐起,警惕地环视四周,立刻被王子旭发现。

王子旭走过去,瞪着小伙子,小伙子不客气地说:"我认识你吗?"

"你砍伤了人家的手臂,就当没事吗?"

"原来你是来找我打架的。"

王子旭挥起拳头:"今天非打残你不可。"

"那你就是来找死的。"

两人吵了几句就扭打在一起,王子旭越打越疑惑。他趁小伙子不留意，一把拉掉对方的头巾，看到那颗眉间痣，不由得大惊："你眉间有痣，身体也像女人的，难道是方玉莹？我是游击队侦察班班长王子旭，如果你是方玉莹，我保护你。"

小伙子咬着牙："你胡说，我不是方玉莹。"

日本兵抬着"半脸毛"走在山路上，王友仁突然指着密林："队长你听，有人声。"

"半脸毛"侧耳听了一会儿，对日本兵下令："去看看，不管是什么人都抓出来。"

王友仁和日本兵跑进林中，远远看到两人在地上纠缠，一个日本兵高兴地大喊："看那衣服就是方玉莹，终于抓到她了。"

王子旭直视小伙子："日本兵追进来了，这个时候你还不说实话？"

小伙子已听到日本兵的叫喊声，又挣脱不掉王子旭，一咬牙承认："我就是方松青的女儿方玉莹！"

王子旭连忙拉起她，又推了一把："快往密林里跑。"

"我们一起跑。"

王子旭摇头："为了保护分布图，你快跑，我挡住他们。你住哪里？我以后来找你。"

"我住在竹林庵。"

"好，你在竹林庵等着，我一定来找你。"

玉莹跑走了，王友仁和日本兵气喘吁吁地来到王子旭面前，扳着王子旭的肩膀问："刚才和你打架的人呢？"

王子旭摊开双手："跑了。"

王友仁跺脚："哎呀，她是皇军的通缉犯，赏金一千元，你怎么放她走了？快去追。"

王子旭想尽量多拖延些时间，让玉莹跑得远一点，于是说："她往这边跑的，我去追。"他趁日本兵不注意，弯下身钻进茂密的丛林中，像兔子一样飞快地溜了。

王友仁焦急地喊道："别跑，再跑就开枪了。"

王子旭嘿嘿一笑："别跑？我可不傻。你开枪吧，看能不能打到我。"

田泽茂开了几枪："都是树丛看不见人，中国人大大的刁滑。"

王友仁和日本兵追了一会儿，眼看抓不住王子旭了，悻悻地抬着"半脸毛"回营。

王子旭一口气跑出山林，来到江边，看着白浪翻滚的宽阔江水，心想："大白天游过江，日本兵的枪弹一定飞过来，我还是过渡吧。"他向渡口走去，混在过渡的人群中。

日伪情报组副组长柳臻全大喊："要过渡的先检查。"他走到王子旭面前："你看起来很面熟啊，经常在皇统区和国统区来来去去，是干什么的？带回司令部审查。"五个便衣不由分说，把王子旭捆起来押到司令部。

王子旭被绑在刑讯室的柱子上，认出他的王友仁说："你放走了方玉莹，活该被抓回来。"指挥着打手，"把他的衣服脱光了打。"

打手脱掉王子旭的衣服，从他身上掉出一个布包，王友仁打开看，突然得意地大喊："这是武义县阳山乡的乡公所官印，这颗印是我放在办公室防盗壁内的，竟被他偷了出来，这是流亡乡公所的人。"他把官印交给竹子。

王子旭跺脚懊悔："啊，怎么当时忘了把印章交给寿长呢，这下完了。"

竹子笑起来："原来是流亡乡公所的人，真是条大鱼啊。"

王子旭"呸"的一口唾沫吐在王友仁脸上："大汉奸，你丧尽天良，总有一天会跪在人民的审判台上。"

王友仁敲着王子旭的头："死到临头你还逞强？给我打。"

竹子摆手："慢，让我和他说几句话。"她问王子旭："你们游击队有多少人？"

王子旭冷冷一笑："好几千，好几万，几百万，几千万，全国遍地都是。"

竹子站起身："问你上仑村祠堂有多少人。"

王子旭侧着头看她："有时几千，有时空无一人。"

竹子问："你肯放走方玉莹,一定知道她的落脚处。如果你配合皇军抓到方玉莹,皇军重重有赏,你愿意配合吗?"

"除非我成了豺狼。"

"你考虑一下,如果你说出方玉莹在哪里,和我们一起抓到她,我可以让你当副县长。"

"我知道她在哪里,但绝不会告诉你们。"

竹子敲着王子旭的头:"你不说,就放狼狗把你一口一口撕烂。"

王子旭看看身旁两条吐着舌头的狼狗,打了一个寒颤。

王友仁趁机劝诱:"怎么样,还是听参谋长的话,带我们去抓方玉莹吧,之后就可以像我一样跟着皇军享福了。"

王子旭鼓起两腮,向王友仁吐唾沫:"你这民族败类,猪狗不如的东西,天在看着你呢,总有一天让雷劈死你。"

王友仁恼羞成怒:"这种死不知道葬的人,是铁了心抵抗皇军了。"

竹子冷冷地下令:"放狼狗。"

两只狼狗齐扑在王子旭身上乱咬。王子旭惨叫道:"日本人畜生不如!日本人滚……出中国!中国人一定……能打……打……"

竹子冷笑:"把他拖到练兵场,让新兵练刺刀。"

日本兵把血肉模糊的王子旭拖到童卢后山,八个日本兵端着刺刀一次次地刺向他,嘴里喊着冲呀、杀呀。

王子旭昏昏沉沉地想:"我死不足惜,可惜的是不能告诉队长方玉莹的下落。"

王子旭断气后被扔进了万人坑。

就这样,寻找玉莹的人和她擦肩而过。那么玉莹又怎么会在山上埋野猪夹呢?

原来那天玉莹在山上砍柴,看到一个猎人在挖坑安野猪夹,于是好奇地凑过去:"这山上野猪多吗?"

猎人看一眼玉莹:"你知道这夹子是捕野猪的?"

"去年我和爹一起埋过夹子,夹住一只二百多斤重的野猪。"玉莹眼珠一转,"猎人伯伯,借我几个夹子行吗?"

猎人问:"你一个砍柴的,要野猪夹干吗?"

玉莹实话实说："日本兵杀了我爹娘，我想把夹子安在日本兵必经的路上，虎爪山、道观山或黄泥山都行。"

　　猎人神情严肃："日本兵人人痛恨，既然是对付他们，我就送你几个，你自己会安吗？"

　　玉莹自信地说："会，我爹教过我。我还会安弹弓夹，把日本兵弹上半空中。"

　　猎人指着松树下的一堆野猪夹："喏，那边还有五个，都拿去吧，哪怕夹到一个日本兵也好。"

　　玉莹连声道谢，于是就有了和周东曦相遇的一幕。

六　野猪夹的威力

　　周东曦坐在祠堂大厅，抚摸着被小伙子砍伤的手臂，皱着眉头："子旭两天都没回来，难道出事了？"

　　张正钧神色悲愤地冲进祠堂："队长，不好了，子旭前天在渡口被日本兵抓去，昨天被杀害了，死得很惨。"

　　周东曦呆住了，他眼里渐渐噙了泪水，却仰头直望天空，不想让它落下来。游击队员们听到噩耗，都陆续来到大厅里，低头叹气，不发一语。李红莲和萧洒泣不成声。空气异常沉闷。

　　秦浩淼来到周东曦身边，捋了捋袖子："东曦，我们与日军隔着一条江，虽是天然屏障，但它也是双刃剑。如果不搬乡公所，就老老实实待在这边，别过那边。"

　　大家望着秦浩淼，无人说话。周东曦霍地站起来："旭阳、正钧，我们去江边走走。"

　　三人来到江边，只见满是鹅卵石的江滩上长着密密的河茅，茅蓬中零零落落站着一些枸树，高过河茅很多。南北江滩间，一湾江水从东向西缓缓而流，把南北隔开来。

　　三人来到渡口，在渡口值班的游击队员王广荣连忙走过来："队长要过渡吗？对面查得很严，日夜都有日本兵和伪军巡逻检查。"

　　周东曦拍着王广荣的肩膀："我看到了，我们也要严查严防汉奸过来刺探情报，有可疑分子就把他扭送到乡里来。"

　　三人沿着江边走，只见江中一座石坝把江水拦住，水从坝上漫过，成了如帘样的瀑布。

周东曦的手往脑门上一拍："这坝本来就有，怎么今天看到的不一样？"他忽然叫张正钧："你去找筑坝的水木师，问问水坝能不能像屋檐一样，用木头挑出远一些。"

"我明白你的意思，现在就去。"张正钧即刻去了水木师家。水木师一听就懂，以修坝的名义砍下大松树，横直铺好，用蚂蟥钳钉起来，面上仍堆上鹅卵石。水从木坝上面漫过，成了水帘，里面的空间却足足有八十厘米宽、两米多高，简直像一条弄堂。挑出去的木头底部还钉了天花板，水都不怎么漏下来。周东曦高兴地说："再弄个竹筏，过河可以不湿鞋了。"

张正钧拖过来一张竹筏，还带着绳索、葫芦，在南北两岸打上木桩，在竹筏的前后横档各拴上绳，绳索的两头拴在南北两岸的木桩上。通过葫芦拉绳子，就可将竹筏拉过南岸、拉过北岸了。游击队员们坐在筏中高兴得拍手，周东曦笑得合不拢嘴："把两头的进出口用柴火遮挡稳当，派人秘密看守。"就这样，一条水下秘密通道建成了。

吃了中饭，大家在大厅休息。金吉水急切地说："队长，现在我们可以随身带枪到沦陷区了，立刻过去为子旭报仇吧。"队员们也都嚷着要过河去杀日本兵。何旭阳胸有成竹地说："日本兵每天到村里找方玉莹、抢劫，都是以分队为单位，每分队约八人，早上出发，下午回司令部，我们埋伏在黄泥山林道，最容易袭击敌人了。"

周东曦双手一击："好，今天朔日，晚上漆黑，便于埋伏撤退，咱们午后就出发！"

金吉水拍手蹦跳："队长，我要去。"

谢文生说："吉水是骚急狗，没耐性埋伏的，不能让他去，我去。"

柳青挤到周东曦身旁："队长，我也要去。"

周东曦决定了："好，旭阳、寿长、文生、柳青我们五个去。"

金吉水拉住周东曦的袖子哭鼻子："队长，我要去，我一定要去！"

周东曦无可奈何："去就去吧，但你一定要有耐性，遵守纪律，听从命令。"

金吉水破涕为笑："我保证遵守纪律，听从命令。"

秦浩淼走过来："东曦，你们不能去，要死人的，还会连累百姓。"

周东曦从身上摸出一块布质布告给他看："你放心。"他手一挥："出发！"六人雄赳赳气昂昂走出祠堂大门，上了村路。

　　秦浩淼不住摇头："不出大事终不歇，今晚不知要死几个人。"

　　六个游击队员携枪坐在竹筏上过了河，夕阳枕在白阳山上时，他们已经埋伏在林道南面的树丛中。不一会儿，只见一队日本兵枪头挑着鸡鸭鹅，嘴里乱七八糟哼着小曲，走上林间道，落在最后面的正是"半脸毛"。

　　周东曦下令："准备！"金吉水瞪大眼睛，心跳加快。第一个日本兵刚进入埋伏圈，他就手指一勾，砰一声射出子弹，最前面的日本兵倒了下去。他欣喜地大喊："我打中了，打中日本兵了！"

　　"半脸毛"连忙趴下："敌袭，散开，隐蔽，还击。"

　　"哎呀，吉水开枪早了！"周东曦火凛凛地下达命令，"每人瞄准日本兵开两枪，以最快速度撤回上仓村。"

　　游击队员们打了两枪，迅速撤离。

　　"半脸毛"向山林中窥伺了一会儿："是游击队，他们逃了，追！把他们全部消灭。"

　　日本兵追着游击队员射击，枪声激烈。

　　天色虽昏未暗，金吉水还想打死一个日本兵后再走，便回身朝追赶他的"半脸毛"开了一枪。"半脸毛"没被打中，抬手还击，打中了金吉水的手臂。金吉水"哎哟"一声，连滚带爬躲进一个大柴蓬。

　　"半脸毛"瞅着黑影，直追到大柴蓬旁，嘿嘿一笑："躲进柴蓬就行了吗？"他对着柴蓬连开两枪："现在不死也死了。"

　　黑暗已笼罩山峦，"半脸毛"见无法搜寻游击队员，还有两个日本兵中弹急需治伤，便下达了撤退的命令。他们撤出山林，回到林间道，正遇上日军先锋队几十人来到。队长中川藏垣看到两个日本兵躺在路上，厉声问"半脸毛"："什么情况？"

　　"半脸毛"指着山里："游击队埋伏在山上对我们偷袭。"

　　"游击队呢？"

　　"一些被我们打死，一些已逃，不知踪迹。"

中川藏垣恶狠狠下令："追！"

一个日本兵捡到了那块布质布告，交给中川藏垣。

> 日本兵立刻停止侵略，停止杀害中国人民，停止掠夺萤
> 石，滚出中国！
>
> 武义县阳山乡抗日游击队　周东曦
> 中华民国三十一年八月二十五日

中川藏垣看了布告说："他们有备而来，现在肯定都已逃跑。今天我们先撤，隔天再想办法消灭他们。"两个日本兵本来要抬回司令部抢救，然而在路上就一命呜呼。

日本兵撤出黄泥山，山中安静下来。游击队员们学着野鸽的叫声，一会儿就都聚拢在周东曦身边。何旭阳紧张地报告："吉水还没到。这个家伙，队长没下命令就提早开枪，破坏了这次行动。撤退嘛就慢吞吞，现在还没现身。"

谢文生焦急地说："我好像听到了吉水的惨叫声，可能是中弹了。"

周东曦下令："大家都去找他。"

游击队员们分散在山林中寻找金吉水。周东曦听到一个大柴蓬里有呻吟声，快步走过去拨开柴蓬，用电筒一照，只见金吉水像死人一样，躺在一个已捡去了骸骨的空墓穴里。原来"半脸毛"的子弹穿过柴蓬，只打到了墓穴拱体，金吉水幸运地避开了。

周东曦大喊："吉水在这里。"

大家从墓穴里拉出金吉水，金吉水的手臂还在流血，面色苍白如纸，叫他也不应声。

周东曦吩咐道："把他的伤口扎紧，咱们尽快回家。"谢文生包扎了金吉水的伤口，背着他回到祠堂，周父连忙给他上药。原来周父是出名的医生，常来帮忙料理游击队员们的小伤小病。

池之上坐在办公室里喝茶看书。中川藏垣和"半脸毛"走进办公室，低头轻声报告："司令，我们下午回营走到林道时，遭遇游击队袭

击，二死二伤。"

池之上扔掉手中的书："知道是哪支游击队干的吗？"

中川藏垣递上布质布告："这是阳山乡游击队周东曦留下的布告。"

池之上看着布告一声冷笑："小小游击队何足道哉。藏垣，限你三天准备，大后天晚上全队出动偷袭游击队，踏平上仑村祠堂，把周东曦炸成肉酱。"

中川藏垣立正答道："是！"

玉莹一直焦急地等待王子旭来找她。然而她到山上砍柴时碰到猎人，猎人说起了王子旭被日本人抓到惨死的消息。

玉莹满心悲哀，在道观山上乱走，最后钻进大柴蓬里哭泣起来。忽听得有人讲日本话，她拨开柴蓬向外看，只见"半脸毛"带着一队日本兵走进山来，嘴里还嚷嚷着："太热了，在这树荫下休息半小时。"日本兵就在玉莹藏身的柴蓬前不远处席地而坐，吸烟，吃水果糖。

王友仁和另一个汉奸也在队里，两个人闲谈，只听得那个汉奸说："总是找不到方玉莹，她或许已经过了江，逃到国统区了。"

王友仁摆手："那天被王子旭放走的那个肯定是方玉莹。唉，王子旭是游击队员，我们杀了王子旭后，游击队马上在黄泥山杀了两个日本兵报仇。"

玉莹暗竖大拇指："好，游击队为王子旭报了仇。"

那个汉奸向王友仁靠近了些："游击队把抗日传单贴到村里，贴到我的屋墙上，还常杀掉像我们这样的人，说是锄奸。一到晚上我就提心吊胆，担心哪天被游击队杀了。"

王友仁笑道："胆小鬼，放心好了。司令已下令，先锋队后天晚上要突袭游击队，我们可以高枕无忧了。"

那个汉奸惊喜地咧开嘴巴："真的？"

"当然是真的。"

玉莹吐了吐舌头："必须把这个消息通报给游击队。"

休息了半小时，"半脸毛"带着日本兵出山。玉莹赶紧钻出柴蓬，打扮成乞丐模样来到渡口，听到便衣特务大喊："认真查看过渡的人眉间是否有痣。"

"他们还在查我，我根本过不了渡报信。"玉莹连忙转身沿着江岸走，眼睛看着江对岸，期待有机会出现。走不多远，忽见对岸有个人在茅蓬中忽隐忽现，玉莹双手做成喇叭状，向对岸"喂！喂！"地大喊，又捡起鹅卵石往江里扔，想引起对岸的人注意，可是那人无论如何也没反应。玉莹心急如焚，在江边徘徊，只见一只鸟儿从北岸飞过了南岸。玉莹手一拍："对，让消息像鸟儿一样飞过去。"她拿出柴刀割下内衣大襟，咬破指头在布上一笔一画认真涂写："后天晚上，日本兵夜袭游击队。"然后她砍下一根细竹，做成弓，又做了箭，将信包在箭头上，瞄准对岸的人，拉满弓把信射了过去。可是她力量不够，箭离岸还有一些距离就掉在水中了。南岸的人只是看着，没有去捡，玉莹着急地大喊，连连用手比划。

站岗的是谢文生，他看到玉莹比划，终于下到水里捡了信，虽然字迹模糊，但还认得出。他连忙跑回上仓村祠堂把信交给何旭阳："何队长，对面不知什么人，把这信绑在竹箭上射过来了。"

秦浩淼走来和何旭阳一起看信，紧张地说："旭阳，快，必须全员撤出上仓村。"

何旭阳把信递给秦浩淼："不，周队长在县里开会，你把信送给周队长。"

"好，我立刻去。我肯定要请县里批准，把乡公所搬到跟县政府一起，不然太危险了。"秦浩淼接了信，慌慌张张地去了新宅县政府。

县政府新建的大会堂，箬片当瓦，十分简陋。台前挂着"武义县抗战动员大会"的横幅，蔡一鸣站在台上讲话："……沦陷区群众对敌斗争总结出的经验是：

"村口放哨不马虎，敌人进村上山住。粮食深藏不外露，牲口养在深山坞。敌人回营我下山，月下耕种节不误。汉奸日本兵你等着，光复日子不远路。

"这样的顺口溜表现出沦陷区人民对敌斗争有方法，对我们有期待，对胜利有信心。我们一定不辜负人民的期望……"

台下一片掌声。蔡一鸣继续说："武义县游击队专门破坏日寇矿区，大大打击、削弱了敌人的萤石开采。这几天又深入敌区，抓了两个汉奸，有力地震慑了敌人。阳山乡抗日游击队成立不久，在日军司令部眼皮底下打死两个日本兵，重伤两个，给日军心口重重一拳。现总指挥部给予通报表奖，希望再接再厉……"

蔡一鸣讲完话，秦浩淼急匆匆地走近他："蔡县长，不好了。"

蔡一鸣问："怎么了？慢慢说。"

秦浩淼把信递给蔡一鸣："日本兵要来偷袭游击队和乡公所，我们得马上把乡公所搬到这里来。"

蔡一鸣看完信，把信递给周东曦："周队长，你说怎么办？"

周东曦面色凝重："我们现在就回去。浩淼，我们一块走。"

秦浩淼侧着头，不敢相信的样子："乡公所不搬吗？"

周东曦拉着秦浩淼的手往门口走："搬什么，我们快回去想对策，走。"

蔡一鸣对周东曦说："周队长，不能麻痹也不要怕，你们回去后，做好撤离疏散工作，我与国军联系，请他们协助。"

周东曦双手合拢摇一摇："谢谢蔡县长。"又对秦浩淼说："浩淼，听到蔡县长的话没？这样吧，你负责疏散村民和乡公所，我负责对付日本兵。"

秦浩淼十分不高兴，甩着袖子："东曦，打仗不是好玩的。"他站着不肯走，"听我的话，把乡公所搬到这里来才安全。"

周东曦用力扯着秦浩淼疾走，秦浩淼无奈地跟着他。

回到上仑村祠堂，周东曦叫来何旭阳、张正钧商量："我想用野猪夹对付日军。"

张正钧笑了笑："队长是看到那小伙子用野猪夹对付日本兵，得了启发？"

何旭阳兴奋地说："我这就去打铁铺，商量打野猪夹。"他一家家打铁铺巡过去："师傅，尽快给我打野猪夹，要加大的，越多越好，多少钱一个？"

铁匠师傅们一致回应："打这么多野猪夹干吗？"

何旭阳说："用来夹两只脚的畜生，你肯定懂的。"

铁匠师傅用毛巾揩了揩身上的汗，拉起风箱呼呼响："好，我知道了，夹两只脚的，不要工钱只收成本。"

一时各个打铁铺里火星四溅，铁的撞击声叮当叮当十分响亮。

夜幕降临的时候，游击队员、村民和军人们在江滩、村路、山上、田里奋力挖坑，埋野猪夹，埋地雷。

玉莹看着对岸的人捡了信去，十分关心日本兵偷袭游击队结果会如何。傍晚她爬上临江的山头，观察对岸的动静。

晚上十一点钟，王友仁带着日军先锋队来到永康江北岸："队长，要过江了，过了江就是中国统管区，是否要观察一下对面情况？"

中川藏垣蹲下身子用望远镜观察对岸："一点看不出游击队有准备。过江！今晚就把游击队消灭干净。"

三只渡船载着一百多个日本兵向南岸划去。日本兵上了岸，中川藏垣下令："目标上仑村祠堂，跑步前进！"日本兵跑得正带劲，突然一个接一个踩进坑里，被野猪夹箍住了脚，惨叫声一片：

"我的脚踩进铁箍，被箍住了。"

"不好了，我的脚拔不出来，快帮我把脚弄出来。"

越往前走，被夹住脚的日本兵越多，先锋队只得停止前进，先救同伴，再搜查陷阱。队伍乱七八糟不成形，咒骂声、喊叫声此起彼伏。

一个军曹手提着野猪夹，跑到中川藏垣面前报告："路上到处都是坑，里面埋着铁夹，很多士兵的脚被夹伤了，丧失战斗力，队伍也乱套了。"

中川藏垣不肯善罢甘休："几个铁夹有什么好怕的，让被夹住的士兵自己拆夹解决，没被夹住的士兵用枪刺试探地面，继续前进。"

日本兵用步枪刺刀戳一下地面再走一步，有些野猪夹夹住了刺刀，有些日本兵还是踏入了陷阱。他们骂娘喊爹地顽强前进，然而速度异常缓慢。

埋伏在路两边山林中的游击队员看得忍笑不已。何旭阳边笑边低声说："队长，日本兵真的不怕疼不怕死啊，还在前进。"

突然有日本兵踩到地雷，爆炸声中，队伍又乱了。

周东曦下令："打！"仇恨的子弹雨点一般射向日本兵。惨叫声、爆炸声、枪声响成一片，在寂静的黑夜中震撼非常。

中川藏垣大喊："路上埋有地雷，我们中计了，向后转，撤！"

周东曦举枪大喊："追！"游击队乘胜追击日本兵。

日本兵撤到江边，中川藏垣下令："没受伤的士兵组织防御，阻住追兵，受伤的士兵赶快上渡船过河。"

日本兵迅速摆开阵势，一边撤退一边还击。黑夜里弹光飞闪，江岸上枪声震天。

周东曦看看差不多都已过江的日本兵："敌人真称得上撤退有方，看来我们占不到便宜了，不追了，凯旋。"游击队员们个个意气风发，有说有笑地返回上仑村祠堂。

池之上坐在花园亭中喝茶，竹子坐在池之上膝上，正在撒娇："司令神机妙算，今天晚上中川队长一定把游击队消灭得干干净净了！"

池之上在竹子的脸上轻轻一吻："是啊，我们就在这里等凯旋的消息。"

卫兵来到亭前："报告，中川藏垣队长到。"

池之上推开竹子，兴奋地站起来："啊，这么快就解决了。好！"

中川藏垣带着"半脸毛"和王友仁，提着几个野猪夹，一脸沮丧地走来，低垂着头。

池之上难以置信："你们惨败而归？"

中川藏垣垂头丧气地说："原来游击队早有准备，在路上埋了很多这个东西，很多士兵的脚被卡住，鲜血直流，没法战斗。"

池之上脸上阴云密布："还有呢？"

中川藏垣的头垂得更低。池之上面色阴鸷："说。"

中川藏垣轻声说："还有地雷。两个士兵被地雷炸死。"

池之上呼呼喘着大气，抓起青花瓷杯猛地摔在地上："气死我了！马上派一中队、二中队去，把周东曦碎尸万段！"

中川藏垣提高了声音："司令，千万不可意气用事。他们不光用了捕兽夹，还有地雷，说明还有中国军队参与防守，司令切不可暴躁。"

竹子把池之上按在椅子上，抚摩着他的前胸："司令，先别气，抓周东曦来日方长，最要紧的是先找到方玉莹，拿到分布图。"

池之上叹气、跺脚。中川藏垣低头："卑职无能。"

池之上把头一仰："周东曦总到我们这边滋事挑衅。立刻发通缉令，抓到周东曦奖赏一千块银圆，让老百姓抓他，省得他跟我们捣乱。"

竹子应是。池之上又指着"半脸毛"和王友仁："方玉莹还在我占领区，半月内，你们务必找到她，抓到周东曦，否则军法处置。"说着把腰间的军刀抽出半截又使劲放回去，发出咣的一声响。

两人抖抖地答应一声要走，竹子叫住"半脸毛"，指手画脚地说了一通，"半脸毛"连连答应："是，我一定执行参谋长的办法，把周东曦抓住。"

七　绝处逢生

七个日本兵在操场列队，"半脸毛"在训话："司令命令我们半月内抓到方玉莹和周东曦。既然他们也在随时找我们滋事，从今天起，我们一改以前到处找她的愚蠢办法，守株待兔，日夜埋伏在离村路不远的山林中。大家带上背囊，备足三天干粮。"

众日本兵齐声答应。

玉莹砍足一担柴，正准备回竹林庵小屋，忽见王友仁和"半脸毛"带着七个日本兵沿山路而来，心想："日本兵以前都是早上出来，怎么今天是下午出来呢？我要看看他们究竟想干什么。"于是她一直跟着日本兵。

太阳从西山顶渐渐落下去，月儿像个红烧饼，从东山顶冉冉升起，"半脸毛"突然示意停止前进，走进路边的柴蓬中四下观察："今晚我们就埋伏在这里，等目标路过，就抓住他们。"

田泽茂问："如果目标不出现呢？"

"半脸毛"一脸严肃："不管来不来，今晚我们都要在这里守株待兔到天亮，明天才能补觉。这是参谋长的命令。从此刻开始，一不准抽烟，二不准讲话，三没有我的命令不准离开。抓到方玉莹或是周东曦，可以记功领奖。"

田泽茂问："可以躺下吗？"

"四、不准躺下，双眼盯住路，随时准备战斗。你，你，你……""半脸毛"指着三个日本兵，"跟我到对面埋伏。目标一出现，我们就从两面兜住他，让他无路可逃。"

一个缺牙的日本兵看着"半脸毛"走到路那边，耸了耸肩轻声说："今晚惨了。"

田泽茂手指"缺牙佬"："队长命令我们不准说话，你怎么说话了？"

"缺牙佬"不服气："你刚才不是也说话了？"

田泽茂说："我是提醒你，违反纪律要被处罚。"

"你们都别说话了，如果刚才你们的说话声被周东曦听到，逃走了，我们的责任可就大了。"一个日本兵说。

"喂，不准讲话！""半脸毛"在路那边叫。

日本兵说："我没说话。"

田泽茂说："刚才就是你说话。"

"半脸毛"要发火："你们还要说吗？"

田泽茂一手捂住嘴巴，一手向另外三个日本兵乱摆。众人伸伸舌头都不再说话，聚精会神地盯着路上。

玉莹一直在暗里监视"半脸毛"："我就不信你不睡，等到你睡过去，一刀结果你的性命。"

到了半夜，"半脸毛"突然站起来："今晚目标可能真不来了，我到村里看看。你们振作精神，守住路上山上，周东曦和方玉莹如果出现，一定要逮住他们。"

田泽茂问："队长，你到村里找花姑娘吗？小心点，别让村民杀了。"

"半脸毛"摆手："村民已经被我们杀怕了，花姑娘躲起来找不到了。我是到村里看看，方玉莹说不定躲在哪家了。"

田泽茂说："队长快去快回。"

王友仁劝道："队长，这深更半夜的，不要单独行动，太危险。"

"半脸毛"嘿嘿一笑："你别啰嗦了。"他走出山林，大摇大摆向村里走去。玉莹见他要进村，既紧张又兴奋地跟在后面："好啊，他一个人到村里，真是天赐良机，让我杀仇人。"

周东曦正要从村里出来，看到有人走近，就躲在隐蔽处。

"半脸毛"嘴里哼着日本小调，玉莹手握柴刀在他身后步步逼近，猛地一刀向他头上砍去。"半脸毛"突然回身，避开柴刀，玉莹又补上一刀，"半脸毛"继续避开，哈哈大笑："我早就知道有人跟在我后面了，想等你再走近些，就把你逮住，不料你这么心急送死。"

玉莹也听不懂他的日语，又一刀劈去，"半脸毛"右手一托，玉莹手中的刀飞出老远。周东曦心头一跳，随时准备冲出来救援。

"半脸毛"惊愕地看着对方："方玉莹！参谋长真是神仙，算到你会来杀我，让我出来钓鱼，今天终于抓住你了。"他凶狠地向玉莹扑去，玉莹手里没了刀，连忙向田垄里跑。

"半脸毛"大喊："别跑，交出分布图，饶你一命。顺从我让我快活下，也饶你一命。"月光下的田野里，玉莹一丘田一丘田地往下跳，"半脸毛"一丘田一丘田地紧追她，场面十分惊险。

周东曦也跟着他们跑，寻找出手的时机。

玉莹跑着跑着突然站住："啊，这是方家村地界，下面这丘是烂糊田①，去年一头大水牛就陷进去淹死了。好险，幸好没跳下田后坎②。"她小心地沿着田塍跑，到了烂糊田后坎，站住剧烈地喘息。

"半脸毛"喘着粗气，站在上丘田田塍上看玉莹，他们中间隔着一丘一亩左右的烂糊田，田里长满水草，月光下一片苍翠。玉莹索性坐在田塍上歇息。

"半脸毛"边笑边说："跑不……动了吧？别……别跑了，拿出分布图饶你一命，让我快活饶你一命。"

"你……跑不……动了，别想……追到我了。"玉莹不理他说什么，反正你有来言我有去语。

"半脸毛"突然哈哈一笑，猛地径直跳下烂糊田，向玉莹追去。他没跑几步，双脚就往下陷。他用力拔脚，谁知越用力越往下陷，一会儿就陷到了肚子。"啊啊，怎么会这样？""半脸毛"惊慌失措，不停地挣扎，越挣扎身体越往下沉。

---

① 烂糊田：南方有地下泉的水田，常年积水，其田土稀糊状，牲畜或人进去会陷下去淹死，劳作时需十分小心。
② 田后坎：上丘田的田塍和下丘田面的落差垂直面，根据上丘田和下丘田落差数有高有低，长有灌木茅草，需每年修理。

玉莹兴奋得手舞足蹈："这下你死定了。"

"半脸毛"双手合拢拜着玉莹："方玉莹，不，菩萨，快救我，我重重谢你，我不抓你。"

玉莹昂首挺胸站在田塍上，一股脑发泄心中的仇恨："你还想抓我吗？现在我问你，为什么杀害我爹娘？你杀了多少中国人？糟蹋了多少中国妇女？"

"半脸毛"在烂糊田里连连叩首求饶，一连串哀求的日语蹦出来。

玉莹得意地笑："你全身沉下还得半时三刻，我问你，你自己有国家，为什么要侵略中国？你恶贯满盈，天不容你了。死前把罪恶交代清楚，死后看阎王饶不饶你。"

"半脸毛"已沉陷到胸部，玉莹还不解气，捡起一块石头往他身上砸："砸不死你也疼死你。"

"半脸毛"眼见一块又一块的石头砸到自己身上，心想："看她这趾高气扬的样子，要她救我是没指望了，大声喊救命吧，希望田泽茂他们能听到。"他放开声音高呼："快来救我！田泽茂，快来救我……"

玉莹在田塍上一边看一边笑，和"半脸毛"玩打落水狗。

此时田泽茂正在担心："队长去村里好长时间了，还没回来，会不会出问题？"

"缺牙佬"懒洋洋地说："你好愁不愁，愁六月没日头，队长肯定找到花姑娘了。"

谷井武说："和花姑娘也不用这么长时间，我们应该去找队长。"

田泽茂也说："对，赶紧出发去找队长。"

王友仁却说："万一队长回来这里呢？我要坚守在这里等他。"

田泽茂答应了："好，你就守在这里。"

七个日本兵走出山林进村，边走边齐声大喊："队长——你在哪里？"越喊越响。

"半脸毛"歪头细听，突然从绝望和悲哀中振奋起来，用尽全身力气呼喊："田泽茂，我在这里，快来救命……"

"队长在喊救命，快跑。"田泽茂听到了呼救声，"好像在那个方向。"他带着日本兵撒开腿跑过去："队长你在哪里？我们来了。"

"救命！""在哪里？"两股呼喊声在田野间回荡，距离越来越近。

"半脸毛"高兴得挥舞起双手："田泽茂，我在这里，陷在泥潭里了，快来救我。"

"队长坚持住，我们马上就到了。"

玉莹在田塍上跺脚："哎呀，我太大意了，来不及砸死他了。"她慌忙寻找大石块。

跑在前面的三个日本兵跳下田后坎要救"半脸毛"，刚到他身边，也一齐陷下去动不了。一个日本兵抱住"半脸毛"："怎么会这样？"

田塍上站着的田泽茂、谷井武、"缺牙佬"、楚上齐齐叫起来："怎么会这样？"

"你们站着干吗？快来救我们啊。"被陷住的日本兵大叫。

田泽茂说："怎么救，像你们一样陷下去？大家都得死。"

"半脸毛"看着还站在田塍上向他扔石块的玉莹："田泽茂，对面田塍上向我扔石块的就是方玉莹，你们四个绕过去抓她，要抓活的，之后立刻送到司令部。"

田泽茂问："那你们怎么办？"

"半脸毛"果断挥手："先别管我们，我以队长的身份，命令你们快去抓方玉莹。"

四个日本兵绕过田塍去追玉莹，玉莹捶胸顿足十分懊悔，但只得逃命。

"半脸毛"看着田泽茂他们去追方玉莹，回过脸来打日本兵耳光："冒冒失失的，现在我们四个人都死在这里了。"

日本兵大哭："我们是想早一点把你救出来！你为什么不让田泽茂先来救我们，而是让他们去抓方玉莹？"

"抓住方玉莹比救我们的命重要。我们为天皇而死，死得光荣。"

日本兵哭着说："队长，我怕。陷到鼻子时，我们气就上不来了，水和泥浆都呛到肺里胃里，不知有多难受。"

"队长，本来救回我们，方玉莹还可以找机会再抓嘛。"日本兵说着一齐大哭。

"半脸毛"大声斥责:"抓到方玉莹,就能拿到分布图,拿到分布图,就能采到更多的萤石,有了萤石就可以炼钢铁造武器。有了武器就可以实现天皇征服全亚洲的意志,我们的死就值得了。"

日本兵一齐大喊:"天皇万岁,万万岁!"喊完后接着哭,哭得满头大汗、满脸泥浆。

他们越陷越深了,边哭边喊:"我们都要淹死了,妈妈呀……"

玉莹一丘田一丘田地跑,跑得大汗淋漓、呼吸急促,四个日本兵穷追不舍。突然田泽茂站住:"停,抓方玉莹三个人就够了。楚上,你回去救队长他们,不然他们死定了。"

楚上转身跑回烂糊田。田泽茂四下查看,推着"缺牙佬":"方玉莹肯定想逃到对面山上,你现在就跑田垄过去,到山下埋伏,到时把她抓住。"

"缺牙佬"赞叹:"副队长真是高明!"弯着身子向左侧的山跑去。

月光下的田垄上,玉莹逃日本兵追。天上乌云翻滚,天气突然闷热起来。

楚上跑回烂糊田大叫:"队长,副队长要我回来救你们,抓方玉莹三个人就足够了。"

"半脸毛"如梦方醒:"啊,我慌乱中只想着抓方玉莹,田泽茂还蛮聪明的。"

陷在田里的日本兵十分高兴:"快把田塍上的绳子扔进来,先救出队长。"

田塍上有不久前村民们救大水牛留下的绳索,十分牢固,楚上把绳索扔进田里,"半脸毛"抓住绳头,楚上用力拖拽,像拖死狗一样把"半脸毛"拖上来。之后,三个日本兵也陆续被拖了出来,个个成了泥人,在田塍上刮着身上的泥骂娘。

玉莹果真穿过田垄向山上逃去,刚迈进山林,就被"缺牙佬"拦腰抱住。玉莹先是一惊,然后一个虾功,"缺牙佬"被摔仰在地上,但他的手却牢牢拉住玉莹的脚。

玉莹甩开"缺牙佬"的手，和他打斗。田泽茂和谷井武先后赶到，把玉莹抓得牢牢的。

"快，把她押到烂糊田交给队长。"三个日本兵把玉莹的手反剪住。

此时天气更加闷热，天上乌云汹涌，月亮被遮了半个，田野里黑暗起来，隐约能听到雷声。玉莹既后悔又懊丧，好像天上的乌云也在心里翻滚，流着眼泪任凭日本兵推着她前行。

周东曦一直在暗中观察，看到玉莹被抓，连忙跑进了村里的保长家。

三个日本兵大汗淋漓地把玉莹推到烂糊田边："队长，你们被救出来了，我们也抓到方玉莹了，哈哈，要给我们记功了。"

"半脸毛"高兴地托起玉莹下巴："人啊，不但福祸难测，而且生死难料。方玉莹啊方玉莹，还不到一个小时，我们的处境命运就置换颠倒。现在你是我升官发财的资本了。"拿起田塍上的绳索递给田泽茂："多绑几圈送回司令部报功。"说着仰天大笑。

就在此时，周东曦拎着一只铁箱，匍匐到烂糊田边……

田泽茂接过绳索要绑玉莹，突然身旁一声巨响，接着火光冲天。日本兵们一时被突如其来、震天动地的响声吓得蹲在田塍上，双手抱头，玉莹趁机飞跑。

田泽茂大叫："方玉莹逃跑了！"

"半脸毛"狠狠地打了田泽茂两个耳光："她被你们擒在手上，怎么还能让她跑了，笨蛋！"

田泽茂委屈地说："刚才也不知道是雷声还是炸弹，就在我们身边响起，地都震了，谁能不怕？我们就不自觉地松了手。"

此时雷声大作，大雨倾盆，天地间倒是亮了起来。"半脸毛"手指村庄："这么大的雨，方玉莹一定往村里跑了，列队，目标十四保，跑步前进！"

八个日本兵进了村，气势汹汹地挨家挨户砸门搜寻玉莹。很多村民开了门又关，大喊："鬼，鬼，泥鬼！"

玉莹跳进了方松茂家的天井："叔叔，日本兵追我，我累得跑不动了，快让我躲一躲。"

方松茂大惊："你又闯祸了？"婶婶推着玉莹："你这白虎星，竟闯进我家来了，我家还不得倒霉？快出去。"

　　方松茂摆手："日本兵一家家地搜你，如果在我家找到你，我们不得和你一起死？"

　　玉莹难以置信地问道："你们让我出去送死？"她一跺脚就向门口走。

　　就在此时，日本兵狠砸方松茂家的大门，大声喊话："开门，看到眉间有痣的方玉莹了吗？"

　　方松茂身体抖抖地拉住玉莹："日本兵已在门口，你出去刚好让他们抓到，即使我无心藏你，也是掉进黄河洗不清。快到灶下的地洞里躲着，也许咱们都能躲过一劫。"说着拉玉莹到灶台边，撬开石板："快下去。"

　　"原来你家还有个地洞。"玉莹来不及细问就下到地洞，方松茂盖回石板，再抱了几捆柴草遮掩好石板。

　　"半脸毛"砸开了门，闯进来抓住方松茂胸襟，用中文大喊："方玉莹！方玉莹！"

　　方松茂连连摇头，表示没有。

　　"半脸毛"在方松茂家翻箱倒柜，搜了个遍。田泽茂跑来报告："全村都搜遍了，没发现方玉莹。"

　　"半脸毛"大喊："她肯定在村里，把全村村民集中到晒谷场，不交出方玉莹就血洗十四保。"

　　暴雨骤停，晒谷场火把通明，站满了村民。"半脸毛"凶狠地说道："我们在抓眉间有一颗痣的方玉莹，看见她逃进村里。谁把她藏起来了？马上交出来，不然就把你们村烧成灰烬，把你们全部杀了。"被叫过来的王友仁在一旁翻译。

　　日本兵端着上了刺刀的枪，虎视眈眈逼着村民："谁藏了方玉莹？"

　　村民们不敢出声，"半脸毛"抓起三叔的胸襟："你藏了方玉莹？"

　　三叔牙齿打颤："没有，太君，我是……良……良民，不会藏她。"

　　"半脸毛"举着刺刀向三叔刺去，王友仁一把托住，向"半脸毛"点头哈腰："先别杀人，让我来和大家说。"

"半脸毛"放开三叔："你快说，让他们把方玉莹交出来。"

"乡亲们，你们谁藏了玉莹就快交出来，不然皇军真的烧你们的房子，杀你们的人。至于玉莹，只要她交出分布图，皇军也不会让她死的。"王友仁连说了两遍，村民们都没回应。

"半脸毛"挥舞着枪："再过十分钟，不交出方玉莹，就放火烧村子。"

有几个村民喊道："你们谁家藏了玉莹？快交出来，别祸害大家了。"

婶婶轻声对方松茂说："难道我们都陪她死？把玉莹交给日本兵吧。"

"半脸毛"看方松茂双腿发抖，抓起他胸襟："肯定是你藏了方玉莹。"

"太……太君，没、没有，没有藏玉莹。"方松茂语不成句。

"半脸毛"连打他两个耳光："撒谎，杀了你。"

方松茂连忙跪下："太君，我没藏，是她逃进我家的。"

"你果然在撒谎。走，带我们去把她抓出来。"两个日本兵押着方松茂回家，村民们一片嘘声。

方松茂走到灶台旁搬开石板："侄女，日本人抓不到你，就要杀掉全村人，烧掉全村房子。为了村民，我只能……你就把图交出去换自己的命吧。"

日本兵用手电照着地洞："出来，方玉莹出来。咦，没人。"

方松茂大惊失色："没人了！肯定是趁我们都到晒谷场，她就跑了。我走的时候，她明明躲在这里的。"

日本兵狠狠地打方松茂耳光，把他押回晒谷场，绑在木桩上。"半脸毛"挥舞着匕首："这个刁民撒谎，欺骗皇军，先把他凌迟。如果还没人交出玉莹，统统凌迟。"方松茂吓出了尿，裤子湿了，地上还有一摊，大叫："太君饶命，饶命！"婶婶晕倒在地上。

"半脸毛"继续挥动匕首："你们往这边看，先挖他的眼珠，开始！"

突然一个响亮的声音传来："慢，方玉莹在这里，有本事来杀我。"

火把下，玉莹昂首挺胸站在晒谷场边。"半脸毛"大喊："真是方玉莹，追！"玉莹转身就跑，八个日本兵和王友仁一齐向玉莹追去。

"老天保佑玉莹让日本兵抓去，以后再不要闯祸。"方松茂看着日本兵跑远，拍着胸脯恨恨地说。

村民们却议论着：

"玉莹真好，她不出来，我们这么多人都死了。"

"玉莹好样的，分布图肯定不能让日本兵拿去，老天保佑她平安。"

八　为了"迅雷计划"

曾睿剑踏着沉重的脚步来到杨家碎石矿，矿警去报告后，大西吉雄急匆匆来大门口，笑呵呵地说："你终于来了，我已经把你的宿舍安排在我隔壁。"手指着崭新的一排五间平房："我陪着你先住在杨家矿，帮助你顺利接手工作。"曾睿剑"嗯"了一声，心想："他亲自监视我？务必小心。"

日本兵从曾睿剑雇来的脚夫肩上拿过皮箱和辅盖，放进他的房间。曾睿剑看了看房间说："这后窗太小了，很不舒服，换一间吧。"

大西吉雄呆了一下："哦，你要多大的窗？可以让人来为你修茸一下，这个不难。"

"等叫来工人后，我和他说吧。"曾睿剑漫不经心地说。

大西吉雄又把曾睿剑带到办公室，开门见山地说："曾经理，现在最大困难是矿工不出力、磨洋工，总是和我们对着干。我怀疑里面有人捣乱，但是又抓不住他们。你想办法把暗藏的挑唆者抓出来，当众凌迟几个，让矿工们不敢闹事。"

曾睿剑假笑着："既然我来了，所长就别管我具体怎么做。我先找矿工们谈谈，摸摸情况。产量一定会上去的，请所长放心好了。"

第二天曾睿剑来到箬棚屋，只见屋子的柱子、檩条全是竹子，屋顶是箬叶叠编成的席子。所谓的床铺就是地上的草席，被子又破又脏。曾睿剑长叹一声："啊，这就是矿工们睡的地方。"

天色将暗时，一些衣着破烂甚至穿着麻袋当衣裳的矿工走进箬棚屋，个个疲惫不堪。曾睿剑一个个辨认着他过去熟悉的矿工，突然看到又瘦又黑的龚舍荣，连忙向前："龚叔……"

"你怎么来了？"龚舍荣骤见曾睿剑，心头一阵疑惑。

曾睿剑连忙问道："你知道玉柱和玉莹在哪里吗？"

龚舍荣皱着面孔："不知道。我们天天担忧他们兄妹俩，愿他们平安。"说着泪水盈眶。

曾睿剑又不解地问："这里这么苦，你既然熟悉地形，为什么不逃走？"

龚舍荣咬紧牙："在这里的还有你顾叔、俞叔，我们要在这里与日本人斗争，不能便宜他们。"

"你们就用头盔盛饭，用手舀着吃？"曾睿剑看着矿工们吃饭的情景，简直难以置信。

"最要命的是，这饭不但一股霉气，还有沙子和谷糠。"龚舍荣愤慨地说，"日本兵不把我们矿工当人。"

曾睿剑看着矿工们的惨状，听着矿工们的哭泣，黯然神伤，拍着龚舍荣的肩膀说："龚叔，我要在这里当经理了，只有这样做才能保护玉莹、寻找玉柱，还有，解脱矿工苦难是我目前最迫切要做的，以后我们好好合作。"

"在这里当经理？"龚舍荣的目光中满是疑惑不解。

第三天，曾睿剑走进矿洞。此时正是下工后，矿工都已离开矿洞，监工在洞口拦住曾睿剑："曾经理，我已检查好放进炮眼的炸药，马上要放炮了，你快离开。"

"好，我马上出来。"曾睿剑答应时，眼角看到龚舍荣蹲在洞壁脚摆弄着什么。曾睿剑走过去想和他说话，龚舍荣连忙伸手挠着脚背，动作十分怪异。曾睿剑假装没注意到，走出了矿洞。

晚上他越想龚舍荣的动作越觉得奇怪，拿了电筒又下矿洞，找到龚舍荣蹲过的壁脚，拂去一些碎石后，看见一块石板。他伸手搬开，大吃一惊："原来龚叔在偷藏炸药。"连忙盖回石板，铺回碎石。

他又走进二号矿洞巡视，在一块大岩石下发现了更为惊人的秘密："他们竟然在冒着生命危险掘地道，这是多么宏伟的计划啊！可是他们的高低方向都偏了，肯定是白费力气。我必须暗中协助他们，让他们往正确的坡斜度和方向掘进，可是怎么才能不被别人发现呢？"

曾睿剑凭空又多了一桩心事，时常一个人晃来晃去想办法。

这天大西吉雄和曾睿剑从县城坐吉普车回杨家矿，到大门口时，忽看见有个人影闪进了山林里。就这一闪，曾睿剑认出了是玉柱，真想追过去叫住他，可是大西吉雄就在身旁，这断然是不可以的。他的脑子里闪过二号矿洞大岩石下的秘密地道，灵机一动有了主意，对大西吉雄说："所长，刚才路边有人躲进山林里了，矿上正缺劳力，我们派人把他抓来当矿工吧。"

"我也看到了。"大西吉雄马上叫了两个日本兵和四个矿警，吩咐道："刚才有个青年钻进路边的山里，你们去把他抓来当矿工。要悄悄的不动声色，免得惊动附近的居民。"

日本兵和矿警进了山，没多久就把玉柱押到了劳务课门口。

原来玉柱跳下悬崖后被树丛缓冲了下坠之势，日本兵的子弹也没打中他，只是受了伤，昏迷在山崖下。第二天，白阳山的山农葛胜草围着两片裙①、背着锄头到崖下采药，看到玉柱坐在地上痛苦地抚着腿，便问他："你怎么会跌落在这里？家在哪里？我送你回去。"

玉柱含着眼泪："我的家被日本兵烧了，父母被抓去。日本兵又要抓我，我逃到山上，为了活命跳下来，疼得走不动了。"

葛胜草看着好几丈高的壁立陡峭山崖："啧啧啧，从这个地方跳下来，十有八九都得死，算你命大！"他又看看玉柱的脚，"肿了，看来是骨折了，你现在是寸步难移，待在这里不是疼死就是饿死，去我家吧。"

玉柱连声道谢。葛胜草把他背到白阳山上的草屋，放在床上，摸着他肿胀的腿和手："哎呀，你的右脚骨、右手骨都骨折移位了，要治好不难，只是得让你喊爹叫娘了。"叫着妻子："小仙，你来搋住他的腿，我要把他的脚筒骨凑回去，不然好不了。"

---

① 两片裙：山农用的分成两片的围裙。

周小仙用力摁住玉柱的腿，葛胜草扎着马步使劲拉玉柱的脚，玉柱咬住牙齿，大汗如雨落，其疼痛程度无法形容。最终玉柱疼得昏死过去，葛胜草才松了手，摸了摸他的脚："好，平了，复位了。现在再来拉手臂骨。"

又经过一番折腾，玉柱的臂骨也复位了。葛胜草让玉柱不要动，拿出药饼贴在他的骨折处，又用杉木皮把脚和手都分别夹起来，用布条把杉木皮固定。一切做完之后，葛胜草笑笑说："古话说，伤筋动骨起码百日，你安心待着吧，至少要在我这里住上三个月。"

玉柱十分感激："你是我的救命恩人，我愿意当你儿子，以后一定孝敬你们。"

葛胜草笑嘻嘻地说："你的忍耐力真强，一般人都疼得像杀猪样号叫，你却没叫一声，太厉害了。"

玉柱果真在葛胜草家床上躺了一百多天。痊愈后刚遇农忙，玉柱不忍心离开，下地帮他们干活。不过，玉柱心里总挂念家里和矿山的情况，玉莹和分布图的下落。等到农事忙完，玉柱就告别葛胜草夫妇，打算先到矿里看看情况。

玉柱刚到大门口，就看到大西吉雄和曾睿剑乘坐的汽车，连忙钻进了山林。即使这样，他还是被曾睿剑认出来了，只一句话就被日本兵抓了起来。

矿警把玉柱押到劳务课办公室门前："叶课长，又送来一个苦力。"玉柱站在门口四下张望："啊！山顶山腰都筑起了碉堡，拦起铁丝网，铁丝网内还有武装游动岗哨。"他不由得打了个颤，"矿山变成人间地狱了。我爹娘呢？玉莹呢？家里能平安吗？无论如何，我今天绝不能暴露身份。"

玉柱正伤心疑惑，就见叶课长从劳务课办公室里走出来，推了一把玉柱："看什么？你们两个来签字，换衣服。"玉柱转眼一看，原来矿警又押来一人，大概也是刚抓来的。那人在表格上签了"陈有德"三个字，玉柱满面悲愤，一声不吭，一动不动。

叶课长指着玉柱说："你不签名也改变不了你的命运，我代你随便签个小猫小狗就算了。到了这里，你的名字也没用了，只叫号码。"

陈有德劝玉柱："老弟，不要硬蛮，会被打死的。"玉柱仍低头不语。

叶课长扔出标有 206、207 的两件工作服、两个头盔、两张草席，指着旁边的一个监工："陈监工，交给你了，带他们到宿舍吧。"

陈监工把标有 206 号码的工作服给陈有德："拿去，以后你就叫 206。"又把标有 207 的衣服给玉柱："你是 207，快换上工作服去宿舍。"

玉柱扔掉工作服："我要回家，我要回家。"

陈监工捡起衣服又递给玉柱："到了这里，哪有回家的好事。我劝你老实点，能少些皮肉痛。如果碰上'白痴眼'监工，你就没好果子吃了。"

玉柱倔着不肯走。一个眼睛泛着白点的监工走过来，正是"白痴眼"，见玉柱不听令，挥鞭就打，一边打一边问："换不换？换不换？"

"不换，要回家。"玉柱的心如油煎般痛楚，一股悲愤终于化成力量和胆量，双手拉住皮鞭。

"白痴眼"拔不动皮鞭，大喊："矿警，这苦力太难管，快来。"

陈有德去掰玉柱的手指："到了这里就别任性了，快松开。"

玉柱松了手，"白痴眼"更凶狠地鞭打下来，边打边喊："今天就教训教训你。"

玉柱的头上脸上都被打出了血，陈监工拉住"白痴眼"，劝道："别打了，打坏了干不了活。"他把工作服递给玉柱："207，还是换上吧。"叶课长拿出纱布和胶布，把玉柱的脸包贴住："以后别硬蛮，要吃亏的。"

玉柱悲愤满怀，无奈地换上衣服。"白痴眼"指着他："犯贱的人，都是打过了才顺从。"

曾睿剑就在窗户后看着玉柱被打。他双手捂着胸口，脸上泪水流淌，忍不住扑在床上大哭。他咬着牙，捏着拳头："玉柱，我害你受苦了，可这都是为了报仇，我们只能忍辱负重。"

陈监工带着玉柱和陈有德走进棚屋，指着第五排的地铺："你俩听着，以后睡觉吃饭都在自己的铺位上，吃饭睡觉时不准讲话。谁违反纪律，按照规定处罚。"又指着他们的头盔，"这头盔做工时戴在头上，吃饭时用来盛饭。"

陈监工走后，陈有德坐在地铺上巡视工棚："连个床都没有，是人过的日子吗？不知要苦到何时喽。"

矿工们收工回来，监工大喊："开饭了，快打饭。"

陈有德拿着头盔去打饭，玉柱躺在地铺上抚摸着被打疼的皮肉，仔细辨认矿工们。他猛然看到龚舍荣手捧头盔坐在隔壁的地铺上吃饭，眼睛顿时一亮："龚叔。"

龚舍荣看过来，慌张、惊讶和高兴全显在脸上，看看四周，拍着胸口轻声说："你怎么被抓来了？可千万不要暴露你的身份，就当我们不认识。凡事以后慢慢说，现在快去打饭。"

"我不想吃。"

"为了活着，一定要吃饭。"

玉柱打回饭看了半天，右手几次伸进头盔里扒饭，又缩回来。他呆了好久，终于扒了一把饭往嘴巴里塞，可是马上又吐出来。

陈有德已经打回饭，慢慢地吃着，苦笑一声说："这饭霉臭得很，还有沙粒，但是为了活命也得吃。幸好还有两根萝卜条，不然一口都吃不下。"

天黑下来，玉柱见陈有德呼呼入睡，偷偷去摇龚舍荣的脚："我爹娘在哪里？"

龚舍荣用脚趾夹玉柱的手，翻了个身。玉柱心里想："龚叔不让我说话。"

龚舍荣却去问醒来的陈有德："喂，206，怎么被抓来的？叫什么名字？"

陈有德懊丧地说："在山上砍柴被抓来的，我叫陈有德。"

陈监工在走廊上一边吹哨子一边喊："睡觉了，睡觉了，都不准讲话。"

陈有德白了一眼陈监工："为什么不准讲话？"口气中带着不满。

"白痴眼"走过来："有共产党潜入矿工中，专门煽动工人怠工，宣传抗日，所以禁止讲话。"

龚舍荣嘟囔了一句："什么世道，话都不让讲。"

玉柱也附和说："真的，什么世道，不让讲话。"

"白痴眼"手指龚舍荣和玉柱："不服？你两个起来打'协和嘴巴'。"

两个矿警用刺刀逼着龚舍荣和玉柱起身，陈有德勇敢地挺身而出："刚才是我讲话，不是207。"

"白痴眼"说："你确实也讲话了，那好，你和205打'协和嘴巴'。"

陈有德毫无惧色，站起身来。矿警把龚舍荣和陈有德拉扯成面对面站着，"白痴眼"指着他俩："'协和嘴巴'二十下，206先打。"

陈有德无奈挥手，巴掌打在龚舍荣脸上。"白痴眼"推着龚舍荣："打回去。"龚舍荣也挥起巴掌打在陈有德脸上。

"白痴眼"计着数："一、二、三……停，要打得啪啪响，不响就再加二十下。"

玉柱心里非常感激陈有德，自己的手掌怎么能打在龚叔脸上呢？他不禁暗想："这人真是个好人。"

两人打完二十下嘴巴，都双手揉着脸，十分无奈懊丧。陈有德把嘴巴附在龚舍荣耳边："我的手提起来很高，落到你脸上很轻，可是发不出声。狗娘养的'白痴眼'说不打重要加二十下，我只得使力了，你一定很疼，不怪我吧？"

"我也一样，能怪谁呢！以后说话小心这些狗。睡吧，天亮还得起来干活呢。"龚舍荣心里想着："这人够仗义。"

晨光照进棚屋，监工在铺席间边走边吹哨子，大喊："起床了，起床了，吃饭了，排队点名了。"矿工们一个个唉声叹气，拖着沉重的脚步排队上厕所、吃饭。

在监工的威逼下，矿工们匆匆忙忙吃了饭，到棚屋外的明堂上排队。陈监工点名："……207！207没来，矿警去看一下。"

一个矿警走进棚屋，见玉柱躺在地上呻吟、流泪，于是用脚踢玉柱："起来出工。"

玉柱哼哼唧唧地说："我病了，早饭都没吃，出不了工。"

矿警回到明堂："207病了。"日籍监工十分气愤："刚来就病了？送隔离所去，或是直接扔到万人坑。"两个拖尸队的人听令走向棚屋。

龚舍荣正想走出队伍为玉柱求情，就见陈有德跑到日籍监工面前："太君，207刚来，没吃饭没睡觉，的确是身体不舒服，饶了他吧。"

日本监工说："要么起来出工，要么到隔离所。"

"我去叫他出工。"陈有德边说边跑进棚屋扶起玉柱："快起来，我扶你去出工，不然日本兵真把你送到隔离所或是扔到万人坑。"

陈有德搀扶着玉柱走出棚屋，跟随矿工队伍到采矿场。监工分配工作时指下玉柱，又指下龚舍荣："他刚来，不会做技术活，你和他抬废石。"

龚舍荣和玉柱抬着废石往废石堆走，玉柱身子摇晃了几下，跌倒在路上。监工走到龚舍荣身边，挥起鞭子："你们想偷懒吗？"龚舍荣对监工点头哈腰："他腿疼，我们马上接着干活。"说完把抬杠上的篓绳向自己这边拉。

玉柱慢慢爬起来，感激地说："矿篓的重心都放到你那边，你太累了吧？"

"没事，你身体虚弱，不能再受伤了。"

龚舍荣和玉柱晃晃悠悠地抬着废石到废石堆，玉柱看看前后无人，忍不住又问："龚叔，现在我家里情况如何？"

"以后再说吧。"

"我一定要知道，请现在告诉我。"

两人歇下担子对视，龚舍荣转过脸不看他："你一定要撑住。"

"各种最坏的情况我都已经想到了，你尽管说吧。"

"可是……还是以后再说吧！"

"难道我爹娘真的被日本兵杀害了？"

龚舍荣沉默不语，眼眶里满是泪水："玉柱，你可要挺住。"

"我早料到了，只不过还心存侥幸。"

"还有一个坏消息，曾睿剑做了杨家矿的经理。"

玉柱大惊："啊，不可能！他从日本回来了？"

"刚回来不久，听说是经受不住日本人拷打，当了汉奸。他常来采矿现场巡视，你以后会看到他的。"

"让我看到，就送几个耳光给他。"

"不行，我们要干大事，现在必须忍辱负重，当不认识他就行了。我们都这样对他，当然以后一定会铲除他的。"

"他怎么会这样呢，我简直不敢相信。"

两人站着的废石堆像一座小山，山脚已到铁丝网边上，人站在堆顶，犹如站在乱石山顶。龚舍荣伸手倾倒矿篓，废石如洪水一样冲滚到山脚。龚舍荣对玉柱说："倒废石要小心，不然人同废石一起滚下去，就成肉饼了。"

"从这儿滚下去就成肉饼了？"玉柱看着眼前的废石山说。

"当然，这么高滚下去，乱石会把身体埋掉。已经有好几个人倒废石时不小心滚下去死了。"

"哦！"玉柱纵身就要跳。龚舍荣手疾眼快，一把拉住他，两人跌倒在废石山边沿。

龚舍荣小心地拉起玉柱："刚才你还说什么情况都能挺住，现在为什么又这样做？"

"我活着没有意义了呀，龚叔。"

龚舍荣厉声斥责："难道你是懦夫吗？身负杀父、杀母之仇不思报复，还想一死了之，别忘了，你妹妹还带着分布图流落在外。"

"可是我们现在如同身入地狱，没有一丝希望。"

"不，我们这些老矿工要逃出去还不容易吗，可就要留在这里与敌人斗争。你来了刚好派上大用场，一定要振作精神活下去，报仇雪恨。"

"我能有什么用？"

龚舍荣轻声说道："我们在打一条通到炸药库的地道，准备炸掉日军的炸药库，可是方向和坡度把握不准，你是岩石力学专业毕业的，懂勘测，正好帮我们校正。"

玉柱看着远处的炸药库摇头："打地道到炸药库？首先要绘测。再说在敌人眼皮下打通几百米的地道，怎么可能？"

龚舍荣嘿嘿一笑："犯人在监狱里都能挖通地道越狱，我们难道不能？"

玉柱半合着眼，目测炸药库的方位，又回头看看矿洞："从矿洞到炸药库起码十米落差。打地道的基础是测量水平，这个我可以用土办法测出来，但在地道里测方向，没个罗盘是测不准的，方向不准就白干。"

龚舍荣追问："有罗盘就能测准方向吗？"

"那当然。"

"好，到了与沈书记联络的时间，我通知他把罗盘送进来。"

监工见龚舍荣和玉柱在说话，挥着鞭子快步走过来："你们俩干什么呢，偷懒？倒完废石就回去。"

"好，我们马上走。"龚舍荣扛起矿篓就走。路上，玉柱忍不住带着哭腔说："这样的日子怎能过得下去，我一定要逃出去！"

龚舍荣的话语掷地有声："我们决不逃出去，就要在这里与日军斗争，要发动矿工暴动，把警备队队长竺田显山、矿业所所长大西吉雄杀掉。"

玉柱有气无力地说："怎么与敌人斗争？"

龚舍荣回答："我们无时无刻不在与敌人斗争。比如现在我们就提出改善伙食，不准打矿工，矿洞必须安装支护以保证工人生命安全等要求。另外，我们注意团结安徽煤矿调来的矿工，他们有两千多人，光分到我们杨家矿的就有五百多人，我们平时有意接触他们、亲近他们，与他们拧成一股绳。"

玉柱加快脚步，靠近龚舍荣："龚叔，经你这样一说，我心里亮堂多了。以后，你要我怎么做，我就怎么做。"

自此，玉柱强忍住心中的悲愤，以百倍的忍耐和刻苦，跟随龚舍荣与敌人斗争。

九　账页上的秘密

　　为了完成上级的任务，为了报家仇，曾睿剑忍辱负重在杨家矿当经理。他常常半夜还立在窗前眺望，筹划如何完成任务，如何报仇。

　　月儿当空，大地被苍白的月光笼罩，一切都半明不暗。杨家矿经过一天的喧嚣安静下来，除了巡逻队在巡逻，人们都已进入梦乡。曾睿剑立在窗前，发现财务课的窗户透出亮光："奇怪，财务课晚上总是亮着灯，那个日籍课长究竟在干什么呢？"他决定以经理的身份去财务课看看。

　　此时玉莹和黄狗埋伏在柴蓬后，注视着杨家矿的生活区和办公区。那天她逃进山里，摆脱了"半脸毛"等人的追捕，回到竹林庵小屋。惊险过后，她迫切想见曾睿剑，又怕见到他，激烈的思想斗争之后，还是心存侥幸地来了杨家矿。

　　月光下，她看到有人从新砖房里走出来，蹑手蹑脚沿墙走到财务课门口，敲了敲门进去，过了一会儿又走出来，向大门口跑过去。

　　巡逻兵喝道："谁？站住。"追到大门口见无人，又追出门外进了山林。这时，先前那人从大门口的阴影处现身，疾快地跑回新砖房。

　　一阵警报声，矿警和日本兵都跑到大门口，跑进山林，手电光在林中乱晃。最后所有人都一无所获，又陆续回来，关紧了大门，把所有办公室的门窗检查一遍。一阵紧张和骚乱后，杨家矿归于平静。

　　可是玉莹的心里波涛翻涌，她认出从新砖房出来的人就是曾睿剑。他到底想干什么呢？玉莹想见曾睿剑的心情更迫切了，好奇心也促使她有所行动，于是找来一根竹竿爬上铁丝网边的大树，拉着树枝轻轻跳进铁丝网内。看到游动岗哨远去后，她悄悄来到曾睿剑进去的房间门口，摸出发簪插进门缝，拨动门闩。

曾睿剑正在练拳击，听到门上窸窸窣窣的响动，连忙警觉地躲在门后。玉莹拨开门闩进屋，四下张望："咦，怎么没人？"

曾睿剑说不出的惊喜，极快地关上门，低声叫道："莹，原来是你！"他一把抱住玉莹，"我找不着你，倒被你找上门了。"

玉莹用力甩开曾睿剑，狠狠地说："我问你……"

玉莹的声音大了些，曾睿剑如临大敌，马上神情紧张地捂住玉莹的嘴，轻声说："嘘，隔墙有耳，小声点。你真是乱来，日本兵在到处抓你，你怎么可以到这里来？太危险了。"

玉莹扳掉曾睿剑的手："我来是问你，你是不是真的做汉奸了？"她和曾睿剑面对面站着，眼神中又是恨意又是期待，等他回话。

曾睿剑催着她走："这里不是说话的地方，快离开这里，去大屋看我给你的信，藏在相框背面。"

"我就是看了信才来找你，你如果不是汉奸，就和我一起离开这里。"玉莹语气坚决。

曾睿剑使劲摇头："莹，现在最要紧的是把分布图交给日本人，先解除你的危险，然后我们再图报仇。"

"要我把图交给日本人，你做梦吧！我知道，你已经死心塌地做汉奸了！"玉莹举拳就打。

曾睿剑握住她的拳头："我给日本人做事完全是为了报仇。我和你说……"

突然矿警在外面一边敲门一边喊："曾经理，开门，曾经理。"

曾睿剑惊出一身汗："不好，矿警被引来了，说不定还有日本兵，我们很危险。现在你要完全听我的指挥，不然我们都死。"说着把玉莹拉到门后，"不要出声。"

他戴上拳击手套，砸一下练习用的沙袋，之后才开门："这么晚，有什么事？"

矿警和巡逻兵都向房间里探看："我们听到你房间里好像有人讲话，还有异常的响动，出于对你的安全负责，才敲你的门。"

曾睿剑从容地指着房间中央的沙袋："哦，我睡不着，在练拳击，和沙袋说话呢。"巡逻兵看到曾睿剑满面汗水，沙袋也在微微摇摆，便说："我们是怕所谓锄奸队混进来，没事就好。你接着练吧，我们走了。"

曾睿剑关了门，拉住玉莹："好险，我们刚从鬼门关上走了一圈。"

玉莹情绪逐渐平静下来，注视着曾睿剑："我问你，到底跟不跟我一起走？"

曾睿剑抱住玉莹："我要留在这里报仇，再说，现在这些矿工如同身处地狱，我要尽力拯救他们，起码也要让他们拿到高一点的工资，吃得好一点。"

玉莹打曾睿剑的手："说什么漂亮话，你已经在给日本人卖力了，为了立功，竟诱我到渡口让日本人抓捕，还让我把分布图给日本人。"

曾睿剑缩回手："莹，你必须过国统区，日军为了抓你，成立了特别行动队，你的处境十分危险，随时都会被抓走，我日夜为你捏着一把汗。如果过不到国统区，我看你还是把地图交给日本人，或者给我，留得青山在，不愁没柴烧。"

玉莹打了曾睿剑一个耳光："你几次三番劝我把地图交给日本人，你这个畜生！"

玉莹的拳头在曾睿剑面前是那么软弱，被曾睿剑轻而易举地制服了。曾睿剑抱着玉莹轻声说："你可知道？还有一份分布图的蓝本存在上海兴盛银行。"

玉莹火气凛凛，无奈被曾睿剑抱得紧紧的，只得恨恨地说："你难道想把上海藏的分布图献给日本人吗？"

曾睿剑说："日本人像饿狼一样贪婪，天天在找……"

"曾经理，开门。"大西吉雄在门外叫。

曾睿剑大惊："莹，糟糕，大西吉雄在叫门了。"

玉莹的口气竟然很高兴："你口口声声要报仇，大西吉雄就是我们的仇人，等他进来我们正好杀了他，然后离开这里。"

"你真是小孩子，在这里杀了他，我们还能活吗？我们的目标应该是杀了他，自己全身而退，这才算报仇成功。再说我们不能仅仅杀他一个，还要杀死更多的日本人。"

"无论如何，他一进来我就杀了他。"

大西吉雄敲得更急，喊得更响。曾睿剑无奈之下把玉莹拖到后窗："莹，现在只得利用这个活动窗栅了。你赶快出去，我答应你会杀掉大西吉雄，只是早晚问题，你相信我。"

玉莹手拉住窗栅："多长时间？"

曾睿剑把两根窗栅往上提："少则三月，多则半年。"抱起玉莹就把她往窗外塞。

"不行，半月内杀掉他，我才信你。"玉莹好像在下命令，挺着身子不肯走。

"好，半月就半月，现在你快逃，逃到国统区，要么把图交给我。听我的话，你太危险了。"

曾睿剑把玉莹塞出窗外，连忙恢复窗栅，又连连往沙袋上击拳。

门外的大西吉雄厉声喝道："曾经理，我是大西吉雄，快开门。"

"哦，是所长。"曾睿剑开了门，"深更半夜，所长找我什么事？"

大西吉雄审视曾睿剑："矿警向我报告说，今晚你房间里一直有异常动静，他们不好意思再次叫你的门，所以我来看看。你在房间里干什么呢？"

曾睿剑保持镇定："今晚我们这里就是反常嘛，溜进来的那人肯定是锄奸队的，搞不好目标就是我。所以我的心情一直不安，翻来覆去睡不着，只得起来练拳击，把力气练大一点好防身。"

大西吉雄仔细查看床底下、门后、衣柜，一无所获，手指点着曾睿剑哈哈大笑："你啊，真是一介书生。外面有矿警，还有皇军的警备队，你怕什么，那刺客或特务不是被赶出去了嘛，我们毫发无损。再说，凭你练几下拳，能有什么用，放心睡好了。"

曾睿剑点头哈腰："谢谢！谢谢！"

第二天早上八点，财务课还没开门，大西吉雄带人砸开了财务课的门，只见课长的头扑在桌子上，一动不动。大西吉雄叫他，摇他的身体："啊！他死了，谋杀，是有人蓄意谋杀！"

当晚曾睿剑房里的异常情况，表明他在课长之死上有重大嫌疑，大西吉雄马上向池之上报告。竹子在一旁说："我早说过，曾睿剑是中国军统方面派来的间谍，快把他抓起来。"

池之上却说："我先向南京报告，南京会派专家来破案的，等专家的意见和结论出来再说。现在最要紧的是把矿上原来的会计叫回来，让他讲清楚账上记着什么。"

顾大木把一块 90 度萤石抛进废石堆里，再扔上几块废石遮掉那块萤石："舍荣，日籍总会计昨晚被人杀了，不知道是谁干的。"

龚舍荣把一块废石扔进正品萤石那堆，皱着眉头："我也是一头雾水，谁有这么大本事，能神不知鬼不觉地在杨家矿杀人呢？"他突然站起来，"不好，这课长死了，敌人肯定会去找陈会计或会计小伍。今天刚好是与家里联络的时间，必须马上报告沈书记。"

他看看四周，捡了一块书本大的炸药包装纸，又捡了一块白碎石，在萤石上磨出笔尖，写下："日籍课长被暗杀，立刻把杨家矿陈会计和他的徒弟小伍转到国统区去。"他用麻袋皮把字条连同石头包起来，放在矿篓里，用废石遮住。

刚做好这些，监工就走过来喊道："先把废石运出去一些。"龚舍荣懒洋洋地拿起杠子，与顾大木抬着装满废石的矿篓向废石堆走去。

废石堆像座小山，山脚围着铁丝网，铁丝网外就是田垄。两人来到废石堆顶，从矿篓里拿出麻袋包，见四周无人，便用力地向铁丝网外面甩去。

沈维庭早就坐在铁丝网外的田埂上，见落下一个麻袋包，立刻捡起来打开看，之后就渡江回了上仑村祠堂，把字条交给周东曦。周东曦决定立刻行动，于是沈维庭茶都没喝一口，就和周东曦、张正钧、王广荣、何旭阳潜去了陈家村陈会计家。

到了陈家，只见五间头中堂里，一个女人坐在竹椅上哭泣。沈维庭觉得不对，上前问道："你哭什么？陈会计呢？"

女人抬起头看沈维庭："你们是中国人？我是陈会计的妻子，他刚刚被日本兵带走了，快救救他。"

沈维庭跺脚："哎呀，迟了一步。"

周东曦手一挥："追！"

五人向北面小路追去，见前面一帮人正推搡着陈会计疾走。周东曦摸摸腰间的手枪，快步追上去："站住，放了他！"

来抓陈会计的是日伪情报组副组长柳臻全，他连忙抓住陈会计的衣领，又对组员下令："将对将，兵对兵，我对付那个领头的，你们对付其他人。"

周东曦大喊："放掉陈……"话没喊完，子弹从他耳边掠过。周东曦举起手枪对准柳臻全，又懊恼地放下，原来柳臻全把陈会计当盾牌挡在身前，让周东曦无法开枪。

柳臻全抓着陈会计，一边开枪一边跑。周东曦干着急没办法，眼看队员们越来越深入沦陷区，极其危险，只好挥手命令大家撤退。

陈会计被押到了杨家矿财务课，身体颤如筛糠："你们抓我来干什么？"

大西吉雄指着桌上的账本："这里被撕去了一页，你仔细回想，被撕去的账页上记着什么？"

陈会计想起方松青被害那天让自己拿账本的事，又看看桌上的账本，过了好久才说："财务室一柜子账本，我怎么能想起来哪页记的什么。"

大西吉雄打陈会计一个耳光："必须想出来，想不出就杀了你。"

陈会计觉得屋顶都在旋转，连忙靠在桌子上，结巴着说："我想，我想，账页上写着一串……数……数字，好像是密码……"

大西吉雄瞪大眼珠："做什么用的密码？"

"不……不知道。"

大西吉雄又是一个耳光："不说就上老虎凳。"他抓住陈会计的胸口衣襟向后一推，只见陈会计慢慢软下去，倒在地上："可能我……徒弟……知……"

柳臻全把手放在陈会计的鼻孔上："你逼得太急了，他被你吓死了，现在怎么办？"

大西吉雄怒火冲天："抓他徒弟。"

周东曦眼看陈会计被日伪特务押走，只好去了小伍家，问他："你知道杨家矿的账本上记着什么吗？"

小伍漫不经心地说："账本就记账嘛。"

何旭阳问："你再想想，还记着什么？"

小伍十分干脆："账本肯定就记账。"

周东曦又问："是不是有特殊的账呢？"

小伍不耐烦了："账只有大小数，没有特殊的。"

何旭阳问："那最大的账大到什么程度？"

小伍仰着头回忆："其中有一笔最大的账是一万吨萤石，卖给法国某钢铁公司，是金华好多个碛石矿的货，但账都记在我们杨家矿账簿上。法国公司只付了我们百分之三十的货款，1937年日本占领上海，十六铺码头给日本人占了，萤石无法运到法国，存在码头四年多了。"

周东曦张大嘴巴："原来日籍会计被杀、陈会计被抓都是因为那一万吨萤石。"他对小伍说："陈会计凶多吉少，日本人说不定又会来抓你，你跟我们到国统区去住几天。"

王广荣搂着小伍的肩膀："走，去我们游击队玩几天。"

小伍摇着头："我不去，我在家等日本人来，我本就想回矿里做会计的。"

王广荣怒视小伍："你说什么？"

小伍理直气壮地说："都是你们，说日本人占了矿，大家不要给日本人干事。可现在没活干，我和娘在家饿得肚瘪，当然得找个营生。"

王广荣抓住小伍胸襟："那你就去给日本人当会计？那笔账也要报告给日本人吧？"

小伍反抓王广荣的胸襟："你养着我娘，我就不去。"

两人扭打起来。周东曦拉住他俩："困难大家都有，但是再困难也不能当汉奸。"他从身上摸出两块银圆递给小伍："这点钱给你，让你娘到亲戚家住几天，你必须跟我们过国统区，马上就走，迟了日本兵就来了。"

王广荣直接夺下银圆交给小伍的娘："你现在就去亲戚家吧。"

小伍娘拿着银圆高兴地说："儿呀，钱我拿了，去你外婆家先住着，你跟他们去吧，他们人挺好的。"说完就拎着篮子走了。

王广荣推着小伍："走，跟我们到游击队去。"

小伍大叫："你们绑架我？我不去。"

周东曦摸出手枪，顶住小伍的后背："不准乱喊。"小伍吓得全身哆嗦，不敢再说话了，垂头丧气地走在王广荣前面。

五个人押着小伍来到江边，周东曦用黑布把小伍的眼睛蒙上："我们过渡了。"

小伍扭着身体："你们这样纯属绑架，比日本人还坏。"

周东曦不顾他反抗，把他按在竹筏上，过了江，进了上仓村祠堂。

何旭阳悄悄对王广荣说："这人很可能会逃跑，你小心看着他。"

王广荣眨眨眼："好，我们轮流值班看管他，没事。"

王友仁和柳臻全带着一帮特务来到小伍家，见是铁将军把门，向邻居打听后，连忙回去向池之上报告："小伍已被游击队劫到国统区了。"

池之上双手托着下巴想了一会儿："小伍是破解账本的关键人物，就算被游击队抓到国统区，你们也要把他弄回来。"

王友仁和柳臻全十分为难，呆立着一言不发。竹子说道："游击队常来我占领区杀人绑架，你们就不能去国统区抓人吗？不把小伍抓回来，就拿你们自己的头来见我。"

王友仁和柳臻全身微微发抖，强打精神答应。走出办公室之后，王友仁满腹心思，叹着气说："柳老弟，小伍已在游击队，我们怎抓得来？这大好头颅说不定要搬家喽。"

"明知山有虎，偏向虎山行。我们总要想办法保命呀！"柳臻全似乎胸有成竹。

游击队列队出操，新队员刘贞泉兴奋地在队伍里左顾右盼，何旭阳走过去把他拉出来："今天你的任务是看住小伍，不要让他跑出去。"

刘贞泉低头不满："我要学本事打日本人。"

何旭阳说："一切行动听指挥。"

刘贞泉气呼呼地走进了看管小伍的厢房。

当天半夜时分，两个人影从祠堂横门口出来，极快地冲上村路。

"哪个？口令？"正在巡逻的王广荣大声喝问，追赶着他们，不料两个人影越跑越快，王广荣追不上，只好开枪，砰砰两声响彻夜空，却没打中。

何旭阳在梦里听到枪声，连忙起床吹起集合哨，游击队员们很快列队。何旭阳发布命令："有紧急情况，一、二小队留守队部，三、四小队跟着我立即出发！"

周东曦跑在最前面，先遇上了王广荣："什么情况？"

"报告，有两个人影鬼鬼祟祟从祠堂侧墙溜过来，现在往渡头跑了。"

何旭阳叫道："追，务必追到他们。"

游击队员们向渡头跑去。茫茫夜色里，只见渡口有一条船刚刚靠岸，船上的十多人鱼贯上岸，这时从祠堂跑出来的那两个人已接近渡头，从船上下来的"半脸毛"大喊："大家站开，让他俩上船。"

手握撑杆的人大喊："快点，快点！"接应那两人上船。

周东曦大喊："不能让他们上船，打！"子弹射向手握撑杆的人，那人大叫一声倒进江中，渡船向下游漂去，上船的两个人差一脚没上去。

"半脸毛"叫道："隐蔽，还击，保护柳组长和小伍，往下游边打边撤。"

日伪军护着柳臻全和小伍向下游边打边撤，游击队边追边打。弹火在江岸边飞窜，枪声像连串的火炮响彻夜空。

突然从江中乘船过来十几个日军，领头的是竹子，她喊道："你们保护好柳组长和小伍，我们来对付游击队，今晚索性把游击队全歼。"日军一下火力大增，游击队无法招架，周东曦只得下令："边打边撤！"

游击队员们撤回上仑村祠堂，何旭阳连忙到厢房看小伍，只见房门大开，没有小伍也没有刘贞泉。何旭阳捶胸顿足，连忙向周东曦报告。

原来柳臻全从池之上办公室出来后，就对王友仁说："我查过那个小伍，他爱财如命。我们找人混入游击队，用金钱说服小伍逃出来，他要是不肯走，就学游击队的样把他绑架来。这样才能保住我们的命。"

　　"谁能担任这个角色呢？游击队好多人认识我，我去就是死。"王友仁丧气地说。

　　"我是永康县人，但会说标准的武义方言，还会乔装改扮。他们只在抓陈会计时远远见了我一面，肯定认不出来。我想办法参加游击队，只要加入进去，事情就成了一半。到时你派一个我认识的情报员每天守在东干渡口，以便我随时和你通消息。"

　　王友仁高兴地拍着柳臻全的肩："我会派人每天到东干渡或是东干镇街上等你，我们肩上吃饭的家伙能不能保住，就看老弟你的了。"

　　第二天中午，柳臻全过了东干渡，在眼眶上抹了盐，坐在南岸渡头地上大哭："啊，该死的日本人，天诛地灭，害得我家破人亡呀。"他双手捂住眼偷窥，看看有没有人注意他。他哭了好久，便衣打扮的王广荣终于走到他跟前："别哭了，大家都痛恨日本人，我们要团结起来把他们赶出中国。"

　　"好心人，听说这边有游击队，你知道在哪里吗？"柳臻全如遇救星。

　　"你问游击队干吗？"王广荣反问他。

　　"我想参加游击队打日本人，为我家人报仇。"柳臻全边哭边说。

　　王广荣看他的眼睛通红，同情地说："等下我带你去。"

　　到了换班时间，王广荣把柳臻全带到何旭阳面前："何队长，这人想参加游击队。"

　　柳臻全连忙向何旭阳跪下，边哭边说："队长，我妻子被日本兵侮辱后杀害了，我要求参加游击队，我要报仇！呜呜……"

　　何旭阳听了柳臻全的诉说，看到他的悲痛状，向周东曦请示后得到同意，拿出表格让柳臻全填写，还给他一本小册子让他背"三大纪律八项注意"。就这样，柳臻全以刘贞泉的名字混进了游击队。他假装积极，空闲时就拿着小册子在祠堂周围边走边读，眼睛却四下环顾。

那天何旭阳命令他在厢房看守小伍，他表面推托，心里却乐开了花。当他走进厢房时，小伍没好气地说："今天轮到你来看管我了？你们这是什么意思，把我关在这里不放。我要回杨家矿当会计，管他日本人还是中国人，只要有工钱给我就是我娘，快放我回去。"

柳臻全喜笑颜开："小伍，你这话对我说说没关系，可不能对别人说。"

"我不怕，反正我终归要回去。"小伍恨恨地说。

到了晚上，柳臻全见小伍睡着，锁了门，偷偷出了祠堂到东干渡头，与渡口的情报员说："快与组长说，今晚后半夜带队伍在渡口接我。"他回到祠堂后，等到时间差不多了，便摇醒小伍说："喂，你说想回去，我也想回去，我们一起逃走如何？"

小伍揉着眼睛："逃得出去吗？"

"我已看好路线，快跟我走，只要不惊动别人就没事。"

小伍看柳臻全拿着枪："你带枪出去，是要打仗吗？要是打仗我宁愿不走。"

"你还是不是男人，关键时刻又软了，走！"柳臻全拉起小伍，开了厢房门，开了祠堂横门，靠墙行去，小伍跟在他身后亦步亦趋。两人过了祠堂外墙就冲上村路，正被王广荣撞见，引发一场夜半枪战。

小伍被带到了沦陷区日军司令部，又被带到刑讯室。

竹子冷冷地说道："你如实讲清楚账本上记着的秘密，有奖。如果隐瞒不说，你看——"指着房间内的各色刑具，"怕不怕？"

小伍哀求："我说了，你们让我回杨家矿当会计吗？我不做事家里就没饭吃了。"

竹子的口气立刻和气多了："只要你说实话，我们就让你当总会计。"

小伍干脆竹筒倒豆子："账本都是记账啊，你们是不是要查存在上海十六铺码头那一万吨萤石的账？那是发到法国某钢铁公司的。"

竹子双手一拍："对，曾睿剑一定是得知了这一万吨萤石，杀课长灭口。"

池之上仰头一笑："你对他总是戴着有色眼镜。"

竹子拿出一张用碎片拼凑而成的纸，交给池之上看："这是曾睿剑写给方玉莹的信，我从曾家大屋里找到的。"

池之上看着信，南京来的专家走进办公室，把验尸报告递给他："经解剖尸体，再加以符合逻辑的分析推理，我得出的结论是：凶手是职业杀手，或者是经过专门训练的军人，反侦查能力很强，很可能是内部人士。"

池之上狠狠拍了一下桌子："审问曾睿剑。"

十　较量

曾睿剑被绑在刑讯室里，池之上、大西吉雄和竹子或坐或立。

池之上阴恻恻地说："曾君，知道为什么抓你吗？"

曾睿剑非常镇定："我知道，你们抓错人了。"

竹子拍着桌子："不要抱有侥幸心理，课长是不是你杀的？是不是中国军统组织派你来做间谍的？"看着不动声色的曾睿剑，她声色俱厉，"如果不实话实说，就等着被凌迟处死吧。"

曾睿剑从容地微笑："你们抓不到凶手，就拿我这个新来的中国人做替罪羊。我身后根本没什么组织，我从日本留学回来，只打算继承发扬父业。"

池之上一挥手："既然你不说，就让我们的刑事侦查专家替你说吧。"

南京专家一直站在屋角，他走上前，目光停在曾睿剑的身上："我们已经肯定你是中国方面派来的间谍，以破坏大日本帝国萤石开采、破坏东亚共荣为目的。之前皇军及时接收杨家矿，方老板来不及藏起账本，而你是杨家矿的人，知道账本上的秘密，就是那一万吨萤石。你蓄谋已久要窃取账本，那晚找借口进了财务课，发现课长已找出了账本上的秘密，于是杀人灭口，撕走账页。"

曾睿剑毫不胆怯："信口开河！那天晚上所长明明看见我在房间里，哪有机会杀人？"

南京专家说："课长是被人用一种比针灸针略粗的特制钢针，刺进心脏致死。钢针不长，凶手必定是课长熟悉信任的人，他才会毫无防备，让那人夜晚进门，而且站得离他这么近。课长在矿里无亲无故、独来独往，只有你身为经理，又会日语，与他的日常来往多一些。至于所长，他已经回忆清楚，见到你是在警报响起之后，他经过你房间的门口，你故意开门出来与他说话。之前你制造假象，让警卫以为你已跑出了大门，逃到了山上，实际上你就躲在大门附近，有充足的时间跑回自己的房间。"

曾睿剑眼睛都不眨，心想："这专家也算精明，推演得八九不离十，但根本拿不出确凿的证据。"他轻蔑地一笑："你的故事真好听，好像挺符合逻辑。但这故事可以套在任何一个人头上，谁会相信除了我就没人能接近课长？什么账本，什么一万吨萤石，我更是一头雾水，毫不知情。我读的是岩石力学，热爱的是科学，而科学是没有国界的，我对特工那一套丝毫不感兴趣。"

大西吉雄终于开了口："当晚你房间里的异常动静又如何解释？"

曾睿剑马上提高音量："说到这个问题，矿警和所长你在不同时间都进过我房间检查，发现了什么？只有我在满头大汗地练拳。近来矿区里贴了那么多骂我汉奸、要取我性命的标语，我整日整夜担心被锄奸队暗杀。那天晚上混进矿区来的人肯定是想杀我，至于后来怎么杀了课长，我也莫名其妙，搞不好是认错了人。我思来想去心惊胆战，所以毫无睡意，一直在练拳。"

大西吉雄说："我听到你房间里有女人的声音，你在与她说话。"

曾睿剑飞快地回答："你们两次进我房间仔细查看，那女人藏在哪里呢？我房间只有一扇门、一个钻不出人的小窗户，没人能跑出去，莫非她能隐身？"

竹子说："都是狡辩，这家伙反侦查能力很强，是极其善于伪装的中国间谍，必须动刑才能让他招供。"她一指打手："上老虎凳。"

打手把曾睿剑绑在老虎凳上，往他脚下垫砖头。曾睿剑大汗淋漓，口中大喊冤枉。池之上走近他说："你杀人的事我们暂时找不到证据，但有一件事你没做周全，露出了狐狸尾巴。"说着向竹子一摆头。

竹子讥笑地说："你做间谍还太嫩，可惜没有修炼的机会了。"她摇晃着拼凑回去的信笺，"看看这是什么。"

曾睿剑认出了写给玉莹的信，心想："幸好我早有准备，信里说得含含糊糊。"他咳了两声，说："这封信明明是叫玉莹交出分布图，我好立功，你们连这都看不出吗？"

"曾睿剑，你死心吧，别嘴硬了。你对皇军隐瞒方玉莹的下落，这是铁的证据。快交代，是哪个组织派你来的？任务是什么？方玉莹和分布图在哪里？免得皮肉受苦。"竹子对他的辩解嗤之以鼻。

池之上任凭竹子讯问，心里却在惋惜："唉，好好的县长人选没了。"

曾睿剑喘着粗气："冤枉啊，真没有什么组织呀！"

竹子打了他一个耳光："不见棺材不落泪，说的就是你这种人，给我打！"

打手狠狠挥鞭，曾睿剑的衣服很快就透出了血。

池之上看他快昏过去了，摆手道："停！"

曾睿剑吐出嘴巴里的血："你们懂逻辑学吗？这么明显的事都搞不清楚，还算是堂堂梅机关的人吗？我要向将军反映，你们简直是饭桶，大本营怎么能让你们担任这么重要的职务？"

刑讯室被曾睿剑的一番言语镇得异常寂静，池之上呆了一会儿，说："你写给方玉莹的那封信，明明是让她快逃，怎么能说成是为皇军尽力办事？"

"那我教你们怎样理解这封信。"曾睿剑喘息着。

竹子恶狠狠地说："你说！我不信你能把稻草说成金条，白天说成黑夜。"

曾睿剑滔滔不绝地说道："我写信的目的，就是要玉莹把图交给皇军，当然最好是交到我手里，让我在你们这里立一大功，站稳脚跟。但曾、方两家是世交，我与玉莹又是青梅竹马一起长大，我不能为得到分布图而伤害她。顺便说一句，即使你们抓到她，我也会向司令请求网开一面，保她一命。我写这封信，是想两全其美。"疼痛让他暂停了一下，"信中写得清清楚楚，让她把图交给皇军或交给我。"

竹子抢着说："你要她逃去国统区，就是想让皇军拿不到分布图。"

曾睿剑喘息着说："你们已布下天罗地网，她过渡时肯定会被抓住，抓住她当然也就得到分布图了。我不这样写，她会相信我吗？"

池之上不等曾睿剑说下去，就大声斥问："那最后面这句，告诉她再不要到你家，怕我们抓到她。你又怎么自圆其说？"

曾睿剑一阵眩晕，皱起眉头："这句，这句……"

竹子嘲笑他："无话可答了吧？再打。"

打手挥了几下鞭，报告说："犯人晕过去了。"

竹子说："用清水泼醒他。"

曾睿剑醒过来，睁开眼睛，池之上立刻追问："快说，那句话是什么意思？"

曾睿剑一边喘息一边说："你们梅机关没培训过心理学吗？我这个学岩石力学的来做你们的指导老师，这句话的意思再清楚不过了，是让玉莹相信我是为她着想的，是关心她的，这样她才能把图交给我。我不这样说，她会相信我前面写的话吗？"他越说越气愤，"我这样说难道不符合逻辑吗？你们不仔细考虑就滥施刑罚，快放开我，向我赔礼道歉。"

池之上面色犹豫，竹子知道他动摇了，连忙驳斥："你这完全是牵强附会。我们调查了，你父母确是被我军飞机炸死的，你却说成是矿洞塌方丧命，这样处心积虑、未雨绸缪地撒谎，一定是有险恶目的。"

"我父母是怎么死的，我这个做儿子的比你们清楚。你们这是欲加之罪，何患无辞。"曾睿剑愤愤地说。

竹子说："好，那就开棺，看看骸骨上是否有弹片。"

曾睿剑跺脚大怒："悖逆人情，惊扰入土者的安宁，这是伤天害理！"

大西吉雄说："让王组长带人把他父母坟墓挖开，开棺验尸。"

竹子手一挥："先把他关起来，等弹片摆在他面前，看他还嘴硬！"

曾睿剑被押走后，池之上吩咐："参谋长，你再亲自去他家老屋搜查，看能不能发现新的线索。"

王友仁带着日本兵和殓尸工走进曾家坟茔地，很快找到了竖有曾志竖坟碑的坟屋。王友仁高兴地说："这么快就找到了，赶紧挖。"殓尸工搭起了竹篾地篁，很快挖开坟屋，打开了棺材盖，一眼就看到白骨中有好几块弹片。

王友仁啧啧摇头："哎呀，真的有弹片，曾睿剑居然撒这种容易戳穿的谎话。快捡起来。"

殓尸工捡了两块弹片，连同坟碑放在簸箕里，抬回司令部。竹子洋洋得意："司令，这可是铁的证据。这人城府虽深，但逃不过我的眼睛，我一眼就认出他是个间谍。"

池之上手一挥："提审曾睿剑。"

曾睿剑又被绑在刑讯室里，池之上未言先冷笑："曾君，我看你今天如何狡辩。"

曾睿剑仍然很镇定："你们又玩什么新花样？无论如何假的也不能成真。"

竹子说："你顾头顾不了尾，撒谎圆不了谎。"

曾睿剑嘿嘿一笑："参谋长，我不明白你的意思。"

竹子拉下面孔："你父母究竟是矿洞塌方压死的，还是被炮弹炸死的？"

曾睿剑一口咬定："是矿洞塌方压死的呀！"

池之上叹气："事实胜于雄辩，我们已打开你父亲的棺材，你父亲身上有两块弹片，你还能狡辩吗？"

打手把簸箕里的弹片给曾睿剑看。王友仁走过来："睿剑，这弹片是我亲眼看着从你父亲的骸骨中捡出来的。别犯糊涂了，向皇军坦白吧，只要迷途知返，一样可以为皇军做事。"

曾睿剑看着弹片，泪水潸潸而下，边哭边说："我父母确是在矿洞里被乱石埋住压死的，你们肯定搞错了。"

池之上说："你这样抵赖是无济于事的，不交代清楚，只有死路一条。"

曾睿剑望向竹子："你为什么陷害我？"

竹子拍桌大怒："我需要陷害你吗？我杀你需要证据吗？随时可以杀，用不着跟你纠缠。"

大西吉雄挥舞着一份表格："你提高伙食费标准，让矿工每人每天吃一斤半大米，三天吃一次豆腐，一个星期半斤肉。还给矿工发工资，慷我们大日本之慨，安的是什么心？"

曾睿剑对答如流："我给矿工发工资，是为了完成大本营下达的萤石生产任务，只有给矿工发工资，让他们吃饱饭，他们才能心甘情愿地完成这么繁重的任务。况且这钱都是从我的分红里支出的。"

竹子怒视他："别说这些无关的，快交代你的任务和计划。"

曾睿剑坚持道："没有，我是全心全意为皇军做事的。"

曾睿剑被毒打，昏过去又被泼醒。王友仁凑过去抚摸他的面颊："睿剑，你还是认了吧，这刑罚吃不消的。"

曾睿剑看他一眼："我反正是个死，你们随便吧！"

竹子狠狠地说："这人比共产党还共产党，不用重刑是不会招的。烙铁饼！"

打手夹起烧得通红的圆铜板，走到曾睿剑面前。曾睿剑连叫："不要！"

池之上说："不想皮肉受苦就快说。"

曾睿剑咬着牙说："我是全心全意为皇军做事的，我没有撒谎。"

打手把曾睿剑绑在凳子上，烧红的铜板烙上他的背。曾睿剑满头大汗，扭动着身体大声呻吟，又大喊冤枉。

竹子逼问："说不说？"

曾睿剑低声说："还是那句话，我是全心全意为皇军做事的。"

打手钳着第二个圆铜板，在曾睿剑面前摇晃："不说就接着烙。"

曾睿剑的身体剧烈颤动一下："别，别，我说。"

池之上和竹子一齐哈哈大笑："不怕你不说。"

曾睿剑喘着粗气："先放我起来。"

竹子嘲笑他："哪有这样的好事，你说了才放你。"

此刻曾睿剑的思想斗争十分激烈：要提出查看坟碑吗？不可。如果四叔按计划做了那块坟碑，自己这时提出来，无异于此地无银三百两，不打自招。但现在这烙刑的确让人痛不欲生，自己怕是撑不过去。或者自己可以这样申辩："我瞒着父母的死因是怕你们不信任我，不肯让我为你们效力。"不，多疑的他们不会相信的。无论如何，现在还是要避免肉体上的痛苦，干脆装成屈打成招的模样吧。

他刚刚开口说了个"我"字，一个日本兵就急急忙忙跑进刑讯室："报告，外面有人大哭大闹，说王友仁挖了他家的祖坟。"

曾睿剑听得清楚，心头一松，知道四叔已安排好一切，立刻转过话头："我……我实在冤枉……一定是王友仁挖错了坟，人家找上门来了。"

王友仁理直气壮："让那人进来看，这里有坟碑，挖的是曾志坚的坟。"

一个塌鼻子走进刑讯室，大骂王友仁："你为什么挖我家祖坟？你不磕头认错的话，明天我也去挖你家祖坟。"

王友仁指着坟碑："你胡说，我挖的是曾志坚的坟，你祖宗叫什么名字？"

塌鼻子指着坟碑："你睁大眼看看，这坟碑上凿着我爹的名字，曾志竖。"

王友仁一手擦眼睛，一手摸坟碑："啊，真的是'竖'字，那曾志坚的坟又在哪里？"

"自然在他自己家的祖茔地。"塌鼻子阴阳怪气。

曾睿剑在凳子上挣扎："我就说你们搞错了，快放开我。"

池之上刚想下令，竹子抢着说："不急，先把他关回去。"又指着王友仁："你带路到曾家祖茔地，待我去亲自看了再说。"

塌鼻子抚摸着坟碑大哭："那我爹被你们曝尸荒野怎么说？"

池之上转向王友仁："你拿两块银圆给这塌鼻子，让他重新安葬父亲。"

王友仁支吾："这……这件事……"

池之上斩钉截铁："不必多说了，是你有错在先。"

王友仁火凛凛地拉住塌鼻子："走，走，给你两块银圆。"

塌鼻子扛起坟碑，跟着王友仁就走。

竹子、王友仁、塌鼻子等人带着四叔来到曾家祖茔地，塌鼻子指着刻有"曾志坚之墓"的坟碑："这才是曾志坚的墓。"

竹子指挥殓尸工："挖开。"

四叔连忙跪下："太君，手下留情，万万不能打开坟墓。死者为大，他已入土，不能再惊扰他。"

竹子踢了四叔一脚："别废话，挖坟开棺。"

殓尸工搭起竹篾地簟，很快挖开了坟墓，打开了棺材盖。竹子连忙走近，只见一具白骨卧在棺底，骸骨间没有任何弹片。她难以置信，呆立了一会儿，悻悻地下令："走。"

办公室里，池之上对大西吉雄说："曾睿剑这人，说他破坏采矿吧，他来管理后，采矿量比你大。说他杀人吧，又没证据。说他父母亲是被我们炸死的，挖了坟也找不到弹片。这人是忠厚老实还是虚伪狡猾，实在搞不清楚，现在该怎么处理他？"

竹子说："我总觉得这人像间谍，杀了算了。"

"可是矿里的确需要他这样的人，这段时间他不在，产量急剧下降。那些矿工是中国人，与我们鸡皮不贴鹅皮，阳奉阴违，我头痛死了。"大西吉雄叹着气。

王友仁笑嘻嘻地说："不然还要我们这些人干什么呢？你们直接治理中国老百姓就行了！我觉得曾睿剑就是个商人，只想着那百分之四十的股份，尽管放心用他。"

池之上问："参谋长，你再次到他家老屋，发现什么了吗？"

竹子拿出一本册子："找到了曾睿剑的日记本。"

王友仁接过日记本翻开看，用日语读出声来："从现在起，我就在杨家矿当经理，继承父业了。我的岩石力学和矿业管理没白学，还有百分之四十的股份可以分红，必须得尽力干。虽然有人骂我是汉奸，但我是做技术的，又是生意人，只要能施展所长、能赚钱，管什么政治和战争……"

池之上沉吟："你为什么不早把这日记交出来？"

竹子说："我认为他预先筹谋好这一切，如此沉得住气，更证明他是个资深间谍。"

池之上对竹子摇头："对曾睿剑这件事，你总是戴着有色眼镜。不要再怀疑了，我看这人我们可以用，以后我还想让他来当县长。这样吧，马上放他出来，让他去找分布图，听听他怎么说。如是一只驯服的狗，那就用；如是狐狸，那就杀了。"

竹子低头不语。

曾睿剑拖着伤痕累累的身躯被带到办公室，池之上安慰他说："委屈你了，不过这样一来，能彻底信任你确是为皇军尽力的。以后好好工作，我一定不会让你吃亏，县长位置给你留着。"

曾睿剑扫视三人，最后目光停在竹子身上："我最后再说一次，军统也好，中统也好，跟我一点关系都没有。你们动不动喊打喊杀，我怎么能安心干下去？"

池之上亲自扶曾睿剑坐到沙发上："你放心，日后不会再发生这样的事。曾君，现在我要你把分布图拿到手，你能做到吗？"

曾睿剑慢慢靠在沙发上："这几天我昏昏沉沉，恍惚中记起听父亲说过，还有一份分布图的蓝本，至于收藏在了哪里，我得好好想想。"

竹子说："何必那么费事，你和方玉莹青梅竹马，现在还有来往，你马上找到她，劝她把图交出来。如果她不交，就把她抓来交给我们，我们自有办法让她答应。"

曾睿剑怒视竹子："我不会伤害她，也不许你伤害她。你们还是等几天，等我查出分布图蓝本的下落吧。"

池之上拍着曾睿剑的手："好好配合我们拿到分布图，自有你的大好前途。"

曾睿剑摸着皮肉的伤处："哎哟，真疼！难道我这一身伤就这么算了吗？"

竹子哼了一声："给你上刑是事出有因，你真想不通就算了，堂堂大日本帝国，还少你不成！"

"那我得回家好好休养，这身体没小半年是恢复不了的。"曾睿剑悻悻地说。

大西吉雄说："不必回家，你就在我们的医院或是杨家矿休养吧。"

"不，治这种皮肉伤，中医比你们的军医拿手。再说我回到老屋，触景生情，再问问四叔和其他亲友，可以更快找出分布图蓝本藏在哪里。"

池之上点头："好，我派两个士兵给你当警卫，与你同吃同住，日夜保护你。现在锄奸队闹得很凶，必须保证你的安全。你自己再雇一个用人，费用由我们承担。"

曾睿剑明白，这是池之上派人监视他，如果拒绝，难免引起怀疑，于是说："谢谢司令，现在就送我回城里下河巷大屋吧，我还要先支领一些钱治伤、买药。"

池之上对大西吉雄说："你多给他一些钱。"

曾睿剑由竹子和大西吉雄陪同回到大屋里，两个日本兵把他扶进卧室。竹子对两个日本兵说："以后你们日夜轮流值班，要像照顾兄弟一样照顾好曾经理。"

曾睿剑指着隔壁房间："那里面有床，你们就睡那一间吧。"

大西吉雄连忙说："不，他们来是保护你的安全，不能离你太远。"指着房门口的走廊对两个日本兵说："你们就打地铺睡在曾经理房门口。记住，无论曾经理去哪里，你们都要陪同，绝不能疏忽。如果曾经理出了事，唯你们是问。"

两个日本兵立正："请所长放心，我们一定不离开曾经理三尺。"

竹子和大西吉雄走后，四叔走进卧室，拉住曾睿剑的手："真把我愁死了呀。"他心疼地抚摸着曾睿剑的伤处，"日本人真狠，竟把你打成这样。"

曾睿剑说："多亏四叔做得周全，我才保住了命，当时我真是绝望了。"

四叔点着烟筒，深深地吸了一口："当时日本兵挖坟开棺，我就知道其中奥妙了，只是自己不好出面。好不容易找到那个塌鼻子，赶紧带他到日军司令部喊冤。"

曾睿剑想起了那段往事：

1941 年 6 月，曾睿剑路过一个村庄，见村民们围着两具尸体议论纷纷。一个跪在尸体旁边的塌鼻子青年突然拉住他："这位先生通身气派，一看就知身家不凡。我爹娘刚刚去世，我家没山没土，没地方安葬。本来族里有官山是专供无土无山的人安葬的，可族长竟不让我爹娘进官山，请你给我评评理。"

曾睿剑沉吟不语，一个白发老人把他拉到一边说："先生，官山是可以安葬族里无山无土的人，但是他们夫妻俩——"伸手一指那两具尸体，"他俩一生不务正业，专业做贼。上下村的农户不知被他们偷了多少鸡和狗。现在他儿子子承父业，恶习不改，我们要好好教训教训他。"

那塌鼻子突然冲过来跪在曾睿剑面前："先生，做做好人，助我点钱买块坟地和两副薄棺材，我发誓今后再不偷盗，努力干活还你的钱。"

曾睿剑问："你真的诚心改过吗？"

塌鼻子双手扶地，叩拜曾睿剑："我发誓改过，如不改，就像爹娘一样死无葬身之地。"

曾睿剑的口吻如同师长："你如果能从此改过，坟地也别买了，就把你爹娘葬在虎爪山我家坟茔地吧。"他掏出一些钱，"这钱够买两副棺材、雇殓尸工了，你安葬好你爹娘后就去杨家矿做工。"说着从包里拿出笔记本，撕下一页，写了几行字，"你把这信交给方矿主，他会给你活干。"

塌鼻子又磕了一个头，不胜感激……

曾睿剑将思绪拉回来，微微一笑："只用两块碑，就能把日本人搞得晕头转向。"

四叔也嘿嘿笑，忽又忧愁地说："我们兄弟四个，只有你一棵独苗，你千万要保住性命，报了仇就抽身，早日找到玉莹完婚。四叔想你继承香火，独子发千丁呢。"

曾睿剑深深地叹了一口气："我现在已经没事，最危险的是玉莹，日本人一天没拿到分布图，玉莹就一天不安全。四叔，我心里日夜挂念玉莹，你有空就去茶馆、码头、渡口看看听听，打探玉莹的消息。另外，给我买点安眠药来。"

四叔点头："好，我会去的，只是你买安眠药干吗，睡不着吗？"

曾睿剑笑了笑："必要时有用。"

四叔对曾睿剑的事当然最上心，连宪兵队、日军司令部、日伪情报组门口都去了，安眠药也买好交给曾睿剑。

　　一日晚餐时，四叔引着两个日本兵喝酒，当晚那两人睡得如死人一般。夜半时分，一个黑影闪出大屋，去了方家村，径直来到方家五间头后面的箍桶井边，一会儿就提上来个小提箱，自言自语："水淹不到，火烧不到……方叔总说要把珍贵之物藏在这样的地方。"

　　第二天晚上，两个日本兵又睡得如同死人，黑影提着那个小箱子又去了一趟方家村，之后空手回了大屋。

十一　车马炮兵齐赴上海

　　那天晚上玉莹被曾睿剑塞到窗外后，悻悻地回小屋，脑子里不停地思索：他究竟是原来的曾睿剑，还是已经变心的汉奸？她如坐针毡，睡不安，食难咽，每天手拿石块在墙上划一笔。划到第三个正字最后一横时，心想："今天已是第十五天了，他如果杀了大西吉雄，说明没变心，如果没杀，就说明那天是搪塞我的，我必须死心了。"

　　玉莹扮成乞丐来到小南门，准备进城打探，突然被一个女人拉住。玉莹猛地一挣，举拳就要打。

　　"小姐，是我。"那女人双手盖住头，抖抖地说。

　　玉莹把箬帽往下压了压，心想："看来我还是没伪装好，被人认出来了。"她见是一个女人，心头稍定，又看了看边上无人，轻声问道："你是谁？"

　　"我是矿里小会计小伍的娘呀，看着你长大的。你怎么这般打扮？要到哪里去？日本兵在到处抓你，你可要小心啊。"

　　玉莹绷着的心弦立时松了："哦，原来是小伍娘，我认出来了。小伍还好吗？"

　　"别提了，前些日子被游击队的人抓走了。"小伍娘说着涕泪齐下。

　　"哦，他们为什么抓你儿子？"

　　"游击队的人说，陈会计被日本人抓去了，还会来抓小伍，他们要把小伍带走保护起来，让我也到亲戚家避避风。但是，听说日本兵与游击队在东干渡头打起来了，我儿子又被日本人从游击队那里抓去了，死活都不知道。我好命苦啊！"小伍娘皱着面孔，"我还听说，睿剑差点被日本人打死，现在大屋养伤。"

玉莹一惊，强作镇定："日本人为什么要抓陈会计和小伍？"

"小伍被抓走前说，杨家矿的账簿上记着一万吨萤石，是卖给法国公司的，没运走，现在秘密存放在上海十六铺码头。"

玉莹顿时紧张起来，拉住小伍娘，一脸郑重地说道："以后绝对不能对任何人说这事了，也不要说遇见过我。"

"我儿子在日本人手上，我快愁死了，只能对小姐说说，对其他人肯定只字不提。"

玉莹急急忙忙告别小伍娘，黄狗追到玉莹身边，玉莹摸了一下它的头："旺旺，小伍这人不是硬骨头，肯定会向日本人说出一万吨萤石的事。怎么办？萤石要被日本人抢去了呀，必须赶快到上海告诉曹伯。可是我怎么去上海？汽车站、火车站都贴有日本人对我的通缉令，怎么办？怎么办？"玉莹又增添一桩心事。

小伍被柳臻全骗走后，周东曦捶胸顿足，责怪自己麻痹大意："小伍一定会说出一万吨萤石的事，必须尽快到上海找陈师傅想办法。"

张正钧担心地说："可是你怎么去上海？到处都贴有你和方玉莹的通缉令，汽车、火车肯定都不能坐。"

金吉水一拍手："队长，你不是会修汽车开汽车吗？我们去偷一辆日本兵的汽车，直接开到上海去。"

张正钧摸了摸金吉水的后脑勺："你的脑子好用吗？不要说汽车没那么容易偷，就算偷来了，从武义到上海都是沦陷区，公路上有很多日军的检查站，逃得过这个逃不过那个，亏你想得出这办法。"

金吉水挠着头皮："那队长怎么到上海呢？"

周东曦皱着眉头转来转去，十分纠结。这时谢文生带进一人："有人说要找吉兴修车铺的周师傅。"这是周东曦在外活动的公开身份。

那人向周东曦打招呼："你就是周师傅？我是浙江省汽车运输总公司金华分公司的经理，姓郑，今天来是有事相求。"

周东曦心头闪过一道亮光："噢，郑经理，你有什么事？"

郑经理说："是这样，周师傅，我是有苦说不出啊。我们这么大的公司只有十四辆车，九辆客车都是木炭车，天天早晨要烧火。五辆货车虽然是汽油车，但日本人说汽油是战略物资，处处限制。公司亏损了好久，日子十分难过。"他满面苦恼，似乎是想博得周东曦的同情。

周东曦示意他坐："这样的事我怎么帮你？"

郑经理坐下，叹了口气："现在有了汽油，也有了生意，但是，但是……"几个队员走进来，郑经理口里的话又吞回去。

周东曦看懂了郑经理的心思，向众人一歪头，让他们都出去了，单单拉住何旭阳站到自己身旁。

郑经理焦急地用手指挠着头皮："现在日本人强令我们的车给他们运萤石，去上海码头，必须两天一个来回。"

何旭阳连忙插嘴："给日本人运萤石？亏你说得出口。"

郑经理看看何旭阳："这位师傅你说得轻巧，不听日本人的话，除非是关了公司的门，我去上吊。"

周东曦对何旭阳摆摆手，向郑经理说："你说下去，究竟需要我做什么？"

"我直说了吧，现在两辆货车开不动了，公司的修理工怎么也修不好，可是日本人蛮横无理，勒令我们必须三天内修好上路，不然全部木炭客车都去运萤石。我派人到上海汽修厂求援，上海军政部第二汽车修理厂的陈师傅说我舍近求远，介绍了你，说以你的手艺肯定能修好。我多方打听，得知你在这里，所以特地来求你，如能修好，感激不尽。"

周东曦听了，从心里一直笑出来，满脸灿烂："修车师傅见了坏车就手痒痒，去看看吧。"

郑经理眼看有了救星，也满面欢喜。

何旭阳把周东曦拉到门外："队长，不能去，万一是池之上的诡计呢？"

周东曦微微一笑："是真是假我还看得出来，这郑经理是真着急。"

郑经理跟着走出来，说："我的车停在武义上交道，我们到上交道坐车。"

"旭阳，我如果修好了车，就直接跟车到上海，家里你多操点心。"

周东曦嘱咐说。

何旭阳答应着："家里的事你放心，祝周师傅马到成功！"

郑经理和周东曦回到金华，连忙喊来驾驶员："快与周师傅说说，车是怎样的毛病。"

驾驶员懊恼地说："这车好古怪，开头能发动能走，到半路就熄火，停歇一下又能发动，但开不了多少路又熄火。有鬼一样。"

周东曦追问："两辆车都是同样的毛病？"

"对，都是同样的毛病。"

周东曦站起来："去发动起来我听听。"

三人到了停车场，驾驶员发动汽车，周东曦听着说："声音正常！"

驾驶员苦笑："但是到路上就熄火，真是见鬼了。"

周东曦检查继电器的接头："可能是绝缘层内的导线断了，接触不好，行驶时受到震动就分开，停车时又碰合回去。去拿一段白洋布来。"

驾驶员拿来一段白洋布，周东曦把它撕成稍宽的布条，把继电器线圈绕得紧紧的，向驾驶员招手："上来试试。"

驾驶员坐上副驾驶位，周东曦转动方向盘开出停车场，头探出车窗外："郑经理，那辆车也这样绑一绑就行，这辆车我给你开到装货点装好货，就直接开到上海了。"

郑经理追到驾驶室车窗边上："岂可这样，你连茶都没喝一口。"

"喝茶来日方长。"周东曦边说边踩油门，汽车开到装货点装了萤石后，奔驰在通往上海的坑坑洼洼的砂石路上。

驾驶员竖起大拇指："绑一块布条就把汽车修好了，真是不可思议。"

玉莹回到竹林庵小屋，苦苦思索："难道睿剑哥去杀大西吉雄时，被日本兵抓住了，才被打得半死？我得去大屋看看究竟是怎么回事，如果他没变心，我们就一起设法去上海。"

于是玉莹又冒险来到小南门，看见在河里捕鱼的人仍随意进出涵洞，便混在他们里面进了县城。

玉莹走过下街的石板路，看到一辆挂着膏药旗的吉普车停在下河巷巷口，车内无人。她走过去向车上吐了口唾沫，心想："车停在这里，很可能有日本人在大屋，说不定是大西吉雄，不知道他们有几个人，我可不能送上门去。"

玉莹徘徊一会儿，一拍脑袋："日本人既然开车来，肯定要开回去，我藏在车里，等着大西吉雄落单再杀他。"她钻进车子里，小心地躺进后排座位下，摸了摸随身携带的柴刀。

原来这一天果真是大西吉雄开车来看望曾睿剑。他放下礼物，对曾睿剑嘘寒问暖："怎么样，好些了吧？今天我开车来的，想载你回杨家矿看看，有些事得你拿主意。"

曾睿剑一声叹息，沉着脸："哪有那么快恢复，我真恨你们不分青红皂白就把我打得全身是伤。"

"我一直想为你开脱，都怪参谋长，不过司令肯定不会亏待你。和我回去吧，就当兜兜风。"

曾睿剑不置可否，眼睛一转说："我想到一个可能埋藏分布图蓝本的地方，今天正好借你的车去看看。"

"太好了，我和你一起去。"大西吉雄非常欣喜。

曾睿剑说："这次只是去那儿察看动静，如果我和你这个日本人一起去，恐怕会打草惊蛇，我还是独自去吧。"

大西吉雄"哦"了一声，指指门外那两个日本兵："那就让他们穿上便衣跟着你。为保证安全，让他们带上枪。"

曾睿剑眼见不能推托，便说："好，好，他们陪我一起去当然好。"

两人出了卧室门，大西吉雄对两个日本兵说："你们跟曾经理出去一趟，要保证他的安全。"

四人走出下河巷，来到吉普车旁。大西吉雄这个衣袋摸摸，那个衣袋掏掏，拍着曾睿剑的肩膀说："啊，油门虽关了，但车钥匙还没拔出来。哈哈，我只想早点见到你，竟如此慌张，车门都没锁，还好这里有巡逻队。"

玉莹躺在座位下，听得气胀血涌："两人相处得这么好，还奢望他杀大西吉雄？"咬了咬牙，"待开到路上，一刀砍了他俩。"

曾睿剑坐进驾驶室，发动汽车，看了看仪表："油满满的，真好。"

问两个日本兵："你们都坐后面，还是有一个来坐前头？"

两个日本兵互相看看："我们都坐后排吧。"两人上车坐在后排位置，目不转睛地盯着曾睿剑，手放在枪身上。

大西吉雄满脸笑容："曾君，祝你成功。"

曾睿剑敷衍了几句，开动车子。玉莹一惊："怎么开车的是他？"她思前想后，"现在杀这个无情骨的心不会动摇，可是有两个日本兵，增加了不少难度。"她轻轻抚摸日本兵挂在地上的枪托，"啊，枪放在面前不会打，真可惜，以前要是学会打枪就好了。"

曾睿剑握着方向盘，行驶在坎坷不平的路上。开出一段路后，日本兵甲不安地问："曾经理，我们究竟去哪里？"

"到上海呀，你没听到我和所长说的话吗？这次我要是成功了，你们都能升官！"

"到上海？刚才你和所长说到上海？"

"是啊，你们要好好配合，我们已在同一条船上了。"曾睿剑心想："反正你们也没听到我和大西吉雄说什么。"

两个日本兵心里虽疑惑，嘴上却说："当然，当然。"

"啊，这无情骨是去上海？真是瞌睡遇到枕头，我先不杀他，等搭他的车到上海再说。"玉莹没想到自己运气这么好，干脆在座位下睡着了。

车到诸暨，路况非常差，曾睿剑突然一个急刹车，玉莹从座位底下滚了出来。两个日本兵大惊，大叫刺客。玉莹来不及起身，就被他俩牢牢按住，绑了起来。

玉莹大喊："放开我，让我起来。"

日本兵甲看到玉莹眉间的痣："啊，原来这就是我们抓了好久的方玉莹。曾经理，快开车回去，我们抓到方玉莹了。"

曾睿剑早听出是玉莹的声音，震惊不已，在心里骂道："玉莹你怎么在车上？大事又要被你搞糟了。当务之急，是保全你的性命。"他连忙对两个日本兵说："好，你俩看住她，我们到上海办完事再回家。这次大有收获，司令一定会大大奖赏我们，你们升官我发财。"他加劲踩油门，车跑得更快了。

玉莹一边挣扎，一边狠狠咒骂曾睿剑："你这个大汉奸、无情骨……"两个日本兵把玉莹的嘴巴用毛巾塞得紧紧的，塞回座位下面。

玉莹心中不知有多少悔恨、多少愤怒要发泄，可根本发不出声。想到自己非但没杀死曾睿剑，反而会死在他手上，她的泪珠一串串往下掉。

曾睿剑更是心中煎熬，苦苦思索解救玉莹的办法。

两个日本兵不断地打呵欠，而曾睿剑毫无睡意。第二天天亮时，车子开到上海十六铺码头，曾睿剑把车停在江边，看了一眼江心法租界的牌子："你俩饿坏了吧？先下车吃早饭。"

日本兵甲说："曾经理，先把方玉莹交给宪兵关起来，咱们再吃早饭吧。"

日本兵乙跳下车："我找个警察，先把方玉莹送到警察局。"

曾睿剑下了车："宪兵不一定会接收这样的犯人，要通过宪兵总部办手续的。我看着她，你们尽管先去吃饭，吃完饭再去宪兵队交涉。"

日本兵甲也下车："谅她也逃不了，你先看着她，我俩吃完饭与你换。"

两个日本兵跑去早点摊，曾睿剑立刻把玉莹从座位下拉出来，解开她身上的绳索，拉去口中毛巾。玉莹活动下身子，突然卡住曾睿剑的脖颈。曾睿剑早有准备，一把握住玉莹的双手："你真是不要命，现在什么也别说，赶快跳进黄浦江，往法租界那块牌子游，法国水手会来救你的，只有这样才能保命。"

玉莹哪里肯依，对曾睿剑一阵拳打脚踢。曾睿剑急出一身汗，咬了咬牙，用力把玉莹拖出汽车，推下黄浦江，自己飞奔到江边一间小屋，只见屋前坐着一个五十多岁的男人，剃平头，穿青色大襟长布衫，正在抽烟。他急切地上前问道："你是曹伯吧？方松青的女儿方玉莹掉入黄浦江，可能会被法国水手救上来，麻烦你去看看。"

几句话说完，他飞奔离开，跳上路边一辆黄包车，对车夫说："去振东大旅馆。"黄包车夫拉着曾睿剑快跑，马上淹没在人海中。

曹伯不认识说话的人，但听说是方松青的女儿，心里顿时一惊，也不管消息是真是假，连忙起身跑过去。

这时江边的人们都在大喊:"有人落水了,有人落水了!"远远的,有一艘日籍救生船向时沉时浮的玉莹驶去,然而挂着法国国旗的救生船先赶到,有水手跳下去救人。日籍船上的水手看了看,掉头而去。

两个日本兵正吃早饭,听到江边一阵喧哗,丢下碗筷跑回车上,不见玉莹也不见曾睿剑。他俩跟着人流跑到江边,正看到法国的救生船把一个落水者救上岸。

日本兵甲焦急地说:"那个被救起的人像是方玉莹,我们快向宪兵报告,把她要回来。"

两个日本兵找到巡逻的宪兵:"刚刚法国人救起来的那人,是我们帝国军队第二十二师团通缉的犯人,你们去看看她是死是活,如还活着,就把她要回来。"

宪兵打着官腔:"这样的事不归我们管,你应该直接到宪兵总部去讲。"

两个日本兵摊开双手:"这一定是曾经理使的计,我俩上他的当了,得赶紧向上海宪兵队和池之上司令报告他在上海逃逸的事。"

两个日本兵跑到了宪兵总部,与宪兵队长说了一通,宪兵队长不冷不热地说:"给你们拨通军用电话,你们自己和联队说。"他带着两个日本兵到话务室,对话务员说:"给他俩拨通二十二师团的电话。"

话务员翻着电话本:"不行,二十二师团在浙江金华武义,要通过南京总机。"

宪兵队长又说:"给他俩试试能否转过去。"话务员拉着插头七插八接:"南京总机,请转浙江金华武义二十二师团。"他连喊几遍,无可奈何地说:"线路很忙,总机不理,发份电报好了。"随手递出一张电报纸。

两个日本兵写道:"方玉莹跟着曾经理的车到了上海,跳了黄浦江,曾经理逃逸。"

周东曦把车开到十六铺码头,自己下了车,叫辆黄包车就往第二汽车修理厂跑。

陈师傅正在检查一辆轿车，周东曦走过去，毕恭毕敬地站在他身后，陈师傅突然转头，周东曦连忙问好。

陈师傅"嗯"了一声："来了？碰到难题了？"

好几个修车师傅都向周东曦打招呼，周东曦一一点头回应。

陈师傅拉下手套，带着周东曦走进自己房间，拿出茶杯和茶叶，周东曦自己拎起水瓶倒水，一边向陈师傅汇报："我回武义后，马上有省特派员前来布置工作，现在已组成六十多人的游击队……"

"这些我都知道了，你就说今天来有什么难题。"

"哦，杨家矿有一万吨萤石存放在十六铺码头，近日被日本人发现，很可能会被强行运走……"

"这事关系重大，一万吨萤石绝不能落入日军手中。"

"所以我今天来找你，希望能通知到法国领事馆，让法国钢铁公司尽快把这些萤石运走。"

这时一辆高级轿车开进修理厂，车上下来个黑衣服、黑礼帽的男人，威风凛凛地喝道："喂，老大的车，有点不好开，马上修好，我要立刻开走。"

陈师傅走到车边，仔细地听着发动机的声音，客客气气地说道："陈先生，车子可能需要换一个零件，我派人去采购，估计过两天才能修好。"他拿杯子泡茶，"先喝口茶吧，今天真开不回去。"

"没时间喝茶了，修好后你给我开过来。"陈先生转身就走。

陈师傅连忙追上去几步："本家，帮我带句话给老大，我有件重要的事想见他。"

"我只负责带话，见不见你由老大决定。"

"那是当然，帮忙说到就好。"

陈师傅送走那人，回来说："我看日本人马上就会动手，我们双管齐下，一是让老大跟法国公董局联系，二是我们实地探查，最好能让看守萤石的人离开场地，免得被日本人抓到。"

周东曦说："我就知道你有办法，所以才急着来上海。"

竹子走进池之上的办公室，把从上海宪兵队发来的电报递给他。

池之上看完后眉头紧皱："曾睿剑和方玉莹已在上海？我们还是上了曾睿剑的当！"他把桌子拍得啪啪响，"参谋长，你尽快到南京面见将军，要求将军让上海的松井太久郎帮忙，核实那一万吨萤石的下落，早日运到帝国，再就是把曾睿剑和方玉莹一起抓捕归案。嘿嘿，他再是孙悟空七十二变，也逃不过我如来佛手掌。"

竹子立正听令。

十二　车马炮兵斗在上海

法国救生船救起玉莹，送到江边，把她放在地上。有人把手伸到她鼻孔处试探："哎呀，死了！"围观的人纷纷叹息。

曹伯挤到玉莹身边，心头忽地一震："啊，真的是小姐！"他环顾四周，跑过去拉住一个骑马人："做做好事，借你的马驮一下落水的人，或许她会还魂。"

"马驮过死人多晦气，不行！"那人双腿一夹马肚，催马快步离去。

一个赶牛车的人主动停下来："放上牛背吧，毕竟是一条性命啊，死马也要当活马医。快，我和你去抬人。"

两人小心地把玉莹抬起来，肚皮贴在牛背上，头脚两边挂。曹伯扶着玉莹，牛走了几十步，玉莹肚子里的水从口中陆续流出。又走一段路，玉莹"唉"了一声。

"活了，活了！"曹伯高兴地叫道。

车夫笑着说："她肚子里还有水，再走一段路，让她把肚子里的水吐尽。"

等玉莹又吐出一些水，开始急促地喘气。曹伯把两块银圆塞在车夫手上："谢谢你救了她，帮忙把她放我背上。"

车夫把玉莹从牛背移到曹伯背上，却把两块银圆塞回曹伯手上："这钱我不能要，她能活回来，是她命不该绝。"

"世上还是有好人啊！"曹伯千恩万谢，背着玉莹一溜小跑进了自己的小屋，把她放在床上，望着她止不住地流泪。

玉莹悠悠醒来："曹伯……我怎么在这里？"

"小姐，你刚去了一趟阎王殿回来，你是怎么来上海的呀？"

"日本人……马上要来问你一万吨莹石……的事，你千万要保密……"玉莹还想说话，曹伯摆手："我知道了。现在你什么都别说，赶快走。"

曹伯拿出自己的衣服："把衣服换上。别人都看见你来了我这儿，为防日本人追查，你得快离开。"

玉莹说："我没力气，走不动。"说着又干呕起来。

"十六铺码头形势复杂，日方、法方，军统、中统，还有帮派势力以及共产党，都在这里有眼线，随时通风报信。表面上看，日本人来了后，上海滩依然热闹非常，生意照做，舞照跳，但实际上杀气腾腾，不知谁的人头哪天就会被割走。"

曹伯背过身，玉莹换好衣服："曹伯，我腿软。"

曹伯走出门，向路边的黄包车招手。他搀扶着玉莹，把她送上黄包车，对车夫说："帮忙把她送到振东大旅馆。"

玉莹低声说："曹伯，今天是曾睿剑把我……推下黄浦江，他想害死我，想把这里的莹石献给日本人领赏。他一定会来找你，你要小心。"

曹伯把几块银圆塞进玉莹衣袋："我会尽力保护莹石，你先到法租界振东大旅馆住下来，我找机会去看你。"曹伯四下观察有无可疑的人，又追上黄包车说："到了旅馆，请老板熬些红糖姜汤，起码喝两碗。"

玉莹半躺在黄包车上，一路呻吟不止。车夫回头说："我看你这情况，先送你去医院吧？"

玉莹吃力地说："不要，直接到旅馆。"

玉莹住进了旅馆，喝了服务员给她送来的红糖姜汤。

玉莹前脚离开，曹伯后脚就把她换下来的衣服扔进黄浦江。他刚从江边回来，两个人就走进小屋，问道："你救回来的那个人呢？"说着屋里屋外看了个遍。

曹伯双手一摊："这人还是死了，我无力安葬，还给了黄浦江。等法国人捞尸吧，想必会给她入土安葬的。"

"不可能，我看着她已经活过来了，怎么会死呢？"其中一个人扫视小屋，"我看她是跑了。"

曹伯说："你们傻吗？溺水的人即使被救回，也是半死不活，需要休养一段时间，哪里跑得动。"

两人东张西望一阵子，恶狠狠地说："我们活要见人，死要见尸。"急急地出去了。过了一会儿，挂着膏药旗的救生船开始在黄浦江上打捞死尸，好几个水手潜入水中。当然，最后肯定是竹篮打水一场空，无功而返。

曾睿剑在旅馆开好房间，歇息了一阵，去了照相馆："老板，洗张照片。"他拿出底片交给伙计："明天上午就要。"

伙计怔了一下："我们尽力。"

曾睿剑离开照相馆，又来到十六铺码头曹伯的小屋，径直走进去，对坐在竹椅子上抽烟的曹伯弯腰施礼："曹伯好，我是曾睿剑。"

曹伯爱理不理地"哦"了一声。曾睿剑看到他不欢迎的样子，连忙赔笑："谢谢你救回了玉莹。"

"你知道我一定能救回玉莹？她已死了。"

"我从你的神情就能看出，玉莹安然无恙。我也看得出，她对你说我在给日本人做事。实际上，我把她推进黄浦江，是为了保她的命。而我潜伏在日本人中间，也是为了给我和她的父母报仇。敌人太强大了，我们不能硬拼，只能智斗。"

曹伯被说服了，拉过一把椅子："坐下说吧，无论如何，杨家矿将来都是你们两个的。"

"今天我要拜托你一件事，是为了救玉莹和我的性命。我要把一份分布图埋在你这小屋。日本人即将在全上海抓捕我和玉莹，我会让他们从这里起出分布图，这样他们就不会杀我，也不会再抓玉莹。"

"那一万吨萤石日夜压在我心头，我气都喘不过来，你如何能阻止日本人抢走它们？"

"我到法租界找公董局，让法国钢铁公司早日把萤石提走。"

"这办法是好，但必须拿来方老板亲自开出的提货单，否则，任何人休想提走。"

"你当然是凭提货单交货，按规矩就行，不过现在要麻烦你去买两个猪食槽。"曾睿剑指着床底，"再在床下面挖个埋猪食槽的坑。"

曹伯连连点头："只要你真心保护玉莹，再难的事我也能办到。你要尽快对玉莹说清楚，我也会和她说，让她放心。"

曾睿剑谢过曹伯，出门向路边的黄包车招手："去淮海路375号。"

在床上睡了一天一夜，玉莹终于恢复了力气。一大早，老板给玉莹送来豆浆和馒头，她已和平常一样吃得津津有味。

玉莹的身体虽然很快恢复了，但心情还未平静。想到曾睿剑把她推进黄浦江，就如鲠在喉，咬着牙一脸恨怒："我一定要杀了他！"

忽听得门铃响，她把手放在门柄上，想开又犹豫。

"我是曹伯呀。"外面那人轻轻拍门。玉莹的惶恐顿时消散，身心一阵轻松，开门迎接："曹伯，你来了。"

曹伯进了门，上下打量玉莹："你身体既健壮，意志又坚强，看，恢复得多快。"边说边打开皮箱，拿出崭新的衣裳，"快换上，上海不比武义，穿得不好会被人看不起，甚至惹出麻烦。"

玉莹换好衣裳，曹伯给她整理衣襟，仔细端详："小姐变成后生了，比少爷还英俊。"

玉莹问："现在外面什么情况？"

"似乎风平浪静，但是你尽量别出门。"

"曾睿剑去找你了吗？"

曹伯想："他们芥蒂太深，都成了冤仇。我多说无益，还是等睿剑先向她解释清楚吧。"他做出若无其事的样子说："他没来过。"

竹子风风火火到了南京，十川次郎将军见到她就板起面孔："你和你姐夫究竟在武义干什么？萤石的采运量到现在也没个起色。"他一拍桌子，"如果完不成任务，是要按军法惩治的。"

竹子低头，表面畏惧，内心却笃定，解释说："武义这地方的人十分蛮强，抵抗分子又多又不畏死，我们为拿到矿藏分布图，花了不少精力。"她把索取分布图的经过说了一遍，然后拿出电报："现在这两人已在上海，估计分布图也在上海。司令特派我来，请你与上海的松井太久郎将军联系，让他帮忙查找这两人。拿到分布图后，我们完成任务就容易多了。"

十川次郎的语气稍微和缓："你速去上海，我给松井太久郎去个电话。记住，要确保每年运送十万吨萤石到帝国本土，任务艰巨又光荣，容不得半点疏忽和麻痹。你们联队的首要职责是保护萤石的开采和运输，至于袭击中国守军，只是做做样子，以攻为守罢了。"

竹子匆匆到了上海，松井太久郎笑呵呵地看着她："真是一朵盛开的牡丹花啊！"倏地板起脸，"这种事，你非得绕个圈先上南京找十川，不信任我吗？"

竹子红着脸，向松井鞠躬："不是的，不是的，如果只为这事，当然直奔你这里，因为还有其他事要向十川将军汇报请示，十川将军听说此事后，主动给你打的电话。"

松井太久郎哈哈大笑："不必解释，你到宪兵队去找安倍队长吧。"拎起电话筒，"我也学学十川，为你给安倍队长打电话。"

竹子向松井太久郎行礼："谢谢将军！"跟着领路的卫兵走出办公室。

黄包车载着曾睿剑到了淮海路 375 号，他看到法国公董局的牌子，手提公文包向大门口走去。

法籍巡捕拦住他："你是要在租界居住吗？只要你自己能租到房子，随便住，不用申请。"

曾睿剑点头致意："不，我有另外的事。"

法籍巡捕看看他，手指办公楼："那去二楼。"

曾睿剑上了二楼，一个蓝眼睛的法籍职员问："你有什么事？"曾睿剑想打开公文包拿文件，"蓝眼睛"摆摆手："不用拿文件，你直接说。"

"法国某钢铁公司向我们公司订购一万吨萤石，我们已备好货，堆在十六铺码头，但迟迟不见动静。我们现在联系不到那家钢铁公司，特来请你们帮忙通知他们。"

"蓝眼睛"摊开双手："你知道的，现在整个上海都在日军控制之下，唯有我们法租界，日本人看在德国的面子上，没有进驻军队。表面上我们正常办公，但要调集货轮运走万吨萤石，日军断不可能放行。"他向门口一指，"回去吧，那些萤石迟早是日本人的，他们现在正紧缺呢。"

曾睿剑一脸无奈地走出法国公董局，在淮海路上郁郁而行。迎面走来一位身穿蓝色旗袍、气质出众的女士，曾睿剑一脸惊喜，连忙上前："二姐！"

二姐的眼珠左右一转："让你回武义去破坏日军掠夺萤石的行动，你怎么到上海来了？"

"说来话长。"两人并肩而行，曾睿剑将情况从头到尾述说一遍。

二姐问："下一步你打算怎么做？"

"我实在想不出办法，但整整一万吨萤石被日本人拿走，我又不甘心。"

二姐沉吟："你住在哪里？"

曾睿剑行了一个军礼："报告，我住在振东大旅馆。"

"明天下午一点，你在旅馆门口等我，我开车来接你，陪你去找朱夫子。"

曾睿剑连声称谢，喜滋滋地回到旅馆。

第二天早上八点，曾睿剑急急忙忙跑到照相馆，取了一张二十寸的照片，又找了个没人的小咖啡馆，在照片上写写画画地修改，加了标注，最后坐黄包车找到一家晒图社："你们晒图社也绘图吗？"

一个伙计来招呼："我们是设计、绘图、晒图一条龙。"点头哈腰地把曾睿剑让进了业务室。曾睿剑从公文包里取出照片："你看，基底不动，标有红线的删去，加上蓝线条、圈圈和文字，重画一张图，放大至二开。"

伙计看了看："你标得这么清楚，我们能绘。"

"我明天来取。"

"起码三天。"

曾睿剑伸出一个手指："一天，工价三倍。"

"哪有这么急的，好，好，现在反正生意不多，专给你做，明天下午来取，三倍价格。"

玉莹住在振东大旅馆，身体恢复得差不多了，只是想起曾睿剑就如万箭穿心。她正在难过，忽听楼下响起有节奏的汽车喇叭声，像在叫人。她下意识地走到窗边掀开窗帘，只见一辆挂着膏药旗的高级轿车停在路边，一个西装革履的青年正要钻进车门。玉莹简直不敢相信自己的眼睛，喃喃道："居然是他！在上海坐日本人的汽车，更证明他是个大汉奸。罢罢罢，现在彻底死了心，下次见面就拼个你死我活。"

轿车载着二姐和曾睿剑开到了杜公馆，司机下车，向站在门口的几个青皮递上名片："麻烦通报老大。"其中一人接了名片走进去，片刻后，长袍马褂的朱夫子出来拱手："失敬，失敬，请里面坐。"

三人在客厅坐下，曾睿剑惊异于四周的金碧辉煌，颇有些目眩神迷。

朱夫子欠欠身："老大不在，小姐有何事尽管吩咐。"

二姐对曾睿剑说："你讲给朱夫子听听。"

曾睿剑把事情从头到尾说了一遍："……我担心这些萤石会被运到日本，助长他们的军事力量，增加我们抗战的难度。"

二姐插嘴："价值黄金万两呀，朱夫子。"

朱夫子抬头，一副思考的样子："那你们觉得，有什么办法能不让日本人拿走萤石呢？"

曾睿剑说："我去法租界公董局求助，他们摇头摊手，说是无法开出日军的航运通行证，不可能运走萤石，所以我们特来求老大。"

朱夫子叹了口气："抗日虽然是我们共同的目标，但这是道大难题啊。这样吧，我向老大详细汇报，有办法就立刻行动，如迟迟未行动，那就是爱莫能助了，你们也只能放弃。不过，你们得先告知一万吨萤石的具体堆放地点。"

曾睿剑皱着眉头，细想了一会儿："我让人把提货单给你，自然就有人告诉你萤石在哪里。"

朱夫子说："那就早点把提货单送过来。"又对二姐欠身："我只能帮到这里。"

二姐站起来，握住朱夫子的手："劳烦你了，告辞。"

曾睿剑跟着二姐钻进了汽车，心灰意冷："唉，看来那一万吨萤石真要落在日本人手上了。"

二姐笑了笑："我看未必，朱夫子向来是这个脾气，不把话说死。再说，这么大的事，他肯定要先向老大汇报。"

车了到了外滩，二姐让司机停下："我估计，这两天日本人就会来抓你，你做好准备吧。别忘了，你的任务还没完成，不杀掉武义梅机关的人，不彻底破坏日本人在武义的萤石采运，你不能轻易赴死。"

"我一定会完成任务，请二姐放心。"曾睿剑下了车，叫黄包车到晒图社。伙计说："你来得真巧，地图刚刚好。"

曾睿剑付了钱，拿了地图卷筒又坐上黄包车到十六铺码头。刚走进小屋，曹伯就指着猪食槽让他看："东西买来了，你看对吗？"曾睿剑点头。曹伯又指着床下面的坑："坑也挖好了，你做什么用呢？"

曾睿剑用蜡纸把地图层层包裹，打开一个小箱子放进去，然后把一个猪食槽放进坑里，将小箱子放进猪食槽，用另一个槽扣上。他烊了蜡，把两个猪食槽之间的缝隙封好，最后覆盖泥土，夯实。完工后，他对曹伯说："如果日本人把你抓去问分布图的事，你就说出这个地方。"

曹伯一知半解，眼神十分迷惑。曾睿剑拍着他的肩："这都是为了玉莹的安全，为了报仇。"

陈师傅修好了车，拿出一套西装领带："小周，你穿上，也开一辆车去，免得回来坐黄包车。我们去试试看，老大应该有一颗抗日的心。"

两辆汽车开出修理厂，到了杜公馆。周东曦和陈师傅刚下车，就有十多个人一齐上前挡住："站住，干什么的？"陈师傅递上名片，又指着车子："我们是汽车修理厂的，陈先生送来的车修好了，特意送过来。"

陈先生走出来："哦，车修好了。你想见老大的事，我已向朱夫子报告了，朱夫子说他见你，你进来吧。"

陈先生带着陈师傅和周东曦走进曾睿剑来过的客厅，周东曦环视四周，轻轻哼了一声，心想："这黑社会头子住的房子好像皇宫。陈师傅带我来找他，难道他还能与日本人较量不成？"

朱夫子客气地向陈师傅示意："请坐，请坐。"

陈师傅和周东曦坐下，朱夫子问："陈师傅，你有什么事要见老大？"

陈师傅示意周东曦："你简要讲讲。"

周东曦欠了欠身说："我们武义杨家硼矿，接了一笔法国某钢铁公司的订单，总共一万吨萤石，对方已付了百分之三十的货款。萤石堆放在十六铺码头好久了，最近日本人在找这批萤石。"

朱夫子说："你们有办法阻止日本人吗？我们能帮上什么忙？"

"我想请你们尽快通知法国领事馆，让法国人运走萤石。"周东曦把自己想到的办法说出来。

朱夫子嘿嘿一笑："有人已经去过法国公董局了，现在整个上海都由日本人控制，法国人根本开不出航运证。"说着咳了两声，"原来这事是一手接两家之托，你们不来，我还没当回事，既然你们都来了，我是一定要尽全力喽。这样，你们先回去，我向老大报告。"

陈师傅问道："两家之托？还有谁找过你？"

"也不算两家，我们中国人是一家嘛。现在异族入侵，身为中国人，当为本族尽绵薄之力，成不成功是另外一回事。"朱夫子送陈师傅和周东曦到门口，又说："你们要尽快告诉我那一万吨萤石的存放地点。"

陈师傅向他拱手："我尽快把详情提供给你。"

朱夫子也拱拱手："期待期待。"他看着两人上车，叹了口气："这件事要动用门徒无数啊。"

陈师傅和周东曦开着插有膏药旗、挂着日籍车牌的轿车离开杜公馆。周东曦根本不知道萤石的具体存放地点，担心地说："陈师傅，我们马上去十六铺码头，看能不能打听到那一万吨萤石堆放在什么地方。"

陈师傅看了看表："好。"

车子开到十六铺码头，陈师傅和周东曦从车上下来，有日本兵看到车牌，向他们敬礼。不料玉莹刚从曹伯的小屋里走出来，一眼看到周东曦，不禁大惊，连忙低下头，手握拳咬紧牙："这不就是那个阻止我杀日本兵的家伙吗？原来他不是好人，日本兵都要向他敬礼。唉，中国出了这么多汉奸，我杀也杀不完，但曾睿剑和这个人非杀不可。"她狠狠盯了一眼周东曦，怒气冲冲地转回旅馆。

周东曦和陈师傅在码头转悠，向人打听，几乎看遍了所有堆放萤石的场地。周东曦疑惑地说："这么多萤石都有确切的去处，而且没有哪一堆够得上一万的吨数。"

两人经过曹伯住的小屋，周东曦说："去那里问问。"

两人敲门，曹伯出来问他们有什么事，周东曦说："听你说话的口音，是武义人？"

"是啊。"曹伯说，"你们是什么人？"

周东曦说起武义方言："你是为杨家矿的方老板干活吗？"

曹伯警惕起来："你们究竟是什么人？"

"这你不必管，日本人已经知道这里存有一万吨萤石，马上就会来抢的。"

曹伯装出迷惑的样子："什么一万吨萤石？我完全不知道。"

"你不告诉我们没关系，但日本人很可能抓住你，逼你讲出一万吨萤石的下落。为了自己的安全，你还是早点逃走吧。"

曹伯当然知道危险，但他怕自己一旦离开，有人拿着提货单来提萤石，会耽误大事。这是方松青交给他的任务，虽然方松青已经死了，他也不能擅离职守。这样想着，他不客气地说："莫名其妙，你们赶紧走。"

周东曦轻声说道："你一定要离开这里，日本人的刑罚你吃不消，一定会说出萤石在哪里，方老板的苦心就白费了。"

曹伯听他讲得真诚，逐渐放下了戒心，说："你们说得轻巧，我离开这里，又能去哪里呢？"

　　"住到我家来吧。"陈师傅笑眯眯地说，递给他一张名片，"一旦遇到危险，就来我这里，我随时招呼你。"

　　曹伯看着名片："好，我想想，也许会来找你的。"

　　周东曦拍着曹伯的肩："越快越好。"

　　两人走出小屋，陈师傅对周东曦说："你来得很及时，接下来的事我自己就可以做，你必须尽快回去，游击队少不了你。"

　　周东曦低头沉思："是，你做事我还有什么不放心的？"他抬头望去，"看，那边有一辆金华运输公司的车，我现在就搭车回武义。"

　　陈师傅与周东曦握手，互相凝望良久，陈师傅推着他转身："去吧！"

　　周东曦不舍，但最终跑到货车旁边："是回金华吗？"

　　驾驶员一眼就认出他是武义来的修车高手："是回金华，不过要先到日军军需处装货，装了货才回金华。上来吧，装货很快的。"

　　周东曦回头，见陈师傅还在远远地注视着他，突然又跑了回去，轻声说："抗日胜利后，我还能回修理厂工作吗？"

　　"那时可能有更重要的工作等着你呢。中国的公路这么落后，你又是汽车方面的行家，或许让你去管理交通呢。"陈师傅边说边推他，"一切服从组织分配。快走吧，车子在等你呢。"

　　周东曦眼眶噙着泪水："陈师傅再见。"他跑回汽车旁，上了副驾驶位。

十三 死里逃生

竹子得到了上海日本宪兵队的协助，巡捕、日本宪兵和特务联合突击搜查法租界内大小旅馆。

他们来到振东大旅馆，宪兵敲开曾睿剑住的房间，进去搜查了一番，还仔细看了曾睿剑的眉间，这才退出来。曾睿剑松了一口气，刚想关门，竹子突然一脚踢开门，冲进房间，抓住曾睿剑的衣领哈哈大笑："你们再会溜也逃不出我的黄鳝笼。绑起来！"

宪兵绑了曾睿剑。竹子恶狠狠地问道："与你一起来上海的方玉莹呢？"

曾睿剑十分淡定："我不知道。"

"好，你不说，我最多是每间房都搜。"竹子趾高气扬地指着两个特务："你们把他带到总部关起来，其余的人一间间搜，曾睿剑在这里，方玉莹肯定也不远。"

宪兵和巡捕们搜查了振东大旅馆所有的房间，也找不到玉莹。宪兵队长挥着手："去最近的外滩宾馆。"

一群宪兵、巡捕和特务跑到外滩，法籍巡捕手指着路边："那里有人在打架，去看一下。"

几个巡捕跑过去，只见六个青皮把一个西装革履的阔绰公子按在地上打，那阔绰公子奋力招架。

巡捕厉声喝道："不准打架！"

几个青皮头也不抬："少管闲事，走开！"

巡捕骂道："又是你们这些小流氓，死不悔改。我们是法租界巡捕房的，你们都到巡捕房做笔录。"几个青皮抬头一看，连忙放掉阔绰公子，沿着江岸跑，不料那阔绰公子也爬起来跟着他们跑。

法籍巡捕叫道："追，把他们抓起来狠狠打一顿，问他们改不改。"

巡捕一边追一边吹哨子，一群便衣和巡捕从四面八方跑来，不一会儿，青皮们和阔绰公子都被抓住。

竹子看看那阔绰公子，又是哈哈大笑："世上的事真是无奇不有。方玉莹，想不到你就这样撞到了我手里。"她兴奋不已，"铐起来带走，今晚的任务圆满完成。"

原来玉莹在旅馆反复思量怎么杀掉曾睿剑，心头烦闷，不得不走出去，到附近的公园散散心。园内游人稀少，只有几对外国男女在窃窃私语，不时地接吻。玉莹正觉得新奇，不提防一群青皮靠近她，其中一个往她身上一靠，立刻就跑开。玉莹警觉地伸手往口袋一摸，发现钱包没了。她快步追过去，抓住跑在最后面的一个青皮，几下就把他打翻在地，脚踩住他的身体："把钱拿回来。"那青皮大喊救命，他的同伴全跑回来与玉莹打斗。玉莹寡不敌众，被打倒在地，不巧遇到竹子他们，束手就擒。

玉莹被绑在上海宪兵队总部的刑讯室里，流着眼泪，痛心疾首："爹、娘，我真笨，报不了仇，反而落入了日本人手中，呜呜，女儿要下来陪你们了……"

竹子得意地对玉莹指指点点，白森森的牙齿笑得全露了出来："无论你怎么乔装改扮，就算是逃到天涯海角，也逃不出我的手掌。别哭了，乖乖把分布图交出来，免你一死。"

玉莹用愤恨的目光盯住她："强盗、魔鬼，你们做梦去吧。"

竹子漂亮的脸蛋变得狰狞可怖："方玉莹，你该知道这里是上海宪兵队的刑讯室，你看看，这么多刑具，都可以用在你身上，限你三分钟时间，如果还不说出分布图的埋藏地点，就选一样给你试试。"她瞧一眼玉莹，瞧一眼手表："一分钟……两分钟……三分钟，时间到。"她掐住玉莹的下巴，"说不说？"

玉莹一口唾沫吐在竹子身上。

审讯官说:"给她上电刑。"

竹子揩掉衣服上的唾沫,向审讯官摆手:"对这样水灵灵的美人,电刑太重了。我记得小时候最怕母亲用缝衣针扎手心,就用缝衣针吧,针头烧红,一针一针地扎,不怕她不说。"

审讯官说:"我这儿没有这种刑具。"指着一个打手:"你去找缝衣针。"又指着一个打手:"生火。"

竹子托起玉莹的下巴:"本来要对你用电刑,我给你讲情,只用缝衣针扎扎就算了。如果你还不交出分布图,肯定要上电刑的。"

玉莹鼓起双腮,这回的唾沫喷在竹子脸上:"刽子手!"

竹子拿出手帕揩掉脸上的唾沫,狠狠打了玉莹两个耳光:"你未免太嚣张,太自不量力了吧?马上让你叫皇天。"

打手已拿来了缝衣针,生了火。竹子说:"先刺她的手掌和手指。"

打手钳起红红的缝衣针,刺入玉莹的手掌,玉莹痛得全身弹动,奋力挣扎,额头上渗出了大颗大颗的汗珠。

竹子逼问:"你交不交?"

玉莹的牙咬得咯咯响,嘴角流出了血:"强盗!你到死都别想拿到分布图。"

"还嘴硬?就让你生不如死!"竹子手一挥,"脱掉她的上衣,刺她胸口。"

打手撕开了玉莹的胸襟,钳起红红的针在她眼前一晃,一针刺了上去。

玉莹惨叫一声:"别……别刺了,我……我交……分布图……"

竹子得意地笑:"这小小的刑罚都吃不消,就别装硬骨头了。"

玉莹垂着头,有气无力地说:"松开我……给我点水……"

竹子说:"给她松绑、送水。"

打手给玉莹松了绑,玉莹拉好衣服,靠在椅子上喘息。

打手送上一杯水,玉莹一口喝尽。

竹子走到她身边:"聪明的小姐,听话,把图交出来。"

"你们这些强盗死心吧,我死也不会交的。"玉莹瞪着竹子,"你也是女人,竟然对我用这样的刑罚。"

竹子冷笑："你还真是刁滑。也罢，我就对你用男人的刑罚，上电刑！"

打手把玉莹按在电椅上，竹子对打手说："慢慢地加量。"

打手扭动开关，玉莹紧咬牙关："娘……"

竹子喝问："交不交？"

玉莹说不出话，只是坚定地摇头，竹子怒气冲天，亲手扭动开关加大电量，连声追问："交不交？交不交？"玉莹大汗淋漓，身体颤抖，突然瘫软了。

打手连忙关上开关："你开成高挡了，这女人很可能一命呜呼。"

竹子十分后悔："这下麻烦了，赶快送她去医院。"

玉莹被抬出去，竹子懊恼得团团转，突然叫了一声："带曾睿剑！"

曾睿剑被带进刑讯室，竹子对着他狞笑："曾经理，让你休养，你逃到上海来和方玉莹会面，你们暗中一直有联系，现在把分布图交出来吧。"

曾睿剑从容一笑："我做了汉奸，死心塌地为皇军服务，玉莹想杀我，追着我到了上海。我和她，哪还会有共同图谋！"

竹子讥笑道："你被我抓个当场，还伶牙俐齿企图脱罪，做什么白日梦！在我手上休想蒙混过关，赶快如实交代。"

曾睿剑十分镇定地说："参谋长，我在家休养时，日夜思考分布图蓝本可能埋藏的地方，那天突然想起父亲生前说过，宝贝要收在'火不怕，水不怕，近在眼前，远在千里'之处，想着想着就来上海了。"

竹子的眼睛瞪得圆圆的："那你找到了吗？"

"我正想去证实分布图是否在我想的地方，你们就把我抓来了。"

"好，我和你一起去找，如果没有，看你还怎么狡辩。"竹子命令打手："解开他，让他带路。"

打手把曾睿剑从刑柱上解下来，但没给他的手臂松绑。

"参谋长，这样可没诚意。"曾睿剑摇着头。

竹子给他个白眼，吩咐打手："解开他身上的绳索。"

曾睿剑和竹子、便衣特务一起坐上汽车，来到十六铺码头。曾睿剑指着曹伯的小屋："我觉得分布图在这里。"

一行人进了小屋，曹伯惊讶地看着这群不速之客："你们干什么？"

曾睿剑说："曹伯，我是曾睿剑，你从矿上退休来这里养老时，我父亲曾志坚是否在你的屋里埋了东西？"

曹伯呆立着说不出话，身体微微发抖。他没想到曾睿剑竟自己带着日本人来了，一时反应不过来。

竹子抓住曹伯的胸襟："快说，不说就拉你上老虎凳。"

曹伯结结巴巴地说："我……我不知道。"

竹子下令："铐起来带走。"

曾睿剑趁别人不注意，飞快地向曹伯使了个眼色，曹伯的手哆嗦着指向床下："曾老板是……是在这儿埋……埋了东西，我……我不知道是什么。"

竹子兴奋地叫道："挖！"

特务们翻掉了床板，使劲挖土，很快露出了猪食槽。竹子眼珠子都快瞪出来了："小心。"

特务们抬出猪食槽，刷尽上面的泥土。竹子万分惊喜："还有蜡封呢，快打开。"猪食槽被分开，露出一个坚固的小箱子，竹子上手细细抚摸，问曹伯："钥匙呢？"

曹伯说："我不知道有钥匙。"

特务们想砸，竹子连忙阻止："带回去让司令开箱。"她笑盈盈地望着曾睿剑："曾经理，误会，一切都是误会，回去重重奖赏你。还有，等一下你去看看与你青梅竹马的玉莹，就是不知道她死了没有。"

曾睿剑如被雷击，捂住胸口踉跄了几步，强作镇定："参谋长抓到了玉莹？"

竹子笑道："我布下天罗地网，她能逃到哪里去。"

曾睿剑颤声说："她没事吧？我和她十多年的感情，就算她一心要杀我，我也不想她死。"

竹子似笑非笑地看了他一眼，突然反身抓住曹伯的衣领："还有一件事，你是杨家矿的老人，方矿主在十六铺码头存放了一万吨萤石，想必你是看守人了。萤石放在哪儿？快带我去看。"

曹伯惊悚地一抖，但马上镇定下来："一……一万吨萤石？我没听说过啊，方老板也没交代过我事情，我和杨家矿的人很久没联系了。"竹子给了他一个耳光："账上记得清清楚楚，你敢说没有？"摸出了手枪顶在曹伯胸前，"带我去找，不老实就枪毙你。"

曹伯带着竹子一行在堆放萤石的场地上转着，唠叨着："我从来不知道有一万吨萤石存放在这里，你们看看，是哪一堆？随便哪堆都没有一万吨。"他们走遍了整个码头，竹子累得迈不动腿了，只得作罢。

跟在他们身后的曾睿剑大惑不解，心里疑云翻滚："那么账本上记的数字如何解释呢？提货单呢？账上的数字肯定是真实的，提货单肯定是提货的凭据，萤石究竟存放在哪里呢？"

竹子带着人回到上海宪兵队总部，先前那个审讯官迎出来，笑呵呵地对竹子说："那个假小子救回来了，没死，她的身体实在强壮，刚刚还给她吃过饭。"

曾睿剑绷紧的神经松弛下来，长出一口气："这个妖婆！"

竹子对宪兵队长道谢："多谢你们大力协助，我现在就押她回武义。"

宪兵队长说："我派给你一辆囚车，你把那六个青皮也带回去，当作同案犯处理。这几个青皮在上海屡次滋事，我头疼死了，你把他们带得远远的最好。"

竹子在接收文件上签了字："好，我带回去，让他们做矿工，再无出头之日。"

玉莹一人一副铐子，六个青皮两人一副铐子，全部被押进了囚车。玉莹临上车时，看到竹子牵着曾睿剑的手坐进驾驶室，泪珠不由自主地滚下来，她举起被铐住的双手，用袖子擦拭，忽又愤怒地大喊："曾睿剑，我就是做鬼也不放过你！"

曾睿剑从车窗伸出头，用武义土话说："你否卵滚来，一定要活到顶后头。"又向竹子说："参谋长，我怀疑玉莹可能会在路上自尽，我们不能让她死。"

竹子又向宪兵队长借了一副关重刑犯的橡皮囚笼，把玉莹摁进去，只露出了头。一个宪兵警告几个青皮："一路上不许碰她，否则就地枪毙。"

几个青皮问:"要送我们到哪里?"

宪兵说:"你们与一件大案子有牵连,要带到案情源头地处理。"

几个青皮大叫:"不要,不要,偷的钱也给你们没收了,就在上海关我们几天吧。"

宪兵坐上囚车,砰地关上车门,上了锁,把钥匙放在裤袋里:"这次你们没那么好运了。"他和另一个宪兵端着枪坐在囚车尾部,呵斥道:"都坐好,老实点。"

青皮们大叫着要下车,然而囚车在坑坑洼洼的砂石路上一路颠簸,向南开去。副驾驶座位上,竹子睡眼蒙眬,曾睿剑紧绷着脸,脑子里飞快地闪过一个又一个念头。他看看竹子,看看驾驶员,又透过隔板上的小窗户看看后面的车厢里有什么动静。他几次假装打呵欠伸长手臂,想猛地卡住竹子的脖子,但每次都放下了。他在玉石俱焚还是留住青山之间做着痛苦的选择。

竹子睁开眼,见曾睿剑一脸愁容,于是抚了一下他的肩膀:"曾君,你立了大功,皇军自会嘉奖你,为何还愁眉苦脸?"

曾睿剑重重地叹了口气:"我和玉莹家是世交,这次玉莹能不能保住性命还很难说,我担心啊。万一她死了,杨家矿的那些老人,单口水就能淹死我,老家的人也会指指点点,让我抬不起头。还有锄奸队也不得不防,我真是惶惶不可终日啊。"

竹子拍拍曾睿剑的腿:"投奔皇军是你最英明最聪明的选择,必定会前途无量。你们中国有句名言,叫什么无毒不丈夫、不恶非英雄,你这点事算什么。方玉莹是自寻死路,根本与你无关,你用不着内疚,反而应该为摆脱她这个包袱而高兴。"

曾睿剑垂头丧气:"我高兴不起来!我会遭千人指、万人唾。"

竹子嗤之以鼻:"你既然在日本待了这么多年,应该有点大和民族的武士道精神,到时你亲自去执行方玉莹的死刑。"

曾睿剑的眼泪一颗颗掉下来:"参谋长,我有一事相求!求你放过玉莹,反正分布图已找到,她对皇军再也没有威胁了。"

竹子沉吟:"你对她有情?"

曾睿剑默默点头。

竹子哈哈大笑："看来你仍是凡夫俗子，为情所困。罢了，我不会再执意取方玉莹的性命，就看司令会不会看在你立下大功的分上，网开一面。一切由司令裁决。"

曾睿剑悬在心头的大石忽地落下来，心说大可不必冒险了。他第一次对竹子露出了真诚的微笑："参谋长不必客气，留不留她的命，其实就是参谋长的一句话。"

竹子骄傲地一笑："我可不敢做司令的主。"

突然车子剧烈地震荡，驾驶员一个急刹车，两人身子向前一倾，头差点撞上了挡风玻璃。后面车厢里的人也都被磕碰得不轻。几个青皮手腕被铐子勒脱一层皮，渗出了血，大呼小叫地喊痛，两个端枪的宪兵跌扑在地上，反而只有玉莹安然无恙。

车子到了诸暨，停在路边的饭店门口，驾驶员和竹子、曾睿剑三人进了饭店。青皮们一齐叫喊："要吃饭，要解手。"一个宪兵去请示竹子，竹子想了想，说："让他们下来放放风，你们主要看好方玉莹，不得马虎。"

宪兵把人都带进了饭店，要了饭菜，青皮们争抢着，吃得津津有味，只有玉莹一口不吃，眼睛直瞪不远处的曾睿剑。曾睿剑被她的目光盯得受不了，走过来："莹，吃一点吧。留得青山在，不愁没柴烧，不吃饭会弄坏身体的。"

玉莹狠狠地说道："反正是个死，还吃什么饭。"

曾睿剑摇摇头，黯然走开。

一个青皮向其他青皮挤眉弄眼："这假小子回去肯定活不了，这么漂亮的妞，死了太可惜，我们带她一起逃，快活快活，不枉做人一场。"众青皮点头，其中铐在一起的两个人凑到玉莹身边低声说："大家落到这个境地，必须得齐心协力了。我们个个身手都不错，总能找到机会逃出去。你不吃饱饭，怎么有力气跑呢？"玉莹抬头惊讶地看了他们一眼，若有所思，突然用戴铐的双手捧起碗，连吃了两碗饭。

吃过饭，玉莹和青皮们被押上车。黄昏的时候，车子过金华检查站，检查站的宪兵查看文件，打开车厢门清点人数，之后车门又关好落锁，车子向武义开去。

竹子安安稳稳地坐着，发出了细微的鼾声。

车厢里，青皮们交头接耳、挤眉弄眼。

一个宪兵想打瞌睡，另一个说："再过一个小时就到武义了，下车再好好睡一觉吧。"

听到这话，一个青皮对其他人眨眼示意，转眼间他们就吵了起来：

"都怪你，非要去偷那假小子的钱，不然我们怎么会落到这个地步。"

"是你跑不动，才连累我们被抓住。"

"是你！是你……"

青皮们开始互相推搡，两个宪兵喝道："不准打架！"举起枪托要打。四个青皮举起戴铐的手，趁他俩不留意，狠狠地砸在他俩的后脑勺上，两个宪兵倒下了。青皮们从宪兵的衣袋和裤袋里摸出钥匙，开了所有手铐，又把玉莹从橡皮囚笼里放出来，也给她开了铐子。

青皮们开了车门，不顾车还在开，一个个争先恐后地跳下去，又向玉莹喊："快呀，假小子，快跳下来。"

玉莹努力辨认着车外的景物，没有跳。

一个青皮说："真傻，还不跳。"另一个说："这女人不敢跳，活该去死。"

车子转了个弯，玉莹不由自主地喊出来："谢天谢地，到汤村岭了。"她飞身跳下车，一溜烟钻进山林，坐在柴蓬脚喘息，望着茫茫的黑夜："我真的逃出来了吗？我还活着吗？"她狠狠捏了一把自己的面颊，很疼，"哎呀，不是梦，是真的。佛祖保佑，我要回竹林庵小屋睡他个三天三夜。"

囚车开进日军司令部，竹子兴冲冲地下车，跑到车尾一看，简直目瞪口呆：两个被打伤的宪兵躺在车板上昏迷不醒，车厢内空无一人。

"居然被他们全跑了，我们竟没觉察到动静！"竹子懊恼地叹气。

曾睿剑暗里双手合拢，心中念着"阿弥陀佛"，口气却假装惋惜："糟了，这下玉莹又不知下落，还得接着找她。"

"他们在哪段路逃走的都不知道，去哪里抓？这些青皮真是可恶。"竹子跺着脚。

曾睿剑幸灾乐祸："别难过，我们还有分布图啊。"

竹子立刻振奋了："我们去见司令。"

池之上听了竹子的汇报，爱不释手地抚摸着她递上的分布图，大笑着向大西吉雄招手："来来来，明天就可以开始按地图拣富矿来采了。"

大西吉雄立正敬礼："是！有了分布图，保证每年把十万吨萤石运到帝国。"他从池之上手中小心翼翼地接过分布图。

池之上问："有开采计划了吗？"

大西吉雄手指分布图："从这里，纵深二百米，再下去一百米，便是富矿。"他的口水都快流下来了，"没有一点废石，太好了，明天就抽出一半的矿工去采富矿。"

池之上笑得合不拢嘴："好，好，好好干！"又对曾睿剑说："你对皇军的忠诚值得大大赞赏，我给你记上一功。"

大西吉雄提醒道："有了地图后，我们要重点防备游击队搞袭击破坏。"

池之上目光一转，停在"半脸毛"身上："从现在起，你的别动队主要任务不再是抓方玉莹，而是抓周东曦。周东曦不是经常来我们管辖区吗？限你们半月内抓到他。"

竹子异常得意，想再展示一把自己的军事才华，胸有成竹地说："司令，根据周东曦的活动规律，我们要抓住他，必须改变以前大象抓老鼠的旧套路，要盯准目标后四面包围，然后再收拢，这样他再熟悉地形也无处可逃。"

池之上点头。竹子指着"半脸毛"说："你们必须长期设伏，发现他后，不要轻易打草惊蛇，想办法及时通知我，我带大部队把他包围起来。"

"半脸毛"立正听令。

十四　险些铸成千古恨

　　玉莹回竹林庵小屋睡了一天一夜才醒，她舔着手掌上的针刺伤口，恨恨地骂竹子："这个日本女人比蛇蝎还毒，竟想出这样的刑罚来对付我。"脑中又闪过曾睿剑与竹子亲密的情景，悲愤涌上心头，不禁跺脚捏拳："不能再让他活下去了。"

　　玉莹休息了几天后，自觉已恢复了元气，将柴刀往后背刀架上一插，走出小屋，走向杨家矿。由于心情焦躁，在一处山路上她突然脚一滑，下意识地跃起后退，之后才走近细看："啊，原来是山墨洞，差点掉下去了。采墨的人太不负责任，墨采了钱赚了，却不把洞填回去。"她皱了一会儿眉头，忽然又松展，一拍额头："嘿嘿，有办法了。"

　　她找来一根竹竿，试了多个山墨洞的深浅，最终选中一个洞。然后用柴刀削了一根竹剑，从衣袋里摸出小瓶，把里面的汁液涂在竹剑上，跳下洞把竹剑尖朝上插好，最后找了柴枝把洞口盖起来，看上去毫无异样。她心想："我就在附近守着，坏人来了就把他引到这里活埋，好人来了就让他绕开。"

　　玉莹坐一会儿躺一会儿，又站起来向村路眺望。到了傍晚，她远远地看到周东曦走来，眼睛一亮，既紧张又兴奋："好，这家伙也从上海回来了，就先杀他。"转身躲进了路边柴蓬。

　　等周东曦走近，玉莹猛地从柴蓬里跳出来，柴刀砍向周东曦。周东曦闪身避过，一伸手握住柴刀柄，嘿嘿一笑："你人还没跳出来，柴蓬就哗哗响了，就这点本事还想杀日本兵？实话告诉你，我是游击队的队长，既然你这样想杀日本兵，就到我们游击队来吧。"

"你这个大汉奸，别演戏了。"玉莹放弃柴刀，拿起棍子就往周东曦身上打。

原来，周东曦从上海回来后，就抓紧寻找玉莹。这天他亲自去十三保和保长商议如何寻人，回来时路过山墨山，恰巧遇上了玉莹。

周东曦被玉莹打了一棍，火气也上来了，发誓要制服玉莹后好好教训她一顿。玉莹打不过他，就向陷阱方向跑去，周东曦紧紧追了过去。

王友仁把脑袋探出柴蓬，眼睛看向山上，耳朵仔细地辨别声音："队长，听到了吗？好像是玉莹的声音。"

"半脸毛"举起望远镜看过去，片刻后，激动地说："参谋长简直是神仙，今天肯定能把周东曦和方玉莹一锅端了。"他抬手打出一颗信号弹，一团红光在天空爆开，久久不熄，极其醒目。

竹子看到天空中的红色信号弹，两手一拍："包围山墨山，抓到周东曦赏银圆一千块。"

日本兵和伪军从四面八方包围了山墨山，逐渐收拢。

懵然不觉的玉莹还在逗引周东曦追她，不时回头骂上几句。周东曦突然看到天上的红烟，连忙叫道："小伙子，日本兵要上山了，快跑……"话没说完，只觉脚下一空，身子掉进了陷阱，不自觉地"哎哟"了一声。

日本兵和伪军步步紧逼，渐渐缩小包围圈，山上一片喊叫声：

"周东曦，快投降！"

"看到你们了，别逃了！"

"周东曦，今晚你跑不了，快出来吧！"

玉莹快步跑到陷阱边："哎呀，日本兵追来了，别让他们救走这大汉奸。"立刻用柴枝掩盖洞口。

周东曦仰头向上喊："你要把我藏起来？谢谢你，你自己快躲起来吧。"

玉莹啐了一口："还在做戏。"她侧耳仔细听了一会儿："四面都是日本兵，看来真逃不出去了。"连忙四下查看，用竹竿插进几个山墨洞拨弄，最后选了一个洞壁上挂着藤茎的，拉住藤茎滑到洞下，躲进横洞里。

暮色中，王友仁四处张望："队长，周东曦和玉莹都不见了。"

"半脸毛"说："肯定躲进柴蓬里了，搜，每个柴蓬都用刺刀刺过。"

竹子带的队伍中，一个伪军掉进了山墨洞，大呼救命，其他人连忙把他拉上来。王友仁提醒道："经常有人在这山上采山墨，留下很多仰天洞，有的非常深，要特别小心。"话音未落，一个日本兵又掉进了洞里，大声惨叫，被拉上来时一条腿肿成水桶粗，泛着黑紫，没过多久就奄奄一息了。

王友仁摇头叹息："这是被一种叫'三步倒'的毒蛇咬到了，无药可救，只能等死。"

这时，又一个日本兵掉进了山墨洞，幸好没蛇，只是跌痛了腰。

"半脸毛"叫道："大家小心山墨洞。"

"洞口有乱草柴蓬遮挡，天色又黑，根本看不清。"日本兵和伪军纷纷抱怨。

"半脸毛"报告竹子："我们已经有四个士兵掉进山墨洞，两个被蛇咬死了，还是别搜了吧。"

竹子的手掌使劲向下一劈："不行，继续拉网式搜寻。"

满山都是日本兵和伪军，翻查着柴蓬石凹，一处也不放过。几个日本兵走到周东曦掉下的洞边，用刺刀往堆着的柴枝上刺了几下。还有一个日本兵恰巧掉下了玉莹躲着的山墨洞，玉莹正犹豫是否杀死他，他已经被同伴救了上去，玉莹拍着胸口："真可惜。"

"半脸毛"又向竹子报告："全山搜遍了，不见周东曦和方玉莹，他们说不定也掉进山墨洞被毒蛇咬死了。"

王友仁帮腔："是啊，我们包围得水泄不通，他们是逃不出去的，肯定摔死或被毒死了。"

竹子手一挥："命令下去，每个洞都要下去看过。"

"不行呀，我们的士兵不熟悉地形，洞里又黑，下去只会死伤更多。""半脸毛"反对。

竹子听着受伤的日本兵的呻吟，心中也动摇了，无奈地说："往每个洞里打五发子弹，之后收队！"

顿时，山墨山枪声密集，栖鸟惊叫着冲向夜空。再过一会儿，山林恢复了宁静，只有飞鸟的鸣叫还在回荡。

玉莹拉着藤茎爬上洞，东张西望一阵，来到了陷阱边，掀开遮盖的柴枝，周东曦连忙抬头看："哎呀，你终于来了，快拉我上去。"

"你做梦吧，今天我就活埋你这个大汉奸，让你葬身在山墨洞里。"

周东曦简直难以置信："你还在误会我？那天你如果杀不死日本兵，肯定会死得很惨；如果杀了那个日本兵，下场也不会多好，还会连累全村村民遭殃。我阻止你，是救你的命，还有全村人的命。我真的是游击队的队长，不是什么汉奸，否则刚才我就叫他们把我救上去了，为什么还一声不出？"

玉莹哼了一声："原来游击队长在上海是坐日本轿车的呀！"

周东曦惊讶地问："你也去上海了？看见我了？"

"这下不能抵赖了吧？可以安心去死了。"

"不是的，我去上海是为了阻止日本人运走杨家矿的萤石。"

玉莹哈哈大笑："你撒谎的本事太差了吧？你明明是去帮日本人找寻一万吨萤石的下落。别耍嘴皮子了，我也没时间和你唠叨，你早点去向阎王爷报到吧。"说着狠命用柴刀掘土往洞里抛。

周东曦眼看泥土泼在身上，捶胸顿足："这人真是糊涂、固执又狠毒，怎么也说不通，真是没办法。唉，我没死在日本兵枪下，倒死在一个糊涂人手中，真是太不值了！我太大意了，后悔啊！"一大块石头扔下来，他下意识地躲了一步，小腿突然剧痛："哎哟！你在洞里安了匕首？"

玉莹嘿嘿地笑："是啊，我插了竹剑，竹剑上还涂着草乌的毒汁，三天内毒气攻心，你必死无疑。"又踢下一大块泥土，"比较之下，还是活埋死得快一点，是对你好呢。"

周东曦怒气勃发："你年纪不大，心够狠的。"

玉莹反驳："没你狠，能出卖自己的同胞和国家。"

周东曦突然大声说："小伙子，你还记得当初在烂糊田被日本兵抓住时，田塍上突然响起的爆炸声吗？"

"记得又怎样？"

"那时我看到你已被日本兵抓住，就跑到村里和保长商量，收集了五十多个四两的纸炮，装进铁制的煤油箱里，然后借着雷雨偷偷拿到烂糊田边点燃，把日本兵吓得松了手，你才有机会逃脱。是我救了你，你知道吗？"

玉莹呆了一下："如果你和日本人勾结，也会知道此事。我不是傻瓜，别想骗过我。"

周东曦又说："我真的是游击队队长周东曦，你刚才没听到伪军在喊吗？抓到周东曦赏银圆一千块！"

玉莹犹豫了，眼前这个人的话，桩桩件件似乎都说得通。她咬咬牙："好，我就给你最后一个机会，看看你是李逵还是李鬼。我问你，王子旭是谁？"

"他是游击队侦察班的班长，那天我被你砍伤手臂，王子旭去找你算账……"周东曦哽咽了，"在渡口过渡时，他被日本兵抓去，牺牲了。"

玉莹蓦地想起王子旭见到她时说的第一句话："你砍伤了人家的手臂，就当没事吗？"她呆立了一会儿，突然痛哭起来："天哪，原来我真的是黑白不分、糊涂透顶，差点害死了好人！"

"小伙子，现在不是哭的时候，快拉我上来，否则人流了太多的血也会死的。"

玉莹将几根藤茎绕过大树抛下去，周东曦拉住两端，手脚并用爬上洞壁，玉莹伸手拉住他手臂，帮他出了洞口。一出洞，周东曦就坐到地上，手摁住伤口，皱着面孔忍住疼痛："还好没把我埋掉。"

玉莹见他半条腿都是血："赶快找个地方冲洗伤口，把毒血挤出来，我找解毒草药给你敷上。"

"附近有水源吗？"周东曦恨恨而又无奈地问。

玉莹点头："这里过去不远有个灰铺，还有水塘，我在那里住过几个晚上。"

"快去吧。"周东曦站起来又跌倒，"唉，你啊……"

玉莹连忙扶住他，想了想，又蹲在他面前："我驮你。"

周东曦爬上玉莹的背，玉莹驮着他走在山路上，嘴里问个不停：“队长，你们游击队有多少人啊？”

“总共六十多人。”

“你们都有枪吗？”玉莹想起自己摸到日本兵的枪却不会用的情景，迫切地想学会打枪。

“当然有，每个游击队员都有。”

“那你们游击队还要人吗？我想参加游击队。”

“当然要啊，你身手不错，我早就让你来了。”

“女的要吗？我还有一个妹妹。”

“女的不要。”

玉莹噘起嘴，哭丧着脸：“呵，不要女的？反正我一定要参加。”

“你来当然欢迎，不过游击队的纪律非常严格，你能遵守吗？”

“只要让我学打枪，我保证遵守。”

“游击队员需要打靶练枪法，但最要紧的是思想学习。”

“思想……学习，这有什么用呢？”

“每一个队员都要了解现在抗战的形势，比如，要懂得敌人的阴谋是占领全中国，要我们都做亡国奴，我们呢，不是像你似的，杀掉某个日本兵报仇就行了，而是要团结起来，把全部日本侵略者赶出中国。现在日本人在我县疯狂掠夺萤石，我们要发动群众保护萤石。还有，日本兵在寻找分布图，我们要找到杨家矿方矿主的女儿方玉莹，保护好分布图。”

玉莹心里嘀咕：“分布图好好藏着呢，用不着你保护。”

周东曦歪着嘴巴呻吟一声：“哎哟，真疼。”

“对不起，让你白白受苦了。”

“只要你能懂得抗日的道理，我这点疼就有价值了。”

“疼还有价值？”

“我的疼，换你懂得抗日道理，这就是价值呀。哎，你叫什么名字？”

“我叫……我叫孙玉……林。”

“哪里人？”

玉莹假咳："孙家村人，与永康县交界的小村。"

"哦，你的眉间也有一颗痣，要不是见过你站着撒尿，我还以为你是女扮男装的方玉莹呢。"

玉莹讪笑："眉间有痣的人何止我一个呢。"

"说得也是。"

……

月光映照下的灰铺里不算太黑暗，能看到供人坐歇的长条石板、一些农具和稻草。玉莹把周东曦安顿在石板上，找来一个毛竹筒："我去水塘弄水，给你洗伤口。"

她取水回来，周东曦已卷起裤腿，小腿近膝盖处一片血污，鲜血还在不断渗出来。玉莹说："我给你挤毒吧。"

"不用，你给我浇水，我自己挤毒。"

玉莹看他动作艰难："受伤的位置你不好使力，还是我给你挤吧。"

她双手按住伤口两侧，使劲地挤："我担心挤不净，干脆用嘴吮吧，能把毒血吸干净。"说着嘴巴就凑到伤口上，一口接一口地吸出毒血吐掉。

周东曦心里很感动，对玉莹的那点怒气不知不觉消散殆尽了，说："你去扒些蜘蛛网，连同蜘蛛屎、灰尘，敷在伤口上。"

"我知道，这是民间出名的止血消毒药，不花钱还随处都有。"玉莹在墙角旮旯扒了蛛丝和尘埃，敷在周东曦的伤口上，"这药有奇效，伤口结痂快，还不留疤痕。"

见玉莹处理好了伤口，周东曦松了一口气："你现在就去上仑村祠堂，向游击队报告我的情况，让他们来把我抬回去。"

"我眉间有颗痣，过不了河的。折腾了一天，我们都饿了，先弄点饭吃吧。"

周东曦想起渡口盘查的情景，点了点头，玉莹立刻飞快地跑出灰铺。

深夜，池之上的办公室灯明如白昼，他捧着青花瓷杯，心情像赌徒押出了赌资等着结果，皱着眉头一圈一圈踱步。忽听卫兵报告："参谋长到。"他的目光立刻射向门口，只见竹子神情严肃地大步而入。

池之上从竹子的脸上看不出答案，试探地问："大功告成？"

竹子点头又摇头，转身向门外招手："你们进来吧。"

"半脸毛"和王友仁走进办公室。"半脸毛"怯怯地说："司令，周东曦和方玉莹被我们打死了。"

池之上眉头舒展："死了？尸体在哪里？我要亲自查看。"

王友仁点头哈腰："尸体没带回来，因为他们死在山墨洞里，不好找。"

池之上皱起眉头："没见到尸体，如何肯定他们死了？立刻去找，哪怕翻遍整座山，也要把他俩的尸体找到。"

"半脸毛"立正答应。

池之上无声地狞笑一阵，附在竹子耳边低声说了几句话，双手做掐拢状。竹子笑盈盈地点头，竖起大拇指："司令英明，趁此良机，我们一鼓作气，把游击队全部消灭。"

周东曦躺在石板上，因为疼痛一条腿不住颤抖，盖在身上的稻草发出瑟瑟的声响，他情不自禁地在心里暗骂玉莹："这么鲁莽的年轻人，真该给他吃点苦头。可是他父母都被日本兵杀害了，一切行为都是为了报仇，我又不忍心苛责他。唉，还是原谅他的无知和冲动吧，看起来他也是真诚地想改过自新，我有责任帮助他、教育他，培养他成为一名合格的抗日战士。"

玉莹拎着个篮子走进灰铺，看到周东曦咬着牙齿不自觉地呻吟，满脸羞愧："队长，很疼吧？"

周东曦动动身子，想坐起来："伤口结痂肯定有点疼，挺住呗。"

玉莹扶周东曦坐起来，从竹篮里拿出陶盆："米、咸菜、萝卜、青菜大杂烩，一陶盆够我们吃两天了。"

周东曦吃完饭，双手撑着地要爬起来，玉莹连忙阻止："你要干吗？小心伤口崩裂。"

"我想尿尿。"

"不要起来，就躺着尿吧！"玉莹边说边拿给他毛竹筒，自己背过脸。

她去外面倒了毛竹筒，回来拉了稻草睡在周东曦边上："队长，会讲故事吗？分散注意力能减轻疼痛。"

"好，我讲个戚继光抗倭寇的故事……"

"这故事我听得太熟了，有没有女人参军打仗的故事？"玉莹明知故问，别有用意。

"有啊，花木兰代父从军，穆桂英挂帅，梁红玉抗金兵……好多好多呢。"

"快讲个给我听。"

周东曦开始讲花木兰的故事，玉莹说："花木兰在军营，难道真的没人发现她是女的吗？"

"故事里是这样说，实际怎样已经无从考证了。"

讲着讲着，两人都睡着了，玉莹的一只手搭在了周东曦身上，睡得很香。

天亮了，周东曦推玉莹起身："你真的不能渡江去上仓村祠堂，找游击队的人来吗？"

玉莹低着头："我试过很多次了，真的过不去。"

周东曦叹了口气："你过不去江，我自己又走不动，只得在这里听天由命了。"他摸了摸手枪，"真有日本兵来，我肯定要拼杀他几个，不能束手就擒。"

玉莹很有把握地说："这荒山僻野，没什么人来，很安全，我在这里住过三天三夜。"

周东曦两天两夜没回游击队，第三天晚上，游击队员们心事重重地聚在祠堂大厅，站的站、坐的坐、蹲的蹲，一个个都皱着眉头。

突然，张正钧面色惨淡地跑进来，叫道："童庐白溪的人说，队长在十三保被日本兵追捕，掉进了山墨洞。日本兵往每个洞里都打了五发子弹，队长很有可能牺牲了。"

秦浩森捋着袖子："古话说，酱里的虫死酱里。天天到沦陷区，不死在沦陷区才怪呢，就是不肯听我的话呗！"

金吉水摇着何旭阳的手臂："何队长，我们到山墨山去找队长。"

陈寿长焦急地说："是啊，大家都去找。"

何旭阳想了好久，突然手一挥："同志们，打好绑腿，戴好手套，再带上绳索，我们马上出发！"

游击队员们来到山墨山南面，何旭阳和张正钧商量了一下，说："每个十人班分成两组，五人一组，从南向北搜过去，每个山墨洞都要下去看过。大家要整好手套和绑腿，小心洞里有蛇！"队员们异口同声答应，何旭阳手一挥："进山！"

队员们刚刚分完组，突然一声枪响，紧接着枪声大作，只听得埋伏在山里的日本兵大喊："游击队来了，抓游击队！"

"半脸毛"兴冲冲地高叫："别让游击队跑了，今晚务必全部消灭干净！"又对身旁的王友仁说："司令神机妙算，游击队果然中了计，要来救周东曦。"

何旭阳被突如其来的枪声惊得一怔，拉住张正钧，叫道："大家原地止步！老张，听出来了吗？山墨山上都是日本兵，听枪声还有机关枪，他们是等着我们进去扎口袋呀。"

张正钧拍着胸口一阵后怕："队长掉进山墨洞的消息很可能是日本人故意放出来的，是诡计，还好我们没来得及进山。"

何旭阳连忙下令："全体撤退，回上仑村祠堂。"

游击队立刻向南撤退。日本兵打了一阵枪，没发现半个游击队员的影子，不甘心地追下山，此时游击队早已渡过江了。"半脸毛"跺脚叹道："还是竹篮打水一场空！"

竹子也跟着一起埋伏，此时说道："既然今晚消灭不了游击队，就回山墨山，搜查每个山墨洞，把周东曦和方玉莹的尸体找出来交给司令，否则我们无法交代。"

日本兵们穿上防护服，下到每一个山墨洞探看。折腾了一夜，眼看天都亮了，却没有找到任何尸体。

竹子沮丧地命令收队。临出山时，他们发现一个猎人的尸体，竹子叹道："原来最先开那一枪的就是这猎人，他八成把我们当猎物了。真是天不绝游击队呀！如果不是这猎人出现，游击队就进了山，被我们消灭了呀。"

睡梦中的周东曦听到枪声，紧张地坐起来："枪声！一定是队员们来找我，和日本兵打起来了，我们必须立刻渡江。"

"你伤口没好，还走不了长路。"

"爬也要爬回去，不然队员们还会再来，太危险了。"

"唉，自己种的苦果要自己吞，我驮你。"玉莹无可奈何地驮上周东曦，累了就搀着他走。两人专走荒僻小道，艰难地向江边移动。眼看快到了，两人从柴蓬中露了下头，突然一个伪军喊道："站住！口令？"周东曦连忙摁下玉莹的头，拉着她钻进茂密的柴蓬中。伪军开了几枪，子弹从他们头顶、身旁嗖嗖掠过。周东曦拉着玉莹加快脚步，一边还安慰她："别怕，天又黑，林又密，子弹根本打不中我们。"玉莹使劲点着头："和队长在一起，我什么都不怕。"

不一会儿，两人来到江边，玉莹指着巡逻的日本兵："队长，泅水过江很危险，再说，我不太会游水。"

"你放心。"周东曦拉着玉莹的手，快步走进江边的茅蓬中，拨开茅梗柴枝，捡起一根绳头，拉了两下、三下，又一下。没一会儿，瀑布里居然漂过来一张竹筏，周东曦拉着玉莹上去坐好，竹筏晃晃悠悠向南面移动。玉莹小声惊呼："哎呀，这是水做成的地道呀，这么宽敞，从外面绝对看不出来，渡江又安全又快，真好！"

没多久就到了南岸，在江边接应的陈寿长惊呼："队长，你回来了！运气，真是运气！"他拴好绳索，搀着周东曦上了岸。周东曦拉着玉莹的手："到国统区了，安全了，我们走。"

玉莹奇怪地看着周东曦的腿："队长，你的腿不痛了？刚才躲子弹时也走得很快。"

"咦？真的是。"周东曦好像刚刚发现，一迈腿，突然又叫起来："不好，又疼起来了。"他靠在玉莹身上龇牙咧嘴，"现在很疼了。"

玉莹蹲下身子："还是我背你吧。"

"刚刚能跑，现在却不能走了，那多说不过去，你搀着我就行了。"

玉莹笑着说："碰到危险，受伤的腿就不痛了，危险过了就又痛起来，这情况往后要仔细论说论说。"

两人走到祠堂门口，周东曦大声叫道："我回来了！"大厅里的游击队员们呼啦啦拥出来，把他团团围住，你一言我一语地询问安慰。金吉水高兴得手舞足蹈："我就知道队长会回来！"

何旭阳搀着周东曦："队长，你受伤了？"

萧洒闻声跑出来，眼含深情地望着周东曦，手拍胸口，泪水盈盈，却没说一句话。

李红莲也上来搀周东曦："两天就瘦了这么多。"看着他裤子上的血迹，"受伤不轻啊，半条裤子都被血浸透了。"

秦浩淼仔细端详周东曦："还能活着回来，命大，命大！"

周东曦说："没把日寇赶出中国，我怎么能死呢，哈哈哈！"

秦浩淼也跟着笑。

何旭阳指着李红莲和萧洒："你俩快给队长烧水，让他好好洗个澡。再做些好吃的，让队长吃饱了休息。"

玉莹偷偷翻了个白眼，心想："女人在游击队只能烧水做饭呀？我还是当男人吧。"

等周东曦焕然一新、吃饱喝足，舒舒服服地躺在了床上，金吉水才急切地问："队长，你是不是真的掉进山墨洞里了？"

周东曦看玉莹，玉莹脸上发烧，不敢直视他。周东曦收回目光："是啊，那天我出了村，几十个伪军还有日本兵就来抓我，我跑进山墨山，掉进了山墨洞。"

"那你是怎么出来的？"金吉水总是最急着抢问。

周东曦指着玉莹："是他把我救上来又给我疗伤，现在他也参加游击队了。"他转向何旭阳："他叫孙玉林，你带他去办个手续，在后厅找个铺位。"

何旭阳拍手："欢迎欢迎！"

周东曦对玉莹介绍："他是副队长何旭阳。"

玉莹连忙敬礼："何副队长，我刚来，请多指教。"

"不用客气，走，我带你到后厅。"何旭阳拉着玉莹到后厅，指着几个空铺位说："玉林，我们队员都睡在这里，两人一铺。"

"队长，我想一个人睡一铺，两个人一铺我睡不着。"

"没关系，空铺位很多，你随便选。"

玉莹环顾四周，走到一个角落："我睡这个铺位好了。"

"好，我们去外面拿些稻草来。"两人抱回稻草铺在铺板上，又用稻草缚了一个圆圆的枕头，李红莲拿来了农家土织土染的印花被褥铺好。

何旭阳拍了几下铺位："就这样将就吧，比不得家里。"

玉莹坐在铺沿颠动几下："蛮好，家里也是木板床、稻草垫、稻草枕头，跟这儿差不多。"

晚上，一盏煤油灯挂在后厅墙上，整个后厅半明不暗。队员们个个光身子睡觉，玉莹和衣睡下，嘱咐自己："以后就在这男人窝里待着了，处处要小心啊。"

谢文生看着玉莹直摇头："喂，新来的，你穿着衣服睡觉不可惜吗？衣服磨一晚上，等于白天磨三天呢，你家很富裕吗？"

玉莹连忙睡进被窝："我从小就这样，光身子睡不来。"

周东曦跛着腿走到玉莹铺边，手抚着她的头："咦，你怎么一人一铺？旭阳，你过来和他共铺吧，或者让玉林过去。"

何旭阳应道："我早说了，队员们都是两人一铺的。"

玉莹神态紧张，坚决地回答："不要，不要，我喜欢一个人睡。"

"哦，是你自己喜欢一人一铺呀，那随便你。"周东曦又对何旭阳说："玉林刚来，明天全体队员去打靶，让他摸摸枪。"

"好咧，明天白天安排打靶，晚上学习三大纪律、八项注意。"

玉莹一阵心喜，做梦都咧着嘴笑。

十五　偷偷去报仇

　　第二天，祠堂大门口明堂上，队员们横平竖直的队列中多了个玉莹。领训的何旭阳大声说："今天来了个新队员，我们先练练基本功。"他威严地喊着口令："立正！向左——转……向后——转……向右——转……原地踏步……一、二，一、二，一、二，一，立——定！"

　　队员们立正后都背直胸挺，何旭阳走到玉莹跟前："孙玉林，你胸不挺，站姿不对。"他把一只手放在玉莹背上，一只手伸向她胸部，玉莹忽然把身子一弯，躲开了他的手。

　　"你站姿不对，我给你校正校正，你躲什么？"

　　玉莹还是弯着身体："我从小怕痒，就怕别人碰。"

　　"不行，一定要挺直身子，那你自己站直。"

　　玉莹挺直身子，反正早晨她已经在柴房把胸紧紧地裹平了，不怕人看。

　　何旭阳嘟囔了一句："这小子，人不胖，胸倒挺厚实。"接着喊口令："向左——转……向后——转……向右——转……原地踏步……一、二，一、二，一、二，一，立——定！出发打靶。"

　　队员们来到打靶场，五个"日本兵"被放在百米外，他们瞄准、射击，玉莹认真地观看和学习。

　　何旭阳拎着一支枪："孙玉林，过来领枪！"

　　"到。"玉莹跑步到何旭阳面前，一个立正，双手接枪，脸笑得像朵花。玉莹握住枪后，何旭阳没有立刻松手，而是说："希望你用这支枪练好枪法，打日本兵、杀汉奸。"

玉莹又一个立正："是。"

何旭阳松开枪："今天你把这支枪整个拆开，每个部件都擦洗一遍。"

"怎么拆？"

何旭阳又把枪拿过去，一边示范如何拆，一边讲解："这枪叫三八大盖，你看这是枪栓，这是枪托，这是扳机，这是准星……"

玉莹着急地问："怎样把子弹打出去呀？"

何旭阳示范如何拉枪栓，拖动撞针："再扣扳机，子弹就射出去了。然后拉开枪栓，退出弹壳，同时拖动撞针后移，再扣扳机……"

玉莹笑得合不拢嘴："我明白了。"

清脆的枪声回荡在山林中。玉莹趴在地上，连开四枪都没打中"日本兵"，又懊恼又焦急，差点流出泪来。周东曦在她身旁趴下，手把手地教她。终于玉莹打中了"日本兵"，激动得跳了起来。

晚上，祠堂大厅的柱子上挂着好几盏煤油灯，整个大厅通明透亮。游击队员列成方队，周东曦站在队前训话："今晚学习三大纪律、八项注意，尤其是新来的队员，三天内要熟读会背……"

张正钧递给玉莹一本小册子："三天之内背下来。"

玉莹接过小册子："我明天就背给你听。"

张正钧却说："不光是会背，还要领会，要记住，要遵守。"

何旭阳领诵："抗日军人个个要牢记，三大纪律八项注意……"玉莹和大家一起跟着念。

学习结束，周东曦走近玉莹："你现在是抗日军人了，一切行动要符合三大纪律、八项注意，不能一时冲动，不能违反纪律。"

玉莹的脸红得像涂了胭脂："知道，决不违反。"

周东曦又说："光遵守纪律不够，还要勇敢杀敌不怕死，但不要为杀一个日本兵赔上自己的性命，连累村民。日本兵毫无人性，我们要讲究策略。"

"这个你以前教过我，我记住了。"玉莹低着头，轻声说。

第二天上午打完靶，队员们回祠堂吃饭。周东曦喊道："吃了饭，大家都到沦陷区去找方玉莹。"他走到玉莹身边："你在沦陷区有亲戚吗？去问问他们，知不知道方玉莹的下落。"

"我是玉……"玉莹听到游击队一直在找自己，差点说出真实的身份，然而一想到李红莲和萧洒只能在游击队里做杂务，就泄了气。她心想："我要学打枪，我要和日本兵战斗，我要做个真正的游击队队员！对不起，只能让你们继续徒劳地找我了。"

玉莹想起了竹林庵的师父。自己以后就长住在游击队里了，应该回竹林庵向师父告别，免得她为自己担心。她说："队长，那我回孙家村问问，说不定有人知道玉莹的消息。"

"好，问得仔细一点，任何信息都不要漏掉，快去快回。"

队员们扮成走亲戚，扮成农民或小商贩，纷纷出了祠堂。玉莹也扮成个樵夫，顺利地回到了竹林庵。她刚进大殿，住持就认出了她，笑着问道："你是来向我告别的吗？"

玉莹跪下来："师父，我参加了游击队，特来向你告辞。师父的救命之恩，我永不敢忘，一定会报答。"

住持转动佛珠，慈祥地笑着："你有了安身之处，我便卸了心上的重负，重又四大皆空。你放心去吧，师父自会日夜为你祈祷平安。"玉莹含泪拜别。

玉莹到游击队已经几个月了。这一晚，队员们像往常一样，有的已呼呼入睡，有的悄悄聊天，何旭阳来到玉莹铺边，笑眯眯地称赞道："孙玉林，你进步真快，今天打了一个十环、三个九环、四个八环，几乎和队长平手了，了不起！你是我们队里进步最快的队员，要保持。"

玉莹笑得很灿烂："谢谢何队长夸奖。"

何旭阳笑了："好好休息，明天接着练。"

何旭阳走后，玉莹翻来覆去，折腾了好久才睡着。她迷迷糊糊地看到，曾睿剑把她推到江里，又钻进了日本人的轿车……和日本兵一起把她押进囚车。玉莹举起柴刀向他砍去，几个日本兵立刻把她反绑起来，押到刑讯室，用烧红的钢针刺她的手掌。忽然，父亲站在她的面前："女儿，你学会打枪了，千万别忘了给我报仇啊！"玉莹崩溃大哭："爹！娘！"

金吉水被吵醒，脑袋探出被窝："玉林，玉林，做梦了？梦见什么了？玉林！"

玉莹睁开眼睛，挂在墙上的煤油灯闪着黄光、吐着黑烟，队员们的鼾声此起彼伏。

何旭阳过来："做噩梦了？日有所思，夜有所梦，你白天打靶时一定想爹娘了。"

玉莹揩着眼泪："我梦到爹娘被日本兵杀死，死得好惨。"

何旭阳指指靠在墙壁上的枪："傻瓜，日本人杀你爹娘，你现在有枪了，可以杀回去啊。安心睡吧。"

这一夜玉莹睁着眼睛，再也睡不着了："是啊，我现在有枪了，可以杀掉白眼狼曾睿剑，杀掉'半脸毛'和王友仁了。"她轻轻爬起来，穿好外衣，拿了靠墙的枪，蹑手蹑脚走出后厅，眼睛贴在祠堂横门的缝隙上，静静地观察了半天，等到巡逻的队员经过横门后，便打开门闩溜出去，消失在黑夜中。

第二天早晨，何旭阳紧张地敲响周东曦的房门："队长，不好了，孙玉林不见了。"

周东曦一骨碌爬起来打开门："他的枪呢？"

何旭阳摊开双手："没了，被他带走了。"

周东曦一边穿衣服，一边急切地问："站外岗的看到他了吗？"

"问了，两个岗都没发现孙玉林。"

周东曦拍着自己的脑袋："总不至于有第二个刘贞泉吧。我知道了，这小子一定是私自去报仇，让大家快去找他，务必找到，不然他会闯下大祸的。"

队员们纷纷乔装改扮，独自或结伴出发。

玉莹出了祠堂，乘竹筏渡江，走在通往杨家矿的路上。东方渐渐明亮，红红圆圆的太阳露出了山头。玉莹看看天光："白天去杀曾睿剑肯定不行，要等到晚上。现在先在山上埋伏着吧，有日本兵经过，就试试我的枪法，如果是'半脸毛'和王友仁路过更好。"她找了个大柴蓬钻进去，手握三八大盖，像打靶那样对路上瞄了又瞄，十分满意：

"啪，一枪打死'半脸毛'，哈哈，有枪真好。"

玉莹在柴蓬里躺了又坐，坐了又站，路上仍是空荡荡的。她踮脚翘首，非常失望："一个仇人也不来，难道今天就这样白费了？"

周东曦和张正钧脚穿草鞋，肩扛柴担，腰挂柴刀，从头到脚一副樵夫的打扮，并肩走来。玉莹猛然看到他们，不禁大惊失色："不好了，他们是来抓我的吧？"连忙一头钻进柴蓬。

张正钧四面环视："他能去哪里呢？"

周东曦满有把握地说："肯定是埋伏在山墨山、虎爪山或道观山，想伏击'半脸毛'，我们就到这些山上找他。"

张正钧摇头："太危险了，日本兵一来就一个分队，孙玉林就算能打死'半脸毛'，自己也难逃一死。"

两人边走边说，来到玉莹的藏身之处，张正钧喊了两声："玉林！玉林！"玉莹差点答应，连忙捂住自己的嘴巴。

周东曦和张正钧走过去了，玉莹钻出来偷看他俩的背影："好险，队长在找我，怎么办？我该回去吗？不，一定要等到晚上，去杨家矿杀了曾睿剑，回去被批评也值了。"她又往路上看，"奇怪，今天怎么一个日本兵也不来？"

玉莹继续等，迷迷糊糊的几乎睡着了。忽然一阵少女的哭泣声传入耳中，她睁开眼，只见不远处有个少女正在地上挣扎，一个日本军官压在她身上。

玉莹猛地站起来："这畜生，又在糟害中国妇女了，今天有枪在手，岂能放过他。"她弯下身子偷偷走近，举枪、瞄准、扣扳机，砰的一声，日本军官从哭泣的少女身上滚下来，抽搐了几下便一动不动了。

少女惊慌地瘫在地上发抖，玉莹跑过去安慰她："别怕，这日本兵是我打死的。"

少女声音颤抖地问："你是……"

"我是抗日游击队的，专打日本兵。"

少女哭着说："你怎么不早一点来？现在我只有去死了。"

玉莹的口气活像一个长者："傻瓜，为什么要死？我已经给你报仇了。"

"可是我……"少女绝望地哭泣着。

"你被狗咬了一口，不能当它没发生，但是还能活，活着总比死了好。你是从哪儿来的？怎么会在这里？"

少女指着旁边的一座坟墓，哭着说："这是我父亲的坟墓，百日前父亲被日本兵杀害，今天我来祭祀他。没想到这个日本兵在我进山时就不怀好意，跟在我身后，我刚到坟前，他就……"

"日本兵都是畜生。"玉莹狠踢那个日本军官的尸体，突然脚趾一痛，痛得她弓下身子，眼角的余光扫到尸体的腰间："啊，手枪！"她扑过去拔出手枪，又解下尸体上的枪带，捆在自己腰上，握着手枪笑了："队长有手枪，现在我也有手枪了！"

村路上，"半脸毛"突然发令："立定！"几个日本兵停步。"半脸毛"侧耳倾听："刚才一声枪响，肯定有情况，方向正南，跑步前进。"

少女指着山路："你看，日本兵找他来了，现在怎么办？"

"别怕。"玉莹从身上摸出一块写着黑字的白布，盖在日本军官的脸上，拉着少女的手向山林里跑去。

少女拖着脚："哎呀，我的腿发抖，走不动。"

"别怕嘛。"玉莹硬拖着她往山里跑。

没多久，"半脸毛"就带着日本兵跑到了坟前，看到死在坟前的军官。王友仁捡起盖在军官脸上的布告。一字一字地读着：

> 日本兵停止侵略，停止掠夺萤石，停止杀害中国人民，滚出中国。
>
> 武义抗日游击队　周东曦
> 即日

"半脸毛"听完翻译："是游击队干的，人是被周东曦杀的。"他摸摸尸体，"还有体温，游击队可能还躲在山上，搜！"

日本兵散开搜山，一个日本兵开了枪。

玉莹拉着少女一直跑，突然听到枪响，少女顿时瘫倒在地："不好了，日本兵追来了。"

玉莹十分着急，使劲拉她："所以我们要快跑。"

少女仍瘫在地上哭泣，身体发抖："本来……你不把日本兵打死就没事了。"

玉莹奇怪地看着她："我给你报了仇，你还这样说，真是无知啊。"

眼看日本兵加快脚步追来了，玉莹还是拉不起少女。她十分着急，干脆把少女抱进一个大柴蓬："你躲在这里，别害怕，我把日本兵引开，你就趁机回家。"

少女抬头望着玉莹："那你呢？"

"我怎么也要再杀几个日本兵。"玉莹说着，飞一般地向白阳山跑去，故意不隐蔽身形。

王友仁眼快，惊讶地大叫："队长，是玉莹！"说着举枪瞄准。

"半脸毛"压住王友仁的枪："你认清楚是她了？"

"我看着她从小长到大，怎么可能认错。"

"如果是方玉莹，就绝不能开枪，要抓活的。"

"现在分布图已经到手，她对于我们没有作用了。为了抓她，我吃了司令不少耳光，真是恨死她了，我巴不得打死她。"

"参谋长曾在上海抓住她，可在回来的路上让她逃了，参谋长对此事耿耿于怀。把她抓来交上去，参谋长肯定奖赏我们。况且现在她还杀了我们的少尉，必须抓活的。追！"

日本兵一边追一边大喊："站住，你杀了皇军军官，别想活命了。"玉莹一边跑一边还击，突然枪空响了一下："啊，步枪和手枪都没子弹了，真是糟糕！"

"半脸毛"哈哈大笑："她没子弹了。"向后面的日本兵挥手，"方玉莹没子弹了，大家放心追！"

玉莹喘着粗气，脚下不停，心想："在山上你们还想追到我？"可是她忘了，现在是白天，不是晚上，日本兵总能看到她且穷追不舍。她体力不支，越跑越慢，不住地骂自己："太无能了，有枪都报不了仇，爹、娘……"

周东曦和张正钧在山墨山上听到连续的枪声。周东曦侧耳细听："从白阳山方向传来的，说不定是孙玉林。"

张正钧手搭凉棚远眺："你看，白阳山上被日本兵追着的那个人，就是孙玉林。"

周东曦马上决定："围魏救赵，我们必须把日本兵引过来。"

两人向白阳山奔过去，连发数枪。"半脸毛"心中疑惑："咦，怎么半路杀出个程咬金来？"命令日本兵趴下回击。

谢文生和金吉水去了道观山，两人边走边喊："孙玉林，你在哪里？"忽听得白阳山的枪声，谢文生站住脚："有人交火，肯定是玉林碰到日本兵了。"

金吉水指着白阳山坡："文生，那边山上有人在跑，日本兵在追。"

谢文生也看过去："不管是谁，既然是被日本兵追捕，我们肯定得去救。"

两人向白阳山跑去时，又听到山墨山那边响起枪声，看到日本兵趴下还击。谢文生边跑边说："你看，向日本兵开火的好像是队长和张副队长。"金吉水这时很聪明："我们也迎上去挡住日本兵，好让玉林脱身！"

玉莹隐约听到道观山上有人喊她的名字，心里明白是游击队来救她了。刚刚她还怕撞见周东曦，现在却巴不得见到他，于是喘着粗气向道观山方向跑去。

"半脸毛"虽然要对付身后的周东曦，但还是追着玉莹不放，眼看离她越来越近了，没想到斜刺里冲出一只大野猪，小眼睛瞪得圆圆的，挡住"半脸毛"的去路。"半脸毛"对野猪说："我没多余的子弹，也没闲工夫杀你，快走开。"可是野猪仍站着不动。"半脸毛"想绕过它，野猪却打横走了几步，又拦住了"半脸毛"和随后赶来的日本兵。

"半脸毛"举枪欲打，王友仁连忙按下他的枪："队长，野猪打不得。"

"它挡着我的路，为什么不能打？"

"野猪这畜生通人性，你不打它，它可以与你共存；你要它的命，它就和你拼命。这么大的野猪，你一枪打不死它，不等你补第二枪，它就把你扑倒了撕咬……"

王友仁的话没说完，就有个日本兵瞄准野猪开了一枪，野猪翻倒在地上大声哼哼。日本兵趁机绕过它追玉莹，没想到野猪突然又跳起来，追在日本兵身后。

　　白阳山上，日本兵追玉莹，野猪追日本兵，后面还有周东曦和张正钧，场面十分惊险。跑在最后面的一个日本兵被野猪拱翻在地，大喊救命，"半脸毛"只得带人回身救他。野猪与几个日本兵撕咬搏斗，终被杀死，"半脸毛"继续带着日本兵追玉莹，还要时不时回头对付打冷枪的周东曦二人。此时玉莹已快靠近谢文生和金吉水，周东曦见状大喊："文生，你俩接应到玉林后就撤回，不必管我。"

　　金吉水遥遥回应一声。

　　"半脸毛"对田泽茂说："后面追击我们的人很可能就是周东曦，我们兵分两路，你带两个人对付他。别担心，营地听到枪声，很快就会来增援，今天我们一定能抓住周东曦。"

　　田泽茂带着两个日本兵向后转，与周东曦、张正钧正面枪战。一颗子弹从周东曦耳边掠过，他"啊"了一声，说："正钧，形势危险，我们要冷静，拖住这三个日本兵，让玉林他们有逃走的机会。"张正钧答应一声，两人连续向日本兵开枪。

　　道观山上，谢文生不断地喊："玉林，我们在这里，靠过来。"边说边跑向玉莹。玉莹越跑越近，终于和谢文生、金吉水会合。两人带着玉莹一面与日本兵枪战，一面撤退，"半脸毛"对他们紧追不舍。

　　周东曦见谢文生和金吉水已接到玉莹，放心地说："正钧，我们边打边撤。"

　　田泽茂见周东曦二人后撤，下令道："追，一定要抓到周东曦。"带着两个日本兵边追边打。周东曦还击，突然撞针空响了一声，没有飞出子弹："糟糕，子弹打光了。"

　　张正钧摸了摸子弹带："我的也打光了。"

　　田泽茂欣喜若狂："周东曦，你没有子弹了，快投降吧。"

　　周东曦和张正钧钻进柴蓬，一路向道观山撤去。

　　田泽茂正追得起劲，何旭阳和陈寿长等人突然从侧面向他们开火，大喊道："畜生，你们被包围了，投降吧。"两人越打越猛，田泽茂他们只得放弃周东曦，专心对付何旭阳这边。

周东曦向何旭阳喊话："吉水他们已接上玉林，你们边打边撤，回上仑村。"

何旭阳带着游击队员一边打一边撤向永康江。

分开的两股日本兵会合，追到了江边。这时，先锋队的几十个日本兵也到了江边，与"半脸毛"会合。

游击队员们已泅过了江，钻进茅蓬。

"半脸毛"跺脚："哎呀，又让周东曦逃脱了。"

中川藏垣看着对面陆续上岸的游击队员，一挥手："现在过去把他们消灭了。"

"半脸毛"摆手："你忘了吗？那边有捕兽夹，有中国军队的埋伏。"

中川藏垣沉默了。

十六　关禁闭周父解难

日本兵离开河岸，游击队员纷纷从茅蓬里出来。金吉水恨恨地手点着玉莹的额头："你为什么私自出逃？"

玉莹歪头，拉掉金吉水的手："干什么？"

金吉水的手拍在玉莹头顶："问你话，快回答！"

玉莹硬邦邦地说："为什么？我想报仇。"

走在玉莹前面的谢文生扭回头哼一声："翅膀毛没长齐就想飞了，你也太不自量力了。今天我们不来救你，你肯定被日本兵打成筛子。"

玉莹噘着嘴："死就死呗。"

张正钧说："你死不要紧，差点连累队长一起死，没良心的！"

金吉水突然看到玉莹身上的皮带和短枪，疾快地抢过枪："手枪哪儿来的？"

玉莹夺回手枪："我打死了一个日本军官，从他身上缴的。"

金吉水兴冲冲地叫："队长，玉林打死了一个日本军官，缴获了一支手枪。"

大家都站住，眼神羡慕，何旭阳板着面孔说："一切缴获归公。"

金吉水哈哈大笑："归公，交给队长。"伸手就去夺枪，玉莹不给，急得差点哭出来："不，这是我自己缴来的……"

周东曦见玉莹眼中含泪，说："别管枪了，先回去再说。"

玉莹把枪紧紧握在手上，低头走路，不敢说一句话。

祠堂厢房，用屏板凑起来的案桌旁坐着周东曦、何旭阳，玉莹低头坐在木凳上。

周东曦十分严肃："把孙玉林的两支枪都没收。"

玉莹霍地站起来："手枪不是你们发的，我不交。"

何旭阳丢给玉莹一本小册子，玉莹接过看看："张队长已经发我了。"

周东曦严厉地说："你把三大纪律、八项注意再学一遍。"

何旭阳说："你没记住吗？一切缴获要归公。"

玉莹默不作声，周东曦大声问："里面有没有这条？"

玉莹噘起嘴："有。"

周东曦威严地命令："那就把枪交出来。"

金吉水要去拿枪，周东曦摆手："让孙玉林自己交上来。"

玉莹把枪放在案桌上。何旭阳说："孙玉林，你私自离开队伍，严重违反纪律，给游击队制造麻烦和危险。你必须坦白交代，为什么私自离开队伍？离开队伍后你都做过什么？"

玉莹紧闭双唇一言不发。

周东曦站起来："孙玉林，回答何队长的话。"

"我去杀日本兵，杀'半脸毛'。"

何旭阳轻轻拍案桌："你杀掉'半脸毛'了吗？"

玉莹沉默片刻，突然蹦出一句："我去杀日本兵错了吗？我还打死一个日本军官，缴了他的枪。"

何旭阳说："杀日本兵没错，缴枪也没错，问题是你无组织无纪律。"

周东曦的口气并不温和："我常和你说，在沦陷区乱杀日本兵，会殃及村民的。"

玉莹低头："我学你的样，把布告放在日本兵尸体上，不会殃及百姓的。"

"什么布告？"

玉莹略抬头："就是你放在房间里的布告。"

"我没给过你。"

玉莹又低头："我从你房间里偷的。"

何旭阳又拍案桌："好，快把你怎样偷布告，还有出去后做了什么，全部交代清楚。"

玉莹抬头看了一眼周东曦："我保证以后遵守纪律，这次就将功折罪吧。"

周东曦目光如剑："你有什么功？先交代清楚何队长问你的事情。"

玉莹轻声道："我不想说。"

何旭阳拍着案桌："你……"

秦浩淼进了厢房，摇头说道："这样的人以后肯定还会闯大祸，现在就开除出游击队算了，叫他立即离开。"

周东曦站起来："如果你不老实交代，就开除出游击队。"

玉莹的眼泪终于掉出来，哽咽着说："不，不要，不要！"

何旭阳手指玉莹："不准哭，你不愿意说，就写吧！"

玉莹头一歪："我不会写。"

何旭阳冷冷地说："你入队时，登记表格上写着高级小学毕业，字也写得很好，怎说不会写？看不出你小小年纪竟如此刁滑，如果不写，现在就离开游击队。"

玉莹低着头："我写还不行吗？"

周东曦对何旭阳低声说了几句话，何旭阳点头。

周东曦起身："现在宣布处罚：对孙玉林处以七天禁闭，关在这里写坦白书。"

众人纷纷出去，把门反锁，玉莹放声大哭。

池之上坐在会议室主位，听"半脸毛"报告怎样发现少尉尸体，怎样追捕玉莹，以及如果不是游击队来捣乱，今天已经把玉莹抓获。

池之上的目光像是浸着寒冰，使"半脸毛"和王友仁瑟瑟发抖。王友仁连忙呈上一块布告："方玉莹已经进游击队了，难怪我们以前抓不到她。这是她杀死少尉后留在少尉身上的布告，与周东曦的作案手段同出一辙。"

池之上看完布告，举起茶杯往地上掷去："你们这群饭桶，不管是方玉莹还是周东曦都抓不住，真是气死我了！"

碎瓷和滚烫的茶水溅到王友仁和"半脸毛"身上，王友仁大气都不敢出，抖抖地点头哈腰："司令，请再宽限些时间，我们一定将两人抓来。"

池之上挺直身子，一字一句地说："我们已得到分布图，抓不抓方玉莹无所谓，现在威胁最大的是周东曦。"

竹子恶狠狠地说："不，方玉莹从我手上逃脱，我一定要抓到她，亲手宰了她，况且现在她杀害了少尉，不能放过她。"

池之上忽地站起来："我已有了诱捕周东曦的完整计划：提前召开县政府成立暨金华至武义铁路勘测完成庆典大会，以周东曦的习性，肯定要来大会上搞破坏，杀人放火。我们的防卫要暗中做得很严很密，能一举擒获他，但表面看起来又有漏洞，让他有机可乘，明白吗？"

竹子点头："司令英明。天皇保佑，这次能抓到周东曦。"

玉莹心事重重地坐在木凳上，泪眼蒙眬，笔提起又放下。

李红莲送饭菜进来，冷冷地说："吃完再写，不必装给我看。"

因为周东曦带人去找玉莹时险些出事，这几天游击队员们提到玉莹都没好脸色，李红莲也不例外。

玉莹苦笑着站起身，刚走了两步，忽觉小腹一阵绞痛，痛得她弯下腰，张口喘气。

李红莲皱着眉头："你又在耍什么花样？"

玉莹痛得说不出话，突然倒在地上，抱着小腹翻滚。李红莲被吓了一跳，转身飞奔出去。

周东曦正和周父坐在祠堂门口聊天，李红莲跑过来叫道："孙玉林抱着肚子在地上打滚，好像痛得要命。"

周东曦吃了一惊，站起来说："昨天他还好好的，爹，麻烦你去给他看看。"

周父"哦"了一声，回房间取出个小布包，跟着周东曦去了厢房，只见玉莹还躺在地上呻吟，周东曦忙把她扶到床上。

周父给玉莹诊脉，闭目沉思了片刻，对周东曦说："没什么大碍，你先去忙，我得详细问诊再做针灸，花的时间很长。"

周东曦出去了。周父按着玉莹的腕脉，脸上似笑非笑："气滞血瘀，月经不调……"

玉莹缩回手，强作镇定："周伯，你搞错了吧？我是男人，哪有什么月经！"

周父嘿嘿一笑："你骗得了别人，骗不了我这个大夫呀，还是说实话的好。"

玉莹看看四周无人，把心一横，哭诉道："周伯，我爹娘被日本兵杀害，我要报仇雪恨，所以女扮男装参加游击队。如果你泄露了这个秘密，我只能离开这里，继续在外面单打独斗了，就算是死，我也要亲手报这个仇。"

周父沉吟："就算我不说，你在这男人窝里也扮不长啊！"

"古时花木兰从军就没人识破，走一步看一步，也许被人发现时我已报了仇呢。"

"看在你是个孝女、义女的分上，我就不揭穿你。这些日子你颠沛流离、苦闷郁愤，以致气血大乱，身体运行规律改变，你是不是好长时间没来月经了？"

玉莹垂着头，小声说："是，开始我根本没心思注意，后来觉得这样倒也方便。"

"我给你开几剂中药吃，让你的月经暂停，免得暴露。等事了之后，再吃药恢复。"

玉莹连忙从床上下来，跪地磕头："我报仇后如果还活着，就认你为父，终生侍奉你老人家。"

"你报仇也要惜身，上天慈悲，定会留住你这条命。唉，只可怜我那傻儿子，还在到处找眉间有痣的女子方玉莹，却不知人早就在他身边了。"

"周伯，你猜出我是方玉莹了？"

"杀父之仇、眉间有痣、女扮男装，我如何猜不出来？你这颗痣太显眼了，可愿意去掉？"

"我眉间有这颗痣，去哪儿行动都不方便，如果能去掉就太好了。"

周父打开布包，拿出小刀和药粉，三下五除二就去掉了玉莹眉间的痣，敷好药粉："几天就能痊愈，不会留一点痕迹。"玉莹千恩万谢。

周父出了厢房到大厅，周东曦担心地问："爹，他怎么样？"

"没什么大碍，肠胃失调，吃几剂药就好。这是药方，你们去撮药煎药吧！"周父偷偷笑了一下。

七天禁闭期满，周东曦看着玉莹写的坦白书，十分满意："你写得很好嘛，态度非常诚恳，为什么一开始非得犟着不写？"

玉莹卸下了胸口一块大石，心情愉悦，笑眯眯地说："谢谢队长教育得好，我忽然想通了呗。"

周东曦轻轻拍一下玉莹的后脑勺："油嘴滑舌！我关你禁闭，你不恨我还反而谢我？"

"队长，我说的是真心话，没你救我，我那天就死在日本兵手上了。"

"关几天就能想通？好，以后多关你几次。"

两人说笑着进了厨房。李红莲的态度也温和了，端了一碗鸡蛋面给玉莹："这是队长特意要我给你烧的。"端详着玉莹的眉间，"好，去掉这颗痣好，出去行动就方便了。"

玉莹看着鸡蛋面："好端端的，干吗给我开小灶？"

周东曦把筷子递给她："你毕竟刚病过一场嘛，吃了这碗面，要记住在游击队一定得遵守纪律。"

"以后我一定遵守纪律。"玉莹喜滋滋地拿起筷子吃面。

沈维庭走进来："噢，有面吃，有我的份吗？"李红莲马上说："有，有，我马上再烧一碗。"沈维庭叹气说："我可不是来吃鸡蛋面的。东曦，去你房间，有事商量。"

两人进了房间，周东曦问："什么事？"

沈维庭拿出一张告示："你看看。"

周东曦打开告示：

定于昭和十八年三月十四日下午，于县城东广场召开武义县县政府成立暨铁路勘测完成大会，希广大皇民踊跃参加，届时有歌舞助兴。

武义县县政府（筹）第一号通告

昭和十八年三月八日

周东曦把告示扔在地上，从鼻子里重重地哼了一声，望向窗外，好久才愤愤地说："日本人要成立伪县政府，还要修铁路，进度这么快，真是没想到。"

沈维庭郑重地说："伪县长人选是朱双臣，我们要想法混进会场，当场把他干掉，以作警示。"

周东曦捏着拳头，咬紧牙关："对，当场干掉朱双臣才痛快，才能镇住汉奸们的猖狂。"

"我们挑几个枪法好的，那天一起去会场。"

玉莹敲着周东曦房间的门："报告，我是孙玉林。"

"进来。"

周东曦和沈维庭都在屋里。周东曦指着玉莹说："这是孙玉林，他打枪准，这次行动就带他去吧。"

沈维庭端详玉莹："过些天，我们三个人去执行一项任务，非常危险，你敢去吗？"

玉莹立刻回答："只要是对付日本人，粉身碎骨都不怕。"

沈维庭满意地点头，站起来活动身子，问周东曦："这一阵没来，你房间里怎么多了一铺床？"

周东曦指着玉莹："喏，给他准备的。"

玉莹看着那张床，有点惊讶："我和队长你睡一个房间？"

"怕你晚上逃跑嘛！"周东曦开着玩笑。

沈维庭插嘴："你还逃跑过？"

玉莹低下头："那时不懂事嘛，以后我再也不逃跑了。"

沈维庭对周东曦说："既然他保证再不逃跑，还是让他回大宿舍睡吧。"

玉莹立刻抬头："不，不要，我……"

沈维庭说："你还会逃跑？那不如现在就开除出游击队好了，免得惹祸。"

周东曦侧头："你还打算逃跑？那就按沈书记说的，早点开除算了。"

玉莹焦急地解释："不，不是，我是说，和队长睡一个房间，我就肯定不会逃跑了。"

李红莲端了一碗药汤进来："玉林，药煎好了，趁热喝。"

玉莹一口气喝完："谢谢红莲姐。"

沈维庭说："玉林，你先出去一下，我和周队长要研究几套方案出来。"

玉莹吐吐舌头，和李红莲一起走出房间。

十七　胆量与智慧

竹子手捧文件走进池之上的办公室："庆典大会的所有事宜基本筹备就绪，只是在主席台就座的人员还没确定，请司令给个指示。"

池之上诡笑："为了能吸引周东曦，维持会、皇协军、宪兵队、矿业所、商会、铁路指挥部的负责人都上台。另外，通知曾睿剑参加，之前让他受委屈了，需要安抚下，以后说不定让他当县长呢。"

竹子答应着要出去，池之上又叫住她，吩咐道："大西吉雄来时，让他带两桶杨家矿那儿的山泉水，用那水泡茶，香醇至极。"

大西吉雄接完竹子的电话，笑嘻嘻地走进曾睿剑的办公室："曾经理，富矿的掘进进度怎样？"

曾睿剑说："我给矿工们提高了伙食标准，掘进得很快，再过两个月就可以挖到富矿了。"

大西吉雄眨着眼，很神秘的样子："告诉你一个好消息，司令决定在后天下午召开县政府成立暨铁路勘测完成庆典大会，特意让你坐主席台上。"

曾睿剑板着脸，没好气地说："我不去。"

大西吉雄走近曾睿剑："还在生气？你可没资格生司令的气哟！再说，这次庆典大会的主席台上坐的是司令、参谋长、候选县长及武义县各部门的头面人物，破格让你参加，你想想这意味着什么？"

曾睿剑冷冷地说："我不愿意想，也没有奢望，只要你们不再把我当成抵抗分子用刑就好。"

"司令开了口，不去可不行。你去时带两桶山泉水给司令……干脆烧好再带吧，让主席台上的人都尝尝用硬木烧水泡的茶，那可是格外的香冽呀，一定能得到大大的赞赏。"

曾睿剑低头沉思，片刻后抬起头，一脸的无奈："交这样的任务给我，我就必须去了呗。"

大西吉雄拍着曾睿剑的背："你答应就好，水的事交给你，坐我的吉普车一起去。"

当晚，曾睿剑坐立不安，在房间里时坐时卧，时而皱眉思索，时而咬牙切齿，时而眉开眼笑。他狠狠一拳击在沙袋上，又轻轻地抚摸它："朋友啊朋友，你说，我真的有这么好的运气吗？机会来得这么快、这么好，我激动得心都要跳出来了。"他的脸色绯红，嘴角上翘，分不出是狞笑还是窃笑，胸口随着加快的心跳剧烈起伏。

半夜，曾睿剑带着公文包偷偷走出房间，避开固定岗哨和巡逻的日本兵，进了一号矿洞，小心地翻开洞壁脚下一块岩石，拂开盖在上面的细沙，露出了炸药和雷管。他把炸药和雷管放进公文包，小心地倾听着四下的动静。

他铺回细沙，盖回岩石，蹑手蹑脚回到房间，把炸药放进大口的热水瓶中，在瓶塞处连上雷管拉线，小心地塞好："只要拉开瓶塞倒水，立刻大功告成，哈哈哈！"

忽然他又犹豫了："天下有这样的好事吗，日本人竟把这样的机会双手奉献给我？如果他们是在考验我呢，我岂不是自投罗网？不，这是圈套，我不能冒这个险。"他一骨碌从床上爬起来，把炸药从热水瓶中取出来藏好。

他躺回床上，可是翻来覆去总睡不着，便又起来打了几拳沙袋："如果真是日本人麻痹大意呢？如果他们的确信任了我呢？放弃这个可遇不可求的机会，将是我人生中最大的失败，成了孬种一个，难免遗憾一生。"

唉，按照逻辑公式推演一下吧。如果日本人不相信自己——这是他们的本性——送水的事一定是圈套，自己如果贸然实施爆炸计划，那就等于送死。

如果日本人已经信任了自己，送水的事不是考验，根据其本性，也一定会处处谨慎，明里暗里提防。在这样的情况下，如果自己有本事瞒过他们的眼睛，计划倒是有可能成功。

　　曾睿剑想到这里，向沙袋打了一拳："今晚我先准备好，明天察言观色、随机应变吧，绝不能白白失去大好的机会。"接着又是一拳，"朋友，成败在此一举，如果能看到日军头目和大汉奸们头破肚裂、血肉横飞的景象，我就算陪着他们一起死，也是值得的。我死之后，玉莹就知道错怪了我，每年清明都会来祭拜我……"

　　他一夜未眠，直到天亮。

　　沈维庭、周东曦和玉莹扮成乞丐，走在通往东门大广场的石板路上。周东曦四下顾盼，轻声说："街路上行人稀少，却有几个人躲在各巷口探头闪脑，行动鬼祟，气氛十分不对劲。"

　　玉莹的劲头活像小牛犊："我们已经来了，还怕什么，进入会场再说。"

　　沈维庭叹气："就是进入会场难呀，你看广场入口。"

　　东门大广场的入口处，里里外外、远远近近都站着便衣特务，有几个身上露出枪柄。伪军和日本兵负责搜身，一队队村民被搜查后驱赶进广场，站在主席台下面。伪军大声吆喝着："一行紧挨一行，对齐站好。"日本兵看谁没站齐就一鞭子抽下来，队伍反而更乱了。

　　主席台上的留声机播放出响亮的日本音乐，广场四周站着不少伪军和日本兵，都背着枪，戒备森严。

　　周东曦三人远远地观望，一边议论着：

　　"他们是用武力强迫老百姓参加大会。"

　　"毕竟是侵略者召开的大会，老百姓心里不服。"

　　"这叫按不动牛头喝水。"

　　沈维庭指着广场入口："你看，还有一些地痞流氓，想进广场凑热闹，但日本兵又不让他们进去。"

　　周东曦说："日本兵对入场的人搜身，看来我们很难带枪进去。"

　　三人来到入口处，伪军用长枪拦住他们："乞丐不许进去，走远些。"

沈维庭说:"我们就进去看看。"

玉莹帮腔:"就让我们进去看看嘛。"

伪军凶狠地呵斥:"不行,走开!"

王友仁和柳臻全衣着体面地站在离入口不远的大树下,聚精会神地监视着。柳臻全摸出香烟,自己叼一支,递给王友仁一支:"你说,周东曦今天会来吗?"

王友仁接过香烟,眼睛斜向入口处:"游击队千方百计要破坏日本人的计划和活动,这次这么大的场面,周东曦不来才怪呢!"他划着自来火点烟,猛吸了几口,吐出烟雾,"司令英明,定下这条请君入瓮的计策,周东曦今日若来,必当束手就擒。"

柳臻全点上烟:"只怕周东曦乔装改扮,我们认不出他。"

王友仁吸了一大口烟,冷笑几声:"放心,他烧成灰我也认得出来。"

两个商人模样的中年人来到入口处,伪军横过枪拦住他俩:"什么人?不许进去。"

两个商人点头哈腰:"我们是做生意的,进去看看热闹。"

伪军说:"身上带着什么东西吗?"

一个商人摸出两块银圆递给伪军,笑眯眯地说:"没,除了钱什么也没带。"

伪军接过银圆,竖直了枪:"好,进去吧。"

两个商人大摇大摆地走进广场。

玉莹连忙说:"队长,我们不能扮成乞丐,要扮成商人,就可以顺利进去了。"

周东曦一笑:"傻子,这是演给我们看的,哪有当着这么多日本兵和特务的面收钱放行的,我们更得多加小心。"

他看见王友仁正走过来,立刻拉低帽檐,碰了一下玉莹:"王友仁走过来了……"

沈维庭说:"不能让他看到我们,快走。"

三人离开广场，进了下街一户人家，何旭阳和张正钧都在这里。张正钧问："情况怎么样？"

沈维庭摇头："不行，防守很严，进去的人都要搜身，王友仁还在门口守着，太危险了，放弃这次行动吧。"

玉莹握着拳头："不，一定要现场干掉伪县长朱双臣，以儆汉奸。"

周东曦去茅厕。何旭阳走近沈维庭身边，轻声说："王友仁认识队长，队长就别去了，由我们去。"

沈维庭摊开双手："日本人看守得太严，就算人能进去，枪也带不进去。"

玉莹搓着手团团转："怎么办？怎么办？"

周东曦面带着微笑回来："我们有办法进去了。"

玉莹急切地问："队长，有什么办法？"

周东曦向大家招手："你们都来看。"大家跟着他到了茅厕，周东曦指着一缸大粪："喏。"

玉莹第一个拍手："好办法。"

沈维庭又笑又皱眉头："东曦还是不要去，太危险了，王友仁认得你。"

张正钧摇着头说："既然有这个办法，队长肯定能进去。我们队长是狙击手的枪法，他打死汉奸的把握更大。"

周东曦拍着胸口保证："没关系，枪一响会场就乱成一锅粥了，趁机逃走不难。"

何旭阳说："我和正钧负责挑大粪，掩护队长进去。现在我先去找熟悉的甲长，让他们多找些人去广场，我们好趁乱行事。"

大西吉雄站在曾睿剑房间门口："曾经理，我们可以走了。"

"哦，这么早就去？我马上去灌水。"曾睿剑在房间里答话。

"我早就让人灌好了，你到厨房把热水瓶拿来就好。"

曾睿剑呆了一下："原来这不是圈套，我可以放心大胆地干了，只是务必要细心谨慎。"他把炸药放进公文包，拎着去了厨房，问日籍厨师："热水瓶在哪里？所长叫我来拿。"

厨师正在炒菜，头也不回地说："噢，是曾经理，两个热水瓶都在水槽旁的桌子上。"曾睿剑走到桌旁，用眼角的余光观察厨师的动静："都灌满了？是硬柴火烧的吗？你好勤快……"边说边飞快地拧开其中一个热水瓶的盖子和塞子，把水倒进水槽，放进炸药，接上拉线，塞回塞子，紧接着拧回瓶盖。

日籍厨师炒完一个菜，见曾睿剑正在拧瓶盖："曾经理还不放心，要亲自检查？"

曾睿剑淡淡一笑："不是，我怕瓶盖没拧紧，半路漏水。你看，我还拿着公文包，两个热水瓶不好拿，你帮我拿一个吧。"

日籍厨师放下锅铲："所长说过，让我和你一起把热水瓶拿到车上。"

曾睿剑呵呵笑了几声，心里说："日本人的天性就是怀疑一切。"

两人提了热水瓶来到吉普车旁，大西吉雄坐在副驾驶位上："曾经理，麻烦你把热水瓶放好，路上不能磕碰。"

"所长放心，我坐后座，用手扶着。"

大西吉雄满意地笑了。司机发动吉普车，行驶在凹凸不平的砂石路上。

广场入口处，日本兵挥舞着枪对簇拥的人群大喊："快走开！不许进！"

被甲长召集来的人群乱哄哄地说："我们从没看过日本戏，让我们进去听听。"

伪军说："那就排好队，一个个搜身后再进去。"

见王友仁又回到大树下抽烟，周东曦向何旭阳一努嘴，何旭阳和张正钧挑着两担大粪晃晃悠悠来到入口处，伪军拦住他俩，捂着鼻子挥手："挑大粪的不准进去。"

何旭阳做出可怜相："我们的菜地在那边，要把大粪担过去浇菜，怎么不行？"

伪军拉住扁担："不行，快回去，臭死人了。"

何旭阳和张正钧与伪军争执起来，两人把担子一撂，四桶大粪全倒在地上，粪水飞溅横流，沾到伪军和日本兵的衣服上、脸上、手上，入口处乱作一团。被挡住的人群拍手大笑，哄叫着拥进去，周东曦三人趁机混进广场，一直跑到主席台底下。日本兵和伪军连忙维持秩序，大喊："站好，站好。"人群却仍是混乱。

王友仁看到入口处的情景，不禁大惊："臻全，周东曦说不定趁乱混进去了，咱们赶快去主席台那儿。"

台下已站满了人，台上音乐悠扬，朱双臣手拿文件，神采飞扬地主持仪式："现在请池之上司令、竹子参谋长……上台就座。"

池之上神气十足地带领一队人登上主席台，依次坐下，个个笑容满面地向台下点头。曾睿剑坐在最边上，两个大口热水瓶就放在身边，他环顾左右，心跳不由自主地加快了。

人群中的周东曦碰碰沈维庭和玉莹："池之上也在，今天我们大丰收了。一人一个，维庭你瞄准池之上，我对付朱双臣，玉莹你负责大西吉雄。我喊打，再一齐开枪，然后赶紧撤离，各自回上仑村。"

沈维庭和玉莹都点头。

王友仁和柳臻全进了会场，在人群中搜寻着周东曦。

见主席台上的人坐定，大西吉雄扭头朝曾睿剑示意。曾睿剑的心怦怦地跳着，叫过勤务员，指着那个装了炸药的热水瓶："给司令他们都沏上茶。"

勤务员拿起热水瓶，曾睿剑知道大爆炸即将发生，于是在身上东摸西摸，装作遗忘了东西的模样，站起来想走。就在这时，突然砰的一声，一颗子弹打中他的右臂，顿时鲜血直流。

玉莹的注意力原本在大西吉雄身上，但曾睿剑一站起来，就吸引了她的目光，她不由得怒火中烧："这个大汉奸，竟然坐在了主席台上！"不假思索举枪就打，射中了曾睿剑的右臂。

枪声响起，曾睿剑倒在台上，顿时主席台乱成了一锅粥，有人钻到桌下，有人往台后跑，池之上大喊："镇定，镇定！"拉着竹子一口气跑下台。

刚刚还气氛庄严的会场尖叫声四起，那些风光无比的登台者只顾逃命，被逼迫来捧场的老百姓争先恐后地往场外跑。王友仁在人群中认出了周东曦，但因会场太混乱，没法带着特务们挤过去，只能大声喊："周东曦混进来了，那个戴黑帽子、穿蓝布衫的就是周东曦，抓住他！"

沈维庭十分后悔："这孙玉林真是个惹祸精，就不该带他来。"

"事已至此，只能把会场搞得更乱些，咱们赶紧跑。"周东曦边说边向天开了两枪，沈维庭配合着大叫："杀人了！快跑啊……"

人群像洪水一样涌出广场，伪军、特务和日本兵被裹挟在其中，哪里还拦得住。周东曦甩掉帽子，脱掉外衣，钻进人群中，沈维庭和玉莹也分散逃了出去。

台上只剩下了曾睿剑一人，他摁住伤口，见会场一片混乱，没人注意他，咬着牙移到被勤务员随手放下的热水瓶旁边，小心地把塞子拉出一截，断开拉线接头，取出了炸药。

他将雷管拉线和炸药都揣在怀里，忍着疼痛小心翼翼地走下主席台，转到台后的僻静处，找了一片茂密的草丛，将怀里的东西都扔了进去。做完这一切，他心头稍稍安定，又转回台前，冷眼看着面前的一片鬼哭狼嚎。

"还说今天能抓到周东曦，差点被他翻了天！"大西吉雄惊魂甫定，嘴里骂骂咧咧的，一眼看到了孤零零坐在台下的曾睿剑，连忙跑过来："哎呀，曾经理，你受伤了？流了这么多血，快，我送你去医院。"

曾睿剑神情痛苦："我这一枪是为大日本帝国挨的。"

"是是是，辛苦你了。还算运气，毕竟是游击队，枪法不准，不然你真的没命了。"大西吉雄边说边扶着他走出广场，上了吉普车。

在医院安顿好曾睿剑，大西吉雄回到司令部，只见池之上正拍着桌子对竹子发脾气："周东曦为什么能混进会场？如果那一枪射中的是你或我，怎么收场？"

竹子低着头嘟囔："我怎么都想不通，我们明明都坐在主席台上，游击队却只向曾睿剑开枪，我觉得，事情没那么简单。"

"那只能说明游击队更痛恨曾睿剑，经此一事，我倒是可以放心重用他了。我要骂的是王友仁和山本，无能至极，简直是一对饭桶！"
池之上又一拍桌子。

"他俩去追捕周东曦了，先锋队也配合出动，估计周东曦跑不出武
义县城。"竹子给池之上斟了一杯葡萄酒，"司令喝杯酒压压惊。"

池之上把酒杯放在桌子上："我并不惊，这杯酒就等他们抓到周东
曦后做庆功酒！"

十八　朱汀慧

　　周东曦夹在人群中跑到岔路口，人流渐渐分散，他沿着花园路跑去。

　　玉莹见周东曦往花园路跑，灵机一动，自己往城脚路跑，嘴里不停地喊着："周东曦往城脚路跑了，快追呀！""周东曦去城脚路了，抓到他赏银圆一千块！"

　　忽听得有人也在喊："周东曦在这边！周东曦在这边！"玉莹心想："这又是谁在喊？"

　　王友仁和柳臻全带着便衣特务追逐周东曦，柳臻全侧耳细听："有人喊周东曦逃去城脚路了，我们往城脚路追？"

　　王友仁看看面前的岔路口："我们分两路追，我带一组去花园路，你带二组去城脚路，今晚一定要抓到周东曦。"

　　柳臻全挥手："二组跟我来。"

　　王友仁喊道："一组跟我来。抓住周东曦有赏银，抓不到吃耳光！"

　　周东曦跑得气喘吁吁，路过一间大宅院时，没留意撞在了从宅院里出来的一位小姐身上，小姐骂道："你瞎了眼吗？"

　　周东曦想道歉，一抬头惊呆了："朱……汀慧！"

　　那个叫朱汀慧的小姐又惊又喜："啧啧啧，东曦，怎么会是你？！你这是去干什么？"

　　周东曦喘着粗气说："我在逃命……大汉奸王友仁……在追杀我！"

　　"对，抗日游击队的队长周东曦嘛，大名如雷贯耳。刚才我听到东广场好几声枪响，是游击队有行动吗？"

"是的，刚才我在东广场想打死日军司令池之上和伪县长朱双臣，被王友仁认出并追杀，绕来绕去，结果到了你家。"

朱汀慧既惊愕又焦虑，把手绢揉成了一团："你……你打死他们了吗？"

周东曦懊恼地说："没有，行动失败，只有一个小角色受了伤。"

朱汀慧手拍胸口，松了一口气。

远处传来特务们的叫喊声，朱汀慧拉着周东曦的衣袖："快进我家来躲躲。"

"不行，会连累你家的。"

朱汀慧用力拉他："我家可不怕！再说，他们快追来了，你也跑不动了，不到我家就无处可逃。你放心，我一定让你平安离开。"

周东曦不肯进门，朱汀慧跺脚："哎呀，我们是同学嘛，况且在学校时……毕业后，我一直在找你！今天在这里相遇，是老天的安排，世上什么力量能比得过爱的力量？！"

周东曦目瞪口呆地盯着朱汀慧，脑中掠过一幕幕画面——

武义县简易师范的潘校长在报到处接待新生们，朱汀慧穿着玉白色软领短袖上衣、青色百裥短裙、黑色皮鞋和白线短袜，满身洋派地坐在报到处。

周东曦一身粗布对襟衣裤，气宇轩昂地来报到，朱汀慧先是皱着眉看他，随后眉头舒展，笑嘻嘻地说："潘校长，这个男生虽然看起来土气，但底子还不错。"

潘校长朝她笑了笑："相中一个就够了嘛！"

朱汀慧手绢一丢："潘校长，今天是你招生又不是我选白马王子，什么够不够的，我只是想早点看看我们班的男同学俊不俊、帅不帅。"

周东曦听了朱汀慧的话，目光扫向她，正与朱汀慧盯着他的眼光对上，周东曦连忙转头。

每个星期三的中午，学校食堂有红烧肉，周东曦次次都吃得津津有味、意犹未尽。一天，朱汀慧走到周东曦的桌前，把自己没动过的红烧肉倒进他碗里："看你，像从没吃过肉一样，都给你。"很多同学看过来，周东曦不好意思地说："我不要，你自己吃。"

朱汀慧说:"我家天天有红烧肉、霉干菜肉吃。"

周东曦红着脸大口大口地吃,碗里很快见了底。朱汀慧笑着弯下身,嘴巴凑到周东曦耳边:"夜自修时,我们到熟溪桥看水。"

周东曦"嗯"了一声。

晚上,朱汀慧挽着周东曦的手臂走出学校,周东曦几次欲甩开,都被朱汀慧牢牢勾住。坐在路旁纳凉的居民嗤之以鼻:"现在的青年成何体统。"

周东曦听了,加快脚步,只想快点离开他们的视线,听不到他们的评论。

到了熟溪廊桥,周东曦和朱汀慧并肩伏在桥栏上,一面看桥下流水一面聊天。

"像你这样的小姐居然来读师范,以后也打算去教书吗?"

朱汀慧抚着周东曦的手背:"你以为不好吗?我觉得女性最适合教书了。你呢,以后也去教书?"

周东曦缩了缩手:"教书太枯燥平凡了,我想从政或从军,可以轰轰烈烈干一场。"

朱汀慧拉住周东曦的手:"那你就不该来读师范,让国家白贴钱给你读书,要我是政府,非让你去教书不可。"

周东曦抽回手笑了笑:"好男儿志在四方,革命年代,军政界更需要人才呢!"

自那次后,朱汀慧常邀周东曦到廊桥上看水或是去城郊散步。

……

此时周东曦的思想十分矛盾:不进去?县城的城门估计已经封锁,自己快跑不动了,十有八九会被抓住。进去?似乎是利用朱汀慧对自己的恋慕之情,但自己对她绝没有那方面的想法。

朱汀慧盯着他,忽然低声说:"你如果还不进去,我就高声叫,把汉奸特务们都叫过来!"她不由分说地拉着周东曦进了院子,走进客厅,让他坐在沙发上,倒了杯水递给他:"喝点水,喘口气,在我家你肯定安全。"

周东曦刚喝了几口水,朱双臣夫妇就开门进来:"谢天谢地,今天总算躲过周东曦的暗杀，平安到家了。"

周东曦大惊失色，连忙站起，警惕地看着朱双臣。

朱双臣上下打量周东曦："汀慧，这是你朋友？"

朱汀慧拉住朱双臣的手："爸爸，这是我的同学周东曦。"

朱双臣倒吸一口凉气，后退了几步："是游击队……队长周东曦？"

朱汀慧挑挑眉："正是。"又向周东曦说："我给你介绍，这是我父亲朱双臣，你们今天刚见过。"

朱双臣惊怒无比："荒唐，今天你不是要杀我吗？快出去。"

"好，我出去。"周东曦心想现在不是杀他的时候，转身就走。

朱汀慧极快地拉住周东曦："不行，他出去会被王友仁抓住的。"

朱双臣说："他是日军的通缉犯，让他出去是对他客气，再不出去，我就打电话报告日军司令部了。"

朱汀慧扑过来，双手勾在朱双臣脖子上："爸爸，他是我上学时就定下的未婚夫，你的女婿。你报告司令部，那是女儿女婿都不要了？"

朱双臣推开朱汀慧："你胡说什么？"

朱汀慧又拉住周东曦的手："亲爱的，快向我爸爸说，我是你的未婚妻啊！"

周东曦进退两难，只好默不作声。

朱双臣眉头紧皱："说什么昏话，你这是拿自己的性命开玩笑。"他向周东曦挥手："你快出去。"

朱汀慧拦住周东曦不让他走："爸爸，他真是你女婿，你必须救他。"

"他差点杀了我，我还救他，世上有这样的荒唐事吗？再说，这次大会本就是司令抓他的圈套，救了他，我们全家都得死。"朱双臣态度坚决。

周东曦点着头："哦，原来果真是池之上的圈套。"

朱汀慧拉下脸，似撒娇似恼怒："爸爸，无论如何，我是一定要嫁他的，也就是说，他一定是你的女婿，你藏也得藏，不藏也得藏。你是维持会会长，没人敢到你家搜查。再说，救人一命胜造七级浮屠，对你来说，救他就是在积德行善。"

朱双臣愤愤地说："我曲线救国，他冒险亡国，我和他水火不相容。

这样的人来了我家，我只会叫人抓他。"说完手放在了电话上。

周东曦飞快拔枪，顶在朱双臣的额头上："既然你说水火不相容，那我现在就毙了你。"

朱汀慧急得流下了眼泪，一手摁住电话筒，一手握住枪管："都冷静，冷静。"

朱双臣跺脚："现在全县城戒严，所有军警在挨家挨户搜查，他藏在咱们家也是躲不过的，不管我打不打电话报告，都是一样的结果。"他转向周东曦："周队长，一个人命中的劫数到了，是无法抗拒天意的。你还是出去吧，能躲过是你命大，万一被抓，就是你们那句话，为抗日牺牲光荣。"

朱汀慧极其认真严肃地说："爸爸，你平时总是说，日本人太不把中国人当人，肯定长不了，这说明你还有点中国心。无论你以前做过什么，今天救下抗日人士，都可以将功赎罪。"

朱双臣摇头叹息："可是眼下中国打不过日本，如果收留他，咱家就有灭顶之灾。"

周东曦紧握手枪，正色说道："美国已向日本宣战，日本国内已大乱，中国打败日本只是迟早的事。"

朱双臣说："日本国内再乱，那是中国境外的事；就算以后日本败了，现在是王友仁在抓你，你无路可逃。"

周东曦晃晃手中的枪："我死之前也能先送你和王友仁上西天。"

朱汀慧摇晃着朱双臣的身子："爸爸，不管怎样，你现在必须救他，否则我跟着他一起死，以后没人给你养老送终。"

朱双臣仰天长叹："皇天，我怎么生了这样一个女儿呀！无端端把一个通缉犯引到家里来。"他指着朱汀慧："你就是我命中的克星。"

王友仁带着特务在花园路上一连搜查了好几家住户，终于来到朱家大门口。一个特务说："我刚才逼问街角的乞丐，他说有个陌生的年轻男人进了这家。"

王友仁犹豫道："这可是朱会长的家，怎么可能……"

特务说："乞丐只看到那男人进去，不知道是不是周东曦。"

王友仁心想："朱双臣那老家伙见了我一向鼻孔朝天，我也不必跟他客气。如果真能抓住他什么把柄，顺势扳倒他，县长这个位置十拿九稳就是我的了。"

他上前抓着门环用力叩门："朱会长，开门，是我王友仁呀……"

朱双臣急得团团转："王友仁在叫门了，怎么办？"指着周东曦，"现在他又不能出去了，出去就撞个正着。"

朱汀慧摇着朱双臣的手："爸爸，难道你对付不了一个情报组长吗？"

朱双臣甩开她的手："城里驻着日军司令部，小鬼好挡，阎王难缠呀。"

周东曦提枪晃了一晃："看来王友仁注定今天要死在我的枪口下。"

朱汀慧哀求着："爸爸，你藏下周队长，王友仁哪里会知道。"

一直默不作声的朱双臣妻子突然插嘴："王友仁不知道我知道，我去出首。"

朱汀慧一个耳光打过去："董佩仙，你害死我母亲，霸占我的家，我今天就和你算总账。"

"小小年纪找野男人，不要脸，还敢打我！"董佩仙拉住朱汀慧的头发。

"你才不要脸，我就打你。"朱汀慧和她扭打起来。

董佩仙直着脖子大叫："周东曦在这里！王组长，周东曦在这里，快来抓他！"

朱双臣急得双脚乱跳，咬咬牙，一巴掌打在董佩仙脸上："住嘴！你是不是想让全家人一起死？"

董佩仙怔了怔，突然滚在地上大哭，朱双臣发怒地踢了她一脚："不准哭，再哭就先踹死你！"

董佩仙难以置信地看着朱双臣，止住哭泣："你竟这样待我？"

朱双臣轻飘飘地打了朱汀慧一巴掌："你七岁没娘，我凡事都依顺你、宠你，你就越来越胆大妄为了。"

他回身扶起董佩仙："现在绝不能让王友仁进来，否则真是掉下黄河洗不清了。唉，蛮妻恶子，无法可治。"

周东曦的枪口对准董佩仙："好办，我帮你治。"

董佩仙全身颤抖："好汉饶命，饶命，我不出首了。"

朱双臣走近周东曦："周队长，别把事情闹大，你先去楼上躲一下，我尽力敷衍，至于最后能不能躲过，听天由命吧。"

王友仁叫门的声音越来越响，朱双臣叹了口气："看来这门不得不开了。"

周东曦用枪在董佩仙面前比划一下："等下他们进来，如果你胆敢乱说，我就说是你放我进来的，让日本兵把你抓去凌迟。"

董佩仙叫道："双臣，你看他……"

朱双臣摇头："傻瓜，我们已经是拴在一根绳上的蚂蚱，抓了他，我不得好死，你是我妻子，也没有什么好下场，知道吗？不要乱说！"

董佩仙哆嗦着哭道："你们都欺侮我，双臣你也欺侮我，呜呜……"

朱汀慧说："还没到哭丧的时候，不准哭！再哭就让周队长一枪毙了你。"

董佩仙不出声了，呆呆地坐在沙发上。

朱双臣手点着朱汀慧："傻女儿，你把一家人都拖下水了。"

朱汀慧抱着他的胳膊："爸爸，我把东曦带到我的卧室里，王友仁总不至于进来搜吧。"

朱双臣推开她："亏你说得出口，你的卧室他就不敢搜吗？"

朱汀慧挺起胸："难道你的女婿女儿睡在床上，王友仁也敢进来？你可以出面阻止的嘛！"说着挽起周东曦的手："亲爱的，上楼吧。"

周东曦挥了挥手中的枪："朱双臣，请你把好生死关。"

"周队长，不到万不得已，切勿鲁莽行事。"朱双臣担心地说。

周东曦回头："那就要看你的态度了。"

朱双臣忽然追上他俩："等一下。"飞快地捏住周东曦的下巴一拉，咔的一声，周东曦的脸形立刻变了。朱双臣端详片刻，十分满意："为保险起见，委屈周队长了。"

"疼，好难受。"周东曦揩着口水。

"忍着，合上嘴不要说话，尽量把口水往喉咙里咽。"朱双臣走向大门，脸上露出一丝狡猾的笑容。

朱汀慧和周东曦手挽手走进楼上的卧室，立刻一把抱住周东曦：
"亲爱的，现在放心了吧？王友仁绝对认不出你。快脱衣上床吧。"

周东曦拘谨地坐在床沿。

"万一王友仁真的进来，你这样会露出破绽的。"朱汀慧亲手给周
东曦解衣扣，周东曦拉住衣服躲开。

"你躲什么，这是老天有意的安排。当初我对你一见钟情，可毕业
后你杳无音信，害我单相思，今天竟能重逢，可见我们有缘。"她脱掉
自己的衣服，先上了床，又伸手拉周东曦："我们马上宣布结婚。"

周东曦反握住朱汀慧的手，稳稳地坐着不动："现在异族入侵，压
迫残害我同胞，作为中国人，我有责任把日本侵略者赶出中国。至于
个人的婚姻之事，等抗日胜利了再说。"

朱汀慧纵身把周东曦扑倒在床上："抗日我当然拥护，但这不影响
我们的婚事啊。"

周东曦推开朱汀慧坐起来："你听，外面的敲门声很急，不知你父
亲能不能应付得了，情况这么危急，你还……"

朱汀慧漫不经心地说："放心吧亲爱的，我爸爸很有一套，肯定能
应付过去。别心不在焉了，快抱住我。今天我幸福死了，感谢老天的
恩赐。"

王友仁敲了好一阵子门，也没见门打开，恶狠狠地说："你们都上
来敲，再喊响些。"

特务们都拥上来，由敲门渐至砸门。大门内，朱双臣一手放在门
闩上，一手拭着额头上的汗，还在犹豫不决。

王友仁大喊："再不开门，我就报告司令部了。"

朱双臣放在额头上的手慢慢放下，鼓足勇气拉开了门闩，王友仁
和七八个特务一股脑拥进院子，长驱直入客厅。

朱双臣板着脸："王组长闯入私宅，意欲何为啊？"

王友仁一脸假笑："对不起，公务在身，只得打扰朱会长。"

朱双臣一脸怒色："你的公务跟我有什么关系？"

王友仁四下环顾，见董佩仙神情沮丧地坐在沙发上，对她打招呼也不理，便又转向朱双臣："今天下午周东曦在会场搞刺杀，朱会长也在场的。我奉命一路追捕他，一直追到这里。"

朱双臣恨恨地说："你抓住他了吗？没有？那还不接着追？莫非是追累了，要到我家喝口茶？"转向妻子："快给王组长他们泡茶。"

王友仁连忙摆手："不，不，我直说了吧，是有人看到周东曦跑进你家了。"

朱双臣瞠目片刻，突然揪住王友仁的胸襟："你说什么？"

王友仁赔着笑脸："有人说，看到周东曦进你家了。"

朱双臣放开手，手指差点戳到王友仁的脸上："你别开这么大的玩笑，我家大门关得紧紧的，周东曦怎进得来？"

王友仁后退了几步，嘿嘿笑道："朱会长，门是可以开完再关的呀，总之是有人亲眼看见周东曦进了这个门。"

朱双臣面红耳赤，火气凛凛："你的意思是我开门放进了周东曦？"

王友仁连连摆手："不是，当然不是。"

"那是我家大门见到周东曦来，自动打开的？"

王友仁看看董佩仙："也不是。可能是你家里人，在你不知道的情况下……"

朱双臣大声问妻子："佩仙，是你开门放进了周东曦吗？"

董佩仙一言不发，朱双臣走过去，说："如果是你开的门，让王组长绑你去司令那里好了。"

董佩仙把身子一扭："我才没开过什么门。你打我一耳光，我和你没完。"

王友仁插嘴："朱夫人，朱会长为什么打你？"

朱双臣不容董佩仙回话："我和别的女人说几句话，你就歪缠个没完，不打你打谁！"

王友仁点着头："女人都是小心眼，我家的婆娘也这样。"

董佩仙霍地站起，手指两个男人："男人可以随便勾三搭四，女人就要规规矩矩吗？"

朱双臣抬手又要打，王友仁连忙拉住他："朱会长，别和女人一般见识。我看，还是让我的人到各房间转转，这样你我都没责任。"

朱双臣的手指点在王友仁的鼻子上："你竟要搜我的家？王友仁，你也太目中无人了吧，你把我当什么了？你难道不知道，今天周东曦连我也要杀吗？如果周东曦闯进我家，我会不把他扭送到司令部？你在我家空烦空缠，延误时机，是想把黑锅扣到我头上吗？我和你见司令去！"拉起王友仁的胳膊就往外走。

毕竟是池之上看中的伪县长人选，几句话把王友仁说得张口结舌。王友仁心想这话倒也有道理，见他真的动了气，马上点头哈腰赔笑："误会，误会，是下面的人瞎了眼，扰了朱会长的清净！"

朱双臣仰头，不屑一顾的样子："延误了时间抓不到人，我可要到司令那里告你。"

王友仁连连认错："是，是我不对，请朱会长高抬贵手。"带着一群特务灰溜溜出了大门，

朱双臣哼了一声，在他们身后用力拍上大门，接着快步上楼，敲着朱汀慧闺房的门："周队长，王友仁走了，你也快走吧。"

朱汀慧絮絮叨叨地和周东曦回忆着学校往事，听到父亲的话，连忙说："爸爸，既然王友仁走了，东曦就不用走，今晚就住这里。"

朱双臣急了，把门敲得更响："亏你说得出这样不要脸的话。周队长，快走吧，王友仁很可能又杀个回马枪。"

周东曦回应道："好，我马上走。"

朱汀慧抓住周东曦衣襟："不许你走。"

朱双臣十分焦急："我好不容易打发走王友仁，避过危险，你们居然还在这里磨磨蹭蹭，是等王友仁再来？再不开门，我就撞进来了。"

"为了你我的安全，我必须马上走。"周东曦用力甩脱朱汀慧，打开房门，与朱双臣下楼到客厅。

朱汀慧一脸的不高兴和失望，无奈地跟着去了客厅。

朱双臣双手在周东曦下巴处一拨弄，周东曦的脸就恢复了原状。朱双臣长出一口气："好了，周队长，谢天谢地，你快走。"

朱汀慧拉着周东曦的手依依不舍，流着眼泪说："我会去游击队找你的。"

朱双臣几步走到大门口："慢，我先开门察看动静。"

王友仁走到街角，骂自己的手下："居然被个乞丐骗了，以后别说你是受过特别训练的特务。"

那特务委委屈屈地说："他那模样不像骗人嘛……"

王友仁敲着那特务的头："现在耽搁了时间，周东曦不知道溜到哪里去了。可恶，看来这次又让他逃了。"说着回头看朱双臣家。此时朱双臣正探头出大门，一见街角这些人，立刻又缩回头去。王友仁眼珠一转，喜滋滋地拍手："好呀，朱双臣在望风，看来心里有鬼，周东曦肯定在他家。"马上下令掉头回朱家。

朱双臣看到王友仁返回，连忙关上大门，惊慌地跑回客厅："不好了，王友仁真的回来了，你俩快回床上去。"

十九　各显神通

朱汀慧听了，非但不害怕，反而兴高采烈地拉着周东曦回了闺房。

王友仁这次来到朱家大门口时趾高气扬，亲自用力叩门，大声喊叫："朱会长，开门，快开门！"

朱双臣挠着头皮，皱着眉头，立在门内不敢开门。董佩仙站在他身边，带点幸灾乐祸的语气："这叫作躲得过初一躲不过十五。"

王友仁砰砰地砸门，朱双臣重重地叹一口气："悔不当初啊！"硬着头皮开了门。

特务们拥进朱家客厅，朱双臣强打精神："王组长不赶紧去抓周东曦，又回来干什么？"

王友仁乜斜他一眼："嘿嘿，朱会长真的不知道我为什么回来吗？"

朱双臣冷冷地说："我的确不知道，莫非王组长想在寒舍用晚饭？"

王友仁手一挥，几声蔑笑："朱会长，你再不主动交出周东曦，我只得搜了。"

"你这是一点面子也不顾，要撕破脸了？"

"公务在身，岂敢徇私。搜，仔细搜！"

特务们楼上楼下散开，挨个房间搜查。

朱双臣还想吓退王友仁："我问你，如果在我家搜不出周东曦呢？"

"搜不出周东曦，当然是我向你鞠躬认错，设宴赔不是。如果抓到周东曦，一定是朱会长你家的门刚刚开着，他偷偷潜入，你们全家都不知情。怎么样，我们同事一场，算是给够你面子了吧？"

朱双臣满脸怒色："不用给我面子，如果在我家搜出周东曦，你就把我绑起来送给皇军，成全你的功劳吧。"

王友仁又一声蔑笑："朱会长，别嘴硬了。"

朱双臣心里狠狠地骂着朱汀慧："列祖列宗，我怎么会生了这样的女儿！"

特务们纷纷来报告："没有搜到人。"王友仁一瞪眼："没搜到？你们全屋都搜遍了吗？"

一个特务低声说："还有小姐的房间……叫不开门。"

王友仁眼睛一亮："哦，朱会长，请你叫开小姐的房门，让我们看一眼。"

朱双臣气得双手颤抖："岂有此理！"

王友仁语气带笑，但笑得坚硬："一定要看一下。"指着特务们："快去。"

特务们气焰嚣张地上楼敲朱汀慧房间的门。

沈维庭在城脚路上恰巧遇到紧贴城墙而立的玉莹："玉林，你怎么还在城里不回去？太危险了。"

"我要等队长。"

"别等了，队长被抓走了，你没看见戒严都取消了？我们快回去想办法营救。"

"在哪里被抓的？"

"城脚路呀！"

"不对，队长明明跑去的是花园路。"

"傻瓜，花园路有一条横路通向城脚路呀。"

"哦，是这样。"玉莹泪如雨下。

"别哭了，我们快回去商议。"沈维庭拉着玉莹急速向城外奔去。

朱汀慧听到特务们叫门，懊恼地说："忘了让我爸爸在你脸上动手脚，这下麻烦了。"

周东曦推开她，紧握手枪："王友仁回来，说明他有把握我在你家，你父亲大概顶不住，我得拼命了。"

王友仁在门口叫道："汀慧好侄女，开下门，我们看看就走。"

朱汀慧咳了两声："王友仁，你们凭什么进女子的闺房搜查？"

"朱小姐，对不起，这是公务。"

"滚，我和我丈夫正睡觉。"

"汀慧你都成亲了？那也要看看你丈夫是谁，我才能向皇军交代得过去。"

"不行，我和他睡在床上，怎么能让你看，你安的什么心？"

"好言好语跟你商量，你不听，那就别怪我不客气，再不开门我砸门了。"

周东曦安慰朱汀慧："你躲到床底下去，等王友仁一进来，我就开火，能打死几个是几个，最后一颗子弹留给我自己。过后你就说，是我持枪强闯进来挟持你，总之一定要保全你自己的性命。"

朱汀慧紧紧抱着周东曦，眼泪如檐水："亲爱的，你自杀前先打死我，我们一起死，来生做夫妻。"

"就凭你这份真心，来世我们一定做夫妻。"周东曦的眼泪也扑簌簌地滚出眼眶，也许是因为朱汀慧的话太感人，也许是生命到了尽头，不免对人世有一丝留恋。

朱汀慧哽咽着："下一世是你来找我，还是我先去找你？"

周东曦吻了下朱汀慧的脸颊，温柔地说："我们互相寻找吧，这样能快点相聚。"

瘫在沙发上的朱双臣慢慢站起来，流着眼泪，翻出一根绳子："唉，还是自我了断吧，等下被抓去，还不知道会遭什么罪。死了，就一切都干净了。"他摇摇头，走进自己的房间。

朱汀慧又亲了亲周东曦的脸，突然跳下床，扑到门口开了门，伸开双手拦住特务们："不许进来！"

特务们推开朱汀慧，王友仁走进房间，手电光直射到床上："起来，你叫什么名字？"

周东曦装成手电光晃眼的样子，左手放在额头上，遮住眼睛，右手紧握手枪。王友仁说："放下手，下床。"

"等我穿好裤子，你把头转过去。"

王友仁心想："你当我傻吗，等你在背后开枪？"

突听得柳臻全在楼下激动地大喊："王组长，抓到周东曦了，我们抓到周东曦了！"

王友仁立刻蹿出门，对楼下喊道："你们抓到周东曦了？确定吗？"

柳臻全十分兴奋："就是他，没错！"

王友仁回身对朱汀慧说："朱小姐，对不起了，你们继续。"急急地下楼进客厅。

朱双臣刚挂好绳索，正踩着凳子把脖颈伸向绳套，一听到柳臻全的话，扑通一声从凳子上翻了下来。他爬起来，揩去眼泪，自觉从阎王殿里转了一圈回来。

朱汀慧的闺房里，王友仁一走，两个人都彻底放松了。朱汀慧飞快地关上门，猛地抱住周东曦："亲爱的，平安大吉，我们可以筹备婚礼了。"

楼下，王友仁心里五味杂陈，十分遗憾抓到周东曦的是柳臻全："呵呵，柳臻全，你真的没认错人？"

柳臻全神采飞扬："百分之百确定！周东曦我还不认识吗？我在游击队那么多天，经常有机会看到他，还会认不出来吗？"

王友仁苦笑："怎么抓到他的？"

柳臻全绘声绘色地说了起来："我和你分开，去了城脚路，一路追去。路上果然有一人跑得飞快，我们紧追不放，后来他钻进了小巷。我们追到时，他已被三个日本兵拦住了去路，只能乖乖束手就擒。"

王友仁百爪挠心，实在是难过："怎么就让他抢到了头功呢？难怪朱双臣嘴巴那样硬，这次我可是失算了。"

见朱双臣进了客厅，冷冷地瞪着自己，王友仁讪讪地双手抱拳："朱会长，误会，全是误会。大家都是为皇军效力，还望海涵。"

特务们一个接一个溜出朱家，朱双臣使劲哼了一声，重重地关上大门，拍着胸脯自言自语："天不绝人，真乃祖宗积德啊！"又快步上楼催促："周队长，快走吧。"

朱汀慧在门内娇滴滴地说："爸爸，还是你走吧，我俩好久没见面了，有好多话要聊，等天亮再让他走。"

朱双臣恨恨地说："朱汀慧，现在不是卿卿我我的时候，快让他走。"

朱汀慧仍紧紧拉住周东曦，说："东曦，从简师毕业后，我是天天想你，为了你，我不知拒绝了多少男人。这样吧，趁着我爸爸在，让他给我们证婚，我们今天就做夫妻。"

周东曦说："现在国难当头，我根本不考虑结婚的事，再说你爸爸是大汉奸，怎么能让他给我们证婚。"

朱汀慧流下泪来："你这样说不公平，他是他，我是我。他当他的汉奸，我参加游击队，和你一起抗日。"

周东曦不相信地看着她："你，参加游击队？"

朱汀慧说："古话说，嫁鸡随鸡，嫁狗跟狗，嫁了毛狸绕山走。我既然嫁给你，就肯定参加游击队啊。"

周东曦对朱汀慧的痴情既感动又发愁："我们……从长计议。"

"我不管，从你进我家门那一刻起，就是我的人了，不然我为什么要拼上全家的命救你？"

"你救了我，我很感激你。"

"我不要你感激，只要你做我的丈夫。"

"那也是日后的事，现在我必须走。假周东曦可能已经被揭穿，王友仁甚至日本兵也许马上又会登门。为了抗日事业，为了你的安全，我必须走，后会有期。"

朱双臣等了好久还不见开门，于是提起脚便踢，口气也很凶："朱汀慧、周东曦，你们非要害死人吗？"

周东曦揩着朱汀慧的眼泪："你父亲发火了，快松手。"

朱汀慧把他抱得更紧了："我担心你今晚一走，不知何时才能再见。"

周东曦想赶紧脱身："有机会我就来见你。"

朱汀慧破涕为笑："那你是答应做我的丈夫了？好，我现在就跟你去游击队。"

周东曦无奈地推托："你要参加游击队，就必须服从命令听指挥。

考虑到你的身份和生活环境，我这个游击队长安排你留在县城做情报员，尽量搜集情报提供给游击队。"

"不，我要跟你去打仗。"

"情报工作更重要，当然，首先要保证你自身的安全。现在我以游击队长的身份命令你，放开我，去开门。"

朱汀慧噘着嘴，下床打开房门："爸爸，你真是个讨厌鬼。"

她依依不舍地把周东曦送到大门口，在他面颊上吻了一下："亲爱的，我等着你，你一定要早点来找我。"

周东曦握握她的手："后会有期。"随后消失在茫茫黑夜中。朱汀慧倚在门上，望着他远去的方向，泪水涟涟。

朱双臣用力把女儿拉进大门，敲着她的头："差点就被你送上黄泉路了。从今以后，你给我老老实实待在家里。"

朱汀慧搂着父亲的脖子："王友仁不会再回来吧？"

朱双臣冷笑："古话说，抓贼抓赃，偷女人过房。周队长走了，无赃无证，嘿嘿，他回来有什么用！"

朱汀慧笑道："爸爸，你真是老奸巨猾。"

"我再老奸巨猾，还是被自己的女儿狠狠摆了一道。"

朱汀慧娇嗔了一声。

已是深夜，池之上还在办公室里，两个手指敲着桌面，为被扰乱的大会而懊恼："我机关算尽，还是被游击队混进了会场。下面这些具体办事的人实在太无能，山本、王友仁、朱双臣……都难逃其责，一定要狠狠罚几个，杀鸡儆猴。"

王友仁和柳臻全兴冲冲地进门："报告，抓到了周东曦！"

池之上几乎从椅子上跳了起来："真的？"

柳臻全抢着说："报告司令，是我带人抓到的，追了大半个县城呢。"

池之上满意地微笑："把他带到我办公室来，让我看看他有没有三头六臂。"

一个五花大绑的青年被押进办公室，池之上笑容满面，亲手为他解绳索："周队长，对不起了，不过你太不好请，只能先兵后礼。既然来了，我们就开门见山好好谈谈，你意下如何？"

青年活动着双手："你们抓错人了，我不是周东曦。"

池之上看向柳臻全，柳臻全拼命点头，一副笃定的模样。池之上又转脸看那青年，轻声说："周队长，你不要惊怕，现在你面前有两条路。"

青年不耐烦地问："哪两条路？"

"第一条，归顺大日本帝国，武义县县长的位置你来坐。第二条，拒不合作，凌迟示众。天堂还是地狱，你选择吧。"

"全是废话，我说过你们抓错人了，我不是周东曦，快放了我。"

池之上哈哈大笑："原来游击队的队长是个狗熊，连承认自己身份的勇气都没有。"

青年有点怒了："你是没耳朵还是没脑子？"

池之上仔细打量青年："那你是谁？"

青年回答："我姓打，名日本兵，叫打日本兵。"

池之上一拍桌子："你真当我不敢杀你吗？拉出去。"

几个日本兵把青年连踢带打地拉出去。

柳臻全觉得奇怪："司令这就不审了？"

池之上给了他一个耳光："你抓的是周东曦吗？这人面上无风霜之色，手上没枪茧，细皮嫩肉，还是个毛头小伙子。"

柳臻全犹如一条犯错的狗，垂头丧气缩在一边不敢说话，一个劲向王友仁眨眼。王友仁上前，小心翼翼地一笑："司令英明，既然这个人不是周东曦，我可能知道真正的周东曦在哪儿。"

池之上瞪视着他。

王友仁说："周东曦就藏在朱双臣家里，睡在朱双臣女儿的床上。"

池之上端坐在刑讯室里，朱双臣颤颤巍巍地站在他面前。

池之上狞笑着问："昨晚你女儿的床上是不是睡着男人？"

朱双臣战战兢兢地答道："是……那是我女儿的……未婚夫。"

"你女儿的未婚夫叫什么名字？是哪里人？现在在哪儿？"

"我……我不太清楚。"

王友仁讥笑道:"他的女婿就是周东曦嘛,现在肯定到了江那边。"

池之上拍着桌子:"朱双臣,我早看出你有二心,今天终于露出了狐狸尾巴!"吩咐竹子:"绑起来先用刑,打完了再让他说话。"

竹子喝道:"给他上老虎凳。"

几个打手把朱双臣绑在老虎凳上,往他脚下加砖块。朱双臣大喊大叫:"是王友仁诬陷我,我冤枉。"

竹子冷笑:"连自己女婿的名字都说不出,还敢喊冤枉。再加一块砖头。"

打手再垫上一块砖头,朱双臣"哎哟"一声,昏了过去。

竹子说:"把他泼醒。"

朱汀慧突然冲进刑讯室大喊:"司令,我有话说。"

朱双臣被召到司令部时,已预感到大事不妙,流着眼泪对朱汀慧说:"我此去必死无疑,你跟我去司令部,给我收尸好了。"朱汀慧跟着父亲到了司令部,此时便不管不顾地冲了进来。

竹子拦住她:"你是谁?要说什么?"

"我是朱双臣的女儿朱汀慧,我要为我父亲喊冤。"

池之上从头到脚打量她,心想:"朱双臣居然有这么漂亮的女儿,怎么从没提起过,是怕我知道吗?哼哼。"他示意王友仁:"你们当面对质,让朱双臣死得不冤枉。"

朱汀慧侃侃而谈:"司令,我要问王友仁,他怎么认定周东曦躲在我家?周东曦是通缉犯,我父亲是维持会会长,水火不相容,昨天在大会上我父亲差点死在周东曦枪下。我家藏匿周东曦,于情不合,于理不通。"

王友仁一声奸笑:"这事我也百思不得其解,但我真的亲眼看到周东曦睡在你床上。"

朱汀慧大声问:"那你为什么不抓他,是故意想放掉他吗?"

王友仁支吾:"这……这个嘛……"

池之上拔出军刀,打得桌子啪啪响:"快说!"

王友仁极力解释着:"是……是这样,当时柳组长来了,说已抓到周东曦，我再三问他是否确定，他说确定，我就放过那人了。"

柳臻全恨恨地指着王友仁："你又来攀扯我。如果你肯定朱小姐床上的那人是周东曦，不管我说什么，你都应该把他抓回来核实。"

朱汀慧转向池之上："司令，王友仁是条疯狗，为了排挤我父亲竟不择手段。再说，他认定睡在我床上的是周东曦却不抓捕，是对皇军不忠诚，对司令不负责任，至少是玩忽职守，司令应该惩治他。"

池之上拍拍手："朱双臣还有这么一个白天鹅般的女儿，且伶牙俐齿，真是令人羡慕啊。朱小姐你说得对，必须处罚王友仁。"

王友仁跪爬到池之上跟前："请司令问她，睡在她床上的究竟是谁。"

朱汀慧笑盈盈的："睡在我床上的当然是我的丈夫啊。"

池之上指着王友仁："不管睡在朱小姐床上的是谁，你都罪无可恕，让我想想怎么惩治你。"

王友仁大哭："司令，我对皇军一片忠心，天地可鉴。给我机会戴罪立功，一定把周东曦抓来交给司令。"

竹子看向朱汀慧的目光里有不屑和嫉妒，她走近池之上："司令，王友仁一向赤胆忠心为我们做事，以后许多大事上还要用他，这次就饶了他吧。"

池之上感觉到竹子的不满，想了想说："让王友仁搞清楚，被柳臻全错当周东曦抓来的人是谁，无论如何，这么相像的两个人之间必有渊源。"他走近朱汀慧："中国民间故事里有个九斤姑娘，聪明能干，我看你就像她。"

朱汀慧低头笑道："谢司令夸奖。"

竹子斜眼看着两人，嘴角一撇，对王友仁说："还不快去？"

王友仁连连磕头："谢参谋长救命之恩。"双腿颤抖着出去了。

池之上拉住朱汀慧的手："我那儿有上好的葡萄酒，请你喝一杯压压惊。"

朱汀慧抽出手："司令，先放了我父亲啊！"

池之上吩咐打手给朱双臣松了绑，朱双臣有气无力地对朱汀慧说："让我死让我活，都是你这个不听话的女儿，真是拿你没办法啊！"

池之上欲挽朱汀慧的手，朱汀慧连忙避开："司令，今天我父亲受惊不小，我先陪他回去，隔天再陪你喝酒。"

池之上看一眼痛苦不堪的朱双臣，点头答应了。

竹子咬咬牙："相约隔天？哼！"

二十　池之上的诡计

池之上坐在办公室里出神，笔下无意识地重复写着"九斤姑娘"，连竹子带着王友仁进了办公室都不知。

王友仁站得远远的，怯怯地说道："报告司令，抓来的那个人查清楚了，此人十分重要。"

池之上猛然回神："快说。"

王友仁心有余悸，小心地走近："这人是周东曦的亲弟弟，叫周西水。"

池之上睁大眼睛："难怪这样像，快带他到我办公室来，我好好和他聊聊。"

竹子向门口喊："把周西水押上来。"

池之上摆手："应该说请，不能说押。"

周西水被押进办公室，池之上迎上去："来来来，快坐，你为什么不早说你是周东曦的弟弟？"

周西水说："我说了你就能放我吗？"

池之上亲自为周西水解下绳索："对不起，真对不起。"

周西水活动手腕："那我能走了吗？"

"不急，就当你是来做客，我们交个朋友。"池之上拉着周西水坐，周西水直挺挺地立着："谁会和闯入家中的强盗交朋友？"

池之上勉强一笑，把周西水按在椅子上："这就叫不打不相识嘛，我叫人上酒菜，我们一边喝酒一边说话。"

酒菜齐备，池之上亲自斟了两杯酒，对周西水举起酒杯，然而周西水视若无睹。池之上只得尴尬地放下酒杯："你说我们是闯入你家的强盗，其实大错特错，事实是你们中国太落后，人民苦难深重，我们是来拯救中国人民的。"

"你们在中国烧杀奸掠是救中国？"

"哦，这是因为遭到了不明事理的愚人的反抗，我们不得已而为之。所以我希望你能劝说你哥哥，停止反抗，与我们一起实现东亚共荣，共图大计。"

"停止反抗，共图大计？"周西水嘴角嘲讽地上翘。

"是啊，你马上写信给他，叫他尽快带着队伍投降，来我这里当武义县的县长。"池之上自以为这条件相当优厚，用期待的眼神望着周西水。

"不必写信，我现在就可以代我哥哥回答：要他当伪县长，和你一起杀中国人，办不到！"

池之上脸色一沉："你既然到了我这里，就必须和我合作，别无选择。你可以慢慢考虑，先喝酒吃菜。"说着把酒菜移到周西水面前。

周西水侧头："谁要吃敌人的酒菜！"

池之上摆着手："不，不，你搞错了。"拿起酒瓶，"这是武义大曲，正宗武义产的。"指着鸡肉，"这是老百姓家里刚买来的鸡。都是武义的本地酒菜，没有日本菜。"

周西水沉吟片刻，忽然点着头："的确，不吃白不吃，这些酒肉都是日本兵从老百姓家抢来的，我得吃个够本。"

池之上见周西水大口喝酒大口吃肉，从心里笑出来："吃完饭后，我口述，你写信。"

周西水吞下嘴里的肉："你如果是真心和我交朋友，吃完饭就放我回家。"

池之上板起面孔："信非写不可，写了信再回家。"

周西水吃饱喝足，放下筷子："要我写信，除非水往天上流。"

王友仁凑过来："周西水，司令对你这样礼遇，你应该领情，不要敬酒不吃吃罚酒。劝你哥哥投降皇军吧，天天有酒有肉有女人。"

周西水霍地站起来，怒视王友仁："大汉奸，卖国求荣，恬不知耻！"

王友仁嘿嘿冷笑："到了这里就不要嘴硬了。现在是司令对你客气，我劝你就坡下驴，乖乖归顺皇军，否则就是自寻死路。"

周西水深吸了一口气，把嘴里的食物残渣连同口水喷在王友仁脸上，骂道："无耻之尤！"

王友仁一面揩脸，一面抄鞭子："不知好歹的东西。"

池之上大笑，向王友仁挥手："滚开！"然后拍着周西水的肩："你的侠骨义气我非常敬重，但是你应该懂得，好汉不吃眼前亏。如果不愿意配合，等待你的将是剜心之痛。"

周西水将碗在桌上一蹾："暴行是征服不了中国人的。"

池之上眼光凶狠，两指笃笃敲着桌子："我的忍耐力是有限的。"

周西水心想："当初我既然敢假扮大哥把日本兵引过来，现在就不怕你的恐吓威胁。"他把头一歪："快撕下你的伪善面孔吧，我看了恶心！"

池之上大怒："带去刑讯室。"

周西水被押进刑讯室，王友仁指着形形色色的刑具，阴恻恻地说："周西水，你看到了吧？这些刑具哪件都能让人骨断筋折。识时务者为俊杰，听司令的话，快写信给你哥哥吧。"

周西水一言不发。

坐在审讯席上的池之上说："周西水，再给你一次机会，你快说，愿不愿意写信？"

周西水轻蔑地说："你做白日梦去吧。"

池之上拍桌子："你真的不怕死？"

周西水回答："我就是不写信，让你虽然活着，比我死了还难受。"

池之上气得捶胸口："岂有此理，把他绑在杀猪凳上灌水，让他把吃下去的酒肉吐出来。"

周西水被仰面绑在杀猪凳上，打手舀来清水灌进他嘴里，他咬紧牙关抵抗。打手把竹片插进他口中撑开，鲜血直流。一壶又一壶的水灌进他的肚子，肚子胀得很大，他难受得呻吟，然而嘴巴还在不停地咒骂："日本兵是……畜生，滚……滚出中国。"

王友仁走到他身边："别逞强了，快写信吧。"

周西水吃力地说："我……写……"

池之上哈哈大笑："到底熬不住了，我就知道你会写的。松绑。"

周西水被松绑，坐起来吐了一大摊水和食物，痛苦不堪。他喘息了一会儿，蹒跚着走到案桌前，拿起毛笔。

王友仁嘲笑道："真是贱种，吃了一大顿苦头，还不是乖乖听命？"

池之上说："就像你们中国话说的，不到黄河心不死。"

竹子站在周西水身旁："知道怎么写吗？"

周西水看了她一眼："用不着你来教我。"挥毫一气呵成。

池之上急切地说："让王友仁念来听。"

王友仁拿起信笺看了一眼，大惊失色："司令……不能念。"

"念！"

王友仁哆哆嗦嗦地念道："打倒日本帝国主义！打倒汉奸！日本人滚出中国！"

池之上夺过信笺，气愤地揉搓成一团，砸向周西水："吊起来，狠狠地打！"

打手把周西水吊在架子上，挥舞皮鞭用力抽打。池之上追问："写不写？"

周西水断断续续地说："日本……兵……畜生……滚……滚出中国！"

池之上怒喝："再打，狠狠地打。"

打手咬着牙狠命抽打，周西水起初还挣扎，后来就一动不动了。打手报告："犯人昏过去了。"

"中国人里居然有这么多的硬骨头，真是不可思议。"池之上捂着额头踱来踱去，突然命令王友仁："请朱小姐来我办公室。"

上仑村祠堂大厅，游击队员们直到后半夜都没睡，等着队长他们回来，不时有队员到大门口翘首瞭望。

秦浩淼甩着袖子："无论有事没事，大家等在这里也没用，都去睡觉吧。"

金吉水说："反正队长他们没回来，我睡不着。还是等吧。"

萧洒也说："真的睡不着。"

谢文生说："队长福大命大，一定像上次一样，没多久就回来了。"

何旭阳和张正钧跨进大门，游击队员们呼啦一下围上去，问长问短。金吉水最着急："何队长，你们回来了，怎么不见队长和玉林？"

张正钧一屁股坐在竹椅子上，闷声不响，只是叹气。萧洒逼在何旭阳面前："队长怎么不回来？"

秦浩淼皱着眉："看他俩这个样子，东曦肯定出事了。"

金吉水蹲下来摇着张正钧的腿："是不是？快说啊，是不是？"

张正钧默默点头。陈寿长逼到他面前："到底是被抓了还是牺牲了？"

秦浩淼摇头叹气："被抓和被打死有什么区别？这就是不听我话的结果。"

谢文生问："那玉林和老沈呢？"

何旭阳轻声说："我和他们一开始就分散走，也不知道他们的情况。"

张正钧郁郁地说："反正大家都睡不着，等到天亮，就分头去打听！"

正在此时，沈维庭和玉莹匆匆跑了进来，李红莲拍着胸口："又回来了两个！运气，真是运气，差点愁死人。"

玉莹开口就问："红莲姐，队长回来了吗？"

"没有啊。"

何旭阳连忙问："玉林，你们也不知道队长现在的情况吗？"

玉莹哇地哭了，连忙跑进后厅。

队员们议论纷纷，都把目光投向沈维庭，沈维庭语气沉重："队长十有八九被抓住了，我们要想办法营救。"

队员们都呆住了，萧洒和李红莲突然哭出声来，大厅一片愁云惨雾。

池之上在办公室里不停踱步，焦急地等待着朱汀慧。竹子语气含酸:"你是让她来陪你喝酒解闷吗?"

池之上不耐烦地说:"眼下我哪有这种雅兴。朱小姐是中国人,又极其聪明,想必更了解她的同胞的心理,我问她有什么办法让周西水写信。"

竹子哼了一声:"无非是个借口而已。"

池之上脸色难看,对竹子挥手:"你先回避一下。"

竹子怒气冲冲地出了办公室,转念一想,没有离开而是躲在了隐蔽处。

朱汀慧和王友仁终于来了,池之上笑盈盈地拉着朱汀慧的手:"九斤姑娘,来来来,帮我做件事。"

朱汀慧缩手:"什么事?"

池之上说:"昨晚抓到的是周东曦的弟弟周西水。我让他写信劝降,给他哥哥县长的位子,可他打死都不写,九斤姑娘,你有没有办法叫他给周东曦写信?"

朱汀慧一惊:"原来抓的是东曦的弟弟,这如何是好?"本想说自己没有办法,话到嘴边又咽回去:"这可是博得池之上信任的大好机会,如能成事,以后拿情报给东曦就方便多了。"她心思几转,笑着对池之上说:"再简单不过的事嘛,司令怎么聪明一世,糊涂一时了?"

池之上放下茶杯,拍着朱汀慧的肩膀:"愿闻其详。"

朱汀慧故意卖关子:"只是,只是……"

"只是什么?别吞吞吐吐的。"池之上迫不及待。

朱汀慧低头:"可是,可是……"

池之上把她按在椅子上:"可是什么?想和我讲条件吗?"

朱汀慧嗔着脸:"你许诺让周东曦当县长,那我爸爸呢?"

池之上如梦初醒:"哦,原来你是为了这个。老实告诉你吧,县长的位子只是个诱饵,等周东曦上了钩,就召开万人大会,把他兄弟俩当众凌迟,以震慑一干抵抗分子。"

朱汀慧的心脏猛地一跳,像被重锤砸了一下:"原来如此!"

池之上催促:"现在可以放心了?快说有什么办法。"

"司令说话可要算数。"

"我还能对你这个小女子食言？快说。"

"司令何必多此一举呢？"

"什么意思？"

"难道司令真想不到？"

池之上急了："哎呀，绕什么弯子，快说！"

王友仁插嘴："朱小姐肯定是讲不出什么法子来吧。"

朱汀慧不屑地看他一眼："我若是想出办法，司令拿什么感谢我？"

"请你当我的私人参谋。"池之上毫不犹豫地回答。

朱汀慧手指抵着嘴唇，似笑非笑："当你的私人参谋有什么好处？"

"可以自由进出司令部甚至我的办公室，丰厚的酬劳更是少不了。"

"我怕说出来，你们会说原来如此简单，要赖反悔。"

池之上伸出手掌："我们击掌为誓。"

朱汀慧也伸出手："一言既出，驷马难追。"两人的手掌啪的一声相撞。

朱汀慧嫣然一笑："弟弟可以舍身救哥哥，哥哥难道就不能舍身救弟弟吗？"

池之上呆住了，猛然一拍手："果然简单，我怎么当局者迷了呢？你真是我聪明的九斤姑娘！"

竹子突然冲进来："我本来要说这个办法，结果司令你却要我回避。"

朱汀慧叹着气："看来，我这私人参谋要泡汤了。"

池之上笑道："别听她的，从今天起，你就是我的私人参谋。"

竹子咬咬牙："司令，我有话和你说。"

池之上说："以后再说，现在我先写信。"提笔展纸，写信封口，递给王友仁："以最快速度把信交到周东曦手上。"

王友仁不服气地看一眼朱汀慧："司令，应该给周东曦的父亲也写封信。中国人讲究孝道，让他父亲逼他投降，十拿九稳。"

"不错。"池之上又写了一封信交给王友仁。

朱汀慧心想："王友仁这人心思太狠毒，以后一定要多加提防。"

池之上得意地哼起了日本歌谣，伸手去搂朱汀慧的腰："现在可以好好喝几杯了！"

朱汀慧一扭身避开："司令先别高兴得太早，等抓到周东曦，我再陪你庆功。"

"好，就等到那一天。"池之上笑一下，自言自语："既然白天鹅已经飞进家里了，这几天先养熟它。"

朱双臣躺在家里，一面叫疼，一面唉声叹气骂朱汀慧："差一点给她害死了。天下这么多男人，她为什么偏偏要嫁给游击队的队长、日军的通缉犯？"

董佩仙站在床前，口气有点幸灾乐祸："谁让你生了这样的女儿，活该！"

朱双臣骂道："女儿是我的，用不着你来说。周东曦啊，你为什么这样不灵清？中国能打赢日本吗？抗日就是把百姓往死路送啊。让日本人给中国办事，让老百姓过上好日子，有什么不好？反正当老百姓的谁来统治都一样。哎哟，疼死了！你这死婆娘，快来给我捋捋胸口。"

董佩仙噘起嘴，不情愿地服侍朱双臣。

朱双臣又骂道："日本人翻脸不认人，一点不顾我这维持会会长的面子，随意打骂恐吓。什么一县之长，连狗都不如！我看日本人也是兔子尾巴长不了，历史上哪有暴君坐得稳天下的。"又斥责董佩仙："死婆娘你捋哪里，我是腿上疼。"

董佩仙咬牙切齿，手指狠狠地点在朱双臣脸上："就该让你疼死，你生的好女儿，叫她来服侍你呀，凭什么叫我担惊受怕、吃苦受罪？"

朱双臣叹气："真正是蛮妻恶子，无法可治！"

朱汀慧急匆匆地奔进来："爸爸，你好些了吧？我急着出趟门，明天或后天回家。"

朱双臣霍地从床上坐起来，拉住朱汀慧："女儿呀，求求你不要再折腾了。既然出世做人，就要求个善终才好，莫要偏向险处行，落得个半途横死。"

朱汀慧掩饰地说："不过是去朋友家玩玩，干吗说得这么严重。"

朱双臣说："你的心事我还看不出来？你要去找周东曦，对不对？"

朱汀慧甩开他的手："这关系到东曦的生死、游击队的存亡，我作为一个游击队员，一定要把危险告知他们。"

董佩仙双肩一耸，舌头一伸，蹑手蹑脚向门口走去。

"佩仙，你到哪里去？回来！今天你们两个，谁也不准踏出家门半步。"朱双臣火凛凛地下令。

董佩仙加快脚步："你不怕死，我怕。我要去司令部报告，你们父女俩暗通游击队，窝藏周东曦。"

朱双臣从床上跳起来，冲过去拉住她，用身子挡着门。董佩仙又哭又喊，被朱双臣一把推倒在地，闹得更凶了。

朱双臣心情烦躁："她既然存了这个心，今天能挡住她，明天呢？只有千年做贼的，哪有千年防贼的。难道非逼着我学宋江吗？"背转身子从床头柜里摸出手枪，"也不行，家里出了人命，还不是一样麻烦？"

朱汀慧见他犹豫，夺过手枪朝董佩仙胸口就是一枪。朱双臣看着董佩仙断了气，吓得直哆嗦："现在闹出人命了，接下来怎么办？"

朱汀慧走进书房，写了一张大字布告，交给朱双臣："你拿着它到池之上那里报案吧，我毕竟是你的亲生女儿，相信你知道怎么说，一定能圆过话来。我去上仓村了。"说完便走。

朱双臣念着那张布告："朱双臣：这就是当汉奸的下场。锄奸队即日。"他摸摸自己的胡子，"有了这份东西，说不定真能逃过一劫。我生的女儿确实聪明！"

游击队员们都围坐在祠堂大厅里，气氛低沉，谁也没想到周东曦忽然在这时走了进来，萧洒第一个跳起来抱住他："队长回来了！你没受伤吧？快让我看看。"

李红莲连忙拉开萧洒："别这样，惹别人笑话。"

"我太激动、太高兴了嘛。"萧洒拉过竹椅子让周东曦坐下，深情地望着他："他们都说你被日本人抓住了，你到底是怎样脱险的？"

大家都围过来听，周东曦苦笑："你们无论如何也想不到，就在我即将被抓的关键时刻，一个女人救了我。"

萧洒急切地问："哪个女人？"

李红莲也追问："哪里的女人？"

玉莹闻声从后厅跑出来，带泪的脸上挂起笑容，挤到周东曦身前："她怎样救你的？"

何旭阳瞪她："你凑什么热闹？"

张正钧对何旭阳眨了眨眼："我看他比她们俩还紧张，倒也是，毕竟是他闯下的祸。"

玉莹羞得跑回后厅："反正我和队长睡一个房间，有的是机会问，现在先让你们问个够。"

周东曦郑重地说："朱双臣的女儿朱汀慧救了我，她还参加了游击队。"

游击队员们惊叹不已，七嘴八舌问个没完。这时王广荣大踏步走进祠堂，从怀里掏出信递给周东曦："池之上的信。"周东曦拆信看。

　　周东曦队长阁下：你弟弟周西水现在我司令部，如果七十二小时内你来投降，不但释放他，还任命你做武义县县长。否则，将你弟弟凌迟处死。过时不候。

　　　　　　　　　　　　　　　池之上

　　　　　　　　　　　　昭和十八年三月二十日

信纸掉到地上，周东曦眉头深锁，沉吟不语。

何旭阳拾起信看："不会是真的吧？西水跑到县城里干什么？"

李红莲也看信："派个人去你父亲那里看一下，就知真假了。"

何旭阳指着金吉水："你快去周家村队长家。"金吉水转身就跑。

秦浩淼说："我看这封信是真的。"转向周东曦："这叫是祸躲不过。你自己逃回来了，西水却被抓了，我们现在怎么办？"

大家轮流看信，人人脸上失色。本来周东曦回来大家都很高兴，现在接到池之上的信，个个又心事重重，聚集在大厅里迟迟不肯散去。

何旭阳愁眉苦脸："队长，这如何是好？"

秦浩淼说："人在日军司令部，我们能有什么办法。"

陈寿长说："难道真的让队长投降做汉奸吗？"

谢文生激动地说："这绝对不可能！"

何旭阳难过地望向周东曦："队长，西水一定要救！我们干脆劫狱吧。"

游击队员们你一言我一语地议论，周东曦坐在椅上，头埋进膝盖，默不作声。此时穿着阴丹士林蓝长衫的周父急匆匆进来，何旭阳推推周东曦，周东曦抬头看见，连忙站起来："爹，你怎么来了？"

周父话如连珠炮："哎呀，大祸临头，西水被日本兵拿住了，要你在三天内投降，否则将西水凌迟处死。"

"池之上写信给你了？"

周父把信递过来："一早就送来了。"

周东曦看完信："两封信的内容一样。池之上真是个卑鄙小人。"

周父问："你也收到信了？打算怎么办？"

周东曦咬着嘴唇，双手连搓，突然对父亲说："爹，我会想办法救弟弟的。"

周父看着周东曦，眼泪流了下来："手心手背都是肉。你当游击队长，领人打日本人，我心里高兴，觉得光宗耀祖。可是，西水才二十四岁啊，他现在一定在日本人手里吃苦……"

"爹，你容我想想，一定会有办法的。"

"东曦，你能不能……先假意去投降，把你弟弟换回来，你再找机会逃跑？"

"爹，这么多双眼睛看着我，不管真假，我去投降就是汉奸。人心动摇了，再聚起来可不容易。"

周父伤心哭泣，何旭阳扶着他劝道："伯父，别着急，我们游击队一定会救西水，大不了劫法场嘛。跑了这么远的路，你先去厢房休息一会儿。"

周父被扶走，秦浩淼走近周东曦："东曦，伯父的心意不能不顾，自古忠孝难两全，你可要想好！"

"已经想好了，我去投降，救出西水后与池之上同归于尽，以死洗我汉奸的污名。"周东曦拍拍何旭阳的肩,"以后游击队由你负责。"说着就要走,何旭阳连忙拉住他:"游击队不能没有你,你万万不能去。"

众队员纷纷附和:"对,你绝不能投降,我们去和日本兵拼了。"

玉莹从后厅冲出来,眼含泪水:"队长,如果你执意要去的话,我和你一起去!"

喧嚣声中,王广荣将一个衣着时髦的女子带到祠堂门口:"队长,有人一定要见你。"

周东曦看到她,不禁目瞪口呆。

二十一　将计就计

　　周东曦看着朱汀慧发呆，朱汀慧却毫无羞涩地一把抱住周东曦："你要去哪里？"

　　周东曦轻轻推开她："我弟弟被日本兵抓去了，我要去救他。"

　　"难道你真的去投降，甘愿做汉奸？"

　　"你怎么知道池之上开的条件？不过你放心，救出弟弟后，我会想办法杀掉池之上，洗脱汉奸之名。"

　　朱汀慧跺脚："你怎么这样傻？千万不能去。"扳着周东曦的肩膀，"走，去你房间，我有个天大的秘密告诉你。"

　　"什么秘密？你说吧。"

　　"关系到你的性命，快走。"

　　李红莲见朱汀慧拉着周东曦向厅后走，说道："难道这女人就是救了队长的朱汀慧？"

　　萧洒噘起嘴："真不知羞耻，当着这么多人的面就抱住队长，队长总不会和她……"

　　玉莹等人都盯着周东曦和朱汀慧的背影。

　　一进房间，朱汀慧就关上房门，两条胳膊抱住周东曦，用力地吻下去，周东曦立刻推开她："别这样，你快说，什么秘密？"

　　"我如果不来，你真打算去见池之上救你弟弟？"

　　周东曦叹气："是啊，我只想出这个办法。"

　　朱汀慧摇着周东曦的肩膀，大声说："你呀，白白长了一副聪明面孔，池之上说让你当县长，是诱饵、阴谋。你去了，他就把你们兄弟俩一齐在万人大会上凌迟，你知道吗？"

周父见两个人进屋关门，就伏在门外窥听，听到这句话，立刻推门进去："什么，池之上是骗东曦？他竟然设下这种毒计！"

周东曦连忙介绍："这是我父亲。"

朱汀慧向周父欠身行礼："伯父，我叫朱汀慧。"

周父问："你是哪家的女孩子？怎么会知道日本人的圈套？"

"我爸爸……是维持会会长朱双臣，池之上命令他筹备万人大会，对东曦兄弟俩当众行刑。"

周父腿软得站不住，晕倒在地。周东曦把父亲扶上床，许多人拥进屋里，有人用指甲掐住周父的人中穴。好一会儿周父才苏醒："日本人……倭寇……强盗……"

周东曦咬着牙，捏着拳头："池之上这个畜生，太狠毒了。无论如何，为了救西水，我必须得去，到时见机行事吧。"

周父痛哭流涕地拉住他："你知道这是日本兵的诡计，还要去送死？"

朱汀慧给周父抚背，用手绢揩着他的泪："东曦不能冒这样的险，绝对不能去！依我看，单凭游击队的力量是救不出人来了，必须寻求外部的支援。"

周东曦眼望窗外，忽然拳头在桌子上一击："对，去找国军。我索性将计就计，回信给池之上，约他在江滩相见，到时国军炮轰江滩，让他粉身碎骨。"

周父还想说什么，周东曦安慰他："爹，池之上若死在江滩上，敌人势必乱成一团，顾不上西水，我们自然有机可乘。我一定会万分小心，留下我俩的命回来见你们。"他写好信交给何旭阳："派人把这信送给池之上。"又对朱汀慧说："慧，明天我去找国军，你陪我父亲在家等着。"

朱汀慧轻轻拍着正在咳嗽的周父的背："好，你放心去吧，伯父这里有我呢。"

玉莹突然钻出来，不放心地说："队长我跟你去。"

周东曦看她一眼，心想这小子枪法不错，算是个帮手，说："好，到时你跟我去。"

池之上手捧青花瓷杯，满面春风，喝起茶来啧啧有声。竹子走进办公室："司令，周东曦回信了。"

池之上示意她念，竹子打开信笺。

池之上司令阁下：我料想你们对我弟弟用了酷刑，真担心他是否还活着。你的条件我都明白了，但必须让我亲眼见过弟弟后，再进一步商议。二十二日上午九点，我在永康江东干段江滩等你，请你带我弟弟来相见。特复。

武义县阳山乡游击队长　周东曦
中华民国三十二年三月二十日

池之上听完后，以手抚额，哈哈大笑："周东曦这点小伎俩，未免太低估我了。也罢，我就复封信回去。"

周东曦队长阁下：我同意你提的建议，将按你所定时间、地点赴约。你我都是英雄，相见时，不必带一兵一卒、一刀一枪，请考虑。

池之上
昭和十八年三月二十一日

竹子看着池之上写完信："司令，万万不可，周东曦非常狡猾，万一在江滩上设了埋伏，被他抢回周西水，我们即功亏一篑。"

王友仁弯腰说："司令，在江滩见面太危险了，五华山的中国正规军配有高射炮，炮弹能打到江滩。万一周东曦和他们联手，后果不堪设想。"

"半脸毛"拍着胸脯："不妨，我们先在江滩埋伏，打死周东曦了事。"

池之上摆手："不必，完全不必。只要周东曦按约定出现在江滩上与我会面，我保证可以杀死他，一举消灭游击队。"

竹子疑惑地问："司令你葫芦里究竟卖的什么药？"

池之上把信递给王友仁，"快送给周东曦。"然后对竹子附耳说了几句话，竹子连连点头："司令英明，我马上就去金华。"

周东曦和玉莹来到二十一师二三六团团部，团长拍手相迎："哟，周队长来了，真是难得。"

周东曦双手抱拳："团长，无事不登三宝殿，今天来是有急事相求。"

"来，坐下慢慢说。"

周东曦将池之上的信递给团长，又讲了自己给池之上的复信："明天我想请贵军协助，救出我弟弟，杀掉池之上。"

团长、参谋长和作战科长都看过了信，团长皱着眉头："事情哪有这么简单，他同意和你单独会见，肯定有阴谋。"

周东曦说："游击队的人日夜监视江滩，若有埋伏我们一定能发现。"

参谋长说："不一定是埋伏。"

玉莹急切地插嘴："我们今晚就埋伏在江滩上，明天找机会抓住池之上，救出周西水。"

参谋长指着她："这办法太低级太幼稚，不可取。"

团长说："如果池之上失约不来呢？周队长一到江滩，敌人就用炮弹轰炸。"

周东曦看看众人："那你们有什么办法？"

"你救人心切，看不透事实真相。我告诉你，既然你弟弟在敌人手上，百分之百会为国捐躯，你就不要再冒险送死了。"团长摊开双手。

参谋长也说："团长说得有道理，你绝对不能去。"

周东曦拍着胸口："我不怕死，只要池之上出现在江滩上，你们就炮轰，我宁愿和池之上同归于尽。"

团长竖起大拇指："你有这样的牺牲精神，难能可贵。"

玉莹摇头："大炮一轰，池之上死了，但你们兄弟俩也死了，不划算的。"

周东曦说："我会尽力护住西水，就算护不住，我们兄弟俩换他一个日军司令还不划算吗？"

参谋长摇头："周队长，你还是不赴约为好，死一个人就足够了。"

周东曦也摇头："不赴约，岂不让池之上笑我胆小？别人也会骂我对家人都薄情寡义。"

团长苦笑："周队长，如果你真的要去，就先回去安排疏散，我们时刻关注江滩上的情况，让炮兵随时待命。"

周东曦长出一口气："好，好，我们回去做好疏散工作，明天如果看到我和池之上在江滩上，你们就瞄准池之上开炮。"

参谋长拍着周东曦肩膀："周队长，你一定要小心。"

周东曦和玉莹回到祠堂，队员们都围拢过来，何旭阳连忙问："怎么样，国军有好办法吗？"

玉莹摇头，眼眶里噙着泪水，周东曦却说："明天只要池之上敢来江滩，他就死定了。"

秦浩淼甩着袖子："没这样便宜的事，那西水呢，能救下来吗？"

玉莹低声说："队长要求国军，看到池之上出现在江滩上就用炮轰，哪怕兄弟俩与池之上同归于尽。"

何旭阳急切地问："团长同意了？"

玉莹说："团长只是说，时刻关注江滩上的情况，让炮兵随时待命。"

秦浩淼捋了捋袖口："兄弟俩换一个日军司令倒也合算，不过我想，世上没这样便宜的事。"

玉莹狠狠瞪了他一眼："拿你去换最合算。"

萧洒也对秦浩淼翻白眼："拿我们队长换十个池之上都不干。"

朱汀慧挥舞双手："都不用说了，东曦绝不能去江滩。"

队员们纷纷附和："对，队长不能去见池之上。"

周东曦摆着手："我和池之上白纸黑字约定，不带武器不带兵，你们不能让我失信，我一定要去的。"

李红莲拉了拉何旭阳："队长如果一定要去，我们就先埋伏到江滩上。"

周东曦举手让众人安静，说："大家听好，明天何队长带领大家守在上仓村，弹不离身，枪不离手。秦乡长负责做好群众的疏散撤离工作，以防日本兵趁机来攻打。"

秦浩淼说："这点工作我自然会做好的。既然你准备牺牲，我去买两副好棺材。"

李红莲用力推了他一把："买你娘的棺材。"

玉莹狠狠地瞪他："棺材留着你自己用吧。"

秦浩淼捋袖子："东曦此去肯定是凶多吉少，买好棺材不会错的。"

周东曦走到朱汀慧面前："慧，明天可能有一场恶战，你马上回家吧。"

朱汀慧扭了扭身子："我不，我要在这里等你回来。"

周东曦低声说："这次谢谢你给我送来情报。可是你出来这么长时间，万一池之上起疑心就麻烦了。为了不暴露身份，你现在必须马上回去。"

朱汀慧跺着脚："你这样的情况，我怎么能回去？不回去！"

周东曦扳她的肩膀："你在这里也帮不上忙，必须回去。"

"就不回去。"朱汀慧的眼泪都快流出来了。

"这是命令，难道你这个游击队员不服从命令吗？"周东曦非常严肃。

朱汀慧噘起嘴，流着眼泪："又是命令！"

周东曦送她到渡口，朱汀慧依依不舍，几次回头，泪眼蒙眬地望向他。

夜晚，何旭阳带着游击队员埋伏在江滩茅蓬里。

周东曦来到江滩，小声呼唤："旭阳，旭阳……"

何旭阳走出来："队长，我们就埋伏在这里，明天池之上一来，就把西水抢回来。"

周东曦有点恼怒："回去！我和池之上讲好，不带武器不带兵，你们埋伏在这里，岂不是让我失信，让他瞧不起我们中国人。"

"性命比信誉更重要。"

"胡说，快回去。"

队员们低声嚷："我们要保护队长，不回去！"

周东曦断然说道："同志们的心意我领了，但是你们必须回去。我以队长的身份命令你们，全体撤回！"

队员们不情愿地站起身来。金吉水落在队伍最后面，拉拉何旭阳的衣角："我们真的什么也不做了吗？"

何旭阳低声说："明天，我们埋伏在江滩边的山上。"

第二天上午，周东曦在南岸，池之上在北岸，两人同时出现。周东曦看不到弟弟的身影，指责池之上："我弟弟呢？你不讲信用，怎么谈判？"

池之上大笑，指着他说："不讲信用的是你。我们说好不带武器，可你衣着宽松，我怀疑你身上藏了枪。等你把枪扔到地上，我再带你弟弟出来。"

周东曦拍着胸脯："中国人讲究守信，我没带枪。"

池之上说："好，我们索性赤诚相见，都脱光衣服再谈，彼此信任才能共商大事。"

周东曦说："这没必要吧？"

池之上脱去衣裤，只留下一条短裤："男子汉大丈夫，还怕人看？我先脱为敬！"说完用挑衅的目光望向周东曦。

周东曦看着池之上不可一世的样子，大声说："好，我奉陪！"也脱得只剩一条短裤，站在江滩上："现在快让我弟弟出来。"

埋伏在山上的游击队员议论着这两个人："队长身上的皮肤比池之上的白嫩好看。"

李红莲双手捂着脸，从指缝里偷看："哎呀，我们不应该看。"

萧洒轻声说："不看也看了，没什么关系。"

陈寿长看看李红莲，再看看萧洒："啧啧啧，两个女人比我们看得还出神。"

李红莲摇头："胡说。"

萧洒一低头："我才没看。"

玉莹只觉得这两个女人扭扭捏捏的，真不像游击队员。

突然天上轰轰地响，何旭阳仰头："听，好像有飞机的声音，大家小心。"

周东曦没看到周西水，叫道："池之上，现在我们都裸裎相对了，快带我弟弟出来。"

池之上手指天空，大笑不止："你弟弟来了，就在你头顶。"

一架飞机从金华方向低空飞来，飞机翼下绑着周西水，还有一条"周西水在此，周东曦快投降"的大幅标语。

池之上飞快地穿衣服，大喊道："那裸身的就是周东曦，瞄准他投弹，江滩的茅蓬中肯定都是游击队员，投燃烧弹，把他们都烧死。"

飞机向周东曦投弹，周东曦套上衣服，曲曲弯弯地跑过江滩，跑进了茅蓬。飞机在茅蓬上空连连投弹，燃起熊熊大火，形势非常危急，周东曦怒骂道："池之上，你这个畜生不如的卑鄙小人！"

池之上笑得更响亮、更得意："今天不把周东曦和游击队炸个稀巴烂，也能把他们烧成焦炭，哈哈，哈哈！"

周西水在飞机翼下大喊："哥！哥……"

飞机突然升高，向上仑村祠堂飞去，扔下连串的炸弹，祠堂燃起大火。

周西水在空中大喊："快，快向我开炮，快向飞机开炮……"

游击队员们用三八大盖瞄准飞机，但又怕击中周西水，犹豫着没有扣动扳机。日机肆无忌惮地忽高忽低，轰炸上仑村。

二三六团的参谋长向团长请示："日机轰炸上仑村祠堂了，不把飞机打掉，损失会很大。"

团长说："可是打下飞机，周西水也完了。"

参谋长说："难道任凭它轰炸上仑村吗？"

飞机继续轰炸，团长急得团团转。此时电话铃声响起，话务兵接起后叫团长接听，话筒里发出责问声："日机到国统区轰炸村庄，你们为什么不开炮？"

团长说："我们的人被挂在机翼下呀！"

"牺牲一个人换下一架飞机，还不合算吗？打！"

团长忍痛下令，顿时两个炮位上飞出一道道火线直逼日机，日机匆忙向沦陷区逃窜。只听得轰隆一声，飞机带着一股黑烟坠落地面。

池之上已回到了办公室，惬意地捧着青花瓷杯等待好消息。

竹子气喘吁吁地跑进来："报告，飞机被打掉了。"

池之上猛地将手中的茶杯向地上砸去，茶水和瓷片四散飞溅。他骂道："中国军队竟然如此残忍，对自己人开炮？"

竹子宽慰他："虽然损失了一架飞机，但周东曦和游击队被炸死或烧死，也是值得的。"

"半脸毛"附和道："是啊，值得的。"

池之上指着王友仁："你，快去了解周东曦和游击队的伤亡情况！"

祠堂外，数处大火燃烧，秦浩淼带领村民在救火，嘴巴里不停地抱怨："周东曦总是做些冒险的事，现在他自己死了，连累祠堂也被焚了。"

周父呆呆地坐在竹椅上哭泣："西水、东曦，你们死得好惨啊，我好命苦啊！"

飞机一来就被赶回祠堂的萧洒，抹着眼泪安慰周父："伯父，队长吉人天相，一定会平安回来的。"

秦浩淼抢着说："你看不到吗？那样的场面，不炸死也烧死了。我早就警告过他了。"

萧洒拍着周父的背："伯父，不要听秦乡长的鬼话，队长不会牺牲的，你放心。"

就在此时，玉莹背着周东曦，被何旭阳和游击队员们簇拥着回来了。周父迎上去，惊喜万分："啊，玉……玉林你把东曦背回来了，真是好样的。"

萧洒和李红莲争着问："你是怎样把队长救回来的？"

玉莹喘着粗气说："飞机去祠堂扔炸弹，我就冲下山去，跑进燃烧着的茅蓬里找队长，发现他昏倒在江滩上，身上的衣服都烧焦了。我连忙扑灭队长身上的火，背起他蹲在水坑里。等火过了，飞机没了，我就背着队长往回跑。"

大家把周东曦抬进祠堂，周父连忙给他把脉，萧洒端来一碗水，小心翼翼地喂进他嘴里。

周东曦哼了几声，终于睁开眼睛。何旭阳高兴地叫道："队长醒了，队长醒了！"

李红莲拍着胸口："运气，真是运气。"

秦浩森挤过来，拉住周东曦的手："你居然还活着，真是命大，我以为你不炸死也烧死了。"

周父说："扶他坐在椅子上。"玉莹和萧洒上来要扶，周东曦一个劲摆手："不用，我自己走。"他慢慢地坐在椅子上："飞机……日本人的飞机呢？"

何旭阳低声说："飞机被国军的高射炮打落了。"

周东曦问："西水……"

周父的眼泪又流下来："你活着就算幸运了。"

萧洒掀起周东曦的衣襟："看，衣服都烧焦了，幸好人没事，真是老天护佑。"

周东曦说："身上没烧到，只是呛了烟，才昏了过去，喉咙现在还难过。"

何旭阳说："幸亏玉林及时救出你，火已烧着你衣襟了，好危险。"

李红莲又捧了一碗水凑到周东曦嘴边。周东曦说："我自己来。"接过水漱口、清喉。

何旭阳后怕地说："还好队长命令我们撤去江滩的埋伏，不然肯定得牺牲几个。"

萧洒贴在周东曦身边："队长，肯定是朱汀慧出卖了你。"

李红莲说："是啊，如果不是她泄密，池之上怎么知道我们打算埋伏在茅蓬里，命令飞机来轰炸？"

周东曦摆手："说她出卖我没有根据，我是相信她的。"

萧洒说："队长，你是执迷不悟吧？"

李红莲说："她置你于死地，你还爱她，是脑子不灵清。"

秦浩森说："东曦命大，日机炸弹炸不死，大火烧不死，女妖精肯定也迷不死。"

周父长叹:"你没死就很好,活着狠狠打倭寇。我想明白了,不把倭寇赶出中国,中国永远没有太平日子,你一定要给西水报仇。"

周东曦跪下了:"我对天发誓,一定要亲手杀了池之上,以慰西水在天之灵。"

周父拉起他:"我决定了,也要参加游击队,尽我缚鸡之力抗日。"

队员们一齐鼓掌。秦浩森拉着周父的手:"伯父,你有这份抗日的心就好了,抗日是我们年轻人的事。"

周父挥着手:"不,我也要学会打枪,哪怕拼一个日本兵也好。"

秦浩森连连称赞:"精神可嘉,精神可嘉!"

正在这时,朱汀慧突然飞跑进祠堂,不管不顾地抱住周东曦大哭。周东曦推开她:"我好好的,别哭了。"

朱汀慧抽泣着说:"池之上说你……不炸死也烧死了,还说丢了一架飞机也合算。我一听,不顾一切地就来了。"

周东曦勉强一笑:"我有这么值钱吗?"

萧洒没好气地对朱汀慧说:"队长死里逃生,要好好休养,你快走吧。"

李红莲附和:"队长要洗澡休息了。你回日本人那边去,别打扰他。"

朱汀慧感觉到两个女人的敌意,委屈地看向周东曦。周东曦轻声说:"慧,你走了这么多路,一定累了,到我房间休息吧。"又对玉莹说:"玉林,我们俩到水塘洗澡。"

玉莹支吾着:"我……我不去,塘水太冷了。"

周东曦说:"身体都让火烤得滚烫了,去冰一冰更好。"

李红莲把周东曦的衣服塞给玉莹:"队长刚脱险,弟弟又蒙难,身体心情都不好,你陪着照顾他,快去。"

玉莹无奈,搀着周东曦走出大厅,沈维庭迎面走来,看看两人,厉声下令:"把孙玉林关起来,派两个队员看守,别让他逃出去!"

玉莹大惊失色:"为什么,我犯了什么罪?"

沈维庭恨恨地说:"你违反纪律和命令,破坏了整个行动计划,给游击队造成不可弥补的损失，必须严肃处理。"

几个游击队员把玉莹关进了厢房，由金吉水和柳青看守。玉莹大哭："我救了队长，已经将功赎罪了……"

周东曦、沈维庭、秦浩淼和何旭阳走进厢房，玉莹警惕地看着几人。

周东曦严肃地问："孙玉林，知道为什么关你吗？"

玉莹低头流泪："我知道错了，后悔得要命。"

沈维庭说："我们花了这么大力气进入会场，本来池之上等三个敌人都能除掉，被你一枪坏了事，敌人没打死一个，计划全泡汤，还连累西水送了命，上仓村被轰炸。"

玉莹伤心地大哭。秦浩淼用手指点点玉莹："如果他上次违反纪律时就开除，哪有今天的事。照我说，现在立刻开除他，否则他迟早还要犯事。"

周东曦看着玉莹："不说开除了，你自己回家吧。"

玉莹扑通一声跪了下来："队长，我真心悔过，不要开除我，给我个替你弟弟报仇的机会。我保证以后遵守纪律、服从命令，如果再犯，你就枪毙我。"

"这人上次也这么说，他改了吗？你们都别心软。"秦浩淼说。

几人你看我，我看你，都等着周东曦发话。

"他打仗是勇敢的，枪法也准，最大的缺点是不遵守纪律。"周东曦伸手扶玉莹："起来吧，那就再给你一次机会，看你这次反省得如何。你要从心底深刻地认识到自己的错误。"

秦浩淼指着周东曦："你又迁就他，有你后悔的时候。"

周东曦正色道："现在我宣布，关孙玉林一个星期禁闭，禁闭期间必须写好检查，如检查通不过，就开除出游击队。"

玉莹泣不成声。众人都不理她，陆续走出厢房。

二十二　借罗盘认识封班长

农舍的四方桌上，一盏玻璃罩煤油灯发出亮光，方桌四周坐着共产党阳山乡支部成员、省委特派员朱恒庆等十多人。

沈维庭叹了口气："我先汇报一下，但都是不好的消息。寻找矿主女儿方玉莹的事一直无果，再就是我们县的总支书记李守初同志牺牲了，还有周队长的弟弟和两个队员，也被日本兵杀害了。周队长自己差点被抓，日伪情报组相当猖狂。日军已开始强迫村民修铁路。另外，县游击队被金华保安司令部收编兼并了。"他从身上摸出龚舍荣的信交给朱恒庆，"杨家矿支部为了执行'迅雷计划'，申请一个罗盘。我就说这些，请朱特派员指示。"

朱恒庆对周东曦点头："小周说说游击队的情况。"

"自成立游击队后，我们已打死打伤日本兵十名，其中打死四个，极大地鼓舞了队员们的斗志。这些日子我们经常深入沦陷区寻找方玉莹、贴传单、做群众思想工作，另外，朱双臣的女儿朱汀慧冒死救我，并要求参加游击队，我让她利用其父的身份，留在日伪那边做情报工作，不知可否，请特派员指示。"

朱恒庆讲起话来一口杭州腔："听了大家的反映后，我首先代表浙江省委对牺牲的同志表示哀悼，再是祝贺你们取得的胜利。最后，综合情况提出以下意见：

"一、杨家矿党支部要求的罗盘一定要想办法送去，这个计划如能实现，在打击敌人方面能起到四两拨千斤的作用。

"二、对于朱双臣的女儿参加游击队，一定要弄清楚其动机并加以考验，小心使用。

"三、敌伪情报组猖狂，必须找机会个别铲除，加大震慑汉奸的力度。

"四、继续寻找方玉莹，找到后保护起来。

"五、由我党领导的县游击队，被国民党保安队收编，十分可惜，希望我们这支力量能坚持。"

朱恒庆说着站起来："还有，我们要调动一切力量，到沦陷区各村发动群众抵制修铁路。"

沈维庭激动地站起来："我们坚决落实朱特派员的指示，大家听到了吗？"

众人异口同声："听到了！"

周东曦走进厢房："玉林，你的思想检查写好了吗？"

玉莹向他立正敬礼："写好了。"双手呈上检讨书。

　　尊敬的周队长，这次击毙池之上等敌人的行动，由于我报仇心切，没有遵守纪律，提早开枪，破坏了整个计划，给游击队造成不可挽回的损失，犯下了不可饶恕的错误。现在想起，我心痛欲碎，后悔不该蛮干，简直想以死谢罪。

　　如果这次队长和队员能原谅我，我保证，以后严格要求自己，坚决遵守纪律。如果再犯，请游击队将我就地正法。

周东曦看完了："写得还算深刻，但说到一定要做到。以后如果再犯，你自动自觉离开游击队。"

玉莹又一个立正："保证永不违反纪律。"

周东曦又读了一遍检讨书，笑了笑，正色道："现在我宣布，孙玉林禁闭期满，解除禁闭，恢复自由。"手兜着玉莹的后脑勺，"走，我们去白阳山打猎。"

玉莹既难为情又高兴，侧头问周东曦："队长，真的带我去打猎吗？"

周东曦说："去了你就知道了。"

玉莹低头："队长，我知道这是纪律，我不问了。"

两人扮成猎人走在山腰上，不远处一只山鸡被惊飞，玉莹高兴地大叫："队长，山鸡！山鸡飞了。"周东曦举枪，砰的一声，山鸡扑腾着翅膀落下。玉莹跑过去捡山鸡，却被一只黑狗极快地叼了去，远处，一个猎人从狗嘴里接过了山鸡。

玉莹气愤地追过去："这山鸡是我们打下的，还给我。"

猎人睁大眼睛，难以置信地看着玉莹："你是什么人，来打架的吗？明明是我打下的山鸡，怎么能说是你们打下的？"

玉莹被激怒了，伸手要山鸡："是我们打下的，还我。"

猎人语气愤怒："你竟耍赖？"

玉莹极快地夺过山鸡："是你做强盗，还说我耍赖，简直倒打一耙！"

猎人火冒三丈："今天不还我山鸡，就别想走。"

玉莹不肯示弱，两人扯住山鸡争夺了一会儿，厮打起来。周东曦快步走过来拉住玉莹："也许是我和他同时打中这只山鸡的，给他吧。"

猎人看看周东曦："你还讲点道理，那就给你吧。"他松开手，山鸡到了玉莹手上。周东曦从玉莹手上拿过山鸡，又递给猎人，面带微笑，操着南京腔调："你说话带南京口音，莫非是那儿的人？"

猎人没接山鸡："是的，我是南京人。"

周东曦像碰到同乡那样亲热："哦，我在南京待过几年，我们也算是半个老乡吧。"

猎人摸出香烟递给他："哦，半个老乡，抽支烟吧。"周东曦接了烟，猎人擦着自来火给他点烟，两人席地而坐。

周东曦吸了口烟："玉林，你去附近守着，有情况就发个信号。"

猎人指着山背："日本兵巡逻都走在冈背。"

玉莹说声"好"，转身就走。

周东曦吐出一口烟，咳了几声："你贵姓，在哪里发财？"

猎人吐出烟圈："我姓封，眼下在杨家矿的矿警班当班长。你呢？"

"我靠打猎为生，所以常在白阳山转悠。"

封班长打量周东曦："既然是猎人，怎么不带只猎狗？"

"猎狗是有的，最近脚受了伤。不过，今天还好没带，否则两只狗肯定为这只山鸡撕咬得你死我活。"

封班长哈哈大笑："没错。"

周东曦问："你一个南京人，怎么到这里来当班长？"

封班长吸了一大口烟，慢慢吐出来："啊，我原是马鞍山煤矿的矿警，南京沦陷后，煤矿被日本人霸占，他们强行从各煤矿抽了两千多人到武义开采萤石，我也被派了过来。"

周东曦关心地问："哦，那家里人也过来了？"

封班长狠狠地掷了烟头，又用鞋底踩压："我的妻子被日本兵害死了，我把九岁的儿子带来了。"话音含恨。

周东曦掐灭烟，仔细端详封班长，好像要在封班长身上看出什么："原来是这样，那你儿子也在杨家矿？"

封班长摇头："不，在日本人管理的学校，就是以前的壶山小学上学。每个星期六我都到学校接他，等一下我就去了。"

"这学校怎么样？"周东曦意有所指。

封班长吐了口唾沫："他们教中国孩子日语，实行奴化教育，气死人了。"

玉莹学鸟叫，周东曦连忙站起来，把山鸡递给封班长："巡逻队来了。"

封班长站起来："我去学校接儿子，山鸡你拿走吧。"

"你拿去，给孩子添点营养。"

封班长接过山鸡："那谢谢啦。"

"不客气，下星期六你还来吗？"

"大概吧，要接孩子，顺便再打点野物。"

"那我们下星期六再聊聊。"

封班长爽快地说："好啊。"

周东曦带着玉莹向乌坑方向行去。玉莹忍不住问："队长，那山鸡真是你和他一起打中的吗？"

"肯定呀，不然他会和我们争吗？那神情语气不像说谎。他是杨家矿的矿警，但与日本兵有仇，看起来为人不错，我想争取这个人。"

"他给日本人当矿警，是大汉奸，还要争取他？"

"他是中国人，这是大基础；他的妻子被日本人杀害，这是硬基础，所以我有信心把他争取过来为我们做事。他那个位置，如果站在抗日这条线上，能起到四两拨千斤的作用呢。"

两人一面说话，一面钻柴蓬避荆棘走在丛山中。玉莹突然一指："队长，两只山鸡飞了，快打。"

周东曦摆手："你真以为我们是来打猎吗？今天来山里，是要找一个叫葛胜草的风水先生，向他借罗盘，借到后，要派人送到杨家矿同志们的手上。"

玉莹拉着周东曦的衣角："送去交给谁？队长，派我去杨家矿吧。"

周东曦嘿嘿一笑："不能派你，你太不遵守纪律，到了杨家矿如果还这样，不仅会搞糟那儿的行动，还会危害到整个武义县的抗战大计。"

"队长，我已经彻底悔过了，你就相信我一回，一定要派我去杨家矿，因为我对那儿最熟悉。"玉莹心情急切。

"先借到罗盘再说。"周东曦手指前方，"看到茅草屋了，或许那就是葛胜草的家。"

两人到了茅草屋门口的坪地，周东曦恭恭敬敬地叫道："葛胜草葛师傅在家吗？"突然两只狗蹿出来，对着周东曦和玉莹狠命地吠，冲到他们身边张口欲咬。玉莹惊慌地伸脚踢狗，狗吠得更厉害，一次次扑向她。周东曦连忙喊："玉林，要镇定，不要动。"

一个五十多岁的山农从屋内走出来："谁找我？"这人脸是古铜色的，穿着大襟布衫、叠腰布裤，围着两片裙。他连声骂狗撵狗，但玉莹还是被狗咬了一口，裤子破了个洞，血从洞中渗出来。

那狗咬了玉莹又被主人呵斥，悻悻地睡到一边。葛胜草拿出药给玉莹敷上："这几天不能碰水，等结了痂、掉了痂就好了。你们找我有什么事吗？"

周东曦满脸笑容："听说胜草师会看风水，所以……"

葛胜草截住说："哦，找我看风水？不看，早就不看了。"他摇着头，随手拖过坪地上的两把竹椅子，"坐吧。"

　　三人坐下，周东曦问葛胜草："你们看风水时要用罗盘测方位，对吧？"

　　"当然，用罗盘测方位，不会差一毫一厘。"

　　"那你有罗盘？"

　　"这是我过去的吃饭家伙，怎会没有呢？"

　　"胜草师，我想借你的罗盘用几天。"

　　葛胜草咳了两声："罗盘是我用两担谷买来的，算大家当了呢，例不外借。再说我们不认识，如果肉包子打狗有去无回，我就亏大了！"

　　周东曦摇摇葛胜草的膝盖："我付押金。"

　　"那也不借。"葛胜草的语气很干脆，但脸上还笑着。

　　玉莹站起来指着他："你借也得借，不借也得借。"

　　葛胜草顿时收了笑脸："你们是日本人？难怪会被狗咬。"

　　玉莹手点着自己鼻子："我们是打日本兵的游击队，难道你不支持抗战？"

　　周东曦拉玉莹坐下："玉林，大人面前好好说话，别乱讲。"他凑在葛胜草的耳边说了好一阵子。

　　葛胜草哼了一声："如果你们打日本兵要用到我的罗盘，那就尽管拿去，也不要押金，用完还我就是了。早点说清楚呀。"

　　周东曦竖起大拇指："你支持抗战，要赞你一声。"

　　"不要以为我们山里人不识事体，我看得出来，你们不是一般的人，所以你们说是抗日游击队，我相信。"葛胜草对屋里叫道："把罗盘拿出来给他们吧。"他的妻子把罗盘送出来。

　　周东曦接了罗盘，向葛胜草行礼告辞。回去的路上，玉莹不解地问："这人起头说不肯，后来怎么又这么大气了呢？"

　　周东曦捋着玉莹的头："这就体现出我们抗战必胜的群众基础。"

　　玉莹又问："现在借到罗盘了，怎样交给矿上的同志呢？"

　　"我已有计划，过几天就实施。"

　　玉莹边走边想："我一定要让队长派我到杨家矿，我太想回去看看了，还要找机会杀那大汉奸和大西吉雄。"她忍不住央求："队长，你一定要派我去杨家矿送罗盘啊！"

"去杨家矿的队员要严格遵守纪律。你以前犯过两次错误，在确定彻底改过之前，哪儿都不能让你去。"

玉莹抱住周东曦的手臂，撒娇似的扭动着身子："队长老揭我的疮疤，我现在非常遵守纪律了。"

周东曦扑哧一声笑出来，心想："派谁去杨家矿合适呢？"

转眼又到了星期六，周东曦和玉莹一身猎人打扮，上了白阳山。只见封班长坐在上次遇到他们的地方，还带着一个小男孩。

周东曦快步走上前："你早来了？"指着封班长抱着的小孩子，"怎么了？孩子的脸上都是青红肿块。"

封班长眼里含着的泪水掉在地上，歪着脸面："气死人了，被日籍老师打的。"

周东曦挨着封班长坐下，抚着孩子青肿的手背："手也被打了吗？怎么回事？"

封班长低下头叫儿子："封引，说给这个叔叔听听。"

封引用手背揩眼泪："我说，日本人侵略中国，杀害中国人。日本老师就要我跪下，打我手掌还打我耳光。爸爸，我不读书了，好多同学都不读了。"说着大哭起来。

封班长紧紧抱住儿子："不读就不读吧，别哭。"

周东曦连忙说："到国统区学校读嘛。"向玉莹眨了眨眼。

"我是给日本人做事的矿警，国统区学校怎会接收我的儿子？"

玉莹插嘴："封班长，实话告诉你——"指着周东曦，"他是抗日游击队队长，你小孩读书的事，我们队长一句话就解决了。"

封班长放下封引，连忙向周东曦弯腰施礼："你就是日军通缉的周队长？难怪这么面熟。失敬，失敬。"

周东曦连忙站起回礼："不必客气。"

封班长环顾四周："周队长，我们借几步到岩洞说话，这里不安全。"

周东曦点头。封班长牵着封引的手，周东曦和玉莹跟在后面，四人拨开树丛，进了岩洞。刚坐下，周东曦就开门见山地说："封班长，我知道你虽然身为沦陷区的矿警，但心是中国心，你愿意为抗日做点事吗？"

　　"如果能把我儿子送到国统区学校读书，我做事就无后顾之忧了。"

　　周东曦拉着封引的手："小孩读书的事我包了，你尽管放心。"

　　"需要我做什么事？周队长只管说，我能办到的一定办。"封班长抽出一支烟递给周东曦。

　　周东曦指着玉莹："他叫孙玉林，是游击队的队员，我想让他跟你去当矿警。"

　　"矿警班本来就缺人，让他做个见习警绝无问题。"

　　周东曦从猎袋中摸出罗盘："这个罗盘，请你找机会安排玉林交给我们在矿里的人。"从衣袋里摸出一张纸条交给封班长，"你看好了，这是与我们的人联系的暗号，记住后马上销毁。"

　　封班长接过纸条，吐出一大口烟："除了这件事，还要我做什么吗？"

　　周东曦一字一句郑重地说："平时你如何做，以后还是如何做，但到关键时刻请你出力。我们要剪除大西吉雄和竺田显山，需要你尽可能地帮忙。"

　　封班长捏着拳头："他们罪行累累，早就该死了，用得到我的时候我一定出手。"

　　"还有一个重要的问题，你的下属是否完全听从你的指挥？"

　　"矿警班的人基本上都跟着我很久了，他们也痛恨日本人，绝对不会有问题，请周队长放心。"

　　周东曦和封班长握手："孩子今天起就交给我了，我会随时告诉你他的情况。"

　　封班长紧紧握住他的手："那我今天也带着孙兄弟去杨家矿了，我们随时通消息。"

　　周东曦拍着玉莹的肩："玉林，到矿里后一切听从封班长的指挥，严格遵守纪律，时时留意，绝对不要暴露身份。做到这些，才不会给整个计划造成威胁，否则后果难料。"

玉莹抬手敬礼："我保证遵守纪律，时时刻刻记住队长的话。"

周东曦拉着封引的手："我们去中国人的学校读书，和爸爸说再见。"

封引一点不怕生："爸爸再见！"

封班长拉着玉莹："小孙，我们也走。"

四人出了岩洞，分道扬镳。周东曦回头看看封班长的背影，在心里抹了一把冷汗："刚才真是太冒险了，简直是一场豪赌，可我的直觉告诉我这是个大好机会。果然，他愿意把儿子交给我，我赢了。啊，人生何尝不是一次次冒险，如果胆小如鼠畏畏缩缩，那就彻底错过机会了。"想着想着，他不禁笑了起来。

封班长带着玉莹到了杨家矿，向警备队队长竺田显山汇报了招收玉莹为见习矿警的事，竺田显山当即批准。

第二天，封班长带着身穿警服的玉莹来到一号矿洞警卫室，拍着她的肩："你在这儿等着，我去找你们的人。"他出了警卫室，见陈有德正在补矿篓，心想这人对监工、矿警都不太驯服，也许就是自己要找的人，于是走到陈有德跟前，装出聊天的模样："这天气真是照顾人，天天晚上一阵雨，大家身上凉爽，田里的稻谷也不会旱去。"

陈有德漫不经心地说："是啊，这叫日晴夜雨，百姓做财主喽。"

封班长连忙说："古话真准，头年小雪阴大雪，来年种田作水缺。"

陈有德却说："古话传下来总是有点准的，前年小雪到大雪都多阴天，去年雨水就少了嘛。"

封班长心里一惊："不对，原来不是他。"他打个哈哈，走进了矿洞，看到龚舍荣在撬洞壁上的悬石，又不死心地走近去，看着洞顶说："这地方真危险，顶上这块岩石不知啥时就会掉下来。"

龚舍荣嘲笑说："封班长居然也关心起矿工的性命了？"

封班长咳了两声："我们都是一条船上的人，等着拨开乌云见天日嘛。"

龚舍荣一惊，说道："听说彩虹挂西有大旱。"

"大旱不过七月半。"

"七月半，蚊子臭虫去一半。"

"久雨无风不晴，长旱无云不雨。"

"风是雨的爹，云是雨的娘。"

封班长看看四下无人："你是 001 同志！"

龚舍荣激动地说："你是家里人？"

封班长点点头，马上又做出一副凶神恶煞的面孔，横着枪："走，去警卫室。"

龚舍荣低着头被封班长押走了，在远处干活的玉柱目睹这情景，焦急万分："难道是藏炸药的事被发现了？"他一直看着他们走进警卫室。

玉柱又回想起那天早晨，他和龚舍荣一起进矿洞，蓦然发现洞壁脚下的石头有点异样，翻开一看，两人顿时都大惊失色。龚舍荣立刻去找顾大木："不好了，藏的东西不见了，恐怕马上会有一场腥风血雨。你快去通知洪浪，我们只能鱼死网破了。"

顾大木说："你那天放东西时，姓曾的大汉奸刚好走进来，或许是被他看到了。"

龚舍荣摇头："他进来时，我已放好东西盖回石块，只是没站起来。我马上装着蹲在地上挠脚背，他不会察觉吧？"

俞洪浪得知后，等不及地找过来："我们提早行动吧，不然来不及了。"

龚舍荣皱着眉头："不行，条件还没成熟，仓促行动肯定要失败。"

顾大木拍着胸脯："这事就由我来担当吧。敌人追查，我一个人承担下来，只要能保住大家的性命，我死也心甘了。"

龚舍荣的脸绷得很紧，他看看外面，太阳仍然照耀着大地，监工像往常一样，手提鞭子吆喝巡视。他突然转向顾大木："慢，这事有点蹊跷。如果东西被任何一个敌人发现，暴风骤雨早就来了，怎么到现在还没有任何动静呢？我们等一等，看拿走东西的人究竟是谁。"

他们满心疑惑，沉浸在不安之中，等待着生死关头的到来。今天封班长突然押走龚舍荣，怎能不引起玉柱的关注？

封班长带着龚舍荣进了警卫室，玉莹惊得张开嘴叫："龚……"后一个字被她咽了回去。

封班长推推她："愣着干吗？快向 001 报到，交给他罗盘。"

玉莹拿出罗盘递给龚舍荣："这是你要的罗盘。"

龚舍荣心里嘀咕，这人好面熟，一时又想不起在哪里见过。他接过罗盘揣在怀里，立刻离开警卫室，暗暗松了口气："原来封班长是自己人，那么炸药肯定是他拿走的，找个机会要问问他为什么拿走。"他心里的疑团烟消云散，顿时一身轻快。

玉莹看着龚舍荣离开，眼眶里含着的泪水差点掉下来："啊，龚叔居然认不出我了！"

封班长叫她："小孙，完成了这个任务，要交给你新任务了。"

玉莹一个立正："请示下。"

"你做见习矿警，是在矿洞里游动巡逻，负责矿洞的治安。如果监工管不住矿工，请求你支援，就要协助监工将矿工制服。"

"哦！"玉莹嘴巴应着，心里却想："我才不帮监工呢！"

她背着枪在矿洞里巡逻，洞壁上一盏盏闪着白光的电石灯是那么熟悉。突然，玉柱推着铁斗车走进矿洞，她陡地呆立，惊、喜、痛、酸、苦、甜全在心里掺着打滚。她尾随着玉柱，"哥"字几次差点脱口而出，又被她用手捂在嘴里，憋出了泪花。

玉柱憎恶地看她几眼，心里说："又新来了一条狗。"

玉莹直盯着玉柱，止不住的泪水似檐水，忽然蹲在地上捂住脸哭泣："谢天谢地，哥哥原来在这里！可惜，我不能与他相认。他怎么在这里呢？别人知道他是方玉柱吗？唉，他和龚叔一样认不出我了。也是，我没有眉间痣，又女扮男装。"

封班长走近，抓住她的领口把她提起来："为什么在这儿哭鼻子？"

玉莹顺势站起："报告班长，我看到矿工们连衣服都没有，在做这种苦重活，心里一酸，眼泪就出来了。"她揩着泪水。

封班长面色严肃："只有把日本人赶出中国，才能结束矿工的苦难，现在没办法，只能忍受。快擦掉眼泪去巡逻，别让人发现，以后绝不允许这样。"

玉莹拖着沉重的脚步巡走在矿洞中，心头五味杂陈。

矿工们在洞口的坪地上吃中饭，龚舍荣特意和玉柱蹲在一起，低声告诉他："好消息，罗盘到了，你可以动手测量了。"

玉柱竖起大拇指："我现在就开始测水平，你叫些人过来把我围住。"等人聚齐后，他在铁斗车上放一根去了节隔的竹扁担，扁担里盛着水，一头朝向炸药库。然后让人举着一根木棍，自己拿一根头发丝般细的草茎一会儿横一会儿竖，眼睛贴上去看，还用石头在木棍上画记号。

陈监工走过来，奇怪地看他们："你们在干什么？"

龚舍荣连忙指着竹扁担："大家在看扁担上的水，争论是那头高还是这头高。"

陈监工一脚踢掉竹扁担："什么这头低那头高的，快去干活！"

玉柱轻声对龚舍荣说："已测出来水平了，再想办法用罗盘测方向定位就好。"

半夜，龚舍荣、董一虎、王子春、玉柱四个人面对面蹲在大茅厕坑位上，商量如何制造机会让玉柱测方向。

第二天，董一虎与俞洪浪大打出手，矿工们都围着看，封班长劝不开他们，只得把两人捆起来打。就这十几分钟后，玉柱从大岩石下面钻出来，轻声对王子春说："按我画的箭头方向笔直掘进，坡度20，就可到达目标正下方了。"

二十三　牺牲

玉莹背着枪在二号矿洞巡逻，她背后，六个矿工用力地移动大岩石。

日籍监工从洞口探进半个脑袋，玉莹连忙鞠躬，大声说："监工先生好。"六个矿工立即停止了动作，四下散开。

监工向矿洞里看了几眼，对玉莹说："看好，不要让苦力们乱走乱动。"

玉莹答应一声，见他转身，又大声说："监工先生走好。"六个矿工立刻跑回来移开岩石，其中两个人闪进地道，另外四个人把岩石移回原位。

到了收工时间，四个矿工走到岩石边，对玉莹使个眼色，玉莹站在洞口左右张望，见无人靠近，便向他们点点头。矿工们移动岩石，将地道里面的矿工放出来，又将岩石移回原位。

矿洞外的龚舍荣看到六个矿工安然出来，又想起玉柱已经纠正了地道的坡度偏差，胸中一股意气油然而生，两个拳头握得紧紧的。他对玉柱说："我们还要更紧密地团结王子春和董一虎，团结好他们，就是团结了安徽来的五百多名矿工，到时发起暴动才更有力量。"

"我会在这方面下功夫的。"玉柱满怀信心地回答道。

这天上工，玉柱去了董一虎和王子春打炮眼的地方。只听董一虎叹了口气说："子春啊，我们安徽过来在杨家矿的五百多矿工，现在有病死的，有累死的，还有被打死的，一年不到，就死了几十人。看来，我俩这身骨头也要丢在这里了。"

王子春瞪着一双大眼睛，恨恨地说："我们死在这里只是迟早的事。"

"白痴眼"火凛凛地走过来，指着玉柱："你不去抬废石，在这里干什么？"

玉柱指指洞顶的悬石："我告诉他们，不能在悬石下面打炮眼，悬石不知啥时会掉下来压死人。"

"白痴眼"打了玉柱一鞭："谁要你来管这些闲事！"

玉柱捋着被打痛的肩背："我是为他们的性命着想，你看，已经往下掉碎石了，也许大悬石马上会塌下来，这是闲事吗？"

"白痴眼"又要打玉柱，玉柱拉住鞭子一夺，"白痴眼"跌倒在地，爬起来后大喊："矿警！矿警快来。"两个矿警闻声走进矿洞，"白痴眼"指着玉柱："这个苦力造反，快把他捆起来。"

两个矿警捆住玉柱，"白痴眼"挥鞭把他打倒在地。董一虎和王子春终于爆发了："不准打人！"许多矿工跟着喊："不准打人！"

陈有德冲上来护住玉柱："他被你打昏了！打死了！"

董一虎、王子春和矿工们把玉柱抬出矿洞，就在此时，那悬石轰隆一声掉下来，尘土漫出洞口。董一虎拍着胸口："好险，好险！还好有玉柱，不然我们现在就被压在下面了。"很多矿工围到玉柱身边，大家议论纷纷，痛骂"白痴眼"和日本人。

"白痴眼"手拿鞭子气势汹汹地说："你们想干什么？都回去干活。"

董一虎说："如果207不来，我们现在已成肉饼了，你就这么不在乎矿工的性命吗？"

王子春推了一把"白痴眼"："他被你打成这样，快送他到医院。"矿工们一齐大喊："快送医院。"

"白痴眼"举起鞭子："谁，刚才谁在喊？"

陈有德指着"白痴眼"怒喝："我们反正是迟日早日都得死，你再打，就和你拼了！"

"白痴眼"悻悻地收回鞭子走开了，陈有德说："原来疯狗也怕凶人。"

顾大木拍着他的肩膀："所以大家要团结起来，齐心和他们斗争。"

陈有德点头："嗯，我听你的。"

顾大木招呼道："大家先把玉柱抬回宿舍。"

陈有德抢着和顾大木、俞洪浪等人把玉柱抬回宿舍。他一边骂日本人和监工，一边找来药油给玉柱治伤。

第二天早上，矿工们在明堂上列队，"白痴眼"点名。点到玉柱时，陈有德说："报告，207昨天被打伤，今天全身疼，出不了工。"

日籍监工傲慢地说："这里可不是养病的地方。"

陈监工说："我去看看。"跑进棚屋，到玉柱铺位前大声斥道："207，起来出工。"

玉柱呻吟着："我全身疼痛，起不来。"

陈监工跑回明堂："报告，207确实伤得不能出工。"

日籍监工手一挥："或许是患疟疾了，把他送到隔离所。"

四个穿白色连裤服的人抬着担架走进棚屋，玉柱睁眼看到，问："抬我去哪里？"

"你患了疟疾，必须去隔离所治疗。"

"我没患疟疾，是昨天被监工打伤的。"

"不管是受伤还是生病，只要不能干活了，就去隔离所享福吧。"几个人强行把玉柱捆在担架上，抬出宿舍门口，陈有德见状大喊："不能把207送到隔离所！"

顾大木跟着喊："不能把207送去隔离所！"

矿工们异口同声地叫道："放下207！"

日籍监工火冒三丈："警备队，机枪预备！""白痴眼"跟着吆喝："谁再叫？开枪了！"

矿工们敢怒不敢言，鸦雀无声，眼睁睁看着玉柱被抬走。

隔离所设在杨家祠堂，大厅里摆着几排木床，床上躺的人有的喊渴，有的喊饿，有的喊疼，有的只能呻吟说不出话，但一概没人理会。那几个穿白色连裤服的人把玉柱倒在41号空床上，一溜烟地跑出祠堂。

"我要出去，我没患疟疾！"玉柱从床上滚下来，追到门口，跌倒在地。

其中一个人回转身："你不睡回床上，就只能去万人坑了。"

玉柱无奈地爬回床上躺下："看来我要死在这里了。"

45 床一个瘦骨嶙峋的人叹道："刚死了两个，又来一个，大家排着队等死啊。"

12 床答道："是啊，这里起码一半人是没患疟疾的，他们只是把干不了活的人送到这里来饿死、渴死、疼死，然后拖到万人坑埋了。"

4 床叹着气："到了这里就真正进了地狱，唯有盼着早死而已。"

大门打开，两个穿白衣、戴白口罩的人扛进来一个木桶，大叫："开饭了，快来打饭。"

能起床的人争先恐后端着陶盆挤到饭桶边，起不来床的人只能乞求旁人："帮帮忙，给我打点饭，我快饿死了。"

白水一样的稀饭倒进陶盆里，大家看着清澈见底的稀饭，一齐叫道："实在太稀了呀，捞不到几颗米粒，这稀饭能当镜子照人，根本吃不饱呀！"

白衣人说："没办法，矿上就给了这点米，只能烧稀饭。"

13 床拉住白衣人："求求你给我药。"

15 床也说："给我药，我想活。"

白衣人狠狠甩脱 13 床："别碰我。"

24 床说："我隔壁那个人，从早上到现在没动弹过，可能死了。"

一个全身防护服的日本兵带着两个收尸工进了大厅。收尸工用铁钩钩着 25 床的嘴巴，把他拖下床，尸体沉重地跌在地上，被拖了出去。

2 床瘦得脸皮撑着颧骨，喉咙里咻咻直响，张口喘气都十分困难。日本兵指着他说："这个也快死了，顺便拉出去，省得再跑一趟。"收尸工顺从地把铁钩伸进 2 床的嘴巴，2 床"啊"了一声滚下床，被当作死狗一样拖出去。

玉柱用尽力气喊道："你们居然把活人当死人！"

24 床也喊："不能把活人拖到万人坑，你们还有没有点天良？"

日本兵呵斥："谁叫就把谁拖出去。"

大厅里没人再敢吭声，玉柱深吸了一口气："我一定要想办法从这里逃出去。"

矿工们手捧头盔排队打饭，龚舍荣低声对顾大木说："和他们凑一下，今晚一定要把玉柱救出来。"

顾大木抓住机会通知陈有德："你和董一虎、王子春他们商量，今晚必须把207救出来。"陈有德点头答应。

等到半夜，陈有德、董一虎和王子春一起去茅厕，三人叠成人塔，翻出茅厕的围墙，小心翼翼地躲开巡逻队，到了隔离所门口。陈有德轻轻地推门进去，小声叫："207，207你在哪个床？"

玉柱根本没睡着，连忙应声："我在这里。"

陈有德循声摸到玉柱床边："我和一虎、子春来救你。"

玉柱感激地说："你们真是我的生死之交。"

陈有德把玉柱放到董一虎的背上，自己走在前面开路，王子春在后警卫。三人一路上转弯抹角，来到一间早已看好的废置小屋，把玉柱安置好，给他留下药油、食物和水。陈有德说："矿工进了隔离所，就等于死了，没人查没人管，没人发现你跑了。你在这儿养几天，我们每天给你送吃的喝的。等你有力气了，就大摇大摆回去上工，说隔离所把你放出来了，不会有人查问的。"

三人又翻墙回了茅厕，像无事一样回到各自铺位上。陈有德偷偷睡进顾大木的被窝，附在他耳边说："我和子春还有一虎把207藏起来了。"

第二天，俞洪浪和陈有德一起选矿，俞洪浪有意把90度的萤石当废石丢进废石篓，陈有德也丢了许多好的萤石。顾大木向陈有德摆手："这样也不行，把品质好的萤石全当废石，监工会发现，要我们全拣出来，还得挨打。"

"白痴眼"走过来，果然从废石篓里拣出一块90度的萤石，举起鞭子就打顾大木，一边呵斥："早知道你们专搞破坏，良心坏得很。"

陈有德连忙用身子挡住顾大木："是我搞错的，要打就打我。"

"白痴眼"说："嘿，想打抱不平当英雄，那就打你。"鞭子雨点一般抽向陈有德，他的头脸被打出了血，倒在地上。顾大木又护着他："是我扔错了，我拣出来，别打了。"

"白痴眼"收住鞭子："你们这些人，干活就磨洋工偷懒，选矿就正品当废石，下次再被我看到，就往死里打。"

"白痴眼"走了，顾大木检查着陈有德的伤处："下次我们不能跟他硬碰硬。"

陈有德恨恨地朝"白痴眼"的背影骂道："狗杂种、汉奸，你等着！"

"我们要尽快想办法，改善生活状况。"顾大木借机引导陈有德。

几天后的半夜，三个党员蹲在茅厕里开会，龚舍荣说："'迅雷计划'执行顺利，尤其是现在矿工们越来越团结，可以抓紧时机实施暴动了。"他捏紧拳头，"为了加强党的力量，必须发展党员，充实党组织。你们两个提出人选，我们讨论。"

俞洪浪咳了几声："我觉得玉柱、董一虎、王子春三人表现不错，可以发展他们为预备党员。"

顾大木马上说："我同意，我再推荐一个陈有德，他的为人我信得过。"

龚舍荣拍板说："同意发展董一虎、方玉柱、王子春、陈有德四人为党员对象。另外我决定，后天早上举行假罢工，与敌人讨价还价，吸引敌人的注意力，为的是确保地道掘进的进度和安全。请大家提意见。"

俞洪浪说："同意。"

顾大木说："同意。"

"白痴眼"的咳嗽声从茅厕外传来，三人立刻噤声。不一会儿，"白痴眼"探头进来："你们半夜聚在一起上茅厕，莫非要搞什么鬼花头？"

龚舍荣拉起裤子："上厕所你也要管？"

俞洪浪抱怨："你也不想想，菜里没一点油，没半个小时都拉不出屎。"

顾大木也说："谁还喜欢待在这臭地方呀？我三天没拉了，快胀死了。"

"白痴眼"捏着鼻子："快拉完快滚。"

第三天早上，矿工们站在一号矿洞坪地上，就是不进洞采矿。七八个监工手拿鞭子大喊："快进去干活，都站在外面干什么？"

"我们要求改善伙食，不准打人，安全生产！"矿工们齐声大喊。

监工们气急败坏，围着他们一圈一圈转："你们想翻天吗？快进洞干活。"

陈有德大声喊："不答应条件，我们不进洞。"

矿工们跟着吼："不答应条件我们不干活。"

"白痴眼"气势汹汹地叫道："造反了！矿警快来！"

矿警们在外围举起了枪，"白痴眼"狐假虎威："再过两分钟不进洞，就开枪！"

封班长指着一个矿警："快去向所长报告情况。"

"白痴眼"叫："一分钟……"他的声音被矿工们的吼叫淹没。

玉柱趁乱混进了矿工队伍，问龚舍荣："龚叔，接下来怎么办？他们真敢开枪吗？"

陈有德大声说："如果大西吉雄敢命令开枪，我们就来个鱼死网破，夺枪拼命。"

顾大木向他竖起大拇指："对，拼个鱼死网破。"

龚舍荣看着愤怒的矿工们，叹口气说："本来是想做做样子，没料到矿工们积怨太深，一发而不可收，现在局面难以控制了。"

"白痴眼"叫："两分钟……封班长，下令开枪！"

封班长反对："把人都打死了，谁干活？采不出萤石谁负责？我已经派人去向所长请示，等他回了话再说。"

封班长拒绝开枪，"白痴眼"只得气馁地听着矿工们越来越响亮的怒吼声。

矿工们齐声高呼："不答应条件不进洞，不答应条件不采矿……打死'白痴眼'，打死'白痴眼'！"

"白痴眼"气得直哆嗦，手持皮鞭团团转，却不敢动手。

曾睿剑走进大西吉雄的办公室，递上文件："所长，上个月的报表。"

大西吉雄接过报表看，突然拍着桌子说："怎么搞的？产量越来越低。"

曾睿剑平静地回答："矿工们病死的病死，累死的累死，又补不上人，产量怎能提高？"

矿警跑进办公室："苦力们罢工了，声势好大。'白痴眼'要我们开枪，封班长不敢擅自执行，请示所长如何处理。"

大西吉雄一惊："他们为什么罢工？"

矿警说："矿工们要求改善伙食，不准打人，安全生产。"

闻讯而来的竺田显山暴跳："他妈的，把他们都杀了！"气势汹汹地走出办公室。

曾睿剑摊开双手："如果把矿工都杀了，就连这点产量也没有了。"

大西吉雄叹着气："我们去看看，让他们别动手。"

两人赶到时，竺田显山已经指挥着警备队在山坡上架起机枪。"白痴眼"见大西吉雄来了，连忙凑上去报告："这群矿工造反了，封班长不肯开枪，让竺田队长下令开枪吧！"

大西吉雄瞪他一眼："杀光了矿工，你去采矿吗？"转身对曾睿剑说："答应他们的条件，要他们马上开工。"

曾睿剑走到高坡上，喊道："矿工兄弟们，静一静。"人群安静下来，曾睿剑继续说："所长大慈大悲、宽宏大量，同意你们提出的全部要求。从今天起，矿工改善伙食，监工不得无故打人，矿洞里必须撑护架，保护矿工生命安全。今天晚餐就请大家吃红烧肉。现在马上进洞生产。"

矿工们一片欢腾，玉柱和陈有德相拥："我们胜利了！"

龚舍荣把玉柱拉到一边："通过这次罢工，以后矿工会更加团结。我们乘胜追击、趁热打铁，马上准备暴动，除掉大西吉雄、竺田显山和'白痴眼'。"

玉柱咬牙："我最不能容忍的是曾睿剑这大汉奸，必须尽早把他除掉。"

龚舍荣捏起拳头："对，必须尽早除掉他。我已有了杀他的计划，两个人手就够了。"

玉柱连忙说："那我算一个。"

下工吃晚饭时，矿工们手捧头盔高兴地去打饭，却发现没有红烧肉，纷纷斥责曾睿剑说话不算数，把头盔敲得砰砰响，高呼："红烧肉在哪里？"一时间，棚屋里一片混乱，矿警们出动维持秩序，监工向矿工们解释："晚餐来不及烧红烧肉，明天晚上一定烧。"

龚舍荣大喊："大西吉雄把我们当傻瓜，别相信他。"

矿工们高呼："我们不受哄骗，我们要罢工！"

顾大木走近龚舍荣："动手吧，群情激愤了。"

龚舍荣点头："这是最好的机会。快让玉柱联系子春和一虎，凌晨一点，按既定计划动手，现在先停止抗争。"

"好，我去通知。"顾大木在人群中穿行，矿工们渐渐安静下来，却在暗中互相眨眼碰臂，兴奋异常。

顾大木拍着陈有德的肩膀："你表现很好，现在我们要准备下一步行动。"

陈有德激动地问："你说'我们'，是有个组织吗？"

"现在不要多问，很快会告诉你的。我们准备暴动，占领碉堡，夺下矿警的枪，打死'白痴眼'、竺田显山和大西吉雄，炸掉矿洞，解散矿工。"

陈有德激动得全身发热，摇着顾大木的手臂："还有哪些人是我们组织里的？关键时刻我好保护他。洪浪是吗？"

"有纪律，不能问的。你只管多团结一批不怕死的矿工，积极带头。"

陈有德急不可待："告诉我行动的具体时间。"

顾大木严肃地说："一切行动听指挥，到时你听命令动手就是了。"

陈有德张大嘴巴："一切行动听指挥？你是共产党？"

"以后再说。刚才我对你说的话，绝不能对别人说。"

陈有德拍着胸脯："好，我保证不说半个字。"

"快回你自己的铺位，以免被巡夜的监工发现。"

陈有德激动得手舞足蹈，回到铺位也翻来覆去睡不着。他又凑到顾大木身边："我看大家都很激动，是不是今晚就要行动了？"

顾大木沉吟片刻："告诉你吧，凌晨一点，趁碉堡换岗时，我们就实施暴动。"

陈有德惊喜万分："终于盼来了，我去碉堡夺枪。"

顾大木摆手："不，已有人去碉堡，你和我们去抓大西吉雄。"

陈有德拼命点头："好，我知道大西吉雄住在哪个房间。"

顾大木拍着他的背："现在先镇定，没到动手的时候，千万不要暴露。"

陈有德心里乐开了花："是！"

"白痴眼"来棚屋里巡视："大家安静，明天肯定有红烧肉，还加豆腐。现在大家睡觉，快睡觉。"

棚屋内很快静下来，矿工们心知肚明将要发生大事，个个假装睡觉，兴奋得去捅隔壁人的后脑勺。

警报声骤然响起，警备队在棚屋门口架起了机枪，矿警和日本兵端着枪闯进来，站满了铺间，大喊："统统坐在原位不许动！"

龚舍荣大惊，连忙坐起来："怎么会这样，难道行动泄了密？"

矿工们面面相觑，不知所措。竺田显山大喊："把102和108抓起来。"

日本兵早已站在顾大木和俞洪浪的铺位前，立刻把他俩绑起来押出去。竺田显山又喊："统统起来去明堂。"

明堂上亮起了煤气灯，亮如白昼。日本兵和矿警用枪逼着矿工们纵横排列在明堂上，面向碉堡。

顾大木和俞洪浪被绑在碉堡下的木桩上，旁边站着手拿尖刀的日本兵。大西吉雄走过去，手指点点他们："早知道你们是混进矿工里的共产党，平时破坏生产，煽动矿工磨洋工，今晚还计划实施暴动。现在把同党全部供出来，可以饶你们一命。"

"白痴眼"抓着顾大木的头发："哪些人是共产党？快说。"

顾大木心里说道："还好舍荣没暴露。"他想引出内奸，于是说："谁说我是共产党？叫他出来作证。"

俞洪浪也说："说我是共产党，有证据吗？"

大西吉雄心想："还要留着那人深挖抵抗分子，绝不能让他出来作证。"指着顾大木和俞洪浪："你们不说没关系，反正我也能把他们都抓出来。打，狠狠地打，打完了再杀！"

"白痴眼"和另一个监工扬起鞭子，劈头盖脸抽打顾大木和俞洪浪，两人血流满面。

大西吉雄逼问："招不招？供不供？"

顾大木叫道："冤枉呀，谁说我是共产党？叫他出来证明。"

大西吉雄冷笑："说你是你就是，不必证明。"

俞洪浪眼看无望，叫着顾大木："我俩今天是活不了啦，如果不承认自己是共产党，岂不是死得像狗熊？"

两人一齐高喊："我们是共产党，矿工中还有很多共产党，总有一天把你们赶出武义，赶出中国！"

大西吉雄托着俞洪浪的下巴："好，你嘴硬，先割你的舌头。"

日本兵按住俞洪浪的头，把匕首刺进他嘴里。矿工中一片哀呼，龚舍荣低头强忍着眼泪，玉柱双手捂住脸，泪水从指缝中溢出来。

大西吉雄走到顾大木面前："你呢，供不供出同党？"

顾大木啐了他一口，闭目不语。大西吉雄嘿嘿笑："挖去他们的眼睛。"

竺田显山在一旁说："割去他们的鼻子和耳朵。"

顾大木和俞洪浪的挣扎越来越微弱，竺田显山下令："把他们的心肝挖出来。"

日本兵的身上溅满了鲜血。

矿工们泣不成声。玉莹捂住脸大哭，封班长推着她："快回宿舍。"玉莹哭着跑了。

竺田显山大喊："不准哭！以后谁再敢与皇军对抗，他们就是教训！"

大西吉雄挥手："全部押回棚屋，不许他们讲话。"

矿警和日本兵押着哭泣的矿工们回棚屋，端着枪逼他们躺下睡觉。矿工们只能一动不动地躺在地铺上流泪。

龚舍荣捏着拳头，哽咽不已。玉柱哭成泪人："怎么会这样？怎么会这样？"陈有德手拍胸口，脚敲地席，哭得好伤心。

二十四　幸亏玉莹的一刀

龚舍荣和玉柱有气无力地一个把钢钎、一个挥锤打炮眼。玉柱突然放下手中的锤子，哭着说："龚叔，他们两人死得这样惨，我看是曾睿剑从中捣鬼。"

龚舍荣面容扭曲，显得极度痛苦，却不说一句话。玉柱又说："还好地道没暴露，不然我们简直是全盘失败。"

龚舍荣重重地叹了口气："一定要找到出卖他俩的人，报仇雪恨！"

玉柱和龚舍荣说话时，玉莹几次欲靠近，但想到周东曦对她的嘱咐，又退了回来。然而"曾睿剑"三个字还是刮进了她耳朵里，扎进了她的心里。她在矿洞中巡走了几趟，走进警务室关上门，咬着牙："我一定要杀掉曾睿剑！"

大西吉雄除去了俞洪浪和顾大木，春风得意，走路都轻飘飘的，第二天就举办庆贺宴会。宴会上，他笑容满面，频频举杯："昨晚杀了潜伏在我们矿区搞破坏的共产党，等于割掉了长在我们身上的毒瘤。"他走近曾睿剑："曾经理，从现在起，没了共产党的干扰，矿工好管理了，产量自然会上去。来，干杯。"

曾睿剑放下已擎起的酒杯："所长，别高兴得太早。照我看，如果杨家矿按市场规律管理，就算共产党破坏也不足为惧；如果不按市场规律办矿，杀光共产党也没用。"

大西吉雄沉吟："你的意思是……"

曾睿剑一字一句地说："要想多出萤石，一定要按量给矿工计酬，改善伙食，优待他们，矿洞也要架好支护，保证安全生产。就是说，要让矿工自觉自愿出力。"

大西吉雄拍着曾睿剑的肩膀："哎呀，曾经理，对你们资本家来说是这样，但我们是堂堂大日本帝国，用得着给亡国奴付工资吗？矿工不肯干活，我们的皮鞭是做什么用的？枪是做什么用的？今晚的庆祝酒宴上，不要说扫兴的话。来，干杯。"

曾睿剑冷起面孔："如果不按照我的理念管理矿山，肯定完不成萤石开采任务。我立刻辞职，请所长另请高明。"

大西吉雄安抚他："等挖到了富矿，去除无效的消耗，产量自然会上去，你不必担心。"抬头看向勘探课的杨光生："杨课长你说呢，应该快挖到富矿了吧？"

杨光生站起来："报告所长，前几天已经挖到分布图上所标的位置了，不但不见富矿，连贫矿也没有，可能是地图有问题。"

大西吉雄猛地一惊，抓住杨光生的衣领："什么？那其他矿区呢？"

杨光生退开几步，低头轻声说："据我了解，其他矿区也是一个样，我已写了书面报告，建议马上停止挖掘。"

大西吉雄手上的酒杯砰的一声掉在地上，呆若木鸡。全场一片寂静。

半晌，大西吉雄突然暴跳："快报告司令，让南京派专家来检验分布图的真伪。"说罢拂袖而去，宴会刚开始就散场。

曾睿剑回到自己的房间，一边练拳一边窃笑："哈哈，这份假地图让日本人消耗了大量的人力物力，为国家保住了萤石。"

他正高兴时，听到了汽车发动声，撩开窗帘一看，是大西吉雄的车子开出了大门口。他猛地一拳打在沙袋上："不好，池之上追查起假地图之事，我和曹伯首当其冲，必须让曹伯马上离开上海。"

他拉开窗栅爬了出去，攀上大树，翻过铁丝网，一直跑回大屋，把提货单和朱夫子的名片交给四叔，焦急地说："四叔，劳驾你按名片上的地址到上海见朱夫子，请他和你一起去十六铺码头找到曹伯，曹伯看过提货单，会告诉朱夫子藏萤石的地方。你要曹伯赶快躲起来，越快越好。对他说地图的事已经暴露，日本兵肯定要来抓他，一定得尽快逃走。"

四叔放好名片和提货单。曾睿剑又说:"曹伯的年纪六十不到,住在十六铺江滨高坡的三间小平房内。"

"我肯定找得到。"四叔满有把握地说。

大西吉雄慌慌张张地走进池之上的办公室,池之上笑脸相迎:"听说你派了卧底,挖出潜藏在矿工中的共产党,真是聪明。"

大西吉雄却哭丧着脸说:"司令,不好了。各个矿区都按照分布图挖富矿,可是连贫矿都挖不到。几个月下来,损失了我们大量的人力、财力、物力和宝贵的时间,现在要完成开采任务难上加难。"

池之上的眼睛眉毛都皱到一起:"情况属实吗?"

大西吉雄递上杨光生的报告,竹子拿过报告先看:"司令,我说曾睿剑是中国方面派来的间谍,你们不信。这假地图是他提供的,快把他抓起来逼问。"

池之上看完了报告:"参谋长,你快派人到南京,请专家来鉴定分布图的真伪。"

竹子还在坚持:"先把曾睿剑抓起来。"

池之上说:"先不要打草惊蛇,等南京的专家有了结论再说。"

竹子吩咐大西吉雄:"你看住曾睿剑,不要让他跑了。"

大西吉雄点头:"我决不让他出杨家矿半步。"

曾睿剑刚回到房间,还没拉回窗栅,就听到大西吉雄敲门叫他,不禁一伸舌头,拍了拍胸口,插好窗栅后打开门。

"还没睡吗?"大西吉雄问道。

"啊,听到了那样的消息,叫人怎么睡得着,我想不通,问题究竟出在哪里?"曾睿剑边说边观察大西吉雄的神情。

大西吉雄叹了口气:"睡吧,司令已经向南京求援了,请专家来鉴定分布图,看看到底是怎么回事。"他在心里说:"这人竟没跑,说不定参谋长怀疑错了。"

第二天,曾睿剑吃了早饭想出矿区大门,日本兵拦住了他:"所长有令，你不能离开矿区。"曾睿剑回到房间，自言自语："我才不走呢，就要在这里与你们斗到底。"他打了沙袋一拳，"必须马上除掉大西吉雄，把敌人的注意力从假地图上引开。"抬头望向天花板，"杀大西吉雄容易，但杀掉他的同时又要保全自己的性命，这就难了，想个什么办法呢？"

他思索了半天，忽然一拍双手："有办法了。"

他把一根绳索和一只布袋装进挎包，又找来一段竹竿，打通竹节。之后熟门熟路地趁着夜色翻窗、上树、越墙，进了山谷，向山洞走去，边走边打着手电搜寻。

一条小蛇迎面游来，他用竹竿撵它："你太小，不够毒，我不要你。"

手电光掠过处，一条蝮蛇像箬帽一样团在洞边，三角头翘在正中，吐着信子。曾睿剑如获至宝，把绳索的两头放进竹竿里拉动，留出一个碗口大的绳圈，小心翼翼地将绳圈套进蛇的七寸，猛地一拉，蛇被凌空提起。他把蛇放进布袋，拢紧袋口后放进挎包里，嘴角一翘，喜滋滋地按原路回了房间。

到了后半夜，曾睿剑腰系装蛇的布袋，站到凳子上，小心地抽掉屋顶的瓦片，沿着屋脊爬到大西吉雄的房间上方，见四下寂静，伸手慢慢地去抽瓦片。

突然，一个人影蹿上屋脊，直向着曾睿剑冲过来，正是玉莹。

玉莹听了玉柱和龚舍荣的谈话后，下定决心动手。这天半夜，她见身旁的矿警们都睡得死猪一样，鼾声四起，便悄悄起来，拿了柴刀跑出宿舍，来到曾睿剑房间前，正看到他爬上屋顶。她追到大西吉雄的房间前，见曾睿剑蹲下不动，便将一根竹竿靠在檐口，一下子蹿了上来。

曾睿剑见有人向他冲来，自觉秘密已经暴露，急忙解开布袋，远远地扔了出去。玉莹一刀劈下去，曾睿剑闪身避开，认出了玉莹，又不敢出声，怕屋里的大西吉雄发觉，只得纵身跳下屋顶。玉莹紧跟着跳下去，对曾睿剑的头面砍去，曾睿剑用手一挡，柴刀砍中了他的手臂。

两人的打斗惊动了巡逻队，警报声响起，矿警班和警备队纷纷出动。曾睿剑面对玉莹的进攻，只有躲避的份儿，嘴里不断地劝说："先别忙着杀我，快进山逃命吧，不然我们两个都得死！"

玉莹见敌人从四面拥来，自己已经回不去矿警班了，心想："队长交代的任务还没完成呢，我可不能现在死。"连忙丢下曾睿剑，爬上大树翻出铁丝网，逃进了山里。日本兵和矿警紧紧追赶她，可是在黑夜里的山上抓一个人，犹如大海捞针，他们追寻了一会儿也就收兵了。

两个矿警扶住脸色惨白的曾睿剑，包扎好他的手臂，以最快速度把他送进了日军医院。

矿警班紧急出动时，封班长没看到玉莹，马上感到不妙。骚乱结束后，矿区恢复了平静，封班长连忙去宿舍，只见玉莹的警服在床上，他在柜子里一翻，发现她来时穿的衣服没了，心想："刺杀曾经理的肯定是玉林。"

封班长并不声张，将玉莹的警服放进包里，借口再进山去查看，拿着包出了大门，进山后四处搜寻。躲在柴蓬里的玉莹一见到他，立刻跳了出来："封班长！"

封班长松了口气，连忙拿出警服递给她："快穿上跟我回去。你真是胆大妄为，如果闹出了事，影响全局，我怎么向周队长交代？"

玉莹满心自责和内疚，飞快地套好警服，跟在封班长身后往矿里走，嘴里检讨说："封班长，我错了。"

封班长回头："吃完早饭，你就说家里人病了，回去向周队长报到。"

玉莹含着眼泪："地道还没打通，我的任务还没完成，不能回去。"

"但是你留在这里会闯大祸的。"

"以后我保证遵守纪律。"

封班长思量半天，心想一时也找不到能够代替玉莹的知情人，只好说："那就打起精神执行任务，再不能惹事了。"

玉莹低头答应。

南京来的地质专家到了武义，看过地图又去实地查看，断言说："地图中所标的富矿根本不存在，这份地图是假的。"

竹子斩钉截铁："地图肯定是曾睿剑伪造的，我就说他是潜伏在我们身边的中国间谍，你们偏不信。"

池之上长叹："我本以为一切都会很顺利，哪料到现在课长被杀案没破，伍会计说的一万吨萤石也不知道藏在哪里，分布图又是假的，连那支小小的游击队都消灭不了，情况越来越糟糕。"

竹子气势汹汹："让我来审曾睿剑，一桩桩一件件都会水落石出。"

池之上摆手："你的性格太急躁，把曾睿剑交给你审，最后肯定是答案没得到，人却给你弄死了。"

"我早就想杀他了，杀了他倒安宁。"

大西吉雄皱着眉头："如果他真是中国方面的间谍，为什么总是有人暗杀他呢？这一次我们赶到时，他的手臂被狠狠砍了一刀，因为流血过多都昏死了，不像是做戏。"

竹子在办公室里转了几圈："反正，不能让我们完全信任的人，杀了省事。"

大西吉雄唉声叹气："我们被假地图牵着鼻子走，耽误了好多时间，现在唯有让曾睿剑来管理矿山，才能迅速把产量提上来。"

竹子拍着脑门："那就马上去上海，把那姓曹的老头抓来。分布图是从他床底下挖出来的，他肯定知道来龙去脉。只要抓住他，就知道曾睿剑是人是鬼了。"

"对，把他抓来，一切就清楚了。"池之上振作精神，"到上海请人家办事，带点武义特产去，比如武阳春雨茶叶和武义大曲。"

卫兵快步走进来："报告，南京紧急电话。"

池之上去话务室接电话，随着电话那头连珠炮般的质问，脸色逐渐变得难看，应了一连串"是"之后慢慢放下电话，如木头样呆立。

竹子问："是谁来的电话？"

池之上垂头丧气地说："萤石开采任务没完成，将军发火了。现在我们先不能声张，让曾睿剑在杨家矿好好抓生产。"

"他的运气太好了。"竹子愤愤地说，"那就不能让他离开杨家矿半步。"

　　大西吉雄说:"这个你放心，我已经让人看住他了。"

　　池之上挥手:"你们都走吧！"他召来"半脸毛"和王友仁:"你们继续抓捕方玉莹，寻找分布图。"

二十五　强龙不敌地头蛇

　　四叔到了上海，去杜公馆递上名片，朱夫子当即接见了他。四叔把提货单交给朱夫子，又说了曹伯的事。朱夫子说："如果曹伯被日本人抓去，我们就没法知道萤石的存放地点了，那一万吨萤石很可能落入日本人之手，我必须马上去找他。"

　　四叔说："我知道曹伯的住址，我和你一起去。"

　　朱夫子轻轻一笑："我已经暗地里去看过他一次，知道地址，你放心吧。"

　　四叔离开杜公馆，急急地叫了黄包车来到十六铺码头，找到了高地上的小屋，见一人坐在门口的竹椅子上抽烟，正似曾睿剑说的人。他上前用武义方言问道："你是曹伯？"

　　曹伯警惕地看着他："我是姓曹，你是谁？"

　　"我是睿剑的四叔，他要我来告诉你，日本人已经知道地图是假的，马上要来抓你。还有，他安排了人，这几天就拿着提货单来提一万吨萤石，请你向提货人讲清楚存放萤石的地方。"

　　曹伯沉默了一会儿，说："你说的话我听不明白，你走吧。"

　　四叔心知曹伯不能相信他，便说："我不是日本人派来的探子，睿剑的话我已经带到了，你最好相信。等告诉提货人存放萤石的地点后，就尽快离开上海，不然会有生命危险。"

　　曹伯不耐烦地说："什么萤石？我根本不知道。"

　　四叔摇摇头，转身走了。

竹子也到了上海，找到宪兵队长说明情况。队长笑嘻嘻地说："听你说来，这事宜早不宜迟。"他叫来几个宪兵："你们陪竹子小姐去十六铺码头，一切听从她的指挥。"

朱夫子来到小屋，不见曹伯，就坐在竹椅上等他。这时竹子带着一班宪兵过来，和朱夫子打了个照面。竹子怀疑地看了他一眼，喝道："你是谁？来这儿干什么？"

朱夫子傲慢不语，竹子向宪兵一挥手："把他带到总部。"几个宪兵不由分说，把朱夫子摁进汽车，竹子跟着回去，留下两个宪兵监视小屋周围。

汽车到了宪兵队总部，宪兵把朱夫子押进刑讯室，绑在刑柱上。竹子厉声喝道："要想不吃苦头，就快交代明白，你去小屋干什么？和小屋里的人是什么关系？现在姓曹的在哪里？"

朱夫子却笑着说："我有些日子没见安倍队长了，请你们把他叫来。"

"少废话，你休想捞救命稻草。"竹子摆手拒绝。

安倍来刑讯室查看，猛然见朱夫子被绑在刑柱上，二话没说就走过去解了他身上的绳索，问竹子："这是怎么回事？"又拉着朱夫子的手："误会，误会。"

竹子急切地说："我们到码头小屋，没找到姓曹的，却看到他坐在小屋门口。这人肯定与那姓曹的有关联，知道他的下落。"

安倍没回竹子的话，却搀着朱夫子出了刑讯室，一直进了自己的办公室，赔笑道："我请你喝茶，向你道个歉。她是从金华来的，做事不知道轻重。我赔礼，我赔礼。"

朱夫子笑道："不必客气。"

两人喝了茶，安倍把朱夫子送上车。竹子见汽车开走，问安倍："这人究竟是谁？你对他这么毕恭毕敬。"

安倍叹气："这是上海滩惹不得的人物，你差点闯下大祸都不知道。"

竹子不服气地说："曹老头肯定逃了，现在怎么办？"

安倍笑着说："上海能有多大？再派人给你去找呗。"

竹子从包里拿出底片："这是我上次给曹老头照的照片，多洗些出来，让你的人拿着照片找。"

"放心，我多派一些便衣和宪兵，肯定很快就能找到。"

竹子笑了："多谢队长帮忙。"

从第二天开始，上海的马路上就多了一些人，拿着曹伯的照片乱晃，码头上也有人监视和打听，一张大大的罗网逐渐张开来。

朱夫子回到杜公馆，看着一万吨萤石的提货单出神："找不到曹伯，提不出货，就算我有心也无用。如果日本人抢先找到他，岂不是前功尽弃？"他给二姐打电话，几次都打不通，喃喃自语道："这事只能着落在那人身上了。"

朱夫子亲自去了汽车修理厂，陈师傅一见他，就行了个江湖大礼："你怎么亲自来了？有事打个电话，我马上就过去。"

他把朱夫子让进办公室，朱夫子向他详细说了一遍事情的经过，陈师傅听到曹伯下落不明，立刻就说："不妨，他就在我这里，我去叫他来。"

原来，曹伯面上不理四叔，但还是听进去了警告，拿着陈师傅给的名片，马上来了汽车修理厂。

朱夫子长嘘一口气："还好他在这里，不然就被日本人抓个正着了，一万吨萤石也打了水漂。"他拍着陈师傅的肩膀，"这件事你干得漂亮。"

曹伯来到办公室，朱夫子掏出提货单："情况非常紧急，有人从武义送来提货单，让我向你提一万吨萤石，请问萤石存在哪里？"

曹伯见朱夫子头戴乌盆帽、身穿马甲，全身气派非常，于是接过提货单细看，沉默不语。

陈师傅催促曹伯："萤石再不提走，等日本人抓到你就麻烦了。"

曹伯看向陈师傅："你说过，我住你这里，日本人找不到我。"

陈师傅耐心地说："你要相信我们，现在只有我们能保护你，保住那一万吨萤石不落入日本人手中。"

修理厂门口一阵喧哗，拥进十几个日本宪兵和特务，手里拿着照片："你们这里有这个人吗？"

工人们纷纷说："没有，没有这个人。"

"那我们也要搜查，车间和宿舍都要看。"

陈师傅连忙扳动机关，壁柜的后壁板移开，露出一个洞口："曹伯，快到里面去躲躲。"曹伯钻进去，陈师傅将壁柜恢复原状，若无其事地和朱夫子喝茶聊天。

宪兵们走进办公室，把照片给陈师傅看："你是老板，仔细看看，这里有这个人吗？"

陈师傅从容地说："没有，肯定没有，我们是修车的。"

一个特务说："有人举报，昨晚天黑后，这人拎着簸斗从厂里出去倒垃圾，你们如果敢隐瞒，全部都得死。"

陈师傅笑嘻嘻地说："每天都是我倒垃圾，天这么黑，别人哪看得清。"

有特务来报告："全部房间都搜查了，没有发现。"

宪兵和特务们悻悻地撤出修理厂，陈师傅这才让曹伯出来。朱夫子催促："快告诉我提货地点。"

曹伯想了半天，说："如果不相信你们，我也没别人可以托付了。也罢，萤石就埋在小屋下面。可是你们怎么逃过日本人的眼睛挖出来？怎么运得走？拿什么运？"

"这你就别操心了。三条黄龙，抵不过一根地头蛇。"朱夫子说得很轻松。他转向陈师傅："那么我先告辞了，你多关照此人，如果他被日本人抓到，就没命了。"

陈师傅连声答应，送朱夫子到大门口。等他回到办公室，曹伯连忙说："现在我已完成方老板的嘱托，在你这里也待不长，我想回武义了。"

"你绝对不能走。"

"我一定要走，任务已完成，我死都合眼了。"

第二天，曹伯趁陈师傅不留意，从修理厂溜出来，先回到十六铺码头的小屋收拾要带走的东西，却被监视小屋的特务发现，立刻通知了竹子。

曹伯提着箱子刚出门口，就撞见竹子带着宪兵迎面而来。竹子嘲笑道："想溜了？只是迟了一步。"命令宪兵："把他绑起来押走。"

宪兵把五花大绑的曹伯推上汽车，押进了宪兵队的刑讯室。曹伯大喊："放我回去，你们抓错人了。"

竹子冷笑："我问你两件事，你答得让我满意了，我就放你回去。第一件事，地图是谁埋在你床下的？"

曹伯淡定地说："不是说过了吗？是曾老板埋下的。"

竹子手指戳到曹伯的鼻子上："你说谎，肯定是曾睿剑埋的。"

"你不相信我的话，我也没办法。真的不是睿剑。"

竹子放下手："再问你，杨家矿账上记的一万吨萤石存放在哪里？"

曹伯心想："萤石还没起走，我什么也不能说。"嘴里回答道："上次你转遍了整个码头，也没有发现啊，我去哪儿变出一万吨萤石给你？"

竹子手指戳上他的额头："谎话连篇，你就是专门在上海看守这些萤石的，快说实话，不然就让你尝尝这些刑具的滋味。"

曹伯把心一横，闭眼说："我真的不知道。"

竹子向打手示意，两个打手挥鞭，劈头盖脸地打下去。曹伯惨叫："冤枉呀，疼死了！"

竹子缓和了语气，劝诱道："还是实话实说吧，一万吨萤石存放在哪里？"

曹伯喘着粗气："冤枉，我真……真的不知道。"

竹子气急败坏："好，看你硬还是我硬，我就不信你不说。"目光四顾，挑选着刑具。

打手建议："干脆烙铁饼吧。"竹子点头，打手们把曹伯绑在长凳上，将烧红的铁饼放在他背上。曹伯大喊大叫，脸上渗出一颗颗亮晶晶的汗珠："冤枉呀，烫死了，疼死了！"

竹子快没了耐心："说了吧，免得皮肉受苦。"

曹伯咬紧牙关："你们杀了我吧。"

竹子也咬牙切齿："你到底说不说？"

"我真的什么都不知道。"

竹子向打手挥手:"再加。"打手又放上一个铁饼,曹伯惨叫一声,停止了挣扎。打手试试他的鼻息:"犯人昏过去了。"

"想不到这种老骨头也不怕死!"竹子一无所获,肺都快气炸了。

安倍过来了解进展,见竹子一筹莫展,于是说:"硬的不行,用软的,给他打一针新研制的吐真剂。这种老头子没那么强的意志力,自然就说出来了。"

竹子眉开眼笑:"多谢队长。"

安倍叫人来注射,又对竹子说:"过一天你来听录音口供,现在放松放松,我陪你到'大世界'看戏。"

曹伯被抓的当天,十六铺码头贴满了相同内容的告示:

> 斧头帮与大刀帮积怨已久,与日俱增,几至有我无你之地步。双方议定于今晚决一死战,了结恩怨,谢绝任何调解劝和。亥时至辰时,十六铺码头及附近水域,一切外人不得入内,如执意闯入,发生死伤概不负责。
>
> 特此布告
> 即日

果然,夜深人静后,十六铺码头的两端都横着货船,不让其他船只进入。喊杀声、金属碰撞声惊天动地,响彻黄浦江两岸。曹伯的小屋首当其冲,不但墙倒地裂,连瓦片都成了碎块。

外围在厮杀,而包围圈内近千人排成数十队,井然有序地从小屋地下将萤石传运到船上。到了辰时,两声巨响,曹伯的小屋炸成一口深塘。械斗结束后,数百具裹着白布的"尸体"从十六铺码头抬了出去。法租界的巡捕前来查看,深深地叹息。日本宪兵们议论纷纷:"中国的帮派争斗真是不可思议,不可思议。"

而黄浦江与往日没什么不同,上百艘船载着满满的砂石,缓缓驶出十六铺码头。

陈师傅远远看着这番景象，跷起大拇指："老大和朱夫子的爱国之心可彰矣。"

四叔也来查看："原来的土坡居然变成了水塘，小屋无影无踪。谁有这么大的力量？"

大决斗的第二天，竹子在医院听审讯曹伯的录音。

"一万吨萤石存放在哪里？"

"不知道……哦，是在我的小屋对面。"

"你说谎，小屋对面是黄浦江。"

"是在我的小屋下面，要凭提货单才可以提货。"

"到底是不是曾睿剑把地图埋在你的床下？"

"曾睿剑……曾老板……他们父子俩长得真像……他给我地图……"

曹伯的声音越来越虚弱，终于昏了过去。

竹子立刻带人到十六铺码头，可是小屋所在的地方浊水漾漾，已成一方深深的水塘。竹子命人潜下塘去摸索了半天，一无所获。

她气急败坏地回去审问曹伯，曹伯神智混乱，答非所问。安倍说："他年龄太大，那药摧毁了他的脑神经，说的话也不一定是真的。"

竹子突然啪啪打了曹伯两个耳光，揪住他的衣襟摇晃："再不说就杀了你！"不料曹伯眼睛一翻，居然断了气。

竹子无计可施，只能回武义向池之上汇报。池之上听了后，沉思一会儿，说："提审曾睿剑。"

刑讯室里，曾睿剑被按坐在木凳上。竹子狠狠斥问："曾睿剑，你用假地图欺骗皇军，造成极大损失，本来可以直接枪毙你，但还是给你个机会交代真地图的下落，将功折罪。"

曾睿剑斜眼看她："你们是不是白痴？总戴着有色眼镜来看我，把所有的罪名都栽到我头上。这图明明是我父亲埋下的，至于是真是假，我哪里知道。我和你们一样想赶紧找到真地图，毕竟我还有矿里百分之四十的股份，萤石开采得越多，我分得越多。再说，我都遇刺几次了？不倚仗你们，哪里保得住性命。"

竹子霍地站起来："曾睿剑，你不要狡辩，这个地图陷阱是你一手策划的，想必你手里有真地图做底本。快说，你是不是已经找到了分布图的蓝本，还是方玉莹把真地图给你了？"

曾睿剑哈哈大笑："你们这全是凭空猜测，砌词构陷。分布图有蓝本的事是我主动告诉你们的，现在倒成了你们的口实。也许德国地质专家原本勘测的就错了呢？给他白白骗了勘测费去。"

池之上和竹子听了这一番话，面面相觑，大西吉雄则暗暗点头。竹子咬着牙说："看来不给你用刑你是不会招的。来人，把他绑在刑架上。"

曾睿剑从容地说："说我间谍，总要有点证据呀。你们哪怕是拿出一点证据也好，难道只是红口白牙异想天开吗？"

竹子思忖："证据确实没有，可是事情肯定是他所为。"

池之上向竹子招手，等她走过来后，轻声说："也许曾睿剑没说谎呢？等抓到方玉莹再和他对质。"

大西吉雄也说："萤石开采不能再等了，快让他回杨家矿工作，我自然会派人盯着他的一举一动，一有异常就把他抓起来。"

二十六　以牙还牙

顾大木和俞洪浪被害后，矿工们心灰意冷，看不到希望，几乎失去了与敌斗争的信心。王子春甚至问龚舍荣："还要继续打地道吗？"龚舍荣看着他哭红的眼睛，一字一句地说："悲痛是解决不了问题的，我们要振作精神，不但继续打地道，还要把奸细挖出来，为洪浪和大木报仇。"

王子春哽咽着："我一想起他们就心痛，一定要把那个可恶的奸细挖出来，碎尸万段。"

"大家都在努力，总会找到他的。"龚舍荣拍着他的肩膀，"明天上午我们举行罢工，仍是要求发工资、改善伙食、禁止打人，但适可而止。我们只是做个样子吸引敌人的注意力，暗地里抓紧时间打通地道。"

"大木和洪浪刚牺牲，矿工们的情绪都十分消极，这时举行罢工，不合时宜吧？"王子春有气无力地说。

龚舍荣说："我已制定了计划，肯定能抓出奸细，提振士气！"

第二天，几百个工人像往常一样，由监工押着来到采矿场地。龚舍荣碰一下陈有德："今天我们提出要工资，我俩一起喊。"陈有德看看他，欣然答应，两人一起喊起来："我们要工资，我们要工资！"矿工们三三两两地跟着喊，渐渐越喊越起劲。

监工们挥舞着鞭子："不准喊，进洞干活。"

日籍总监工"大龅牙"摸出手枪："他妈的要工资？全部杀了！"可是反抗这东西真如弹簧，有压就有弹，矿工们喊得更响了。

"大龅牙"招呼矿警，矿警横着枪呵斥："不准喊，赶快进洞劳作。"可是矿工们根本不在乎矿警的威胁，喊声一波比一波高。

封班长跑进大西吉雄的办公室报告："所长，今天矿工又提出要工资，不发工资不干活。"

大西吉雄站直身子，两手拄在桌子上，睁大双眼："他们居然又闹起来了？"跟着封班长进来的曾睿剑点头道："所长，我早就说过，力气在矿工们身上，想他们用力气，就要按市场规律办事，发给合理的工资，或者以产定酬，不然，这种事会一而再再而三发生。"

大西吉雄手一甩："呸，亡国奴要大日本帝国发工资？"

竺田显山连忙插嘴："矿工中还有共产党的残余，与我们对着干，我们唯有多杀几个，才能镇服他们。"

曾睿剑摆手："中国古代有句话：'民不畏死，奈何以死惧之？'矿工们的生活环境太恶劣了，生不如死，你杀光他们也没有用。还是采用我的建议，按劳计酬，产量就能上去，不管是共产党还是国民党破坏都没用。"

大西吉雄摇头："不行，帝国的经济状况不佳，中国人必须为大日本帝国无偿劳动。"

劳务课的叶课长对大西吉雄耳语，大西吉雄赞赏地拍着他的肩膀："还是你聪明，就照你说的办，快去。"

叶课长来到洞口坪地大声宣布："矿工兄弟们，皇军宽宏大量，从今天起，就给大家发工资！"他把一张布告贴在洞壁外。

为提高矿工积极性，即日起以产定酬，多劳多得。每产二吨萤石，发银圆一块，以做酬资。具体规定如下：

一、一个平洞为一组，酬资发到组。

二、具体人头工资由平洞监工长分配。

三、每日过磅计数。

四、酬资一月一结，暂由矿所财务保管，年底统一领取。

五、每星期吃一次红烧肉，每人每天一斤半大米。

希各知照，努力生产。

华中矿业公司武义矿业所印

昭和十八年八月十日

"白痴眼"在矿工中间边走边喊："从今天起，产出矿石按量计酬，不是军票，是大洋，大家用劲干。"

龚舍荣心想："可不能让日本人这样收买人心，分裂矿工。"他走近陈有德："日本人哪有这样好，肯定是骗人的。既然每天过磅矿石计数，就每天当场结算发放工资。"

陈有德立刻大喊："当天过磅，当天兑现工资。"矿工们纷纷响应，喊得震天响。

竺田显山向天鸣枪："你们不要得寸进尺，再喊就统统枪毙！"

龚舍荣见矿工们已对日本人的承诺产生了怀疑，便走到玉柱和董一虎身边："目的已经达到，可以上工了。"

玉柱等人点头，带头向矿洞中走去，矿工们陆陆续续跟了进去。

二号矿洞洞壁的电石灯明晃晃地照着，矿工们有的把钎，有的挥锤，有的装车，玉莹背着枪在洞中巡逻。她观察洞口，向匆匆来到大悬岩下面的六个矿工点点头，两个矿工随即钻进了秘密地道，另外四个矿工把大岩石移回原处，连忙走开。

一号矿洞里，陈有德凑到龚舍荣身边："昨晚上我醒来，见你不在铺上，好长时间没回来，去哪里了？"

龚舍荣放下大锤，口唇附在陈有德耳边："我去侦察大西吉雄的卧室。"

"为什么？"

"我们想杀掉他。"

"啊，你们想杀大西吉雄？莫非你也是共产党？"陈有德的嘴巴张大了。

龚舍荣抡起大锤："是啊，矿工中有许多共产党。"

陈有德止不住地喜悦："哪些人是共产党？"

龚舍荣头一缩，舌头一伸："这是秘密，只有党员们才知道。"

陈有德迫不及待："那我可以加入共产党吗？我想立刻加入。"

"要先写申请书。"

"怎样写？"

"现在是抗战时期，你要写自己对日本帝国主义十分痛恨，要求参加中国共产党抗日。"

"我明天就写好，交给你吗？"

"可以交给我，另外一定要保密，不能对任何人说。"

"我一定保密。"陈有德拍着胸脯，喜不自禁。

玉柱就在附近，听到了一言半语，他见陈有德走开，就问龚舍荣："龚叔，我能写入党申请书吗？"

"你不用写。"

玉柱低头："我确实不如他优秀，还要努力。"

龚舍荣盯着陈有德的背影，嘴里说道："你不必跟他比。"

第二天，陈有德推着一车萤石与龚舍荣对面相遇，他见四周无人，满脸喜色地交给龚舍荣一张折好的纸："我的入党申请书写好了。"

龚舍荣把申请书放进衣袋，说道："好，我报给上级批准，同时你要做出好成绩，给上级看看。"

"还要怎样做成绩？"

"我们想个办法，先把那最可恶的'白痴眼'杀掉。"

陈有德怔了一下："这……"

龚舍荣再用言语进攻："他常毒打你，难道你不恨他吗？杀了'白痴眼'，上级看到你的努力，一定会批准你加入共产党，你就可以和其他党员见面了。"

陈有德咬咬牙："好，我听你的。"

龚舍荣握住陈有德的手："敢于斗争才是好同志。"

陈有德捏起拳头："我立刻找机会动手。"

这天二号矿洞里像往常一样，矿工们各忙各的。四个矿工将大岩石移开了一条缝，两个矿工出了秘密地道，几个人合力把大岩石移回原处。正在这时，"白痴眼"突然跑进来："住手！怎么回事，岩石下面居然能钻出人来？"

矿工们否认："没有，是你看错了。"

"白痴眼"指着大岩石，恶狠狠地说："我看得清清楚楚，你们快把岩石移开，我要查看。"

矿工们站着不动："我们移不开。"

"白痴眼"推着他们，厉声呵斥："我看到你们从下面出来，怎么移不开？快移开。"

封班长听到"白痴眼"的吼叫声，连忙走过去，看到"白痴眼"正逼矿工们移开大岩石，心里万分焦急："玉林为什么不在这里看住？现在怎么办？"他心脏剧跳，急步出洞找到龚舍荣："不好了，'白痴眼'发现了地道口，正在逼矿工搬开大岩石。"

龚舍荣脸上冒出了汗："快，采取紧急预案。"又跑去找陈有德，附在他耳边说："快去，杀'白痴眼'的机会来了。"见他犹豫，下手推了他一把："你不想入党了？不想和其他党员见面了？"

陈有德一捏拳头："好，我去，但要有几个助手。"

龚舍荣说："我和你去。"又叫玉柱："你也去！"

三人跑到二号矿洞里，"白痴眼"正在大喊矿警，喊了好几声也没矿警过来，不禁大发雷霆："都死到哪里去了？"

封班长神情紧张地出现在"白痴眼"面前："什么事？""白痴眼"指着矿工们："让他们把大岩石移开。"封班长装模作样，用枪对着矿工们比划："把大岩石移开。"

"白痴眼"指着陈有德、龚舍荣和玉柱："你们来干什么？回去干活。"

龚舍荣向玉柱眨眼，又捅了一下陈有德的腰："此时不动手，还待何时？"玉柱从后面猛地箍住"白痴眼"，陈有德捡起一块大石，狠狠砸向"白痴眼"的后脑勺，"白痴眼"叫都没叫出来，就栽倒在地上。

陈有德身体微微发抖："现在怎么办？"

龚舍荣递给陈有德一根钢钎，手指向洞顶："快撬啊！"陈有德把钢钎戳进悬岩缝隙，用力一撬，悬石顿时塌下来，埋住了"白痴眼"。

洞里灰尘弥漫，众人都退到了洞口。陈监工和一个日籍监工走过来，厉声问道："怎么回事？"

龚舍荣连忙说："悬石塌下来，压到何监工了。"众人随声附和。

日籍监工抓住陈有德的胸襟："那你们是怎么逃出来的？事情会那么巧，就压死他一个？"

矿工们说："只有何监工刚好站在悬石下，所以压到他了。"

陈监工喝道："现在死人不会讲话，任由你们怎么说了。封班长，你看到了吗？"

封班长恭敬地回答："的确是悬石掉下来砸中他的头，一点没错。"

日籍监工环视众人，看不出破绽："赶快把他抬出来。"

矿工们回洞，搬开压在"白痴眼"身上的石块，踢了尸体几脚，才把他拖出来。

封班长终于找到玉莹，狠狠推了她一把："到警卫室去。"玉莹大气都不敢出，跟着封班长进了警卫室。封班长一拍桌子："靠墙站好。"不料玉莹却扑通跪下来大哭。

封班长本来要严厉地批评玉莹擅离职守，险些毁了整个计划，现在见玉莹跪下，不禁呆了一下："站起来说，你为什么要离开岗位？今天如果不是001同志采取果断措施，地道的秘密肯定暴露，大家都得死，这损失你能弥补吗？"

玉莹泣不成声，不肯站起来。

之前她见洞内一切正常，离下工还有些时间，心想："趁机到一号矿洞看一眼哥哥吧，马上就回来，不会有问题的。"于是经过一号矿洞和二号矿洞的连接巷，到了一号矿洞。

方玉柱正满头大汗地推着一车废石，突然摔了一跤。"啊，哥……"玉莹跑过去，又急忙止步，眼泪汪汪地看着玉柱坐下揉腿。直到玉柱起身继续推车，她才猛然醒悟，急忙往回跑。

封班长揽起玉莹："快说，为什么离开岗位？"玉莹摇头不愿说，封班长连连逼问："你如果不说，今天我就向001同志请示，让你回去好了。你这样屡屡违反纪律，我实在担待不起。"

玉莹低着头："我只是想去问下001同志，地道什么时候能打通，结果等了半天也没找到机会。"

封班长无可奈何地说："我向001同志汇报，由他来决定如何处理你吧。"手一挥，"回去站岗！"

玉莹低头揩着眼泪："我再不违反纪律了，无论如何，我不回去！"

晚上，陈有德平卧在地铺上，拉拉龚舍荣的头发："喂，我打死'白痴眼'了，上级批准我入党了吗？可以告诉我矿工中哪些人是党员了吗？"

龚舍荣回答："上级说，你很勇敢，入党的事肯定没问题。他还说，组织上决定袭击矿山，除掉竺田显山和大西吉雄，要看你在这次行动中的表现。"

陈有德猛地翻个身："你们讲得轻松，矿里有警备队、有矿警，外围还有军队，怎么杀他们？"

"这一次是蔡县长亲自指挥，出动国军二十一师三个团，还有自卫队、游击队，总共几千人偷袭杨家矿，肯定能把大西吉雄和竺田显山杀掉。到时我们共产党员可要冲锋在前。"

陈有德迫不及待地问："什么时候行动？"

龚舍荣温言软语："具体时间还没有确定。组织上要你画出大西吉雄和竺田显山住处的方位图，主要是想考验你对党忠不忠诚。"

陈有德把嘴巴附在龚舍荣耳边："画好图就可以正式入党了？可以见到矿工中的党员了？"

龚舍荣诡秘地一笑："那当然。"

陈有德咧着嘴，拍着胸脯："我明天就画好交给你。"

当晚，陈有德翻来覆去睡不着，第二天中午就塞给龚舍荣一张纸："方位图画好了，你怎么交给上级？"

龚舍荣把方位图和入党申请书放进准备好的套袖里，又放进一块拳头大的石头，打了结，放在双轮铁斗车装的废石下面，说道："你推车去废石山，从山顶上把它扔到铁丝网外头，自然有人来接。"

陈有德高兴极了："是上级在外面等我吗？"

"对，办完这件事，你就能入党了，我给你引见矿工中的所有党员。"

陈有德兴奋地推起铁斗车向废石山走去，玉莹端着枪走到他身边，用枪口顶了他一下："你鬼鬼祟祟的，想干什么？"

陈有德一脸骄横："不干什么，倒废石。"

玉莹用枪托轻轻打他一下："你专门捣蛋，小心我揍你。"

陈有德翻个白眼："你再打我，我就找大西吉雄了。"

玉莹嘿嘿一笑："好，你找大西吉雄，我去找池之上。"

龚舍荣劝道："算啦，都是中国人，别较真了，快干活吧。"

陈有德推车去废石山，回头望了一眼玉莹，自言自语："明天我就把你开除出矿警班，还要打你一顿。"

玉莹去找日籍监工："报告，我刚才看到206鬼鬼祟祟地去废石山，可能有古怪。"日籍监工正头疼矿工们闹事，闻言立刻亲自去查看。玉莹耸肩一笑，自回去站岗。

晚上，陈有德又拉龚舍荣的头发："上级要我做的事都完成了，我什么时候正式入党？"

"明天就入，我带你见全体党员。"

陈有德笑得嘴巴咧到耳朵。就在此时，竺田显山突然带着警备队的人来到他的地铺前，下令道："把206捆起来。"

警备队的人把陈有德捆得结结实实。陈有德奋力挣扎："抓我干什么？你们抓错人了。"

竺田显山冷冷地说："你自己不知道为什么吗？带出去。"

陈有德被拖到碉堡下，绑在顾大木牺牲的木桩上。矿警们又把全部矿工赶出棚屋，纵横排列在明堂上。

陈有德大喊："队长，我是受所长委托，混进矿工中卧底抓共产党的。"

竺田显山狠狠踢了他一脚："你抓到共产党了吗？"

"队长，本来我明天就能知道矿工中的所有共产党了。"

竺田显山哈哈大笑，晃着陈有德写的入党申请书、画的大西吉雄两人的住处方位图："别演戏了。"

陈有德十分慌张："不，不是的，这是205让我干的。205就是潜伏在矿工中的共产党，把他抓起来审讯，能挖出矿工中的所有共产党。"

竺田显山下令："带205。"

龚舍荣被带上来。玉柱张着嘴巴合不拢，怒视陈有德："哎呀，原来他才是内奸，现在把龚叔供出去了，怎么办？"

董一虎暗暗跺脚："这下全完了。"

竺田显山指着龚舍荣："206说你是共产党，你从实招来，免得吃苦头。"

龚舍荣从容地哈哈大笑："我是共产党？这从何说起？陈有德，你的证据呢？"

陈有德张口结舌："难道要说出他指使我杀了'白痴眼'？当时在场的，包括封班长，都是他的人，我是掉进黄河洗不清。"他突然大叫："我要见大西吉雄所长，亲自向所长说。"

龚舍荣对竺田显山点头哈腰："报告队长，我只是劝他不要咒骂你，他就陷害我。"

董一虎跨出一步，说："是的，那次206骂竺田队长，还骂所长，我亲耳听到了。"

王子春也说："206常说他有所长做靠山，不怕竺田队长。"

竺田显山敲着陈有德的头："想捞救命稻草？来不及了，我先剥了你的皮。"

陈有德挣扎着大喊："所长救命，所长救命，我要见所长！"慌乱中，他想起半年前的那一幕——

他走进大西吉雄的办公室，弯腰施礼："所长，我是杜英杰。"

大西吉雄目光如剑："我让人召你许久，你为什么现在才来？"

杜英杰低头，身体微抖："当时我走不开。"

"哼，分明是不想给皇军做事。"

杜英杰抬头强笑："没有，没有，今天我不是来了？只要太君有吩咐，赴汤蹈火在所不辞。"

大西吉雄笑问："此话当真？"

杜英杰拍着胸脯："太君面前怎敢戏言。"

"好，我派你到矿工中做卧底。"

"这个……太君在开玩笑吧？在矿工中做卧底有什么用？"

"矿工中潜伏着共产党，专门煽动工人怠工、搞破坏。你去做卧底，挖出共产党，给你丰厚的奖赏。"

杜英杰向大西吉雄鞠一躬："太君，矿工真不是人做的，我不能去。"

大西吉雄仰头狞笑，从墙上取下军刀握在手中："你们中国有句名言：一言既出，驷马难追。难道你敢戏弄我？"

杜英杰扑通跪下："不敢，不敢。"

大西吉雄把军刀横在桌子上："谅你不敢。"

杜英杰实在不想做卧底："可是……"

"没有可是，你如果拒绝的话，今天就别想走出这道门。"

杜英杰呆若木鸡，头脸上渗出汗珠。

大西吉雄向他招手："你过来。"他慢腾腾地挪过去，大西吉雄指着一只小箱子："你打开看看。"他打开箱子，只见里面满是银圆，耀眼生花。

大西吉雄说："你去做卧底，挖出共产党，这箱银圆就归你了，还让你当杨家矿的副经理。"

杜英杰瞪大眼，看看银圆又看看大西吉雄，思想斗争许久："太君说话算数？"

"大日本帝国的军人，绝无半句虚言。"

杜英杰满脸堆笑："我愿效犬马之劳，再苦也不怕。"

大西吉雄拍着他的肩："要讲究方法，想办法接近他们，又不能被发现你是卧底。还有，你现在不叫杜英杰了。"

"那我叫什么？"

"叫陈有德吧。"

杜英杰点头哈腰："是，我陈有德决不辜负太君的栽培。"

……

杜英杰被绑在木桩上，声嘶力竭地大喊："我要见所长……"

一旁的曾睿剑冷眼看他，心里暗暗松了一口气："总算帮龚叔除了一个毒瘤。"

那天半夜，曾睿剑碰巧看到陈有德从大西吉雄的房间溜出来，鬼鬼祟祟地回棚屋，不禁大惊失色。之后他有意观察，发现陈有德和大西吉雄每隔三天碰一次面，于是写了字条，放在二号矿洞龚舍荣藏炸药的地方。

下午点炮时，监工检查过炮眼，看着炮手把炸药放进去。等其他人都撤出了矿洞，龚舍荣飞快地从炮眼中取出两条炸药，藏到洞壁脚。他翻开岩石时，发现了曾睿剑的字条："明修栈道，要求发工资、改善伙食。暗度陈仓，抓紧掘进地道。警告：榻边是狼！"

龚舍荣藏好炸药后，回到棚屋苦苦思索："写这字条的人知道我们在打地道，会是谁呢？难道是封班长？不对，如果是他，完全可以直接告诉我呀。这个神秘人究竟有什么用意，是敌还是友呢？"他满头雾水，想破了脑袋也猜不出是谁，但"榻边是狼"四个字却使他如梦初醒，知道了陷害俞洪浪和顾大木的凶手是谁，不由得把牙齿咬得嘎嘎响："看我好好收拾你！"

他把字条烧掉，制定了周密的计划，第二天就发动矿工罢工。

大西吉雄终于匆匆走来，杜英杰大喊："所长救命，队长要杀我！"

大西吉雄瞪他一眼，拿过竺田显山手上的入党申请书和方位图："原来你是双面卧底！共产党给了你什么好处？杀完'白痴眼'，现在又想杀我和竺田队长，好一片赤胆忠心啊！"

杜英杰哭叫道："所长，这是205要我做的，205就是共产党的领导，我忍辱负重听从他的命令，做了这些事，是为了完成皇军交给我的任务，不能冤枉我。"

大西吉雄打了杜英杰一个耳光："205是共产党的领导？我隔三天就见你一次，为什么你从来不提？监工只看见你往外传消息，可没见过205。"

杜英杰浑身颤抖："那是因为……因为我怕你沉不住气，先抓了205，就挖不出杨家矿的其他共产党了。我想……想攒个大功劳。"

竺田显山摇头："都是狡辩。"

大西吉雄说："当初你就不愿意给我做事，推三阻四，没想到一转眼就投靠了共产党。"

杜英杰恍然大悟："所长，所长，我吃了这么大的苦，你不能言而无信。那一箱银圆我可以不要，千万不要杀我。"

大西吉雄心想："这人倒还聪明，竟知道我舍不得那箱银圆。不过就因为这样，我更要杀你。"

杜英杰绝望地哭喊道："我知道杨家矿里有很多共产党，还有为他们做事的人，就连……"

一声枪响，杜英杰的头上爆出血花，身子抽搐了几下，再无声息。

大西吉雄和竺田显山大惊，立刻趴到地上。矿工们的队伍顿时混乱，警备队和矿警班的人跑来跑去地维持秩序，尖叫声、呼喝声四起，现场乱成一锅粥。

玉莹盯着趴在地上的大西吉雄，又转眼看躲在大树后的曾睿剑，心潮起伏，几次端起枪来又放下，手背上的青筋都绷了出来。

这是多好的复仇机会啊！可是周东曦和封班长严肃的面容浮现在她眼前，那殷殷的嘱咐在她耳中反复回响："如果计划失败，游击队会遭受很大损失，甚至影响到整个武义县的抗日局势，知道吗？"

玉莹差点把嘴唇咬出了血。她端起枪，瞄准大西吉雄，在心里扣动扳机："啊，打中了，报仇了！"

突然一只大手伸过来，摁下了玉莹的枪。玉莹回头一看，原来是气喘吁吁的封班长。

封班长神色严厉："你想打死大西吉雄？"

玉莹一脸不高兴："我只是瞄准他试试，根本没扣扳机。"

封班长不容她分辩："你考虑过后果没有？"

玉莹顶嘴："说了只是瞄准，我被你们教训过，哪敢轻举妄动。"

封班长狠狠地瞪着她。他刚刚躲在远处击毙了杜英杰，趁乱跑回人群中，就看到玉莹举枪对准大西吉雄。此刻他心情还未平复，不由得火冒三丈，心想自己手下的矿警中已有能代替玉莹的人，这次一定得让她离开："你一而再再而三地犯错误，我无法保证你的安全，现在你马上回游击队。"

"我不回去。"

"这是命令！你继续待在这里肯定会出问题，破坏整个计划。现在回宿舍，换上来时的衣服，以最快速度回游击队，向周队长报到。"封班长以最严厉的口气说。

玉莹流下了眼泪。

二十七　阴谋

大西吉雄与竺田显山来到司令部，向池之上报告杜英杰的事，拿出入党申请书和方位图给池之上看。池之上说："中国人都是靠不住的，找他们卧底，完全不可信任。"

竺田显山连忙说："中国人也有一心向着我们的，杜英杰这件事就是一个见习矿警来告发的。"

竹子摇头："杜英杰应该是被灭口，必须找出杀死他的凶手，顺藤摸瓜。"

池之上喝下一杯酒，慢慢品味："这武义大曲真是好酒，不但口感好，落肚还有余香。可惜啊，武义的百姓却甚是奸猾。"

卫兵跑进来报告："杨家矿来电话，刚才矿区又遭游击队袭击，一个警备队员被打死，矿山起码停工整修三天，才能恢复生产。"

众人面面相觑。大西吉雄皱着面孔："连一刻安宁都没有。竺田队长，我们快回去。"

两人匆匆离开。池之上举起酒杯，用力摔在地上："一定要尽快抓到周东曦，消灭阳山乡游击队！"

竹子十分无奈："周东曦利用熟悉地理环境的优势，像泥鳅和黄鳝般滑不留手，又像老鼠一样昼伏夜出，且出无定点定时。我们看不见他，他看得见我们，我们采取守株待兔的办法，他总能逃脱。所以，我们的别动队很难抓到他。"

池之上一脸狞笑："等我做个鼠笼，里面放上香喷喷的诱饵，让狡猾如老鼠的周东曦自动钻进来。"

竹子笑着问："不知司令拿什么做饵？"

"你去找山本和王友仁来我办公室。"

池之上亲自给《新武义报》的总编打电话："给我在明天的报纸上登一篇新闻。"

"司令要登新闻？一句话的事，我让记者过来拿。"

"一定要在头版头条发。"

"没问题。"

竹子带着"半脸毛"和王友仁来了，池之上得意地扫视他们："你们不是说周东曦出没无常吗？我保证周东曦这几天晚上会出现在十五保的保长家，如此，你们能抓到他吗？"

"半脸毛"一个立正："只要周东曦在保长家，我们肯定手到擒来。"

池之上手点着王友仁："王组长，你怎么说？"

王友仁拍着胸脯："司令已经把老鼠装进了鼠笼，我们只是把笼子拎回来交给司令。"

池之上站起来："军中无戏言！"

"半脸毛"和王友仁两人齐齐立正应是。

竹子指点"半脸毛"："不能大意，带一个分队的人去。"

游击队员们正在吃中饭，沈维庭兴冲冲走进来，举起一个蓝色的大洋瓶："告诉大家一个好消息：舍荣给大木和洪浪报了仇，那个出卖他俩的凶手被当场击毙。我特意带来一瓶家酿的红曲酒，足有十斤，让大家高兴高兴。"

张正钧连忙接过酒瓶，周东曦让沈维庭坐在自己身边："龚舍荣同志安全吗？玉林安全吗？"

沈维庭坐下又站起，竖起大拇指："舍荣真是高手，揪出了内奸，自己全身而退。玉林也平安无事。"

张正钧给游击队员们倒酒，人人兴高采烈。

玉莹在大厅门口探出半个脑袋，想进又不敢进来。金吉水眼睛最尖，叫道："玉林回来了！"他跑过去，夺下玉莹握在手中的报纸："什么玩意儿？"

"日伪的《新武义报》，消息很重要，先给队长看。"玉莹夺过报纸，走到周东曦面前。

周东曦难以置信地看着她："你怎么回来了？是封班长要你回来的吗？你又违反纪律了吧？"

玉莹支支吾吾地说："封班长……要我回来，不过我没……没……我路过县城时捡到这张报纸，你看头版的标题，气死人了！"她有意转移周东曦的注意力。

周东曦看着报纸，果真忘了追问玉莹。他忽地放下饭碗，站起来骂道："十五保的保长太可恶，我们要他交抗战经费，一文没有，日本人派给他的捐税，分文不少还超纳，岂有此理！"

秦浩森从周东曦手中拿过报纸，看后扔在地上："崩了这姓柳的。"

谢文生说："队长，日本兵只抢钱抢粮，从没听说过还向沦陷区老百姓摊派捐税，现在为什么要这样做呢？"

朱双臣坐在客厅沙发上看报纸，朱汀慧靠在他身上，瞄了报纸一眼，突然板起面孔："爸爸，你向村里征税了？"

朱双臣丢开报纸："征什么税？"

朱汀慧没好气地指着报纸上的标题："看到了吗？十五保带头超额交纳县政府分配的捐税。"

"嘿，有钱人都逃了，留在村里的人食不果腹，刀搁在脖子上也没钱交捐税。"

朱汀慧哗啦哗啦晃着报纸："白纸黑字你还抵赖。"

朱双臣瞟了她一眼："你懂什么，这是池之上做的圈套、陷阱。"

朱汀慧睁大眼："圈套？套什么呀？"

朱双臣甩开她："这是政治阴谋、手段，更是军事机密，小孩子不用懂。"

朱汀慧的心脏剧烈跳动："爸爸，你讲给我听，我就懂了嘛。"

朱双臣硬邦邦地说："女孩子家别管闲事。"

朱汀慧总觉得这事与周东曦有关，于是坐到朱双臣的膝盖上，亲他的脸："好爸爸，快告诉我，你这样吞吞吐吐，我太好奇了。"

"肯定不能告诉你。其实嘛，我也不知道内情，是猜的。"

朱汀慧站起来，噘着嘴："我不理你了。"上楼回房间。

朱双臣见女儿走了，自言自语道："周东曦呀周东曦，我看你这一次怎么逃得过暗算。"

躲在楼梯顶的朱汀慧差点叫出声："我就知道这事与东曦有关，但一条新闻能有什么阴谋呢？不管怎样，我一定要告诉他。"

朱汀慧下了楼，装出若无其事的样子，穿过客厅往大门口走。朱双臣抬头问："你去哪里？"

朱汀慧连头也不回："我去同学家玩。"

"这几天你哪里也不能去。外面的街道和路口遍布日本兵和特务，检查得很严，你出去不安全。"朱双臣用力把朱汀慧拖进楼上的卧室，锁上房门："我容不得你再去闯祸。"

朱汀慧边拍门边叫"爸爸开门"，越拍越响，越叫越大声。朱双臣在门外摇头："你敲吧，我就不开。"

朱汀慧拎起凳子砸门，砸得砰砰响。朱双臣下了狠心："这次决不纵容你！"下楼翻出一根绳索。

朱汀慧心急如焚，越砸越起劲，终于砸破了门板。她从破洞里钻出来，跑到楼下，被严阵以待的朱双臣一把抓住，绳索在她身上绕了好几圈，把她捆在一把椅子上。

被绑住的朱汀慧扭动着双脚双手，急得大哭大叫："爸爸，求你了，这次放我去报信，以后我和东曦尽心服侍你。"

见朱双臣不为所动，她又狠狠骂道："今天不放我，日后休想我给你送终……我让东曦关住你……"

朱双臣见她的手腕被绳索勒破，流出了血，心疼地说："女儿呀，这都是为了你的性命着想，你再闹再哭，我也不会心软。"他看朱汀慧闹得更厉害了，心想："这样也不是办法，还是叫她舅舅来劝吧。"锁了大门出去。

游击队员们都在催促周东曦除掉那个柳保长。何旭阳自告奋勇："我去看看吧，如果真有此事，我立刻就毙了他。"

"你去过十五保几次，容易被人认出来，还是我去吧。"周东曦回头瞪着玉莹："玉林，你和我一起去，路上正好说说你为什么回来。"

金吉水叫道："队长，我也要去。"

周东曦看他一眼："两个人去就足够了。"

金吉水噘起嘴，很不高兴："队长总是带玉林出去，太偏心。"

萧洒突然出声："队长，现在我也是游击队员了，今天我跟你去。"

周东曦看她："你更不能去。"

萧洒逼在他面前："你以前说，我不是游击队员，不能跟你出去，现在我是游击队员了，为什么还是不能去？我一定要去。"

两个月前，游击队员们晚上要出去行动，萧洒对周东曦说："队长，我也要跟你去沦陷区活动。"

周东曦摆手："女的不能去。"

"红莲难道是男子汉？她常常跟你去。"萧洒不服气地说。

"红莲是写了申请书、经过批准的游击队员，你现在还不是游击队员。"

萧洒立刻跑出去，一会儿回到大厅，递给周东曦一张纸，昂首挺胸地说："这是我的申请书，请批准。"

周东曦看都不看，把申请书递回给她："别胡闹，我不批，你是乡公所的人。"

萧洒正要和周东曦缠闹，忽见赵成章走进祠堂大门，她眼睛一亮，顿生主意，把申请书往身后一藏，笑嘻嘻看向赵成章："赵指挥，我想加入游击队。"

赵成章随口说道："好啊，周队长同意就行了嘛！"

萧洒说："队长说要经你批准。"

赵成章问："周队长，她参加游击队有什么不妥吗？"

周东曦低声对赵成章说："她是秦乡长的人，秦乡长不会同意的。"

赵成章转身对萧洒说："哦，我忘了，你有乡公所的编制，必须先得到秦乡长的同意才行。"

"这还不简单？"萧洒连忙跑去找秦浩淼，把申请书铺放在他面前："签字。"

秦浩淼看过申请书，口气非常强硬："别胡闹，你参加什么游击队？把本职工作做好就是努力抗日了。"

萧洒侧头看看他："咦，你还真不同意。"

秦浩淼的态度十分坚定："肯定不可以。"

萧洒板起面孔，手指笃笃地敲着申请书："你不签，我就不做你什么鸟秘书了，辞职去当游击队员。"

秦浩淼缓和了口气："这是何苦呢，你听话，别当什么游击队员了。"

萧洒火气凛凛："一句话，不签我马上就辞职。"

秦浩淼手握水笔，眼望萧洒："我都这样爱你了，你还这山望着那山高，一门心思接近东曦，这不好。"

萧洒双手叉腰："不要啰嗦了，快签字。"

秦浩淼无奈地在申请书上签了字。萧洒拿着它疾快地跑到赵成章面前："赵指挥，给我批吧。"

赵成章看看申请书，笑道："周队长同意就好了，不用我批准。但是，你当了游击队员，也要做好本职工作哟。"

"那是当然。"萧洒笑眯眯地把申请书递给周东曦。

周东曦摊开手："既然秦乡长同意，我当然不反对。"

萧洒跳了起来："哈哈，我是游击队员了，现在就去沦陷区发动群众抗日。"

赵成章说："你不能单独去，得让周队长带你去，听从他的指挥。"

萧洒摇着周东曦的肩膀："听到了吗？赵指挥要你带我去。"

"好，好，带你去，不过去之前你要先练枪法。"

萧洒娇滴滴地说："我要和红莲一样用手枪。"

周东曦笑了："好的，教你学手枪。"

萧洒果真练了很久的枪法，所以这天要和周东曦去沦陷区就特别有底气。她简直是逼着周东曦同意："我已经会打枪了，你答应的话不能不算数，今天我一定要去。"

"那是以前答应的，现在情况有变，你不能去。"周东曦摆手。

"什么情况？"

"现在日伪也学我们，经常晚上出动。如果碰到他们，你经验不足，太危险了。"

秦浩淼赞同："东曦说得对，行动有危险。你父亲千嘱万咐，要我保证你的安全，你绝对不能去。"

萧洒双手一背，仰头说："今晚我非去不可，不管你们同不同意。"

周东曦干脆地拒绝："萧洒，听秦乡长的话，你真的不能去。"

秦浩淼想拉走萧洒，只听得李红莲响亮地说："我不怕，我和队长去。"萧洒立刻甩掉秦浩淼的手，跑过去拉住周东曦："谁怕了？走。"

秦浩淼急忙追过来："东曦，你不能带她去，你负不起责任的。"拉着萧洒的手："跟我走，跟我走。"

周东曦推开萧洒："你看，秦乡长都叫你不要去。"

玉莹兴冲冲地走过来："队长，我们快走吧。"

周东曦推萧洒转身，萧洒鼍着不动，边哭边说："我一定要去，一定要去。"

何旭阳从中劝说："这次就让萧洒去吧，我想不会有什么危险。十五保的东楼那么大，四进大门，两条直弄堂，三条横弄堂，三十间房、四个大厅都互通，真有敌人来了，随便在哪里躲一下都找不到。"

萧洒十分得意："何队长都说了没危险，再说，你怎么知道我遇事应付不了？"拉着周东曦的手快步出门。秦浩淼望着他们的背影直生闷气。

萧洒拉着周东曦不放，在村路上蹦蹦跳跳，笑嘻嘻地说："队长，今天终于能和你并肩去抗日了，我心里真高兴。"

玉莹趁别人都不注意，溜出祠堂，远远跟在周东曦和萧洒后面，看着他俩拉在一起的手，心里又酸又苦。

周东曦甩脱萧洒的手："你高兴，秦乡长可不高兴了。"

"谁管他高不高兴，我只想知道，你和我一起去，心里高兴吗？"

"做抗日工作嘛，和谁去都一样。"

萧洒又拉住周东曦的手："好，以后我天天跟你抗日。"

周东曦再甩脱："现在我教你，到柳保长家后，我们一个做红脸一个做白脸。"

"那我做红脸，好话我说不来。"

"好，你做红脸，但也要掌握分寸，不能过分。"

两人到了柳家村，走进东楼柳保长家。玉莹躲在村口大树下观察。

柳保长坐在床沿，头低到了胸前。三个甲长垂头丧气坐在房中的小竹椅上，不时叹气。

周东曦和萧洒就站在柳保长面前，扬起报纸："你们把伪政府派的捐税都交了，还超额完成，可我们要你交的抗战经费却一毛不拔。"

柳保长抬起头，慢吞吞地说："周队长啊，我们村的有钱人都逃到山里了，在家的穷人饭都没得吃，哪有钱交捐税，编报的人肯定搞错了。"

萧洒拍着桌子："马上交齐全保的抗战经费，不交毙了你。"

柳保长摇着头："日本人和你们一齐逼我们，我们被夹在当中，怎么活嘛。"

萧洒把枪顶在柳保长头上："老实交代，你交给伪政府多少捐税？"

柳保长慌怕得直哆嗦："反正这……这日子也过不下去了，死了倒好，你毙了我吧。"

周东曦压下萧洒的枪："你们要知道自己是中国人，要有中国心。"

一个甲长哭丧着面孔说："我们这些当保长、甲长的也都是为村里的老百姓啊。前天五个村民被日本兵抓去做担夫，我们好说歹说才放回来。"

另一个甲长说："我们是被逼得没办法了，才当了这四面受气的芝麻官，不知何时就掉脑袋呀。"

"不要阴一套、阳一套，快说，你们是怎样逼村民交伪政府的捐税的？"萧洒又把枪顶在柳保长的头上。

王友仁就埋伏在东楼边上，见周东曦两人进去，手一挥："把东楼包围起来。"

日本兵和特务团团围住东楼，玉莹在大树下看得很清楚："哎呀，糟糕，队长他们被包围了，必须立刻示警。"她毫不犹豫地瞄准日本兵，连开了两枪。

周东曦听得枪声，警觉地从窗里向外张望："不好，我们被包围了。"

柳保长的妻子抱着个小孩，慌慌张张地跑进来："志财，外面在打枪，肯定是日本人来了，叫周队长他们快走，别连累我们家。"

周东曦拔出枪："萧洒，准备战斗。"

萧洒挥着枪："我和他们拼了。"

柳保长突然伸手拉住周东曦的衣角，周东曦难以置信地看着他："莫非你想把我交给日本兵？"

萧洒用枪指着他："那我现在先毙了你。"

柳保长扑通跪下："周队长，我求你们千万别打死王友仁，别杀日本兵，否则我们全村老百姓都遭殃了。"

三个甲长一齐跪下："真的求求你们，别杀日本人，全村人的命都系在你们手上了。"

柳保长指着房门口："你们快躲上楼吧。周队长，你知道的，东楼的隔楼可通瓦背，上了瓦背可以逃到白阳山。万一被抓，千万别说来过我家。"

周东曦扶起柳保长："放心，我一定不连累你们。"

柳保长的妻子提醒："要小心，楼外四周都有人看守。"

周东曦拉着萧洒的手："别紧张，跟着我走。"两人脚步飞快地跑出房间，跑过弄堂，踏着楼梯上了二楼。周东曦纵身一跃跳上横梁，伸手把萧洒拉上去，又推开一块隔板，把萧洒塞进瓦背下的隔层，自己再爬进去。

他估计自己两人的身体会揩去横梁和木构件上面的灰尘，给下面的人指路，于是抓起隔楼内的灰尘向经过的地方撒去，遮掉痕迹，最后把隔板沾上灰尘，小心地装回去。

隔层很低，两人只能躺下来。萧洒紧紧地抱住周东曦，身体瑟瑟发抖。周东曦轻轻拍着她安慰："别怕，镇定些，他们找不到我们的。这隔层本就是在必要时藏人的，等一下我们爬上瓦背，跑到白阳山，就平安了。"

萧洒笑了："还好是我陪你来，我现在觉得真幸福。"

王友仁带着十多个人挨家挨户搜查，大声喝道："周东曦肯定逃到楼上了。一组负责守好大门和弄堂门，没有我的命令不准离开。二组到楼上搜。抓到周东曦，赏银一千块。"

王友仁自己带人上了楼，翻箱倒柜，不放过任何一个角落。特务们纷纷大喊：

"周东曦出来，把方玉莹交给皇军，免你一死。"

"周东曦，出来投降还能活命，等抓到你就死路一条了。"

周东曦抱着萧洒一动不动，两人都屏息静气。

日本兵和特务们搜遍了整栋楼也找不到人，王友仁仰头看着瓦背下的垫砖[①]，又看看四壁："周东曦一定在楼里，怎么会找不到呢？难道他是《封神榜》里的土行者，会遁地不成？"

"半脸毛"哭丧着脸："我们可是在司令面前立过军令状的，现在周东曦明明来了，我们却没抓住他，回去肯定得受军法处置。"

柳臻全说："肯定是东楼人把他藏起来了。我们把东楼人全集中到大厅，一个个查问，肯定能问出来。"

"半脸毛"手一挥："统统集中。"

王友仁带着人在弄堂里边跑边喊："东楼人全部到大厅集中，皇军要训话。"

日本兵用刺刀把村民们赶到大厅，黑压压站了一片。王友仁把他们都扫视了一遍，气急败坏地喊道："乡亲们，我们奉命来抓皇军的通缉犯周东曦，你们中谁藏起了他，现在赶快交出来，否则等我们搜出来，藏匿者是要与周东曦同罪的。"

"半脸毛"恐吓："如果从哪家搜出周东曦，全家人都得死。"

有村民说："我家肯定没有。"

还有村民说："周东曦哪敢到这里来，他不怕死吗？"

[①] 垫砖：清代建筑中，很多较大的厅楼在屋顶瓦片下有一层薄砖，叫垫砖，铺在椽木上，瓦片就盖在垫砖上。

"半脸毛"抓住柳保长的衣襟："你把周东曦藏到哪里了？"

柳保长身体颤抖如筛，额上冒出大颗汗珠："太君，周东曦没来我家。"

王友仁冷笑："我看着周东曦走进东楼，肯定是去你家问捐税的事，你居然敢撒谎！"

柳保长连连叩头："组长，这玩笑可不敢开，他是逃亡乡长，我是皇军的保长，他怎么会到我家？"

柳臻全抓住一个村民的领口："你藏了周东曦吗？"

村民说："没有，影都没见过。"

王友仁扭着一个村民的耳朵："周东曦逃到你家了吗？"

村民说："冤枉啊，我老早就睡觉了。"

"半脸毛"恶狠狠地说："你们都说没有，难道他会飞到天上、遁入土中？一句话，你们不交出人就烧楼，把你们和周东曦一起烧死。"

村民们大哗："不能烧东楼，这是几百年的神楼，绝对不能烧……"

王友仁说："所以我劝你们，尽早把周东曦交出来，不然肯定是要烧东楼的。"

村民们全跪下来，一片哀声："没看到周东曦，我们怎么交？"

王友仁急得搓手跺脚："不抓到周东曦，我这条命就没了。"他猛地大喊："我喊到十，不交就点火。一、二、三……"

二十八　石灰包的威力

隔楼上，萧洒推一把周东曦："日本兵要烧楼了，我们快上到瓦背，跑去白阳山。"

周东曦叹了口气："现在不能跑了。我们一跑，东楼就烧掉了。这东楼十分珍贵，绝不能让王友仁烧了。"

萧洒睁大眼睛："那你有什么办法？"

"他们不是要抓我吗？我出去，东楼就保住了。"

萧洒摇着他："出去送死？你傻吗？"

周东曦一撇嘴："死倒不要紧，最窝囊的是我本可以先把王友仁、'半脸毛'打死，再捎上几个日本兵。现在却没了机会，只能束手就擒。"

"你说什么屁话，楼比人还重要吗？别犯傻了，快上瓦背。"

"我得快下去，不然日本人真的点火了。"

周东曦用力扳隔板，萧洒双手牢牢箍住他，眼泪成串地流下来："我不许你去送死。"

"我可以死，村民们不能死，东楼也不能烧。"

萧洒紧紧拉住周东曦，号啕大哭："不，你要活，我们都要活，管他烧不烧东楼。"

周东曦不耐烦地说："你又喊又哭，被下面听到了，你也活不了。现在你待在这里别动、别出声，等他们把我押走了，你就可以回上仑村了。"

萧洒死劲勒住周东曦："我不能让你去死，我……我喜欢你！"

周东曦用力掰她的手："喜欢你的是秦浩淼，不是我，你明白吗？"

"你的命比这东楼珍贵一千倍，你绝对不能出去，我们快爬上瓦背去白阳山。"萧洒抱住周东曦不放，似恳求又似命令。

周东曦发怒了："放手，再不出去真来不及了！"他用力挣脱萧洒，爬出了隔楼。萧洒泣不成声，身体缩成一团。

大厅里，王友仁接着计数："七……八……九……十！没人招供？烧！"

柳臻全划着自来火，凑向堆起的柴薪，村民们齐声痛哭。

柳臻全一连划了三根自来火都没划着，第四根才凑到柴薪上。

周东曦藏在大厅外的阴影里，手枪瞄准王友仁，几次欲扣扳机，但想起柳保长哀求他的话，枪口又垂了下来。终于，他把脚一跺，叹息一声，举起枪大步走进大厅："王友仁，周东曦在此。如果你还胡作非为，我就一枪毙了你，与你同归于尽。"

村民们用敬佩的眼光看着他，纷纷给他让出一条路。王友仁身子颤抖一下，向后退了几步，拉住"半脸毛"："队长，这人就是周东曦！"

"半脸毛"上下打量着周东曦，咧开嘴巴大笑："司令真是神机妙算啊！快缴了他的枪。"

两个日本兵夺下周东曦的枪。王友仁说："周东曦，你出来自首，不怕死吗？"

"我这不是自首，是你拿东楼和村民的性命来要挟我。"

王友仁讥笑道："哈哈，说得好听，你若是不出来，马上就要被烧死了，那滋味可不好受。"

周东曦目光如剑："你这种人，也只配这么想。"

柳臻全向特务挥手："绑起来。"

周东曦大声说："不用绑，我跟你们走，去见池之上。"

"不行，都说你有功夫，万一你在路上逃脱了，我到哪里诉苦？现在你可是件宝贝呢。"柳臻全命令特务："绑起来。"

几个特务把周东曦五花大绑，"半脸毛"上前，狠狠地抽他的耳光："为了抓你，我不知挨了司令多少耳光，今天都让你还回来。"

王友仁也拿起鞭子："是啊，我这条命差点断送在你手里，今天是该狠狠打你一顿，出出这口恶气。"

特务们把周东曦绑在大厅的柱子上，王友仁用皮鞭狠命抽打他。鲜血渗透了周东曦身上的衣服，滴在地上，他紧咬牙关忍受。村民们连连叹息着，有的女人哭了起来。

周东曦突然喝道："王友仁，你居然这样对待你们未来的县长？"

王友仁手里的皮鞭不由自主地停下来。他愣了一会儿，把嘴巴附在"半脸毛"耳边嘀咕一阵，"半脸毛"也呆了。

王友仁掏出一块手帕，揩去周东曦脸上的血："好，我们现在去见司令。刚才是我一时糊涂，你大人不记小人过。"

周东曦看到王友仁前倨后恭的嘴脸，嗤笑了几声。

柳臻全向"半脸毛"进言："队长，应该把周东曦的脚打残了，这样押送安全些。"

"半脸毛"点头："对，打断他的腿。"

柳臻全举起柴棍就要打，王友仁上前拦下："队长，如果打断他的腿，就得抬他到司令部，太麻烦。再说，如果司令真的让他当县长，我们打断他的腿，将来相见难免尴尬。押送路上看牢他就是了。"

"半脸毛"想了一想："也是，反正我们已经打得过瘾了。"

柳臻全放下柴棍："提醒你们，千万不能麻痹大意。我们是立过军令状的，如果他跑了，我们要用命抵。"

王友仁挥着手枪："你真是杞人忧天。周东曦赤手空拳，又被绑得结结实实，就算他能从我眼皮底下逃脱几步，这枪是干什么用的？况且他已经被打得半死了，尽管放心吧！"

"半脸毛"挥手："走，向司令报功去。"

玉莹躲在大树后，看到十多个特务和日本兵押着周东曦走出来，不禁"啊"了一声："怎么办，队长居然没跑出去？这下可糟了，我一个人单枪匹马，要救他可不容易。"

周东曦心想，这次自己真要死在池之上手上了，不过保下了东楼和村民，也是划算的。他斜着眼说："王友仁，你犯下的罪孽深重，我劝你回头是岸，争取以后宽大处理。"

王友仁阴阴地笑："周东曦，我是破漏船当港行，不管那么多了。不过你大概是脑浆不实，难道到现在还看不出吗？日本人很快就占领全中国了，抗战是一条死路。识时务者为俊杰，好汉不吃眼前亏，你不懂吗？"

"你才是井底之蛙。日本侵略中国，非正义之战，注定会失败。现在美国已参战，日本人战败只不过是时间问题，这你都看不出来？"

"无论如何，你肯定死在我的前面。"

"不一定。你跪在人民面前那天，也许是我审判你呢？"

王友仁一阵狂笑："你自信能逃脱我们的手掌心？摆在你面前的只有两条路：继续反抗司令，是死路；让方玉莹交出分布图，和我一起共事，同享人间之乐，是生路。就看你怎么选了。"

"看来你是铁了心做汉奸了。"

两人一路上唇枪舌剑，互不相让。

朱双臣带着一位老者进门。那老者几步走到朱汀慧身边："慧，舅舅来看你了。"

朱汀慧恨恨地白了朱双臣一眼，有气无力地叫："舅舅……"

舅舅连忙解开她身上的绳索："双臣你也太过分了，怎么可以这样对待自己的女儿呢？"

朱汀慧抱住舅舅大哭："舅舅，他这样欺负我！呜呜，我想妈妈……"

舅舅拍着她的背安慰："舅舅都知道了，以后舅舅就住在这里，看他还敢对你不好。"

朱双臣指着朱汀慧："你要给周东曦传递消息，这是掉脑袋的事。为了你的性命着想，我只能这样做。现在我把你舅舅叫来，以后让他管住你。"

朱汀慧一面咳一面骂："我没有你这样的爸爸！妈妈，呜呜，妈妈！"

舅舅叹气："慧，你父亲是为你好。"

朱双臣端出一碗面条送到朱汀慧面前："快吃吧，爸爸刚为你买的，还热着。"

朱汀慧将面碗摔在地上："谁要吃你的面！"

朱双臣摊开双手，无奈地对舅舅说："喏，你看，就是这样的脾气。"

舅舅劝道："慧，好歹吃一点，你不饿吗？"

"我不饿，我现在就出门去找东曦。"朱汀慧说着就要走。

朱双臣口气坚决："不可以！"

舅舅挡在门口："周东曦是什么人？"

朱汀慧想推开他："他是游击队队长。日本人设了圈套要抓他，我必须尽快通知他。"

朱双臣对舅舅说："你听见了吧？周东曦是游击队的队长、日本人通缉的要犯，送信给他，我们全得死，这不是闹着玩的。"

"舅舅，东曦是我的未婚夫。"

舅舅仰头想了一会儿，说："慧，夜深天黑，又是战乱时期，你要走三十里路，舅舅和爸爸都不放心，这样吧，舅舅陪你去。"他转向朱双臣："这事……双臣，我看日本人长不了，让慧慧给你留条后路也好。"

朱汀慧拼命点头，绽开笑脸

朱双臣难以置信地看着舅舅："她妈妈已经没了，你做舅舅的居然这样说，你是疼她还是害她？要我说，现在去送情报，可能已经迟了，白白搭上我们父女俩和你三条命。"

朱汀慧站在门口催促："舅舅，不管迟不迟，我都要去，快走。"

舅舅陪着朱汀慧走出大门。朱双臣看着舅甥俩的背影叹道："有这样的甥女，就有这样的舅舅。看来我这条命不知何时就没了。"又关心地喊道："先吃点东西，别饿坏了身子。"

舅舅回头："我会看着她吃饭的。"

玉莹气喘吁吁地跑在村路上，她左顾右盼，钻进路边的树丛，自言自语："我就埋伏在这里……"话音未落，树丛中跳出十几个少年，团团围住她。

玉莹后退几步："你们是什么人？藏在这里想干什么？"

领头的少年上下打量她："你一个人在夜里跑得满头大汗，又鬼鬼祟祟地躲进树丛里，是不是日本人的特务？"

"这里是沦陷区，我要是日本人的特务，有什么好躲的。你们究竟是什么人？"

领头的少年挺起胸："不怕告诉你，我们是少年抗日游击队，专打日本兵和汉奸的。我是队长，叫程大熊。"

玉莹眼睛一亮："哎呀，我也是游击队的，叫孙玉林。我们队长周东曦被日本兵抓住了，我埋伏在这里就是想救他，既然你们是少年抗日游击队，就一起帮我救他吧。"

程大熊半信半疑："周东曦我听说过，如果是他被抓，我们一定会救，但我们凭什么相信你呢？"

玉莹急切地说："是真的，等下日本兵就会押着队长经过这里，你们看到就相信了。"

程大熊指着两个少年："你俩把他押到那边，好好看管，其余的人跟我守在这里，如果周队长真的被押来，我们就动手。"

一个少年说："我们这些人里只有队长你有枪，怎么救？"

"我们带的石灰包比枪还好使。"程大熊拍拍胸脯。

玉莹听见了，心中惊喜："你们有石灰包？真是太好了。"

程大熊得意地挥着手："我们埋伏在这里，等日本兵到了，一个瞄准一个，把石灰包扔到他们脸上，搞盲他们的眼睛。"

玉莹笑了："程队长说得对，大家把石灰包拿在手上，等特务和日本兵一到，就稳准狠地砸在他们脸上。"

程大熊对玉莹已经信了八九分，扳着她的肩膀说："我问你一件事。"

"什么事？"

"日本人到处贴通缉令，要抓方玉莹。这方玉莹是谁？她的分布图真有那么重要吗？"

"你问这个干吗？"

"我就是想知道嘛。"

玉莹心想："告诉他也无妨，再说，现在还等着他救队长的命呢。"于是详细地讲道："那图标着整个武义县地下矿藏的分布状况，有了这张图，就能知道哪里有富矿，哪里是贫矿。方玉莹是杨家矿矿主的女儿，日本兵索要矿藏分布图时，杀了她的父母，她带着图逃了出来，所以日本兵四处抓她。"

"那分布图已经在日本人手上了吗？"

"糊涂，如果日本人已经得到了分布图，还找方玉莹干吗？"

"哦……"

说话间，王友仁一行人已经押着周东曦来到了少年游击队的埋伏区。玉莹紧盯着他们，轻声对程大熊说："日本兵来了，我们做好准备。"

程大熊从身上摸出好几个石灰包递给玉莹，又指着众少年："大家听好，我砸最前面的那个日本兵，下面按顺序，一人对付一个。记住，对付一个日本兵，要连砸好几个石灰包才有用。"

玉莹说："知道了，我砸第二个。"

少年们分配好目标，屏息静气地看着那群人越走越近，踏进了埋伏圈。

离日军司令部越近，王友仁越是心花怒放："哈哈，终于可以向司令交差了，不知道司令这次会给我什么奖赏？"

程大熊大喝一声："砸！"

十几个少年钻出树丛，一个对准一个，连续把石灰包砸在日本兵和特务的脸上，之后飞快地跑回去。刹那间，村路上白灰弥漫，呛人鼻嘴，王友仁等人哇哇大叫："什么东西？哎哟，眼睛好疼，看不见了。"

柳臻全捂着眼睛："哎呀，是石灰，石灰腌着眼睛了。"他脚下一动也不敢动。

"半脸毛"和手下的日本兵骂出一连串日语脏话。

玉莹趁机蹿出去，割断周东曦身上的绳索，扶着他跑进山林。少年们也跟着一哄而散。

王友仁勉强睁开眼睛，摸出手枪："周东曦跑进山里了，快追，快开枪。"

"半脸毛"流着眼泪喊："眼睛没法睁得开，怎么瞄准啊？"

几个受伤较轻的日本兵追进山里，一时间枪声大作。玉莹见程大熊跑到自己身边，连忙说："糟糕，还有日本兵没被砸中眼睛，我们快跑。"

程大熊说："别怕，我也有枪。"他回身连续开枪。

"半脸毛"叫道："不要追进山里。游击队有枪，我们地形不熟，追进去只有挨打的份儿。"

王友仁捶胸顿足："钓上岸的鱼又逃回河里了，我如何向司令交代？"

"半脸毛"的眼泪流得更凶了："我们是立过军令状的，现在怎么办？"

柳臻全抱怨："我说要把周东曦的腿打断，你们不听，结果就是这样。"

王友仁气急败坏："柳老弟，拜托你在司令面前只说美言不说恶语，更不要添油加醋。"

柳臻全沮丧地说："我们是患难兄弟，有事当然共同担当。只是这眼睛疼得厉害，恐怕是瞎了，怎么办？"

"半脸毛"说："无论如何，先去医院治伤，保住眼睛，再去见司令领罪。"

玉莹见日本兵不再追赶，放下心来，抱住周东曦大哭。周东曦笑着抒她的头："我死里逃生，你是不高兴吗？哭个没完。"

"你没听说过喜极而泣吗？刚才好惊险，我的心都快跳出来了。"玉莹松开他，揩着眼泪。

"你是好样的，又聪明又勇敢，东楼那两枪也是你打的吧？你从那时就跟着我了？"

玉莹害羞地扭过脸："萧洒和红莲姐争着要和你去十五保，我心里不舒服，就暗中跟来了。"

周东曦推一下她："你又不是女的，何必和她们争风吃醋。"

玉莹低头，用脚划着土："我若是不和她们争风吃醋，怎么能救出队长？"

周东曦感慨："哎呀，这次如果没有你来救我，我死定了。"

"光靠我自己可不够，我遇到了少年抗日游击队，和他们的程大熊队长说明了情况，他带人仗义帮我，我们要感谢他们才是。"

"他人呢？"

"程队长，程队长，我们队长要谢谢你。"玉莹叫道。

程大熊从树丛中走出来："有什么好谢的，你接着哭鼻子吧。我没子弹了，现在得回家，后会有期。"十几个少年跟在他身后，齐齐向玉莹挥手告别。

周东曦推推玉莹："这是一个人才，快问他住在哪里，以后我们去看他。"

玉莹连忙追上几步："程队长，你住在哪里？"

程大熊头也不回地说："后陈村。"身影消失在夜幕中。

玉莹仔细端详周东曦："你的衣服上都是血，伤着哪里了？疼吗？"

"现在不觉得疼了，只剩高兴。"

玉莹甜甜地笑了。

周东曦突然"哎呀"一声，焦急地说："玉林，你快到十五保去接萧洒回来，她在东楼的隔楼里，你去问柳保长就知道了。"

"那你呢？"

"现在我可以自己回去了。"

"好，我去接她，你千万小心。"

"回来的路上别麻痹大意，要提高警惕。"

"队长放心，我保证把萧洒安全带回来。"

周东曦望着玉莹的背影远去，满意地笑了。

萧洒和周东曦走后，秦浩淼就焦躁不安地等着他们回来，虽然上了床，但翻来覆去睡不着，心里一直七上八下。天刚亮，他就起身，倚在祠堂门口向路上张望，嘴巴里嘀咕着："两人一夜未归，肯定是有什么事，哎呀，萧洒不会被周东曦骗了吧？"

他远远望见周东曦向祠堂走来，更加焦急："糟了，只有他一人归。"等周东曦走近，秦浩淼一脸怒色，手指戳着他的鼻子问："萧洒呢？她在哪儿？"周东曦又饿又累，身上疼得厉害，随口答道："她等下就回来。"

李红莲迎出门，看到周东曦衣服上的血迹，大惊失色，连忙搀着他进大厅。秦浩淼拦住两人，跺着脚，摇着周东曦，近乎歇斯底里："昨晚我就不同意你带萧洒去，现在出事了，你叫我怎么办？"

周东曦耐心地说："没大事，玉林会带她回来的。"

秦浩淼还是拉住周东曦不放："你带萧洒出去别有居心，就是想和她……和她……现在遇到了危险，你就不管萧洒了？人是你带出去的，就得你带回来，不然我拉着你去蔡县长那儿评理！"

李红莲使劲推秦浩淼："队长说了萧洒会回来，你就等下嘛，大呼小叫做什么！"

何旭阳走过来："原本队长也不同意她去的，是她自己非要去。你叫不住她，还怪别人？"

李红莲掰开秦浩淼的手："快放开，队长全身都是血，先让他洗涮休息。"

"如果萧洒真的有事，我和你没完没了。"秦浩淼接着到大门口张望，蓦地眼睛一亮，看到玉莹和萧洒有说有笑地往这边走。他眼珠一转，突然转过身面向大厅，抱头跺脚大哭："萧洒呀，你如果出了事，我如何是好？我是真心爱你的，哪像周东曦那样，丢下你不管，自己溜回来……"

萧洒走到祠堂门口，秦浩淼哭叫得更加大声，可萧洒只是用眼角斜了下他："爱你的头，你这种样子谁爱你？我只爱舍身为民的英雄。"

秦浩淼止住哭声，跟在萧洒后面："谁是舍身为民的英雄？"

萧洒火凛凛地说："不关你事，别缠着我，我要去看队长了。"径直向厅后走去，玉莹也跟着她。

"半脸毛"、王友仁和柳臻全的双眼都贴着白纱布，垂手立在池之上的办公室里。池之上狠狠地盯着他们，擎起手中的青花瓷杯，用力摔在他们脚下，碎瓷片纷飞，溅到他们身上："跪下！"

三人全身发抖，齐齐跪在地上。

一个卫兵扫掉了瓷片，竹子另拿了一个青花瓷茶杯，重新泡了茶递给池之上。池之上不接，甩手给了王友仁两个重重的耳光："十多个持枪的人，押送一个反绑双手的人，居然让他跑了，谁信？你是脚踩两只船，故意放他走的吧，是想留一条后路吗？"

王友仁摸摸眼睛上的纱布："这次周东曦能够逃脱，事先谁也想不到，以前和他交手这么多次，没一次是半路上飞出石灰包的，看来不像游击队的所为。行动失败，当然主要是我的责任，但也是天不绝周东曦，司令随便怎么处置我，我都没有怨言，誓死忠于司令。"

"半脸毛"颓败地说："是我无能，我切腹谢罪。"

竹子冷哼："一死就能抵罪了吗？"

柳臻全想独善其身："报告，我有话说。"

池之上问："你想说什么？"

"我曾向王组长提议，把周东曦的腿打断，王组长不同意嘛。"

王友仁气得指着柳臻全的手指都在颤抖："司令，当时我考虑到打断周东曦的腿后，要我们抬他到司令部，太过麻烦，绝对没有什么别的居心。"

柳臻全轻声说："组长，反正你也活不了，一锅背着就是了，还辩驳什么？"

王友仁含恨说："我死前终于看清了你的为人。"

池之上手一挥："把王友仁拖出去凌迟处死。"

王友仁马上跪爬到池之上脚下："司令，司令，我对皇军赤胆忠心，天地可鉴，请你大发慈悲，留我一个全尸。"

池之上拂袖："拉出去！"

卫兵押走王友仁。池之上又看了看"半脸毛"："饭桶，拉出去毙了！"

"半脸毛"被押走时回转头："司令，请代向我父母说声，我不能尽孝了。"

池之上理都不理他，手捧新茶杯："参谋长，你去监刑。唉，一群饭桶，气死我了！"

王友仁和"半脸毛"被押到刑场，王友仁泪流满面，乖乖地被刽子手绑在树桩上，心里却仍存有一丝侥幸，哭喊道："司令，这次让周东曦逃脱，不全是我的失职呀，你再给我半月时间，我肯定能把周东曦抓来交给你。司令，只要半月，我一定能抓到周东曦，还能拿到分布图呀……"

"半脸毛"自觉地跪在地上，听到王友仁的话不禁嘿嘿冷笑："王组长，干吗要怕死？只需几刀下去，你就没有知觉了，不用怕。我杀人的时候，他们都是在刀刃刚进入身体的时候大喊大叫，再割几刀就不响不动了。军令状是你自己立下的，错也是自己犯下的，自作自受，不要再哭叫了。"

竹子来到刑场，王友仁听到她的声音，哭得更大声，边哭边说："我尽心尽力给你们做了多少事，结果一件事没做好就被凌迟，以后谁还来给你们日本人做事？"

竹子看看"半脸毛"，又看看王友仁，手抚额头："平时他们的确是尽心尽力做事，司令要杀他们也是一时气急攻心，以后很可能会后悔的。好吧，就让我来做个两头人情，从中斡旋。"她命令刽子手："暂缓执行死刑，先把他俩关起来！"

刽子手解开了王友仁和"半脸毛"身上的绳索，两人跪着向竹子用力叩头："谢参谋长救命之恩。"

周东曦裸着上身坐在凳子上，李红莲给他往伤口上敷药。玉莹走进房间："红莲姐，队长伤得怎样？"

李红莲说："还算运气，只是一些皮肉伤。"刚好萧洒走进来，听到李红莲的话，对着周东曦左看右看，从鼻子里哼了一声："队长身上都是血痕，你还说运气，难道嫌王友仁把队长打得太轻？"

李红莲停下手："不过是一句口头禅而已，就像一个人跌了跤，只是跌破了皮没伤到骨肉，也会说还算运气嘛。你就这样捡便宜？"

两人越吵越激烈。周东曦无奈地穿上衣服："玉林，我们去后陈村找程大熊。"

李红莲和萧洒停止争吵，追到门口紧紧拉住周东曦："队长，你一夜没睡，又受了伤，不能出门。我们不吵了。"

朱汀慧就在这个当口跑来，气喘吁吁地拉住周东曦："你要去柳家村吗？不能去，池之上在那里设了埋伏抓你。"

李红莲指着她："你说迟了，队长昨晚就被抓去了，还被打得遍体鳞伤。"

萧洒说："还好玉林和一个叫程大熊的人救了队长，不然队长就被抓到日军司令部了。"

朱汀慧哇地哭了起来，低着头："是我来晚了，我对不起队长。"周东曦拉着她的手正要安慰，朱汀慧却把手一缩，连叫"哎哟"。

周东曦连忙松开手："你怎么了？"

跟来的舅舅把朱汀慧的袖子拉上去："你看，全是青红肿块。昨天慧慧要来告诉你池之上的阴谋，她父亲不让她来，把她绑在椅子上，结果弄成这样。"

周东曦轻轻拍着朱汀慧的背："游击队员不怕这点疼，不能哭。"

"我哭不是因为疼，而是因为没能及时将情报送给你，害你受苦。是我工作失职，我心里太难受了。"朱汀慧说这话时仍低着头，眼泪一滴滴落在鞋上，扑扑作响。

周东曦笑道："这也不用哭啊，我不是好好的？我们正要去谢谢那个程大熊。"

朱汀慧抬头："我和你一起去。如果不是他，我肯定会自责而死的。"

"好，我们走。"周东曦对李红莲和萧洒挥手："你俩回去吧。"

二十九　其实只要不怕死

周东曦四人来到水坝南头，一个游击队员钻出柴蓬："队长要过河？"

玉莹点点头。游击队员拨开柴枝，露出竹筏，大家坐上竹筏渡河。周东曦又教舅舅在北岸如何用柴枝掩盖竹筏及出口，怎样拨开柴草拉绳子通知对岸。舅舅笑着说："慧，这条暗道往来真方便，以后有什么事，舅舅替你来。"

"借暗道没问题，但千万要保密。"周东曦扶着朱汀慧上了北岸。

舅舅说："当然我尽量过渡，日本兵对年纪大的人不会检查很严。"

到了大路上，周东曦说："慧，到沦陷区了，我们不能走在一起。你朝县城方向去，我们避开县城去后陈村。"

朱汀慧舍不得与周东曦分离，对他飞了个吻，又深情地说了声"再见"，才沿着大路回县城。

周东曦和玉莹到了后陈村村口，忽见两个少年偷偷摸摸走上晒谷场，抱着几支枪就走。玉莹惊讶地说："队长，你看，那两人偷了晒谷场上的枪。"

"这是日本兵的枪，这些目中无人的家伙，竟敢大咧咧地把枪架在晒谷场，自己进村去抢掠。"

玉莹高兴地说："晒谷场上还有好几支，我们也去拿。"

周东曦皱着眉："不好，我们快追，必须让他们把枪放回去，不然后果不堪设想。"

周东曦和玉莹追着两个少年进了河滩茅蓬，玉莹突然叫了一声：

"程队长。"又叫周东曦："队长，这就是程队长。"

周东曦伸手与程大熊相握："程队长，谢谢你救了我，真是英雄出少年。"

程大熊哈哈大笑："实际上日本兵一点也不可怕，只要我们自己不怕死。"

周东曦竖起大拇指："对，但除了不怕死之外，还要讲究策略，因为我们面对的是强大的敌人。"

一个少年举枪向玉莹显摆："你们看，我们刚刚偷了日本兵的枪，哈哈。"

周东曦说："程队长，我正想和你说这枪的事。"

程大熊疑惑地问："这枪怎么了？"

周东曦摇头："这枪不能偷，快放回去。"

玉莹帮腔："程队长，真的不能这样偷日本兵的枪！"

程大熊不以为然："为什么？"

众少年也跟着问："为什么？"

周东曦看看枪："我问你，日本兵发现少了枪会怎样？"

叫明亮的少年抢着回答："管他怎样。"

叫龙龙的少年迈着四方步："真的，管他怎样。"

程大熊没理他俩，思考了片刻："日本兵肯定找呗，还能怎么样？"

周东曦问："他们找不到会怎样？"

程大熊一咧嘴："枪在我们手上了，日本兵找不到枪，就哭呗。"

周东曦一字一顿地说："告诉你们，日本兵少了枪，会怀疑是村民偷走的，然后逼村民交回枪，还会烧掉村子，杀死村民。现在，赶快把枪放回去。"

玉莹摇着程大熊的胳膊："程队长，马上把枪放回去。"

周东曦催促："要快，不然等日本兵发现，要送回去都来不及了。"

程大熊挥舞着手枪："没事，我这支枪就是从国军团长那里偷来的，根本没人来找。"

"国军和日本兵可不一样，快把枪放回去。"周东曦说着从明亮手里拿枪。明亮抱着枪拔腿就跑。

程大熊满脸不服气，指挥几个少年："你们把枪藏到山上，藏好枪后人也躲起来，快跑。"

　　周东曦急忙去夺枪，大喊："枪不可以拿走，快放回去。"

　　几个少年抱着枪跑得更快，周东曦和玉莹连忙追过去，程大熊向其余的少年挥手："拖住他们。"八九个少年一拥而上，拉住周东曦和玉莹。

　　周东曦跺脚搓手："这下子麻烦大了，拿这些不听话的孩子真没办法，只能赶快通知村民不要回村，可是现在村民们在哪里呢？"

　　他正绝望时，只见四五个村民向这边走来，再定睛一看，里面恰巧有他认识的陈保长。周东曦精神一振，连忙叫道："陈保长，大事不好了！"

　　陈保长认出是他，惊慌地奔过来："怎么了？"

　　周东曦把少年们偷枪的事说了一遍。陈保长指着程大熊骂了几句，说："快把枪放回去。"

　　"龙龙他们拿去藏起来了。"程大熊摊开双手，"我也不知道他们藏在哪里。"

　　村民们听了都大惊，跺着脚骂这些少年。陈保长扭着程大熊的耳朵："快去找到他们，把枪放回去，不然我们都得死。"程大熊一声不响，扭着身子挣扎。

　　有人叫来了龙龙爹，陈保长吩咐："快去找到你儿子，把枪放回去。"

　　龙龙爹拖住一个少年："他往哪里跑的？你带我去。"一老一少向山上跑去。

　　周东曦对陈保长说："如果找不到他们，不能及时放回枪，事情可就闹大了，我们要趁早想办法。"

　　几个村民都说："这次是大难临头了，哪还有什么办法，只能等死了。"他们一边等龙龙爹回来，一边怪孩子们不懂事，不停地责骂着。

　　不一会儿，龙龙爹回来了，陈保长连忙问："怎么，找不到他们？"

　　龙龙爹摇头："进了山，哪还找得到他们，叫他们也不应，现在死定了。"

村民们都哭丧着脸，程大熊见状挥舞双手："哭什么？你们大人都是怕死鬼，哪里就这么严重，把那几支枪也拿掉，把日本兵都打死，不就没事了吗？"

大熊爹走到陈保长身边，轻声说道："依我看，开弓没有回头箭，事已至此，只能把那几支枪也拿掉，全村人一起动手把日本兵打死，再不留痕迹地把他们埋掉。"

陈保长声音颤抖："原来你是这样的爹，怪不得能生这样的儿子。"

周东曦眼睛一亮，拉住陈保长："你能马上发动村民吗？现在只有这一条路走了。"

陈保长呆了一会儿："今天可是让孩子们逼上梁山了。"

大熊爹推着他："现在真正是骑虎难下了，打死日本兵，我们全村或许还有生路。就赌一把吧，你快去茅蓬那儿召集村民，我去晒谷场把那些枪也拿过来。"

少年们听说要再去拿枪，都争先恐后地跑去晒谷场，一边还说："大人都是怕死鬼。"

陈保长慌慌张张地来到河滩茅蓬，向村民们说了孩子偷枪的事。一时村民们大吵起来，互相怪责对方没教好孩子："要死你们自己去死。"陈保长极力劝阻，说现在吵骂怪怨都已无济于事，只能将进村的日本兵都打死，大家可能还有活路，不然的话肯定是村毁人亡。

陈保长在村里的威望很高，另一方面，村民们对日本兵也积怨已久。他们商议后，很快分好了工。青壮年雄赳赳气昂昂，拿着扁担、柴担、棍子、锄头、两股叉等工具，一部分奔赴路口把守，一部分回村杀敌。有些妇女拿着菜刀、棒槌也加入了队伍。陈保长点燃一个火炮，砰啪两声，在空中炸开来。他大喊道："动手！大家奋勇向前！"

日本兵甲是分队长，听到火炮声后连忙跑出农舍，站在村路上东张西望，竖耳细听："咦，是枪声吗？怎么回事？"

日本兵乙从另外的农舍里跑出来，与他会合："队长，似乎是枪声，出事了吗？"

"快，我们到晒谷场拿枪，准备战斗！"日本兵甲吹起了集合的哨子。

日本兵乙叫屋里的日本兵丙："坡上，坡上，有敌情，队长命令我们集合，准备战斗。"

日本兵丙："知道了。"

三个日本兵向晒谷场跑去。

日本兵丁正在农舍里翻箱倒柜，打开一个包袱。五个村民冲进房间，大声呵斥："畜生，不准抢东西，放下。"

日本兵丁回头看他们："我是皇军，你们要干什么？"

村民一锄头砸过去，日本兵丁身子一闪，夺过锄头往村民身上抡，还好另一个村民手疾眼快，一扁担打在他的头上。日本兵丁头破血流，还顽强地抢着锄头，一个村民被打倒在地。几个村民一拥而上，手中的家伙一齐向他砸去，他终于滚倒在地，连喊饶命。

扁担、锄头像雨点般落在日本兵丁的身上，他很快就去见阎王了。村民们把尸体拖到村路上，不停地骂，狠狠地踩。

日本兵戊夹着一个布包往村外跑，迎面碰上十多个手握扁担、两股叉的村民，脸上都是杀气腾腾。日本兵戊大惊："不好了，中国老百姓造反了。"他和村民们搏斗，夺过了一根扁担，一连打倒几个村民，冲出了人群，一直跑到村外。村民们惊慌地大喊："日本兵逃跑了，快追，快追。"几十个村民追着日本兵戊，但被他落得越来越远。村民们叹道："这个日本兵真是飞毛腿，我们追不到了。"

陈保长大叫："不能被他逃走，否则我们就大祸临头了。"

日本兵戊回头看追他的村民，哈哈大笑："你们这群中国病夫还想追上我这个长跑运动员？嘿嘿，等下再来烧你们的窝，剥你们的皮。"

守在路口的村民对他举起扁担、锄头："哪里逃？"日本兵戊一点不惧怕，夺过扁担乱挥，村民们畏缩不敢近前，看着他冲过了路口。

周东曦和玉莹从禾田里跳出来，挡住日本兵戊的去路。玉莹大喊："看你往哪里逃！"

日本兵戊恐吓："走开，别挡路，不然打死你们。"

周东曦和玉莹也听不懂他说什么，立刻和他扭打起来，很快占了上风。陈保长也带着十几个村民赶到，帮他们把日本兵戊捆起来。

陈保长握住周东曦的手："周队长，真谢谢你们。"

一个村民问："怎么处理这个日本兵？"

另一个村民说："叫他跪下，乱棍打死。"

村民们摁住日本兵戊让他跪下，日本兵戊一个劲挣扎："我乃天皇士兵，要杀要剐任由你们，唯独不能跪。"

玉莹一脚踢中他的膝弯："跪下。"日本兵戊扑通跪下来，村民们摁住他，他还在奋力挣扎。愤怒的村民们把他拖到路边水塘里摁住，直到他一动不动断了气。

日本兵己在弄堂里抓大公鸡，大公鸡一边叫一边扇着翅膀逃跑，被村民们发现，举着锄头、扁担吼叫："那日本兵抢鸡，快追，打！"日本兵己慌忙逃窜，迎面又有十多个村民堵上来。他逃进一间农舍，躲在床底下，拉一个陶瓮遮住身体。

村民们一间房一间房地找："咦，看见他逃进来了，躲到哪里去了呢？"一个村民往床底下看，随手拉开陶瓮："在床底下！"马上有村民用两股叉、扁担狠狠地刺和捅。日本兵己爬出来，跪下哀求："饶命，饶命。"然而棍子、扁担接连打在他身上，没一会儿他就气绝身亡了。

日本兵庚也被村民们找到打死了。

日本兵辛正在搜刮财物，听到外面喊打喊杀，便从窗口往外看："哎呀，不好了，村民造反了。他们人多势众，我一时跑不去晒谷场，干脆先躲起来，等援兵来了再出去。"他东钻钻西钻钻，找地方躲身。

有村民看到日本兵甲三个人向晒谷场跑去，便大喊着追赶。

到了晒谷场，日本兵甲最先发觉枪没了："啊，不好了，枪没了，被游击队拿走了。"

日本兵乙惊慌失措："队长，村里一片喊打声，村民造反了。"

日本兵丙还不敢相信："中国老百姓有这样大胆吗？"

眼看大批村民赶来晒谷场。日本兵甲对其他两人说："现在他们人多，我们没了枪，赤手空拳打不过他们。我命令，三人分开，各自逃命，谁能逃出去，就报告司令部，调兵把这个村灭了。"

三个日本兵分开逃跑，村民们也分成三路奋力追赶。

日本兵丙逃到了路口，被守在路口的村民拦住，但五个村民都打不过他，被他逃了出去，村民们只得紧紧追赶。

日本兵丙跑到芦家村村口，芦家村的村民手持柴担、扁担严阵以待，喊打声震天。他见前后路都被截断，一头钻进了茭白田，向田中央猛跑，没跑几步，脚就陷在田泥里拔不动了。他不禁仰天长叹："天亡我也，原来这块烂糊田是我葬身之地。"

村民们哈哈大笑："这个日本兵成瓮中之鳖了。"纷纷拿着扁担、柴担、两股叉走进茭白田，把他围了起来。日本兵丙浑身发抖："饶命，饶命，求你们饶命。"但还是被愤怒的村民们打死了。

程大熊等人追赶日本兵乙，守在路口的七八个村民拦住日本兵乙，他埋头撞倒了几个村民，飞一般往大路而去，村民们纷纷叫道："追不到了，这下村子要遭殃了。"

程大熊举起手枪瞄准，砰的一声，日本兵乙倒下了。程大熊嘿嘿一笑："你跑得再快，没有我的子弹快。"

村民们向程大熊竖起大拇指："大熊好枪法。"

日本兵甲向武义江逃去，十几个青壮年紧紧追赶，再后面是成群的村民。他逃到了江边，望见对岸也是密密麻麻的男女村民，手持菜刀、棒槌、柴担，喊杀声震天，场面壮观。无奈之下，他纵身跳进江里。村民们大喊："别让他跑了！"沿着江岸跑，向他扔河石。日本兵甲被石头击中好几次，又被几个大浪掀到水下。村民们一直追到大坝，看到他的尸体卡在坝上，水性好的村民把他拖上了岸。

村民们拍手跳跃，无比的兴奋。

"从来没像今天这样痛快过。"

"原来日本人也怕死，那乞求饶命的样子真让人解气。"

"有个日本兵我们五个人都拦不住，幸亏游击队抓住他。"

"今天晚上我把藏在山上的酒拿下来，咱们喝个痛快。"

村民们聚集在一起，你一言我一语，扬眉吐气，气氛十分激动人心。

玉莹清点着日本兵的尸体："不对，只有七具尸体，还有一个日本兵没被打死，不会是逃回去了吧？"

陈保长一听就愣了，好半天才有气无力地说："大家收拾东西，准备逃命吧。"

村民们个个如泄了气的皮球，唉声叹气，一副天塌地陷的模样。笑声变成哭声和叫骂声，还有激烈的埋怨声：

"都是你们没教好孩子，让全村人陪葬。"

"你们自己吃这祸水，我们不能陪你们一起死，谁叫你们生出这样害人的孩子。"

大熊爹讪讪地说："孩子也是为了抗日嘛！"一个村民抓住他的衣领："抗什么日，是送大家去死！"

大熊爹用力推开他，村民跌倒在地，爬起来就和大熊爹厮打。村民们分成两派，有争吵打斗的，有劝解拉架的，场面一片混乱。

周东曦立在高处大喊："乡亲们，逃出村子的日本兵都被守在路口的村民和我们截住杀掉了，没发现有日本兵逃走。大家在村里仔细搜索，任何一个地方都不要放过，有异常情况赶紧来报告。"

村民们停止争吵，四散开来搜查村子所有农舍、菜园和牲畜圈，连鸡窝也不放过。没一会儿，陈有福飞快地跑回来，激动地说："陈保长，我家猪栏里有情况，栏草堆一直在动。"

陈保长的胸中点燃了希望："我们快去。"

周东曦和村民们拥到了陈有福家，陈保长命令："用两股叉使劲戳。"

几把两股叉同时戳去，日本兵辛从栏草里滚出来："哎哟，饶命。"头上身上都是猪屎和栏草。

周东曦长嘘一口气："好狡猾的家伙，差点让他溜了。"

村民们扁担、锄头齐下，结果了这最后一个日本兵。

八个日本兵的尸体摆在晒谷场上，村民们的心情终于轻松下来，拍着胸口说："还好，老天保佑我们村，渡过了一劫。"

周东曦却没有完全放松，走近陈保长说："虽然村子暂时安全了，但日军很快就会发现有日本兵失踪，并立刻追查，很可能会来你们村。现在有三件事非常要紧，你一定要办好。"

陈保长对周东曦已是言听计从："周队长请说。"

周东曦一字一句都讲得清晰："一、尽快把日本兵的尸体埋到僻静处。二、必须让村民封住嘴巴，不能漏出一个字，要统一口径，就是没看到日本兵来过。三、防止此类事件再次发生，让村民们管好孩子。既然这些孩子那么喜欢枪，说不定还要犯事。那个程大熊是领头的，你把他们父子俩叫来，我们一起劝他把这些枪送给游击队，免得惹出更大的祸。"

陈保长连连答应："对，好，我马上安排，你放心。"

周东曦从身上摸出一块布告，交给陈保长："必要时，让人假装在山上捡到这个，交给来追查的日本兵，让他们把矛头转向游击队。"

陈保长合拢双掌拜了几拜："真感谢你把担子接过去了，祖先保佑，我们村也许会躲过这场劫难。"

他召集村民们："现在大家把日本兵的尸体抬到河滩上埋了。年轻人挖坑，挖得越深越好，让他们永不再出世。年纪大的清扫晒谷场和村路上的血迹。各家各户也要把家里的血迹清洗得干干净净。"

村民们都行动起来，抬尸的抬尸，挖坑的挖坑。村路、晒谷场、农舍外墙……有血迹的地方都被仔细擦洗过，不留一丝痕迹。

周东曦、玉莹、陈保长坐在大樟树下，面对着程大熊和大熊爹，气氛有点严肃。程大熊看了一圈，问："你们叫我来干啥？"

周东曦拍拍程大熊的后脑勺："大熊，你很勇敢，但勇敢的同时还要有谋略。我希望你参加我们游击队，在队里好好学习锻炼。"

玉莹拉着程大熊的手："大熊，到游击队后学思想学纪律，人就长本事了。"

程大熊把手一缩："你们太胆小，我可不去。我要去找汤将军，他打日本兵可厉害了。"

周东曦苦口婆心："汤将军抗日很勇猛，但他是在日本读过士官学校，学了本领的。你光凭勇气没本事，终归不行，不如先来我们游击队，以后有机会，还能去军事学院学习。"

程大熊摇着头："不，我要搞一匹马，骑着马直接去找汤将军，在汤将军那里才能学到真本领。"

周东曦善意地微笑："骑马可到不了，要坐火车去。现在先不说这个，我对你提个请求——把那八支日本兵的枪给我们游击队。"

程大熊霍地站起来："什么，把枪交给你们？不可能！我们少年游击队最喜欢、最需要的就是枪。我不去游击队，枪也不能给，别再劝我了。"他扬长而去。

大熊爹追着他："站住，不去游击队就回家，以后再不许你胡来了。"

程大熊假装没听到，飞快地跑了。大熊爹追不上他，停下来说："这毛头馃①、背畚箕②，等他回家就关起来，再不让他出去。"

周东曦对玉莹说："大熊肯定不会安分，你入他们的伙，看住他，不要让他再闯祸，慢慢劝他来游击队。我去和其他村民沟通，一定要让那些孩子脱离他，他一个人，就唱不起戏了。"

玉莹点头，追赶程大熊而去。

---

① 毛头馃：不听话的小孩。
② 背畚箕：小孩夭折后放进畚箕里，背到山上葬入土中。但这是反话，寓意越骂越长大。

三十　大熊偷马

池之上在办公室里喝茶看文件，竹子进来报告："昨天第三分队出去后，一夜未归，全体失踪。"

池之上猛地站起来，双目圆睁："他们是去哪里？"

"行动计划是到后陈村。"

池之上喘出一口气："看来情况不妙啊，马上让王友仁和山本队长去调查。"

竹子心想："司令果然记不起要枪毙山本的事了，还好我知道司令的性格，让刽子手刀下留人。"她风风火火去了监狱，放出"半脸毛"和王友仁，向两人传达了池之上的命令。

王友仁带着日本兵到了后陈村，在村路和弄堂大喊："各位村民快到晒谷场集中，皇军要训话。"

日本兵敲门砸窗，逼着村民们立刻到晒谷场。几个村民神色慌张地来找陈保长："日本兵气势汹汹，一定是来查昨天的事，怎么办？"

"不要怕，大家都说没见过日本兵来村里，其余的话一句也别多说。"陈保长安慰着村民，又摸出周东曦交给他的布告，塞给一个放牛的孩子："等下你把这布告送到晒谷场来。"那孩子拉着几个小伙伴跑了。

村民们都站在晒谷场上，王友仁叫道："各位乡亲，昨天皇军的分队到你们保巡查，一直没有回营。你们村昨天如有任何异常情况，立刻报上来，大大的有赏，知情不报的杀无赦。"

村民们沉默不语，日本兵端着枪在人群中穿行恐吓："快说！快说！"

"半脸毛"一手抓住陈保长胸襟,一手把匕首逼在他胸前:"一定是你们勾结游击队杀害了皇军。"

陈保长摇头:"没有,没见到皇军来村里,也没有游击队来。"

日本兵持枪威逼,打耳光、皮鞋踢,村民们都坚持说没见到日本兵分队来过。僵持了半响,"半脸毛"手指晒谷场旁的大厅屋:"把那房子烧掉,把这保长扔进火里!"

日本兵点燃了大厅屋,把陈保长拖到熊熊大火边。王友仁在旁边劝诱:"还是说了吧,不然真会把你扔进火里。"

陈保长心想:"我一个人死,保住全村人的性命,也值了。"他做出一副惊恐求饶的样子:"太君,就算烧死我,皇军没来过就是没来过呀。"

"半脸毛"指着村民们:"我数到十,你们还不说,就把他扔进火里。"

村民们又哭又叫,不知是谁带头跪了下来,求日本兵饶过陈保长。

"半脸毛"大声数:"一……二……三……十!"抓住陈保长就往火里推。就在这时,一个孩子手扬着布告跑进晒谷场,叫道:"我在山上捡到这个,不是我们村的东西!"

王友仁念布告:"池之上司令阁下:今天我们又消灭了八个万恶的日本侵略者。再次警告你,很快就轮到你了。周东曦即日。"

"半脸毛"咬牙切齿,面露狰狞:"就算是游击队周东曦作的案,也要烧掉这个村子,杀尽村子里的人,给我们的勇士报仇。"

王友仁假笑:"队长,司令下过命令,不要轻易屠村。都烧光杀光,皇军的给养从哪儿来呢?至于村民是不是和游击队勾结,我们把布告呈给司令,由司令裁决。"

"半脸毛"一呆,无奈地命令收兵。村民们看着日本兵离开,都拍着胸口大呼侥幸。

程大熊和众少年都在卧狮山坟庵①的五间头中堂,摸着三八大盖

---

① 坟庵:旧时有钱人建在祖坟旁的房子,可以让没房子的穷人免租金居住,但要负责看好坟墓。

有说有笑。他得意地对玉莹说："玉林哥你看，确实不会有事吧？日本兵已经回去了，没杀一个村民。"

玉莹把手放在程大熊肩上："这是因为周队长把担子担过去了，如果没有周队长，不但村子会成一片瓦砾焦土，村民们也会血流成河的。"

程大熊嗤之以鼻："你总说周队长怎么厉害，但我就是觉得他太胆小。"他环视四周："这是以前有钱人建起来守坟的，现在没人住了，我们少年游击队一直把这里当营地。"

玉莹叹了口气："这里毕竟是沦陷区，随时有日本兵骚扰，不能当营地。你们一定要去国统区，国统区有国军保护。"

程大熊侧着头看她："你的意思还是让我去你们游击队？我不去，我要去找汤将军。"

玉莹心想这事不能急，便说："那也不能把这里当固定营地，很危险。"

程大熊望着西面："要么，我们住到牛头山去。"

"哪里？"

程大熊兴奋地说了起来："牛头山啊，又高又广，出名的有牛头峰、天师峰、擎天柱、天崩峡、地裂峡、石门峡、道士岩……峰峰耸天，一条条山涧水清如镜。更好看的是一帘帘瀑布挂在山谷，大的有仙女瀑、鸳鸯瀑、潜龙涧……山上有打不完的野兽，还有好多银矿。"

玉莹顺着他说："好，什么时候去看看，把营地做在牛头山。"

一个叫春发的少年在旁边听得不耐烦了，拉拉程大熊的衣襟："队长，别说这些了，早点让玉林哥教我们打枪吧。"

程大熊咳了一声，拿出队长的派头："孙玉林，快教大家打枪。"

玉莹像模像样地立正："好，派一个人到外面站岗。"

程大熊指着春发："你去站岗。"

春发的嘴马上噘得像个毛竹筒："我小一点，你们就欺负我。"不情不愿地出去了。

玉莹把八支枪的子弹都退下来，说："你们先摸枪，然后拆枪、学瞄准，明天再教你们打枪。"

程大熊点头："对，我学打枪前也是先摸枪的。"

少年们正兴致勃勃地摆弄枪，春发慌慌张张地跑进来："不好了，我的爹和你们的爹都来了。"

程大熊连忙下令："都从后门出去，躲在山上。"

村民们叫着孩子的名字进来，在屋里找不到人，又冲到山上叫。玉莹连忙拉住程大熊："你们的爹都来找儿子了，快回去。"

程大熊一把推开玉莹："我们不回去。"大声喊道："大家快跑！"

少年们像猴子一样向山顶攀去，村民们在后面追。孩子们一面笑一面跑，不时回头张望。他们的父亲喘着粗气，一面追一面骂，不时停下来歇息。场面十分好笑。

"追不上他们了。"大熊爹站住喘气，"你们不回去就乖乖待在坟庵，不要乱跑。祠堂驻进日军骑兵了，不要到祠堂去。"

村民们嘴里骂着孩子，纷纷下山回家。程大熊带着少年们回到坟庵，不禁手舞足蹈："村里有日本骑兵，等天黑了，我要去看看他们的马。"

到了傍晚，程大熊就对玉莹说："我去祠堂，你在家管住他们。"

"你越发胡闹了。"玉莹紧紧拉住程大熊，语气斩钉截铁，"绝不能去。"

程大熊趁玉莹不留意，甩开她就跑。春发拔腿追赶："我也去。"

几个少年也叫着要去看马，程大熊大声制止："你们不准去，我偷一匹马来，让你们尽情看。"

玉莹摇头叹气，追上去说："我和你一起去。"她阻止不了程大熊，只得跟着他。

程大熊、玉莹和春发三人摸进村，先蹲在祠堂转角处观察。程大熊轻声说："玉林哥，我听到马的叫声了，真的有好多好多马，我要去看仔细。"

玉莹拉住他："不能去，太危险了。"

"我们是来干吗的？一定要去看。"程大熊甩掉她的手，溜到祠堂大门口向里张望，口水都快流下来了。

祠堂里，一个马夫在挂马槽，一个马夫铺饲料。几十匹高头大马摇头摆尾、踢蹄响鼻地吃着饲料。

马夫甲先看到程大熊:"小孩子探头探脑的干什么?走开。"

程大熊低声下气地说:"我没见过马,就看看。"

马夫乙向他招手:"喂,要看马就进来,帮我把饲料放进槽里。"

程大熊高兴得跳起来:"好啊!"他跑进大厅,卖力地帮着干活,趁两个马夫不注意,偷偷把祠堂边门的门闩拉开。

日军骑兵队长带着一个日本兵,走到祠堂大门口站住,马夫甲把一匹大白马牵出去。程大熊张大嘴,流着口水,目光贪婪地看着那白马。

骑兵队长回头看到他:"那小孩是谁?神情古古怪怪的。"

马夫甲笑道:"村里的小孩,没见过马。"

程大熊走到大门口,望着一人一马飞奔而去,心里说道:"哎呀,这大白马跑得像飞一样,我就偷它了!"

程大熊出了祠堂,找到躲在田后坎的玉莹和春发。玉莹又催他回去,他说什么也不肯,一定要等白马回来。

等了好半天,突然春发低声叫起来:"队长,白马回来了。"

程大熊兴奋地说:"你俩在这里等我,我偷到这匹马后,一起回去。"

玉莹吓了一跳:"你还真偷啊?不行,会闹出大事的。你已经看过马了,快回去。"

春发也拉住程大熊:"现在不行,要等马夫睡了才可以去。"

僵持到后半夜,程大熊不顾玉莹的极力劝阻,偷偷潜进祠堂,果真牵出了大白马。一路上,玉莹不断地劝他送回白马,但程大熊高兴都来不及,哪里肯放手。

池之上正惬意地品味武阳春雨茶,卫兵走进办公室报告,说骑兵队长来见他。

池之上放下茶杯,走到门口迎接,骑兵队长一见他就摇头叹气:"哎呀,我刚到武义,就遇到麻烦事了。"

"这地方的人的确十分狡猾野蛮。不要着急,坐下慢慢说。"池之上示意他坐,竹子泡上茶来。

骑兵队长坐在沙发上："昨晚我的坐骑被偷了，特来请求司令协助寻找。"

"啊，肯定是周东曦的游击队干的，让王友仁派个情报员去侦查一下就破案了。"池之上向竹子示意。

竹子一副老练的模样："司令，当地没有马，只要派人寻觅马蹄印，就能知道马去哪里了。不过，如果是周东曦偷了，马就找不回来了。"

"你说得对，马上派人张贴寻马启事，同时找马蹄印。"池之上点头。

王友仁带着特务把寻马启事贴到各处，贴到后陈村，贴到程大熊家的墙上。大熊爹连忙出来看。

> 皇军骑兵队一匹大白马失踪，如有知情者，速来报告，必有重赏。查到偷马贼当众凌迟，知情不报者同罪。
>
> 司令池之上印
>
> 昭和十八年九月十日

大熊爹看完告示，两腿发软，一屁股坐在竹椅子上，心事重重："内客，别做豆腐了。日本兵的马丢了，告示贴到我们家墙上，马肯定是大熊偷的。银香，你快去让大熊放了马，带他回家，不然他会被杀头的，全家人都得陪着他死。"

大熊娘放下手中的豆腐袋："银香是叫不回大熊的，你自己去。"

大熊爹跺脚："我追不上他，去也没用。他平时最听姐姐的话，银香一定能叫他回来。"

银香放下烧火钳："我扭着他耳朵，也要把他拉回来。"

程大熊把大白马牵回坟庵，玉莹苦口婆心地劝道："听我的话，放掉白马，我们尽快离开坟庵，不然就迟了。"

程大熊不以为然："你们游击队都是胆小鬼，你怕被连累，就自己回去吧。"

春发在一旁说："玉林哥，你真啰嗦，快教我们打枪吧。"

程大熊推着玉莹："你真烦，带兄弟们去葫芦谷练枪吧。那里偏僻隐蔽，日本兵不会听到的。"

少年们连推带拉，把玉莹带出坟庵，去了葫芦谷。

程大熊自个儿留在坟庵，笑嘻嘻地给白马梳毛。银香一头撞了进来："好啊，爹猜得没错，果真是你偷了日本兵的马。"

程大熊眉开眼笑："姐，快来看这马神不神气，过两天我就骑着它去找汤将军。"

"你敢？日本兵出动好几百人寻马，每个村都贴了寻马告示，知情不报者杀。爹要你放了马，赶快回家。"银香说着拉住程大熊，"跟我回家！"

程大熊甩脱银香的手："我不回家！"

银香夺去他手上的梳子，扭着他的耳朵："走不走？回不回？越大越不听话。"

程大熊火了，把银香推倒在地："就不回去，我现在就骑马走。"

银香滚在地上大哭大叫："你不回去，爹娘都会死，我现在就死给你看。"

程大熊对银香无可奈何："赖哭鬼，我回去还不行吗？"

银香止住哭泣，站起来整理衣服头发："把马放掉。"

"决不。"程大熊把马牵到房里，关门上锁："爹真烦，你更烦，就会哭鼻子滚地耍赖。"

姐弟俩走在村路上，迎面八个日本兵低头寻觅着马蹄印走来。程大熊拉着银香的手就想走，但骑兵队长已经看到了他俩："这个就是我在马房里见过的小孩，快追。"

程大熊和银香拼命逃，银香绊到了路面突出的石头，一个跟头跌在地上。程大熊回身扶她，日本兵赶到，抓住了姐弟俩。

姐弟俩被押到当马房的祠堂，绑在柱子上。骑兵队长狠狠打了程大熊几个耳光："看你小小年纪，竟敢偷皇军的马。"

程大熊一声不哭："我没偷。"

骑兵队长恶狠狠地说："昨天你在马房放饲料时，我就看出你没安好心。快把马牵回来。"

程大熊心想："我承认了，不就被你们杀了？全家人的性命都保不住。"一口咬定："我就看看马，没偷马。"

骑兵队长下令："打。"

马夫甲挥起马鞭："原来你真是偷马贼，马藏到哪里了？"

程大熊咬紧牙关一言不发。

骑兵队长托起银香的下巴："好漂亮的姑娘，给她松绑，脱掉她的衣服。"

几个日本兵嬉皮笑脸地动手，银香哭叫着救命。程大熊奋力挣扎，大喊道："你们放过我姐姐，马是我偷的，有事冲我来！"可是日本兵根本不理他。

银香奋力抵抗，指甲划破了骑兵队长的胸，牙齿咬破了他的脸。骑兵队长恼羞成怒："来人，把她的双手钉在木板上。"

程大熊大恸："不要，不要，放过我姐姐。你们放了她，我就把马牵回来。马是我偷的，要杀要剐都冲我来。"他一遍一遍地叫喊着。

骑兵队长哈哈大笑："没那么便宜，等我们过足了瘾，你再去牵马。"

程大熊哭得浑身大汗，哭尽了全部力气："姐，我对不住你啊，我该死，我该死！"

突然日本兵叫道："这女人死了。"

骑兵队长指着瘫软了的程大熊："给他解开绳索，让他去牵马。"

日本兵把程大熊从柱子上解下来，程大熊一头撞向骑兵队长，日本兵连忙又牢牢捆住他。骑兵队长指着两个日本兵："你，你，和他一起去牵马。"

两个马夫和两个日本兵拉着程大熊走出祠堂，他不走，日本兵就拖着他走。没多久，程大熊的身上就被拖得破了皮，流了血。一路上他哭得撕心裂肺："姐，我对不起你！"

玉莹在葫芦谷教少年们拆枪、装枪、瞄准、扣扳机，大家嘻嘻哈哈，学得津津有味。下午，玉莹带着少年们回坟庵，就在快到时，明亮突然说："玉林哥，你看前面。"

玉莹等人都往前看。春发叫道："是队长，不对，他怎么被日本兵押着？"少年们喊起来："队长被绑住了。"

"队长被日本兵抓了，应该是带着他们回坟庵来取马。"玉莹飞快地分析情况，做出了决定，"大家听好，我们埋伏在路边，等他们走近，两个人对付一个。记住先拉日本兵的脚，把他们扳倒了再打。"

少年们齐声说好，摩拳擦掌地埋伏在路旁。不一会儿那群人走近，玉莹轻声下令："上！"少年们一拥而上，拉扯两个日本兵和两个马夫的脚，等他们翻倒在地，举起大石块狠狠砸在他们头上，四个人很快都断了气。

玉莹在日本兵的尸体上盖了一块写着黑字的白布。

　　　　池之上阁下：我又惩治了四个恶贯满盈的日本帝国主义侵略者，你心惊胆战地等待着吧。

　　　　　　　　　　　阳山乡抗日游击队　周东曦
　　　　　　　　　　　中华民国三十二年五月十日

玉莹搀扶着程大熊："你怎么样？"

程大熊未言就号啕大哭："我姐姐被日本兵残害死了，死得好惨啊。"

玉莹拍着他的背安慰，程大熊的眼泪止不住："姐姐如果不来找我，就不会出事。"

"偷马的事迟早会暴露，日本兵无论怎样都会施暴。不过，我们现在必须报仇，一定要报仇。"

程大熊哽咽道："要报仇，我一定要报仇。"

玉莹安抚他："你先回去看看爹娘，他们不知哭成什么样了。"

程大熊"哦"了一声："我先去把马放了，不能留着它了，让它在山里自生自灭吧。"

一行人回了坟庵，玉莹和少年们留下歇息，程大熊一个人牵着马出门，心想："把它放远一点，免得被日本人找到，暴露我们的秘密营地。"

他骑马飞奔。日军骑兵队长远远望见，勒住缰绳大声欢叫："那是我的马，被偷马贼骑着，快追！"

程大熊见自己被发现，一边策马狂奔，一边回头向追兵开枪。

五匹马追着一匹白马，越过一山又一山。骑兵队长大声叹息："真糟糕，我们的马追不上大白马，离它越来越远了！"他拼命抽马，那马竟长嘶一声，喘着大气倒下了。

程大熊愁苦的脸上绽出一丝笑容："我一眼就相中了这匹宝马，果然没有看错。"

骑兵队长突然把两根手指插进嘴里，长长地打了个呼哨。大白马闻声立住，犹豫了一下，竟然掉头向骑兵队长奔去。

程大熊大惊："啊，它听出了原主人的口哨声，要投奔主人！"他用力拉马缰，大白马却不听他的指令，仍向日本兵飞奔。

骑兵队长打着呼哨，高兴得手舞足蹈，众日本兵都拍起手。大白马驮着程大熊飞驰，离他们越来越近，程大熊想跳却跳不下来，心中焦急万分："今天真的要死了。"他一咬牙，向日本兵开了一枪："死也要拉几个垫棺材底的。"

眼看一个日本兵倒下，他又对大白马说："大白马，你这样恋主，只能对不起了。"枪管顶住大白马的头扣动扳机，砰的一声，大白马颓然倒下，程大熊一个跟头摔在地上，几次都爬不起来。日本兵跑过来，程大熊用手枪瞄准骑兵队长，骑兵队长连忙趴在地上，然而程大熊的枪只是空响了一下。

骑兵队长站起来："哈哈，他没子弹了，抓活的。"

程大熊叹气："唉，我不听玉林哥的话，后悔死了。"

骑兵队长走近，伸手抓他。程大熊猛地跳起身，咬住骑兵队长的鼻子，几个日本兵连忙用刺刀往他身上乱戳。程大熊倒了下去，骑兵队长的脸上已没了鼻子，血流个不停。日本兵连忙撬开程大熊的嘴巴，挖出鼻子，把鼻子连同骑兵队长一起送到医院。

池之上听说骑兵队长受了伤，到医院探望，关心地问："鼻子能接回去吗？"

护士把鼻子给他看："从敌人口中拿出来时，已经被嚼烂了。"

池之上跌足叹息："这个中国小孩太可恶了。"

三十一　接新娘的阴谋

竹子拿给池之上一份南京来的密电："十川次郎将军下令，要我们抓住汤恩伯留在老家的母亲，迫使汤恩伯投鼠忌器，缓解我军的作战压力。"

池之上皱眉沉思："他的母亲现住哪里？"

王友仁点头哈腰："据我了解，她带着团丁，和武义县政府住在一起。"

池之上放下茶杯，边踱步边说："汤恩伯在南口战役、台儿庄战役中给我军造成重创，十分可恶。他善打硬仗，始终是帝国的心腹大患。既然我正在他的家乡，自然不能放过这个挟持他的机会。"

竹子反对："照我看，绑架他的母亲，只会增加他对帝国的仇恨，抵抗得更加激烈。况且他母亲住在县政府那里，防守坚固，我们鞭长莫及啊。"

池之上冷笑一声："参谋长的意思是我们进不了国统区？那个躲在游击队里的小伍，不就被我们的情报人员抓出来了吗？你去摸清汤恩伯的底细，掌握了他家族的情况，再策划方案。"

王友仁连忙献殷勤："汤家的情况我很清楚，不必参谋长费神，我说给司令听。汤恩伯 1900 年 9 月生于武义县汤村，六岁进私塾读书……他的朋友童维梓在东京开饭店，委托他管理，他经营亏损，还把饭店卖掉读书……"

池之上不解地问道："汤恩伯为什么会到日本陆军士官学校读书呢？我们的陆军士官学校，像这种人是进不去的。"

王友仁说："他先考上东京明治大学法科，在学校结识了浙军第一师师长陈仪的干女儿王竞白，才由陈仪保送到日本陆军士官学校。毕业后，他回家与发妻马阿谦离异，娶了王竞白，再后来陈仪把他介绍给蒋介石，得到蒋介石的重用，才成了我们的劲敌。"

池之上手握茶杯，在桌子上用力一敲："可恶，日本学校培养出来的军事人才，竟然抵抗我们大日本帝国。"

竹子说："先让情报组去探明他母亲住处的内外情形。"

王友仁笑眯眯地说："司令，天助我们成事。我表哥金跃良送来请柬，他订了个媳妇，是新宅太傅村的姑娘，过几天就要迎娶。我索性派几个人冒充接亲的，混进去了解情况。"

池之上放下茶杯笑了："何必多此一举呢，直接娶媳妇就好了，汤老太太就是新媳妇嘛。"

王友仁猛地一拍额头："还是司令脑子灵清，不过要找个能说会道的伴娘一起去才好。"

池之上挥手："伴娘我来安排，你快去准备。"等王友仁出了办公室，他提起电话："朱小姐，我有急事和你商量，快过来。"

朱汀慧心里嘀咕："不会是又生出什么诡计要害东曦了吧？"匆匆赶到池之上的办公室。

池之上仔细端详她，笑道："有个新娘子要请你做伴娘。"

"是多重要的新娘？劳动司令亲自来请我。"

池之上把嘴巴凑到朱汀慧耳边，轻声说了几句话。朱汀慧一惊："不成，汤将军的娘怎会坐上陌生人的轿子？"

池之上拍拍朱汀慧的背："实话告诉你，所谓接新娘只是应付中国地面上的检查，到了她的住处，轿夫们就换上中国士兵的衣服，说是另给她换个安全的地方住，如果她不肯走，就绑她上轿。"

朱汀慧脑子里飞快地盘算着，嘴里说："司令的事，我怎可以不帮忙呢，什么时候去？"

"明天上午就出发，你回去打扮打扮，我这里再把计划细化。"

朱汀慧本就急着离开，顺势告辞，快步回家写好一封信，交给舅舅："舅舅，辛苦你到上仓村一趟，把这封信交给周队长，很要紧。路上小心。"

舅舅十万火急地把信送到周东曦手里，上面写着："明天上午，池之上派四顶轿子以接新娘名义进入国统区，冒充国军劫持汤将军之母。"

"岂有此理，池之上连这样卑鄙的事都做得出。"周东曦狠狠地拍着桌子。

秦浩森听见周东曦发火，连忙过来，看过信后说："这还了得，快报告蔡县长。"

周东曦说："你快去吧。"

秦浩森边走边说："我到村里借头大水牛骑着去。"

玉莹等人得知舅舅来送信，都过来探听消息，周东曦详细给他们讲了一遍。

李红莲松了口气："既然秦乡长已经去报告，蔡县长肯定会阻止的。还好朱汀慧的情报来得及时。"

周东曦却锁起眉头："我们必须预防各种意外情况，不能一味依靠蔡县长。这样吧，游击队也派人护卫。"

张正钧说："有国军出面，我们守在他们的必经之路上，暗中看着就好。不过，万一真打起来，伤着汤将军的娘怎么办？"

玉莹眼珠转了几圈，嘴巴凑到周东曦耳边说了几句话，周东曦听完，笑着拍拍她的脸颊："你这小子虽然屡屡违反纪律，但真是聪明。就照你的办法，我现在马上去找团长借大唐和小唐。"又向何旭阳招手："你带领队伍到岭下汤，随机应变。"

王友仁带着四顶轿子过了汤村岭又上大庙岭，来到大庙岭背，自卫团的团长带着四个团丁从茅草屋里出来："停，这么多轿子，去做啥？"

轿夫们歇下轿子，王友仁走上前："团长，我们是县城下街金跃良家的，到铁铺村娶媳妇。"

团长疑惑地看看王友仁："跃良说是明天行礼，怎么今天就来了？"

王友仁摸出香烟递上去，又擦着自来火给他点烟："哦，本来是明天的，但拜堂的时辰改早了，路太远，只能提早一天来接。"

团长背着双手，围着轿子转了几圈："跃良他自己怎么不来？不行，回去，不许进来！"

王友仁拿出一条香烟："团长开恩，我们这么远来了，你高抬贵手。"把香烟塞在团长腋下。

团长的神色不变："万一是特务混进来搞情报呢？坚决不能进。"

王友仁拉着他："哪个特务有这么大胆？明知道团长是火眼金睛。"

团长手臂一松，烟掉在地上："你们这些人我都不认识，鬼知道你们是不是日本情报员。回去，叫跃良自己来。"

朱汀慧在轿里听着外面讲话，双掌合拢，嘴巴里轻轻念着："这个团长还挺负责任。上天保佑团长不要放过他们，池之上的美梦破碎，汤将军的娘平安无事。"

王友仁走到轿边："哎呀，只顾讲话，跃良要我们带给团长的礼物都忘了。朱小姐，快把礼物拿出来。"

轿夫从轿子里拿出了花生、瓜子、酒、肉和鸡，一大堆东西花花绿绿，分给了团丁们。朱汀慧担心地撩开轿帘往外看，那团长对礼物不屑一顾，却对朱汀慧上下打量。

"这是跃良他姐的女儿，还未有人家。"王友仁笑嘻嘻地凑到团长身旁，低声说，"我给你做个媒怎么样？保证成功！"

朱汀慧见团长看她，竖了竖大拇指，本意是夸团长坚持原则，不料团长会错了意，以为朱汀慧看中了他，笑吟吟地大声说："我隔日就到你家看你，等着我。"对王友仁一挥手："赶紧去接新娘吧。"

朱汀慧苦于无法说出实情，在轿子里一边跺脚一边骂："这人像猪一样蠢。"

四顶轿子过了大庙岭，到了山坞，王友仁看看四周："停，快到铁铺村了，接太太只要两顶轿子就行。朱小姐，你们两顶轿子就在这里等着，我带另两顶轿子走，顺利的话，半小时后就回来。"

几个轿夫换上自卫队的衣服，抬着轿子跟王友仁来到铁铺村一间大屋前，两个团丁背着枪在门口站岗，喊道："站住，干什么的？"

王友仁大模大样走向前："哟，不认识我了？我是蔡县长的警卫老丁。"

轿夫小李连忙凑近去:"我是自卫队的,和你一起吃过饭呢。"

团丁甲端详着他:"是吗? 记不清了。你们有事吗? "

王友仁做出严肃的样子:"蔡县长有要紧事,要我们转告老太太。"

团丁甲说:"老太太在经房念经。"

团丁乙说:"有事先和我们说。"

王友仁一本正经:"很重要的事,只能和老太太说。"

团丁甲想了一会儿:"要进去得搜身。"

王友仁摸出手枪扔在地上,团丁对他们两人搜身检查,见没有什么可疑之处,于是说:"你们先到中堂见过马阿姨。"

王友仁和小李走进五间头中堂,马阿谦辨认着他俩:"你们是谁? 有什么事? "

王友仁装出一副神秘的样子:"我们是蔡县长派来的,蔡县长要我告诉你们,今天晚上日军要攻打县政府,怕老太太受惊,请她先转移到安全地方。"

林绣风老太太走到中堂:"叫我转移? 转移到哪里? "

小李连忙上前:"先和蔡县长一起住,有部队护卫。我们带了两顶轿子来,请你儿媳马阿姨一起去。团丁带两个去就够了。"

林绣风随口道:"那就小汤和小葛随我去。"

王友仁催促道:"你们快准备,两顶轿子已在门口了。"

林绣风和马阿谦走进卧室整理东西,一会儿装了两个箱子,团丁帮她们拿出来放到轿子上。马阿谦搀着林绣风往门口走,林绣风说:"阿弥陀佛,儿子啊,你快点打完你那里的日本兵,再回家来把家里的日本兵也打掉。"

王友仁笑呵呵地凑上去:"是啊,但愿汤将军快回家来打日本兵。"

团丁搀扶林绣风上了轿,王友仁拿出两颗药丸:"蔡县长吩咐,山路崎岖,怕你们晕轿,特地带来晕车药,每人一颗先吃下。"

林绣风吞下药丸:"蔡县长想得真周到,连晕车药都给我准备好了。"

两顶轿子一溜烟跑起来,两个团丁跟在后面。轿子到了山坞停下,朱汀慧神色慌张地迎上去问道:"汤老太太接出来了吗? "

王友仁眉飞色舞："当然接来了。"朱汀慧一听这话，全身都软了。

王友仁走到两个团丁身旁："咦，老太太和马阿姨都不说话也不下轿，难道睡着了？你们两人去看看。"

小汤和小葛一个去看林绣风，一个去看马阿谦，不料被几个轿夫从背后卡住脖颈杀死，尸体拖到了山里面。

朱汀慧掩面："王组长，你够心狠手辣的，给汤老太太下了药，又杀了她的家丁。"

王友仁皮笑肉不笑："无毒不丈夫嘛，不狠怎能做出成绩？怎能得皇军信任？"

朱汀慧瞪了他一眼："人做事，天在看，小心报应。"

王友仁撇撇嘴："你不是也在给皇军做事？如果世间真的有报应，那就没人做坏事了。"指着几个轿夫："把汤老太太和马阿谦捆好，盖上红布，别让她们滑下轿去。你们换回轿夫的衣服，咱们这就动身回去。"

四顶轿子向大庙岭悠悠而去。

秦浩淼骑着大水牛去县政府，路上遇到小孩子放火炮，大水牛被惊得驮着他飞跑，一头蹿下路边的深沟。秦浩淼从牛背上摔下来，头撞在大土块上，顿时昏了过去，直到第二天中午才醒过来。他哼哼唧唧地爬出深沟，坐在路边休息，有个好心的赶车人路过，把他捎到了县政府。

他一瘸一拐地去见蔡一鸣："蔡县长，不好了，池之上派轿子以接新娘的名义进入国统区，冒充自卫队劫持汤将军的母亲。"

蔡一鸣不敢相信自己的耳朵，问道："你说什么？"

秦浩淼又说了一遍，蔡一鸣拍着桌子："岂有此理，是什么时候的事？"

秦浩淼结结巴巴地说不出，这时卫兵带着个团丁走进办公室，团丁向蔡一鸣报告："有自卫队打扮的人接走了汤老太太，说是你吩咐的。我们越想越怀疑，特来报告。"

蔡一鸣大惊失色，额头渗出了汗珠，立刻把赵成章叫来："成章，不好了，汤将军的母亲被日本人劫持了，你快带自卫队去追回来。一定要保证老太太的安全，别吓到她。"

赵成章领命出了办公室。蔡一鸣又命令卫兵："你认识国军七十九师的赵团长，快去报告，说是汤将军的母亲被日军劫走了，现在大庙岭或汤村岭，请他出兵截回。"

卫兵跑步而去。蔡一鸣一屁股坐在椅子上喘气："但愿平安接回汤老太太，否则我的罪过可大了。"他合起双掌，默默祈祷。

窗外，赵成章吹起哨子，几十个自卫队员集合出发。

王友仁带着四顶轿子来到大庙岭背，自卫团的团长亲热地上前："这么快就接出来了？"

王友仁笑得合不拢嘴："我们是马不停蹄。这接媳妇嘛，一定要赶着择好的时辰拜堂的。"

团长连说："是，是，我知道。"

王友仁喊道："朱小姐，快把东西拿出来。"

朱汀慧心想："我揭穿王友仁的阴谋吧，只要让团长去看看新娘子，汤老太太就能被救下来了。"她下轿走到团长身旁，正想说话，王友仁又凑过来，朱汀慧张开的口立刻合上，心想："如果我不管三七二十一揭穿这件事，两边开火，自己肯定是当场没命了，汤老太太也未必保得下来，可能还会连累爸爸和舅舅。再说，我以后拿不到情报，对游击队是莫大的损失。唉，走一步看一步吧，车到山前必有路。"

轿夫们拿下馒头、黄酒和鸡肉，团丁们喝酒吃菜，根本顾不上检查。团长还笑哈哈地拉住王友仁，指指朱汀慧："这个，就拜托你了。"

王友仁一拍胸脯："包我身上。现在要赶时间，我们先走了。"

团长盯着朱汀慧："一路顺风。"

王友仁得意地大喊："起轿！"四顶轿子过了大庙岭背，飞快地向岭下跑去。

赵成章带人气喘吁吁地来到大庙岭背岗哨，问团丁们："有轿子经过吗？"

团长走出来，抢着回答："四顶喜轿刚过去，还给我们留下了酒肉，来，一起吃。"

赵成章狠狠给了他一巴掌："回头再收拾你们！"手一挥："快追。"几十个自卫队员往岭下冲去。

见四顶轿子就在岭脚，赵成章大喊："抬轿的站住。"自卫队员们跟着喊："汤老太太，抬轿的是汉奸，你被日本人劫持了！"

朱汀慧见机会来了，又惊又喜："王组长，自卫队追来了，我们快躲进山里面。"

王友仁狠命地摆手："不，傻瓜才躲进山。"他敲着轿杠催促轿夫："快，快跑，到岭下汤就有皇军来接应了。"

自卫队员们见轿子继续向前，连忙开枪震慑，赵成章大喊："不能开枪，别伤到汤老太太！"但王友仁却毫无顾忌地回击，大庙岭脚响起了密集的枪声。赵成章心里焦急："怎么办？我们不能打枪，只有敌人打我们的份儿，等轿子到了缓冲区，一切都完了。"

轿子很快进入岭下汤地域，突然岭脚右侧冲出一支部队，子弹封锁住了轿子的去路。赵成章双手一拱："谢天谢地，守护在山上的国军出手了。"

轿夫大喊："不能前进了。"

王友仁哭丧着脸："怎么不是皇军而是国军？现在功亏一篑。"

然而没过几分钟，国军就放弃了堵截轿子，掉转枪口与后方摸上来的日军激战。王友仁高兴得跳起来："好，皇军的队伍来了，我们快走。"

轿子如风疾驰，突然斜刺里闪出两个人，其中一个操着纯正的日语说："王组长，恭喜你行动成功，司令要我们来接应你。"

另一个人也用日语说："前后都有中国士兵袭击，你们把轿子交给我们，自己先走。"

王友仁拍着胸口："好，谢谢司令关心，我们把轿子交给皇军，拜托了。"

又有几个人跑过来，一言不发地接过轿子飞奔而去，没多久就钻进了山林中。

周东曦见轿子到手，王友仁他们也四散逃走，对金吉水下令："你快去通知自卫队和国军，叫他们别打了，汤老太太已经接回来了。"

周东曦和抬走轿子的玉莹他们会合，轻轻掀起轿帘："汤老太太，我们是蔡县长派来接你的，现在就回新宅。"然而林绣风仍然沉睡。

朱汀慧冲出轿子，一把抱住周东曦："东曦，你们终于来了，我都愁死了。汤老太太吃下了王友仁给的药，恐怕立刻叫不醒。"

玉莹看着沉睡的林绣风："池之上太狠毒了。"

周东曦对朱汀慧竖起大拇指："慧，你是勇敢的战士，立了大功。现在我们已接回汤老太太，你再辛苦也要回去，至于如何向池之上解释，你一定知道。"

朱汀慧放开他："好，我明白怎么做，你放心。我有好多话想对你说……"可是周东曦已经跑远了。

两边的军队都在后撤，枪声渐渐停息，战斗结束。

蔡一鸣小心地搀扶着林绣风坐在沙发上，从热水瓶里倒出热水泡了茶，递给她："汤老夫人，抱歉，抱歉，是我失职。"

林绣风苦笑："不怪你，是日本兵太刁滑了，再就是我自己不警惕！"

蔡一鸣向她鞠躬："我马上电请汤将军处罚我。"

林绣风摆手："我们都不要向他说这事，免得他打日本兵分心。"

蔡一鸣叹气："老夫人宽宏大量，蔡某不胜感激，以后就住在鄙人处，就近保护。"

林绣风笑了："既然周队长救了我，让我毫发无损，难道我还会上第二次当？"

蔡一鸣心里宽慰了许多："也好，我派自卫队保护你。"

竹子和王友仁匆匆走进池之上的办公室，池之上迫不及待地问："汤老太太在哪里？快请过来，我好好与她谈谈。"

王友仁战战兢兢："我们……"

池之上摆手："不要说了，快把她请来。"

王友仁吞吞吐吐："有人说是奉司令之命来接轿子，我就把轿子交给他们了……"

池之上霎时大惊："什么？我是派先锋队对付截轿子的中国军队，但没派人接轿子啊！"

竹子双手一摊："芭蕉扇又被牛魔王骗回去了。对方早有防备，肯定有人泄露了秘密。"

正在这时，朱汀慧披头散发、衣服门襟裂开，跌跌撞撞地来到办公室，一见池之上便失声痛哭："司令，我差点见不到你了。"

池之上迎上去扶着她："朱小姐，你怎么了？"

朱汀慧哭得更大声："你派来接汤老太太的那些人打了我一顿，把我扔在山上，我好不容易才走回来。司令，你要给我做主呀。"

竹子骂道："傻瓜，是中国人截走了汤老太太，不是我们。"

朱汀慧故作惊讶："啊！难怪他们打得我这么狠。"

竹子给了王友仁一个耳光："我问你，你是怎样泄露了消息？"

王友仁拍着胸脯："我对天发誓，绝不是从我这里泄露的。"

三十二　真假玉莹

池之上沉吟良久："经此一事，汤老太太和中国军队一定会提高警惕，我们再想抓她就不容易了。看来，这事只好先放下，我们集中全力寻找方玉莹和分布图，大力开采萤石，这样南京追问下来，也好有个交代。"

王友仁凑上来献殷勤："司令，这段时间情报组一直没放松对方玉莹的追查，据我们打探到的消息，游击队也在找她。说不定，她根本没离开过皇统区，一直就在我们眼皮底下。"

池之上狞笑起来，对竹子和王友仁下令："从今天起，由参谋长负责，马上调动兵力，包括皇协军、县政府、乡政府的全部力量，以做良民证为由，同时到各保按花名册验明全部居民，一定要找到那个眉间有痣的方玉莹。"

第二天，"良民办事处"主任童霄汉带着日本兵和伪军到了十三保的晒谷场，有的布置照相设备，有的贴布告。柳臻全、童霄汉和王友仁到村路、弄堂大喊："各位村民听着，今天全部到晒谷场照相、做良民证，做好良民证就是良民，受皇军保护。"

一个老妪在弄堂口窥视，童霄汉连忙走过去："喂，村里怎么没人？"

老妪怯怯地说："日本兵来了，都逃到山上了。"

童霄汉的口气变得亲和："你快去山上把大家叫下来照相、做良民证，我们还会放电影给大家看。如果不回来，日本兵就到山上抓他们了。"

老妪颤颤巍巍地进了白阳山，向聚集在一起的村民们转述童霄汉的话。有些村民心存侥幸，陆续回村。有些村民凑到保长沈保康身边："你是保长，你说句话，做了良民证，日本兵就真的安民不杀人了吗？"

沈保康用力敲掉烟灰："做了良民证，就成了日本人的顺民。如果听日本人的话，不去抵抗，当然是不会被杀了。这一招是用软麻绳缚住我们呀。"

村民们纷纷议论：

"如果是这样，我就去看看，整天躲在山上也不是办法。"

"做顺民就做顺民，只要不杀我们、不抢我们的东西就好。"

"是啊，管他什么民，老百姓还不是日出而作日落而归？去看看。"

"我长这么大从没照过相，照个相也好。"

沈保康见越来越多的村民下山，不禁叹了口气："真是愚民啊，你们何时才能开窍呢？"

村民郑三棱也要带着妻子和女儿下山，沈保康连忙拦住："三棱，日本兵在搜寻眉间有一颗痣的矿主女儿，你家女儿眉间也有一颗痣，如果给日本兵看到，可能会被抓去。你陪女儿在山上待着，绝不能下去。"

郑三棱轻笑："你真是好愁不愁，愁六月没日头。我家姓郑，矿主姓方，怎会认错呢？再说，眉间有痣的女人何止两个，难道都抓去？日本人既然愿意安民，不会这样不讲道理吧？"

沈保康不松手："硬蛮坏，这样的事防着点好。"

三棱妻拉着女儿的手："听保长的话，我们别下山了。"

郑三棱推开沈保康："我不信，我要去看看。"拉着妻子和女儿往山下走。

沈保康摇头："这样的事都硬蛮，总会吃亏的。"

晒谷场热闹极了，有人好奇地看着电影银幕说："这块幕布上有人讲话走路，好奇怪哦。"

有人排队等拍照，笑嘻嘻地说："不知道我拍出来是个什么模样。"

有认字的人看墙上的布告：

安居乐业做良民证（包括妇女）。现在的县、乡维持会已升为县政府、乡政府，各村保甲制度不变，与日本军共同维持经济上的平稳。

有扰乱者、盗窃放火者、打民家抢劫者，严惩不贷。

良民办事处

昭和十八年九月二十一日

看布告的村民嗤之以鼻：

"放屁，不来照相都说要杀了杀了。"

"日本兵自己不抢百姓的东西就好了，还惩治别人？"

伪军维持秩序："大家都排好队，叫到名字的来照相。"

童霄汉对着花名册叫人。

"沈雄俊。""到。"

"沈关祥。""到。"

"王根法。""到。"

……

村民们一个接一个被叫去照相。

沈维庭来到晒谷场，童霄汉向他招手："表弟，快来照相，做良民证。"

沈维庭把童霄汉拉到一边："我的妻舅还有几个朋友住在缓冲区，常来往国统区和皇统区做点小生意，想请你帮忙做张良民证。"

童霄汉拍着额头："这个……"

沈维庭立刻板起面孔："托你这点事都摆官架子，亲情也不念了。算了，以后也不敢叫你表哥了！"

童霄汉立刻赔笑："别说得这样难听。其实要做也不难，皇军还抓不到村民做良民证呢。你报上姓名来，我把他们的名字夹在村民花名册中，报到名字时去照相就是了。"

沈维庭写了五个名字交给童霄汉："这还像我表哥。我马上叫他们来。"

童霄汉转身回到点名处，拿起花名册："郑菊英。"

郑三棱走上前："我女儿不做良民证。"

童霄汉骂道："你胡说什么，女的更要做良民证，快去叫来。"

郑三棱不当一回事，硬邦邦地说："不做，说不做就不做。"

"你这人这么硬蛮？"柳臻全指着两个伪军："你们跟到他家里，把他女儿叫来。"

两个伪军用枪顶着郑三棱："走。"押送他回家。

郑三棱跨进中堂，慌张地叫道："菊英，日本人要你去做良民证。"

妻子章苏珠看着他："不听保长的话，这下可要麻烦了。"

"麻烦什么，让去做就去呗。"

郑菊英出来了："我不去。"

就这一眼，伪军甲看到了郑菊英眉间的痣，连忙拉着伪军乙走出中堂，嘴巴凑向他的耳朵，笑嘻嘻地说："眉间有痣的方玉莹就在这里，我们要发财了。"伪军乙也忍不住喜悦："我也看到了，快带走。"

章苏珠见两个伪军鬼头鬼脑，便对女儿使了个眼色，把手放在背后。郑菊英会意，连忙走进里间，从后门逃了出去。

两个伪军进来叫："喂，快点，去晒谷场照相。"见郑菊英不在屋里，狠狠揪住郑三棱胸襟："你女儿呢？"

郑三棱不耐烦地说："她怕去照相，不做良民证了。"

两个伪军推开后门，不见路上有人，立刻发威："眉间有痣的方玉莹就在你家，现在你们放她逃了！"说着去抓郑三棱夫妇俩。

郑三棱抵抗着："胡说八道，她是我女儿郑菊英。"

两个伪军推操他："你到晒谷场去说。"

郑三棱理直气壮："小鬼难缠，阎王好见。去见长官嘛，怕什么？去就去。"

两个伪军把夫妻俩押到晒谷场："眉间有痣的玉莹就在他家。"

王友仁半信半疑："抓来了吗？"

伪军甲回答："从后门逃出去了，可能逃上白阳山了。"

王友仁马上给他两个耳光："饭桶，快去抓回来！"又指郑三棱夫妇:"绑起来。"

几个日本兵捆绑郑三棱夫妇,章苏珠大哭,骂郑三棱不听保长的话非要下山。郑三棱一边反抗一边大骂,王友仁狠狠打了他几个耳光,用枪顶着他,才让他束手被缚。

池之上在花园里弯腰观赏一条虫啃噬花瓣,竹子陪在身旁。这时王友仁等走进花园:"报告司令,经过严格的人口对照筛查,查到了方玉莹!"

池之上满脸惊喜:"在哪里?"

"十三保郑三棱家。"

竹子挥手:"带到刑讯室。"

王友仁脸色尴尬,示意柳臻全:"你向司令报告详情。"

柳臻全低下头:"我们去抓她的时候,被她逃上了山。"

池之上大怒:"饭桶,那不是没抓到?"

王友仁点头哈腰:"司令,我已派人去抓了。"

卫兵带着伪军甲来到花园,柳臻全连忙问:"抓到了吗?"

伪军甲回答:"我们追上白阳山,但是山上有岩洞,有山崖陡壁,足足几十里长。我们两个人怕是找不到,特回来报告。"

池之上振作精神:"参谋长,传我的命令,岸田三郎的一中队出动,再加一个中队的皇协军,统统到白阳山拉网式搜捕,务必抓到方玉莹。"

当天,一队队日本兵和伪军便来到白阳山。岸田三郎挥舞军刀:"听我命令,横队推进,隔三米一人,梳子式搜索,每个柴蓬、每个岩洞都要仔细搜寻。"

白阳山上排满日本兵和伪军,像梳子一样从山头向山尾推进。突然一个日本兵惊喜地喊道:"方玉莹在这个柴蓬里,我刺到她了,刀尖上在滴血。"许多日本兵围过来。

突然从柴蓬里跳出一只大野猪,扑倒几个日本兵撕咬。日本兵们大叫着向野猪连连开枪,野猪虽被打死,却还咬着一个日本兵的喉咙不放。其余日本兵掰开野猪的嘴,见那个被咬的日本兵喉咙上一个大洞，血如喷泉。

岸田三郎叫道："传令下去，小心野猪。"话音未落，十几只大大小小的野猪从山上冲下来，日本兵和伪军手忙脚乱地抵挡。受伤的野猪拼命攻击他们，两个伪军被野猪咬伤。

郑菊英坐在白阳山大柴蓬里喘气、哭泣，突然竖起耳朵："什么声音？似浪涛，像山崩，还有枪声。"再一听，"活捉方玉莹，活捉方玉莹"的喊声越来越近。"天啊，原来他们真把我当成方玉莹，是来抓我的。娘，你为什么把我的眉间也生出一颗痣呀？天啊，救命啊！"郑菊英钻出柴蓬，边哭边跑，可是双脚发抖，好几次跌倒在地。

葛胜草穿着对襟布衣、叠腰布裤，系着两片裙，在包谷坡上干活，忽然停下锄头四面张望："今天怎么回事？白阳山上枪声不绝，喊声震天。"他见郑菊英跌跌撞撞地跑来，连忙过去扶住她："山上这么多日本兵，都是抓你的？"

郑菊英哭着点头："日本兵抓我，伯伯救我。"

"这些强盗畜生！别怕，去我家躲藏。"葛胜草背起郑菊英快步回家，没一会儿走进茅草屋，把她放在床上。

周小仙走到床前："你把个大姑娘背到家来，莫非想娶二房了？"笑着用手指在葛胜草脸上一刮。

葛胜草嘿嘿一笑："她被日本兵追赶，吓得瘫倒在地，我总不能看着她被抓走吧。"

郑菊英连忙下了床，向周小仙跪下。周小仙看她一眼，对葛胜草说："你总是喜欢抬别人的棺材进家来哭丧，这种乱世，你救得完吗？"

葛胜草咳了两声："不要说了，已经救回家了。"

周小仙嘟囔："所以我总是庆幸自己住在山上，与人隔绝，与世无争，无忧无虑。"她扶起郑菊英："来都来了，歇着吧。"

"你陪她待在家，我出去看看动静。"葛胜草扛着锄头出门。

"我先给你烧点吃的。"周小仙扶郑菊英坐下，从挂在泥墙上的纸媒筒里拉出纸媒棍，在火缸里粘了火，嘴巴凑上去吹燃，再凑到茅草上，把茅草放进泥筑的灶窝，灶窝里的柴烧了起来。

白阳山上的日本兵和伪军好不容易过了野猪关，又进入野蜂窝山段，数不清的野蜂在他们身边飞舞。他们用手去拍打，被野蜂蜇得哇哇大叫。一个日本兵看着野蜂从大树上的窝里飞出来，朝着蜂窝就是一枪，霎时，野蜂铺天盖地倾泻下来。他们折下树枝扑打野蜂，还是不停地被蜇中。

　　越来越多的野蜂包围住日本兵和伪军，蜇得他们乱跳乱滚、呼天抢地。葛胜草站在山峦背，笑弯了腰："好，好，蜇死日本兵，蜇死日本兵，'九里头'好样的，加油。"

　　王友仁扑打着野蜂，来到岸田三郎面前："队长，不能再前进了。这野蜂我们称'九里头'，又叫'飞天虎'，就是会飞的虎。三针射入人体，人就中毒了。它们还有宁肯自己死也要咬你一口、扎你一针的拼命习性。快撤吧，不然我们都得死在这里。"

　　岸田三郎语气严厉："胡说八道！司令命令我们，务必抓到方玉莹，现在怎可撤退？继续前进！"

　　日本兵一个个来报告：

　　"有人被大野蜂蜇中，脸面肿得连眼睛都睁不开，晕过去了。"

　　"有人被大野蜂蜇得抽搐了。"

　　"一个伍长被蜇死了。"

　　岸田三郎犹豫了一会儿，下令："快回司令部报告，请司令增派防化兵。"他自己用树枝拍打着野蜂，"中毒的士兵全部抬回去治疗，其余人脸贴山土匍匐前进，因为野蜂主要叮咬头部。无论如何，今天务必抓到方玉莹。"

　　周小仙刚烧好一碗面条，葛胜草就一路狂笑着走进来，周小仙嗔怪道："你疯了？笑成这个样子。"

　　葛胜草学着日本兵手忙脚乱的样子："日本兵手持柴枝与'九里头'打架，被蜇得呼天喊地、叫爹哭娘，滚倒在地上。有些日本兵头脸肿得眼睛都睁不开，被放在担架上抬回去了。不过，还是有好多日本兵向我们这边来，可能等一下就到了。"

郑菊英担心地说："要么我再往北面逃。"

葛胜草点上了烟："如果他们存心抓你，你是逃不掉的，先躲到我放地瓜的地窖里吧。"

全副武装的防化兵来到白阳山野蜂窝段，用网兜网了好多野蜂装进布袋，又用高压喷雾器向野蜂喷射药水，野蜂纷纷落下。日本兵终于通过了野蜂关，继续向前推进，走在最前面的防化兵忽然大叫："这里有间草屋。"大踏步走来。

周小仙吓得瘫倒在地，葛胜草还没来得及扶起她，日本兵就拥进了茅草屋。岸田三郎抓住他的胸襟："把眉间一颗痣的方玉莹交出来。"

葛胜草全身筛糠："没……没有方玉莹。"拼命搀扶周小仙。

岸田三郎推倒他："搜！"日本兵翻箱倒柜，不一会儿，一个日本兵就撬开了地窖的木板，将郑菊英抓了出来。

岸田三郎命令："把方玉莹和两个窝藏者都绑起来，一起带走。"

池之上兴高采烈地来到刑讯室，竹子跟在他身后。

郑菊英被推进来，竹子端详着她，冷冷地笑了一下。

王友仁被野蜂蜇了好几针，躺在家里休养。柳臻全代替了他的位置，精神抖擞："方玉莹，乖乖地把矿藏分布图交出来，免得受罪。"

郑菊英哭着说："太君，我不是方玉莹，我是郑菊英，根本没有分布图。"

柳臻全大声呵斥："别抵赖了，你眉间的痣就是证明。"

郑菊英大声叫道："我是十三保郑三棱的女儿，生下来眉间就有痣，村里人都知道，你们去调查。"

柳臻全拍着桌子，露出狰狞面目："狡辩，给她上老虎凳。"

郑菊英被绑在老虎凳上，打手慢慢给她加砖头。郑菊英大汗淋漓，哭叫着："我不是方玉莹，你们为什么要这样陷害我？"

柳臻全逼问："快说分布图藏在哪里，不说再用重刑。"

"没有，我没有分布图，我是十三保郑三棱的女儿郑菊英。"

柳臻全喝道："再不承认就染指甲。"

打手拿了蜡烛凑到郑菊英的手指上，郑菊英挣扎喊叫："冤枉啊！

我是郑三梭的女儿郑菊英，你们去村里查查呀！"

竹子突然对池之上说："司令，最好别用酷刑。如果她死了，分布图的线索就此消失，我们的损失就大了。"

郑菊英虽然痛苦不堪，但还是听到了竹子的话，突然停止了挣扎，心想："方玉莹一死，万恶的日本人就拿不到分布图了，那就干脆让她死吧。"她突然抬起头，凛然说道："好，我承认，我就是方玉莹，但是决不给你们分布图，你们杀了我吧！"

竹子嗤笑一声，凑到池之上耳边说了几句话。池之上先是一惊、一怒，接着是一喜。

他沉吟一会儿，问郑菊英："你为什么不愿交出分布图？"

郑菊英仰起头："因为你们太坏了，我宁愿死，也不让你们得到分布图。"

池之上竖起大拇指："你虽是弱女子，但爱国不怕死，我敬佩你。"

郑菊英哼了一声："我不知道什么是爱国，只知道你们把我打成这样，我恨死了你们，绝对不会交出你们想要的东西。"

池之上踱了几步，突然挥手："别审了，把她押回监狱。"

郑菊英难以置信："为什么不杀我？"

三十三　方松茂献图

当天，沦陷区和缓冲区的村庄都张贴了日军司令部的布告。

> 通缉犯方玉莹私藏武义县萤石及温泉点分布图国宝，供认不讳，但拒不交出。为惩恶扬善，定于昭和十八年九月二十八日上午十时，将方玉莹及窝藏者郑三棱、章苏珠、葛胜草、周小仙五人一起凌迟。
>
> 司令池之上印
>
> 昭和十八年九月二十五日

上仑村的游击队员看着撕下来的布告，气得拍手跺脚，纷纷大骂。

金吉水挥舞着双手："日本人又恶又傻，假的也当真。"

何旭阳说："郑菊英他们实在是太冤枉太可怜了，那个方玉莹也不知在哪里，知不知道这件事。"

玉莹更是急得挠着头皮："队长，如果你是方玉莹，你交不交？"

"我们没有分布图，也不是方玉莹，说交与不交都没用，这事只能由真的方玉莹做决定。"周东曦闷闷不乐地说。

玉莹双手捂住面孔，连忙走出祠堂。

秦浩淼摇着周东曦的肩："东曦，你一向都积极有主见，遇到这事怎么就消极放弃了？我倒有个办法可以试试。"

周东曦抬头："说来听听。"

秦浩淼拉了拉袖子："现在日本人说要安民，可以让全保的村民联名证明这个郑菊英是郑三棱的女儿，不是方玉莹。"

周东曦沉思了一会儿："池之上这样的畜生会相信吗？"

沈维庭说："日本人最近老嚷嚷着要怀柔，秦乡长的办法倒是可以试试。"

周东曦站起来："死马也当活马医，好，我们就试试。立即行动，把全乡各保都发动起来。"

何旭阳到处找玉莹："玉林，玉林！玉林怎么不在？我要带他去沈家村找保长。"

金吉水说："我看到玉林出去了。"

张正钧走出祠堂，看不到玉莹，又往前山走，忽听有人在哭泣。只见玉莹跌坐在大柴蓬旁，泪流满面地捶着自己的胸口："怎么办？叫我怎么办？"

"玉林！"张正钧走过去。

玉莹陡地一惊，停止哭喊。

"你为什么一个人跑到山上哭啊？"

"我听说那五人要被凌迟，觉得太可怜，忍不住就哭了。"

"不要这样，队长说了，要我们到各村发动村民联保郑菊英。"

玉莹好像看到了希望，连忙问："这办法有用吗？"

"队长说，死马当活马医，有用没用都要努力。"

玉莹喃喃自语："但愿真的有用。"

游击队员分头到各村动员保长。第二天，各保长带着村民来到"良民办事处"，把办公室挤得水泄不通，连门外都站满了人。沈保康逼在童霄汉面前："你是当地人，难道不知道郑三棱的女儿生下来眉间就有痣吗？"

童霄汉后退了几步："我不很清楚她眉间是否有痣。这事是日本人一手操控的，他们愿意以假当真，我也没办法。"

保长和村民们七嘴八舌地反驳：

"你是良民办事处主任、县政府的副县长，我们不和你说和谁说？"

"你在皇军面前说说，救救三棱一家，他们也太可怜了。"

"你们当时就不应该抓他们。"

"这样白当黑的事都做，也太对不起老百姓了。"

童霄汉摊开两手："现在我知道她不是方玉莹了，但皇军说她是，我再说什么也没用。"

一个村民指着他的脸："这样的冤案发生在你的治下，你就要负责，否则当什么主任？"

沈保康慷慨激昂："现在安民了，我们到日军司令部门口请愿。"

童霄汉看着满屋愤怒的村民，颊肉颤抖，像是自责和内疚纠结在一起，又像是怪村民们多事："你们如果敢去请愿，我就打电话联系朱县长。你们真的敢去吗？"

村民们齐声说："敢！"

童霄汉给朱双臣打完电话，沈保康拍着他的肩，似讥讽又似真心："这才有点像我们的父母官呢。"

童霄汉低声说："我们身给日本人做事，但心还是向着中国老百姓的，有些事是无奈之下违心而为。"

沈保康竖起大拇指："好，就按你自己说的这句话去做，百姓知道，天也知道。"

朱双臣、童霄汉和王友仁小心翼翼地走进池之上的办公室，朱双臣对池之上弯腰低头："司令，就是……就是前天抓来的眉间有痣的姑娘，确实是十三保郑三棱的女儿，而非矿主女儿方玉莹。特向司令禀报。"

池之上看向王友仁："你怎么说？"

王友仁走近几步："司令，这件事轰动全县，现在各村村民出面具保。再说，我去监狱看了，那姑娘……的确不是方玉莹。"

池之上一拍桌子站了起来，双眼瞪得滚圆："混蛋，那你们为什么把她抓来？是谁向我报告找到方玉莹了？"

王友仁辩解道："当时是皇协军看见她眉间有一颗痣，叫她拍照她又逃跑，就以为是方玉莹了。"

池之上走近他，啪啪甩了两个耳光："由于你们的谎报，我动用了一个中队和防化部队，我们两个曹长玉碎。现在要我放掉她，就拿你们的命来换吧。"

王友仁立刻跪下。

池之上手指朱双臣："你还要说什么？"

朱双臣摇头："不说了。"

池之上怒喝："说。"

朱双臣从身上摸出具保书："现在局势非常严重，这是三千多村民签名盖印的具保书，现在还有几十个村民代表在司令部门口集体请愿，我们如何下台？"

池之上拿起桌上的青花瓷杯，用力砸在地上，拍着桌子："大日本帝国还怕他们请愿？南京杀了那么多，武义就不能杀三千个吗？"大声叫道："山本队长！"

"半脸毛"应声进门。池之上怒气勃发："凡是请愿者……"手一挥，"统统杀掉，马上执行！"

"半脸毛"转身要走，朱汀慧冲进办公室拦住他，对池之上说："司令且慢，我要进一言。"

池之上横眉立目："你有什么话？该说的说，不该说的别说。"

朱汀慧心想："不管那么多了，能拖延一时是一时，最好东曦能想出办法来。"大声说道："你如果杀了这三千人，一定会遗臭万年，请司令三思！"

池之上手摁前胸："朱小姐，你……你竟敢用这无形之剑刺杀本司令！你不怕我把你也杀了吗？"

朱汀慧捶胸顿足："司令，我是为你名誉着想，不想你将来后悔。就算你杀了我，我也要说。"

竹子阴阴地笑："司令一言既出驷马难追，统统杀，包括朱小姐。"

朱双臣扑通一声跪下来。

池之上看竹子："你这是幸灾乐祸、借刀杀……"他走到朱汀慧面前，拉住她的手，长叹道："不杀的话，我无路可退呀。"

朱汀慧嫣然一笑："司令怎么又聪明一世糊涂一时呢？既然那姑娘承认自己是方玉莹，就让村民们都听到她亲口说呀。"

池之上脸上阴云散去："好，我现在不杀他们，就如朱小姐所说，要杀得他们心服口服、心甘情愿。"手指拿着具保书的朱双臣："你对那些村民说，三天后，请他们到东门大广场看公开审讯，如果郑菊英承认自己是方玉莹，他们又不撤回具保书，不管多少人，我全部杀掉。"

朱汀慧扶着朱双臣出了办公室，朱双臣喟然长叹："你啊，真是胆大包天。"

县城和沦陷区各村镇贴上新的布告。

> 通缉犯方玉莹私藏武义县萤石及温泉点分布图国宝，供认不讳，但拒不交出。定于昭和十八年九月二十八日上午十时对其公开审讯。
>
> 届时如该犯坚持声称自己为方玉莹，且仍不交出分布图，即与窝藏者郑三棱、章苏珠、葛胜草、周小仙五人一起凌迟。
>
> 如有人继续为五人喊冤请愿，不论众寡当场击毙。
>
> 如有人交出分布图为五人赎罪，五人可当即释放，献图者奖银元一千，任副县长之职。
>
> 　　　　　　　　　　　　　　　池之上印
> 　　　　　　　　昭和十八年九月二十六日

游击队员们聚在祠堂里看布告，张正钧问何旭阳："池之上杀人如麻，这次他想杀就杀呗，竟然还采取公审的办法，啰里啰嗦说了一大套，他葫芦里卖的是什么药？"

何旭阳扔了布告："难道方玉莹真的被抓了？"

秦浩淼撇撇嘴："不可能，那天被抓的明明是十三保郑三棱的女儿郑菊英，一定是这姑娘经不起刑罚，屈打成招，但又拿不出分布图。"

金吉水义愤填膺："我们混进刑场，把他们救出来。"

谢文生打金吉水一下："你尽出些馊主意。"

金吉水噘起嘴巴，不服气地说："为什么不行？"

陈寿长推一下金吉水："你信不信？如果去救她，整支游击队都得陪她死。"

金吉水一甩手："你总是长别人志气，灭自己威风。"

谢文生指着他："你这样的人，叫作麻雀不量自身。"

朱汀慧走进祠堂，周东曦连忙迎上去，拉着她的手走进自己房间，又给她揩头脸上的汗："情况如何？"

朱汀慧坐下喘了口气："池之上差点就学南京那样大开杀戒了。我冒着生命危险，使了缓兵之计，他才答应公开审讯郑菊英。我特地来告诉你们，不管你们要怎么做，都千万小心，不能蛮干。"

祠堂大厅里，游击队员们还在议论。何旭阳说："真的方玉莹听到这个消息，不知会不会交出分布图。五条人命呀，她能眼睁睁地看着别人为她牺牲吗？"

玉莹脸色惨白，拔腿跑出了大厅。她在山里漫无目的地狂奔，仰天大哭："天啊，现在叫我如何是好？郑菊英明明是在保护我，难道我就这样让她惨死？爹爹，你说我该怎么办？五条人命，或许是三千条人命，我背不动啊！我应不应该把图交出来换下他们的命？这是值得的吧？"她的心在痛苦挣扎。

一只乌鸦嘎嘎叫着掠过玉莹头顶，向北飞去。玉莹望着飞去的乌鸦，泪落如雨："不，绝不能把图交给日本人，爹娘不能白死，萤石是国宝不能丢。干脆我去承认自己是真玉莹，让他们把我杀了，换回郑菊英。"忽又皱着眉头，"不可，不可，我还没有报仇，不能就这么死掉。"

远远地，周东曦在喊她。玉莹双手一拍，突然含泪笑了："嗨，怕什么，我的仇队长一定会替我报的。对，我去换下那五个人。"她擦掉眼泪，大踏步向县城走去。

东门大广场上挤满了人，戒备森严。岸田三郎已经按照池之上的命令，在广场周围架好了机关枪，布置好了日本兵。

台上坐着日军审讯官和书记员，柱子上挂的大喇叭播放着日本歌曲。

审讯官高声宣布大会开始，郑菊英被五花大绑地带上台，站在最前沿。郑三棱夫妇和葛胜草夫妇分别站在郑菊英两边，四人面色灰败，已是失魂落魄。

玉莹混在人群中，眼睛紧盯着郑菊英，心里默默给她鼓劲："坚持住，我马上就来换你们了。"

审讯官开始问话："你老实回答，你的真实姓名是什么？"

郑菊英头一昂，响亮地回答："方玉莹。"

台下顿时喧哗不已。郑三棱扭头骂她："你疯了吗？承认自己是方玉莹会被凌迟的。"

章苏珠急得说不出话。葛胜草嘟囔着："原来她真的是方玉莹。"

周小仙声嘶力竭地对郑菊英说："你快把分布图交给日本人啊！"

审讯官又问："方玉莹，你把分布图藏在哪里？快交出来。"

郑菊英冷冷地说："分布图是中国的，绝不能交给日本人。"

审讯官恐吓："不交出分布图是要凌迟的。"

郑菊英语气坚定："随你们的便！"

审讯官站起身来："大家都听到了，她承认自己就是方玉莹！"

台下村民们交头接耳、议论纷纷，但没人敢出来说是郑菊英。

方松茂手提一只小皮箱，兴冲冲地来到日军司令部门口。卫兵拦住他："干什么的？走开。"

方松茂拿出告示："快报告司令，我送分布图来了。"

卫兵给他搜身后，带他走进池之上的办公室报告。池之上瞪大眼睛："你这图是真是假？"

竹子打量着方松茂："如果是假的，马上把你送到审讯大会上一块杀。"

方松茂满脸堆笑："肯定是真的，司令请看。"

他打开箱子，池之上迫不及待地拿起里面的卷筒，打碎蜡封，把地图展开在桌子上："不错，不错，是真的分布图。哈哈哈，我终于拿到真图了……"

方松茂见池之上爱不释手地抚摸着地图，小心翼翼地提醒道："司令，分布图交给你了，我的赏钱……"

竹子一瞪眼："赏钱？你为什么不早交出分布图，害我们白白折腾了一年多？拉出去毙了。"

方松茂吓得腿一软，跪爬到池之上身边："不是我不交，之前我侄女把图藏起来了，我昨天才找到，赶紧送过来，一天也没敢耽误。"

竹子拎起方松茂："既然如此，那就不杀你，你回家吧！"

方松茂想走又舍不得走，期期艾艾地说："司令，布告上白纸黑字写明有赏金，还许以副县长之位，全县人都知道的……我们中国百姓最讲究信用……"

池之上大笑："起来吧，参谋长和你开玩笑的，我堂堂大日本帝国怎会失信于中国平民。"

方松茂站起来，满脸惊喜。

池之上边研究分布图，边对方松茂说："你到王友仁那里报到，先任副乡长兼情报组副组长，以后再调升副县长。"

方松茂点头："骤然让我当县长，我也不会当，先磨练磨练的好。"

竹子赶他走："快去报到吧。"

方松茂赖着不走："太君，赏钱……"

池之上抬头："赏钱嘛……"转向竹子："拿一箱银圆出来。"

卫兵抬出来一箱银圆，方松茂眼睛放光，双手试着拎了一下："这是一千块吗？太沉了，我拎不动，劳烦司令派个人帮我拿回去。"

竹子摇头："不行，你空手拿，拿多少是多少。"

方松茂数着银圆，一块块叠在胸前。

池之上看着方松茂摆弄银圆，一脸不齿："这个要钱不要命的贪婪鬼。"指着方松茂说："我派人跟着你，路上只要掉下一块，就全部拿回来。"

方松茂满脸不舍，放了十几块回去："今天只拿得七十二块，我明天再来取剩余的。"

竹子打他的后脑勺："识相点快走！惹得司令不高兴，连这七十二块也没了。"

方松茂弯下身子护住银圆，逃一般出了司令部。

朱汀慧在办公室门外看完了这一出戏，强装笑脸走进去："司令终于拿到了分布图，可喜可贺。"

池之上拉住她的手："你和竹子今天都要陪我喝酒。"

竹子不屑一顾："你俩自己喝吧。"

朱汀慧任由池之上拉着手："司令，赶快放掉那五个人吧，迟了就人头落地了，老百姓会说你不讲信用。"

池之上点点头："的确，为了取信天下，必须放人。参谋长，你去办这事。"

审讯官还在问话："再问你一遍，你承认自己是方玉莹，但拒不交出分布图，是吗？"

郑菊英傲然说："日本人是强盗，我宁愿死，也不让他们称心如意。"

审讯官转向葛胜草四人："四个窝藏者都听到了吗？主犯承认了，你们自然同罪。"

章苏珠大哭："女儿啊，你为什么要代别人死，还连累全家？"

郑三棱突然大喊："女儿，你是好样的，我们宁愿死，也不能让日本人得到分布图。"

"爹、娘，是我对不起你们，下一世我们再做一家人。"郑菊英的眼泪汹涌而出。

周小仙边哭边骂葛胜草："这下好了，你不但把人家的棺材背到家里哭，还把自己也装进棺材了呀！"

葛胜草满面迷惑："死之前我只想弄清楚，她究竟是不是方玉莹？"

审讯官大声道："大家听着，皇军是不会胡乱杀人的。方玉莹抗拒皇军，现处以极刑，马上执行。还有谁不服吗？"

台下的人面面相觑，谁都不敢出头，广场上鸦雀无声。

刽子手把五人绑在木桩上，玉莹抬脚就要往台上走。

竹子此时已来到广场，悠悠然走上台，高声宣布："各位乡亲，方家族人方松茂已将分布图献与司令，得了封赏。司令言而有信，既往不咎，立刻释放这五人。"

广场周围响起日本兵的欢呼声："天皇万岁！"

台下的人都松了一口气，脸上浮现喜色，只有玉莹如遭晴天霹雳，怔了好一会儿："不可能，我藏的分布图叔叔怎会找到？莫非他交的也是假的？我必须回方家村证实。"

她出了广场，一口气跑到方家村，下了水井，只见井壁上明晃晃一个空洞，顿时全身像浸在冰水里。她定了定神，连忙爬上来，去了方松茂家。

方松茂正在数银圆，玉莹闯进来，怒气冲天地揪住他："你把真的分布图送给池之上了？"

银圆撒了一地，方松茂心疼地蹲下身去捡："你藏得那么隐秘，害我找得好苦啊。"

玉莹狠狠踢了他一脚："你这个没骨头的东西。"

方松茂被踢倒在地，叫道："别打，别打！日本人说好给我一千块银圆，今天我只拿了七十二块，待全部拿到了，我会分你一份的。"

玉莹狠狠地吐了口唾沫："你想钱想疯了，这种钱也敢拿！"

方松茂揩着唾沫："不只是钱，现在我是副乡长兼情报组副组长了，你也不必再东躲西藏，可以回家了。"

玉莹又一个耳光打过去："无耻！你知不知道分布图是国宝？忘了我爹是为保护分布图而死吗？你不思报仇雪恨，还卖国求荣，你还算人吗？"

方松茂捏紧拳头："你只知道什么国宝、什么报仇，连累了这么多人，我也差一点被你害死。再说，难道你想藏着分布图，眼睁睁看着今天那五个人被凌迟？"

玉莹越听越气，又想打他。方松茂后退几步："你再打，我就叫人了，别忘了，我现在是情报组副组长。"

玉莹恨恨地说："今天我就在会场，已经准备站出来了。我宁愿承认自己是真的方玉莹，被他们凌迟，也绝不会给他们分布图。"

方松茂又退了几步，手指着她："那你为什么不早点自首？现在我献出分布图，保住了你的命，保住了大家的命，你们都应该感谢我。"

玉莹冲上去，两人厮打起来，惊动了四邻。一时许多村民拥进来劝解，玉莹无从下手，愤愤地跑出了门，骂道："不知羞耻的东西，看你得意到几时！"

方松茂脸上挂着厚颜无耻的笑容："这个木头脑袋，通天大道你不走，偏要行那独木桥，迟早得掉下去淹死。"

村民们都鄙夷地看他，他却浑然不觉。

三十四　失踪的儿童

池之上得到了分布图，大摆宴席庆祝。笑逐颜开的日本军官和伪官员围坐在十几张圆桌旁，留声机播出的日本音乐伴着欢声笑语溢满整个大厅。

竹子站起来，眉飞色舞地说道："诸位，今晚的日中联欢宴会，是为了庆祝萤石矿分布图归属大日本帝国，开宴前请司令讲话！"

热烈的掌声中，池之上满面春风地起身："昨天，我们寻觅已久的武义县萤石及温泉点分布图，终归大日本帝国所有。武义这块宝地，在日中共荣的征途上，又上了一个台阶！"掌声再次响起，池之上双手挥舞："尽管抵抗分子不断地干扰破坏，但我们的铁路、电厂建设得非常顺利，很快，武义的萤石就能源源不断地流到日本，支援帝国作战了。天皇万岁！"

众人跟着齐声高呼万岁。池之上举起酒杯："为我们的胜利干杯！"

众人互相碰杯敬酒，觥筹交错，一片热闹场面。美味佳肴陆续上桌，人人大快朵颐，都显出几分醉态。

梅机关机关长横田季春笑吟吟地向池之上敬酒："强者面前无难事，司令智勇双全，取得分布图，为帝国立下大功，我敬司令一杯。"

池之上笑得合不拢嘴："哪里哪里，我只是略施小计而已。"

横田季春自己先一饮而尽，放下酒杯说："眼下我有件难事，还要请司令帮忙。"凑到池之上面前低声说了好一阵。

池之上嘲笑道："你以前不是说很容易得手吗？"

横田季春面露难色："以前确是容易，但做得多了，老百姓有了警惕，上面又命令不能强掳只能暗偷，这就不好办了呀！"

"还差多少？"

"十个八个不嫌多，三两个不嫌少。过几天就要运到杭州，时间很紧呀。"

池之上轻松地一笑："好说，好说，都是为帝国做事，我自然要帮你的忙，你放心。"

他向王友仁招手，王友仁走近，点头哈腰："司令有什么吩咐？"

池之上神秘兮兮地说了几句，王友仁面露难色。

柳臻全带着几个特务来到十六保祠堂，特务笑嘻嘻地分给孩子们糖和饼干，拿出万花筒给他们看，还教他们唱歌谣，孩子们和特务玩得很开心。

就在这时，一个老头在祠堂门口疯疯癫癫地叫道："我的孙儿，我的小宝，你在哪里？爷爷想你……"他看见孩子们正在和特务玩，突然痛哭起来："你们不要吃陌生人的糖，我的小宝就是吃了他们的糖，然后就不见了！"

一个中年人匆匆跑过来，眼泪汪汪地搀着老头："爹，不要再想着小宝了，我们回家去！"

沈保康的小儿子沈明到吃中饭时还没回家，沈保康到祠堂找他，然而祠堂里空空荡荡的，一个孩子也没有。他陡地紧张起来，四处打听，有村民说，看到柳臻全带着几个孩子出了村。沈保康连忙追向大路，沿途打听，一直找到情报组的办公室，找到王友仁："王组长，我儿子被你们带来了？"

王友仁吃了一惊，没想到柳臻全被村民们认了出来，一时尴尬得不知说什么好。

"难道是日本人要你掳我儿子不成？"沈保康愤怒地问。

王友仁假笑："不是的，是碰巧，真是碰巧。皇军要选一批聪明伶俐的小孩子集中培养，选中了你儿子。你放心，我去对皇军说，把儿子还给你。不过，我之前听说你不想当保长了，这可不行。"

"我娘没生我奴才骨，我不会当奴才。"

王友仁讪笑："你骂我什么我都不气，不过我劝你，鸡蛋是碰不过石头的。"

"快把儿子还我。"

"明天还你。"

沈保康对他不屑一顾："小鬼难缠，阎王好见。我自己去向池之上要人。"出门就往司令部跑，王友仁连忙追上去："你站住。"

沈保康在司令部门口和卫兵吵起来，王友仁乘机溜进去向池之上报告事情的经过。池之上沉吟片刻后说："你带他到我办公室来。"

沈保康被带进办公室，怒视池之上："你就是池之上司令？快把村里的孩子都还回来，不然我就召集全保的村民来评理。"

池之上笑眯眯地说："你儿子既然已经来了，就是我的客人，让他在这儿玩几天。你嘛，好好把保长当起来。"

沈保康神情严肃："儿子我要带回去，保长我肯定不当。我身上没有奴才骨头，不像有些人，甘愿当狗。"

王友仁嗤之以鼻："那就看看是狗活得长还是人活得长。"

池之上走过来拍拍沈保康的肩膀："我们实行的是安民政策，给村民们都发了良民证，以后日中一家，你还有什么不愿意的。"

沈保康冷冷地说："铁锁链换成软麻绳罢了，我不会帮助你们残害百姓。"

池之上还是很和气："你大错特错了，只有当好保长，才能保护村民。现在皇军要将大批萤石运到水路码头，会从各村征集劳力。你回去立刻通知每家每户，调派人手，否则皇军就要亲自去点人了，如遇反抗，该杀的杀，该烧的烧，那你们村可就永无宁日了。你们中国的皇帝不是说过吗？顺我者昌，逆我者亡。作为百姓，应该懂得这个道理。"

沈保康怔怔地想了一会儿："我要先见我儿子。"

"你儿子叫什么名字？"

"沈明。"

池之上对卫兵示意。片刻后，沈明被带到办公室，大叫着"爹"跑向沈保康，被卫兵拉住，另一个卫兵拦住了沈保康。

池之上直视沈保康：“看到儿子了吧？现在回去好好当你的保长，完成派工任务，我呢，好好培养你的儿子。”

竹子在一旁说：“你若还是执迷不悟，儿子和村子，你一个都保不住！”

沈明拼命叫着沈保康，沈保康想扑过去，又被卫兵拦住。竹子挥一下手："把小孩子带下去。"

卫兵去拖沈明，沈明大喊："爹，告诉小宝的爷爷，小宝就在这里，还有很多中国的小孩子，也在这里！"

沈保康悲愤交加："我要叫全县的老百姓来向你们要人！"

竹子拔出手枪对准他，池之上哈哈一笑："在那之前，你儿子就先没了命！孰轻孰重，你自己决定吧！"

沈保康被卫兵推出办公室，闷闷不乐地回到家中，一屁股坐在小竹椅上，只顾抽烟。二叔来找他，沈保康也不吭声，从系在短烟杆上的鼠皮袋里摸出一撮烟叶递给他，两人对坐着抽闷烟。

妻子忍不住了，追问沈保康："儿子呢，怎么不带回来？"

沈保康狠命地抽烟，不说话。

妻子打沈保康的背："我问你儿子呢。"

沈保康用力敲落烟锅里的烟灰，一字一句地问她："要儿子回来，你丈夫就得去当汉奸，你愿意吗？"

妻子愣了一下："我要儿子，你也不能当汉奸！"

二叔苦笑了一声："世上哪有这么两全其美的好事。"

沈保康仰头："二叔，你说我该怎么办？"

妻子泪如雨下，脸埋在他的肩头："我知道你的心进了麦芒，你自己做主吧！可是我的儿子……"

沈保康耳边又响起了池之上的话："顺我者昌，逆我者亡。作为百姓，应该懂得这个道理。"他忽然放声大哭："不光是儿子，还有村民，我怎么才能保住他们？"

妻子哭着说："不为儿子，也为村民，只能委屈你自己了，天知道你为人。"

二叔脸上挂着泪，拉住沈保康的手："留得青山在，不愁没柴烧啊。"

从第二天开始，沈保康带着村民，从杨家矿运矿石到白洋渡码头。

赶走了沈保康，池之上的心情很好，亲自给朱汀慧打电话，邀她过来喝茶聊天。

两人正说得兴起，卫兵进来报告："横田季春中佐来见司令。"

池之上想了想，说："朱小姐，请你到里间回避一下。"

横田季春进来，笑着说："司令，幸亏有你帮助，现在已经凑齐了小孩子。我与杭州方面联络，决定后天晚上带着他们出发，安全方面还请司令费心。"

池之上说："没什么不安全的，整条路都在我们占领区。派一辆军车、一个分队护送，足够了吧？"

"主要是汤村岭路段，两面高山丛林，道路陡而弯，时常有游击队出没。"

"你放心，我提早一天，派一个分队管制住该路段。"

"好，好，有你这句话，我就放心了。"横田季春当即告辞。

"那个保长的儿子就不要带走了。"

"你真想在武义流芳百世啊？"横田季春大笑着出门。

池之上叫朱汀慧出来，没人应声，反而是竹子从里间走出来："她肚子不舒服，回家去了。"

池之上一脸无可奈何："她被你撺走了？真拿你没办法。"

朱汀慧神色紧张地到了上仑村，走进祠堂："周队长，东曦，你在哪里？"

周东曦答应着出来："慧，你亲自来了？是有重要的事吗？"

朱汀慧快步走近他："后天晚上，日本人要把一批小孩子运到杭州，有军车和日本兵护送，里面还包括一个保长的儿子。"

周东曦深深地皱起眉："难怪近来各村都有小孩失踪，原来被日本人偷去了，他们究竟要干什么呢？必须马上把这件事报告蔡县长。"他叫玉莹："我们立刻去新宅。"

蔡一鸣听了周东曦的报告后说："我们一直在调查儿童失踪案，直到昨天才有了些眉目。"

赵成章愤愤地说："现在得到的消息是，日军用小孩子做活体生物实验，还有一部分孩子被运到日本接受特别教育，为日本将来统治中国做帮手。"

蔡一鸣拍着桌子："问题十分严重，我们必须揭露日本人的罪行，并向世界公布。我与军队联络，你们游击队熟悉地形，和军队一起截回孩子。"

两个机枪手带着机关枪到了上仑村，周东曦当晚就率领他俩和几个游击队员潜入汤村岭。第二天下午，八个日本兵进入汤村岭段公路边的林区侦察，游击队员们远远望见他们，机枪手问："这种情况，你们游击队一般怎么做？"

金吉水说："直接干掉他们呗！"

何旭阳摇头："八个日本兵呢，又不能开枪，肯定干不掉，我们赶快往山里撤。"

谁知日军分队长说："外围没有什么异常情况，我们再往里面搜搜。"说着带队进山。

何旭阳轻声说："他们进来了，大家小心，不要发出声响。如果被日本兵发现，我们就打草惊蛇了。"

游击队员们蹑手蹑脚，迅速向更深处隐蔽。玉莹见前面有一棵枝繁叶茂的大松树，建议说："我们爬到大树上吧，日本兵就看不见我们了。"

何旭阳点头："这主意不错。"游击队员们和机枪手都爬上了大松树。

日本兵步步深入林中，来到大松树下，竟然坐在树下休息聊天，大有一时半会儿不走之势。周东曦觉得再这样下去会有危险，于是向队员们做了几个手势，比出掐喉咙的姿势。玉莹点点头，竖起大拇指。

周东曦又比划了一通，把树上树下的人都对好了号，然后手用力向下一劈，游击队员们如同神兵天降，一齐扑向日本兵。日本兵听到树上有声音，连忙抬头，还来不及有所反应，就被游击队员们双手箍住喉咙，挣扎抽搐一阵后断了气。

金吉水拾起日本兵的枪横看竖看，兴奋得跳起来："都是崭新的三八大盖，就欠一挺机关枪了。"

机枪手也激动地说："不费一颗子弹就打死了八个日本兵，缴获了八支三八大盖。我们团从来没如此轻松地得到这么丰厚的战利品，都是硬碰硬打下来的。"

晚上八点，两辆军车开到汤村岭，进了游击队的射程内。周东曦一声令下，步枪、机关枪的子弹一齐射向军车。两辆军车立刻停下，跳下来十几个日本兵。

玉莹眼疾手快，率先射中了一个日本兵。周东曦连忙表扬："玉林的枪法真准，大家加油。"

横田季春大叫："见鬼了，先派来的分队呢？你们以汽车为掩护还击！"

枪战激烈。没一会儿又有两辆军车开来，是日军的援兵到了。周东曦连忙命令后撤，游击队员们且战且退。

横田季春大喊："是小股游击队，别让他们跑了，追！"

日军队长说："跑不了，一个都跑不了。我已让一分队绕到游击队撤退的必经之地，设伏阻击。"

日本兵越追越急，游击队员们肩上一支枪、手拎一支枪，都跑不快。

周东曦下令："丢掉多余的枪，迅速向南撤退！"

陈寿长却说："枪可舍不得扔，一定要带回去。"

玉莹点头："肯定要带回去的。"

周东曦急切地说："丢枪，撤退，这是命令！"

"你们快撤，我们断后。"机枪手趴下，对着追过来的日本兵一阵扫射。

游击队越过一座山头，被事先埋伏的日本兵截住。日本兵大喊："周东曦，投降吧，你们被包围了。"

游击队被两面夹击，周东曦心急如焚："这下真的糟了，连回家的路也被堵住，只能死拼了。"

"就算是死，我也要赚回本来。"陈寿长说着站起来，一连开了几枪，自己却中了弹。金吉水要赶过去扶他，被周东曦狠狠摁住，几颗子弹擦着金吉水的发尖掠过。金吉水不管不顾，硬是冲过去背起了陈寿长。

玉莹大喊："吉水，你背好寿长，我掩护，我们一定要带寿长回家。"

金吉水喘着粗气，一只手箍住陈寿长，一只手拎着枪，在山上大步流星地跑着。何旭阳叫道："吉水，把枪扔掉，减轻负担。"

"枪和寿长我都舍不得，一定要一块带回去！"金吉水顽强地随着其他游击队员撤退。

周东曦眼见这种形势，不禁自责："蔡县长啊，是我们无能，非但救不回被掳掠的儿童，反而搭上了队员们的性命。"

日本兵步步逼近，机枪手对周东曦说："周队长，现在敌人前后夹攻，我们只能背水一战了。这样吧，我们两挺机关枪拦住前后方的日本兵，你们向左侧突围，能冲出去几个算几个。"

周东曦点头："就按你说的办，辛苦你们顶住。"

日本兵大叫投降不杀，情况十分危急。正在这时，拦住前路的日本兵突然掉转枪口开火，原来是中国军队赶到了，领头的排长用土喇叭高喊："日本狗，你们被反包围了，投降吧！"

周东曦眼睛一亮："国军来了，现在日本兵反而被夹在当中，大家回冲打狗！"

排长喊话："周队长快撤！这里是沦陷区，敌人的援兵随时会到，等你们撤出后，我们也马上撤。"

机枪手说："排长说得对，我们必须夹紧一面迅速撤退，如果恋战，后果不堪设想。"

周东曦手一挥："大家听好，目标正南永康江，且战且撤。"到了江边，周东曦看到背着陈寿长的金吉水，连忙说："吉水，你是好样的，不要泅水了，背着寿长走秘密水道，让柳青接应你。"

游击队员和士兵们刚泅过了江，日军大部队就追到江边。岸田三郎大喊："冲过去，把游击队员都剿灭。"

日本兵刚踏进江水，五华山上中国军队加强团的炮火就打过来了，如一堵火红的墙，把日本兵隔在江北岸。岸田三郎无奈，只得下令撤回。

汤村岭上，两辆军车向杭州方向扬长而去。

上仑村祠堂里，金吉水把陈寿长放在长桌上，抚着他冰冷的身体哭得很伤心，游击队员们也都在流泪。秦浩淼一言不发，摇头叹气地走开了。

周东曦揩着眼泪："好好安葬寿长，我们的战斗还要继续。"

沈保康坐在竹椅子上，沉默地抽着烟，妻子在一旁催促："村民们已经天天去担萤石了，快去司令部把儿子领回来吧。"

沈保康敲敲烟锅，长叹一声出了门。

他在司令部门口被卫兵拦住，朱汀慧刚好看到，将他带进了池之上的办公室。池之上笑脸相迎："沈保长来了，你们村派工运萤石了吗？"

沈保康满心羞耻，轻声说道："已经派了，每户每天一丁去挑萤石。"

池之上满意地点头："好，这样就好。"

沈保康上前几步："现在可以把儿子还给我了。"

池之上笑着说："不错，我们是有过口头协议，既然你乖乖听命，我就把儿子还给你。"向竹子招手："参谋长，把他儿子交回给他。"

竹子摇头："他的儿子和其他小孩子一起，被横田季春送去杭州了。"

池之上脸色一沉，站了起来："他竟然不听我的意见。"

"这件事机关长的确做得欠妥。"

池之上踱了几步，拍拍脑袋，转向沈保康："你的儿子暂时就由皇军抚养吧，等过些日子再还给你。"

沈保康神情紧张："你把我儿子怎样了？"

竹子插嘴："你的孩子由我们养，比你自己养更好。"

沈保康握紧拳头："少放屁，快把儿子还我，我现在就要带他回家。"

竹子傲慢地说："如果我们不还呢？"

沈保康愤怒地指着她："那你们就连强盗都不配叫，是畜生，畜生不如！"

池之上脸上带着笑："你骂吧，我不气。今后你好好当保长，我给你养儿子。你们中国有句古话：近朱者赤，近墨者黑。日后你儿子必定前途无量，红得发紫。"

沈保康咬紧牙关："我的儿子近了强盗、畜生，岂不也成了强盗、畜生？"

竹子呵斥："不识好歹！我们大日本帝国科学先进、武器精良，有能力征服统治全亚洲。你们中国愚昧落后，由我们提携你们共荣，应该感激。"

沈保康答道："你们想用武力征服中国，征服中国人民，简直是愚蠢至极，你们必定会被赶出中国！"

池之上走到沈保康面前："我看你也算义士，所以不追究你对我和帝国的谩骂。你今天先回去，过几天还你儿子。"

沈保康怒喝："你到底把我儿子弄到哪里去了？我今天就要见到他。"

竹子不耐烦地说："不要再提你儿子了，现在你面前只有两条路，一是好好当保长，为皇军效劳，二是让你的家人来领你的尸体。"

沈保康跺着脚，满脸通红："随便你们对我怎样！"逼到池之上面前："畜生，还我儿子，还我儿子！"

竹子说："你不怕死吗？"

沈保康凛然说："我若是不死，就把你们掳掠孩子的罪行公布于众。"

池之上对竹子说日语："快打电话到杭州，把他的儿子送回来。"

竹子说："区区一个村民，大可不必吧？"

沈保康冲向池之上，抓住他的胸襟："我今天和你拼了！"

卫兵连忙拉开沈保康，竹子拔出手枪，对准他胸口就是一枪。沈保康身子摇晃着倒下："你们……天诛地灭……"

池之上摇头叹息："参谋长，你今天会错了我的意，我并不想杀死他。"

竹子噘起嘴："你被一个中国的老百姓辱骂欺侮，我岂能忍受？"

池之上恨恨地说："这事都怪横田季春，不该把他的儿子送到杭州。"

卫兵报告说大西吉雄来了，池之上无精打采地起身迎接："有什么事？"

大西吉雄看着池之上阴沉的脸色，小心翼翼地说："自从司令派兵看守从矿场到码头的道路后，游击队再不敢来搞破坏了。现在白洋渡码头已堆满了萤石，可以运到杭州湾了。不过，我们找不到水工，还要请司令帮忙。"

池之上吩咐竹子："你让朱双臣去办这件事。"

竹子点头答应："我盯着他做这事。"

三十五　竹筏上的较量

　　竹子带着朱双臣，和两个日本兵一起，骑马来到熟溪桥码头。朱双臣指着熟溪桥说："参谋长，这廊桥于宋朝始建，距今七百多年了。看，这桥门、五花马头墙、粉砖黛瓦，一对石狮子守门，多么威武。"

　　四人走进廊桥，朱双臣手指上游："参谋长你看，江水绕过壶山脚滔滔而来，两岸房舍鳞次栉比，每到傍晚炊烟袅袅。平日里，江边埠头上捶衣声砰砰，江滩茅蓬中鸟鸣声啾啾，成排的箬篷船和竹筏沿江而下。不过，眼下皇军下令禁运物资，这些船筏都闲着。"

　　竹子突然感慨道："多美啊，这是帝国新扩的疆土，天皇万岁！"日本兵和朱双臣齐喊："天皇万岁！"

　　竹子又叹了口气："可惜啊！这桥马上就要拆掉，铺上铁轨运萤石了。塘里、溪里两个地方采的萤石都要从这里送走。"

　　一个日本兵手指上游："有人在往竹筏上装货。"

　　"快去看看，如果是战略物资，全部没收。"竹子连忙上马。

　　四匹马奔到码头装货点，竹子下了马，问站在岸边的装运工："装的是什么？运到哪里？"

　　装运工满脸畏惧地一一回答："大木桶里是桐油，篾篓里是木炭，麻袋里是粮食，还有些毛竹，都要运到杭州再转送日本。"

　　竹子大怒："混蛋，这些都是军控物资，严禁运出，统统没收。"

　　装运工慌张地跑进筏屋："老板，皇军不让装货，还说要没收。"

　　一个身穿和服的人走出来，自我介绍叫安田松原。他从包里掏出文件递给竹子："这是通行证。之前我从日本运来香烟、肥皂、白糖、布匹等抢手货，换了这些货物，要运到日本。我们日本商人已经在这里开设了桐油公司、粮食公司、白木公司……"

竹子问："我想运萤石，容易找到水工吗？"

安田松原指着江边的竹筏："这里有的是竹筏，只要付水工工资。"

竹子摇头："你们商人只知道付钱雇人，不知道倚仗武力。我不会花一分钱的。"

安田松原手指下游："那你必须去找三江口的潘兴龙，他是水路运输的首领。"

竹子命令："去三江口，朱县长你带路。"

四骑马往下游奔去，来到三江口。竹子四下张望："三江果然是在这里汇合。"

一个渔夫披挂斗笠、蓑衣，站在江中的竹筏上，手握铁头竹篙，将竹筏上的一群鸬鹚赶下水。一只只鸬鹚钻进水里，再钻出来时嘴里都含着鱼，半条已经吞进喉咙里。渔夫抓住鸬鹚的脖子，挤出它们喉咙里的鱼，投进篾篓，然后将鸬鹚丢回水里，让它继续抓鱼。

"喂，捕鱼的，知道潘兴龙住在哪里吗？"朱双臣向渔夫打招呼。

渔夫打量这几人："我就是潘兴龙，你们是谁？"

"我们有东西要运，上岸来谈吧。"朱双臣向他招手。

潘兴龙泊好竹筏，用竹篙担起两个篾篓，鸬鹚们都跳上竹篙齐齐站好。他一根竹篙挑着鸬鹚和篾篓，带这几人回家。

四人牵着马，跟随潘兴龙到了江边小屋前的明堂，潘兴龙示意他们坐下说。竹子看了看小竹椅，没有坐，其他三人也只能站着。

朱双臣先开口："皇军要你运萤石。"

"运到哪里？"

"杭州。"

"到杭州要一天一夜，回来要四天五夜，十块银圆跑一趟。"

朱双臣说："这是长远生意，天天有得做，价钱便宜点？"

"若是长期生意，可以考虑便宜点。"潘兴龙带笑说道。

竹子哼了一声："好大的口气，你知道自己是什么人吗？"

潘兴龙毫不畏惧："我是中国内江的水工。"

竹子拔出手枪，在潘兴龙头上一点："你是亡国奴，日本天皇的奴才，应当无条件为天皇服务。"

潘兴龙避开竹子的枪口，后退了几步："做生意要讲你情我愿、公平公正、互惠互利，不能强迫。况且现在是你求我。"

竹子看看在明堂上嬉戏的两个小孩："你不要提什么工钱了，三天内，组织好所有水工运送萤石。"手一挥，对朱双臣等人说："我们走。"

朱双臣轻声对潘兴龙说："你听参谋长的话，马上组织水工，皇军可不是好惹的。"

潘兴龙朝着竹子的背影啐了一口："呸，一句话，有工钱就去，没工钱你枪毙我也不去！"

周东曦和何旭阳带着玉莹，与潘兴龙一起坐在屋前明堂上喝茶。周东曦欠身问："日本兵要你运萤石这件事，你打算怎样做？"

"有工钱就去，没工钱鬼给他运。"

玉莹放下茶碗，口气很重："有工钱也不能给日本人运萤石。"

潘兴龙盯着玉莹："这位长官，兄弟都没饭吃了啊！有生意还不做？"

何旭阳按着玉莹的肩膀，对潘兴龙说："生计艰难是日本人造成的，我们应该痛恨日本人。"

玉莹霍地站起来："潘兴龙，我告诉你，你如果给日本人运萤石，我们就把你作为资敌分子处理，作为汉奸处理。"

潘兴龙拍桌子："我们做竹筏生意，吃竹筏饭，有活就要揽，管你们什么政治、军事。"

周东曦拉着潘兴龙的手："我问你，如果一个土匪闯进你的家，杀了你家人，抢了你家的财物，还要你把财物运到他家，你同意吗？"

潘兴龙抽回手，拉上袖子，吐了口唾沫："我和他拼命。"

周东曦竖起大拇指："对，日本兵就是外国的土匪，闯进中国杀人抢萤石，你还要给他们运到家里？"

"你说得也有道理，但是对我们老百姓而言，随便换哪个人当皇帝，只不过是改了个国号，中国仍是中国，老百姓也仍是老百姓，日出而作日落而归，没什么改变。"潘兴龙有自己的想法。

周东曦拍着他的肩膀："中国历史上虽然改朝换代，换了很多皇帝，但那都是中国人。现在是外国人打进来了，不一样的。"

潘兴龙嘿嘿一笑："我看外国人来当皇帝也没关系，我们老百姓是最底层的了，还能落到哪里去？说不定，比自己人当皇帝还好呢！"

玉莹狠狠地抓住潘兴龙的胸襟："你这人比汉奸还汉奸，我枪毙你！"

潘兴龙一点不害怕："那你就比日本人还日本人！"

周东曦叹了口气，拉掉玉莹的手："别动手动脚的。"又转向潘兴龙："你不要给日本人运萤石，我们把你全家搬到国统区去，饭总会有得吃。"

潘兴龙挥挥手："你们走吧，我一个水上讨生活的，绝不会去山里。给不给日本人运萤石，不由日本人也不由你们，就看工钱多少。"

何旭阳摇头："你不搬的话，日本人还会再来逼迫你。"

潘兴龙说："这事我自己做主，不用你们管。"

玉莹指着潘兴龙："怎么会有你这样的人？！"

三人碰了一鼻子灰，悻悻地离开了。他们刚走，几个人就闯进潘兴龙家，一言不发地掳走他的两个儿子。潘兴龙奋力争夺，被那几个人踹倒在地。全家人惊惶不已，不知道去哪里寻找孩子。

没一会儿，朱双臣和竹子带着几个日本兵来了，见潘兴龙全家哭哭啼啼的，问明了缘由，朱双臣说："是不是游击队绑架的？"

潘兴龙一跺脚："对，一定是他们干的！"

竹子指着几个日本兵："快，帮他把孩子抢回来。"日本兵遵命去追赶，只听得远处枪声大作，没一会儿，日本兵就带着两个孩子回来了。

潘兴龙连连鞠躬致谢。竹子阴阴地一笑，吩咐日本兵："你们站着干吗？还不快把两个小孩带到司令部保护起来，好让他安心带人去运萤石。"对潘兴龙说："你放心吧，游击队再也抢不去你的孩子了。"

日本兵抱着小孩就走，小孩挣扎着大哭。潘兴龙拦着日本兵："我去运萤石时，会把小孩放在亲戚家里照顾。"

竹子拉住潘兴龙："孩子放在亲戚家里，也会被游击队抢去的，交给我们吧，你三天内组织好人运萤石。"

周东曦一行无功而返，张正钧问道："和兴龙谈得怎么样？"玉莹气呼呼地向他说了一遍经过，张正钧笑笑说："兴龙这人就是这样，我和他是几代水上世交，我去和他说。"

玉莹说："张队长，如果你也阻止不了他给日本人运萤石，我们就冒充水工，把竹筏都翻到江里去。"

张正钧笑了："我去看看再说。"

他来到潘兴龙家叫门，潘兴龙有气无力地迎出来，看到张正钧，强笑道："你来了，真是难得。"

张正钧开门见山："听说你揽到了一笔大活，我特地来看看，能否和兄弟们一起干。"

潘兴龙直摇头："你问这个，真是一言难尽、苦不堪言啊！我愁得睡不着觉，吃不下饭。"

张正钧坐在小竹椅上："揽到活是好事啊。之前水上禁运了，兄弟们都在家饿得肚瘪。"

潘兴龙满怀怒气，像是吵架一样大声说道："我被夹在日本人和游击队当中，气都喘不出，没饿死就先闷死了。"

张正钧问："怎么回事？"

潘兴龙眼睛瞪得圆圆的："日本兵倚仗武力，逼我给他们运萤石；游击队威吓我，说我给日本人运萤石就是汉奸，还把我的儿子掳去，气死人了。"

"掳去你的儿子？知道孩子眼下在哪儿吗？"

"日本人帮我救回了儿子，可又把他俩带走了，现在我没工钱也要给日本人运萤石了。"潘兴龙愁绪满怀。

"兄弟们都愿意干吗？"

潘兴龙叹了口气，满脸涨红："没有工钱，我不敢去叫兄弟们。本来我们学了这一行，乘风踏浪，吃不完的酒肉饭。现在日本人一禁，大家的吃饭碗都被敲掉，真是祸从天降啊。"

"我想，即使没工钱，兄弟们也会去吧，吃几天饱饭总比饿肚子好点。"

潘兴龙睁大眼睛："我正愁没人手，不如你帮我问问，看有多少兄弟愿意来帮忙。"

张正钧一口应允："这事包在我身上。"

潘兴龙双手拱拳："你这是救了我儿子，救了我全家。"

张正钧回礼："朋友之间不言谢，到时我带人来就是了。"

他回来向游击队员们说了情况。玉莹高兴地说："大功告成。"

周东曦突然皱起眉头："那潘兴龙的两个儿子就没命了。"

"没办法，要抗日总得有人死，算是那两个孩子命不好。"秦浩淼摊开双手说泄气话。

玉莹反驳秦浩淼："有办法。"

秦浩淼拉了拉袖子："愿闻其详。"

玉莹振振有词："先把潘兴龙的儿子从日本人那里偷回来。"

秦浩淼一甩袖子："你是上下嘴唇开开合合，说得轻松，日本人守卫严密，你怎么偷啊？"

周东曦站起来："玉林，你去找朱小姐，要她赶快探明潘兴龙的儿子被关在哪里。"

玉莹乔装改扮去了朱家，朱汀慧开门见是她，一脸喜色地说道："玉林你来了，真是难得，快到里面坐。"

玉莹摆手："我不坐了，说几句话就走。日本兵为了从江上运萤石，把水老大的两个儿子抓去了，队长要你尽快弄清楚两个小孩被关在哪里，并向游击队报告。"

朱汀慧倚在门口看着玉莹的背影："这样的话，我得去司令部走一趟了。"

池之上捧着青花瓷杯，在办公室踱步喝茶。竹子走进来："司令，潘兴龙的两个儿子又哭又闹，烦死人了，要么就把他们交给横田季春，他有一套管教小孩的办法。"

池之上摆手："不行。上次他不听我的话，把沈保康的儿子运到杭州，害我失信，我后悔之至。"

竹子一脸不高兴："总不能让两个小孩在司令部里翻天吧？"

池之上放下茶杯："这个你去想办法。"

朱汀慧走进办公室："几天没见司令了，特来问好。"

竹子咬牙翻白眼："好，正好。"

朱汀慧奇怪地看她："参谋长说我来得好？你以前可不是这么说的。"

竹子阴阴地笑："司令这儿有两个孩子，麻烦你照顾几天。"

朱汀慧心里一喜，暗想不会这么巧吧，嘴里说："参谋长真会开玩笑，我没当过妈，又不是幼稚园老师，怎么带小孩？"

竹子说："司令常夸你聪明伶俐，你一定有办法。"

池之上也说："是啊，你帮参谋长想想办法。"

朱汀慧以手抚额："洗军装的钟嬷嬷可能会带孩子。"

竹子手一拍："对，叫那洗军装的老太婆带，她家就在司令部附近。"

池之上点头："不能大意，派两个皇协军在她家门口站岗。"

竹子哈哈大笑："司令真是杞人忧天，司令部这种军事重地，周东曦再大胆也不敢来抢孩子呀。"

朱汀慧伸一下舌头，心想："抢是不敢抢，偷还是敢偷的。"

池之上吩咐她："你去把孩子送到钟嬷嬷家。"朱汀慧大声答应，带着两个孩子出了司令部，交给钟嬷嬷，自己连忙去了上仑村。

她直接进了周东曦房间，从背后蒙住他的眼睛。周东曦拉下她的手转身："知道潘兴龙的儿子关在哪里了吗？"朱汀慧把头一歪，做了个鬼脸，笑嘻嘻地用双手勾住周东曦的脖子。周东曦自觉地俯下身，等着朱汀慧在他左右面颊上各吻了一口，才扳下她的手。

玉莹躲在房门口，从门缝里偷看。

朱汀慧收了笑脸："亲爱的，两个孩子眼下在一个姓钟的嬷嬷家里，就在司令部旁边，有伪军守着。"

周东曦沉吟道："让正钧先侦察地形，有时候越危险的地方反而越安全。"

朱汀慧靠在周东曦身上："我告诉你，钟嬷嬷家离司令部的铁丝网只有一百来米，屋门前有一口水塘，塘岸就是大路。"

周东曦挽着朱汀慧的手："好，知道了，你现在马上回去，免得池之上怀疑。"

朱汀慧扭着身子，噘起嘴："每次你拿到情报就赶我走，又用命令来压我。"

周东曦无奈地说："我们马上要去偷孩子了，你得回去做内应。"

玉莹离开门口，心里酸涩："队长任由她又抱又吻，看来真的很喜欢她。"

白洋渡码头上摆起了祭神坛，谢文生穿着道士服装端坐在案边，四个手持钢叉、串铃、大刀、斧子的游击队员分立两旁。临时搭起来的祭台上摆着煮熟的整猪、整鹅和各种水果，香烟缭绕。

没一会儿，锣鼓喧天，号角震地，谢文生扮成江神附身，时而跳进水中，时而跳回岸上，时而挥舞桃木剑，时而嘴里念念有词似在祝祷。

江面上泊着五十张载满萤石的大竹筏，看起来如同一条长龙，又如在水上待开的火车。

潘兴龙握着铁头操杆立在头筏前端，筏上萤石垒成平台，架着一挺机关枪，一个日本兵和一个背着步枪的伪军守在旁边，筏尾的张正钧同样握着铁头操杆。头筏后面的每张竹筏上，前后都各站着一个水工待命。

江两岸闹闹嚷嚷的都是人，全副武装的日本兵和伪军把他们与竹筏隔开。

谢文生大声命令："货主拜神。"

曾睿剑走近大西吉雄："所长快去拜神。"

大西吉雄摇头："你是经理，你去。"

曾睿剑到坛前跪下，谢文生看到他，拍案大怒："谁敢冒充货主？推出去斩了。"

岸上看热闹的观众都大喊："斩了，斩了！"拿着大刀和斧子的游击队员去拖曾睿剑，曾睿剑连跑带跳地逃到大西吉雄身边："所长，江神认得我不是货主，差点把我斩了，你快自己去。"

众水工大叫货主快来拜神，观众跟着起哄。大西吉雄大怒："岂有此理，我不去！"

谢文生拍着案桌："货主不向江神跪拜，江神不允开筏。"

众水工齐声大喊："货主不跪拜江神，水途不顺，我们不开筏。"

竹子拍拍大西吉雄的手臂："看这个场面，你不去跪拜一下，是搪塞不过去的。为了帝国，为了天皇，你暂且屈服吧。"

大西吉雄由几个日本兵簇拥，在响彻天地的叫喊声中走上祭神坛，鞠躬行礼。谢文生拍案呵斥："跪下！"

大西吉雄犹豫着，谢文生连连拍案："见了我江神不跪下，拉出去斩了！"

拿着大刀和斧子的游击队员一齐上去拉扯大西吉雄，日本兵连忙用枪挡住。观众齐声大喊："跪下，跪下！"

大西吉雄扑通跪下。

谢文生肚里好笑，面上仍一本正经："叩首，一叩首，二叩首，三叩首。"

大西吉雄面向谢文生，恭恭敬敬地磕头，观众大呼大笑。

谢文生喊道："面朝江水再叩首，一叩首，二叩首，三叩首。"

大西吉雄面朝江水，恭恭敬敬地磕头。

谢文生敲着镇堂板："礼毕。"

两个日本兵扶起颓丧的大西吉雄。

谢文生大喝："快滚！"之后高声念道："龙王照应，江神护佑，顺风顺水，平安吉庆！开——筏！"顿时鞭炮声、锣鼓声响彻江滩。

潘兴龙舞起铁头操杆，点着江底一用力："嗨——哟！"竹筏缓缓向江中心斜行，继而往下游漂去。一筏接一筏，恰似一条长龙扭动着身子在水上游荡，只一会儿就乘风破浪，如满载萤石的列车在江水上飞驰。

竹筏漂了半天，进入七里泷，只见两岸岩石陡立、重峦叠嶂，江面狭窄，水流甚急，波涌浪高。竹筏上的日本兵手扶机关枪，双眼警惕扫视，完全是备战状态。

潘兴龙和张正钧的头筏进入七里泷落差最大的急弯处，潘兴龙大喊："水急，面窄，弯大，又有大漩涡，大家小心，操杆用力点住左侧。"

潘兴龙话音未落，张正钧大喊一声："嗨哟！"操杆往右侧山岩上用力点住，随即跳出竹筏，竹筏立刻侧立。

潘兴龙大喊："不好了，正钧点错方向了，翻筏了。"连忙也跳出竹筏，竹筏翻了个底朝天，日本兵与伪军连同机关枪一起翻到水中。

吆喝声一次接一次响起，一个个水工跳出竹筏，竹筏排着队翻得底朝天，日本兵和伪军都在波涛里挣扎。一个日本兵从水里钻出来，抓住竹筏，跟着江水一起漂。张正钧飞快地游过去，双手掐住日本兵的脖子，日本兵抱住他，两人翻滚着沉到水底，又钻出水面，几个沉浮后，张正钧浮出了江面，向岸边游去，日本兵已不见了。

江面上，几十张空荡荡的竹筏向杭州湾漂去。

一个日本兵游向岸边，何旭阳和金吉水赶紧追游过去，拉脚的拉脚，抓头发的抓头发，片刻之后，日本兵就不知被流水卷到何处了。

潘兴龙哭丧着脸和水工们爬上陡壁，爬上山背，张正钧和玉莹走近他，他立刻抓住张正钧："你们居然故意翻筏！现在我儿子还活得了吗？我还活得了吗？你们只顾抗日，不顾老百姓，天打雷劈！呜呜……呜呜……天呀！"他突然抬起柴棍猛打张正钧："我要和你拼命。"

张正钧躲避开柴棍："兴龙，你的儿子已在我们游击队了。"

玉莹拉住潘兴龙："别哭了，你娘和妻子也在游击队里。"

潘兴龙扔掉柴棍，止住哭泣："你们在哄我吧？怎么会呢？"

张正钧拍拍他的肩膀："你和我们回去看看就知道了。"

潘兴龙和游击队员们走在山路上。队员们都在谈论翻筏时的惊险情景，激动地边说边笑。一走进祠堂，潘兴龙就拉着张正钧问："我的儿子在哪里？"只见兴龙娘和兴龙妻各拉着一个孩子走出厢房，两个孩子一齐扑向潘兴龙，抱住他的大腿叫爹。

潘兴龙抱起两个儿子，轮流亲他们的脸，游击队员们笑眯眯地看着。

兴龙妻说："周队长把孩子从日本兵那里偷回来，又把我们接到这里。"

潘兴龙扑通一声跪在周东曦面前："周队长，对不起，是我错怪你们了。"

周东曦连忙搀起他："没关系，现在你的儿子平安归来，游击队员们毫发无损，日本兵和押送的萤石都沉在江底了，我们打了一个漂亮仗。"

原来朱汀慧来递消息的当天晚上，周东曦就和玉莹、张正钧、何旭阳穿上日本兵的服装，去了钟嬷嬷家。守门的伪军拦住他们四人："太君，不可进去。"周东曦扬手就给了伪军一个耳光，张正钧则装出凶神恶煞的样子推开伪军："你们离开，这里由我们来守。"

两个伪军不知所措，何旭阳和玉莹走进屋子，一人一个抱起孩子："我们回家。"

伪军突然喊叫："有人抢……"周东曦和张正钧不等他说完，抢起枪托一人一个砸晕了两个伪军，把他们拖进屋里。

他们抱着孩子，带着钟嬷嬷，悄无声息地回到了上仑村。

三十六　血腥的铁路工地

池之上得知五十张竹筏已装上萤石去往杭州湾，十分得意，和大西吉雄一起喝茶下棋消遣。

竹子满面阴云地走进办公室："报告。"

池之上聚精会神地盯着棋盘："说。"

"这次水上运输惨遭失败，五十张竹筏全部翻了底，押送萤石的士兵都被淹死。我怀疑，周东曦在水工中安插了游击队员，蓄意破坏这次行动。"

池之上哗啦一声掀翻棋盘："周东曦也如此心狠手辣了？全然不顾潘兴龙儿子的死活。"指着卫兵："快把两个小孩带到司令部，等潘兴龙来领儿子。"

卫兵快步走出办公室。竹子给池之上斟茶："司令，潘兴龙来领儿子时，我们怎样处置他？"

池之上咬着牙："召集大会，当众凌迟潘兴龙，让周东曦一生都负疚。"

竹子附和："对，让武义的老百姓永远咒骂周东曦。"

卫兵到了钟嬷嬷家，只发现两个昏倒在地的伪军，除此之外屋内空无一人，于是回司令部报告。池之上拍着桌子："好一个周东曦，动作居然如此迅速，现在只能去查那些水工了。"

竹子轻声说："我早就下了命令，可是他们都逃去中国占领区了。"

池之上摊开双手："要征服武义人真难啊！"

大西吉雄劝慰道："胜败乃兵家常事。下次水运时，对每个水工都严加审查就好。"

竹子有些犹豫："还要继续搞水上运输吗？"

池之上手摁住额角一动不动，过了一会儿，他抓起电话："接铁路修建指挥部。"

他在电话中询问铁路的修建进度，对方回答："现在情况糟得很，民工越来越少，铁路推进得很慢……"

池之上放下电话，恶狠狠地说："参谋长，传我的命令，从明天开始，全县十六岁以上的中国男子必须每天到铁路做工，有违抗者，格杀勿论。"

就在这时，卫兵前来报告，铁路修建总指挥山口拓夫来了。池之上立刻迎到门口，叹着气对山口拓夫说："真是说曹操曹操就到。刚才我给铁路修建指挥部打电话，得到的消息很令人失望。这次水路运输萤石损失巨大，我本来想如果铁路能按时修成，就可以顺利地把萤石运出去。"

山口拓夫一脸愁容："我正是为这事而来。现在情况糟得很，下配各保的民工常常到不齐，出工的大都是些老弱病残，且出工不出力。听说是游击队串联各保，从中作梗，但我们又抓不住人。"

池之上怒道："岂有此理！我已经传下令去，从明天开始，全县十六岁以上的中国男子必须每天去修铁路，敢违抗的就枪毙。"

竹子在旁边插话："我觉得这完全是保长的责任。维持会必须发挥作用，各保民工如果未按花名册足数到齐，就追究保长，杀鸡教猢狲。"

池之上挥挥手："参谋长说得对，马上让朱双臣对维持会施压。"

第二天，朱双臣召集各乡的维持会长和保长们，宣布了池之上的命令。

林家村的村民不多，林焕章勉强算个壮劳力。这几天他一直发烧，躺在床上咳嗽不止，女儿林赛英就守在床前照顾他，时而给他拍拍背，时而给他喂碗水。

林保长气势汹汹地走进林家三间头的中堂："焕章，昨天你没去工地，我差点交代不过去。今天你可一定要去了。"

林焕章一边咳嗽，一边吃力地说："保长，去不了呀，我又发烧又咳嗽，根本起不了床。"

林保长恨恨地说："如果你今天不去，我只得报告维持会了，日本兵一定马上来烧你的房子。"

焕章妻闻声从厨房跑过来，拉着林保长进房间去看林焕章，央求道："保长大人，你看看，焕章病成这样，哪有力气去做工。你就饶了他吧。"

林焕章躺在床上，边咳边说："逼……我去……去修铁路，就是要我……死。"

林保长摇头叹气："我饶了你，谁又能饶过我呢？村里许多人都逃出去了，你这个留在家里的不去修铁路，我就凑不够维持会分给村里的人头数，死的就是我了。眼下我还不想死，所以你今天一定要去。"

林赛英看看父亲，又看看林保长，终于下定了决心："爹，我代你去出工。"

林保长眼睛一亮，林焕章却急了："你一个姑娘家怎么能去，我就是死了也不答应。"

焕章妻拉住女儿："村里的姑娘家躲日本人还来不及，你怎么能送上门去！"

林保长安慰林焕章夫妇："现在日本人安民了，日本兵比以前收敛了好多，就让赛英代焕章出工吧。"

林焕章咳嗽得喘不过气来："日本人改得了豺狼性？我不信！"

林保长长叹一声："你不信也得信！你家没人出工，不但房子会烧为灰烬，一家三口也没了命，后果更严重。有几个保的村民家已被日本兵烧了，全家死绝。"

焕章妻哭叫着："皇天老爷，这日子叫我们怎么过啊？"

林赛英走到床前，拍着胸脯说："爹，让我去吧，不会有事的。"

林焕章拼命摇头："还是我撑着去，死在工地上算了，你万万不能去。"

林保长连哄带劝："焕章，你病成这样，连屋门都出不了。就让赛英去吧，我会照看好她的。"

林焕章眼里含着泪花："赛英，你要是真去，就换上你娘的衣服，还有，你的脸太白，涂上锅墨，免得招惹人。"

林赛英连声答应，换上母亲的大襟土布衣服，到灶间掏了把锅墨，仔细涂在脸上。

长长的铁路工地上排满了民工，有的削草皮，有的挖土，有的担土，有的打夯。日本监工挥着鞭子走来走去，看到有人停下就挥鞭抽打。

几个中国监工不停地喊："快干活，不准偷懒。"

竹子带着随从来到铁路工地，走了几百米后，站在已夯好的路基上四下观望，突然对跟在她身边的一个麻脸日本监工说："我一直听说，下配各保的民工人数，与实际上工的人数相差很大。你作为武义段铁路的总监工，应该严格管理。"

麻脸监工满脸尴尬，立刻对离他最近的林保长呼喝："喂，今天你们保来了多少人？"

林保长毕恭毕敬地回答："报告太君，来了五十九个。"

麻脸监工皱着眉问："应到多少个？"

林保长支支吾吾："应到，应到……"

麻脸监工呵斥道："说实话，敢撒谎就拉出去枪毙。"

林保长面色苍白："村民们出逃的出逃，病的病，比应到数少了十个。"

麻脸监工走过去，一连打了林保长好几个耳光，又拔出匕首。林保长揩着嘴角的血，扑通跪下："太君，饶命，饶命。我们保到的人算多的了，别的保比我们还人少。"

麻脸监工扬着匕首："哪个保？说！"

林保长想蒙混过关："太君，我忘……忘了。"

麻脸监工一手抓住林保长的衣领，一手扬起匕首："说不说？"

林保长叫道："饶命，饶命，我说，是十七保，保长邹守旺。"

麻脸监工推了他一把："带我去找邹守旺。"

林保长如获大赦，连忙爬起来，走向削草皮的那处工地，麻脸监工凶神恶煞地跟在他身后。

林保长见邹守旺正在削草皮，喊道："守旺，太君找你。"

邹守旺飞跑过来，对麻脸监工点头哈腰。麻脸监工冷冷地哼了一声，问："你们保今天来了多少人？"

邹守旺笑吟吟地说："六十八个，都到齐了。"

麻脸监工下令："让他们都站出来，我要清点人数。"

邹守旺顿时面如土色，双膝发软，眼前浮现出那个夜晚的情景——

周东曦和玉莹趁着夜色，走进邹守旺家三间头的中堂。邹守旺见到两人腰间插的枪，不由得胆战心惊，用衣袖揩了揩竹椅子，请他们两人坐，小心翼翼地问道："你们是……"

玉莹伸出手，一把抓起邹守旺的胸襟："我们是锄奸队的，你当伪保长做汉奸，小心我们锄了你。"

邹守旺连忙跪下："饶命，饶命！长官，这样的屎缸棒轮到我，真是七世晦气。我不当保长，日本人就要杀我；我当了保长，你们又要锄我。我怎么选，都是死路一条啊。"

周东曦拉住玉莹："放开他，让他站起来。"

玉莹松了手，邹守旺仍然不敢站起来，跪在地上。玉莹轻轻踢了他一脚："以后不准再派村民去给日本人修铁路。"

邹守旺流着眼泪说："可是日本人规定，务必每户出一丁去修铁路。如果不去，抄家灭门。那些日本人杀人不眨眼，已经烧了好几家农舍，杀了好几个村民。老百姓谁不怕死？谁敢不去？"

周东曦的口气中带有怜悯："起来说话吧。你们保应该去多少人？"

邹守旺依言站起来，揩着眼泪："我们保六十八个烟灶（户），按日本人的规定，每个烟灶每天出一人去铁路工地。"

玉莹又踢了他一脚："你可以派一些小孩和老人去抵数嘛，到了工地就磨洋工。"

邹守旺战战兢兢地点头："是啊，我们一开始是这样做的。偷懒是人的天性，只要监工看不到，村民们干活就是做做样子，看监工来了才出力。可这样一来，不知有多少人挨了皮鞭，甚至死在日本人的刀下。"

周东曦沉吟了片刻，说："你自己心中要有数，必须和日本人顶着干，心要向着中国这边。"

玉莹帮腔："少派些人去。说是六十八个人，只去一半就可以了，不然我们对你不客气。"

……

邹守旺还没想出对策来，麻脸监工就拎起他的领口抽耳光。邹守旺不敢躲，摸着被打痛的脸一个劲求饶："太君，饶命啊！"

麻脸监工向正在削草皮的民工们大喊："十七保的人都站出来。"

陆陆续续站出一些人，麻脸监工一五一十点着人数："一、二、三……只有三十一个。"他转身推搡邹守旺："你胆大包天，竟敢欺骗皇军！"

邹守旺立刻跪下，大喊："皇军饶命，太君饶命……"

麻脸监工怒不可遏，叫来几个监工一齐对他拳打脚踢，皮鞭如雨点般落下。邹守旺起初还在地上打滚呻吟，渐渐就没了声息，到最后一动不动地断了气。

麻脸监工指着他的尸体喝道："这就是欺骗皇军的下场。以后哪个保的人到不齐，保长就抬着棺材来吧。"

林保长看着七窍流血的邹守旺，泪水不断地涌出来，喃喃自语："守旺啊，是我对不起你，是我把你供出来的，你是替我死的啊！日本兵真不是人，畜生不如！"

山口拓夫到工地巡查，看着林赛英皱眉头："怎么女人也来做工了？"

林保长心里一沉："太君，不敢隐瞒，我们保的林焕章病了，只能让他女儿来代工。"

"还是司令手段厉害，连中国女人都逼来做工，难怪今天工地上挤满了民工。"山口拓夫看着黑压压的民工正高兴，卫兵安田中秀慌张地跑来报告："总指挥，不好了，藤本太郎在慰安所出了事，已经被送去医院，生命垂危。"

山口拓夫跺着脚，十分懊恼："我就知道，你们早晚会出事的。"

半年前，安田中秀和藤本太郎负责看守两个游击队员，却被游击队员寻机逃跑了。山口拓夫狠狠地打了他俩一顿耳光，过后又觉得他俩受了委屈，想找机会弥补。

这天他从抽屉里拿出一张慰安券，递给安田中秀："这个给你，去放松一次吧。"

安田中秀的眼睛亮起来："哇，是我们国内的慰安妇呢！"突然又噘起嘴，"太不合理了！军队里少佐以上的军官，每个月都可以和她们温存一次，士兵如果立了功，也有资格和她们亲热。只有我们这些卫兵，既没有军衔又没有立功的机会，只能眼巴巴地看着别人享乐，在肚子里生闷气。"

山口拓夫笑道："不是每月也给你们安排一次嘛。"

安田中秀抱怨道："安排的是三等慰安所，里面的中国女人哪有心甘情愿的，叫人扫兴。"

山口拓夫指指慰安券："那你去尽情享受吧，她们可是会让你飘飘欲仙的。"

"再给我一张，我把藤本太郎也带去。"

"他刚十八岁，还小呢，别带他去。"

"军队里十七岁的都去了，就让他见识见识吧，反正总有第一次。"

山口拓夫摇着头，又拿出一张慰安券。

安田中秀和藤本太郎东张西望地走进设在县城花园殿巷的慰安所，交了券又交了钱，领到牌子。一个年轻的日本女子笑容满面地迎上来，挽住藤本太郎："欢迎光临，我叫山崎优子，今天由我来抚慰帝国的英雄。"

她把藤本太郎带进三号房，让他坐在沙发上，又给他泡了茶。藤本太郎受宠若惊，羞答答地接了茶杯："我不是英雄。"

"不是英雄怎能到我这里来，你肯定杀了中国人，立了功劳！"山崎优子抱住藤本太郎热烈亲吻，"我爱大日本帝国的英雄。从应征那天起，我就认为这是很光荣的工作。"

她想起离开故乡的那天，乡亲们敲锣打鼓，扛着横幅，欢送应征的慰安妇。几十个应征的女子年龄参差，但都穿着崭新的和服。

父母拉着女儿的手千叮万嘱："在中国也要好好为国效力。"

欢送的乡民用嫉妒的口气说："你家女儿能入伍，多好，多光荣。"

"是啊，家里还多了一笔收入。"

"我家女儿说什么也不答应，还是你女儿孝顺。"

……

山崎优子看着眼前的年轻人，笑容像花朵般绽放："我来中国两年了，记不清接待过多少军官，你是其中最年轻的一个。"

藤本太郎神情十分拘谨："不……我不是……"

山崎优子抱住他，像个大姐姐一样温柔地引导他……

不知道过了多久，安田中秀在外面叫着藤本太郎的名字，山崎优子立刻推开他："你长官在叫你了，快出去洗个澡，然后回军营吧。"

藤本太郎恋恋不舍地看着山崎优子，山崎优子直摇头："唉，本是个未谙世事的小男孩，这么一来，怕是今后一发不可收拾了。"

外面安田中秀呼叫的声音更响了，山崎优子使劲推他："不要因此对我产生感情。我们是慰安妇，对每个帝国英雄都一视同仁地接待。希望你为帝国勇敢杀敌，多立功劳，这样下次才能再见到我。"

藤本太郎失魂落魄地走出花园殿巷。那之后，他经常怀念山崎优子温暖的怀抱，可是再没有资格拿到高级慰安券了。被欲望煎熬的他，只得跟着安田中秀去了下王宅的三等慰安所。

这天，因为排队等候的日本兵太多，藤本太郎百无聊赖地逛来逛去，听人说有个性格暴烈的中国女子被关在房间里，没人敢碰，于是硬向所长要了锁匙闯进去。结果那女子坚决不从，以死相抗，差点要了藤本太郎的命。

去医院的路上，山口拓夫对着安田中秀摇头叹息："从生物学的角度而言，动物的交媾纯粹是为了传宗接代，然而人类却背离了这种初衷，将其变更为快感第一。但是，如果其中一方是被强迫的，另一方的快乐是建立在对方的痛苦之上，这又有什么乐趣呢。"

他们到达医院时，护士刚好把藤本太郎从手术室里推出来。

山口拓夫上前问道："伤员情况怎么样？"

"两颗睾丸都碎了，瘀血肿胀，为免坏死面积进一步扩大，只好都拿掉。男人的功能是彻底丧失了。"

见藤本太郎微微睁开眼，山口拓夫忍不住骂他："动物为了繁衍后代而发情交配，但雌性完全凭自己的意愿选择雄性，落选的雄性会自觉离开。你是人，是高级动物。女人不同意，你岂可使用武力？这叫自食其果。中国人有句话说得好：恶有恶报，善有善报，不是不报，时候未到。"

藤本太郎的脸上淌满了泪水，说不出半句话。

玉莹听说邹守旺在铁路工地上被活活打死，怒冲冲地拉住周东曦："队长，我们赶快去铁路工地，看看有没有办法解救那些民工。"

周东曦对邹守旺的死难免心怀愧疚，于是和玉莹乔装成民工，混进了铁路工地。

一个六七十岁的老人颤颤巍巍地挑着土筐，突然被绊倒，两筐土撒了一地。监工用鞭子劈头盖脸地抽打老人。玉莹连忙跑过去，抓住监工的鞭子："不能打，你看他都累得爬不起来了，别再让他干活了。"

"你皮痒了？自己的活不好好做，跑到这里来多管闲事，看我打死你！"监工骂着玉莹，举起鞭子就往玉莹身上抽。玉莹一边躲避一边引着他跑远，周东曦趁机将老人扶到大树下歇息。

过了一会儿，玉莹气喘吁吁地跑回来，正要和周东曦一起离开，又见日籍监工逼着民工独力扛一根大木头，民工向监工哀求："太君，这木头太重了，我自己背不起的。"监工抽了民工两鞭："你再偷懒，小心丢性命。"民工被逼无奈，只得弯下身扛起木头的一端，却被压得寸步难行。监工一皮鞭抽在他赤裸的背上，民工马上倒地，木头就压在他身上。监工又拔出匕首要往下刺，民工高举着双手，大叫饶命。

周东曦和玉莹跑过去，还来不及阻止，民工就被刺死了。监工拎着滴血的匕首转向他俩，恶狠狠地说："你们要干什么？不许乱跑，快回去干活。"

两人对视一眼，都觉得束手无策，只得愤然走开。

成队的民工挑着土筐走在临时搭起的天桥上，一个民工不小心跌倒，后面的人都停住脚步等他爬起来，不料日籍监工气势汹汹地走过来，一脚把他踢到天桥下，嘴里还在咒骂："笨手笨脚的误事，让后面的人怎么过去！"

民工跌在桥下，不停地喊疼。监工一面骂，一面快步下桥，逼着他继续挑土。民工呻吟着说："我已经爬不起来了，求求你，找人把我送回家吧。"监工狠狠地盯了他几眼，突然拔出匕首刺进他的胸口，冷冷地说："谁会为你浪费人手！"

玉莹看到这幅情景，含着眼泪说："队长，我们去杀死那个监工，为民工报仇。"

周东曦拉住她，痛心地说："在这里杀监工，比在村里杀日本兵还危险，除了白白搭上自己的性命，毫无益处。"

玉莹直跺脚，愤慨不已："等日本人修好这条铁路，还不知道会死多少无辜的中国人。"

周东曦叹着气："这就是现实，有时只能默默忍受。要相信总有一天，我们会把所有日本侵略者都赶出中国。"

三十七　国难财

天色阴沉，霰雨交加，大风呼呼地刮着，游击队员们都窝在祠堂大厅里谈天说地。周东曦望着深黑的夜空、密密的雨霰，双手突然一拍："月黑杀人夜，风高放火天。玉林、旭阳，我们趁着这好时机，到童庐、白溪附近走一趟，看能不能搞次行动震慑敌人。"

玉莹精神抖擞地问："队长，现在就出发？"

何旭阳拍拍她的后脑勺："说走就走，你去把队长的蓑衣和箬帽拿来，我去拿鱼篓，我们一路上假装夹泥鳅做掩护。"

三人过了秘密水道，进了沦陷区。大风依然裹着雨霰打旋，反而在漆黑的夜色里泛出光亮，周东曦三人就凭借着这亮光行路，不时用手电照向田后坎的田沟，一个个泥鳅洞非常清楚。他们将泥鳅钳往洞边狠狠戳下去，用力一翻，一条条泥鳅就滚出来，被他们拾到鱼篓里。

他们沿着一丘丘田向白溪方向走去，一路上收获颇丰，背着满篓的泥鳅来到白溪街下段。大风和雨霰丝毫没有减弱，白溪村一团漆黑，突然何旭阳拉住周东曦："队长，路那头有两点亮光向我们移过来了。"

"我也看到了，是两个人挑着担子，担头上挂着风灯。"

玉莹抢着说："我看得很清楚，一个高个子，一个矮个子，穿着蓑衣戴着箬帽，挑的箩筐上都盖着盖。"

何旭阳说："我们躲一躲，等这两人过去再走。"

三人蹲在路旁，两人挑着担子经过他们身边。周东曦碰一下何旭阳："半夜三更挑着东西赶路，不像好人，我们查他一查。"

三人站起来，追上去掯住扁担，周东曦厉声大喊："箩筐里是什么东西？哪里偷来的？"

两人被迫歇下担子，矮个子怒气冲冲地说："你们这样会吓死人的。"

高个子更不客气："你们找死啊？"

周东曦重重掯住扁担："不老实交代，就休想走。"

矮个子跺着脚："别闹了，我们刚在老百姓家里杀了猪、买了鸡，要送到皇军军需处，明天皇军们要吃的，万一耽搁了，你们担当不起。"

周东曦手指高个子："哦，你姓国，叫国楠材。"指着矮个子："你姓祝，叫祝迪仁。我们早知道你们发国难财，资助敌人，这次就是来抓你们的。"

祝迪仁提起风灯，照向周东曦："你是谁？怎么知道我们的名字？"

玉莹一挑大拇指："他是游击队队长、阳山乡乡长周东曦。"

祝迪仁哈哈大笑："真是胡扯八道，周东曦敢到这里来吗？他可是皇军通缉的要犯。"蹲下身子要挑担子，"我们没时间和你们开玩笑。"

玉莹摁住扁担："谁和你们开玩笑？他就是周东曦，今晚带着我们来抓你们这两个汉奸。"

周东曦正色说："你们借日军的淫威，对老百姓吆五喝六、敲诈勒索、强买强卖，早就有人向我们告发了。"

祝迪仁突然大叫："皇军，这里有游击队，周东曦在这里……"

国楠材也跟着喊："快来人，周东曦……"

没等两人喊完整句话，玉莹就用手枪柄猛敲祝迪仁的头："不准喊。"祝迪仁的身体晃了几下，手抱着头："你好狠，我差点被你打晕了。"

周东曦的枪顶在国楠材的胸口："别啰嗦，老老实实把担子挑到乡公所，就饶过你们的命，如果反抗，现在就枪毙你们。"

两人正在犹豫，远处划过几道手电光，竟然是日军巡逻队。两人如遇救星："嘿嘿，皇军巡逻队来了，你们快逃吧，不然就死定了。"

国楠材抬起头，张口大喊："皇……"

周东曦立刻把手枪捅进国楠材的嘴巴里，搅动几下："日本兵来时，如果你们敢乱说，先死的就是你们。"

祝迪仁哆嗦得语不成句："那……那要我们怎……么说？"

何旭阳拎起祝迪仁的衣领："你们两人听好，巡逻队如果盘问，就说我们是抓泥鳅的，现在和你们一起送泥鳅到军需处。"

周东曦吩咐何旭阳和玉莹："你们站到他俩身后，枪口顶住他们的后背心。如果他们敢乱说半个字，就送去见阎王。"

玉莹用枪捅了捅国楠材："记住，对巡逻队说我们是送泥鳅的，听到没？"

国楠材有气无力地回答："听到了。"

何旭阳站到了祝迪仁身后。

周东曦用枪管敲着两人的头："别忘了，顶在你们背后的是枪。"

国楠材和祝迪仁勉强站直，齐声应道："是。"

日本兵到了五个人面前："你们是干什么的？"

何旭阳和玉莹的枪都往前一顶。

"皇军，我们……我们是送肉的。"祝迪仁指着周东曦，"他们是送泥鳅的。"

周东曦向日本兵点头哈腰："风大还下雨，累了，稍稍歇一下。"

日本兵看看几人，翻了翻箩筐里的猪肉，手电光照向鱼篓里的泥鳅："快点挑去。"

国楠材和祝迪仁眼睁睁地看着巡逻队离开，想喊又不敢。周东曦用枪拍拍扁担，打掉担头上的风灯："走！到乡公所。"

两人无奈地挑起担子，周东曦三人押着他俩向上仑村行去。雨霰渐渐成了雪，风裹挟着雪，袭在夜行人身上，冰冷刺骨，可是两人的额头上不停地渗着冷汗。

快到渡口时，周东曦叫玉莹："你看住他俩，在这里等一会儿，我和旭阳去渡屋。"说着从箩筐里拿出一只煺了毛的鸡。

值班的伪军正在喝酒，周东曦笑嘻嘻地把鸡递过去："长官，这只鸡送你，做个菜下酒。"

"你是要过渡吗？"伪军翻看着鸡，很高兴。

"我朋友弄了些猪肉和鸡肉到那边去卖，想借你的渡。"

伪军咂咂嘴："这鸡太小了，再弄些肉来。"

周东曦心里一块石头放下来，吩咐何旭阳："你再去弄些猪肉给长官，多一点。"

何旭阳出去片刻，拿回一大块猪肉给伪军。伪军满脸喜笑，把锁匙丢给撑渡工："渡他们过去。"

周东曦、何旭阳和玉莹押着两个资敌分子，挑着两副担子过了渡，在天大亮时到了上仑村祠堂。两个资敌分子看到祠堂大门口挂着的阳山乡乡公所的牌子，双脚发抖，齐声说道："还真有乡公所啊。"一时不敢跨进祠堂门槛。

玉莹把两人一推："进去！"他俩连人带箩筐跌进门内，游击队员们都围过来看。

祝迪仁爬起来就要溜："周队长，东西挑到乡公所了，我们这就回去。"

周东曦大声呵斥："站住！"对玉莹说："把他俩关起来，听候处理。"

玉莹等人把两人捆起来，关进厢房，两人哭着叫饶命。

伪乡政府的七间头办公室里，急促的电话铃声响起，王友仁立刻掀开被子，光着膀子跑到了办公室，拎起话筒，里面传来严厉的呵斥："今天的肉还没有送到，那两个送货的人搞什么鬼，不要命了吗？"

"是，我马上追查。"王友仁放下电话，径直闯进厢房方松茂的房间："快起来，出大事了。日军军需处打来电话，说国楠财和祝迪仁到现在都没把肉送去，你快去他们家看看。"

方松茂急忙去了这两家通知。两人的父亲如赶鬼一样，连跑带跳到农户家里杀猪宰鸡，赶着给日军送去，之后又急急忙忙地去上仑村，一边走一边念叨："天保佑，地保佑，保佑迪仁、楠财平安。"

王广荣带着他俩来到祠堂，对秦浩淼介绍说："这是国楠财的爹，叫国盛世，另一个是祝迪仁的爹祝吉星。"

秦浩淼劈头就说："你们的儿子犯法了。"

国盛世惊恐地问："犯了什么法啊？"

秦浩淼口气严厉："资敌！"

国盛世咳了两声给自己壮胆："白溪是皇军管的地方，你们也能管吗？"

秦浩淼瞪着眼，拍着桌子："我们是阳山乡乡公所，白溪村就是阳山乡管辖的，你们敢不服？"

国盛世嘟囔："以前是你们管，现在是日本人管嘛。"

几个游击队员来到大厅，秦浩淼拉了拉袖子，命令游击队员们："打他们每人二十下屁股，再关起来。"

游击队员们把两人摁在地上打，一面数数，一面哈哈大笑。

周东曦睡眼蒙眬地走出来，秦浩淼笑呵呵地说："东曦，那两个资敌分子的爹来找儿子了，说话狂得很，我打他们每人二十下屁股。等挫了他们的锐气，再让他们把不义之财吐出来。"

周东曦点头："是要让他们吐出来，问题是能让他们吐出来多少。"秦浩淼把嘴巴附在周东曦耳边说了几句，周东曦用手点点他，边笑边说："你还有这一手！好，那就趁热打铁。"

秦浩淼对玉莹等人下令："你们把那父子四人都关到我房间隔壁的空屋里，等候审问。"

父子四人被押进了空屋。隔壁房间里，周东曦高声问秦浩淼："秦乡长，昨晚抓来的那两个资敌分子，你要如何处理？"

秦浩淼放大嗓门："我最恨这些人！大家都在抗日，他们却把好东西送给日本兵吃，帮助敌人侵略中国，自己发国难财。现在县里有规定，抓到这些人后，一律先割掉耳朵，再割掉鼻子、舌头，然后枪毙。"

周东曦叹口气："日本人被我们赶出中国后，乡公所还要迁回白溪的，到那时，他们仍是我们的子民。要我说，别割他们的耳朵、鼻子了，改罚款算了。"

秦浩淼火气凛凛地拍着桌子："不行，一定要割掉他们的耳朵，剜去鼻子，最后再枪毙，这叫杀一儆百。否则会有人举报我们包庇汉奸，那可是吃不了兜着走。"

"乡里乡亲的，能做好人就做好人吧。"

"那……也得看他们愿不愿意交罚款。"

两对父子在隔壁房间聚精会神地听着，四张沮丧的面孔互相观望，面色由白变红，由红又变青。国盛世碰碰儿子，轻声说："听到了吗？要割舌头、剜鼻子，最后再枪毙。"

国楠财愁眉苦脸地说："我们交罚款吧，只是不知要交多少。"

大厅里摆着一张长桌，秦浩淼和周东曦并肩坐在上方，旁边由萧洒做记录。游击队员们三三两两地站在四周。

周东曦像模像样地拍了两下镇堂板："把四个汉奸押上来。"

游击队员们把两对父子押到长桌前，玉莹推着国楠材："跪下。"其他人跟着齐声大喊，两对父子膝盖一软，齐齐跪了下来。

秦浩淼拍了两下镇堂板："姓名，住处……"

两对父子老老实实地依次报上。周东曦拍着桌子："大家都在抗日，你们却给日本人送鸡鸭鱼肉，发国难财。现在我宣布对你们的处置决定：三天内每家缴抗战经费三百块银圆、五十担大米，大米可以折算成硬通货。"

两对父子面面相觑，一时说不出话来。

秦浩淼望着周东曦："不行，你不能这样包庇他们，只罚款了事。资敌分子就是汉奸，一定要割耳朵、割舌头、剜鼻子，最后枪毙。"

两对父子争先恐后地叫道："乡长饶命，乡长饶命！"

周东曦问："那交不交罚款？"

两对父子支支吾吾："这么多钱……我们倾家荡产也交不出来呀。"

秦浩淼板着脸："不交算了，先各打二十下屁股，再割耳朵。"

游击队员们按倒两对父子，用劈柴打他们屁股，四个人哭叫着："饶命，饶命！"

秦浩淼命令："把割耳朵的刀子准备好。"

两对父子异口同声地叫道："我们交罚款，交……交……"

秦浩淼点点头："好，那就饶了你们的命。现在你们两个老的回去，儿子留下，三天内交足罚款领儿子。如果超过三天，你们就来领儿子的尸体。"

祝迪仁和国楠材被关回厢房，两个父亲摸着屁股，看看被押走的儿子，满面沮丧地出了祠堂。

一匹马飞奔到祠堂门口，一个高个子年轻人下马，从公文包里拿出文件，递给站岗的王广荣："县里要召开紧急会议，你快把这份通知交给周队长。"

周东曦正在自己房间里看通知，朱汀慧悄悄走了进来，关上房门，笑嘻嘻地从背后抱住他。

"慧，你来了。"

"听你话音，好像不高兴看到我。"

周东曦把通知举起来："你的疑心太大了，我正在想开会的事。"

朱汀慧松开手，拉过凳子坐在周东曦身旁，歪着头说："会议的报到时间这么紧，你快去吧，不过我先告诉你一个消息，不知是否有用。"

玉莹躲在门外偷看。

"快说吧。"周东曦很自觉地轻轻吻了一下朱汀慧的面颊。

"敷衍，不是真心实意。"

周东曦无奈，给了朱汀慧一个深深的吻。朱汀慧满意地笑着，嘴巴附在周东曦耳边说话。

玉莹气得哼了一声，周东曦却兴奋地拍一下桌子："慧，你和我一起去开会，当面向蔡县长讲，看他怎么说。"

朱汀慧高兴地拍手，抱着周东曦就吻。玉莹懊恼地跺脚，推门进去："队长，听说你要到县里开会，我也要去。"

周东曦摇头："今天不行，以后带你去。"

"不，我就要今天去。"玉莹带着哭腔说。

"唉，真没办法，要去就去吧。"周东曦又朝门口喊："旭阳，旭阳。"

何旭阳走进来："要我送肉给二三六团是吧？我早准备好了。"

"再给蔡县长点，我要到县里开会，顺便带去。还有玉林和汀慧，也和我一起去。"周东曦拍拍何旭阳的肩膀，"你看家。"

周东曦三人经过岭下汤，走上一条弯曲而狭窄的街道，周围熙熙攘攘都是人。玉莹四下张望："这里真热闹，布店、肉店、打铁店、馄饨店、麦饼店、饭店、干货店、药店、诊所……哇，真香，是麦芽糖的香。这里的人都在切糖了！"她听见满街叮叮的凿糖声。

朱汀慧手指着街对面："那里还有卖艺的，看不出一点打仗的迹象。"

周东曦说："这里拥进了很多北方的难民，也有当地的流民，做生意的人就跟着多了，尤其是已近年关。"

"啊，又过年了，时间过得真快。"玉莹一阵感慨，"你们看，这些人已经在谢年了。"

只见很多住家的门口搭起了临时的祭坛，多半是两条木凳子上放一个篾托盘，托盘上再放大木盘，盛着煮熟的猪头和鸡，有些人家供的是条肉。地上烧着香纸和锡纸。一个老者双手握着数支燃着的细香，向天虔诚地拜念："太公太婆过年了，来吃年饭，我们在这里祭拜你们了。"拜了几下又说："天公陀佛，保佑明年风调雨顺、五谷丰收。"拜完，烧完香纸，他用两个手指捏着大火炮，另一只手把细香凑到引线上，引线闪着火花，火炮砰一声冲上天空，啪地炸开，火花四下散落。大火炮一个接一个地放起来，最后是一千响的小鞭噼里啪啦地炸响。在边上看热闹的孩子们拍手欢叫，又玩自己的小鞭炮。

三人边走边看，玉莹说："谢年的人家真多呀。"

周东曦说："武义的风俗，家家户户都要谢年嘛。腊月二十几就开始了，一直谢到三十夜里。这就是送旧年迎新年呀。"

朱汀慧突然指着对面墙角让他俩看，原来是一群伤兵在晒太阳，有的拄着拐杖，有的头上绑着纱布，有的手臂挂着绷带。

周东曦说："这里驻着中国军队，有部队医院，所以伤残兵员很多。"

三人进了县政府会客室，蔡一鸣亲自接待他们，抬起手向周东曦打招呼："周队长来了，啊，还带了两个勤务兵，一男一女，好气派嘛！"

周东曦笑着指玉莹："报告县长，他叫孙玉林，是游击队员，打仗很勇敢，曾经把我从阎王爷那里抢回来。"又指着朱汀慧："这位朱汀慧小姐，是我们的情报员，为我们提供了很多有用的情报。"

蔡一鸣点点头："噢，你们都很机智勇敢。"指着玉莹说："我们见过面的。"

玉莹向蔡一鸣敬军礼："昨晚我们抓了两个资敌分子，缴获了一些肉食，今天给县长送来一部分，改善伙食。"

蔡一鸣喜滋滋地说："好嘛，拿到食堂去估下价，计入你们应交的抗战经费。"

玉莹连忙解释："蔡县长，一点小意思，是送给你个人的。"

蔡一鸣摆着手："这可不行，我不能贪污战利品，一切缴获要归公。"

周东曦指着朱汀慧："今天她带来了关于日军的秘密情报，让她直接向你汇报吧。"

蔡一鸣仔细打量朱汀慧："说来听听。"

朱汀慧立正说："报告蔡县长，驻守在履坦的日军第二中队，明后两天临时调到金华执行任务。这情报有用吗？"

蔡一鸣沉吟片刻，突然一脸惊喜："你确定吗？"

朱汀慧说："不会错的。"

蔡一鸣出门，对卫兵下令："会议延迟半小时，让赵副总指挥去找薛团长和成连长，三个人马上来我办公室。"他回到会客室，笑着对朱汀慧和玉莹说："你俩先在这里喝茶，等下开大会时，你们也去听听。"向周东曦招手："你去我办公室。"

薛团长、赵成章、成连长和周东曦都坐在蔡一鸣的办公室里，蔡一鸣说："根据朱小姐的情报，我建议，将原定春节时袭击杨家矿的行动，提前到明天晚上。"

薛团长轻轻一拍桌子："好，日军自己打开了缝隙给我们钻。"

赵成章霍地站起来："那就是说，日军的援兵只有先锋队了？"

成连长郑重地说："先锋队在日军中最有实力，我们不可麻痹大意。"

周东曦站起来："我有个想法。"

蔡一鸣问："你有什么办法？"

周东曦狡黠地笑着："我想在送给日本兵的肉食和豆腐里加点料，让先锋队拉肚子，削弱他们的战斗力。"

赵成章也笑了："你能做到吗？如果真能成功，倒是个好办法。"

周东曦想了一会儿："我需要一些硫酸镁。"

薛团长马上说："师部医院就有，我马上派人去取。"

赵成章拍着周东曦的肩膀："真有你的，想出这个不费一兵一卒的办法，如果能成功削弱先锋队的战斗力，袭击行动就有胜算了。"

周东曦捏紧拳头："我尽力而为。"

蔡一鸣点点头："好，现在大家去开会。"

会议结束后，薛团长递给周东曦一个纸包："这是你要的东西。"周东曦高兴地接过来："谢谢薛团长。"

薛团长一笑："祝你马到功成！"

玉莹和朱汀慧走近蔡一鸣，齐声说道："蔡县长，我们听了你的讲话。"

蔡一鸣笑问："感觉怎么样？"

玉莹抢着说："我全身的血液都沸腾了。"

朱汀慧不甘落后："我激动得全身肌肉发烫。"

周东曦过来叫玉莹和朱汀慧："快点，我们得回去准备。"

蔡一鸣说："今天太晚了，要不明天再回去吧。"

周东曦摇头："我们必须尽快回去准备，否则就来不及了。"

他们三人气喘吁吁但精神振奋地跨进祠堂大厅，只见大厅的方桌上码着一柱一柱的银圆，秦浩森和萧洒已点好了数。

国盛世向周东曦点头哈腰："周队长，我们已交过罚款，要回去了。"

周东曦使个眼色，玉莹和几个游击队员连忙拦住两对父子。

国盛世心惊胆战："周队长还有什么吩咐？"

周东曦漫不经心似的说："你们的儿子还要在这里多待一天，因为我们两个队员要到你们家住一晚。"

两对父子莫名其妙："周队长，我们已交足了罚款，你不能这样言而无信呀。"

周东曦沉下脸来："这里是乡公所，不是讨价还价的菜市场。"命令道："带国楠材和祝迪仁回房间。"

周东曦把何旭阳拉到一旁，说了几句话。何旭阳点点头，推着国盛世："走，我陪你一起回去。"玉莹也推着祝吉星："我们走。"

祝吉星叫道："周队长，这是派人监督我们吗？我们保证不做了呀。"

周东曦笑了："再做几天吧，不然日本人那里交代不过去呀！"

国盛世、祝吉星带着何旭阳、玉莹走在白溪街上。国盛世一直提着心，东张西望，嘴里轻声念叨："千万别碰上情报组的人。"

玉莹鼻子里闻见麦芽糖的香味，耳朵听着叮叮的凿糖声："怎么沦陷区的老百姓也切糖呢？"

国盛世说："我们的地方尽管被日本人占了，但老百姓还是中国人，即使再穷，糖总要切的，干糕总要做的。到了春节，就靠糖和干糕招待客人，给客人回礼。春耕时也要靠糖和干糕当点心的呀。"

祝吉星指着街两旁举起细香拜天的居民："虽然我们归日本人管，但年还是要谢的。穷得备不起猪头猪肉的人家，就放三个鸡蛋，也算是三牲了，祖宗和老天不会怪罪的。"

祝吉星边说边拉玉莹："我们快点走吧，别看了。"

国盛世也说："对，快走，别被情报组的人碰到了。"

杨家矿的会议室里，摆着大大的一桌酒席，菜肴十分丰盛。大西吉雄、竺田显山、曾睿剑、劳务课课长、后勤课课长、伪军连王连长、封班长等人都入了座。大西吉雄举起酒杯："这是国内送来的'一滴入魂'，我们先干一杯！"

众人举杯起立，都一饮而尽："好酒！多谢所长。"

大西吉雄示意众人坐下："当然了，好酒不是白喝的。"

竺田显山说："所长向来爽快，有什么事就直说吧。"

大西吉雄正色说："上头通知，今明两天第二中队调到金华执行任务，要我们严防游击队乘虚而入。"

竺田显山哈哈大笑："尊敬的所长，游击队又不是没来过，每次不过像猴子戏闹老虎一样，虚晃几枪罢了。只要我们一发威，他们就逃之夭夭。"

大西吉雄严肃地说："游击队是无孔不入的，大家不能麻痹大意。我要特意强调的是，警备队务必保护好炸药库。"指着王连长："皇协军负责保护矿洞、矿井。"手指封班长："你负责大门的安全，还要防止矿工逃散。"

竺田显山连忙说："大门很重要，我会在大门加岗，矿区也要加强游动巡逻。"

大西吉雄满意地笑了："大家打起精神来，切勿轻敌。"

众人齐声应是。

三十八 袭击杨家矿

　　国盛世把玉莹和何旭阳带进家里，连忙吩咐妻子烧鸡蛋面，做丰盛的晚餐。妻子问国盛世："怎么不把儿子带回来？"急得他直捂妻子的嘴。

　　吃了晚饭，何旭阳说："离睡觉还早，我们出去走走。"

　　国盛世向何旭阳打躬作揖："别，别，求求你们别出去，千万不能出去。如果碰到日本情报组的人查问，就太危险了，我要保证你们平安度过今晚。"

　　玉莹抱怨："在屋里闷都闷死了，一定要出去走一走。"

　　何旭阳说："你们不是要去杀猪吗？我们去看杀猪好了。"

　　国盛世连忙摆手："现在猪要赶到日军军需处去杀，你们怎么可以跑过去？太危险了。求你们了，真的不能出去，万一有闪失，我的儿子也没了。"

　　玉莹推着国盛世："别啰嗦了，我们认床睡不着，肯定要找点事做。"

　　祝吉星也来了，无奈地说："你们如果真的睡不着，就去磨豆腐喝豆浆吧。金有家正在磨豆腐。"

　　国盛世连忙摇头："怎么可以叫他们去磨豆腐呢？去喝点豆浆差不多。"

　　何旭阳想了想："睡不着真是难过，我们就去磨豆腐喝豆浆，蛮好的。"

　　国盛世高兴了："那我带你们去。"

玉莹和何旭阳跟着国盛世，走进一栋浙中农村标准的五间头中堂。中堂里摆着两具石磨，两个男人一圈圈地推着，一个妇女用勺子把浸涨了的黄豆送进石磨入口。西厢房砌着农家三锅灶，二尺八的锅里沸着豆浆，锅边摆着两个直径一米多的木制豆腐桶。金有婶手拿木勺，在桶内的豆浆上轻轻刮搅。

国盛世打招呼："金有婶，我两个朋友想来吃你的豆浆，顺便帮你推磨。"

金有婶双手在围裙上拍了几下："好，好，你来得正好，我正愁磨不出来呢。"指着玉莹："劳驾你帮我烧火。"又指何旭阳和国盛世："你俩帮忙推磨。等豆浆开了，就给你们泡炒米胖豆浆①吃。"

玉莹满口应承，蹲到灶下烧火。

何旭阳帮忙推磨，国盛世一面推磨一面奉承："金有婶做的豆腐不老不嫩，特别鲜味，日本人既喜欢又放心。她送去的豆腐不用验，直接送食堂。"

金有婶用木勺搅着锅里的豆浆，笑吟吟地说："其实，做豆腐的手艺大家都差不多，无非是豆要磨得细，盐卤不能多也不能少，多了豆腐太老，少了豆腐太嫩。靠讲是讲不清的，主要靠经验、靠眼睛，还要多练。"她看锅里的豆浆开了，于是在碗里放了炒米胖，给何旭阳和玉莹每人泡了一碗炒米胖豆浆："客人先吃。"

玉莹一边吃一边夸："这炒米胖豆浆真好吃。"

方松茂走来金有家，进门就说："金有嫂，今晚多做五十斤豆腐没问题吧？"

玉莹差点站起来摸手枪，转念一想，又继续烧火，只是把头埋得低低的。

金有婶在围裙上擦擦手："哎呀，方组长亲自来监督啊？"

方松茂鼻子都快翘到天上了："自己来看看，心里好有个数，否则万一交不够，皇军怪罪下来，谁吃得消？"

---

① 炒米胖豆浆：浸涨后炒熟的大米，颗粒大而又香又脆，叫炒米胖。农忙时可当点心，十分方便。泡在豆浆里又是特别好味道，叫炒米胖豆浆。

日军事务长井上角荣拎着个保温瓶跨进五间头："来一碗豆浆。"

方松茂点头哈腰："事务长，你不用亲自来的，我在这儿看着呢。"

井上角荣看他一眼："司令部的这壶豆浆我是必须亲自来盛的。"

方松茂一个劲点头："嘿嘿，事务长辛苦，辛苦。"

金有婶端过一碗豆浆，井上角荣接了，看到正在推磨的何旭阳："今天有个生面孔啊，方松茂，是你叫来的吗？"

"今天要多做些豆腐，我怕金有嫂忙不过来，特意叫了个零工，不能耽误皇军的事呀。"方松茂想邀功。

"方组长办事认真，亲自找人给我帮忙。"金有婶帮腔。

井上角荣点点头："是熟人吗？不认识的人不能叫来。"

方松茂一口承认："是朋友，好朋友，事务长放心。"

井上角荣喝完豆浆，放下空碗："司令部的豆浆灌好了吗？"

"灌好了，灌好了。"金有婶满脸笑容，把灌满的保温瓶递给他，送他到大门口。

方松茂见井上角荣走了，马上打着哈欠说："我要回去补个觉，好几晚没睡好了。"

金有婶又去送他，等回转身，突然一拍额头，焦急地叫道："哎呀，光顾着泡豆浆，都忘了放盐卤。"快步去了东厢房。

玉莹乘机从怀里掏出一包粉末，撒进豆浆，又用木勺搅拌几下。

见金有婶回到灶前，玉莹高声叫国盛世："豆腐做好了，时间也不早了，我们回去吧。"

国盛世巴不得赶紧回去。三个人跟金有婶告辞，回到国盛世家。

何旭阳看看天色："天快亮了，我们反正睡不着，赶回家去吧。"

国盛世眼巴巴地看着他："那……那我儿子呢？"

何旭阳笑着说："我们到家后就让他们回家呀！"

第二天晚上九点，周东曦带领游击队员摸到杨家矿南门，伏在铁丝网外观察，只见两个矿警端着枪守在大门内。周东曦看下怀表，碰碰何旭阳："戏可以开场了。"

一身农民打扮的何旭阳和周东曦晃晃悠悠来到大门口，为争夺一个布袋大吵大嚷：

"我先看见的，应该归我。"

"是我捡到的，你凭什么来抢？"

两个矿警透过大门往外看："干什么的？这里不许喧闹，走开！"

何旭阳像看到了救星："长官，你们来评评理，我捡到这袋银圆，他却要抢，好不讲道理。"

周东曦分辩："不是的，长官，明明是我先看到的。"

两人纠缠着，各抓住布袋的一端用力争夺，袋子被撕破，银圆撒了一地，在月光下闪闪发亮。两个矿警的目光贪婪："真的是银圆！"立刻打开大门想跑出来。

"动……"周东曦还没说出"手"字，两个日本兵走过来，扇两个矿警的耳光："谁让你们开门的？关上。"

矿警指着门外："太君，你看，这么多银圆。"

两个日本兵的视线也被吸引了，不由自主地走出大门，低头看银圆。

谢文生和金吉水悄无声息地蹿过来，连同周东曦、何旭阳一齐动手，卡住日本兵和矿警的脖颈，结果了他们的性命。

大唐和小唐穿着日本兵的衣服，大模大样地走进杨家矿，见矿业所办公室门口两个值岗的日本兵手握酒瓶，撕着一只烧鸡下酒。大唐上去夺过酒瓶："你们倒好，一边站岗一边喝酒，我们只能空着肚子喝冷风。"

日本兵指着楼上："不要眼红，楼上还有，你们尽管去拿。"

大唐和小唐上了楼，只见大圆桌上一片狼藉。

"给碉堡上的人拿些酒菜，让他们放下戒心。"大唐说着拿了两个半瓶酒，小唐拿了许多肉，两人一起下楼。日本兵看到他俩下来，说："你们太贪心了，拿了这么多酒肉。"

大唐笑着回答："我们是给碉堡上的兄弟拿的。"和小唐走到碉堡下，擎起酒瓶和肉："下来吧，好酒好菜有的是，酒是家乡的'一滴入魂'。"

"上面有命令，人不能离开碉堡半步，连尿壶都带上来了。还是你们给我送上来吧。"守碉堡的日本兵说。

大唐和小唐上了碉堡，日本兵满心欢喜地接过酒肉大嚼。大唐趁他不留意，快如闪电地伸出双手，箍紧他的咽喉，日本兵倒在地上。

碉堡下走来四个巡逻兵，向上喊话："队长，队长！"小唐操起机枪就开火，子弹连续射出，两个巡逻兵应声倒下，另两个飞快地向矿业所办公室跑去。

枪声响起，自卫队、游击队和中国军队如潮水般涌入矿区。大唐站在碉堡上兴奋地大喊："快行动吧，胜利在等着我们呢！"

两个巡逻兵拉响了警报，大西吉雄猛地从床上跳起来："卫兵，卫兵，是游击队来攻击吗？"

"敌人已经攻进矿区了，所有人都在应战。"卫兵在门外慌张地报告。

大西吉雄急忙穿好衣服，握紧手枪："现在情况怎样了？"

"碉堡失守，我们被压着打，十分被动。"

"游击队来了多少人？"

"不清楚，好像不只是游击队，还有自卫队和中国正规军。"

大西吉雄惊慌失措，急忙打电话："报告司令，不好了，杨家矿遭游击队袭击，还有自卫队和中国正规军，务必尽快派兵救援。"

那边的池之上也是措手不及："什么，真的今晚就出问题？你坚持住，一定要保护好炸药库和矿洞，还有不要让苦力逃跑。援兵二十分钟后赶到。"

大西吉雄放下电话，从墙上取下军刀："传我的命令，各负其责。警备队必须保护好炸药库，皇协军负责矿洞、矿井的安全，矿警班负责不让矿工逃散。"

卫兵答应着跑了，大西吉雄倒在沙发上喘气："为什么他们偏偏在今晚来偷袭呢？"

和衣而卧的竺田显山在睡梦中听到了警报声，大叫不好，一骨碌爬起来，一边吹哨子一边喊："有敌情，准备战斗！我们的任务是保护炸药库，立即向目标出发！"

日本兵刚打开门，国军一排长就下令："打，封住门口，一个都不能让他们出去！"

子弹直飞营房门口，日本兵连忙龟缩回去："队长，冲不出去。"

竺田显山见门前火力网密集，立即做出决定："机枪手把机关枪架在前窗回击掩护，其余人跟我从后窗出去。一、二分队直奔炸药库，三分队去保护大西吉雄所长，所长办公室里有分布图，一定要收藏好。"

警备队的机枪手把枪口伸出窗外，与国军激烈枪战。竺田显山带人砸掉窗栅，翻出窗口，直奔炸药库。

一排长拍着额头："不好，我们中了日本兵的金蝉脱壳之计，赶紧追。"带着士兵追赶那队奔向炸药库的日本兵。

伪军王连长也听到了警报声，急急忙忙地下令，伪军们慌里慌张地开门出去。国军二排长一见他们露头就喊："打，封住他们的房门，把他们全部消灭在宿舍里。"

两个伪军中弹倒下，王连长立刻下令："停，马上回来，看这局势，出去多少人都是个死。"

二排长喊话："你们被包围了，快投降吧，中国人不打中国人。"

王连长拭着额角的冷汗："弟兄们，日本人平时对我们非打即骂，我们何苦为他们卖命，不如投降吧。"

伪军们纷纷赞同，王连长找出一块白布，挑出窗外晃了几晃。二排长见状下令："停止射击。"

王连长走出房门："国军弟兄们，我们带路，去炸矿山。"

二排长赞许地说："好，你们有良心，也有脑子。"

矿警班宿舍里一片混乱。封班长冷眼看着无头苍蝇般跑来跑去的矿警们，不慌不忙地起了床，大声说："游击队打进来了，我们的任务是不让矿工跑掉，大家快去守住棚屋。"

矿警们刚开门，密集的子弹就飞过来，矿警们连忙缩回去。封班长喊道："不要出去，等待援兵。"坐在凳子上自顾自抽烟。

周东曦叫玉莹："我们赶快去疏散矿工。"

两人带着几个游击队员来到棚屋，只见矿工们都已醒来，个个焦躁不安地坐在地铺上，两个监工在屋里巡视，大喊："安静，不许动，都睡下。外面在打仗，出去就会被打死。"

周东曦和玉莹双枪齐发，击毙了监工，高声叫道："我们是抗日游击队，碉堡已经被我们占领了，凡是不愿做矿工的，抓紧时间从南门出去，各自回家。"

矿工们蜂拥出门，玉莹维持着秩序，又叫："出去后千万不要往县城方向走，那边有日本兵来增援。"

龚舍荣走近周东曦："周队长，你们终于来了。我们昨晚接到通知，高兴得一夜没睡。"他紧紧握住周东曦的手，"接下来怎么安排？需要我们做什么？"

周东曦说："这次国军三〇六团二排负责炸毁矿山和矿洞，他们对地形不熟悉，你派几个矿工做向导。另外，自卫队负责摧毁炸药库，也需要你们帮忙。"

玉莹抢着说："我带路去炸矿洞。"

龚舍荣说："二号矿洞先连好导火线，但暂不点火。万一自卫队炸不掉炸药库，我们要利用那里的秘密通道。"

一旁的王子春手一挥："炸矿洞的跟我来。"带着玉莹等人直奔矿山，矿工们群情激奋，好几个都跟了过去。

周东曦拉着龚舍荣："我们去炸药库。"

龚舍荣说："好，我叫207也去。"大声叫道："207，207！"玉柱闻声奔了过来，龚舍荣说："我们去协助自卫队炸毁炸药库。"

玉柱不解地问："我们不是已经挖好了地道了吗？可以直通炸药库。"

龚舍荣解释："我们的炸药不够，不一定能炸掉炸药库。"

周东曦在一旁说："自卫队带来了大威力的炸药包，肯定能完成任务，你们带路吧。"

两辆军车开到医院门口，队长中川藏垣急急忙忙跳下车，走进医院吹起紧急集合哨，大喊道："杨家矿遭游击队袭击，全体上车，立即投入战斗。"

医师说："少佐，士兵们都中了毒，腹泻不止，必须挂盐水，怎能去作战？"

中川藏垣怒喝："形势十万火急，哪怕只剩下一口气，也要立刻去增援，这是军令！"他用力吹哨子："全部士兵，拔掉输液管，立刻上车！"

护士们拔掉所有日本兵手上的输液管，一些日本兵提着裤子有气无力地走出厕所，全部跌跌撞撞上了军车。行驶中，不少日本兵忍不住，直接拉在车上，搞得整辆车臭气熏天，其他人有的抱怨，有的咒爹骂娘。

军车渐渐接近汤村岭。国军应连长早已埋伏在路旁的山林里，紧紧地盯着公路："难道日军先锋队被周队长搞得上不了战场了？到现在还没出现。"正说着，就看到了那两辆军车。应连长手一挥："打！"成束的手榴弹投向军车，炸成一片。

中川藏垣大喊："有埋伏，加速前进！"驾驶员声音颤抖："轮胎被打坏了，汽车开不动了。"

中川藏垣无奈下令："全体下车，一分队以汽车为掩体，架机关枪回击，其余人沿路沟匍匐前进，目标杨家矿，一定要冲过封锁线。"

大部分日本兵都冲过了封锁线，离杨家矿越来越近。

王连长带着国军二排长等人走向矿山，在路的转弯处突然大叫一声："弟兄们快跟我跑！"一群伪军蹿进山林，跟着王连长抄近路往矿山顶跑。

玉莹、王子春他们赶到时，二排长正在捶胸顿足："我们上当了，伪军原来是假投降！"王子春安慰他："不用急，我来带路。"

一行人向矿洞前进，突然山顶上射下来一排子弹，两个士兵被击中倒下。

"伪军已占领了矿山顶，立刻隐蔽还击。"二排长指挥道。

枪战激烈，伪军们利用地形优势，阻住了去炸矿洞的队伍。

玉莹对二排长说："以其人之道，还治其人之身。我们也进山林，绕到他们侧面打。"二排长连连点头，指着五个战士："你们去！"

五个战士钻进山林，潜到山顶一侧，突然开火。伪军们被突如其来的子弹击中，惊慌失措，玉莹和二排长他们趁势从正面冲上矿山。

王连长叫道："国军弟兄们，我们投降，这次是真的！"伪军们一个个扔下枪，举起手来。二排长一枪打中王连长："你们这些汉奸执迷不悟，一个也不能留，必须全部击毙，为我们牺牲的战友报仇。"士兵们咬牙切齿，射出成排的子弹，伪军们纷纷惨叫着倒地。

王子春和矿工们进入矿洞，放好炸药包，牵出了导火线。

竺田显山带着警备队翻窗冲出营房，奔向炸药库，与俞队长带领的自卫队狭路相逢。竺田显山下令向自卫队开火，俞队长组织还击。

日本兵边打边冲，在炸药库旁边的小山头上架起了机关枪。竺田显山挥舞着军刀："天皇的战士们，坚决不能让中国士兵靠近炸药库，坚决保卫炸药库！"

日本兵齐喊："坚决保卫炸药库，天皇万岁！"

国军一排长率领士兵们赶到，看过情况后说："他们已占据高地，我们很难靠近炸药库。"

俞队长说："你们挡住火力，我们去炸毁炸药库。"他带着自卫队员几次向前冲，都被日本兵的机关枪逼得退了回来。

俞队长狠狠地说："我就不信炸不掉它。"亲自背上炸药包，领着两个士兵绕到炸药库后面，把炸药包放在围墙脚引燃。只听轰的一声，围墙炸破了一层皮，露出钢筋。俞队长大惊："原来围墙都是钢筋混凝土的，根本炸不开。"

周东曦、龚舍荣和玉柱也摸到了这里，俞队长摊开双手："炸药库太坚固了，看来一时半会儿炸不掉。"

龚舍荣说："俞队长，把炸药包交给我们吧。"

俞队长有些怀疑："你们能行吗？还是我们自己再试试吧。来，我们爬墙进去。"一个自卫队员爬上围墙，却立即中弹，摔了下来。

空中突然升起红色信号弹，周东曦连忙说："俞队长，指挥部命令我们撤退了，把炸药包交给他们吧！"

龚舍荣向俞队长敬礼："我们保证完成任务。"

俞队长无奈地把炸药包交给龚舍荣，带着自卫队撤出杨家矿。

玉柱抱着炸药包，和周东曦、龚舍荣一起向矿山跑去，与站在二号矿洞口的王子春、玉莹会合。几人一起进了矿洞，移开大岩石，玉柱和王子春头顶电石灯、手拎导火线、怀抱炸药包，钻进了地道。

龚舍荣说："增援的日本兵马上就会到，你们的动作要快，同时别忘了保护自己。"

玉柱说："你放心，我们一定不负所望。"

不一会儿，玉柱和王子春拉着导火线出了地道。龚舍荣高兴地说："现在我们把各个矿洞的导火线连接起来。"

众人一起动手，很快把一切布置完毕，撤到了安全距离。龚舍荣对余下的矿工说："现在走还来得及，你们从北门出去往东跑，西面有增援日军。"

矿工们陆续离开。玉柱说："我们点火吧。"龚舍荣摆手："不急，等到日军增援部队或大西吉雄来到矿洞口，再点导火线。"

玉柱疑惑地看着他："到那时我们就走不了了。"

龚舍荣拍着他的肩膀："我们不走了。"

"为什么？"

"大西吉雄和竺田显山还没有死呀，杨家矿还能继续运行。"

玉柱深思着："我听你的。"

两人坐在树下，龚舍荣手拿自来火，玉柱握着导火线。

袭击杨家矿的中国军队及地方武装都撤出了矿区，日军先锋队这才姗姗到达杨家矿南门。矿区恢复了宁静，依旧沉睡在黑夜里。

中川藏垣握住大西吉雄的手："我们的士兵集体中毒，又遇中国军队阻击，战斗力大减，足足死伤十一名士兵才冲了进来，代价十分高昂。不过，我们还是来迟了。"

大西吉雄见对方的形容和自己一样狼狈："不晚，不晚，炸药库和矿山安然无恙，天皇万岁！"

竺田显山显得极为自豪："我们是从后窗跳出去的，一直死守炸药库。哈哈，中国军队用炸药包炸围墙，只擦破了墙的一层皮，垂头丧气地逃了。"

大西吉雄宽慰地说："好，好，不幸中的大幸。我们都去办公室歇息吧。"

三人走进办公室，刚刚坐稳，只听得轰隆、轰隆连声震响，惊天动地，办公室晃动不已。

大西吉雄呆若木鸡，好一会儿才叫出声来："啊！这是怎么回事？"

三十九　缝隙

三人奔出办公室，只见炸药库上空烟尘蔽天，向四面漫散，矿山上空尘土漫卷，连山体都看不到。大西吉雄瘫倒在地，目光茫然。中川藏垣满头冷汗："中国军队都逃走了，怎么还会发生爆炸？"

竺田显山的身子摇摇欲坠："他们是怎么炸掉炸药库的？"

矿区外，正在逃离的矿工们回过身望去："哈哈，矿洞和炸药库都炸了，那些采矿的工具十有八九都埋在倒塌的矿洞里了，这下日本人开不成矿了！"

中国士兵和自卫队员、游击队员们也都在撤退途中看到了杨家矿的大爆炸，欢呼着互相拥抱庆祝："这仗打得真过瘾！"

灰尘渐渐落尽，中川藏垣三人互相搀扶着，踉踉跄跄地回到办公室，各自瘫坐呆立。

竺田显山眼望窗外："现在该如何是好？"

大西吉雄倒在沙发上，突然大哭起来："我怎么向司令交代？"

电话铃声响起，大西吉雄手摁住话筒不敢接。铃声急促地响个不停，大西吉雄终于战战兢兢地提起话筒，里面传来池之上的声音："是吉雄君吗？情况怎么样？"

"司令，不……不好了……"

"怎样不好？快说！"

大西吉雄号啕大哭："矿山和炸药库都被炸掉了……"

池之上手中的话筒掉在地上，呆立在办公室里，口中直喘粗气。

竹子递给他一杯茶："司令，喝口茶顺顺气，这是你最喜欢的武阳春雨。"没想到池之上的手一挥，茶杯和茶水都滚落到竹子身上。竹子也不动气，反而掏出手帕给池之上擦拭溅到的茶水："胜败乃兵家常事，我们下次狠狠打回去就是了。"

池之上气急败坏："你懂什么！二中队去金华执行任务，先锋队集体中毒，游击队和中国军队就乘机袭击矿山，这难道是巧合吗？我一定要查个水落石出。"

竹子轻声说道："我已让军医化验食物，应该快有结果了。"

井上角荣和军医一起来报告，竹子问："你们有什么发现？"

军医递上一份化验报告单："此次先锋队集体腹泻，应该是硫酸镁中毒。我已化验过，士兵当天食用的豆腐里含有大量硫酸镁。"

竹子目光直射井上角荣，井上角荣不禁低下头："那天我去豆腐房亲自查看过，还带回了一壶豆浆，并无异样。不过，当时豆腐房里有两个生面孔，是方松茂找来帮忙的。"

池之上霍地站起来，拍着桌子向竹子下令："立审方松茂。"

竹子出门，中川藏垣进门："司令，昨晚先锋队五人战死、六人受伤，损失惨重。我一定要报仇，把游击队斩草除根。"

池之上叹气："更可气的是，杨家矿的炸药库和矿洞被毁，一片狼藉，恐怕短时间内都无法开采萤石。"

电话铃声急促地响起，池之上似乎预感到什么，双手颤抖着拿起话筒，只听了几句就脸色大变，头上大汗淋漓。再过一会儿，他轻轻放下话筒，双目无神地瘫坐在办公椅上。

中川藏垣连大气都不敢出。好一会儿，池之上才有气无力地说："将军来电话，要我们在一个月内恢复生产。这样吧，等参谋长回来，我们都去杨家矿查看。"

竹子旋风一样回到池之上的办公室，连珠炮般地说起来："方松茂这个中国人渣，起初沾沾自喜地说是他叫来那两个人磨豆腐，后来发现情况不妙又反口，打得半死都不承认他认识那两个人。他还反复说我们欠他九百二十八块银元，问我什么时候给他。我想……"

池之上打断她："不用审了，吩咐下去，让他最痛苦地死去。"

竹子应命，又说："我已经派人去豆腐房追查了。十有八九，是周东曦搞的鬼。"

　　池之上一行人来查看杨家矿，曾睿剑陪同。走到原来的采矿洞口，大西吉雄指着满山乱石："司令，景况太凄惨了，原洞口在哪里都找不到。"

　　池之上一字一句地说："将军命令我们在一个月内恢复生产。"

　　大西吉雄双手乱摇："开什么玩笑，一个月时间肯定不够。光清理场地，就需要五百名矿工花两个月时间。"

　　他们来到炸药库所在地，只见土石全是黑色的，小山头成了一口水塘。

　　竹子说："这么坚固的炸药库，敌人究竟是怎么炸掉的呢？"

　　大西吉雄说："我也想不通呀，警备队已经赶到炸药库防守，敌人也被赶出了矿区，怎么能突然爆炸了呢？"

　　竹子喃喃道："周东曦是神还是鬼？"

　　池之上不耐烦地说："什么都别说了，现在马上清理矿山，一个月内务必恢复生产，不然你我都吃不了兜着走。"

　　大西吉雄看向曾睿剑："曾经理，这个烂摊子全靠你了。"

　　曾睿剑愁眉苦脸，重重地叹了一口气："我给你们卖力工作，你们却不信任我，把我软禁起来，想想都要哭，我哪有力气收拾这烂摊子。"

　　竹子冷哼一声："软禁你算是客气的，要我说……"

　　池之上阻止竹子说下去，重重地拍着曾睿剑的肩膀："这只是对你的考验，放心吧，我们不会让你吃亏的，等矿山重新开工后，就提拔你当县长。"

　　曾睿剑的口气不卑不亢："我不奢望当什么县长，只是现在矿工所剩无几，没有人手清理呀。"

　　大西吉雄附和："是啊，要请司令派出兵力，尽快寻回逃走的矿工。那些安徽的矿工在这里无亲无故，肯定逃不远。"

　　池之上回头看竹子："立刻派三个分队封锁路口、搜查各村，抓回逃跑的矿工。"

见池之上要回司令部，大西吉雄极力挽留："司令，吃了饭再走吧，我都准备好了。"

池之上板着脸："气都气饱了，还吃什么饭！赶快把矿工抓回来是正经。"

大西吉雄赶紧吩咐竺田显山："警备队也出动，协助军队抓捕逃跑的矿工。"

"半脸毛"追赶十多个矿工，一直追到岔路口，左右张望后问王友仁："我们应该往哪边追？"

王友仁也犹豫了，好一会儿才回答："往明招寺方向追，他们肯定躲进明招寺了。这附近只有那里可以躲藏。"

到了明招寺，"半脸毛"仰头望向山门，看到"智觉寺"三个字，火凛烹天地骂王友仁："这是智觉寺，不是明招寺，你搞什么鬼？"

不等王友仁开口，在门口扫地的小和尚就回答："他说得没错。这寺由晋朝阮孚将军始建，当时叫惠安寺。'智觉寺'是乾隆皇帝下江南，来本寺拜谒时赐的寺名。虽然皇帝赐了名，但因为这里有座明招山，民间仍叫本寺为明招寺。"

"半脸毛"一挥手："进去搜！"

小和尚拦住日本兵："不可以！"

日本兵推倒小和尚，冲进大殿四处搜寻，不见有矿工。"半脸毛"指着王友仁大骂："你乱说，寺里根本没有矿工。"

"队长，那边还有个'朱吕讲堂'，矿工也许藏在那里。"王友仁对日本兵招手："跟我来。"

他们闯进朱吕讲堂，走到天井中央的传薪亭，"半脸毛"踢了一脚亭柱："什么烂亭子。"

田泽茂指着亭内："里面有人。"

日本兵一窝蜂拥进去，田泽茂擦了擦眼睛："原来不是人，是雕像。"

王友仁连忙介绍："这是吕祖谦的雕像。别小看这朱吕讲堂，它可是中国宋朝大学者朱熹和吕祖谦当年的讲学之地，四方学子争趋之，惠及武义出了三十二个进士。"

"半脸毛"不屑一顾："这跟我们有什么关系，我们只要中国的苦力。"

田泽茂摇头："队长，你不懂，以后我们占了全中国，还是要用中国的儒家思想统治中国人。这个地方以后肯定要利用起来。"

谷井武小声嘀咕："得了吧，还占领全中国，我看是痴心妄想。"

"半脸毛"环顾四周，突然指着菜园方向大喊："那边，那边有人。"

日本兵一口气从菜园里搜出二十二个矿工。"半脸毛"对矿工们破口大骂、拳打脚踢，王友仁拦住他劝说："队长，不能再打了，打伤了他们，抓回去干不了活。""半脸毛"这才停了手，悻悻地押着矿工们回去。

经过几天搜寻，大西吉雄共抓回了二百多名逃跑的矿工，又四处掳了些青壮年，天天清理矿山。

池之上和竹子等人乘车回司令部，路上中川藏垣一直握着拳头："司令，杨家矿被搞成这个样子，先锋队损失巨大，万不可就这样轻轻放过，便宜了周东曦和蔡一鸣，必须得给他们一点教训。否则他们尝到甜头，以后还会继续滋扰。"

竹子咬着牙说："不错，这次杨家矿被成功偷袭，必然会助长中国军民的气焰，动摇我大日本皇军的威信，我们必须立刻狠狠反击，让他们再不敢轻举妄动。"

池之上摇摇头："中国方面每次动作时都做了充分准备，我们不能急。万一贸然行动，报不了仇又吃了亏，那……那对将军就更无法交代了。"

中川藏垣的拳头在自己掌心里一击："我们一时消灭不了游击队，难道就不能把方松茂所在的村庄烧了？然后写信给蔡一鸣和周东曦，就说如果再有类似事件发生，立即烧掉十个村庄、一百个村庄。"

"烧太多村庄，会丧失民心的。"池之上又摆手。

"司令还想着所谓的民心吗？我已经看清楚了，中国老百姓的心是永远不会向着我们的。烧了村子，反而能吓住他们，我们也出了这口气。"竹子摇着池之上的手，"我写信，让中川队长去方家村。"

池之上重重地叹了口气，不再说话。

上仑村祠堂大厅里，游击队员们一边烤火，一边谈论袭击杨家矿的事，说得津津有味。

王广荣满身是雪，匆匆走进祠堂，递给周东曦一个信封："池之上给你的信。"周东曦心想池之上又在要什么花招，立刻拆开信看。

> 队长阁下：为了报答你们对杨家矿的袭击，我们派出先锋队，杀了方松茂，烧了方家村。在此奉劝你，为了百姓的生命财产安全，以后请勿轻举妄动，双方井水不犯河水。如果你们再次袭击矿山，我们将烧十个村庄回报。特此警告。
>
> 驻武司令池之上印
>
> 昭和十九年二月五日

周东曦把信扔在地上，一拍桌子："日本人侵犯我们中国，来武义偷盗萤石，还说什么井水不犯河水，真是无耻之言。"

秦浩淼捡起信看，游击队员们也围过来。

金吉水捏紧了拳头："队长，我们回封信，骂他个狗血淋头。"

玉莹悲愤不已："他们居然烧了方家村，我一定要报仇。"

游击队员们都高喊着要报仇，群情激愤。

沈维庭披着满是雪的蓑衣跨进门槛："对，要报仇！你们都知道日军火烧方家村的事了？"

周东曦帮沈维庭脱去蓑衣，"是，大家义愤填膺，要去攻打先锋队报仇。不过，现在不是好时机。你一路走来，日军碉堡上有岗哨吗？"

沈维庭坐下和大家一起烤火："我也想看看这种雪天，碉堡是否还有人值岗，所以经过时故意弄出点声响，但不见有人出来。"

秦浩淼捋了捋袖子："下雪天谁值岗？日本兵也是人，也怕冷！"

沈维庭说："既然这样，我们待会儿去先锋队驻地的碉堡看看，如果发现有缝隙可钻，就好好教训他们一顿。"

玉莹立刻响应："我要去。"

沈维庭说："好，让你去，不过你先准备个腰牌。"

玉莹不解地问："什么腰牌？"

周东曦推她："你去把钓鱼竿上的线钩解下来，我们钓大雁当腰牌。"

三人穿戴好蓑衣箬帽，裹好草鞋，走出祠堂。

天空大雪纷飞，野外苍苍茫茫，偶尔有人家的窗子透出亮光，江滩上的积雪有一尺多厚。

周东曦三人一路顶风踏雪，来到三江口日军先锋队驻地的对岸。沈维庭把鱼钩埋进钓饵，把绕着弦线的木桩插进雪里，然后跑得老远把钓饵扔在雪面上。三人把蓑衣垫在屁股底下，坐在江滩上观察对岸的碉堡。

周东曦给玉莹指点："你看，离碉堡约五十米是营房，里面住着一百多人的先锋队，碉堡离司令部三里路，这碉堡和先锋队就是为保护日军司令部而设的。"

玉莹摩拳擦掌："如果碉堡上的日本兵也冻得不出来了，我们是不是可以搞他一下子？"

周东曦说："日军的军事素质和纪律在世界上首屈一指。司令部附近的碉堡，哨兵应该是精挑细选的，不会因为天冷就懈怠。"

玉莹撇撇嘴："队长何必长他人志气。"

一连串嘎嘎的鸭叫声传来，沈维庭连忙推一把玉莹："鸭子上钩了，快去收起来。"

玉莹去收了线，逮住野鸭跑回来，细心地摘出野鸭嘴里的鱼钩："你太贪吃了，才落得这个下场。"

一条木船驶过来，上面站着两个伪军："你们是干什么的？"

周东曦指着玉莹手里的野鸭："我们是钓野鸭的。"

玉莹配合着举起野鸭晃了晃："看，我们钓到了一只。"

一个伪军板起面孔："这江段是军事管制区，严禁闲人进入，莫非你们是游击队的人，来刺探军情？走，跟我们到司令部接受审查。"

伪军用枪指着沈维庭三人，把他们押上船，来到碉堡下："站好。"三人并排而立，鹅毛般的雪花飘落在他们的头上和肩上。

沈维庭摸出了良民证，递给一个伪军："我们都是良民，每到冬天就钓野鸭，烤起来特别的香。皇军们不嫌弃的话，我现在就给你们烤一只。"

另一个伪军动了心，从碉堡上拿下火炉。沈维庭挖去野鸭的内脏，连毛放在火上烤。伪军陶醉地闻着烧烤的香气，脸上一副垂涎欲滴的神情。

到了换岗的时间，从碉堡上下来两个日本兵，和按时赶到的另外两个日本兵行了换岗仪式。下岗的日本兵显得很松懈，晃晃悠悠地走过来，指着鸭子示意要吃，沈维庭连忙撕下一大块鸭肉分给他俩。下岗的日本兵吃完后，干脆夺过沈维庭手里的整只鸭子，对伪军说："这个归我们，你们要吃，就再让他们去钓吧。"

上岗的日本兵也从碉堡上探出头来："对，我们还没吃到，让他们再去钓。"

周东曦点着头："我们马上回对岸，再给皇军钓两只野鸭来。"

伪军没吃到野鸭，悻悻地说："不行，你们还要去司令部接受审查。就在这边钓，不能回江对岸。"

周东曦点头哈腰："好，好。"他领着沈维庭和玉莹拉线布钩，慢慢地走近江岸，趁着伪军和日本兵不留意，迅速跳上木船，向对岸划去。

日本兵抬眼看见，大呼小叫地命令伪军去追。周东曦三人如出笼的小鸟，把船划得飞快，眼看就到了对岸。沈维庭笑道："贪吃的野鸭引来贪吃的日本兵，这才叫我们有机可乘，哈哈。"

伪军在岸边大叫："回来，我们陪你们一起钓野鸭。"

周东曦叫道："谢谢啦，你们回去吃耳光吧。"

回上仑村的路上，沈维庭问玉莹："刚才你在碉堡下看到什么了？"

"日本兵换岗呀！"玉莹回答。

周东曦哈哈大笑："应该是看到了一条很大的缝隙。"

玉莹满心疑惑："缝隙？什么缝隙？"

周东曦写好报告，马不停蹄地去新宅见蔡一鸣。蔡一鸣读过报告后，皱着眉头说："要撕开这条缝隙，必须有军队参与。我给你写封介绍信，你拿着去找二三五团的薛团长，看看是否可行。"

薛团长看了周东曦的报告和蔡一鸣的信，颇为兴奋地说："也许这真是天赐的复仇良机。等到晚上，我和你去实地查看。"

到了夜里，两人带着玉莹动身去日军先锋队旁边的碉堡。在路上，薛团长给周东曦两人讲了一段悲壮的往事——

前年浙江省政府从杭州撤到金华，从金华又撤到永康，最后直撤到丽水云和县。但日军还不甘心，分两路向丽水进犯，想一举拿下省政府。其中一路日军过清溪坑进攻丽水，师长命令二三五团在清溪坑设防阻截，薛团长拍着胸口立下军令状，誓死不让敌人通过。

清溪坑两面青峰重叠，陡立如壁，一条涧水沿着蜿蜿蜒蜒的坑底由西向东流去。向导带着薛团长等人走在坑底，来到笔架山脚，指着两侧的山峰说："你们看，这就是几十里山坑中最窄的地方。"

参谋长四下观察："如果把工事设在两峰之间的山坳上，左右两峰正是天然屏障。正面挖好壕沟，日本兵纵有三头六臂也休想通过，来多少死多少。"

作战主任则说："把工事设在两峰间的山坳处，不符合设防阻截的作战规则，如果敌人上到峰顶，我们只有挨打的份儿，无还手之力。但是如果把工事做在峰顶，我们的火力又达不到坑底，实在是两难。"

向导摆着手，肯定地说："人是爬不上这两座山峰的，我们当地从没有人成功做到，日本人肯定也爬不上去。"

薛团长沉吟片刻："既然没人能上这两座山峰，那我们就没有被打击的危险。一营长，马上让一排过来挖战壕。"

向导立刻说："我是麻田村的保长，我发动村民给你们挖战壕，你们好好积蓄力量，打垮日本兵。"

薛团长竖起大拇指："好，谢谢乡亲们的支持。"

村民们听说要挖战壕打日本兵，都自告奋勇地带着开山斧等工具赶来。只过半天，战壕就完了工，架设好机关枪，扫清射界。负责挖战壕的牟排长啧啧称赞："老百姓真是不得了，我们从没干得这么快、这么好。"

第二天，日军先锋队沿着山脚的涧水向麻田村方向挺进，来到笔架山下，进入中国军队伏击区。牟排长一声断喝："打！"子弹、手榴弹雨点般飞向日本兵。队长中川藏垣连忙下令："一小队掩护，二小队冲上去夺取敌人的阵地，其余人乘机蹚涧水通过。"

牟排长下命令："冲锋枪、手榴弹瞄准冲上来的敌人，轻、重机关枪以交叉火力拦阻坑底想通过的敌人，步枪射杀蹚水敌人，全部加强火力射击。"

冲上来的日本兵几次被打退，坑底的日本兵前进一步都难。激烈的战斗进行了两个多小时，双方僵持不下。

中川藏垣用望远镜瞭望中国军队的工事："敌人的火力太猛了，不解决掉他们，我们无法通过。暂停前进，先吃中饭。"

枪声停止，清溪坑恢复宁静，保长带着村民们把草鞋、黄酒和米饭送进战壕。见许多士兵没有饭碗，村民们还做了竹碗送给他们，牟排长连声道谢。

日本兵吃饭时，中川藏垣仔细观察地形，指着对面壁立的山峰说："如果有人能攀上那山峰，就可以压制中国军队的火力。"他问正在吃饭的日本兵："谁能攀登到峰顶，为帝国立功？"

有个日本兵自告奋勇："我在家乡经常爬山，可以试试。再说，为了天皇，就是天空我也要努力爬上去。"还有几个日本兵也跃跃欲试。

中川藏垣点头："好，你们带上绳索和轻机关枪，尽最大努力吧。"命令其余日本兵继续向中国军队进攻："我们就来个明修栈道暗度陈仓，麻痹敌人。"

五个日本兵爬上了山峰，打得中国军队无还手之力。薛团长虽然率领士兵奋勇还击，但日本兵依靠居高临下的优势，终于过了清溪坑，进入麻田村烧杀掳掠，之后向丽水进发。

这次阻击战牺牲了二十八个中国士兵，麻田村的老百姓含泪安葬了他们。

……

夜空漆黑如墨，大地泛着白茫茫的雪光。周东曦听薛团长讲完那惨烈的一仗，感慨地说："原来你和中川藏垣的先锋队有深仇大恨，难怪得知我的计划后那么激动。"

三个人脚踩一尺多厚的积雪，来到先锋队碉堡外围，沿着铁丝网巡走一圈。到了凌晨一点，果然看到四个日本兵在行换岗仪式。

第二天深夜一点，天地的寂静被枪声划破，四个换岗的日本兵应声倒下。游击队员们早就预备好了钢丝钳，此时稍一用力，铁丝网就被剪断翻倒在地，再在铁丝上铺上几床棉被，一百多人蜂拥而入。

国军迅速占领了碉堡，一枚枚手榴弹呼啸着投向营房，把瓦背炸得稀烂。营房里火光冲天，断肢横飞，血水漫流，尸体成堆。枪声、哭叫声、喊杀声响成一片。

警报声骤然响起，薛团长发出撤退的命令，士兵们从营房里抢了一挺机关枪出来。张正钧看着眼红，也冲进去背出一挺机关枪，然而一个被打断双脚的日本兵依靠手肘的力量，撑滚到机关枪旁，对张正钧射出一梭子弹，张正钧沉重地倒下了。

二三六团的士兵抬着两具战友的遗体撤退，战场上只剩下日本兵的惨叫呼痛声。

日军司令部的军车开到，竹子歇斯底里地大喊："追，把偷袭者全部杀死！"她带着日本兵直追下去，不料遭到事先埋伏在路边的中国军队阻击。

竹子眼看无法取胜，懊恼地说："敌人有备而来，再追损失更大，撤！"

薛团长为两名牺牲的士兵合上没有闭拢的双眼，脸色肃穆："这次我事先做了周详的计划，本希望能毫发无伤的，却仍然损失了两位同袍，令人悲痛！"

参谋长安慰说："团长，打仗哪有不死人的，这次我们只失去了两位手足，已是不幸中的万幸了。"

应科长附和道："团长，别太伤心了。这一仗日军可谓伤亡惨重，被我们夺了一挺机关枪和三十多支步枪。我们洗清了麻田之战的耻辱，大仇得报，战果显赫，我想，牺牲的士兵们也会瞑目的。"

薛团长默默地抚过牺牲士兵的遗体："厚葬他们。"

碉堡旁的先锋队营房成了一堆瓦砾和焦木，满地狼藉。伪军们在废墟中翻检着，抬出一具具残缺不全的日本兵尸体，拍照后装进裹尸袋，再写上编号，搬上军车。

一个日本兵大声报着编号："阵亡者第 67 号！"中川藏垣捶胸顿足大哭。

游击队员们在祠堂大厅里说得眉飞色舞：

"日本兵被关在笼子里，只能挨打，这一仗打得真过瘾！"

"先锋队营房的屋顶被我们的手榴弹炸上了天。"

"日本兵天性顽强，还是一个个冲出门和我们拼命……"

何旭阳皱着眉头在人群里搜寻，终于焦躁地叫起来："正钧，正钧！"无人应答。众人都安静下来，忐忑地对视。

何旭阳的眼里泛着泪光："队长，不好了，正钧没有回来。"

周东曦原本喜悦的心情顿时低落，好半天才闷闷地说："如果是牺牲在先锋队营房，那么连尸体也找不回来了。"

大厅里异常寂静，游击队员们都低下了头，有的默默揩泪，有的哽咽出声。

秦浩淼长长地叹着气："如果我没去山里筹款，一定不让你们去攻打实力最强的日军先锋队，现在白白死了一个正钧。这么好的人牺牲了，这笔账向谁算？"

何旭阳喃喃地说："有战斗就有牺牲！正钧泉下有知，也不会埋怨我们的。"

秦浩淼捋着袖子："有一句话，我要是说出来，你们肠子都得悔青。"

何旭阳疑惑地看他："什么话？"

秦浩淼双手一摊："打不打掉日军先锋队，与抗战能否胜利没有太大关系。"

何旭阳不服气："这是什么鸟话！"

"就是说，虽然你们消灭了日军先锋队，但如果整个战场失败，还是输。如果你们不打先锋队，只要整个战场胜利，还是赢。"秦浩淼振振有词。

谢文生想了想："好像也有道理。"

玉莹翻着白眼看秦浩淼，一跺脚说："我不理什么大战场小战场，只知道有仇就要报，有敌人就要消灭！"

周东曦终于发声了："不单是报仇，还是我们应有的担当、责任，这是一种民族精神的显示。"他转向秦浩淼："浩淼，事实上，全国各地的地方武装力量对抗日军，就像是敲糖一样，每敲一点，日军盘里就少一点。打死一个日本兵，就会少一个日本兵，积少成多，日军力量就越来越弱。再有就是给予日军精神上的打击，加速日军崩溃的过程。怎能说没有关系呢？"

"对，对，有关系，精神可嘉嘛！"秦浩淼背着双手走开了。

四十　"彩虹计划"

池之上在花园的亭中喝酒，对着朱汀慧举起酒杯："来，我干了，你喝一口。"

朱汀慧夺去他的酒杯："司令，别喝了，借酒消愁愁更愁。园子里梅花开了，我带你去看，养养心神。"

池之上有气无力地被朱汀慧搀着，搀在她身上："唉，春节前矿山被炸，春节后先锋队又遭袭，真是屋漏偏逢连夜雨呀，实在是太惨了。区区一支游击队，竟让我如此费脑伤神，更无法向将军交代。天啊，这日子还怎么过？"

竹子冲进花园："将军派那个臭名昭著的石川百枝来见你！"

池之上顿时慌了手脚："朱小姐，你先暂避一下。"朱汀慧左右看看，躲在了假山石后。

竹子轻声对池之上说："如果被石川百枝看到你抱着女人，定会到将军面前添油加醋。"

石川百枝走进花园，池之上恭敬地迎上去行礼，不料石川百枝一见他就厉声喝道："跪下！"他犹豫片刻，只好缓缓下跪，石川百枝左右开弓，给了他几个响亮的耳光："这是将军给你的奖赏。"

池之上低头道："谢谢将军。"

石川百枝打完人，坐在石凳上冷眼看他："将军本想让你切腹自尽，但念在你之前千方百计获取分布图，使萤石源源不断地运往上海、运往日本帝国，尚有功劳，因此暂且寄下你的性命。"

池之上又低头道谢。

"将军命你将功赎罪，特地让我带来一份'彩虹计划'，希望你认真参详实施。"石川百枝从皮包里取出文件，递给池之上。

池之上当即仔细读过，一副若有所悟的模样。

石川百枝缓缓说："届时将军可能会亲临武义，你好自为之，切勿辜负将军的期望。"

"是，我一定执行好'彩虹计划'，将功折罪，请将军放心。"

朱汀慧看着两人神神秘秘地交谈，"彩虹计划"几个字偶然刮入耳中，心想："日本人又有新的诡计了？"

翌日，日军司令部的会议室里坐满了军官和伪政府官员。池之上神情严肃地讲话："今天召开日中联席会议，布置绝密作战任务，名为'彩虹计划'。会上不宣读计划内容，请各位自行阅读领会，各司其职。如有疏忽，军法从事。"

竹子发给每个人的文件，内容都不尽相同。众人认真阅读自己文件的同时，不时用探秘的眼角余光瞄一眼隔壁人的文件。

朱双臣和舅舅、朱汀慧坐在餐厅吃饭，突然说："慧，你准备两首歌，过些日子上台一展歌喉。"

朱汀慧侧头看他："现在你们还有心情听歌？"

"你只管练歌，别多问了，到时露一手，说不定就出名了。"

"你不说清楚，我才不唱。"

"其实告诉你也没关系。之前铁路竣工，萤石源源不断地运往上海、运往日本，电厂也修建完毕，整个县城的夜晚明亮了许多。日本人准备开庆祝大会，我负责筹划，安排了歌舞晚会。"

"不止如此吧？日本人是不是还有别的安排？"朱汀慧装作无意地打探消息。

"我只知道自己的任务，别的可不知道。"

朱汀慧心想："就怕这计划是对付东曦的，不打听清楚，我哪能放心。"她站起身："你不说我就去问池之上。"

朱双臣拉住她："别总去池之上那儿，他是狐狸加色狼，天天想吃天鹅肉，你不知道吗？"

朱汀慧扭着身子："我自己心里有数。你不让我去，就告诉我'彩虹计划'的其他内容。"

"你知道'彩虹计划'？"朱双臣不禁一惊。

"你忘了吗？我是池之上的私人参谋。不过他讲起计划来啰里啰嗦，我总是听不太明白。"

"这次蔡一鸣可能要倒霉了。我瞟到邻座中川藏垣的文件，他的任务是联合一到两个中队的力量突袭中国军队，占领新宅县政府，以保证萤石的采运和庆祝大会顺利召开。"

朱汀慧先是一惊，又镇定下来："我去书店挑几本歌谱。"

她跑出家门，朱双臣望着她的背影微微一笑。

朱汀慧径直去了渡口，撑渡工却无论如何也不肯载她过渡："不要说皇军封渡了，就是没封渡，春水这么大，我也不撑渡了。"

朱汀慧急切地说："做做好人，我给你加钱，你渡我过去。"

撑渡工摇头："给我再多的钱，我也不敢开渡。"手掌放在自己脖颈上，"要杀头的。再说渡船被这么粗的铁索锁着，谁解得开？你赶紧回去吧。"

朱汀慧急得泪水涟涟："送不出情报，东曦怎么办？蔡县长怎么办？"她探着身子看江水，脚下一滑，扑通一声掉进江里，立刻被湍急的江水卷走。撑渡工直跺脚："罪过，罪过，一条人命啊，如何是好？"

朱汀慧拼命往对岸游，被江水打得浮浮沉沉，心里一个劲叫道："死了，今天要淹死了！东曦啊，看来我只能做了鬼以后，托梦告诉你情报了。来生我们一定要做夫妻……"她连喝了几口水，被水推浪裹往下游漂去。

江中一个渔夫看到她，连忙撑筏过来。被救起的朱汀慧嘴唇发紫，全身颤抖，张口吐出了许多水，呻吟不止。

渔夫给她裹了件衣服："还好你碰到我，再迟一点，水灌进肺里，你就没救了。你看着像大户人家的小姐，家在哪里？我送你回去。"

"你是我的救命恩人，干脆好人做到底，把我送到上仑村祠堂。"

"那里是乡公所驻地，还有游击队，你是什么人？"

"我是好人，有很要紧的事，你帮帮忙吧。"朱汀慧想站起来，却力不从心。

渔夫仔细打量她："不要说了，我背你去。"

他背着朱汀慧走进祠堂，游击队员们都围拢过来关心。萧洒搀着朱汀慧进房间换衣服，李红莲去熬姜汤。

渔夫把救朱汀慧的经过详细说了一遍，周东曦要给他钱，渔夫拒绝了："你们是打日本人的，我不能要钱。再说，这位小姐没死，是她自己命不该绝，我不敢领功劳。"周东曦再三向他致谢。

朱汀慧换上萧洒的衣服，喝了姜汤，周东曦过来看她，她急切地说："东曦，有个非常重要的情报……"说着又干呕。

周东曦心疼地拍着她的背："别着急，慢慢说。"

"池之上有个秘密的'彩虹计划'，其中一项内容是开大会庆祝铁路、电厂竣工，不知道有什么陷阱，还有就是纠集重兵袭击国军、占领县政府。"朱汀慧吃力地说道。

周东曦主动亲吻朱汀慧的面颊："亲爱的，你是优秀的游击队员，我最好的恋人。"

朱汀慧紧紧抱住他："曦，听到你这句话，我无论吃什么苦都心甘情愿。老天保佑，这次没让我死，就是为了延续我们的缘分。"

"事不宜迟，我马上去报告蔡县长，你好好休息。"

朱汀慧松开双手："你快去吧。"

周东曦走进蔡一鸣的办公室时，蔡一鸣眼睛一亮，对坐在一旁的薛团长和吴营长说："你们看，周队长来得多巧，你们直接找他帮忙好了。"

薛团长欠一下身："周队长，上级命令我们在一星期内炸掉白洋渡铁路桥，需要将一门迫击炮运到白阳山头。我们不熟悉地形，也不会讲本地话，需要游击队帮忙。"

周东曦颇为兴奋："噢，迫击炮在哪里？"

吴营长说："明天由炮手鲁汉忠送到你们游击队，之后就要辛苦你们了。"

周东曦开始思考，一时没有回答。

吴营长叹了口气："我有点担心能不能运上山，毕竟敌人戒备森严。"

周东曦傲然一笑："放心，我一定想办法把迫击炮运上去。"

薛团长与他握手："有你这句话我就放心了。"

周东曦说："我回去后立刻和队员们商量，三个臭皮匠顶个诸葛亮嘛。"转向蔡一鸣："蔡县长，我获得十分重要的情报。日军在秘密执行一个'彩虹计划'，包括庆祝铁路、电厂竣工和顺利使用，更重要的是，他们即将集结重兵与国军对抗，袭击县政府。"

蔡一鸣侧头望向薛团长："日军莫非在打省政府的主意？"

薛团长摆手："如果他们想在我眼皮底下袭击县政府、省政府，是根本不可能的。我指挥修筑的防御工事固若金汤。"

蔡一鸣担心地问："如果敌人从宣平方向攻打松阳，再进丽水呢？"

吴营长满有把握地说："那边同样是高山峻岭，况且师部就驻在那里，日本兵已进攻过好几次，都是惨败后撤退。"

"既然有这样的情报，我立即报告师部，研究作战计划，日军若是敢来，就叫他有来无回。"薛团长胸有成竹。

回上仑村的路上，周东曦一直在想运迫击炮上白阳山的事。

第二天，迫击炮端端正正地摆放在祠堂大厅里。周东曦和炮手鲁汉忠商量，必须把炮拆开来，才能漂过江、上得山。鲁汉忠说："随便你拆，我很快就能装回去。"

鲁汉忠给游击队员们演示如何拆炮，边拆边说："这是炮筒，这是炮架、座板，这是瞄准镜，这是方向机转轮……迫击炮主要就是这几个部件。"

玉莹跃跃欲试："原来拆起来挺简单的。"

鲁汉忠拍着炮筒："别小看它，其实射程比日本兵的炮还远呢。我们打日本兵主要就是靠它，可惜数量太少了。"

周东曦看着拆下的零件说："我们把这些零件用油布包起来，牢牢缚在大竹筏的底面，再扮成渔夫的样子，将竹筏顺水撑到白阳山脚下，又快又省力。"他点出何旭阳、玉莹、谢文生、金吉水："我们几人和炮手一起去。"

江面大雾笼罩，水流滔滔。夜幕降临，天地皆黑，只有江水泛着黄白色的光。

两张大竹筏顺着永康江过三江口，入武义江，一直漂到白阳山脚。刚靠岸，两个日本兵和两个伪军就扑过来，厉声大喝："不许动，干什么的？"

周东曦镇定地回答："太君，我们是结伴捕夜鱼的。"

伪军踹一脚竹筏："此江段不准捕鱼。"

另一个伪军说："半夜三更鬼鬼祟祟，莫非是游击队来炸铁路桥？"

玉莹拿起鱼筐展示："太君请看，我们真是捕鱼的。"

伪军从筐中抓起一条大鲤鱼："竹筏和鱼都没收了，你们走吧。"

日本兵挥手打伪军的耳光："谁说让他们走，带回去审查。"指着周东曦："竹筏留在这里，你们抬着鱼去营地。"

何旭阳和玉莹把两张竹筏拴在江边的枸树上。两个伪军横着枪恐吓："路上要是不老实，就地枪毙。"

两个伪军押着六人走在满是茅蓬的江滩上，周东曦突然说："夜里走路小心，别摔倒了。"暗暗将担鱼筐的扁担向后一拉，又向前一推，玉莹和何旭阳顺势摔倒在地，筐里的鱼都倒了出来，在路上乱蹦，有的蹦到了茅蓬里。

伪军板着脸，枪口对准何旭阳和玉莹："怎么搞的？快把鱼抓回来。"

六个人哦哦应着，弯下腰抓鱼。周东曦对金吉水使了个眼色，两人绕到两个伪军的背后，猛地卡住他俩的脖子，掀翻在地，再反剪他俩的双手，膝盖压在脊背上。何旭阳和玉莹走过去捡起两支枪。

伪军叫道："饶命，饶命！"

"老实交代，江边山上有多少日本兵值岗？"玉莹拿枪口戳伪军的脸，"不说实话就毙了你。"

"我说我说，铁路桥两端每里路一组固定岗，每岗四个兵。"

周东曦的膝盖用力一压："你们的岗点在哪里？"

"就是你们拴竹筏那里，上面的一棵黄檀树下。"

玉莹问："还有山上呢？"枪口点点戳戳。

"饶命，饶命，山上有日本兵的游动巡逻队。"

何旭阳一拳打在伪军甲的太阳穴上，伪军没哼出半声，就一动不动了。

鲁汉忠说："这个也不要了吧。"提起右脚狠狠地踹伪军乙的头。伪军眼睛翻了白，哼了几下就断气了。

玉莹嘿嘿一笑："日本兵也太小看我们了，以为单凭这两个傻瓜就能押送我们，我们又不是猪。"众人跟着哈哈笑。

周东曦说："我们回去结果那两个日本兵。"

他们回到拴竹筏的地方，看到两个日本兵正立在黄檀树下，远眺着江面。何旭阳沉吟："这两个日本兵看起来够警惕，杀掉他俩不太容易。"

金吉水说："我们还是绕到后面掐他俩脖子。"

鲁汉忠摆手："不行，他俩周围是开阔地，没有遮掩，我们还没走近就被发现了。"

玉莹一拍手："我有办法。"众人都围过来听她讲。

周东曦听完说："好办法，就照玉林说的做。"

何旭阳等四人埋伏在茅蓬中，留下玉莹和周东曦站在江滩上。他俩见其他人都藏好了，故意放开声音说话。

玉莹问："江水往下流，为什么鱼总是往上面游？"

周东曦答："大概它们的家乡在上游。"

两个日本兵警觉地跑下来，用枪指着玉莹和周东曦："不许动！"

何旭阳和鲁汉忠跃出茅蓬，狠狠掐住两个日本兵的脖子，没多久两个日本兵就瘫软下来。六人把竹筏拉上岸翻转，解下绑在竹筏底的迫击炮部件，背的背，扛的扛，一路上了白阳山。

鲁汉忠说："我需要看地图，你们围住我，遮掉手电的亮光。"

众人围拢，鲁汉忠打开地图，用手电照着，和周围环境对比。他四面环顾，带着众人走到一个地方："就是这个位置，你们把部件放下来吧。"

部件堆在地上，鲁汉忠熟练地安装着，一边说："你们回去吧，现在全是我的事了。"

玉莹说："我想看你打炮。"

鲁汉忠摇头："不行，炮弹发出后，我马上就会被日军巡逻队包围，非常危险。你们快走吧。"

周东曦担心地问："那你呢？"

鲁汉忠解开衣服，露出绑在身上的手榴弹："我嘛，能逃出去当然最好，以后还可以杀敌。如果逃不了，就拉几个日本兵一起死。我这次执行炸铁路桥的任务，本来就有荆轲刺秦王的意味，生还的机会十分渺茫，但我心甘情愿为国献身。"

众人默然与他握手，在心里暗暗为他祝祷，之后才不舍地离开。

四个日本兵在山上巡逻，你一言我一语：

"司令总是过分小心，在铁路桥周围布置岗哨就行了，为什么把我们赶到山上昼夜巡逻？难道敌人会把迫击炮搬到山顶上往下轰？"

"是啊，铁路桥沿线的游动岗、固定岗都用双倍兵力，铁路桥两端五百米内的平民住户都已清空，行人也不准靠近，还有什么不放心的？"

"各个渡口、路口也是多岗严查，沿江都设了固定岗，我看连中国军队养的苍蝇都飞不进来。"

"……"

鲁汉忠将迫击炮安装完毕，调校瞄准好，正拎起炮弹装进炮筒，发出轻微的金属碰撞声。

巡逻的日本兵立刻警觉："那里有人！"

一个日本兵举手就是一枪，打断了鲁汉忠的右手，炮弹滑落。鲁汉忠咬着牙，不顾血从手腕断口汩汩流出，艰难地用一只左手拿起炮弹，右手肘顶着往炮筒里装，然而力不从心，炮弹又掉到地上。

日本兵赶过来，几支枪直直顶住他："司令真是神机妙算，居然真的有人把迫击炮搬到山顶上！"

"把他捆起来送司令部审问。"

鲁汉忠一狠心，左手拉开衣襟，露出绑在身上的手榴弹，几个日本兵都呆住了。没等他们反应过来，鲁汉忠就拉响了引线，轰隆一声，血肉横飞。

已经走远的周东曦突然站住脚："不好，这是手榴弹爆炸，不是开炮，鲁汉忠出事了！"

玉莹急切地说："我们回去救他。"

何旭阳摇头："那么多手榴弹捆在一起，肯定没救了。日本兵马上就会开始搜查，我们快走。"

周东曦心情沉重地说："现在我们的首要任务，是完成鲁汉忠的遗愿，炸掉铁路桥！"

大雨滂沱而下，他们沉默地快步走回上仑村。

竹子兴高采烈地跑进办公室："司令，中国人竟然真的把迫击炮搬到了白阳山上，想炸铁路桥，不过在装弹时被我们的巡逻队发现，打死了炮手。"

池之上放下茶杯大笑："中国军队这点小伎俩早被我料到了。"

竹子给池之上和自己各斟了一杯酒："现在好了，隐患消除，可以安心开庆祝大会了。来，干杯。"

池之上摆手："还没到放松的时候。武义县政府一天没占领，我的心就悬着一天。"

竹子把酒杯硬塞给他："无须多虑，这次我们趁其不备重兵偷袭，肯定一举成功，打得他们丢盔卸甲，蔡一鸣和周东曦束手就擒。"

池之上沉吟着："庆祝大会要开得隆重些，好迎接将军的到来。"

电话铃响，竹子接听后转告池之上："是朱双臣的电话，说老百姓不肯预备节目，还讲怪话：'过年都冷冰冰的，现在这种闲日，懒得动。'"

池之上摇头："绝对不行。将军要来，每个保都得拿出行当，演戏、闹龙灯、擎台阁……一样都不能少。"

大雨不止，祠堂天井的檐水如注。周东曦和游击队员们含泪凝望白阳山的方向，沉浸在悲痛之中。

玉莹问周东曦："你想出炸掉铁路桥的计划了吗？"

秦浩森插嘴说:"日本人迟早会输,不炸掉铁路桥也好,我们自己留着用。"

李红莲说:"日本人有了铁路桥,萤石就能源源不断地运到上海,运往日本。现在炸掉它,能打击日本人,等我们赢了,还可以做回去。"

游击队员们在争论应不应该炸掉铁路桥,周东曦坐在一旁默不作声。

1944年9月,日军驻武义第二中队、先锋队用迫击炮和轻、重机关枪,对汤村岭中国军队防线发起突然袭击,妄图越过汤村岭、大庙岭两道防线攻占武义县政府,继而进攻驻在丽水的浙江省政府。

日军如潮水般向国军防线挺进,汤村岭防线二三六团吴营长用迫击炮阻击,交锋非常激烈,炮声震天,炮火映红了阵地。

你来我往打了半个小时,吴营长按原定计划下令:"编号一的士兵躺倒!"

阵地上倒下一批人,卫生员像模像样地包扎、抬担架。

中川藏垣用望远镜看到这情景,不禁哈哈大笑:"中国军队的伤亡惨重,接着狠狠地打。"

日军加强了火力。吴营长见时机成熟,继续下令:"现在编号二的士兵倒下!"

又一批士兵躺倒在阵地上,卫生员冲过来包扎、抬担架。

中川藏垣笑得更欢:"中国军队已无招架之力了,我们胜利在望。"

国军阵地上不断地抬下伤员,还击能力逐渐减弱。吴营长下令:"撤!"士兵们都钻入了山林中。

中川藏垣拔出指挥刀大喊:"乘胜前进,目标——新宅武义县政府。"

日军大部队通过汤村岭防线,向国军第二道防线大庙岭挺进。在他们身后,吴营长带领士兵们迅速回到阵地,支起了迫击炮,架好机关枪。

一列火车经过白洋渡铁路桥,驶向武义火车站,终于缓缓停下。

池之上早已带着一群日本军官和日伪官员守候在站台上，两队中国儿童手持鲜花、身穿校服，一直整齐地排列到出站口。

石川百枝走出车厢，池之上毕恭毕敬地走上前，立正敬礼："欢迎代表阁下光临。"

两旁的儿童手摇鲜花齐喊："欢迎，欢迎。"

石川百枝笑眯眯地向众人挥手，和池之上并肩而行。

十几个农民挑着大担大担的稻草来到江边，把稻草缠绕在砍倒的大树上。周东曦在一旁看："做得扎实一点，不要大水一冲就散开了。"

农民们说："周队长尽管放心，我们叠的稻草蓬①冲到金华也散不开。要么你来试试，连拔把稻草出来都不容易呢。"

周东曦伸手去拔，费了很大力气才拔出来一点点："真是绕得紧、绕得牢！"

玉莹也走过来看："可以放进炸弹了吗？"

周东曦说："再叠几圈。"转向站在边上的军队爆破手："满载萤石的火车会在晚上七点通过大桥，准备好了吗？"

爆破手点头："时间都定好了，做好稻草蓬就放航。眼下大水几乎与桥孔齐平，稻草蓬穿不过桥孔，会停在铁路桥下等七点的火车。"

"太好了，谢谢军队的支持。"

"哎呀，我们炸不掉铁路桥，你们接手来炸，说感谢的应该是我们。不过，我们有共同的目标，就是一家人，不用说客气话。"

爆破手在五个大稻草蓬中分别放进炸弹，农民们封好了顶。

周东曦挥手下令："下水，放航！"

众人合力把稻草蓬推进江里，五个庞然大物随着湍急的江水向下游疾驰。

大庙岭国军阵地被日军连续炮轰，早有准备的李团长利用地形优

---

① 稻草蓬：武义县和永康县一带储存稻草时，为不占用房屋，会将收割后的稻草缠绕在大树半腰，防雨防晒不受潮，随时可以取用。

势，集中火力奋力还击，火力密集而猛烈，打得日军寸步难行。

中川藏垣查看地形："贴着两边山脚边还击边前进。"

日军顽强向前。李团长大喊："加强火力！"炮弹轰鸣，机关枪扫射，日军损失惨重。

中川藏垣看过战况，皱眉沉思："看来他们是早有准备，传我命令，交替掩护，边打边撤！"

日军将及撤到汤村岭，国军阵地上的吴营长立即下令："拢上袋口，狠狠打！"霎时，迫击炮和轻、重机关枪纷纷开火，一枚枚手榴弹投向日军，死伤成片。

日军班长叫道："我们中计了，前不能进后不能退，快请司令增援解围。"

中川藏垣咬着牙说："怕是等不到增援，我们就被全歼了。我命令，全体撤到山上，奋力还击，不惜一切代价突围。"

日军爬上山，早已埋伏在山林中的国军用机关枪交叉扫射，日军惊惶奔逃，被四面包围。

大会堂入口处，十来个日本兵严查入场券，人们排队进入。

会场内张灯结彩，日本音乐欢快地回旋，主席台上坐着兴致勃勃的石川百枝、池之上、竹子、朱双臣等人，台下是满满的观众。

池之上笑呵呵地对石川百枝说："等一下就会传来我军大获全胜的捷报，正好为庆祝大会增光添彩。"

石川百枝不大相信的样子："真能如此吗？"

池之上胸有成竹："当然！"

朱双臣过来询问："司令，大会可以开始了吗？"

池之上看看表，对朱双臣说："开始吧！"

卫兵跑上来："司令，中川队长送来消息。"

池之上大笑，接过卫兵递上的字条，对石川百枝说："看来流亡县政府已被攻下，这消息来得及时。"

朱双臣凑到麦克风旁边："庆祝大会现在开始……"

突然全部电灯熄灭，整个会场一片漆黑，尖叫声四起。

池之上大喊："加强警戒，严防敌人混进会场。"

有伪官员维持秩序："大家别动，镇定下来，电灯很快就会亮的。"

竹子一拍桌子："电厂是干什么吃的？关键时刻停电。让他们尽快查明原因，尽快恢复供电。"

石川百枝凑近池之上："先别管电的事，快看中川藏垣传的消息，是否已抓到中国县长了？"

卫兵送上手电，池之上拧亮后照向字条，顿时张大了口，冷汗涔涔而出。他顾不上石川百枝，先把字条递给竹子："速派三中队去汤村岭救援中川队长，不然就全军覆没了。"

竹子看过字条，往池之上手里一塞，旋风般跑出会场。

石川百枝察觉到气氛不对，立刻问池之上："消息说什么？抓到蔡一鸣了吗？"

池之上强作镇定："遇上了抵抗，要求增援。"

石川百枝一把夺过字条，看过后恶狠狠地说："是即将全军覆没吧？"

池之上小心翼翼地说："已派三中队去增援，无大碍的。"

电力恢复，重新亮起的灯光显得格外刺眼，然而池之上的心里漆黑一团，整个人茫然不知所措。

卫兵突然又冲上台，神色惊慌："司令，不好了，刚才白洋渡铁路桥被炸毁，火车翻到江里！"

池之上双眼一翻，慢慢瘫软在地上。

四十一　细菌战

池之上躺在病床上，眼睛微开，有气无力地看着坐在床边的竹子："石川百枝呢？"

竹子一撇嘴："看见你晕倒就走了，一定是去向将军打小报告。"

池之上握住她的手："'彩虹计划'看来已全盘失败，损失如此巨大，将军必然震怒。唉，我罪无可恕。"

竹子也叹气："敌人实在是诡计多端，我们防不胜防呀！"

池之上回到司令部，把自己关进办公室，一会儿哭一会儿笑，像是疯癫了一般。他从壁上取下军刀，跪在地上仔仔细细地抚摸，突然抬手就想往身上刺，然而转念一想，又慢慢放下刀，站起身来打电话："朱小姐，请你来司令部一趟。"

朱汀慧已经知道了日军惨败的消息，正想看看池之上的反应，所以很快就到了。池之上见她进来，一言不发就锁了办公室的门。

"司令，别锁门呀！"朱汀慧心头发慌，伸手要开门锁，池之上把她强拉到沙发上，紧紧抱在怀里。朱汀慧一个劲地挣扎："司令，你要干什么？"

"实话对你说了吧，我一直在等你对我全心全意崇敬，主动向我献身，所以这么长时间以来都压抑着自己。如今'彩虹计划'失败，帝国蒙受巨大损失，我只能一死以谢天皇，但在死之前，必须实现我的心愿。"

朱汀慧奋力抵挡着池之上的毛手毛脚，大喊："来人呀，快来人，司令要自杀了！"

池之上见她坚决不从，从桌子上拿起军刀："顺我者昌，逆我者亡。你再不从，别怪我杀了你。"

朱汀慧跳下沙发，在办公室里绕来绕去地躲避，嘴里还在大叫："来人呀，司令要自杀了！"

办公室的门被砸开，进来的是部队长石井四郎。池之上惊慌地跪下，刀尖触上腹部，被石井四郎一把握住刀柄。

石井四郎对朱汀慧一歪头："你出去。"朱汀慧立刻逃出了办公室。

池之上仍跪在地上："为什么不让我死？"

石井四郎扶起他："眼下有重要任务，我是专程来送秘密武器的，将军命令你亲自负责此次行动。要记住，这是你将功赎罪的唯一机会。"

池之上转悲为喜："那么我先向金华调用飞机。"

"不用了，空中执行达不到理想效果，所以这次改为人工执行。你一定要用好这武器，不能辜负将军的期望。"石井四郎语气严肃，"要牢记'彩虹计划'失败的教训，再不能盲目乐观、散漫自大。"

池之上低头一一应是："具体计划是什么？"

"我带来十个人手，会讲流利的中国话，协助你执行任务。她们现在和竹子在一起。"

石井四郎带着池之上走进会议室，竹子被十个身穿中国衣服的年轻女子包围着，正在给她们讲解墙上的地图："这里是武义县，这里是宣平县，宣平县城周围驻扎着中国军队，金华专署及机关、学校等单位也在这里。宣平县是这次任务的重点，但防守十分严密，我们必须谨慎行动。"她又指着上仓村及附近的缓冲区："这两个地方也是任务的重点……"

十个女子脸上挂着狡黠的笑容，七嘴八舌地询问各种细节。竹子说："明天就出发，先实地观察，再实施行动。"

送走了石井四郎，竹子对池之上说："司令，有一句话不知当讲不当讲，我觉得朱汀慧……"

池之上连忙打断她："我只是喜欢她的聪明劲，你不要多想。"

竹子加重语气："我是说，她很可能是潜伏在你身边的中国间谍，你还把她当宝贝。"

池之上瞠目结舌："你的疑心病未免太大了。"

"我不是凭空猜测。你想想，矿山被炸、先锋队遭袭、'彩虹计划'失败，还有大大小小的事，似乎都和她有脱不了的干系。"

"你的意思是朱小姐给中国方面传递情报，证据呢？"

"证据会有的。我建议，这次任务让她参与，我牢牢盯住她，一定会暴露出破绽。"

"好，我现在就通知她。"池之上拎起电话，被竹子摁住："不能让她有所防备，要给她个措手不及。"

朱汀慧那天回家后，一头栽到床上大哭，恨恨地骂道："差点就遭了毒手，从今天起我再不去司令部了。"可是石井四郎那鬼魅般的身影不时浮现在她的眼前，她能感觉到这人是肩负秘密任务而来，极想探知究竟。她的心情异常矛盾，整天坐立不安。

因此，这天接到池之上电话后，她犹豫了很久，终于还是去了司令部。池之上见到她后，就像什么事都没发生过，笑眯眯地拍着她的肩："朱小姐，你好几天没来了，这个私人参谋当得可不称职啊。"

朱汀慧肩膀一侧，躲开他的手："所以我今天来履职了嘛。"

竹子带着一个女子走进办公室，对朱汀慧说："今天你和她去上仓村执行任务。"

朱汀慧一惊："上仓村？什么任务？"

竹子态度严厉："别多问，你和她去就是了。"

朱汀慧斜眼看到池之上的神情古怪，立刻提高了警惕，心想莫非是要直接对付周东曦？她故意噘起嘴："对我保密的话，我就不去。"转身要走，竹子伸出一只手拦住："不可以拒绝，现在就出发。"

朱汀慧跺着脚对池之上撒娇："你看她……"

池之上语气坚决："你现在就去。"

朱汀慧顿时脸色苍白，心脏怦怦跳个不停，追问的话到了嘴边又咽下去。

女子拉住朱汀慧："我叫岸本宁子，我们一起去，到了那里你就知道了。"她从桌上的竹篮里拿出一套破旧衣服，让朱汀慧换上。朱汀慧明白，现在继续拒绝只会引起竹子他们的疑心，于是顺从地接了过来。

朱汀慧和宁子打扮成两个女难民的模样，挎着竹篮过了渡，走上通往上仑村的路。朱汀慧装作无心地问宁子："我们去上仑村干什么？"

"现在可以告诉你了，我们要把这篮子里的东西倒进上仑村的井里，嘿嘿，之后那些用水的人可就惨了。"

"我们去投毒？"

"没错。"

朱汀慧大惊，又强作镇定："这会伤害到无辜的平民，在国际上是禁止的。"

"整个村庄的人突然得了怪病，没有一个能活下来，关我们什么事？"

快到上仑村时，她俩被放哨的金吉水和谢文生截住。金吉水刚刚说了一句"站住，去哪的"，就认出了朱汀慧，十分疑惑地打量她。

朱汀慧连忙向他俩使眼色，目光移向宁子挎着的竹篮："我们是难民，想去国统区。"

"你是……噢，难民？到国统区要检查的。"

宁子把竹篮里的衣服、干粮等掏出来，摊放在地上："长官，请检查。"

金吉水看了又看，翻了又翻，什么也没发现："好，收起来吧。"

宁子收拾好竹篮，说："谢谢长官。"拉着朱汀慧就走。

朱汀慧跟着宁子向前走，手在背后不停地招动。谢文生推了一把金吉水，轻声说："朱小姐在暗示我们跟着她，很可能有大事。你跟上去，碰到情况不要乱来，一定要保护好朱小姐。我去报告队长。"

谢文生跑走了，金吉水不远不近地跟着朱汀慧她们，眼睛一刻也不离开。

已经到了上仑村的村口，朱汀慧不解地问："你没带东西来？他们没查到呀。"

宁子把竹篮一举："你没发现我们的篮子是双层底吗？"

朱汀慧去摸竹篮底："原来是这样，我吓得心都快跳出来了。"

宁子傲然说："这样的小兵有什么好怕的，如果真的发现我们的秘密，他们就死定了。"

"你真厉害。"

"你知道水井在哪里吗？"

"我也不清楚。"朱汀慧陪着宁子找水井，故意拖延时间。但是金吉水仍然不远不近地跟着她俩，就是不行动。朱汀慧心里暗暗着急，甚至想叫起来："这是日本间谍，快把她抓住。"可是宁子紧挨在她身边，她根本不敢轻举妄动，话到嘴边又吞回去。

迎面遇到一个打柴的樵夫，宁子连忙上前打听："大伯，请问村里的水井在哪里？"

樵夫端详宁子："你问这干什么？"

宁子装出一副可怜相："我们是难民，走得渴了，想到井里喝口水。"

樵夫指着前面一口方方正正的小水塘："这就是。我们村的井水带甜味，还会自动往上喷水，大旱之年也不干涸，我们全村人都吃这口井的水。"

宁子兴冲冲地来到井边，朱汀慧跟在后面。宁子伸手掬水送到口中："这水的确甘洌可口。"她的眼睛贼溜溜地四顾，见并无异样，于是抽开竹篮的夹层，拿出一个瓶子，拧开瓶盖就往水里倒，又顺手把瓶和瓶盖扔进井边的沟里，拉着朱汀慧的手："我们已完成任务，快走。"拖着朱汀慧快步离开。

"站住，不许动！你们是在井里放毒？"金吉水感觉到不对劲，连忙大喊一声，迈步追赶她们。就在这时，一个村民来井边挑水，金吉水连忙回身："这井水不能喝了，有毒！"

村民愣愣地问："好好的井水为什么会有毒？"

金吉水着急去追宁子她们，无暇解释："反正你别担水了，会吃死人的。"

村民不理会金吉水，仍然打水。金吉水懊恼地跑过去抢掉他的水桶："你真麻烦。日本人刚刚在井里放了毒，你在这里守住，不要让别人挑水，我还要去抓那放毒的女间谍。"

村民大惊："原来是这样。好，我在这里守住，不让人来担水，你快追日本人。"

金吉水安顿好村民，拔脚就追，这时两人的身影都快看不到了。他举枪瞄准："站住，不站住就开枪了！"然而朱汀慧被宁子拖着跑，正好遮住了宁子的身形。金吉水急得直跺脚，不敢开枪，只能加快脚步追赶。

朱汀慧怕露出破绽引得宁子怀疑，也跑得飞快。金吉水眼看追不上，连忙向空中放了两枪。

周东曦听到枪声，带着游击队员赶过来，正好与谢文生相遇。得知情况后，大家向着枪响的方向追去。

朱汀慧一心想被游击队抓住，趁宁子跑得气喘吁吁，不露声色地带着她渐渐转向南跑。眼前忽见一口山塘，朱汀慧看着塘边茂盛的金樱子，那藤蔓足足伸进水下一米多，问宁子："你会潜泳吗？"

"潜泳是我们训练中的重要科目，怎能不会呢？"

"你怕冷吗？听声音四面都是追兵，我们真的逃不出去了，不如跳进水塘，钻进金樱子的刺蓬下面，或许能躲过一劫。"

"冻是肯定冻不死的，被抓到肯定死，跳吧。"宁子说罢，先跳入水中，朱汀慧紧随着她跳下塘。两人深吸一口气，潜在水面下，身子紧紧靠在塘后壁上，刺蓬正遮盖住她们。

周东曦等人遇到金吉水，金吉水指向南边："她们往那里跑的。"周东曦心中疑惑："她们怎么不往江边逃，而是往国统区逃呢？哦，大概是汀慧故意想被我们抓住，可是抓住她们后怎么办呢？汀慧的身份会不会暴露？"

他心里反复掂量，不知不觉带着大家追到了山塘边。玉莹一眼看到了塘中还在荡漾的水纹，拉拉周东曦的衣袖，指着金樱子刺蓬轻声说："她们肯定躲在下面。"

周东曦心想："还得让汀慧回去，她在那边的作用要大得多。"他推着玉莹转了个方向，大声说："她们肯定跑到前面去了，大家快追。"游击队员们跟着他向前跑，离开了山塘。

朱汀慧听到喧闹声远去了，周围安静下来，心想周东曦那么聪明，肯定发现了她们的藏身之处，为什么要装作没发现呢？转念一想："不错，抓住一个只会放毒的日本女间谍没什么用处，如果引起池之上对我的怀疑，那才是得不偿失。我还是带着她回童庐吧。"她把宁子拉出水面，说道："谢天谢地，他们被骗过去了，我们快回去吧。"

两人爬上岸，朱汀慧拉着宁子的手飞快地往北跑，一口气跑到江边。周东曦和游击队员们就躲在江边的茅蓬中，看着朱汀慧和宁子跳上渡船。直到渡船驶至江中心，他们才跳出来开枪，子弹在江面上溅起一朵朵水花。宁子回头大笑："你们的枪法太蹩脚了，省省吧！"

北岸的日本兵开始猛烈还击。朱汀慧和宁子在连串的枪声中顺利上岸，大踏步向北而去。

南岸的周东曦看着朱汀慧远去，心满意足地笑了，挥手道："撤！"

池之上、竹子，以及石井四郎送来的津美和玉子，一起坐在会客室的沙发上说笑。宁子和朱汀慧满身狼狈地走进来，池之上连忙站起来，吃惊地问道："你们遇到危险了？"

朱汀慧牙齿打颤："碰上游击队了，我们差点死在他们的枪下。"

宁子详详细细地把经过说了一遍。津美和玉子异口同声地说："哎呀，你们比周东曦还厉害！"

津美抱住宁子的胳膊："今晚还是我和玉子去执行任务，下次我要和你一起去。"

池之上摆手："津美小姐、玉子小姐，你们今晚不能去，等明天白天看过环境后，再决定行动时间。"

津美笑嘻嘻地说："我们在宣平的中国军队驻地都做得神不知鬼不觉，区区缓冲区，有什么好担心的？"

竹子说："司令说得对，要谨慎从事，不能功亏一篑。"

玉子挽起津美的手："那么我们就听司令和参谋长的话，明天去实地看过后，晚上再动手。"

朱汀慧装作不经意地问道："你们计划去哪里？"

"缓冲区的横塘一带，很近的。"

朱汀慧的身体微微一颤，池之上立刻关心地问："你怎么了？"

朱汀慧故意又颤抖了几下："又冷又饿又累。"

池之上说："哎呀，我们只顾讲话，忘了你们刚刚死里逃生，快去换衣服，吃饭休息。"

朱汀慧离开会客室后，竹子拉住宁子："这次你们一起去执行任务，据你观察，朱小姐对我们忠诚吗？"

"我看她很值得信赖。"

池之上立即一脸喜色："怎么样？我说过不用怀疑朱小姐。"

通信员急匆匆地走进国军师部办公室："三〇五团紧急报告。"递上文书。

师长拆开看："驻县后村三〇五团自今日上午开始，三十多名官兵上吐下泻、发烧昏厥，类似中毒症状。村民中病例更多。"

又一个通信员奔进办公室："紧急报告！"

"念。"

"三〇六团驻石门洲官兵，今日中午有四十多人上吐下泻、发烧昏厥，类似中毒症状。另有多名村民死亡。"

师长紧张得站起身来，第三个通信员又进来向他报告："七十九师三〇六团二营官兵，自今日中午开始有五十多人上吐下泻、发烧昏厥，身上起红疹，军医诊断似受细菌感染。已死亡二十五人。村民死得更多。"

师长用力拍桌子："一定是日军不顾国际法禁令，使用了灭绝人性的生化武器，岂有此理！马上向军部报告这情况，要求速派防疫兵和医学专家。"

作为战时医院的祠堂里睡满了不停呻吟的士兵。两个卫生员抬着一副担架进来："病人放在哪里？"

护士看着他们摇头叹气："没地方安排了。今天死了十九个，又抬进来三十个，到处都挤满了。"

院长走过来："我已与师长联系了，再找房子。"

医生垂头丧气："可是这些人都是感染了鼠疫细菌，我们根本无药可治，送来也是等死，我们只能白忙一场。"

院长听着病人们的呻吟声，声声刺耳："无论怎样，都要尽我们全部力量抢救，他们要死也应该死在战场上。"

护士恳求："院长，我们已经连续三个晚上没怎么睡觉了，走路都打晃，快没法工作了。"

院长摇摇头："没办法，只能坚持。我也两天两夜没睡过觉了，已向师部要求增派人手。"

担架络绎不绝地从前门抬进来，尸体陆陆续续从后门抬出去。医生和护士们忙得脚下不停，大厅、厢房和院落里呻吟不断，到处一片愁云惨雾。

护士突然昏厥倒地，院长连忙抢救："日本人简直丧尽天良！"

津美和玉子扮成难民模样，在横塘村外转了一圈，见天色还早，又去了郭洞村。

走在碎石子铺成的村路上，津美不由得啧啧称赞："玉子，这地方风景真美，路两边峰峦叠翠，看一眼心里都高兴。"

玉子指着前方说："不止，你看，前面也是山，是三面翠峰呢。路就藏在山中，神秘而引人遐思。"

津美侧耳细听："你听，两边山上的鸟鸣好像在对歌，婉转动听。"

玉子仰头望向天空："你看蓝天下的雄鹰，鹰下面的田亩，还有田亩里的庄稼、农夫，我们像不像置身于一幅图画中？"

津美深深地吸入一口清甜的空气："还有随着山脚蜿蜒的河流，叮叮咚咚的流水声像是给鸟鸣特配的旋律。这里看不出一点战争的痕迹，如果时间就此停止就好了，我们永远留在这里。"她在路边的小溪里洗手："唉，过几天这里就哀声遍野了。玉子，看到这么好的地方，我真有点不忍心下手。"

玉子摇着头："别胡说了，这里是国民党武义县党部书记长何如圭的老家，上面特别嘱咐要下狠手，以乱敌人的阵脚。记住，我们做的一切，都是为了赢得这场战争，为了征服中国。"

两人来到郭洞村口的大门洞前，向里面窥看："啊！里面有古树群，还有城墙。"

津美惊异地说："村里还有廊桥，桥上的亭子、亭子的牌匾都古色古香，简直是世外桃源！"她手抚着洞门，读着门上的对联："郭外风光凌北斗，洞中锦绣映南山。这对联太入景了，一道洞门，确实把内外完全隔开。"

玉子羡慕地说："你的中文真不错，读得出还懂得意思。"

津美笑着回答："因为我非常喜欢中国。"

玉子拉着她说："我们进去吧，里面一定有更值得看的景色。你先看个够，我们再找能下手的水井。"

两人迈进门槛，被团丁甲喝止："站住！干什么的？"

玉子装出惊愕的模样："喔，我们……我们是逃难过来的，想到村里要点吃的。"

团丁乙摆手："对不起，我们村子不接收难民。"

玉子惨兮兮地摸着肚子："可怜可怜我们吧，让我们进村讨口吃的，我们两天没吃饭了。"

团丁乙仍然拦住两人："不行，现在汉奸和日本间谍经常混在难民中搞破坏，我们不能放你们进村，请回吧。"

津美眼珠一转："你们守在这里有什么用，坏人可以从其他路绕进去呀。"

团丁甲摆着手："进出都只有这一条路。"

津美往村里看："你们村是不是很小？连座房屋都看不见。"

团丁甲挺起胸："我们村有一千多人呢，在方圆几十里都算大村。尤其是里面的宗祠，金华第一。村子里雕梁画栋的大花厅一幢又一幢，牌坊一座又一座，还有宝泉寺。谁看了不夸？"

玉子趁机说："你们村子这么富庶，还少我们一口饭？难道不怕被人骂为富不仁？"

团丁甲犹豫了，和团丁乙小声商量几句，说："要进去也可以，必须让我们检查。"

玉子晃着竹篮："不过是一只竹篮、一些破衣裳，你检查吧。"

团丁甲接过竹篮翻查，正要检查篮底，津美突然扳住篮子，做出不耐烦的神情："这样麻烦，我们不进去了，哪里讨不到一口饭。"

团丁甲还回篮子："随便你们。"

津美拉着玉子转身就走。两个团丁看着她们的背影，心头的疑云越来越重，团丁甲终于忍不住说："这两个不像好人，我一翻转篮底，她就夺回了篮子。"

团丁乙点头："我也觉得是坏人，要抓住盘问盘问。"两人敲起大铜锣，村民们蜂拥而出。

津美离开时还对玉子说："我看这地方的村民警惕性非常高，还是算了吧。再说，这地方太美了，我不忍心毁灭。等战争结束后，这里也属天皇之土，我想搬到这里来住。"

玉子直摆手："你昏了头，这是司令指定的村子，我们一定要完成任务。"

刚听到锣声时她们还不以为意，谁知片刻之后，一群村民手持木棍、扁担、土枪等，喊声震天地追来："她们肯定是日本间谍，快抓住她们，追！"

津美拉住玉子的手，两人飞快地消失在山林中。

朱汀慧一进家门就急着写信，又对舅舅说："我有紧急情报要尽快送给东曦，还得辛苦你去一趟上仑村。"

舅舅笑了："有什么好辛苦的，我马上去。"弯腰把写好的信塞进鞋垫下，急急出门。

上仑村祠堂大厅，周东曦眼望远方，自言自语："不知汀慧能否瞒过池之上，会不会被怀疑？"

秦浩森走近他身边，抱怨道："东曦，你一向聪明机智，这次怎么让两个日本女间谍从你眼皮底下跑掉了？太不合情理了，不会是你怜香惜玉有意放掉的吧？"

何旭阳没好气地说："你知道什么。"

县政府的通信员走进祠堂："周乡长，县里的文件。"

萧洒从办公室跑出来，签收了文件后交给周东曦，周东曦翻看着。

"浙江省政府案准省党部组字第1354号代电：敌近派女间谍十余人，潜入我后方施毒，严密防范为要。"

"武义县政府代电秘情第 2670 号：敌女间谍四人潜入我后方施毒。奉电转发警察局、自卫大队、游击队、县情报组，下阳、清溪、白洋区署。严防注意，毋忽为要。"

"又日军向我施行细菌战，迄今日止，部队已死亡 2652 名官兵，15 个乡镇深受祸害，农民死亡过千，情况十分严重。"

周东曦抖着文件："文件下迟了，日军早已下手了。"

秦浩淼看完文件后递给萧洒："也不晚，亡羊补牢嘛。"

游击队员们传阅文件，人人恨得咬牙切齿。舅舅就在这时走进祠堂，把朱汀慧的信交给周东曦。周东曦没看信先问："汀慧好吗？"

"还算好，只是回家时又累又饿，一副心事重重的样子，要我赶着送信给你。"

周东曦递给舅舅一支烟，让他坐着歇息，然后才拆开朱汀慧的信，看着看着突然大惊："明晚日本人又要投毒！"

众人轮流看信，秦浩淼嘟囔："这可不好办啊。今天日本间谍来我们门口投毒都抓不到，何况是在缓冲区，又是夜里。我们赶快向县里报告，让县里派人去抓吧。"

玉莹嗤之以鼻："紧要关头就往回缩。"

周东曦向玉莹招手："你叫上吉水、文生，我们明天去横塘村。"

第二天傍晚，四人赶到横塘村，玉莹问周东曦："队长，我们怎么抓她们？日本女间谍可都是带着枪的。"

"我们用绳索把她们绊倒。"周东曦手指道路两边，"玉林你和文生埋伏到路那边，我和吉水埋伏在路这边，我们各拉住绳子的一头，等她们走过来，我们就绷紧绳子把她们绊倒再制伏，让她们有枪也来不及用。"

他们在水井附近埋伏好，没过多久就看到津美和玉子蹑手蹑脚地走来。

津美轻声说："我们先在这里站一下，观察周围的情况。昨天宁子可是差点被游击队抓到。"

她俩伫立倾听，四下万籁俱寂，连蟋蟀的鸣叫声都听不到。玉子得意地笑道："看来我们这次又能轻而易举地成功了。"

她俩一前一后，加快脚步走向水井。周东曦和玉莹突然绷紧绳子，津美扑通一声跌趴在地上，鼻子撞上了路面，竹篮子摔到一旁，手枪和毒药瓶都滚了出来。

　　津美怪叫："咦，这路上居然有藤蔓！"

　　金吉水和谢文生将手中的绳子拉紧，玉子也被绊倒在地："哎哟，我也踩到了。"

　　"快上！"周东曦冲上去反扳津美的双手，玉莹利索地把她缚住。津美双脚乱踢，拼命反抗。

　　谢文生和金吉水也将玉子牢牢地绑了起来。玉子大喊："你们是谁？居然绑架良家妇女！"

　　玉莹啐了一口："呸，你还有脸自称良家妇女！"

　　谢文生和金吉水把津美、玉子的嘴堵得严严实实，抓起绑缚她们的绳索："站起来，走！"往江边连拖带拉，然而她俩扭着身子不肯走。

　　周东曦对玉莹使了个眼色，两人同时出手，对准津美和玉子的后颈就劈了一掌。等她俩昏过去了，四人轮流背着她俩过了秘密水道，回到上仑村祠堂，故意撂在秦浩淼面前。

　　秦浩淼捋着袖子眉飞色舞："果然抓回来了。"仔细端详她俩，"哟，还挺漂亮的嘛。"

　　"浩淼，这两个女间谍会说中国话，我们好好审一下。"周东曦说。

　　秦浩淼咧开嘴："两个女人嘛，好审。你不用管了，交给我就行。"

　　周东曦摇摇头，回自己房间去看文件。

四十二　人民生命高于一切

竹子慌张地跑进池之上办公室："司令，不好了，津美和玉子昨晚连人带东西被游击队抓住了。"

池之上手中的茶杯砰的一声掉落地上，人立刻僵住了。

"她俩昨晚一夜未归，我派人去打探，听村民说，两人刚走到井边就被埋伏的游击队抓了。"

池之上有气无力地说："周东曦啊周东曦，你总和我过不去，这次真是要了我的命，必须把你抓来碎尸万段。"

"现在不是过嘴瘾的时候，必须尽快想办法把她俩救出来，否则南京方面交代不过去。"

池之上抓耳挠腮，在办公室里乱转："怎么救？怎么救？"

竹子眉头一挑，心想："好，这次我就借游击队的刀，除掉那个狐狸精。"她貌似好心地给池之上出主意："司令，朱小姐生就一副三寸不烂之舌，肯定能救出两人。"

池之上摇头："你真是胡说，这种事哪能光凭一张嘴。"

"我们手里还有中国的村庄和老百姓当筹码呀。你让朱小姐拿着给周东曦的信去一趟游击队，肯定能救出津美和玉子。"

池之上一拍额头，抓起电话："朱小姐，快来我办公室。"

朱汀慧到了后，竹子告诉她玉子和津美被擒的事："司令请你把她们从游击队手里救出来。"

朱汀慧故作惊讶："啊，那怎么可能呢？司令，如果你抓到游击队员，会放了他们吗？"

池之上手掌向下一劈："肯定不会放。"

"所以嘛，让游击队放回这两位小姐也是不可能的。"

竹子神色阴冷："司令说了，游击队如果不放人，缓冲区村庄就将火光冲天、血流成河。"

池之上连连点头："是的，是的，为了增加谈判的筹码，我立刻派兵包围缓冲区的村庄，等待周东曦的答复。"

朱汀慧一跺脚："司令，我是朱双臣的女儿，游击队千方百计要杀他，现在我去，不等于送羊入虎口吗？我死不要紧，只是救不回两位小姐，仍然耽误了司令的大事。"

竹子冷笑道："司令平时总夸你是九斤姑娘，伶牙俐齿，肯定能说通周东曦，放回她们两人。再说，这次也是考验你对帝国、对司令忠不忠诚。"

朱汀慧摊开双手："我可没这自信。"

池之上写好了给周东曦的信，递给朱汀慧："你身后有我，有帝国军队做后盾，尽管放心大胆去谈判。周东曦如果不放人，就等着背上几千条人命吧。"

朱汀慧心想："池之上已经成了一条丧心病狂的疯狗，杀人时不会手软的，我还是去找东曦商量对策吧。"她接过信，拍着胸脯说："既然司令信任我，我拼上这条命也要去，最多和几千村民一起死。"

池之上欣慰地说："骑我的马去，我等你的好消息。"

朱汀慧大踏步走出司令部，飞身上马。

竹子跟着出来，指着朱汀慧的背影："不怕你不去。这次就让你死在游击队手里。"说罢几声窃笑。

日军把缓冲区村庄包围起来，架起机关枪，点燃火把，大声喊叫要屠村、焚村，全村男女老少跪着哀求。

王保长满脸涕泪，跪在"半脸毛"和王友仁面前："太君、王组长，你们不能这样对待我们老百姓呀。"

王友仁鼻孔朝天："你牵头联络各村，派代表到游击队，要求尽快释放两个女皇军。如果四十八小时内不放人，我们就烧掉缓冲区的全部村庄，一直烧到宣平县。"

王保长连声答应："我去，我这就召集各保的保长，马上去游击队。你们千万不能烧房子。"

汤保长也跪下来："我带人到县政府找蔡县长，千万等我回来。"

王友仁踢了他一脚："快去快回。"

朱汀慧来祠堂找周东曦，玉莹说："队长去县政府了，你有什么事？"

何旭阳和秦浩淼走过来："如果有要紧事，先和我们说。"

朱汀慧叹着气："池之上说，你们如果不放回那两个女间谍，就要血洗缓冲区，几千名村民都活不了。他还逼着我给你们送信，一定要我把她俩带回去。"她掏出信交给何旭阳。

玉莹哼了一声："放回那两个女间谍？做梦吧！"

秦浩淼说："日军使用化学毒品伤害无辜，被我们人赃俱获。东曦就是去向县长汇报，要把她俩送到县里，向全世界公布日军罪行。现在怎能放回她俩？"

何旭阳看完信，递给了秦浩淼和玉莹。

> 周东曦队长阁下：接信后立即释放我军人员稻山津美、泽田玉子，限时一天。如逾期或两人有不测，缓冲区村庄必将鸡犬不留、化为焦炭。
>
> 池之上
> 昭和十九年十二月十六日

玉莹第一个说："这是绝对不可能的。"游击队员们纷纷附和。

何旭阳皱着眉："池之上真的会对无辜村民大开杀戒？"

朱汀慧点头："他已经派兵包围了缓冲区，就等你们的回复。我们的时间不多了，必须尽快做决定。"

"朱小姐，你说我们应该如何做？"

"我想，如果东曦在，肯定会放了她俩。"

玉莹的口气斩钉截铁："不，队长一定不会答应的。"

朱汀慧惊讶地看她："那可是几千条人命啊！"

玉莹指着她："你回去告诉日本人，不许屠杀老百姓。"

"你这样讲毫无用处，根本救不了老百姓。"

"说来说去，你无非是要我们放掉那两个女间谍。我总算看清你的真面目了。"玉莹转向何旭阳："何队长，把这女汉奸捆起来审问。"

何旭阳拉住她："不要乱说。"

玉莹大声对满厅的游击队员说："朱小姐今天来给池之上做说客，逼着我们放了两个投毒的间谍，大家说，能同意吗？"

游击队员们看向朱汀慧的目光里有怀疑、有鄙夷、有愤恨，许多人喊道："我们不同意！"

谢文生摆手："朱小姐不是坏人，你们不要乱想。"

朱汀慧叫道："两个日本人和几千个中国老百姓，孰轻孰重，你们真的不明白吗？"

金吉水说："朱小姐，那天你自己还救了一个投毒的女间谍，我怎么也想不通。"

朱汀慧怒道："情况很复杂，我不用向你解释。"

这一句激起了游击队员们的反感，有几个人当即拿出绳子要绑朱汀慧。

此时何旭阳左右为难。游击队员这里是众怒难犯，再说，朱汀慧毕竟是朱双臣的女儿，天生有汉奸嫌疑。然而，她又是游击队的长期情报员，还是周东曦的恋人。

正在何旭阳头疼时，一群村民忽然拥进祠堂，围着秦浩森又哭又叫。何旭阳乘机把朱汀慧带到周东曦的房间，说："你安心待在这里，队长要不了多久就会回来，他一定有办法。"

朱汀慧坐在椅子上叹气："这次他也未必能想出办法。"

何旭阳锁了房门，回到大厅。秦浩森正在安抚这群缓冲区的村民："你们先不要哭，慢慢说。"

王保长哭诉道："秦乡长，你们在横塘村抓了两个日本女间谍，现在日本兵把我们村包围起来，扬言不放回她们就屠村，将全乡杀绝烧尽。求求你，快救救我们吧。"

玉莹说："日本兵是吓唬你们的，还有国军在呢，不必担心。"

王保长跺着脚，懊恼地说："哎呀，国军根本保护不了我们，政府只要我们交事业谷、交抗战经费，日本人又常来抢粮食抓担夫，我们缓冲区的百姓两头受气，太可怜了。秦乡长，快放人救命吧！"

几个村民跪下来，抱住秦浩淼的腿，齐声喊："放人吧！"

秦浩淼拉起那些村民："起来，都起来。周队长为此事去县政府了，很快就回来，你们稍等等。"

周东曦到了县政府，卫兵又带他去"岭上草堂"。原来蔡一鸣不但是军人，也是个诗人，刚建了一间"岭上草堂"，以诗会友，以诗抗战。

周东曦向蔡一鸣报告："蔡县长，我们抓了两个投毒的日本女间谍。"

蔡一鸣眉毛一扬，握住周东曦的手："我们回办公室细说。"

两人和赵成章在办公室坐定，蔡一鸣说："这下就有了日本人实施细菌战的有力证据。那两个女间谍有口供吗？"

周东曦摇摇头："我们审问了很久，她俩都宁死不招。所以我特来报告，想把她俩送到县里。"

蔡一鸣摆手："这么大的事，我不能随便处理，应报请省政府。"

赵成章微微一笑："我们报省里，省里报国防部，国防部还报蒋委员长，拖到哪年哪月？不如杀了省事。"

蔡一鸣摇头："唉，不能杀，这是证据。"

卫兵来办公室报告，说有缓冲区的保长和村民哭着求见县长。

"既然老百姓来了，我们就一起去看看。"蔡一鸣带着赵成章和周东曦到了大门口，只见汤保长和村民们都跪着，他连忙弯腰去扶："起来，大家都起来慢慢说。"

汤保长等人不肯起来："蔡县长呀，游击队抓了两个日本女人，搞得日军包围了我们的村子，说如果游击队不放人，就烧掉缓冲区全部村庄，杀掉所有村民。"

村民们齐喊："县长大人，放过她俩吧，我们几千个老百姓不想死呀！"

蔡一鸣伸手搀扶汤保长，汤保长不肯起来："你不答应，我们就不起来。"

蔡一鸣摇头叹气："成章，你说怎么办？"

赵成章斩钉截铁："马上处死日本女间谍，通报国军派大部队尽快救援。"

村民们听了赵成章的话，号啕大哭。汤保长抱住蔡一鸣的腿："让国军来救我们，等于是火上浇油，村子和百姓肯定全完了。"

"成章啊，军队救援，远水解不了近渴，真如汤保长所说，是火上浇油。"蔡一鸣看着跪地哀求的村民们，拍着心口，"依我说，民为天，不管怎样，先放回那两个日本女间谍，救出老百姓。"

赵成章轻声说："蔡县长，如果放掉她们，你可能会受到上级的责备，甚至被处分。"

蔡一鸣连眼睛都没眨："只要能救出村民，我一个人的荣辱算什么，受任何处分都不要紧。现在最重要的是要和日本人约定好，让他们不得反悔。"

周东曦敬佩地看着他："蔡县长真有这样的决心？"

蔡一鸣手掌在胸口一拍，认真地说："我们抗日是为什么？是为了赶出日本侵略者，保卫国家。国家是什么？国家就是人民，人民生命高于一切。我做父母官，不能光顾自己的乌纱帽，必须尽心尽力保护人民的生命。"

赵成章对村民们说："乡亲们，蔡县长同意放回女间谍，你们回去吧，不过一定让日本人承诺，放了女间谍，就不能烧村杀人。"

村民们齐声高喊："谢谢县长大人。"

蔡一鸣向他们挥手："你们放心地回去吧。"

周东曦对蔡一鸣说："我这就回去放人，同时想办法联系池之上，要求他遵守承诺。"

下午周东曦一回到祠堂，何旭阳和秦浩淼就连忙拉住他："怎么样？蔡县长怎么说？"

周东曦还没开口，王保长和村民们就痛哭流涕地跪下来："周队长，放了那两个日本人吧。"

周东曦一面扶他们一面说："蔡县长已经说了，抗日是为保卫人民，人民生命高于一切。我今天就释放那两个女间谍，让她们回去，你们放心吧。"

玉莹大声说："我不同意放走她俩，干脆把她俩的尸体送回给池之上！"

许多游击队员跟着大喊："枪毙她们！"

周东曦厉声呵斥："胡闹！这是命令，必须执行！"

大厅里的喧闹声顿止。何旭阳立刻高声说："坚决执行命令！"他一拉玉莹："我们去厢房释放她俩。"

两人进了厢房，津美警惕地看着他们："你们要干什么？"

"干什么？枪毙你们。如果不想死，就把犯罪经过说清楚，这可是最后的机会了。"玉莹阴沉着脸，恨恨地说。

津美哈哈大笑："你们别做梦了，天皇的战士不怕死！"

玉子说："不要想我们招供了，要杀就快杀吧。"

玉莹作势上前，被何旭阳拦住。他对津美和玉子做了个"请"的手势，说："队长已经下令，现在就释放你们，送你们回沦陷区。跟我走吧。"

津美和玉子跟着何旭阳走进大厅。此时朱汀慧听到了周东曦的声音，也连忙跑到大厅，一见她俩，当即对周东曦哭诉道："周队长，有道是两国交战，不斩来使。池之上司令让我来传话，请你放回两位小姐，不料你的手下要绑我，还说要枪毙我。"

周东曦立即明白了她的用意，咳嗽一声说："我已经要放她们回去了，当然不会枪毙你。"

朱汀慧立刻转头拉住玉子和津美："周队长让我们回去了，快走吧！"

玉子合掌："我早知道司令会救我们的。"

朱汀慧说："司令用缓冲区村庄和几千个老百姓的性命交换你们，他一向信守承诺，周队长是最清楚的，所以才放得这么爽快。"

津美点头："哦，是有条件地交换。"

三个女人出了祠堂门，扬长而去。玉莹看着远去的人影，跺着脚：

"真是便宜她们了。"游击队员们纷纷附和。

王保长和村民们看到这情景，一齐跪下："谢谢周队长！"

周东曦搀扶起他们："你们快回去吧，告诉日本兵，我们已经放了人，希望他们言而有信，否则，我们游击队就算拼尽最后一滴血，也不会与他们善罢甘休。"

玉莹睡在床上唉声叹气，周东曦捋着她的头："想不通，觉得委屈？"

"早知道要放回去，就不该费那么大力气抓她们。"玉莹把脸埋在枕头里，硬邦邦地回他。

"唉，问题在于我们的力量尚不足以保证缓冲区人民的安全，又不能眼看着老百姓被日本兵残杀，村子被烧毁。放回她们实属无奈之举啊！"

玉莹慢慢坐起来："那日本兵会撤出缓冲区吗？"

"池之上一向以英雄自诩，最怕别人说他不守信义，又有朱小姐从中斡旋，应该没事的。"

"我不相信日本兵会信守诺言。"

"好，那我们就去看看实际情况如何。"

玉莹一骨碌爬起来，和周东曦急匆匆去了缓冲区。两人在横塘村走走看看，只见家家户户焚香烧纸，许多人擎着香棒，口中念念有词，感谢天地佛陀。

"队长，老百姓不感谢政府不感谢你，却感谢天地陀佛。我真想训他们一顿。"

周东曦不置可否。

一户农家的草房燃起了大火，村民们提着水桶纷纷来救，周东曦和玉莹也上前帮忙。然而火势凶猛，草房很快就被烧毁了。

村民们叹着气议论：

"逃过了日本人的劫难，却逃不过老天的惩罚。"

"天注定要烧掉他家房子，没烧死人就算运气了。"

玉莹看着烧掉的草房："其实他不烧香拜天地佛陀，房屋就不会被点燃。世间的事就是这么奇怪。"

周东曦深深地叹了口气："人生在世，常常会遇到不可预测的突变，这时就以为有一种万能的力量，如神或佛，在主宰一切。其实这种力量即大自然，人不能违背自然的规则。"

看到日本兵果然撤走，玉莹的心情好多了："队长，那日本侵略中国，是不是也算违背自然的规则呀？"

"我爷爷说，从自然化人开始，人就开始自私自强，于是拼命扩展地盘、护卫地盘，这就有了掠夺和战争，就像草木也会争夺土地，只是程度和方式不同而已。"

玉莹深思了一会儿："既然贪欲是人的本性，那人的互相残杀岂不是永远存在？"

"是的，只要有人，就会不断地有战争。"

两人走到了另一个村庄，只见村民们也在烧香拜天地。周东曦拍着玉莹的肩膀："如果我们扣住那两个日本间谍不放，或者杀了她们，现在缓冲区肯定是另一番景象，你能想象得出来吗？"

玉莹点头："肯定是烟尘滚滚、火光冲天、血流成河、尸体满地。"

"那你说蔡县长和我的决定对吗？"

"两个日本间谍是我亲手抓到的，突然要放，心思一下子扭不过来嘛，又担心日本兵说话不算数。咦，怎么日本兵也讲信用，真的撤了呢？"

"他们想长久霸占我们的领土，自然要拉拢民心。再说，杀光了老百姓，日军的给养和劳力从哪里来呢？"

四十三　自投罗网

竹子独个儿生闷气："本以为她会被游击队一刀杀了，不料她非但没死，反而真的带回了玉子和津美。"想想还是不甘心，她跑到池之上的办公室："司令，朱小姐如果不是游击队派的间谍，怎能救回我们的人？我劝你不要相信她，她就像埋在你身边的炸弹，不知哪一天就炸了。"

池之上亲昵地抱住竹子："亲爱的，朱小姐都差点被游击队枪毙了，你还这样怀疑她。我向你保证过多少遍了，对于朱小姐，我只是利用她，绝不会和她有私情，你可以放一百个心。"

竹子叹口气："对于这个女人，你放心，我可不放心。"

"半脸毛"来报告："昨晚我们在十四保放电影，结果来的只有小孩，没有一个大人。等到我们回司令部时，周东曦亲自率人埋伏在路边，打死了我们一个曹长。我看，以后不要晚上去村里放电影了。"

池之上喝了口茶："电影肯定是要放的，不过以后不要预先在村里贴海报，等到了村子，再把村里人都赶去看电影。"

竹子突然拍着额头狞笑："司令，还是照常预先贴海报吧。"嘴巴凑到池之上耳边说了几句话。

池之上笑了，竖起大拇指："好，不愧是将门之后，足智多谋，就由你去安排吧。"

竹子极其得意："为了计划能成功，你暂且不可让朱小姐知道。"

池之上摆手："你真的不用怀疑她。她是朱双臣的女儿，老百姓叫她父亲是'第一汉奸'，父女俩都与抗日分子水火不容。而且你忘了吗？宁子说过她是忠于我们的。这次玉子和津美被救回来，她也出了大力。不然这样吧，行动当天，我把朱小姐叫到身边和她下棋，好让你放心。"

"在那之前司令可要绝对保密。"竹子说着走出办公室，对"半脸毛"和王友仁详详细细地布置了一番，说道："这是色香味俱全的鱼饵，鱼儿已经尝够了甜头，一定会上钩的。你俩务必把大鱼抓到手，不得有丝毫疏忽。"

王友仁领了竹子的命令，回到自己的办公室，边抽烟边骂人："什么香喷喷的鱼饵，都是狗头军师的馊主意，没一回能成事，光让我们白白奔波受累。"说着使劲把烟头扔到门外。

"哎哟，谁乱扔烟蒂？落在我脚上了。"一个红唇白脸的女人娇嗔着走进来，笑吟吟地挨到王友仁身边。

王友仁一脸的不高兴："翠英，你怎么又来办公室了？被人看到多不好，快回去。"

柳翠英靠在他身上："谁叫你一个月没来，我想你了嘛。"

王友仁又点着一支烟："前几天我婆娘收了好多礼物，今天回娘家了。本想趁她不在，今晚到你家过一夜，可是参谋长偏偏分派我晚上执行任务，又没时间去了。"

柳翠英轻轻摇晃他："什么任务？这么凑巧。"

王友仁推开她："女人家别问。"

柳翠英站直身子，噘起嘴："骗人，肯定是你编出来的借口。说，是不是另有新欢了？"

王友仁吐出一大口烟："傻女人，我也想你，不过真的没时间去。"

柳翠英一转身："难道整夜你都有任务？我去问问我堂哥。"她堂哥就是柳臻全。

王友仁拉住她："别问，不好问的。"

"不让我问就是骗我，我偏要去问。"

王友仁直摇头："唉，被你缠不过，就告诉你吧，不过你别多嘴乱说。"

柳翠英转怒为喜，抱住王友仁："我肯定不说半个字。"

"皇军晚上要在王家村放电影，等周东曦来搞破坏，就抓住他。我被分在虎爪山埋伏，所以没时间陪你。"

"那你也只用等上半夜呀，下半夜可以来我家嘛！"

王友仁推她："好，我后半夜来。现在你快回去。"

柳翠英轻轻打他一下："怕事鬼，我们的事谁不知道？根本不用遮遮掩掩的。"

王友仁挥手："你来一次，我婆娘就和我吵一次，不知怎的，她总能知道。"

"你亲我一下，我才走。"

王友仁敷衍地抱住柳翠英。就在两个人纠缠时，办公室门口闪过一个人影，疾步离开。

这人正是朱汀慧。她原本是替父亲来取一份文件，却无意中听到了惊人的消息，于是立刻跑回家，打开衣柜取出一套农家妇女的衣服，打算乔装改扮去上仑村，一方面是送情报，一方面也是想见见心上人。谁知刚穿戴好，电话铃就响了，她不耐烦地抓起电话，蓦地一惊："司令？我爸爸不在家。"

"我不找他，找你，你马上到我这里来，我已经派了两个卫兵去接你，应该快到你家了。"

"我早就和同学约好了，是个很重要的约会。"

"不行，你放下电话立刻就来。"池之上不容她拒绝，挂断了电话。

朱汀慧皱着眉头："他口气这样强硬，莫非已对我起了疑心？无论如何，必须把情报送给东曦。"

她哭丧着脸走到舅舅房间："舅舅，你快去上仑村祠堂一趟，告诉东曦，池之上在王家村放电影是诱饵，要在路上设伏抓他。还有，王友仁今晚要到情人柳翠英家里过夜，不知这消息对他有没有用。"

何旭阳告诉周东曦："日本人又贴出告示，说今晚要在王家村放电影，那我们就接着发动村民拒看电影。"

周东曦点点头："我和你一起去。"

萧洒却拉住了他:"你夜以继日地工作,终于病倒了,现在必须吃药休息,哪儿都不能去。"

周东曦甩开萧洒的手:"一点小病,没事的。旭阳,我们走吧。"

两人走到大门口,又被李红莲拦住了:"不行,你还在发烧。"

何旭阳说:"队长,还是我和吉水去吧!"

周东曦拗不过众人,只好说:"那你们去吧,记住,一定要让王保长出面劝阻村民,你们自己别露面,以保证安全。"

何旭阳和金吉水走了。周东曦坐在大厅的竹椅上,李红莲端着一碗药过来:"队长,药煎好了,趁热吃。"

舅舅走进祠堂,周东曦连忙站起来:"舅舅,是汀慧让你来的吗?"

"她拿到了新情报,让我赶紧来报告。"

"什么情报?"

"她说,池之上在王家村放电影是圈套,叫你不要去。另外,王友仁今晚要到情人柳翠英家过夜,不知这消息对你是否有用。"

周东曦立刻把药碗塞回给李红莲,跳起身来:"哎呀,旭阳和吉水已经钻进套了。玉林,紧急集合短枪组,立刻出发!"

短枪组集合完毕时,秦浩淼慌张地跑来了:"东曦,你要亲自去?"

"对。刚才接到情报,日本兵放电影是个诱饵,我担心旭阳和吉水已中了计,我们必须马上出发营救。"

"东曦,如果情报属实,你现在去已经来不及了,他们早被抓走了,你们现在去凑汤啊?别去了。"

李红莲翻了秦浩淼一个白眼:"队长,让其他人去吧,你还在发烧呢。"

玉莹拍着胸脯:"队长,我带人去就好了,一定会见机行事的。"

周东曦摇头:"情况危急,我一定要自己去,出发!"

一队日本兵和情报员来到虎爪山路段,"半脸毛"左看右看,指挥着王友仁:"王组长,你们五人埋伏在这里,如果周东曦来了,不要声张,放他过去,发暗号通知我们。如果他往回逃,你们再出来截住他。"

王友仁张手呈爪状："我们不光是截住他，还要抓住他。"带着人躲进山林。

"半脸毛"带着日本兵向前走，然后停下："我们埋伏在这里等周东曦。不准说话，不准抽烟，谁违反就军法从事。"他们埋伏在柴蓬里。

何旭阳和金吉水走在山路上。金吉水嘟囔着："日本兵会逼村民去看电影的，而且，大多数村民从没看过电影，也想去看。"

何旭阳说："所以我们得快点赶过去，提前劝阻他们。总的来讲，大人们好说服，就是小孩子管不住，好奇心太强。"

王友仁的眼睛一直盯着村路，看到何旭阳和金吉水走过来，立刻绷紧了神经："那边的两个人不太像村民，可能真是周东曦他们来了。"

柳臻全直点头："我们马上通知皇军。"

王友仁仰头嗫唇："咳咳，咳咳……"

埋伏在柴蓬里的"半脸毛"听到暗号，命令日本兵："听到了吗？王组长发暗号了。我们准备好，不准开枪，一定要抓活的。"

何旭阳突然停住脚步，担心地说："吉水，走村路目标太明显，我们进山吧，避开日本人视线。"

两人直直向"半脸毛"埋伏处走过去。一个日本兵紧张地说："队长，他们冲我们来了，开枪吧！"

"半脸毛"摇头："他们已经自投罗网了，用不着开枪，听我的命令行事。"

何旭阳和金吉水走近柴蓬边，"半脸毛"手向下一劈，八个日本兵一齐扑上去。两人猝不及防又寡不敌众，很快被日本兵缴了枪，反绑住双手。

"抓到了，抓到周东曦了！""半脸毛"叫得十分兴奋。王友仁急忙跑过去，一看就摇头："这两个都不是周东曦。"

"半脸毛"敲着何旭阳的头："周东曦呢，他怎么不来？"

何旭阳轻蔑地说："队长一来，你还逃得了？"

几年下来，"半脸毛"已经学会了不少中国话，当即给了何旭阳一耳光："你还敢猖狂！"指着几个日本兵："你们把这两个游击队员送到司令部。"又对王友仁说:"我们都回原地接着埋伏。"

王友仁还想着和柳翠英的约会,于是对"半脸毛"说:"今晚已经抓了两个游击队员,周东曦再大胆也不会来了,我们还是先回司令部吧。"

"半脸毛"摆手:"不行,继续等,周东曦肯定会来的。"

王友仁语带讽刺:"队长,守株待兔只能成功一次,哪还有第二只兔子正好撞到你手上。"

"半脸毛"坚持:"你不懂军事,这两个是前哨,周东曦肯定就在后面。"

王友仁无可奈何:"这日本人真是木段①。"他回到埋伏点,但柳翠英搔首弄姿的身影时时在他脑中闪现,让他心神不定,只能对柳臻全抱怨:"已经七点了,电影都快放完了,周东曦还来干什么?他又不傻。"

柳臻全赞同:"是啊,日本人真是一根筋到底,搞得我的烟瘾都犯了。"

一个情报员提议:"我们再等一会儿就回去好了。"

王友仁瞪眼:"你也不想想,日本人叫我们守在这里,谁敢回去?"

柳臻全的眼珠转了几圈:"那也不用所有人都在这里熬,留下两人守着就行。"

王友仁又想起柳翠英,心痒难搔,突然双手摁住肚子:"臻全,我肚子突然疼起来了,大概是受了凉。这样吧,我先回去,你们在这里多坚持一会儿。明天中午到鱼府,我请客。"

柳臻全一笑:"好,组长回去休养吧!"

王友仁双手抱拳:"好兄弟,拜托了。"刚走了几步,池之上严苛不容违抗的面容又浮现在他眼前,令他犹豫了,回转身说:"我还是和兄弟们一起坚守吧。"

柳臻全推着他走:"哎呀,放心走吧,这里有我呢,不会误事的。"

王友仁迟疑片刻,池之上和柳翠英的身影在脑子里此消彼长,他

---

① 木段:武义话说人不聪明,像木头一样。

终于下定了决心："那我先走一步，估计你们也快该撤了。"

情报员们纷纷说："组长不用担心，我们都知道你是因为肚子疼才先走的。"

柳臻全笑道："组长为皇军办事是诚惶诚恐，我们都明白。"

"好，好！"王友仁抱拳一圈，"山本队长如果问起我，有赖大家解释了。"

王友仁的影子一消失，柳臻全就站起身来："周东曦是肯定不会来了，组长也回去逍遥了，我们索性喝酒去吧。"

一个情报员说："皇军要是发现一个人也没留，追究起来，大家都逃不脱干系。"

柳臻全心想："就是等着让日本人追究他呢，撤了他的职，组长就是我的了。谁叫他真敢临阵脱逃。"嘴里却说："没事，天塌下来，有王组长顶着呢。"

情报员一哄而起，柳臻全领着他们拍拍屁股走了。

周东曦带着短枪组一路急行军，玉莹担心地问："队长，何队长他们真会出事吗？"

"我们最近的行动都很成功，有些大意了，搞不好这次会有麻烦。"

玉莹叹了口气："那我们钻到山里面走，加倍小心。"

周东曦点点头，游击队员们陆续钻进山林，渐渐接近王友仁原本埋伏的地点。

这边"半脸毛"带着日本兵在山上苦苦守候，一个日本兵小声说："队长，八点钟了，电影都放完了，周东曦肯定不会来了，我们回去吧。"

田泽茂也说："队长，王组长说得对，不是每次必得周东曦出来呀。我们已经抓了两个来搞破坏的游击队员，也算大功一件，可以回去报告司令了。"

"半脸毛"想了一下："我过去和王组长商量商量。"他边走边"咳咳，咳咳"地发暗号，却无半点回应，心里不禁怪道："难道王友仁他们都睡着了？看我不狠狠打他几个耳光。"

玉莹抬头看到前面人影晃动，拉了拉周东曦的衣角。周东曦低声命令："都隐蔽到柴蓬里。"

"半脸毛"摸索着走向王友仁埋伏的地点，轻声地叫："王组长，王组长。"

周东曦压低了声音说："是日本兵来找人，看样子只有他一个，我们速战速决，抓住他。"

游击队员们故意弄出些响动，"半脸毛"以为是王友仁他们，循声走过来："你们都睡觉了？"

周东曦一声"动手"，四个游击队员飞身扑出，死死压住"半脸毛"，严严实实地堵住他的嘴，把他摁在地上反绑起来。

玉莹认出了"半脸毛"，立刻拔刀："这是我的大仇人，今天我终于可以杀他报仇了。"

周东曦压下玉莹的刀："旭阳和吉水还情况不明，现在不能杀他。"

他们带着"半脸毛"走出很远，才掏出堵他嘴的布块审问。"半脸毛"第一句话就不服气："我被你们抓到，怪我自投罗网，不是你们有本事。"

玉莹踢了"半脸毛"一脚："快说，有没有遇到我们的两个队员？"

"半脸毛"脖子一梗："不仅遇到了，还抓起来了，你们能怎么样？"

远处突然传来田泽茂的叫声："队长，你在哪里？队长，你有没有事？"原来他久久不见"半脸毛"回去，不禁担心，于是自己出来寻找。

"半脸毛"眼珠一转，突然大喊："田泽茂，我在这里，快来救我！"

玉莹连忙拔了一把草塞进"半脸毛"嘴里，然而田泽茂已听到他的呼救声，一边大声招呼同伴，一边跑过来："队长出事了，快来救队长！"

一群日本兵的脚步声杂沓："队长，你在哪里？队长，你在哪里……"

游击队员们拖着"半脸毛"走，"半脸毛"不肯走，唔唔地大叫。游击队员们推的推、打的打、拉的拉，几乎是抬着他走。

田泽茂看到前面有一簇人影晃动，带着日本兵一面追一面开枪。几个游击队员停下还击，另外的人押着"半脸毛"继续走。

　　田泽茂突然摁住正开枪的日本兵："黑夜里只能看到人影，不要乱开枪，万一打到队长呢？"正说着，一颗子弹飞来，打飞了一个日本兵的耳朵，田泽茂忙下令："隐蔽。"他心里反复思量："游击队有山本队长做人质，只有他们打我们的份儿，我们缚手缚脚，这仗没法打。还是快回去报告司令想办法营救，反正我们也有两个游击队员在手。"

　　日本兵停止追击，撤回司令部。山野中没了枪声，显得分外平静。

四十四　后悔人生路

　　玉莹越看"半脸毛"越气，胸中怒火燃烧，忍不住对周东曦说："队长，朱小姐不是说王友仁今晚在情人柳翠英家过夜吗？我们干脆把他一块抓了。"

　　谢文生立刻赞同："我知道柳翠英家在哪里，就在我表弟贺汉亭家对面。他恨死王友仁和柳翠英了，一定愿意帮忙。"

　　周东曦拳头一捏："好，我们这就去。"他指着几个游击队员："你们先把'半脸毛'押回去关起来，派专人看守，然后到黄泥山接应我们。"

　　周东曦、玉莹、柳青和谢文生直奔童庐村。月光下的村庄，如盖上了一层白色的薄纱，远处日军司令部的灯火显得苍黄无力。

　　柳翠英家五间头的横头，有一棵老樟树。几个人叫上贺汉亭，爬到老樟树的树杈上，坐着向下窥视。

　　贺汉亭兴冲冲地说："文生说你们要来抓王友仁，真是太好了。我一直盼着他不得好死。"

　　周东曦问："他做了什么坏事？"

　　贺汉亭指着樟树脚横边的五间头："柳翠英现在住的地方原是我的房子，被日本人拆了以后，她借着大汉奸王友仁的淫威，在我的屋基上建起了这五间头，我恨死他们了。"

　　周东曦嘘了一声："路上有人来了，大家不要讲话。"

　　只见一人哼着小调快步经过樟树脚，到了五间头院门口，敲了敲门。大门打开，他走了进去。

　　贺汉亭低声说："王友仁来了。你们待在树上，我去后窗看一眼，如果能动手，就来叫你们。"见众人都点头，他轻快地溜下大樟树，蹑手蹑脚绕到五间头屋后，眼睛贴在中堂的窗缝上往里面看，只见柳翠英搂住王友仁的脖子："你怎么才来？我快急死了，就怕你说话不算数。"

王友仁掰开她的手："我从山上回来后，又去办公室晃了晃，犹豫着该不该来。"

柳翠英放下手，满脸不高兴："人都来了，还三心二意的，真扫兴。"

"我人是来了，心还在山上，就怕会出事。"王友仁立着不动，"我想……今晚就算了，我过几天再来，和你好好亲热亲热，眼下我还是回办公室等他们回来。"

柳翠英嗔着脸推他："你啊，下次再来时，就得看我愿不愿意了。"

"嘻，不管他了，你烧点水让我先洗个澡吧。"王友仁想走又舍不得，终于下定了决心，搂住柳翠英的腰。

柳翠英满脸笑容："泥壶就煨在灰坛里，热水是现成的，我给你洗。"她到灶间捧来一盆水，和王友仁进了卧室，紧闭房门。

贺汉亭见他们进了房，又走到卧室窗下偷听。

两人缠绵了好一阵，只听柳翠英娇嗔道："今天你怎么了？心不在焉的，真没劲。"

"唉，我心里总想着，万一周东曦今晚真的去了王家村，我的脑袋就得搬家了。"

"有我堂哥顶着呢，你担心什么？这样心挂两头的，白白担惊受怕。"

"遇到你，我就像一条贪吃的鱼，明知鱼饵内有鱼钩，但闻闻看看，最后还是咬了。"

"我是像鱼饵一样香喷喷的，不过里面没有鱼钩，好吃得很，不信你尝尝……"

"现在真的没心思……给日本人做事太难了，他们当我是狗，中国老百姓又骂我是汉奸，游击队还要来除我，日子难过噢！"

贺汉亭听得笑眯眯："原来汉奸的日子也这么难过呀！"

没一会儿，房间里传出两道鼾声。贺汉亭快步回到大樟树下，仰头说："两个人都打起鼾来了，我们快进去吧。"

几个人到了柳翠英家大门口，周东曦看看天井的围墙："你们把我托起来，我翻墙进去打开大门。"

玉莹自告奋勇："你病还没好，我来翻墙。"

谢文生站在墙根，双手扒在墙上："玉林，来，踩在我肩上。"

玉莹脚踩在谢文生肩上，谢文生慢慢站起。玉莹正要翻过围墙，忽然被周东曦拉住："停，日本兵的巡逻队来了。"

玉莹连忙跳下来："现在怎么办？"

谢文生说："回到樟树上去。"

周东曦摇头："不行，来不及了，躲到屋后吧。"

众人都贴墙转到屋后。巡逻队走近五间头，用手电筒扫射了一通，又往樟树上扫一遍，最终咯噔咯噔地走了过去。

贺汉亭拍着胸口："刚才真危险，我们如果爬回樟树上，肯定被发现。"

玉莹抢白他："那有什么，我们就算死，也肯定能打死几个日本兵回本。"

周东曦不同意："我们当中死了任何一个人都不合算。"

"日本兵过去了，我们可以动手了。玉林，来。"谢文生迫不及待。

玉莹踩在谢文生的肩上，一个筋斗翻进墙，轻手轻脚地打开大门。

五人来到卧室门前，周东曦轻声喊："一、二……"柳青和谢文生合力横着肩膀撞上去，嗵的一声，房门洞开。

贺汉亭站在后面，见此情景说："我先回去了，不能让柳翠英见到我。"

王友仁被巨响惊醒，睡眼蒙眬地去枕头下摸手枪，谢文生飞快地上前，抓住他的手，周东曦跟着从枕头下抽出手枪。玉莹将被子一掀，谢文生顺势把王友仁拉下床，柳青扳住王友仁的手，四人一起把他绑起来。

王友仁一面挣扎一面求饶："你们是哪一路的？开个价，要多少？万事都好商量。"

"我们是锄奸队的，请你到县政府去商量。"

"我们是阳山乡游击队的，不要你的钱，要你的命！"玉莹恨恨地说。

王友仁如梦初醒，大叫起来："救命，游击队绑人了！"

谢文生连忙拉了毛巾堵他嘴巴，周东曦拎起地上王友仁的衣服："文生，你给他穿上。"又说："把那女人的嘴也堵上，绑在床柱上。"玉莹和柳青依言绑起柳翠英。

四人推着王友仁走出五间头，细心地关好大门。走到村口时，日军巡逻队又远远地经过，王友仁硬是站住不肯走，扭头唔唔出声。玉莹对他拳打脚踢："你以为抓到救命稻草了？日本兵离得这么远，他们还没赶到，我就毙掉你了，做什么梦呢？"

接应的游击队员来了，众人像拖死狗一样拖着王友仁走。

走到隐蔽处，周东曦拉掉王友仁嘴里的毛巾："王友仁，你还认识我吧？"

"我怎么会忘记你周东曦。唉，游击队真是胆大包天，我做梦也想不到你们敢来日军司令部所在地抓我。"

"还记得你抓到我时说的话吗？"

"当然记得。此一时，彼一时，我们颠倒了地位。"

"现在你还想对我说什么？"

"那次柳臻全要打断你的腿，是我护着你，不让他动手，你不会忘记吧？"

周东曦哈哈大笑："所以我今天投桃报李，也没打断你的腿。"

王友仁叹了口气："周东曦，我虽然当了汉奸，在你们眼里罪不可恕，但我也利用和日本人的关系救了不少人，难道不能将功折罪？"

玉莹怒骂："你竟敢说这种话，未免太厚颜无耻了吧！"

周东曦沉吟道："上次你押我到日军司令部的路上，如果能听进去我的劝告，及时迷途知返，也许还来得及。现在，一切都迟了。"

王友仁又叹口气："后悔呀后悔，我做人的确太失败，只能做鬼。不过我怎么也想不通，你们为什么不怕强大的日本人，也不怕死，难道你们对人世就不留恋吗？"

周东曦哈哈大笑："中国人里虽然也有不少像你这样的败类、品行卑劣的人，但民族的脊梁和支柱更多。为了本民族不被异族侵略征服，他们奋起与强者抗争，宁愿献出生命，并且有坚定的信心会取得胜利。"

王友仁颓然道："周东曦，做人不能趋炎附势，不能好色，我现在明白了、后悔了，我不该目光短浅地投靠日本人，不该贪恋美色。你们就在这里枪毙我吧，等我死后，把我这句话传出去，警告那些像我一样走错了路的人。"

"在这里枪毙你？你可没这么好运。县政府会召开万人大会公审你，震慑所有的汉奸。"周东曦义正词严。

池之上与朱汀慧在日军司令部里下棋，竹子走进来："报告司令，我们的行动极其成功，已抓获两个游击队员。"

朱汀慧的心猛地一颤，不由自主地摁住胸口。池之上两指夹着棋子："哦，没抓到周东曦？"

竹子信心十足："我想用不了多久就能抓住他。"

池之上落下棋子："好，等我下完这盘棋，就去审他们。"

竹子对朱汀慧翻了个白眼，走出办公室。朱汀慧呆呆地拿着棋子，忘了落下，池之上提醒她："朱小姐，到你了，快下呀。"

朱汀慧落子，池之上哈哈大笑："你果然落了这颗子，我赢定了。等下完这盘棋，你就陪我去审问。"

朱汀慧声音颤抖："我不去，我怕。"

"习惯以后就不怕了。"池之上又落了几颗子，强挽着朱汀慧的手去刑讯室。

何旭阳和金吉水被押上来，强忍着不去看和池之上坐在一起的朱汀慧。金吉水心里反复思量："这朱小姐一面给游击队送情报，一面和池之上一起审问我们，她究竟是人是妖？我要不要揭穿她？"他看向何旭阳，何旭阳对他微微摇头。

竹子拍着桌子："大丈夫行不更名坐不改姓，赶快报上名来。"

"武义县阳山乡抗日游击队何旭阳。"

"武义县阳山乡抗日游击队金吉水。"

池之上说："我们在各个村子放电影，是为了娱乐老百姓，让他们晚上有点消遣，你们为什么要搞破坏？"

"你们放电影的目的，是想对中国老百姓实行思想统治，推行'皇国臣民'化政策，我们当然要劝说老百姓拒看毒电影。"

竹子又一拍桌子："你们已经成了皇军的俘虏，还敢这么猖狂？"

"我们既然误入罗网，要杀要剐自然随你们的便。"

池之上咳了一声："如果你们愿意劝说周东曦投降，不但不用死，还有丰厚的奖赏，去皇协军任职。"

"做你的白日梦！"

池之上指着形形色色的刑具："如果不好好配合，你们就会受尽痛苦而死。"

何旭阳端正了身子，仰起头："你杀吧！杀了一个中国人，会有更多的中国人觉醒，大家团结一致，终有一天把你们赶出中国的土地！"

竹子怒喝："来人，给他们上老虎凳。"

就在这时，田泽茂慌慌张张地跑进刑讯室："司令、参谋长，山本队长被游击队俘虏了。"

池之上猛地站起来，眼前闪现"半脸毛"入伍时的情景——

日本东京某条街道，新兵招募处前人头攒动，池之上见到舅舅也在人群中，连忙挥手招呼："舅舅，你送表弟来参军？"

"是啊，听说这批兵员是去中国战场的。能为天皇而战，为征服世界而战，不管去哪里，都是无上荣光。"舅舅回身拉过儿子："藤木，这位长官是我的外甥，你的表哥，将来会是你的上司。你到部队后，一定要服从命令。"

池之上看看父子两人："舅舅，你们父子俩长得真像，连脸上的毛都如出一辙，哈哈哈……"

舅舅拉着池之上的手："藤木能做你的下属，我就放心了。"

"舅舅尽管放心，我一定把他带在身边，好好照顾、提拔他。"

……

池之上重重地叹了口气："现在我如何向舅舅交代？"突然双手一拍，吩咐打手："即刻把这两个游击队员凌迟，以解我心头之恨。"

朱汀慧叫道："司令！"

池之上转头看她："朱小姐想说什么？"

“司令如果真舍不得山本队长，我有办法救回他。”

池之上又惊又喜，拉住朱汀慧的手：“快说。你如果有办法救出他，本司令大大有赏。”

朱汀慧甩掉他的手：“你先让他们住手，不然我就没办法了。”

池之上对打手摆摆手，伸向何旭阳胸口的刀缩了回来。

朱汀慧笑盈盈地说：“救出山本队长后，我还要一点嘉奖。”

“你要什么都可以，快说吧。”

竹子突然出声：“朱小姐，你不会是想救这两个游击队员吧？”

朱汀慧噘起嘴：“我救了他们，然后让他们来杀我父亲和我吗？不信任我就算了。”站起身就要走。

池之上拉住她：“参谋长只是在开玩笑，你当什么真。”

“哼，现在嘉奖得先给了，我也不信任你。”

“好，奖你一个日本丈夫。”

“我才不嫁给日本人。”

“那你想要什么？”

朱汀慧眼睛一眯：“要你身上的军刀。”

“我身上的军刀不能动，但我可以送你另一把军刀。”

朱汀慧扭身撒娇：“司令耍赖。”

“哎呀，你快说吧，到时肯定给你一把军刀就是了。”

朱汀慧在池之上的手掌上写了几个字，竹子也凑过来看。

池之上一拍脑门：“好主意，真是聪明的九斤姑娘。”

竹子连忙阻拦：“司令，不行的，这样有失皇军脸面。”

池之上摇头：“不，这是国际惯例，不失脸面，就是不知周东曦那边……”

朱汀慧说：“我想他会答应的。”

竹子余怒未消：“那也先给这两个游击队员用过刑再说，不然太便宜他们了。”

朱汀慧赶紧摆手：“不能用刑。”转向池之上：“如果游击队没对山本队长用刑，我们就被动了。”

池之上吩咐打手把何旭阳和金吉水押下去，两个游击队员都是一头雾水，不知道朱汀慧在耍什么把戏。

池之上挽起朱汀慧的手："我们去办公室，写信给周东曦。"

竹子看着两人并肩离去，愤然说："狐狸精，你给我等着。"

池之上在朱汀慧的指导下写好信，打电话到情报组找王友仁，不料来取信的却是柳臻全。

柳臻全点头哈腰："王组长不在。"

池之上把信递给他："马上找人把这封信送给周东曦。"

王友仁被绑在上仑村祠堂大厅的柱子上，玉莹横眉立目，对他又是抽耳光，又是拳打脚踢，直打得她自己气喘吁吁，王友仁呼天抢地叫饶命。

秦浩淼拉住她："别打了，如果真打死了，怎么向县政府交代？"

玉莹边哭边说："我就是要打死他，把他碎尸万段，才能出这口气。"

周东曦走过来："孙玉林！何队长和吉水被抓去，大家都心急如焚，你在这儿胡闹什么？再闹就关禁闭。"

谢文生揩着眼泪："难道何队长他们只能牺牲了？"

李红莲问周东曦："朱小姐有没有可能救出何队长他们？"

秦浩淼嗤之以鼻："救出他们是不可能的，我们唯有杀了'半脸毛'和王友仁，为旭阳和吉水报仇。"

周东曦摇头："不行，必须把王友仁押送到县里，由蔡县长处置。"

秦浩淼自告奋勇："好，我来押送。"

周东曦嘱咐："你带几个队员一起去，路上务必小心。"

秦浩淼解开王友仁的绳索，拍了一下他的头："王友仁，乖乖跟我们到县里去。"

王友仁马上跪下："秦乡长，你行行好，就在这里毙了我吧！"

秦浩淼捋了捋袖子："在这里杀你没什么用处，我们要对你公审，之后再枪毙，好警告那些没落网的汉奸，就算是杀鸡给猴看吧。"

王友仁苦笑了一声："我来做反面教材，也算是为抗日出最后一点力吧！"

秦浩淼推了他一把："你真是棵见风使舵的墙头草，难怪能去做汉奸。"

秦浩淼等人押着王友仁走了，王广荣与他们擦肩而过，走进祠堂："队长，池之上给你的信。"

周东曦正为何旭阳和金吉水的安危焦心，立刻接过信拆看，一边气愤地说："池之上还想要什么花招？"

> 周东曦队长阁下：你游击队两名队员何旭阳及金吉水已被我所俘，又惊闻我军队长山本藤木被你所俘。为避免互相残杀，我建议将所俘人员交换，使其各归其所。如同意，则于明天上午九时在东干江滩交接，希望届时勿发生不愉快之事。另外，请保证所俘人员身体勿受伤害。
>
> 池之上印
> 昭和二十年四月二日

周东曦看过信，双手一拍："旭阳和吉水无事了，只是太便宜'半脸毛'了。"他连忙给池之上回信。

> 池之上阁下：话不多说，我同意你的建议，将按你所定时间、地点交换战俘。
> 勿误。
>
> 阳山乡抗日游击队队长　周东曦
> 中华民国三十四年四月二日

周东曦写好信，眉开额舒地对谢文生说："文生，找人把这封信送去日伪情报组，让他们务必交给池之上。"

柳青高兴得跳起来："还好俘了'半脸毛'，能换回何队长和吉水。"

只有玉莹怒气还未消："队长，放回完完整整的'半脸毛'我不同意。他是我的杀父仇人，我一定要杀了他，你把死尸还给池之上吧。"说着拿了一把柴刀，就要去厢房。

四十五　愿死不愿活

"孙玉林，不许胡闹，快回来！"周东曦的语气十分严厉，见玉莹仍不停步，追上去拉住她，在她头顶扇了一巴掌："你疯了？难道你不在乎何队长他们的性命吗？"

玉莹挣扎着叫道："杀了'半脸毛'，我扮成他去东干江滩交换，就算拼了这条命，也要救回何队长和吉水！"

李红莲也上来拉玉莹："全队都为何队长和吉水担心，现在好不容易有'半脸毛'可以交换，你就不要再节外生枝了。快去向队长认错。"

玉莹大哭："我打王友仁出气，你们不让，现在还要放回'半脸毛'，我就是想不通！"

周东曦把她拉到自己房间，见她满脸是泪，叹气道："我这一巴掌还没把你打清醒。"他把玉莹摁在椅子上，自己拉了凳子坐在她对面："我常对你说，个人的仇和国家、民族的仇是分不开的。我们不是一定要杀某一个敌人，而是要把全部敌人赶出中国。现在何队长和吉水被抓，他们的生命比敌人的宝贵得多，我们用'半脸毛'换回他们，是第一合算、最可行的办法。你难道要眼睁睁地看着何队长和吉水牺牲吗？"他抚摸着玉莹头上被自己打过的地方，"熊掌和鱼翅不能兼得时，必须放弃掉一样，懂吗？你刚才这个样子，不像游击队员，更像一个典型的狭隘的复仇主义者。"

玉莹低下头："你专扣帽子，我就不能发泄发泄吗？"

"现在发泄完了吧？那就服从命令。"

"队长，池之上真的会用何队长他们交换'半脸毛'吗？我信不过日本人。"

"我们当然会小心防备，不见兔子不撒鹰。"

"唉，太便宜'半脸毛'了。"

"我已想好办法再把他抓回来。"

玉莹破涕为笑："真的吗？"

"你把挂在宿舍门口的那块值岗牌挂到大厅的柱子上。"

"那有什么用啊？"

"你还记得我俩排到哪天值岗？"

"8 日十二点到第二天凌晨四点嘛。"

"对了，你快挂出去。"

"你先告诉我有什么用。"

"抓'半脸毛'呗，要保密哟。"

玉莹张大嘴巴："挂一块牌子就能抓住'半脸毛'？你哄我开心的，我不信。"

"敢不敢打赌？"

"打赌就打赌。"

周东曦哈哈笑："赌什么？"

玉莹想了好半天："如果这次能抓回'半脸毛'，我就变成女人，嫁给你。"说完满脸通红地跑出房间。

"这毛头小鬼敢戏弄我，回头再和你算账。"周东曦追出门口，"你现在就去挂牌子。"

玉莹依言行事，但心中疑惑不解。

周东曦和秦浩淼坐在大厅的案桌后，"半脸毛"被游击队员押进来，东张西望，眼神停在值岗牌上。

周东曦审问："报上名字和身份。"

"半脸毛"嘴巴还硬："我这次被俘，是下属办事不力，不算你们的本事。"

秦浩淼拍着镇堂板："被俘就是被俘，有什么区别？你再狂就杀了你。"

"半脸毛"把胸一挺："我既是战俘，就应按照国际法处置，你们无权杀我。"

周东曦怒喝："你杀了多少中国人，我们无权杀你？不用审了，拖出去凌迟。"

玉莹和几个游击队员抓起"半脸毛"就往祠堂大门口走，"半脸毛"大喊："你们敢？"

玉莹推他："我们有什么不敢的，这叫以牙还牙，一报还一报。"

"半脸毛"挣扎着叫："我抗议，我是战俘，你们虐杀俘虏。"

周东曦带着几个游击队员，押着"半脸毛"来到江滩。池之上也带着一队日本兵来到北岸，站在水边向南岸喊话："周东曦队长，按照我们信函议定内容，现在交换俘虏，这是你们的人。"

几个日本兵要把何旭阳和金吉水推到最前面去，何旭阳不肯迈步，大声问道："用我们交换谁？"

竹子愤愤地说："算你们运气，我们的山本队长被周东曦俘虏了。"

"我们不同意交换，带我们回去。"何旭阳一听交换的是"半脸毛"，立刻拒绝。

竹子无法理解："你不愿意回去？你傻吗？"

金吉水大声说："我们就是不同意。我们宁愿死，也不能让'半脸毛'那畜生活下来，继续残害中国的老百姓。"

竹子拔出手枪，顶住何旭阳的后脑勺："想死还不容易？我现在就毙了你们。"

何旭阳挺直身子："开枪呀，我很乐意。"

永康江南岸，周东曦命令："让'半脸毛'站到水边。"

游击队员推"半脸毛"迈步，"半脸毛"一个劲地反抗："你们干什么？"

玉莹火气十足："淹死你。"

周东曦笑道："让你站到前面去亮相，给你们司令看看，你毫发无损，就可以交换俘虏了。"

玉莹狠狠推了一把"半脸毛"："算你运气好。"

"半脸毛"反而更不肯向前走："交换被我们抓到的那两个游击队

员吗？我坚决不同意。我是大和民族的武士，请你给我一把刀，我要切腹自尽。"

谢文生没好气地说："现在不行，等我们何队长和吉水回来，随你的便。"

柳青把枪顶在"半脸毛"的肚子上："不用切腹，我乐意送你一颗子弹。"

"半脸毛"昂首说："我没能在战场上战死，却一时大意落到你们手中，唯有自行切腹，才能使武士道精神永存。我是日本武士，如何可以苟且偷生？"他对北岸大喊："司令，我山本藤木坚决不同意互换俘虏，宁愿切腹自尽。"

谢文生拔出枪顶住"半脸毛"的后脑勺："你今天想死？没那么容易。你死了，岂不是我们的人也回不来了？"

几个游击队员合力把"半脸毛"拉到水边，让他面朝北岸。周东曦大喊："山本藤木在此，请看清楚。"

"半脸毛"叫道："司令，别交换俘虏，让我死，不然我无颜回去见父亲。"

池之上也叫道："藤木，别傻了，你父亲在等你回家呢。"

"半脸毛"想起了临别时父亲依依不舍的神情，眼泪夺眶而出，停止了挣扎。

池之上挥手："把两个俘虏推上去亮相。"

日本兵把何旭阳和金吉水拖到水边，他俩都低着头。日本兵抓起何旭阳的头发使劲拽："头抬起来，面朝对岸。"

何旭阳大喊："队长，你快杀了'半脸毛'，不能让他活着回去。"

池之上斥道："二换一，是你们赚了，为什么还不愿意？"

何旭阳义正词严："我们中国有四亿同胞，日本还不到一亿人，我们死两个，你小日本死一个，中国还余两亿多人，可日本就完了。我想死，我宁愿死。"他用脚踢押着他的日本兵，往日本兵的刺刀上撞。金吉水也学他的样。

日本兵强行按住他俩，他俩仍不罢休，纷纷喊："孙玉林，你不是一直要杀死'半脸毛'吗？快杀掉他呀。"

池之上朝对岸喊："周队长，既然他们都不肯走，那我们就把他们拖到江中心交换吧。"

何旭阳大喊："不要，你们快杀了'半脸毛'。"

游击队员们齐声喊："何队长，你一定要回来，回来多杀几个日本兵，就捞回本了。"

周东曦叫道："池之上，开始交换吧，希望大家都遵守承诺。"

池之上说："愿我们的君子协定成功实现。"

周东曦手一挥："把'半脸毛'拉到江中心，交给日本兵，不得与日本兵发生摩擦。"

池之上也下令："把两个俘虏送到江中心去，不准与他们冲突。"

双方在江中心相遇，江水已漫至腋下。众人都没有在水中搏斗的获胜把握，平顺地互换了人质。

玉莹连忙解开何旭阳身上的绳子："该死的日本兵把你们绑得这么紧，疼吗？"谢文生也解开了金吉水的绳子。游击队员们都说："你俩受苦了，这个仇一定要报。"

何旭阳叹气："你们真不该把我们换回来呀。"

金吉水恨恨地说："你们为什么不抢先杀掉'半脸毛'？"

玉莹说："大家都舍不得你们嘛。"

何旭阳遗憾地说："太便宜他了。"

玉莹把嘴巴凑到他耳边，轻声说："队长说了，马上就能把'半脸毛'再抓回来。"

众人上了岸，周东曦紧紧抱住何旭阳，何旭阳热泪盈眶。

周东曦吹响哨子，二十多个游击队员从茅蓬中钻出来，整队回村。

"半脸毛"被几个日本兵推拥上岸，解开了他身上的绳索。池之上走过来，给了他一耳光："你……你真让我无话可说，简直恨铁不成钢啊。让你去抓周东曦，怎么反而被周东曦抓住呢？"

"半脸毛"低垂着头："我到王友仁埋伏的地点找他，不料他不见了踪影，游击队却埋伏在那里。看来很可能是王友仁出卖了我，必须尽快把他抓来审问。"

池之上转身下令："立刻搜捕王友仁，抓到后直接带到我办公室。"

"半脸毛"自告奋勇："我带队去抓，如果他真是内奸，我要把他碎尸万段。"

江滩茅蓬中埋伏的日本兵纷纷出来整队集合，簇拥着池之上回司令部。

上仑村祠堂大厅里，谢文生上上下下审视何旭阳和金吉水，啧啧称奇："何队长，你和吉水居然毫发无损，池之上能忍得住不对你们动刑？"

金吉水说："他还要凌迟我们呢，幸亏朱小姐在，出言解救。"

周东曦笑了："我说过，朱小姐的屁股是坐在抗日的凳子上的。"

何旭阳却很懊恼："队长，我们大意被俘，又被用来交换'半脸毛'，给游击队丢脸了。"

周东曦拍着他的肩膀："你这是说哪里话，千万不要有思想包袱。你在敌营表现很出色，大家有目共睹。我们不推崇日本的狭义武士道精神，不欣赏那种所谓的英雄主义，要避免一切不必要的牺牲。老话说，留得青山在，不愁没柴烧。日本兵还没有被赶出去，我们要活下来，消灭更多的敌人。"

何旭阳赧颜难掩，轻声说道："队长你当然会这样说。但为了救我，让那畜生活着，我心中始终梗着痞块。"

周东曦搭着何旭阳的肩，带他回房："你呀，共产党员的革命乐观主义精神哪里去了？你看看，吉水和你能平安回来，队员们有多高兴。再说，我已做好圈套，肯定很快就能抓回'半脸毛'。你快去洗澡换衣服，我们一起吃饭，吃完饭你好好休息。"

池之上坐在办公室里，双眉紧蹙，竹子在他耳边吹风："司令，王友仁都靠不住了，你对朱小姐更得小心。"

池之上不以为然："照我看，王友仁不可能投靠游击队，藤木也只是猜测而已。再等一会儿，等王友仁来了就真相大白了。"

"半脸毛"和柳臻全进来，池之上问："王友仁呢？"

"报告司令，王友仁睡在情人柳翠英的家里，结果被游击队抓去了。"柳臻全一脸的幸灾乐祸。

"什么？"池之上瞪圆了眼。

柳臻全绘声绘色："我们到柳翠英家里时，她赤身裸体地被绑在床柱上，嘴巴里塞着毛巾。是她说的，王友仁被游击队抓走了。"

池之上问："她住在哪个村？"

柳臻全吞吞吐吐："她家在……就在司令部的铁丝网外一百米。"

池之上随手拿起桌上的茶杯，高高举起，竹子连忙夺过："司令，别砸了，只剩下这一个青花瓷杯了。再说，区区一个王友仁，犯不着如此生气。"

池之上怒不可遏："我是气王友仁吗？我气的是周东曦，竟然如此大胆，敢到我眼皮底下抓人，完全不把我放在眼里。"

竹子说："奇怪，周东曦怎会知道王友仁去了情人家？"

池之上叹气："如果在王家村落网的是周东曦，该有多好，我们现在就可以高枕无忧了。"

"半脸毛"兴高采烈地说："司令，我们很快就能抓住周东曦。"

池之上顺手给了他一巴掌："跪下！"

"半脸毛"心中茫然，但还是驯服地低头跪下。池之上指着他骂："你不说这话也罢，一说更是气死我。周东曦从你手中逃脱几次了？其实都怪你无能。"

"半脸毛"抬头："司令，这次我在游击队有发现，真的可以一举擒获周东曦。"

池之上背转身："住嘴，我不想听你说话。"

竹子劝道："司令，让他说来听听也无妨。"

"半脸毛"昂首挺胸："我看到了游击队的晚间值岗牌，周东曦和一个叫孙玉林的队员，8日夜里十二点到凌晨四点在蜡烛山值岗。"

竹子惊喜地问："你看清楚了？"

"看得清清楚楚，一点都不会错。"

"值岗的地点离游击队驻地远不远？"

"他们押我到游击队时，经过了蜡烛山岗哨，在蜡烛山背，离游击队驻地约五里路，离永康江差不多是十里路。"

竹子欣喜若狂："司令，如果真是这样，倒是个抓住周东曦的好机会。"

池之上沉吟："不必高兴得过早，我们屡屡失败，这次必须得周密策划。"

"司令，听了山本队长的情报，我已心中有数，这次由我全权负责。"竹子在纸上画了一个圈，"这是周东曦值岗的蜡烛山背。"点着圈外，"第二、第三分队埋伏在外围，即蜡烛山脚。山本队长，你带第一分队悄悄绕到周东曦后面，直扑向他。"一条直线划向圈内，"如顺利擒获，就鸣枪一声。如遇到抵抗，有麻烦，则鸣枪多响，埋伏在圈外的第二和第三分队会逐步缩小包围圈，协助你抓捕周东曦。"

池之上点头："记住，一定要抓活的。"

"半脸毛"立正听命："我天黑就过江，寻找隐蔽处埋伏。"

周东曦带着玉莹等十几个游击队员在蜡烛山背挖坑。玉莹不解地问："队长，我们干吗在这里挖两个坑？"

周东曦指着岗哨点："这个是陷阱，抓畜生用的。"

金吉水迷惑不解："队长，这是我们站岗的地方，哪有畜生敢来。"

周东曦笑眯眯地说："你们不知道，那畜生就是冲着站岗的人来的。"

谢文生嘀咕："不知队长葫芦里卖的什么药。"

金吉水跳进陷阱："队长，要挖多深？"

周东曦把手放在下颏比了比："那家伙不高，挖七尺就够了。"

金吉水用身体比量着："够七尺了。"

周东曦递给他一个野猪夹："你把这野猪夹安在坑底，再打上横桩连牢，免得同伙把他救出来。"

金吉水依言打好横桩，用链子连住野猪夹："这下只要夹住他的脚，他就休想逃走了。"

"玉林，来把陷阱遮掩好，这是你的老行当。"周东曦笑嘻嘻地向玉莹招手，玉莹翻了个白眼："队长又嘲笑我。"

周东曦又看另一个坑："这个挖三尺宽、三尺深，能容两人并排坐着就行。"

玉莹把两个坑口都遮掩好，周东曦招呼众人："我们回去吧，还有话对大家说。"

进了祠堂大厅，周东曦在墙角的黑板上画了一个点："这个点代表我们的岗哨点，就是那间四面开窗的草屋。今晚可能会有几十个敌人包围这间草屋。"在点的外面画了一个圆圈。

谢文生不解地问："队长，你怎么知道敌人今晚会来偷袭我们的岗哨呢？"

周东曦一笑："是我让他们来的。"

众人交头接耳，心头满是疑惑。金吉水挠着头皮："队长这是唱的哪出戏？"

周东曦咳了两声："大家静一静，今晚我们的队员全部出动……"在圆圈外面又画了个更大的圆圈，"把敌人包围起来打，打他个措手不及。"

队员们大声叫好。金吉水急切地问："可我们站岗的人也在圆圈里，万一打中自己人呢？"

只见秦浩淼笑嘻嘻地走进大厅："东曦，你要我缚的稻草人缚好了，和你一般高一般胖瘦。你们看，像不像？"他高举起一个稻草人。

众人都说真像。金吉水过去摸稻草人："缚这个有什么用啊？"

秦浩淼打他的手："吓鸟、吓山货呗！"

玉莹附在何旭阳耳边说："这稻草人和陷阱是配套的。"

何旭阳喜笑颜开："我明白了，这次真的能抓回'半脸毛'了！"

谢文生手抚额头："队长……烧的是什么饭？"

秦浩淼又拎进来一个稻草人："玉林，这个是你。"

队员们哈哈大笑："这个真是孙玉林，一团草。"

谢文生笑得合不拢口："我知道啦，是让两个稻草人站岗，等日本兵来杀稻草人，然后，然后……队长赛过诸葛亮，今晚肯定能抓到'半脸毛'。"

队员们恍然大悟，纷纷说是妙计。金吉水嘟囔："如果'半脸毛'不来呢，又有啥用？"

谢文生说："以'半脸毛'狂妄自大的性子，必定要亲自前来一雪前耻，不信你等着瞧吧！"

蜡烛山的大树下，坐着"半脸毛"、田泽茂、谷井武等八个日本兵。
"半脸毛"指着蜡烛山背："你们看山岗上那间草屋，里面有人吗？"

田泽茂仔细观察："好像有两个肩上背着枪的人。"

"半脸毛"摇头："这两个人里面不会有周东曦，他半夜十二点才上岗。"

田泽茂看手表："现在才十点，还要等两个小时，先睡一下吧！"
说着就躺在地上，"半脸毛"使劲推他："不能睡过去，要时刻保持警惕，等周东曦一上岗，我们就偷偷摸上去，把他抓起来。司令说过，要抓活的。"

谷井武耸肩："偷偷摸上去？说说容易，做起来难。万一他发现，躲起来或者逃走了，我们怎么办？抓周东曦有很多变数，简直是肚皮外的饼，不一定能落到肚子里。"

"半脸毛"自信地摆摆手："放心，这次是参谋长亲自部署，山脚下已埋伏了两个分队，周东曦一定逃不掉。"

谷井武半信半疑："如果真能抓住周东曦，可算是大功一件。"

"半脸毛"从衣袋里拿出一张信笺："你们看，这是我父亲的来信，在夸奖我呢，我一定要取得更大的功绩给他看。"

田泽茂拿过信仔细读。

藤木我儿：今天送来喜报，知你连杀五个中国士兵，荣获嘉奖。父母甚是欣慰，为有你这样勇敢的儿子而骄傲。为天皇陛下而战是神圣光荣的，望你奋勇前行，成为大和民族的英雄。

田泽茂摇摇头："队长，我们杀中国人，烧中国老百姓的房子，强奸中国妇女，难道称得上是英雄吗？"

"半脸毛"挥舞着双手："这就是我们大和民族的武士道精神，无坚不摧。大和民族要征服全亚洲，谁若反抗就是自取灭亡。"

田泽茂从衣袋里摸出信："我父亲写的信，和你父亲的观点恰好相反。"

"半脸毛"夺过信细读。

> 吾儿：自你应征入伍后，我日日心事沉重，总觉得我们国家是在犯罪。日本发动的这场战争是赤裸裸的侵略，是非正义之战。这是国内一些极右分子头脑发昏的极端思想行为，它带给我国人民和被侵略国人民极大的痛苦和牺牲。我忠告在中国服役的你，不要杀人。多行不义必自毙，天道循环，自有报应。另外，你也不要被所谓的武士道精神所迷惑。他们说武士道精神是大和民族的精粹，我告诉你，这恰恰是大和民族的劣性。记住父亲的话。

"半脸毛"把信笺折起来，还给田泽茂："如果有人把这封信交给军部，你一定会被军法处置，你父亲也会被政府抓起来判刑。"

田泽茂把信放回衣袋："这是我父亲个人对战争的看法，又不犯法。"

谷井武出来调停："你们不要再讨论这种问题了。我们身为士兵，只能服从命令，完成上司布置的任务。今晚我们的目标是抓住周东曦，别的都先放在一边。"

四十六　再擒"半脸毛"

周东曦和玉莹按时到蜡烛山值岗。他们手擎背着空枪壳的稻草人，遮掩住自己的身形，快步走近草屋，把稻草人分别插在坑边和岗哨位置上，然后匍匐着退到一个大柴蓬旁。周东曦说："我们就在这里轻轻松松等着，等畜生落进陷阱再去收拾。"

谷井武远远望见游击队员换岗，激动地说："来了，来了！队长，周东曦上岗了。你看，他警惕性多高，踏上岗位就纹丝不动了，正聚精会神地看向我们这边呢。"

"半脸毛"观察了好半天："不错，周东曦站岗时就像皇宫门前的卫士，身子笔挺。现在我们都不要出声，绕到他们后面去。"

"半脸毛"带着日本兵绕到稻草人背面，慢慢靠近，打手势示意田泽茂："我抓周东曦，你去抓另外那个。"

两人极快地直起身，猛地扑上去。田泽茂紧紧抱住一个稻草人，立刻又松开，大叫道："队长，是稻草人！""半脸毛"则扑通一声掉进了陷阱，枪脱手飞了出去："不好，我的脚被捕兽夹夹住了，好疼！"

田泽茂冲到陷阱边："队长，我们中计了。""半脸毛"忍着痛说："快拉我上去。"

田泽茂和两个日本兵往上拉"半脸毛"，"半脸毛"大叫："哎哟，疼死了。捕兽夹的链索钉死在坑底，再拉我的脚就断了。"

田泽茂松了手，一脸沮丧："那现在怎么办？"

"快开枪通知参谋长，我们中计了。"

田泽茂打出一发子弹，山脚处的竹子闻声钻出树丛："山本碰到麻烦了，迅速向目标靠拢。"两个分队的日本兵立刻行动。

何旭阳从柴蓬里钻出来："包围敌人，以最大火力射击！"几十个游击队员对日本兵进行反包围，向他们猛烈开火。

周东曦招呼正兴高采烈观战的玉莹："玉林，别看了，快和我进避弹坑。"

玉莹一扭身："我要自己去抓'半脸毛'。"

"不行，里外两道包围圈，容易被误伤。我们先进避弹坑，'半脸毛'逃不了的。"

两人跳进避弹坑，侧耳倾听外面激烈的枪声。

游击队包围了日本兵，攻势极猛，还用土喇叭大喊："你们被反包围了，快投降吧，缴枪不杀。"

日本兵突然遭到外围火力的攻击，顾不上抓周东曦，而是转身对付包围他们的游击队。竹子手抚额头，心里想："看来周东曦早有预谋，就等着我们上钩。依形势推测，敌人肯定在东干渡头布置重兵，断我归路，上仑村祠堂反倒无防守。"她断然下令："向上仑村游击队驻地方向突围，让他们追在我们屁股后面。"

游击队分散兵力包围日本兵，很快被他们寻到薄弱处突围，何旭阳只好带着队伍一路追赶。

田泽茂站在坑边手足无措："队长，参谋长带人突围撤退了，我们怎么办？"

谷井武四面观望："再不跟着突围，我们都得死在这里。"

田泽茂坚定地说："那我们就与游击队拼死一战，和队长死在一起。"

"半脸毛"连连摆手："不，你们跟着参谋长一起撤，别管我。"

多一半日本兵都说："我们要和队长死在一起。"

"半脸毛"坚决摇头："不，你们快打死我，然后撤退。"

田泽茂哭丧着脸："我们绝对不能这样做。"

"半脸毛"恶狠狠地说："再不撤来不及了，我是队长，我命令你们打死我，快撤！"

谷井武灵机一动，对其他日本兵说："上次队长被游击队所俘，不也活着回来了吗？中国人有句话：留得青山在，不愁没柴烧。只要游击队不当场杀了队长，司令就会想法救他，我们不必留在这里白白送死。"

田泽茂觉得这话也有道理，含泪带着日本兵撤退了。

看到日本兵走远，周东曦和玉莹从避弹坑里出来，站到陷阱边上。玉莹双手叉腰，得意洋洋："哈哈，果然又抓到你了。"

周东曦说："山本队长，想不到吧？我们又一次以这样的方式见面了。"

"半脸毛"抬起头："你们尽用阴谋诡计，不算英雄好汉，有本事就正面打一架。"

"你还不服气？"周东曦嗤笑一声，"好，你要打就打。我把你救上来，我们比武定胜负。"

"你周东曦敢吗？"

玉莹不肯："别比什么武了，一枪打死他算数，省得麻烦。"

周东曦说："他看不起中国人的实力，我就跟他比武，让他输得心服口服。"

玉莹劝他："队长，那边打得越来越激烈，别和畜生玩猫捉老鼠了，我吃过亏的。"

周东曦胸有成竹："没关系，他们打他们的，我们比我们的。"

玉莹拗不过他，两人折腾了好一阵，才把坑底的横桩撬脱。周东曦弯腰伸手，拉起"半脸毛"，顺手拔出"半脸毛"插在绑腿上的匕首，丢给玉莹。

"半脸毛"瘫坐在地上，周东曦给他拆开野猪夹，看着他鲜血淋漓的脚："你受伤不轻，还是别打了。"

"半脸毛"摸摸还在流血的伤口："没关系。我问你，如果我打赢了，你放我回去吗？"

"如果你赢了，我送你到江边。"

"半脸毛"的疼痛和焦虑少了一半，脸上挂着一丝奸笑："周队长，大丈夫一言既出，驷马难追。"

周东曦伸出一只手："绝不反悔。""半脸毛"也伸出手，两人啪的一声击掌。玉莹在旁边看得发呆："你们到底是敌人还是朋友？真是搞不懂。"

"半脸毛"咬着牙，抚摸受伤的脚。周东曦去草屋里翻了翻，丢给他一个急救包，让他自己包扎伤口。

"半脸毛"晃晃悠悠地站起来，受伤的脚落了地："那就开始吧。"

周东曦摇头："你脚疼，先休息一会儿吧。"

"不必休息了。""半脸毛"指着玉莹，"只是你们不能两个打我一个。"

周东曦点头："玉林，你只管看，不准插手。"

玉莹摸了摸手枪："好，我只看不插手。"

"半脸毛"立刻摆开架势："开始。"周东曦对他招招手："来吧。"

"半脸毛"猛地冲向周东曦，周东曦身子一侧，"半脸毛"冲过了头，踉跄向前。周东曦趁机想箍住他，他却极快地转过身，两人手臂交握、双脚较劲，一会儿周东曦进了几步，一会儿"半脸毛"占了上风。僵持了一阵，突然"半脸毛"疾退几步，用力一扯周东曦，周东曦不备，扑倒在地。

玉莹跺着脚，将枪口对准"半脸毛"，心想："这日本兵太鬼，要是他的脚不受伤，队长可能还真打不过他。"

"半脸毛"提起脚，正要踩住周东曦的背，不料周东曦就地一滚，站了起来。玉莹收回手枪，大叫："好，队长好厉害！"

没等周东曦站稳，"半脸毛"双臂一展，箍住周东曦的腰。玉莹手掌连连向下压："队长，用虾功，虾功！"

周东曦头往胯下一低，屁股弓上天，"半脸毛"鱼翻白肚，仰倒在地上。玉莹一个劲拍手："好功夫，好功夫，快踩他头。"

周东曦提脚去踩，然而"半脸毛"双腿一抬，一个鲤鱼打挺就站了起来："你和我一样，都慢了半拍。"

周东曦右腿一个"乌风扫地"，扫到了"半脸毛"受伤的脚。"半脸毛"一手拉住松树，好歹没倒下，另一只手抱住受伤的脚，面上痛楚至极。周东曦乘机冲过去要扳倒他，"半脸毛"索性自己先坐到地上："乘人之危非英雄呀！"

周东曦笑吟吟地说："好，刚才不算，你休息一下，我们再来。"

"半脸毛"休息了一会儿，站起身来，和周东曦面对面站着，谁也不动。片刻后，"半脸毛"先沉不住气，冲过去抱住周东曦，两人扭在一起，滚倒在地。一会儿周东曦压在上面，一会儿"半脸毛"滚到上面。

"半脸毛"突然叫起来："停，我脚上的绷带散开了，茅梗戳进骨头里，待我拔出茅梗再打。"

周东曦松开手，站在边上看"半脸毛"拔出脚上的茅梗。"半脸毛"拔着拔着，突然一伸手，抓向周东曦的下身，周东曦"哎哟"一声，疼得弯下腰来。

玉莹怒喝："日本人尽使下流手段。"

周东曦深深吸气，"半脸毛"故技重施，又伸手去抓，周东曦顺势一脚踢在他两腿间。"半脸毛"的脸抽成一团，双手捂住小腹，佝着身子在地上翻滚。

周东曦吐出一口气："这叫以其人之道还治其人之身，现在认输了吗？"

"我输了。"

"服了吗？"

"不服。"

"为什么不服？"

"因为我的脚受了伤。"

"呵呵，你的确有伤，但我们有言在先。"

"半脸毛"双手一拱："周队长，求你还我匕首，让我自己切腹。"

周东曦摇摇头："不可以。"

"那你当场枪毙我吧。"

"也不可以。"

玉莹听得不耐烦，上前一脚踹倒"半脸毛"，和周东曦一起把他捆绑起来。

竹子一面回击追来的游击队，一面撤向江边，终于到达永康江东干段下游北岸。她松了一口气，命令各队清点人数。

第二分队队长报告："五个曹长、三个伍长，没有减员。"

第三分队队长报告："六个曹长、两个伍长，一个不少。"

轮到田泽茂："报告，山本队长掉进陷阱，脚被捕兽夹夹住，我们拉不上来，只能把他留在山上。"

竹子斥问："你们为什么丢下他？"

谷井武回答："山本队长下死命令要我们离开，避免不必要的伤亡。"

竹子赞叹："山本队长是好样的，无论如何，我们不能扔下他。来，跟我回去救他。"

竹子带着二十几个日本兵想冲回南岸，何旭阳带领游击队在岸边阻击，双方激烈枪战。

一个日本兵倒下，田泽茂忍不住说："参谋长，别去抢山本队长了，就算抢回来，多半也是一具尸体。为抢一具尸体造成严重伤亡，司令也会责罚我们的。"

竹子顿足："山本队长可是司令的表弟啊。"

田泽茂劝说："这里毕竟是敌占区，不等我们返回蜡烛山，中国军队就到了，我们有全军覆没的危险。"

竹子万般无奈，终于长叹一声："撤！"

南岸的金吉水观察了一阵，报告说："何队长，日本兵撤退了，我们要不要乘胜追击？"

何旭阳摆手："不，我们快回蜡烛山去找队长他们。"

游击队员们刚走了一段路，就见到周东曦和玉莹押着狼狈不堪的"半脸毛"走来。何旭阳又惊又喜："队长，你真的再擒'半脸毛'了，简直神机妙算，赛过诸葛亮。"

游击队员们围着"半脸毛"，有的吐唾沫，有的打他耳光。"半脸毛"大喊："抗议，抗议，你们虐待俘虏。"

周东曦制止了队员们，押着"半脸毛"回到上仓村祠堂。"半脸毛"一进大厅，就转着眼珠寻找那块值岗牌。谢文生见状哈哈大笑："是在找值岗牌吗？实话告诉你吧，那牌子原本不是挂在这里的，只是设下个圈套给你钻，现在已经抓到了你，牌子自然就挂回原处了。"

"半脸毛"如梦初醒："啊，中国人太狡猾了。周东曦，你们暗算人，不够光明磊落。"

谢文生点点"半脸毛"："那是你兵书看得太少了，不懂兵法。"

"半脸毛"被绑在柱子上，不停地跺脚，后悔不已。

何旭阳问："队长，怎么处置这个罪大恶极的家伙？"

秦浩淼说："赶紧给县里写个报告，听蔡县长的命令。"

周东曦点点头："好，这事交给你吧。"

秦浩淼满心欢喜："我骑头黄牛去县里，向蔡县长报告这个喜讯。"

朱汀慧坐在池之上办公室的沙发上，翻了几页书，连着打了几个哈欠："我困了，想回家睡觉。"

池之上摆手："别急着回去，今晚有我梦寐以求的好事发生，请你来，就是想和你共享。"

朱汀慧犹豫了，心想："他心情这么好，情况可不妙。"说话的口气却漫不经心："司令的最大心愿，莫过于抓到周东曦，难道今晚真能抓住他？"

池之上突然抱住她："天下第一等聪明人，莫过于朱小姐。"

他亲上朱汀慧的面颊，朱汀慧挣扎着躲避。

办公室的门被推开一条缝，朱汀慧使劲推池之上："参谋长来了！"

池之上连忙放开她，转身看向门口，却不见人影。朱汀慧趁机理好头发，躲到了办公室另一头。

"参谋长没来，你在骗我。"池之上放下心来，逼近朱汀慧。朱汀慧双手乱摇："不骗你，参谋长真的来了……"

竹子在门口咳嗽一声："我已经给你们台阶下了，你们却不知收手。"

池之上尴尬地笑道："我和朱小姐开个玩笑而已。"

竹子眉头紧锁："谁管你这些风花雪月……这次又让周东曦逃掉了！"

池之上大惊："怎么回事？"

竹子指着朱汀慧："你出去。"

池之上摆手："朱小姐不是外人，你快说吧。"

竹子无心纠缠这件事，长叹道："你的表弟就是一个废物，不但没抓到周东曦，反而又把自己搭了进去，我们也被游击队包围。若不是我指挥得当，今天必然全军覆没，一个都回不来。"

池之上呆若木鸡："怎么会？藤木明明有确凿的情报。"

竹子怒气未消："难道我会谎报军情？什么值岗牌，明明就是周东曦设下的诱饵。"

朱汀慧心里喜滋滋的，面上丝毫不露，把沙发上的《三国演义》翻给池之上看："司令为什么不读一读我推荐给你的这本书呢？藤木就是中了诱敌深入之计。"

池之上夺过《三国演义》，狠狠砸在地上："中国连一本小说都是兵书，真是深不可测啊！现在叫我怎么办？"

秦浩淼来到蔡一鸣的办公室，兴致勃勃地说："蔡县长，游击队昨天抓到了罪大恶极的日军队长山本藤木，特来请示如何处置。"

"日军俘虏？"蔡一鸣抬头思索，"战俘要按国际法处置的。"

"要不我们把他送到县政府来吧？"

蔡一鸣连连摆手："不要，不要送到县里来，我们没办法处置。"

"那怎么办？"

赵成章走进办公室："何必汇报呢，这个山本藤木我早听说过，满手血债，死有余辜，就地公审枪决就行。"

蔡一鸣赞同："成章说得对，由你们游击队处置好了。"

秦浩淼伸出大拇指和食指，做开枪状："那我们就把他这样了？"

赵成章笑道："别说是我们命令的。"

蔡一鸣手一挥："记住，我们不知道这件事。"

秦浩淼笑吟吟地说："那不要忘了给我记上一功。"

赵成章也笑道："少不了你的功劳。"

江滩上密密麻麻的都是人，村民们争先恐后地来看公审"半脸毛"，许多人朝他吐唾沫。

周东曦振臂高呼："打倒日本帝国主义！""反对战争要和平！"村民们跟着呼喊，声震云霄。一位老人指着"半脸毛"："你自己有国家，为什么要到中国来烧杀掳掠？如今你恶贯满盈，天不容你了。"

"半脸毛"跪在江滩上，听着村民们充满怨恨的叫骂声，长叹一声，闭目不语。

秦浩淼捋高了袖子："山本藤木罪大恶极，现由阳山乡抗日游击队立即执行枪决。"

玉莹将枪口对准了"半脸毛"的头，扣动扳机，"半脸毛"只"唉"了半声，就一头栽倒在地，抽搐一阵后再也不动了。玉莹踢他一脚，眼里含着泪花，转身向北跪下："爹、娘，我给你们报仇了。不过日本侵略者还没有被全部赶出中国，千千万万中国老百姓的仇还没有报，我会继续战斗，直到赢得最终的胜利。"

周东曦拍着她的肩膀："玉林，你终于成为一名合格的游击队员了。"

游击队员们回到祠堂后，依然意犹未尽地谈论着公审大会，个个兴奋不已。就在此时，县政府的通信员送来文件。周东曦签字接收后，拆开文件看了一遍，然后大声念出来：

　　各区、乡，游击队、自卫队、保安团：王友仁汉奸杀人案经县法院审理，省高院批准，定于4月15日对其执行死刑，各机构派人到场。

通信员待周东曦念完，又说："周队长，蔡县长要我告诉你，法院说王友仁是你们抓来的，他的死刑就由你们派人执行。"

周东曦连声说："好，好！"又叫玉莹："玉林，玉林！"

玉莹跑过来："队长，我在这儿。"

周东曦把文件交给她："明天你去执行王友仁的死刑。"

玉莹笑得合不拢口："是，保证完成任务！"

大庙岭背临时搭起了审判台，台上跪着王友仁，台下站满了村民。法官宣读了对王友仁的判决书，村民们一片沸腾，自发地高喊口号："打倒汉奸！打倒日本帝国主义！"

一位老者颤巍巍地走到王友仁面前："王友仁，你带着日本兵来我家，当场打死了我的儿子，你还我儿子！"他扇了王友仁一耳光。

一个青年走过来："王友仁，你怂恿日本兵侮辱我的妻子，禽兽不如，早就该死了！"他踹了王友仁一脚。

愤怒的村民越聚越多，对王友仁拳打脚踢。王友仁瘫在地上，像条死狗般任凭打骂。

法官宣布验明正身，执行枪决。玉莹早已将枪口凑到王友仁后心，此时扣动扳机，清脆的枪声响起，王友仁扑倒在地，一动不动。

激昂的口号声响彻天地，有人大声唱起歌："日军长不了，很快要滚蛋。现在做汉奸，以后要清算……"

玉莹看着眼前激动人心的场景，心头那块重压了几年的大石头终于消失了。她的面颊上挂着晶莹的泪水，也有欢欣鼓舞的笑容。

她面朝方家村的方向跪下："爹、娘，你们可以瞑目了，一定要保佑我今后多多杀敌，抗战早日胜利。"

四十七　斩断魔手

有人在叫："玉林，玉林。"玉莹转身揩去眼泪，应了一声："赵指挥。"

赵成章向她竖起大拇指："亲手报了杀父杀母之仇，心情舒畅多了吧？"

玉莹诧异道："赵指挥，你知道我的事？"

"周队长都和我说了，你的情况我一清二楚。为了复仇，你甚至私自离队行动，结果被关了禁闭，是个极端复仇主义者，哈哈！"

玉莹不急不躁地向赵成章敬了个礼："报告赵指挥，经过队长近三年的教育，我孙玉林已经脱胎换骨了，懂得个人的仇和民族的仇密不可分。现在我虽然报了父母的仇，但还要继续战斗，直到把全部侵略者赶出中国。"

赵成章拍着她的肩膀，满意地说："好，思想觉悟提高得很快。"突然话题一转，"今天怎么不见周队长？"

"我们枪毙了'半脸毛'，要防备日本兵报复，队长去找赵团长商量了。"

赵成章笑眯眯地说："你转告周队长，指挥部有新任务，叫他明天来开会。"

玉莹回到游击队驻地，告诉了周东曦这个消息。第二天周东曦就去了县里，径直去找蔡一鸣。

蔡一鸣开门见山："东曦啊，再过半个月就是5月20日了，三年前的5月20日，你还记得是什么日子吗？"

"民国三十一年 5 月 20 日，是日军入侵武义的日子。"

蔡一鸣叹了口气："是啊，日军侵占武义快三年了。指挥部与驻军商量过，计划在日军入侵三周年之际，再次武装袭击杨家矿，彻底摧毁日本人的萤石开采与运输。"

周东曦激动地捏起拳头："好，上次没抓到竺田显山和大西吉雄，这次务必活捉或击毙他们。"

蔡一鸣递给他一份文件："既然大家统一了思想，下一步就是行动，这是本次武装袭击计划。"

周东曦认真地阅读完毕："照这样看，这次行动一定要取得封班长的协助才行。放心吧，游击队保证完成任务。"

"时间很紧啊，来得及准备吗？"

周东曦思索着："还有半个月时间，没问题。"

白阳山脚，周东曦和封班长如约会面。周东曦郑重地说："封班长，抗日斗争已经到了非常关键紧要的时刻，现在有项重要任务，要请你协助完成。"

封班长拿出烟，擦着自来火点燃，吸了一大口："周队长别客气，尽管开口，我能做到的决不推辞。"

周东曦轻声说："游击队准备在 5 月 20 日晚再次袭击杨家矿，目标是活捉或击毙大西吉雄和竺田显山，解散矿工，摧毁萤石生产。"

封班长吐出一口烟："噢噢，他们的报应终于来了，我全力支持。说吧，具体要我做什么？"

"矿警班的人，是不是都在你的掌控中？"

"放心吧，矿警班已经是铁板一块，全都听我指挥。一旦时机成熟，我们直接去抓大西吉雄和竺田显山都没问题。"

周东曦欣慰地说："好，那就约定 20 日夜晚，我和玉林随你们一起去抓大西吉雄。事后，你们矿警班都来参加游击队吧，你就可以天天见到儿子了。"

"我们就等着这一天到来呢。"

周东曦握着封班长的手，从身上摸出一张折成鸟形的香烟壳："你把这封信交给 205，还有，行动计划一定要保密。"

"请周队长放心。"

周东曦拿出两张试卷："这是你儿子国语和算术期中考试的试卷，你看看，都是甲等，你儿子书念得不错。"

封班长接过试卷，笑得十分开心："周队长，真谢谢你了。"

"行动成功后，你们父子俩就可以相聚了。等到抗战胜利，你们会更自由自在，到时候，你们想回南京还是留在武义？"

"看情况吧，武义是个好地方。"

一阵狗吠声传来，周东曦和封班长警觉地站起来，四下观望，见并无动静，封班长拎着猎枪向山上走，周东曦则下了山。

深夜，杨家矿的矿工棚屋里鼾声四起，封班长背着枪在地铺之间的过道上巡逻。经过龚舍荣的铺位时，他见周围的人都在沉睡，于是伸出一只脚，不轻不重地触碰龚舍荣的身体。见龚舍荣睁开眼睛，他把香烟壳轻轻扔在龚舍荣的脸侧，大踏步离开。

龚舍荣借着窗外的微弱灯光看完信，把它放进嘴里嚼烂，心潮起伏："啊，终于等到这一刻了。必须马上和子春、一虎商量，仍用老办法，找个契机激发矿工们的情绪，才有反抗的动力。"

池之上正在看《三国演义》，竹子大步走进办公室："司令，山本的尸体被我们抢回来了。"

池之上放下书，一脸无奈："真是愧对我舅舅啊，非但保不住他儿子的命，连骨灰都差点找不回来。"

竹子安慰他："既然做了军人，十之八九都有这么一天。山本的父亲送儿子入伍时，就该有心理准备。怪只怪周东曦太刁滑，从来不堂堂正正作战，只是设下圈套让我们钻。"

池之上表情凝重，无奈地叹着气。

卫兵送来一份密电，池之上看过后，不禁一脸惊愕，将电文递给竹子："形势居然已经如此糟糕了吗？"

竹子看完电文，喃喃道："太平洋战役简直是一败涂地！"

池之上满面颓然："但也不至于命令我们撤出武义，全面放弃啊。"

竹子低声说："也许将军获得了情报，知道中国方面近日会在金华地区有所行动，仅凭我们在武义的军事力量已抵挡不住，但将军又抽调不出人手援助我们，那还不如提早撤出，避免更大的损失。司令，我担心呀，帝国对中国的统治恐怕离失败不远了。"

"照你这样说，我们岂不是被中国人赶出武义了？"

"是啊，我们到武义后，几乎没有一件事是顺利的：为得到分布图折腾了许久，兵员经常失踪，矿山屡屡被破坏，铁路桥被炸，先锋队也遭重创……总之，没有一天安宁过。司令，我们当初小觑了武义人，他们真正是勇敢不怕死的。"

池之上仰起头回忆，感慨万千："啊，武义这么好的地方，突然说要离开，我真的舍不得。尤其是没抓到一直与我作对的周东曦，还有一份不甘心。"

竹子摊开双手："现在顾不得这许多了，只能执行命令。撤退时间这么紧，要尽快安排呢。"

池之上喟然长叹："通知下去，今晚八点召开军事会议，各矿区的矿长务必参加。另外，严禁中方人员窥探，对他们保密。"

日本军官和矿长们围着会议桌坐了一圈，竹子神情肃穆地宣读电文：

　　　第二十二师团驻武司令接电，于昭和二十年五月十八日零时前，驻武义县全军，包括帝国企业会所，全部撤出武义，前往杭州七保报到。撤出前，杀尽狱中抵抗者；炸毁主要矿山；将电厂发电机拆运至金华，交付华东电业社；拆毁铁轨，运至钱塘江沉入江底。

　　　　　　　　　　　　　　　　　　冈村宁次

　　　　　　　　　　　　　　　　昭和二十年五月五日

大西吉雄拍案而起："为什么要下这样的命令，难道我们真的打输了？"

会场一片喧哗。竹子大喊："肃静，肃静！"

待议论声停止，池之上声调低沉地说："诸位不得多问多说，一切服从命令。"

众军官齐齐站起，立正："坚决执行命令。"

池之上示意众人坐下："由参谋长落实并监督执行撤退行动。"

竹子咳了两声："对于杨家矿和溪里矿，务必毁掉整个矿区，将所有矿工埋在洞内。尤其是溪里鱼鳞角矿区的温泉，必须炸毁。整个撤退行动绝对保密，千万不能让中国人知道，为此要制造一些假象。除杨家矿派出一部分矿工拆除铁轨外，其余矿区照常生产。各中队要突袭几次村庄，迷惑中国军队。宪兵队照常维持社会秩序，同时秘密处决关押在监狱里的犯人。"

池之上补充道："根据命令，务必在 5 月 17 日前完成各项任务，18 日零时前全体撤出武义，19 日到达杭州。"

自第二天起，在童庐后山，有日本兵押着中国人挖坑，之后再把挖坑人填进坑里；壶山北岭，到处堆着被铁丝穿着锁骨的中国人尸体；金华至武义的铁路路基上，拆铁轨的日本兵像成群的蚂蚁。

5 月 17 日早晨，杨家矿的矿工们像往常一样，排列在明堂上等待出工。日籍监工照例分派工作："今天你们分成两队，后面两排人继续采矿，其余前三排人都去黄铺基火车站干活。"

龚舍荣碰碰董一虎的手臂："我们去火车站干什么？"

董一虎大声问："到火车站干什么活？"

日籍监工不耐烦地说："不准问，到了火车站就知道了。"

玉柱马上说："不说清楚我们就不去。"

日籍监工抽了他一鞭："谁不去，就地枪毙。"

矿工们齐声大喊："不说清楚我们就不去。"

喊声越来越大，最后全体矿工都参与进来。日籍监工被吓得又是叫矿警，又是叫警备队。

封班长带着整班矿警过来，端起步枪直指矿工们。警备队的日本兵则在四周架好机枪，竺田显山来回逡巡，目光凶狠地扫视矿工们。

龚舍荣悄声对董一虎说："看日本兵杀气腾腾的样子，可能要下狠手。我们得积蓄力量准备 20 日夜晚的行动，今天暂时忍耐，不做无谓的牺牲。"

董一虎点头。

日籍监工见枪口林立，顿时有了底气："你们到底去不去？"

玉柱用眼角的余光看龚舍荣和董一虎，两人都对他示意服从。玉柱闭上嘴，垂下头来，其余矿工也鸦雀无声。

日籍监工心满意足地挥手大喝："走！"

龚舍荣在去火车站的那队矿工中，留在矿里的玉柱不免忧心忡忡："龚叔不在，遇到事找谁拿主意呢？"

封班长和竺田显山带领下属，押着两百多名矿工到了黄铺基火车站广场，竺田显山这才宣布当天的任务："你们把这些铁轨装到汽车上，动作要快，不准偷懒。"日籍监工跟着吆喝："二十个人抬一根铁轨，不要耍滑。"

龚舍荣的声音不大不小："好好的铁轨为什么要拆掉？"

矿工们纷纷附和："对呀，为什么要拆铁轨？"

竺田显山挥舞着双手，一副恶狠狠的样子："不准问，赶紧干活。"

矿工们犹犹豫豫的不肯动，龚舍荣走到董一虎身边："一虎，日本兵可能是想跑。这铁路是武义人民的生命和鲜血筑成的，我们坚决不能让他们毁掉。"

董一虎霍然举起手臂："不能拆铁轨！"矿工们跟着大呼："不许拆铁轨！"

日籍监工叫道："拆旧铁轨是为了换新铁轨，你们知道什么！"

竺田显山对准一个振臂高呼的矿工胸口就是一枪，矿工顿时倒地身亡。竺田显山扬着枪口："谁不服从命令，马上枪毙。"

矿工们静了一刻，龚舍荣喊道："杀人啦！"矿工们哄然骚动。

日籍监工控制不住局面，焦躁地叫道："你们造反了不成？限你们三分钟之内安静下来。"

竺田显山跟着呵斥："超过三分钟不去干活，全部杀了。"

董一虎与龚舍荣商量："看来敌人要狗急跳墙了，我们动手吧。"

龚舍荣焦急地搓着手掌："离指挥部安排的暴动日子还差三天，现在行动的话没有外援，怎么能成功？"

董一虎急得跺脚："老龚，现在已经是千钧一发、箭在弦上的紧急关头了。"

封班长突然凑过来，用枪管顶住龚舍荣，大声喊："快抬铁轨！"之后轻声说："怎么办？日本兵眼看着要跑，没机会抓大西吉雄和竺田显山了。"

龚舍荣皱着眉头："矿工们的情绪已被激发，是举行暴动的有利条件，但没有游击队的支援怎么办？"

封班长说："擒贼擒王，要么先杀掉竺田显山？"

龚舍荣犹豫不决："凭我们现有的力量与他们正面冲突，无异于以卵击石。要珍惜矿工们的生命，不到万不得已，不能动手。"

封班长说："那就看事态的发展吧，我做好杀竺田显山的准备，到时我们一齐和他们拼命。"他从身上摸出一支手枪，"这是我从马鞍山带过来的，枪里还有子弹，给你以备急用。"

龚舍荣飞快地把枪插在腰间，用衣服遮住。封班长走回到矿警队伍中。

竺田显山想让中国人自相残杀，于是命令封班长："全部矿警的枪口对准矿工，时刻准备射击。"

封班长依言下令，矿警们都咔嚓咔嚓地推上子弹，枪口瞄准矿工们。

竺田显山狞笑着对矿工们说："看到了吗？枪已经指着你们了。再给你们两分钟，超过两分钟还不动手扛铁轨，我就下令开枪。"他缓慢地数着，"十秒……二十秒……一分钟……一分五十秒……"

封班长喝道："全体预备。"

竺田显山高扬起手，刚要下令射击，封班长对准他当胸一枪，他立刻倒地，抽搐了几下就不动了。封班长大喊："中国人不杀中国人，大家掉转枪口打日本人，杀呀！"

矿警们的枪口刷的一下转向警备队，齐射出一排子弹，警备队慌忙应战。封班长抬手一枪，打倒了日本兵机枪手，叫道："老龚，快带着矿工们分散隐蔽，你们没有武器，不必硬拼，我们来挡住警备队。"

龚舍荣大喊："大家跑呀，不跑就死定了。"矿工们四散奔逃，有的躲进车站，有的一溜烟跑远了。

日籍站长见此情景，慌忙摇电话："司令，矿警和矿工们一起暴动了，竺田队长身亡，快派部队来增援。"

封班长带着矿警们边打边撤，刚离开广场，就与赶到的日军先锋队狭路相逢。中川藏垣大喊："把他们包围起来，全部消灭！"

先锋队的机枪向矿警们猛烈扫射。封班长高喊："我们已经没有退路了，打死一个日本兵够本，打死两个赚一个，大家拼啊！"

他连杀了两个日本兵，不幸中弹倒下。矿警们打光了子弹，又与敌人拼刺刀，因寡不敌众，最终全部牺牲。

日本兵抓回了一些来不及逃远的矿工，逼着他们往汽车上装铁轨。

与此同时，在杨家矿，大西吉雄把日籍总监工"大龅牙"、爆破专家和几个日本兵召到办公室，一一分配任务。

他指着日本兵甲和乙："今天下午四点钟之前，你俩秘密将两吨炸药分别放到一号和二号矿洞洞腰。"

他转向爆破专家："最晚今天下午五点半，也就是下工之前，你务必把矿洞炸掉，把所有矿工埋在洞内。"

他又命令日本兵丙："为防意外，你负责保护爆破专家的安全，并随身携带机枪，如果有矿工从矿洞出来，立刻扫射。"

他将手指勾成枪状，吩咐日本兵丁和戊："你们在下午五点之前，秘密把曾睿剑毙了，不要惊动别人。"

还剩下日本兵己和庚，他分派说："在炸毁矿洞前，你们要维护好秩序，不要露出半点我们撤退的蛛丝马迹。"

一切安排妥当，大西吉雄叹了一口长气："你们完成上述任务后，到发电机房会合，一起拆掉发电机装车，夜里十二点之前赶到黄铺基火车站集合。"

众人答应着散去，大西吉雄四下环顾，一副恋恋不舍的神情。终于，他拎着两只箱子出了办公室，站在吉普车旁最后看了一眼矿区："啊，杨家矿，永别了！"

他钻进驾驶室，汽车缓缓驶离杨家矿。

日军司令部里，池之上呆呆地坐着，看竹子和卫兵整理柜子和办公桌抽屉里的杂物，时不时把一些文件拿到明堂上焚烧。

这情景，和三年前县政府大院里焚烧文件的情景极其相似。

池之上喃喃地自语："败了，走了，真不甘心啊！周东曦没抓到，还有朱小姐……"

大西吉雄哭丧着脸走进来："司令，矿警班叛变，竺田队长为帝国玉碎了。"

池之上摊开双手："我都知道了，看来，所有中国人都是不可信任的，无论你给过他多少好处！"

大西吉雄稍稍振作精神："马上就要离开武义了，溪里刚打出来的温泉，我们还没来得及享受。趁剩下点时间，我们去浸个温泉再走吧，津美和玉子都在那里等着我们呢。"

池之上摆手："现在我可没这个心思。况且，我有一桩心事未了，要去趟朱双臣家，遂了夙愿再走。"

"是那个九斤姑娘吧？我早就看出来了。"

池之上摇着头："事到如今，也没什么好隐瞒的了。"

大西吉雄笑道："世上没有不透风的墙，司令部里早就传开了。"

"原本我想，来日方长，她逃不到哪里去，不妨慢慢磨。想不到兵败如山倒，我今天一定要……"

池之上收拾整齐，走出办公室。大西吉雄跟在他身后："司令，把她带到溪里温泉，不就一举两得了嘛。"

"这主意不错。"

汽车开到朱双臣家门口，池之上亲自下车敲门。朱双臣开门后一惊，瞬间又是满脸笑容，点头哈腰："司令亲临寒舍，蓬荜生辉，请里面坐。"将池之上引到客厅。

朱汀慧正在客厅里闲坐，连忙笑着泡茶："司令怎么会亲自来我家呢？太难得了。"

池之上拉住朱汀慧的手："我就不坐了，也不用泡茶。你现在陪我到溪里去浸温泉，大西吉雄在门外等着呢。"

"司令要带小女去溪里浸温泉？这个……她不能去。"朱双臣双手乱摇。

朱汀慧笑着对池之上说："司令，我真的不能去，我一浸温泉就头晕，老毛病了。"

池之上脸色极其难看："你不愿意赏面？"

朱汀慧搪塞道："司令，今天真的不行，过几天，等我做好心理准备，一定陪司令去。"

池之上冷笑："过几天就没有机会了。实话告诉你，我们马上要开拔了。"

朱汀慧瞪大眼睛，一脸的不相信："司令，你在跟我开玩笑吧？"

"你没看到吗？我们把铁路的铁轨都拆掉了。"

"不是说要换新的吗？"

"只是骗人而已，一颗烟幕弹，用来蒙蔽中国人。"

朱汀慧装模作样："司令走了，我们岂不是失去了靠山？"

池之上摆手："我们暂时放弃一块地盘，是为了占领更多疆域。用不了多久，我们就会回来的。"

朱双臣脸色发白，脱口而出："日本人打输了？要逃了？"

池之上狠狠地瞪了他一眼："什么逃？不要说得太难听，军事上这叫作撤。明天我们就撤出武义了，今天特地约朱小姐浸一次温泉，也不枉我们相识一场。"

他拉着朱汀慧就要走，朱汀慧硬是定住双脚："司令，我一浸温泉就会晕倒的。"

池之上自然不信："不能下水，就在岸上看着我浸吧。"

朱双臣上前解围："司令，小女真的自幼就不能浸温泉，绝不敢欺瞒你。"

池之上点点朱双臣:"你不过是我们养的一条狗,有什么资格拒绝我?"

朱双臣怒从心头起:"就算是一条狗,主人也不能随便糟蹋呀。"

池之上啐了一口:"那是你自以为是,对于我来说,自己养的狗,要打就打,要杀就杀。"

朱双臣不顾一切地拉住他:"你这个无耻的畜生,放开我女儿!"

池之上放开朱汀慧,抓住朱双臣的衣领,凶相毕露:"你不想活了?好,我成全你。"

朱汀慧急忙拉住他的手:"司令,我爸爸一时情急,说错了话,你大人不记小人过。"

"好,只要朱小姐陪我去浸温泉,一切都好说。"

朱双臣扑通一声跪下来:"司令,看在我忠心耿耿给皇军卖了三年命的分上,你放过我女儿吧!"

池之上嘿嘿一笑:"朱双臣,我又不是要杀她,只是想请她好好享受一番,你又何必从中阻挠。"

朱双臣内心挣扎了一会儿,终于忍不住怨愤,指着池之上破口大骂:"你这龌龊小人,早就该天诛地灭,被中国人挫骨扬灰。"

池之上目露凶光,逼近朱双臣:"你不要敬酒不吃吃罚酒。"

"我就不该喝日本人的酒,都是毒药。"

"我们不过是暂时撤离,你就以为我们回不来了?身为奴才也敢顶嘴。今天我可没什么耐性。"池之上抓住朱双臣的衣领,从腰间拔出手枪在他面前晃动,"现在让你女儿陪我去吗?"

朱汀慧抱住池之上持手枪的手:"司令,我陪你去,饶过我爸爸吧。"

朱双臣毫不退缩:"慧,这日本人一心要糟蹋你,你绝对不能去。我拉住他了,你快逃。"

朱汀慧惨笑:"爸爸,我又能逃到哪里去?"

朱双臣趁池之上不留意,一把将他推倒在地,自己紧紧地压在他身上:"慧,快跑!"

池之上用力掀开朱双臣,朱双臣跌在地上,仍拉住他的脚不放:"慧,快逃啊!"

池之上挣脱不开，垂下手枪朝朱双臣胸口就是一枪，朱双臣全身一震："畜生……滚……"慢慢松开双手，滚在地上一动不动了。

池之上冷笑一声："手无缚鸡之力的中国书生，居然想与日本武士对抗，不自量力。"

朱汀慧扑在朱双臣身上痛哭。池之上温声说："朱小姐，这就是反抗皇军的下场。你呢，是学你父亲的样子，还是做聪明的九斤姑娘？"

朱汀慧哭得全身无一丝力气，瘫软在地。池之上得意地笑了，把她拖进房间……

四十八　最后的情报

朱汀慧紧闭双眼，泪水渐渐溢出眼睑，晶莹地挂在面颊上。

池之上心满意足地穿回衣裤："本来想让你去阴间陪你父亲的，念在你温柔驯服不反抗，还算聪明，就留你一条命给父亲收尸吧。我这就去温泉享受一番，今晚舒舒服服去杭州。"

他大步走出朱家，钻进了吉普车。大西吉雄早已等得不耐烦了："司令，刚才枪响时我冲进去看，见你已经得手了，怎么又耗了这么长时间？"

池之上装模作样地叹息一声："唉，想到以后都见不到朱小姐了，不免依依不舍。"

大西吉雄发动了汽车，随口问道："你已经杀了她吧？可不能让她泄露我们秘密撤退的消息。"

"不必了，一个小女子，在床上哭自己都来不及了，向谁泄露机密？老实说，看她梨花带雨，我还真有点怜香惜玉。"

"司令，这时候千万不能麻痹大意，也不能滥发善心，万一酿成恶果，一切都来不及挽回了。"

池之上漫不经心地挥手："你未免太神经过敏，快走吧，不然就没时间浸温泉了。对了，溪里那儿是否安全？"

"遵照你的吩咐，溪里矿的警备队留在最后撤离，完全有能力护卫我们。"

"中国军队行动缓慢，尤其是情报方面更为薄弱，不足为惧。要担心的还是周东曦的游击队，我们不得不防呀。"

"我们这次撤离行动极其保密，游击队不可能得到消息。再说他们没有炮，也没有重型机关枪，即使发现我们撤军，也毫无办法。"

池之上点头微笑："溪里的桑岛二原矿长和江崎本清警备队长一向小心谨慎，几年来没出过大纰漏，我对他们还是放心的，所以即使时间这么赶，我也要去浸一次温泉。"

朱汀慧洗净身体的污秽，整理好衣服，扑在父亲的尸身上哭得死去活来："我怎么办呀……池之上那个畜生就要逃了，我连报仇的机会也没有……"她突然一跺脚，止住了哭泣，"我得去找东曦，把这消息告诉他，一定要截下池之上，为我和爸爸报仇。"

她飞快地跑到轿行："我要雇一顶轿子去上仑村。"

老板上下打量她："你有良民证吗？"

朱汀慧把良民证递给他检查。

"到上仑村两块大洋。"

"给你四块大洋，一个时辰要赶到。"朱汀慧主动加价。

老板摆手："三十里路呢，一个时辰到不了。"

"八块大洋。"朱汀慧继续加价。

"这位小姐，你有什么天要塌下来的大事，非得一个时辰赶到？我养的是轿夫，又不是马。"老板直摇头。

旁边一个轿夫开了口："这位小姐，你怕颠吗？"

朱汀慧坚定地摇头："只要能在一个时辰内赶到，我什么都不怕。"

轿夫拍板："好，八块大洋，我们去。"

老板瞪眼："你们怎么到得了？"

轿夫拍着胸脯打包票："我们抄小路，一路小跑，肯定能到。这么高的价钱，够我们干好几天了，干吗不接？"

老板耸耸肩："随便你们，我只按例收钱，多的都给你们。"向朱汀慧伸手："不是常规生意，请先付钱。"

朱汀慧付足了钱，坐进轿子。轿夫递给她一个盆："要吐就吐在这里面。如果途中停轿，或是要我们放慢脚程，搞得一个时辰到不了，可不关我们的事。"

朱汀慧接过盆抱好："我知道了。"

两个轿夫跑得风快，轿子像一叶在浪尖上颠簸的小舟。朱汀慧头晕眼花，一手抓住轿杠，一手托着盆，不停地呻吟呕吐。

轿夫听到轿子里的声响，担心地问："小姐，你没事吧？要么别赶时间了，性命要紧啊。"

"你……们跑……你们的，没关……系……"

"有什么事比命还要紧？这样遭罪又是何必呢。"

"快……走，就是……是比命还……还要紧的事。"她又轻声地自言自语："反正……我也不想要这条命了。"

两个轿夫始终没有放慢脚步，气喘吁吁地在山路上奔跑。

大西吉雄的汽车开进溪里矿区停下，桑岛二原毕恭毕敬地给池之上开车门："司令大驾光临，请到会议室用茶。"

大西吉雄说："不去了，把茶送到温泉池，我们抓紧时间，边浸温泉边喝茶。"

桑岛二原点头："也好，那我带你们去温泉。"

大西吉雄摆着手："不用，我早已熟门熟路了，可以陪着司令过去。"

池之上吩咐桑岛二原："你一定要和江崎队长做好护卫工作。"

"请司令放心。"桑岛二原目送两人走远，转身去了警备队，嘱咐江崎本清："今天是司令第一次来浸温泉，晚上才走，你务必警戒四周，尤其要防备游击队。"

江崎本清立正："所长放心，以前游击队也来过几次，都被我们打得落荒而逃。"

"在这最后的时刻，更不能麻痹大意。增加碉堡瞭望哨和游动岗巡逻，确保万无一失。"

轿子终于到了上仑村祠堂，轿夫停下脚步："小姐，我们到了，刚好一个时辰。"

朱汀慧蓬头垢面，脸色惨白，双手摁住胸口，呻吟着下了轿。在门口站岗的金吉水连忙搀着她走进祠堂："朱小姐，你怎么了？"

朱汀慧有气无力地说："快，快……我找东曦。"

金吉水有些为难的样子："队长打猎去了。"

朱汀慧再也支撑不住，晕倒在地。好几个游击队员围过来，七手八脚地把她扶坐在躺椅上，李红莲连忙拿来热毛巾给她擦脸。

朱汀慧悠悠醒来，喘着气，一句话也说不出。何旭阳关心地问："朱小姐，你有什么事？慢慢对我说。"

"池之上……今晚十二点就……就要逃了，他正在溪里矿……浸温泉，快去杀了他……"

周东曦、玉莹和柳青扛着一只黄麂走进祠堂。周东曦见到被众人簇拥的朱汀慧，立刻跑了过来，上下打量狼狈不堪的她："慧，你怎么了？"

朱汀慧猛地抱住他，泣不成声，几乎又昏过去。周东曦跪在躺椅旁，把朱汀慧的头抱在怀里，轻声呼唤："慧，你醒醒……"一脸的心疼。

朱汀慧睁开眼，泪如雨下："我如果死在你的怀中，也能瞑目了。"

"慧，你快说，究竟发生了什么事？"

"我……我……"朱汀慧哽咽着，紧紧抱住周东曦。

周东曦拍着她的背："慢慢说，不要急。"

"日本人……今晚十二点……要逃离武义，池之上现在……在溪里矿浸温泉，快……快带人去杀了他。"

周东曦一惊："你确定吗？"

"他亲口……亲口对我说的，快去！"

周东曦把朱汀慧抱进自己的房间："你在这里好好休息，我们现在就去抓池之上。"

朱汀慧拉住他，艰难地说："我也……也去，我要亲眼看见……你打死他。"

周东曦拗不过她，只好说："两个轿夫还在外面休息，就让他们接着抬你，我们一起去吧！"

祠堂外，何旭阳吹起集合哨。

几十个游击队员悄无声息地跑在通往溪里的路上。

朱汀慧又给了轿夫几块大洋，坐着轿子跟在队伍后面。

周东曦和何旭阳并肩而行："旭阳，你熟悉溪里矿区的日方武装分布吗？"

何旭阳点头："溪里矿区的面积大约三平方公里，有一条峡谷底的大路直通过去。矿区背靠鱼鳞山，面对大路。半山腰有个碉堡，能监视整个矿区。四周安了两层铁丝网，三面在山上，一面围到路边。从大门口进去是办公区，溪里矿的两支武装力量——矿警班和警备队就在办公区内。"

周东曦沉吟："那我们首先要解决碉堡……"

何旭阳一回头，突然发现黄麂还牢牢地缚在柳青背上，不禁扑哧一笑："柳青，你怎么把黄麂也扛来了？"

柳青马上呆住了："哎呀，我真傻，还把黄麂扛在背上。"

玉莹想想也好笑："我们听到紧急集合的号令，就忘了放下黄麂。柳青这个傻大个，居然不觉得沉。"

玉莹帮着柳青解下黄麂，藏在路边的柴蓬里，还做了记号："打完仗记得扛回去，不能丢了一顿美餐。"

周东曦笑呵呵地走过来："不，带着它一块走，解决碉堡就靠这只黄麂了。"

柳青不解："一只黄麂怎么解决碉堡啊？"

周东曦点点他："你在游击队已经待了好几年，还不明白吗？"

玉莹抢着说："队长，我明白，我们带黄麂来是歪打正着，派上大用场了。柳青，我俩扛着它去碉堡那边。"

周东曦拍着玉莹的肩膀："解决碉堡，我们的行动就成功了一半。记住，要沉着应对，切勿急躁，如果得手了就学子规叫。"

玉莹和柳青走后，周东曦四处查看："旭阳，我们可以用引蛇出洞的办法消灭矿区武装：小部分队员去袭扰，大部分队员埋伏在道路两侧，把敌人扎进布袋里。"

"队长一向精过诸葛亮，全听你的。"何旭阳转身挥手，示意全队停止前进。

周东曦指着两侧的山峰："文生带领第三、第四小队，埋伏在两边山上，我和第一、第二小队埋伏在后侧。旭阳带第五小队引诱敌人出矿区。到时文生先不要动手，把敌人放进我的埋伏圈，然后两头截住，狠狠地打，把他们彻底消灭。"

"好主意！"何旭阳挥手，"第五小队跟我来。"十个游击队员跟着他直奔矿区大门口。

谢文生也挥手："第三、第四小队跟我来。"二十个队员跟着谢文生钻进大路两侧山林。

"第一、第二小队跟我来。"周东曦带领其余的游击队员，携着朱汀慧远远退开。朱汀慧叫过两个轿夫说了几句话，又给了他们几块大洋。两个轿夫连连点头，退到更远处，用树枝遮掩好轿子，人躲进柴蓬里。

玉莹和柳青一个拉着黄麂的头，一个拉着黄麂的腿，吵吵嚷嚷地走近碉堡。一个日本兵探出头："站住，不许靠近！"

两人止步，玉莹向日本兵弯腰致礼："太君，你给我们评评理。"

日本兵问："什么事？"

"太君，这黄麂是我打到的，应该归我。"柳青抢着说。

"太君，不是他打的，明明是我打的。"玉莹用力扯过黄麂。

柳青推了她一把，两人拳来脚往，厮打在一起。日本兵大喝："不准在这里打架！"然而两人置若罔闻，反倒越打越凶。

日本兵走出碉堡，眼睛盯着那只黄麂："既然你们是为它打架，那我把它没收掉就没事了。"

玉莹止住拳脚："太君，你没收吧，只要他拿不到，我就高兴。"

柳青也说："黄麂就送给太君了，无论如何不能归他。"

日本兵哈哈大笑："这就是自私的中国人，最喜欢窝里斗，难怪输给我们。"他弯腰去拖黄麂，玉莹飞快地拔出匕首，戳进他的背心。柳青抢起一块大石头，往他头上连连砸了几下。日本兵惨叫几声便气绝身亡了。

玉莹立刻学了几声子规叫。离她最近的何旭阳听到后，高兴地说："玉林他们已经解决掉碉堡的敌人了，我们马上引蛇出洞。"

王广荣问："何队长，我们应该怎么做？"

何旭阳指着大门口："我们干掉门口的岗哨，里面的日本兵会追出来，我们沿着大路撤退，你就趁机溜进去，想办法剪掉电话线。"

等王广荣隐蔽好，何旭阳一个人大模大样地走向大门口，一个日本兵横端着枪："站住，干什么的？"

"干这个的。"何旭阳抬手就是一枪，日本兵倒下。另一个日本兵叫道："游击队打进来了，游击队打进来了！"跟着何旭阳过来的游击队员们数枪齐发，打死了他。

枪声和喊声惊动了矿区里的人，警报响起，警备队和矿警们紧急出动。

江崎本清带着警备队和矿警们追出大门，看看沿大路奔跑的何旭阳等人，说："区区几个散兵游勇，不足为惧，大家奋力追击，杀敌者有奖。"

警备队的火力非常猛烈，何旭阳他们且战且退。埋伏在山林中的游击队员们都在焦急地等待敌人进入埋伏圈。

朱汀慧依偎着周东曦："今天能杀掉池之上吗？"

周东曦兴奋地说："你听这枪声，说明玉林已经拿下了碉堡，旭阳正引着敌人往这边追来。眼下日军都在准备撤退，只剩下矿里一点警备队和矿警，只要我们把他们全部消灭，池之上就成了瓮中之鳖。"

朱汀慧欣慰地点着头："今天我虽遭遇了丧父之痛，但能和你一起杀敌，又是我生命中最幸福的日子。"

江崎本清越追越是性起："一个也别让他们跑掉，务必全歼！"

矿警班长却叫道："江崎队长，不要追了，我怀疑这是敌人的调虎离山之计。"

"你太多疑了，我们的碉堡居高临下，能监视整个山区，有问题会发警报的。"

"游击队如果埋伏在两侧的山上，碉堡岗哨也不一定能立刻发现。

今天司令在我们这里，不能掉以轻心啊。"

江崎本清抬眼看看两侧陡峻的山峰："说得也有道理，我们撤！"

远处，朱汀慧拉着周东曦，焦急地问："枪声又远了，敌人是不是不追过来了？"

周东曦安抚她："别急，旭阳还会把他们引过来的。"

朱汀慧喃喃地说："我第一次看打仗，又紧张又兴奋。"

"不要怕，你就在这里等着，等敌人全部被消灭你再出来。"

朱汀慧抱紧周东曦："我一点也不怕，到时我要亲手杀掉池之上，为我爸爸报仇。"

周东曦拍着她的背："那你就跟紧我。"

何旭阳见敌人撤回矿区，命令队员们："他们不追，我们追！"回身又跑向矿区大门口。

江崎本清发现矿区一切如常，骂矿警班长："四下静悄悄的，哪有什么调虎离山计，都怪你，白白丢掉了一个杀敌的好机会。"见何旭阳他们追过来，冷笑道："来得正好，这次是你们自寻死路。"命令警备队："集中全部火力，狠狠地打。"

敌人火力凶猛，何旭阳下令边打边撤。江崎本清大喊："乘胜追击。"

敌人追到埋伏圈的边沿，矿警班长又说："江崎队长，还是不要追了，回去保护司令最要紧。"

江崎本清瞪了他一眼："你又来这套，多疑多猜，贻误战机。游击队几次三番来骚扰，必须打绝他们，司令才安全。"

敌人越追越近，进了埋伏圈。朱汀慧摇着周东曦："来了，他们来了，快打！"

"不用急，等他们钻得更深些，我们再拢袋口。"周东曦笑着说。

眼看敌人已完全进入埋伏圈，周东曦大喊一声："打！"四下的游击队员们同时开火，子弹如雨点般射出去。

江崎本清大叫："不好了，真的中了埋伏，快撤！"

谢文生见敌人撤过来，把手一挥："打！"子弹更密集了。

江崎本清惊出一身冷汗，叫道："前后都有敌人，快撤到田垄里。"

周东曦大喊："敌人已入瓮，逃不出去了，大家狠狠地打！"

日本兵和矿警们纷纷中弹，有的倒在大路上，有的躺在田垄里，有的趴在山坡上，最终全军覆没。周东曦命令："大家进矿区，把剩余的敌人控制住，再找池之上。"

游击队员们拥进矿区。在他们身后，一个躺在田垄里装死的日本兵悄悄爬起来，跑远了。

矿区办公室里，桑岛二原握着电话筒喂了又喂，把电话摇了又摇："怎么搞的？关键时刻电话居然不通，情况不妙啊。"

他焦急地踱来踱去，不时去摇电话。

池之上和大西吉雄拥着玉子和津美，在温泉池里惬意享受。

池之上悠悠然地说："浸温泉的确能松弛神经。这次被迫离开武义，我心中原本十分煎熬，现在却好像不算一回事了，根本不值得在意。"

津美撒着娇："以后常常带我们来嘛。"

大西吉雄叹气："我何尝不想带你们来多享受几次，可惜……失败了，一切美好的梦想都化为泡影，这温泉我们也白开发了。"

池之上狠狠地拍了一下水面："但也绝不能留给中国猪，必须炸掉。"

大西吉雄浸得面红耳赤，爬上了池边："我们已经毁掉了分布图，再炸掉温泉池，这秘密就永远埋没在地下了，也许几十年后中国人才会发现。想想就令人高兴。"

"为了这份分布图，我们花费了多少心血，牺牲了多少士兵。"池之上也爬上来，看看表，"现在已经是下午四点，应该预备好引爆杨家矿了。"

大西吉雄立刻说："一切都安排好了，司令尽管放心。你曾想让他当县长的那个家伙，我也吩咐人秘密干掉他。"

池之上叹气："曾睿剑这个人才华是有的，只是运气太差，参谋长和中国人都要杀他。唯有我是想重用他的，可惜来不及了。"

大西吉雄告别杨家矿时，曾睿剑就透过办公室的窗口看着他。

曾睿剑毕竟受过军统的训练，早已感觉到矿区这几天的气氛不太正常："日本人十有八九在准备逃跑了，但他们在逃走之前会做什么呢？一定会尽最大力量破坏杨家矿，削弱中国的实力。这样一来，矿洞和矿工都有危险，甚至我自己也不能幸免。必须想办法阻止他们的破坏行动。"

他走出办公室，向矿洞走去，只见前面有两个日本兵拉着满满的两车炸药。曾睿剑不露声色地快步越过他们，心想："果真不出我所料，他们要炸矿洞了。"

他大模大样地走近一号矿洞，"大龅牙"突然出现，拦住了他："曾经理要进矿洞？"

曾睿剑笑笑："所长临走时对我说，今天矿工的情绪有些不平稳，让我有空时去安抚安抚他们。现在快下工了，我进洞去看看。"

"哦，是这样，那你进去吧。""大龅牙"侧身让开，看着他的背影窃笑："原来所长想把他和矿工一起埋在矿洞里，真是高明。这个中国人根本靠不住，早该把他杀掉了。"

曾睿剑进了矿洞，走了好一阵才看到玉柱和王子春在挥锤把钎地打炮眼："玉柱，龚叔呢？"

玉柱看他一眼，不理不睬照旧挥锤。

"玉柱，快告诉我龚叔在哪里，有十万火急的事。"

玉柱啐了一口："我不认识你。"

曾睿剑无奈，干脆竹筒倒豆子："我知道你恨我，但现在没时间和你解释了。日本人正在逃跑，要把矿区炸掉，把你们都埋在矿洞里。我必须马上找到龚叔，商量怎么阻止他们。"

玉柱抬头看他，撇撇嘴："哎呀，那你还敢进矿洞，是来和我们死在一起吗？"

曾睿剑忍住气解释："我是来通知大家赶快出矿洞的，再迟就来不及了。我眼看着日本人将两车炸药拉进洞，现在八成已经安装好了。"

玉柱讽刺道："大汉奸的心地居然这么好？如果真的好，为什么亲手把我抓进来？"

"不把你请来……"曾睿剑还没说完，王子春就举起钢钎："打死你这个大汉奸！"狠狠往他身上挥过来。

曾睿剑急忙避开，然而玉柱也挥锤砸下。曾睿剑万般无奈，转身往外跑："你们不信就跟我来看。"

玉柱和王子春追着他到洞腰，不耐烦地站住脚："你说已经有一车炸药拉进洞里了，到底在哪儿啊？"

曾睿剑左顾右盼，皱着眉头："应该在前面，我们再去找。"

玉柱和王子春哈哈大笑："想用这种谎话来欺骗拉拢我们吗？实在太拙劣了。"两人转身回矿洞深处，边走边说："总有一天打死你。"

曾睿剑跺着脚，心想："敌人绝不会放弃炸矿洞的。现在和玉柱解释什么都没用，也没有时间找龚叔了，只能我自己想办法，拔掉导火线，或者杀掉点火的人。"

他走到离洞口几十米的地方，远远望见洞外一个日本兵守在机关枪旁边。他低下头看手表："离下工只有二十多分钟了，敌人肯定会在这之前引爆炸药。"

就在这时，两个日本兵把炸药车推进了洞口。曾睿剑急得额头渗出了汗珠，快步走过去，眼看到了洞口，"大龅牙"却突然冒出来拦住他，大声呵斥："你出来干什么？快进去告诉矿工按时下工。"

曾睿剑咬咬牙，猛地抱住"大龅牙"，从他腰间拔出手枪，顶住他的后背："要进去也是我们一起进去！"

四十九　千钧一发

游击队员们冲进办公区，周东曦下令："把所有办公人员集中到会议室控制住，不管是日本人还是中国人。"

何旭阳带人到各办公室门口喊话："都听好了，日军已撤出武义，你们矿区的警备队和矿警已经被我们全部消灭。现在我命令你们，都到会议室集合，服从游击队的管制，有反抗者一律枪毙。"

中国办事员都乖乖地去了会议室，日本办事员却闭门不出。游击队员们砸开门进去，大喝："都举起手来，去会议室。"有日本人还在发威："我们是天皇的臣民，中国猪无权管我们，快滚。"几个游击队员火了，把枪口顶在他们胸前："不愿走的就地枪毙。"在枪口的逼迫下，日本人一个个被押到了会议室。

周东曦亲自冲进桑岛二原的办公室，命令他："带我们去找池之上，快走！"

桑岛二原瞪圆了眼睛，大叫："司令不在这里。"

玉莹和谢文生反剪住他的双手，押着他走出办公室。桑岛二原趁他俩不留意，突然肩膀左右一撞，把两人撞翻在地，自己拔腿就跑。玉莹拔出枪瞄准："一枪毙了你，看你还跑不跑。"

周东曦压下玉莹的枪："抓活的。"

何旭阳迎面拦住桑岛二原，周东曦三人端着枪把他围住。玉莹用枪管捅了他一下："我们知道池之上在浸温泉，快带我们去。"

桑岛二原一口咬定："司令没来过。"

朱汀慧慢慢走进来，指着停在办公室外的吉普车："你撒谎，他和大西吉雄开车来的，吉普车还停在这里。"

周东曦推了一把桑岛二原："老实点，快带路。"

桑岛二原跟跄了一步，哈哈大笑："司令早已走了，你们休想知道他在哪里。"

周东曦一挥手："顽抗到底，把他捆起来。"

玉莹和谢文生上前绑桑岛二原，桑岛二原毫不示弱，挣扎着不肯受缚。几个游击队员都去帮忙，谢文生拦腰一把抱住他，感到他反抗的力量，叫道："这畜生功夫了得！"

"想制伏我？十个中国人也不够。"桑岛二原腰一弯，屁股一抬，谢文生被掀翻在地。他又去夺玉莹的枪，周东曦赶上来阻拦，被他就地一个翻滚躲开，顺手捡起地上的一支三八大盖。

谢文生爬起来，冲过去夺桑岛二原的枪。周东曦叫道："文生小心。"话音未落，桑岛二原就向谢文生开了一枪。与此同时，玉莹开枪击中桑岛二原的头部。

谢文生和桑岛二原双双倒下。玉莹扔了枪，抱住谢文生又哭又叫。谢文生微微睁开眼，环视着围过来的战友："马上就……胜利了，我……真……想……活……"

玉莹哭着说："会的，你会活下来，一定没事的。"然而谢文生的头渐渐垂下，合上了眼。

金吉水流着眼泪，狠狠地踢了一脚桑岛二原的尸体。

周东曦揩着眼泪："是我太麻痹大意了，文生本来不用死的。"

何旭阳也十分悲伤，但还是安慰周东曦："我们都准备好了有这一天。人死不能复生，现在还是抓池之上要紧，得尽快赶去温泉池。"

周东曦振作精神："找个办事员带我们去。"

他们走进会议室，问里面的办事员："日本兵都被我们消灭了，你们的矿长拒不投降，也被我们打死了。现在我们要去温泉池抓池之上，谁能带我们去，记一大功，知道却拒不交代的从重处罚。"

会议室里无人说话，一片寂静。玉莹因为谢文生的牺牲，心头窝着一团火，随手抓出一个日本人追问："你叫什么名字？温泉池在哪里？不说的话我先毙了你。"

"我叫品中四郎。矿里的确掘出了温泉，而且修整过，但是去那里的路十分秘密，只有矿长一人知道，因为他把修建温泉池的工人全杀了。"

玉莹大惊失色："啊，那现在岂不是没人知道了？"

品中四郎摊开双手："的确如此。"

周东曦问他："你能指出大概的位置吗？"

品中四郎说："应该是在矿山的东段。"

一个中国办事员突然跨前一步，结结巴巴地说："我……我无意中听到，温泉池……从东边的……东边的矿洞下去。"

周东曦命令金吉水："你带几个队员看好这些人，我们去找温泉池。"

池之上悠闲地躺在温泉池边的躺椅上，想起以后再也浸不到武义的温泉了，十分惋惜，叹道："之前只顾兢兢业业地采运萤石，现在一声令下，就要连根拔起，撤离武义。早知如此，何必当初呢。"

大西吉雄抱着玉子："是啊，为了采运萤石，我们建电厂、修铁路，花了多少时间和精力，现在又要毁掉，真是……"他心疼得说不下去了。

玉子侧头看着池之上，突然问："中国人明明是一盘散沙，为什么我们居然输了呢？"

池之上又是叹气又是摇头："中国人里确实有很多人渣、软骨头，但更多的中国人很勇敢，不怕死。他们知道打不过也要打，知道会被杀死也要打，这种不服输的精神真是不可思议。这是一个我们永远搞不懂的民族，也是不好惹的民族。"

津美摇着池之上："司令，我们只是撤出武义而已，还没有失败。"

池之上低头亲她："撤出武义这么重要的战略据点，又拆掉好不容易建起来的铁路，炸毁矿山，这说明我们离彻底失败的日子不远了呀。"

津美推开他，从躺椅上起身："如果我们真的失败了，那是多么可怕呀！"

池之上看看表："桑岛矿长应该快来叫我们吃饭了。"

玉子还躺在大西吉雄的怀中，双手勾住大西吉雄的脖颈："我们真的可以回家了吗？什么时候能到家呢？"

大西吉雄亲了亲她："眼下只是离开武义到杭州，至于什么时候回国，我们只能听命令。"

池之上又叹气："我最不甘心的是，没在离开武义前杀掉周东曦。"

"就算你成功杀死了周东曦，今晚我们还是要撤离。现在我的心已经飞去杨家矿了，不知他们能否顺利完成任务。"大西吉雄回答。

玉子跑到池边戏水，哈哈大笑，又一把抱住了津美："我们可以回国了！妈妈，我要回来了！"边喊边流泪。

池之上不以为然："你以为这是凯旋吗？是失败了狼狈逃回家，毫无光彩可言。"

"我不管凯旋还是失败，我只想回家。"

池之上走过去给了她一个耳光："你就是这样爱国的吗？不知羞耻。"

玉子捂着面孔流泪："爱国就不能和妈妈在一起吗？"

溪里矿区东部矿洞的二层横巷和底层横巷里，矿工和游击队员们或手提、或头顶电石灯，仔细搜寻各个角落，不放过任何可疑之处。

朱汀慧跟着周东曦和玉莹去了底层横巷。她四处张望，只见电石灯光映照出的洞壁上冒着白汽。她伸出手抚摸那一处，突然惊喜地叫道："东曦，这白汽是温的。"

玉莹也伸手试探，喜形于色："这肯定是温泉散出来的热气，温泉池应该就在附近。"

周东曦也凑近仔细观察："对，这是从巷壁散发出来的水汽，我们往水汽浓的方向走。"

三人走了一段路，玉莹突然站住，指着巷壁说："这块方方正正的萤石真绿真好看。"伸手使劲一掰，萤石从巷壁上滚落，她差点跌在地上。

周东曦回身："这时候还贪玩，要小心啊。"

玉莹捡起萤石给他们看："萤石有很多是绿色的，所以武义土话叫它作绿石头，不过这块绿得特别漂亮。"

周东曦摸摸萤石，又看看巷壁："嗯，你们看萤石掉出来的洞，里面居然是木头，一定有古怪。"他把手伸进洞里又推又拉，"这木头可以向右边滑动……"

吱嘎一声，看似厚实的巷壁上突然弹开一道窄门，朱汀慧连忙挤进去，玉莹和周东曦跟在她身后。

门里有台阶，沿着台阶下去，是在石壁中开凿出的一条窄窄的暗道。三人走到暗道尽头，眼前豁然开阔，出现一个极大极高的岩洞，白雾缭绕，是从洞中央一池荡漾的碧水上冒起的热气。水池四周有好几根人工修筑的柱子，挂着电石灯。

眼尖的玉莹指着池子："里面有人，一定是池之上和大西吉雄。"

大西吉雄见来了人，高兴地说："司令，桑岛矿长来找我们了。"突然脸色一变，"不对，怎么来了好几个人？"

他和池之上连滚带爬地上了池沿，从衣服堆里找枪。

朱汀慧恨恨地说："池之上果真在这里！"

周东曦推她："你手里没枪，快躲到柜子后面去。"

朱汀慧却跑回暗道："我去叫人。"可巷壁上的暗门已自动合上了，她无论怎么使劲也推不开，急得直跺脚。

周东曦避在柱子后，枪口指向池之上："不许动！矿上的武装已被我们彻底消灭，现在矿区里全部是我们的人，快放下武器投降。"

池之上抓住津美挡在身前，一手端起手枪："日本军人不知道投降。"说着朝周东曦开了一枪。

周东曦气呼呼地说："无耻的家伙，竟然用女人挡子弹。"

玉莹躲在另一根柱子后面，枪口指向大西吉雄："你们跑不掉了，快投降吧。"

大西吉雄照葫芦画瓢，把玉子挡在身前，瞄准玉莹就是一枪，子弹打中柱子，水泥碎片四溅。

玉莹叫道："你当我认不出来吗？这两个女人就是去横塘村投毒的女间谍，死有余辜。"她向大西吉雄还击，子弹射中了玉子。

玉子瞪大眼睛，直视大西吉雄："你……太卑……鄙了。"口吐鲜血而亡。

大西吉雄和玉莹你一枪我一枪地对射。玉莹见周东曦始终不肯开枪，急得大叫："队长，这时候可不能心慈手软呀！"

周东曦瞄准池之上："你放开她。"

池之上抱紧津美："我要保护女人嘛，你难道想对手无寸铁的女人开枪？"他对准周东曦又开一枪，子弹掠过周东曦的手臂。

"队长，不要管什么男女了，这是打仗。"玉莹大喊。

见周东曦仍是迟迟不肯动作，玉莹咬咬牙，瞄准津美就是一枪。津美"哎哟"一声，鲜血从胸口汩汩流出："妈妈，你为什么让我来中国？我要……回……家……"

池之上推开津美的尸体，躲在柱子后面："周东曦，你们游击队简直毫无人性。"

玉莹抢先回答："你这种拿女人挡子弹的无耻之徒，还有脸骂别人没人性？"

周东曦对池之上连开几枪，池之上还击。岩洞中枪声不断，震耳欲聋。

周东曦又扣下扳机，却没有子弹射出，不禁一惊："糟糕，没子弹了。"他脸上浮起愁云，隐蔽在柱子后面一动不动。

过了好一会儿，池之上也没有再开枪。周东曦小心翼翼地探出头，池之上立刻挥臂扔过来一块石头。

周东曦心花怒放："原来池之上也没子弹了。"

玉莹和大西吉雄同样打空了子弹。玉莹一块石头砸过去，大西吉雄缩头避开。玉莹乘机猛冲过去，一头撞在他的小腹，大西吉雄疼得弯下腰，一连后退几步。玉莹乘胜追击，劈头盖脸打了他好几拳。

周东曦看得心痒，大喝："池之上，快快投降认罪。"也向池之上冲过去。池之上奋起迎战："周东曦，你不要得意得太早，鹿死谁手还不知道，最多我们同归于尽。"

四个人分成两对，赤手空拳地搏斗，每个人身上都中了无数拳脚。

池之上大汗淋漓，终于瘫倒在池边，身上到处是青红瘀伤。周东曦全身湿透，喘着粗气躺在他旁边。两个人都是又累又痛，连手指尖都动弹不了。

池之上断断续续地说："我们……全身……是伤，都成……斗瘫……的公鸡了，别……打了吧，今晚……十二点……我们……全军……撤出武义，再也……不来了。"

周东曦勉强才能说出话："你罪恶深……重，就算……想走，也不能……逃脱……惩罚。"

池之上软弱无力："可……我们……都打不动了。"

周东曦也支撑不住："那就歇……歇会儿……再打吧。"

大西吉雄和玉莹也瘫在地上。大西吉雄上气不接下气："好汉，我们……别打……了，讲……讲和。"

"你快……交出……分布图。"

大西吉雄攒足力气笑出声来："分布图……已……已经……毁了。"

玉莹听了这话又想打大西吉雄，可是努力了几次都站不起来。

大西吉雄嘿嘿诡笑："来不……及了，杨家矿……溪里矿……矿洞和矿工……都会炸毁，埋在地下。"

池之上跟着狞笑："再过……一会儿，我们……都一起……葬身……在这里了。"

周东曦急着结束战斗，通知游击队员和矿工们撤掉炸药，然而无论如何都站不起身。

暗道中缓缓走出一个人，正是朱汀慧。她一步步走到池之上身边，捡起一块大石头，居高临下地瞪视他。

池之上脸上是恍然大悟的神情："原来……原来参谋长……是对的，我……我的惨败……都是因为你，我应该……早一点……杀了你。"他勉强提了提手，"哎呀……一个手无……缚鸡之力的女人……我都……"没等他说完，朱汀慧双手握紧石块，用尽全身力气往他太阳穴上猛砸，一连砸了好几下。

池之上满头鲜血，双眼翻白，喉咙里嘀嘀地响，没一会儿就停止了呼吸。目睹这一幕的大西吉雄如丧考妣，心灰意懒地躺在地上，一动也不动。

朱汀慧扔下石头，坐在地上撕心裂肺地痛哭。周东曦恢复了少许力气，努力爬到她身边，把她搂在怀里安慰。

玉莹晃晃悠悠地站起身，也寻了一块大石头，抱着走到大西吉雄身前，双手一松，石头笔直地坠落在大西吉雄头上，砸了个稀烂。

暗道里拥出一群人，领头的正是何旭阳："找到了，队长在这里！"

周东曦轻轻推朱汀慧："慧……"

何旭阳疾步跑过来："让我们找得好苦啊。"

周东曦扶着朱汀慧站起来："朱小姐已经杀死了池之上，大西吉雄死在玉林手里，他们都大仇得报。不过敌人在矿区里装了炸药，要炸毁矿山，我们必须赶紧找出来拆除。"

何旭阳连忙说："我们担心有残余的敌人，搜索了所有矿洞，找到不少藏在乱石里的炸药包，还有定时器，都已经清除干净了。"

周东曦松了一口气："好，好，我们终于保住了溪里矿。"

众人簇拥着周东曦走出暗道，上到地面。朱汀慧跟在人群的后面，满眼深情地凝望他的背影，泪珠不断线地往下淌。

何旭阳下令："把这四具尸体交给日本办事员带回去，警告那些好战分子，不要再试图侵略中国。"

玉莹撬开大西吉雄的吉普车，翻遍所有地方也不见分布图，不禁捶胸顿足。

矿工和游击队员们正沉浸在胜利的喜悦之中，忽然轰隆一声沉闷的巨响，脚下的土地微微颤动。几个矿工大呼："不好，是温泉池被炸掉了。"

众人脸上立刻布满了阴云，何旭阳直跺脚："太可惜了，没想到他们在温泉池也装了炸药。"

周东曦环视四周，突然叫道："汀慧，朱汀慧！"

游击队员们四下寻找，就是不见她的踪影。周东曦眉头紧锁："难道她还在温泉池里面没出来？"

一个矿工说："是那位漂亮小姐吗？我看到她往大门口走了，还一直在抹眼泪。"

众人走到办公区，金吉水跑来报告："朱小姐坐着原来的轿子走了，说是回县城。"

何旭阳双手一拍："她肯定是赶着回去安葬父亲，这事最要紧了。"

周东曦绷紧的脸终于放松了："走就走嘛，怎么不和我说一声？"

负责在碉堡上瞭望的柳青跑来大喊："队长，有五辆日本军车载着全副武装的日本兵开来了！"

原来是先前溜走的那个日本兵给竹子报了信，她心急如焚，亲自带领中川藏垣和岸田三郎来溪里矿区救援了。

周东曦对何旭阳说："这仗我们不能硬打，我和第一小队去杨家矿，你带着其他人赶快撤回上仑村。"

游击队分开两个方向，各自行事。

几辆日本军车开进溪里矿区停下，竹子第一个跳下车。日本办事员垂头丧气地向她报告："司令已经殉国，游击队都逃到山上去了。"

竹子抚着池之上的尸体大哭，捶胸顿足，咬牙切齿："我们立刻追上山，抓住周东曦凌迟，以祭司令在天之灵。"

岸田三郎却说："撤退时间快到了，我们顾不上追游击队了。"

中川藏垣附和："别管什么游击队、周东曦了，我们带上司令的遗体，快到黄铺基火车站集合吧！"

两人连拖带拽，把竹子弄上车。几辆日本军车一溜烟开走了。

杨家矿一号矿洞口，曾睿剑死死抱住"大龅牙"不放。"大龅牙"大喊："放开我，快放开我，矿洞马上要爆炸了。"

曾睿剑用枪顶着"大龅牙"的后背："想活命，就快下令放弃引爆。"

负责除掉曾睿剑的两个日本兵跑来，爆破专家埋怨道："都怪你俩没看好姓曾的，让他跑来坏事。快去打死他，救出总监工，我要引爆了。"

两个日本兵端着枪逼近曾睿剑，曾睿剑后退几步，背靠洞壁，把"大龅牙"挡在身前，厉声威吓他："命令他们回去，不许引爆炸药。"

"大龅牙"大喊："你们别过来，别引爆。"

两个日本兵呆立当场。爆破专家喊回来："时间快到了，我必须执行命令。"

两个日本兵中的一个拉着另一个："马上要引爆了，我们可不凑上去送死。"他俩退出来站在机枪手身旁。

爆破专家大声喊道："对不起了，总监工，我们职责所在，你只能为国玉碎了，我们会报告司令，给你记上一大功。"

"大龅牙"跺脚叫道："混蛋，你们让我死在矿洞里，小心受军法处置。"

爆破专家的手伸向引爆器："总监工，司令看重的是矿山，搭上几条人命有什么关系。"

"大龅牙"全身颤抖："不，不要，我的家人还等着我回去。"

砰的一声，爆破专家摔在地上抽搐，身下流出一摊鲜血，只见龚舍荣握着手枪站在不远处。机枪手刚想掉转机关枪对付他，龚舍荣的枪口已经瞄准了机枪手："举起手来，不然就打死你。"

机枪手无奈地举起双手，跟着龚舍荣来的董一虎等矿工连忙上前，把几个日本兵和机枪手都结结实实绑了起来。

此时已过了五点钟，虽然下工的钟声没响，但收到消息的矿工们蜂拥而出。玉柱奇怪地来回打量曾睿剑和"大龅牙"："你俩这是演的什么戏？"

曾睿剑全身的神经都松弛了，吐出一口长气，一把将"大龅牙"远远推开："幸好龚叔及时打死了爆破专家，我们才逃过一劫。喏，那就是用来炸毁矿洞的炸药，我没有骗你吧？"

"大龅牙"被一连串的变故搞得晕头转向，好一会儿才清醒过来，拔脚要跑，被董一虎牢牢抓住，也捆了起来。

玉柱半信半疑地揭开盖在铁斗车上的苫布看，差点跳起来："这么多炸药！如果爆炸了，整个矿山都能翻个底朝天。"他抓住"大龅牙"的衣领，把他推到矿工们面前："兄弟们，'大龅牙'拉来满满两车炸药，要炸塌矿洞，把我们都活埋在洞里。大家说，该怎样处置他？"

矿工们大喊："打死他，打死他！"拳脚齐上，"大龅牙"被打得滚在地上求饶命。

王子春一眼瞥见曾睿剑，叫道："这里还有一个大汉奸，也不能放过他！"

群情激愤的矿工们围向曾睿剑，龚舍荣挡在他前面，大喝一声："住手！今天多亏曾经理救下了大家，护住矿山，他绝对不是什么汉奸！"

龚舍荣在矿工中极有威望，听他这么一说，众人都停了手。

曾睿剑拥抱着龚舍荣："龚叔，如果不是你来得及时，我不免功亏一篑。"

龚舍荣笑着握住他的手："没有你的机智和勇敢，我回来之前矿山就炸飞了。应该说我们配合默契，挽回了这么多兄弟的性命。"

原来黄铺基火车站暴动后，龚舍荣担心被日本兵抓回去的矿工，又悄悄潜回车站。当时聚在车站广场的日本兵越来越多，等到矿工们把最后一根铁轨装上汽车后，日本兵竟没有对他们下毒手，而是分别坐上几十辆军车，扬长而去，把一群矿工扔在车站里。龚舍荣于是带领他们回了杨家矿。

他急着来找玉柱，却正好看到曾睿剑挟持"大龅牙"的一幕，当机立断，开枪打死了爆破专家，救下矿山和矿工，以及曾睿剑。

曾睿剑双目含泪："龚叔，我去宿舍里等着，请你带玉柱兄妹一起来，我详详细细把以前的误会都跟他们说清楚，让他们知道我是心向抗日的，绝对没有做过一件对不起良心的事。"

龚舍荣点点头："放心，我已完全信任你了，一定会把他们带来，让你们尽释前嫌。"

玉柱远远看着曾睿剑，还是心存疑惑，不愿接近他。此时矿工们都在喊肚饿，玉柱叫道："大家去看看食堂里还有没有米和肉，有的话，我们就自己动手煮肉粥吃。"

矿工们拥向食堂。龚舍荣拉住玉柱："先不忙着吃肉粥，我们得赶快出去找党组织接头，商量下一步的行动。"

玉柱连声答应，两人大踏步走出杨家矿。

周东曦带着游击队员们来到杨家矿，玉莹第一个冲进大门，左顾右盼："咦，怎么一个守卫也没有呢？"

周东曦说："看来这儿的日本兵已经撤走了，得赶快找个矿工询问炸药的事。"

他们循着人声找到食堂，从正在吃饭的矿工们口中得知了事情的始末。玉莹听得眼珠转来转去，突然恨恨地说："哼，我才不相信那个大汉奸的话呢，一定是他看到日本人都跑了，立刻见风使舵，装好人换活命。"

她带着几个游击队员去了曾睿剑的宿舍，只见曾睿剑正伏案奋笔疾书。她大声地咳嗽，曾睿剑抬起头，一看是她，就笑嘻嘻地说："玉莹，原来是你，咦，你眉间的痣哪里去了？"

玉莹闪到窗口，用身体挡住窗栅，枪口对准曾睿剑："我有痣没痣关你什么事。"对游击队员们示意："把他绑起来。"

曾睿剑连忙把插在腰间的枪放在桌上，收起笑脸，认真地说："你坐下来，我们把以前的事一件件说清楚。"

玉莹抢过他的手枪："不用你说我也清楚。"

游击队员们上前，果真把曾睿剑绑了起来。曾睿剑难以置信地看玉莹："你怎么这样蛮不讲理？"

"我是游击队员，和你这大汉奸讲什么理。"

"你误会我了，我是一心抗日的。"

"你再狡辩也没有用。"

曾睿剑无可奈何："龚叔呢？你把龚叔叫来，让他跟你说。"

这时周东曦进了宿舍，玉莹对他说："队长，这就是杨家矿第二股东曾老板的儿子，大汉奸曾睿剑，快抓他回去公审枪毙。"

周东曦沉吟着："先押他回游击队吧，是不是汉奸，还要调查清楚。"

五十　尾声

1945 年 5 月 18 日，武义上空响起了解除空袭警报的鸣笛声。南部山区通往县城的石子路上，出现了一队队载满木箱、铁箱的独轮车，当然还有挑着箱子、箩筐和铺盖、锅、罐等零碎日用品的担夫。他们赤裸着上身，从古铜色肌肤上流下的汗珠，把下身的叠腰便裤都浸透了。

当然，队伍中还有豪华轿子和简易的仰天轿，坐在里面的老爷太太、少爷小姐们满面笑容。另外那些穿着长布衫或大襟衣的男男女女，个个欢声笑语地连走带跑，小儿也欢喜得蹦蹦跳跳，搅得一条石子路热闹极了。

百姓边走边议论：

"哈哈，小日本终于退出武义了！"

"中国兵和日本人打了一仗又一仗，死了多少人哟，我们今天能回家，多亏了他们。"

"听说日本人是来武义抢萤石的。"

"游击队常破坏砩矿的生产，还炸了运萤石的铁路桥，搅得日本人日子难过，最终只能跑了。"

"我们全家三年没有笑脸，今天终于云散见青天了。"

"日本人虽然撤出武义，但还没撤出中国呢。"

"既然撤出了武义，那他们滚出中国的日子也不远了。哈哈哈！"

周东曦腰插短枪，带领游击队员们从东大门进入县城，居民夹道欢迎，纷纷高呼："游击队进城了！武义光复了，光复了！"

县城的大街小巷都响起鞭炮声、锣鼓声，一片忙碌的欢乐景象。

5月20日，全县举行庆祝大会。十八条龙灯从各乡镇奔到县城，在每条大街、每道小巷蜿蜒盘旋；鞭炮声从早晨响到深夜；十擎台阁游过县城每一个角落；东、南、西、北，四门四台戏。

百姓们都说：

"我从来没像今天这样高兴过。"

"我们要连着庆祝三天三夜。"

"不够，应该弄七天七夜。"

全县人民都沉浸在胜利的欢乐之中。周东曦、何旭阳等许多游击队员都参与舞龙灯、擎台阁……玩得兴高采烈。

何旭阳点起一个火炮，看着它蹿上天空："看到武义人终于扬眉吐气，我们过去的辛苦都变成了甜的。"

秦浩森挥舞着手臂："蔡县长功劳最大，可惜他被调到省城去了。"

周父趁其他人不留意，把玉莹拉到一个僻静角落，从竹篮里取出五包中药："孩子，你报了仇，仗也打完了，这是我刚刚抓来的药，你该恢复女儿身了。"

玉莹惊喜地接过药："谢谢周伯。"

周父笑道："谢什么，还记得当初你说过的话吗？"

"记得。"玉莹红着脸低下头，"我说，如果报仇之后我还活着，就认你老人家为父，终生侍奉你。"

周父轻轻拍着她的肩膀："孩子，机会稍纵即逝。老实说，我是喜欢你的。"

日军撤出武义的第五天，周东曦把乡公所搬回白溪七间头，曾睿剑也被带过去，关在厢房。他在厢房里焦躁地大喊："我要见周东曦，见龚叔，你们凭什么关我这么多天？快放我出去。"

看守他的金吉水不耐烦地说："日本人留下的事务要交接，乡公所要搬迁，游击队要整编，队长忙得团团转，没空来理你。"

另一个游击队员说："玉林整天骂你是大汉奸，要枪毙你，哪天队长想起你来，估计就是你的死期到了。"

曾睿剑怔了一下："你们叫她……玉林？"

"是啊，孙玉林，他可把你恨到骨头里了。"

"快把孙玉林叫来，我有话和她说。"

金吉水眼睛一眨："他这几天身体不舒服，一直把自己关在房里，不然早就来审你了。"

曾睿剑不禁有些担心："她病了？对啊，她本来很着急要审我的。快放我出去，我要去看她。"

金吉水嗤笑一声："你想出去就能出去？那我们又何必关你。"

曾睿剑的心像刺进了麦芒，又痒又疼。失望之际他突然想起一个人："你们快把龚叔找来，就是杨家矿的矿工龚舍荣。"

龚舍荣这天正好来乡公所办事，听到七间头的厢房里有人喊他名字，顿时怔住了。他从窗口看进去，不禁叫出声来："啊，睿剑，你怎么在这里？"

"龚叔，龚叔，快救我。他们把我关在这里，好几天都不理不睬。"曾睿剑如遇大赦。

龚舍荣安抚他："你耐下心等等，我去找周队长。"

他东问西问，终于在五里地外的一个村子找到了周东曦，讲了很多曾睿剑的事，尤其是那张帮助他揪出内奸的字条："十有八九，是曾睿剑写的。"

周东曦反复思考，说："保护矿山，也许可以说他失去了日本人的靠山，投机取巧，但如果那字条真是他写的，就证明他一直在做抗日工作。"

周东曦和龚舍荣回到乡公所，把曾睿剑叫到办公室。龚舍荣开门见山："你在二号矿洞壁脚的岩石下放过什么吗？"

曾睿剑"啊"了一声："两位矿工兄弟英勇牺牲，我心中无比难过。那天，我发现了睡在龚叔隔壁的陈有德走出大西吉雄的办公室，就写了一张字条：'明修栈道，要求发工资、改善伙食。暗度陈仓，抓紧掘进地道。警告：榻边是狼。'放在洞壁脚的岩石下面，希望能帮助你们。"

龚舍荣按捺不住激动的心情，紧紧握住他的手："我就说曾老板的儿子不会是窝囊废！以前是我们误会你了。"

周东曦也上前拍他的肩膀："从现在起，你自由了。对不起，我们关了你好几天。"

曾睿剑全身轻松，忽然说："周队长，我要去见见孙玉林。"转向龚舍荣："龚叔，你和我一起去。"

两人跑到游击队的驻地，却找不到玉莹。一个游击队员说，她请了两天假，要去县城。

曾睿剑一刻也等不及了："我去县城找她。"

龚舍荣却说："哎呀，我得回杨家矿了。这样吧，你找到他后，就一起来矿里，我当面给他讲你做过的那些事，免得他整天对你喊打喊杀。"

曾睿剑神秘地一笑："好，龚叔，到时我给你一个大惊喜。"

玉莹吃过那几服药，身体难免不适，躲在屋里调养了好几天，直到自觉无碍了，才请假去了趟县城，添置些必要的用品。

她兴冲冲地回到乡公所，站在周东曦的办公室门口，见他正在看文件。不知怎的，今天见到周东曦，她的心跳得特别快，脸热得像是血在沸腾，说话的声音都有些颤抖："队长，我想请你陪我去做一件事。"

周东曦抬起头："噢，你回来了，要我陪你去做什么事？"

玉莹按捺下内心的激动："小时候我爹教过我一首诗：死去元知万事空，但悲不见九州同。王师北定中原日，家祭无忘告乃翁。现在我已手刃仇人，日军也撤出了武义，我要去给爹娘上坟，告诉他们这个好消息。我想，武义能获得今天的胜利，你有很大的功劳，所以希望你陪我去爹娘墓前，让他们看你一眼。"

周东曦叹了口气："我要和秦乡长统计本乡被日本兵杀害的人数、损失的财物，还要负责战后重建的各项事务，有做不完的工作。你既然回来了，也要到下面保里做调查登记。"

玉莹摇着周东曦的手："队长，去一趟不用花很多时间，不会影响工作的。而且，我有一个秘密要告诉你。"

"有秘密告诉我？那等我忙完这一阵再陪你去。"

玉莹合掌恳求："队长，我们真的很快就回来。再说，你操劳了好多天，也该休息一会儿。"

她动手去拉周东曦，周东曦拗不过她，只好顺势站起身，拍拍她的后脑勺："真拿你没办法，走吧！"

玉莹笑得合不拢嘴，拉着周东曦的手走出乡公所。一路上两人仿佛春游一般，兴致勃勃地谈天说地。

"队长，往日我走在这条路上，心情十分压抑沉重，时时都能哭出声来。今天再走这条路，感觉完全不一样了，轻快得能飞起来。"

"是啊，武义光复，我们都放下了心头的重负，你可以告慰父母了。而且，无论走到哪里，都不用再提防日本兵和汉奸。"

两人拐进山中的一条小路。玉莹遥遥地指着前方："我爹娘的墓就在那里，你先过去，我要换身衣服，不然爹娘会认不出我的。"

她一蹦三跳地钻进柴蓬。周东曦摇头笑笑，慢悠悠地走向小路尽头，伫立在两座坟墓前。他不急着看碑文写的是什么，而是倒背双手，环顾四周郁郁葱葱的山林，深深地呼吸着草木的清新气息。

玉莹换上女装，戴好假发，蹑手蹑脚地走到周东曦身后，双手蒙住他的眼睛。

周东曦不以为意地拉下她的手："玉林，别开玩笑了。"转身后却陡地一惊："对不起，我认错人了，你……你是谁？"

"队长，是我啊。"

"啊……"周东曦如梦初醒，上上下下地打量她，"你居然……是个女人？"

"队长，你给我讲过木兰从军的故事，我不过是照葫芦画瓢而已。"

"慢着，你来队里时，眉间有一颗痣……莫非你就是让我们苦苦找了三年的方玉莹？你……你为什么要隐瞒身份？"

"我的确是杨家矿的方玉莹。起初我是想说出实情的，但你说游击队不要女队员，我一心想亲手复仇，只能隐姓埋名了。"

周东曦手抚额头："我被你骗得好惨。"

"游击队需要的是能打仗的好战士，我是男是女，其实无关紧要。"

玉莹从竹篮里拿出香烛、黄纸，点着香棒，跪下深深叩拜，眼泪不禁夺眶而出，哽咽着说："爹，娘……女儿来看你们了。女儿告诉你们，仇已经报了，杀害你们的汉奸王友仁、日本兵山本藤木，还有夺走杨家矿的大西吉雄，都被我亲手杀了。幸好我遇到游击队队长周东曦，是他带领我参加了游击队，给我报仇雪恨的机会。今天我带他来看你们了。"

　　周东曦跪在玉莹身旁："方伯父、方伯母，现在日军撤出了武义，过不多久会撤出全中国，还有你们的儿子玉柱也平安无事，正在杨家矿整理矿务，准备恢复生产。你们可以瞑目了。"他合掌拜了几拜。

　　好一会儿，两人才起身。周东曦看一眼墓碑，把玉莹远远地拉到一棵大树下，一脸严肃地说："我要好好审你，你必须老实回答。"

　　"你问吧，现在我没什么要隐瞒的了。"

　　"最初见面时，我几次三番追问你，你为什么总是隐瞒真实身份？如果早告诉我，我们就不用为找你而焦急了呀。"

　　"那时我认定阻止我杀日本兵的人都是汉奸，所以不肯告诉你。"

　　"你把我骗进陷阱，还要把我活埋。幸好你那次尚存理智，不然如今是我的三年祭了。"

　　"队长，请你原谅我那时年幼无知，不要再提这件事了。"

　　"其实我最疑惑的是，那次你为什么能站着解手？因为我亲眼见到，所以才不再怀疑你是女人。刚才当着伯父伯母的面，我不好意思问这件事，只能把你拉到这里。"

　　"其实……其实……"玉莹伸伸舌头，眨了眨眼睛，做个鬼脸，"这个暂且保密，以后再告诉你吧。"她的面颊飞上两团红云。

　　周东曦用手指点点她："你啊……还有，那次你肚子疼，是我父亲给你诊治的，以他的医术，怎么可能发现不了你是女人？"

　　"是我苦苦哀求他，他才答应帮我隐瞒身份，还给我去掉了眉间痣。我发过誓，会服侍他一辈子……"玉莹的声音低下来，瞟了一眼周东曦。

　　周东曦若有所悟……

一个男人来到方松青夫妇墓前，铺排开祭品叩拜。玉莹凝神张望，突然从周东曦腰间拔出手枪，瞄准那人："曾睿剑那大汉奸怎么被放出来了？看我打死他。"

周东曦迅速夺下枪："不要乱来！我和龚舍荣都调查清楚了，他为抗战立过大功，还冒死保下了杨家矿，是名副其实的抗日英雄。"

玉莹的脸上红一阵白一阵："不可能，他做的那些事，哪一件是在抗日？"

周东曦望着曾睿剑："他跪在墓前，嘴里念念有词，我们凑近点，听他在说什么。"

两人悄无声息地移过去，隐蔽在墓旁的树丛中，只听曾睿剑说："伯父、伯母，日本人已败退，玉莹聪明勇敢，亲手杀了三个仇人，为你们报了仇，你们泉下有知，一定十分欣慰。"

他拜了三拜："只是玉莹对我的误会太深，不容我辩驳。我心中的苦闷无处消解，只能来你们的墓前剖白。"

他的泪水扑簌簌落在地上："和玉莹一样，自我父母被日机炸死后，我就立志报仇。那时我谎称去日本，其实是在江山廿八都戴笠的特务培训基地学习，还加入了军统组织。被派回武义执行任务后，又接到你们的噩耗……"

他泣不成声："我知道复仇的担子更重了，同时决心也更大。我在杨家矿当经理，是做军统的间谍，要除掉日军梅机关在武义的负责人，破坏日本人的萤石采运。

"敌人是最容易从内部击破的。池之上召开县政府成立大会时，我利用送水的机会，把炸药装进热水瓶，打算一炮把日伪头面人物全部送上西天。没料到关键时刻玉莹向我开了一枪，打中我的手臂，使计划泡汤。伯父，那真是大好的机会啊，就算要与敌人同归于尽我也毫不在乎。"

周东曦把嘴附在玉莹的耳边："看你那一枪造成了多大的损失。"

玉莹神情错愕，难以置信。

曾睿剑又说："伯父啊，我去财务课查探动静，发现日籍课长查到了一万吨萤石的账目和提货单，于是冒险杀了他，拿走那页账目和提货单，可是狡猾的日本人还是引诱小伍会计说出了这件事。我千辛万苦逃到上海，托人把提货单交给杜老大，运走了那批萤石，让日本人扑了个空，同时开脱了曹伯，否则他怎能经得住日本人的刑罚。"

周东曦"嗬"了一声："原来他是一手托两家呀。"

曾睿剑揩着眼泪："日本人四处抓玉莹，我知道她会来大屋找我，所以特意在大屋留了封信，要她把图纸交给我，用意是为了保护她。想不到她大怒之下将信撕碎，扔在房中，被日军参谋长拼凑回去，差点把我打死。我简直是在刀尖上跳舞呀。"

他又拜了几拜："我还仿制了一份篡改过的分布图，希望日本人拿到假图后，就不再追捕玉莹，而后续也的确如我所料。这张假图搞得敌人精疲力尽，耗费了大量人力财力，却一无所获。我成功地保护了矿源，但假图暴露后，也差点为此送命。"

他仰天大笑，泪水却汹涌而出："玉莹逼我杀死大西吉雄，我特意从山上捉了腹蛇，这样既能干掉他，又能撇清我自己。那天半夜我溜到大西吉雄的屋顶上，刚准备放蛇，玉莹就杀过来，一刀砍中我手臂，我差点因为失血过多而死。"

玉莹听得心潮翻涌，时而觉得是自己错怪了他，时而又心存怀疑："难道你推我进黄浦江，也是为了保护我？"

曾睿剑继续说："我知道，玉莹最恨我把她推进黄浦江。可是那次我事先看准附近有法国水手，能把她救上来，后来又拜托曹伯去关照，不然她落入日本人手中，哪还有活命的机会。在上海，你方玉莹就是插翅也难飞啊。"

玉莹自言自语："他真是为了救我，才推我落水？"

周东曦点点头："照我看，当时只有那一条逃生之路了，你再好好回忆一下。"

玉莹陷入沉思。

曾睿剑把一杯酒洒在墓前："还有玉柱，也对我耿耿于怀，认为我把他抓去当矿工是讨好日本人。其实是我发现龚叔他们在打地道，想毁掉敌人的炸药库，可角度方向都打偏了，没办法，只能委屈玉柱来做苦工，纠正地道的偏差。"

他突然伏在地上大哭："伯父、伯母，请你们相信我，我所做的一切都是为了抗日，为了报仇，也为了玉莹。这段日子我天天做梦，梦到年少时和玉莹一起吃饭、玩耍、练功的情景。伯母，你答应过的，等我过了服孝期，就让我们成亲。可是时日与世事变迁，如今玉莹的心意如何，我实在摸不清。请你在天上保佑我，不要让我对她的爱意付诸流水……"

此时玉莹已泣不成声，衣襟湿了一大片。她突然松开周东曦的手，飞奔过去："睿剑，我在这里，你说的话我都听见了！"

曾睿剑抬起头，呆呆地看她："天啊，我是在做梦吗？"他猛地抱住玉莹，两人紧紧地依偎着，泪水流在了一处。

周东曦缓缓走过来，情不自禁地叫道："玉莹……"

玉莹一怔，不由自主地放开曾睿剑。三人面对面伫立，一时默默无语。

秦浩淼急匆匆地走来，萧洒跟在他身后。他一见周东曦就喊："乡里事务这么繁忙，你居然还有闲心出来祭拜别人的父母。幸好萧洒知道你的去向，不然这消息就没法尽早通知你了。"

他从公文包里拿出一份文件，面露得色："县里来了命令，说你有赤色嫌疑，免去你的乡长职务，等候调查。从今日起，由我担任阳山乡乡长。毕竟是老朋友了，我这个新上任的乡长对你网开一面，不抓你也不关你，你行动自由，只是要随传随到，接受聆讯。"

他把文件递给周东曦，又加了一句："哦，我听人说，那个爱你爱得死去活来的朱汀慧剃度出家了。"

萧洒阻止地叫道："浩淼！"

秦浩淼轻蔑地看了她一眼："我前途无量，不必再看你的脸色了。你若不愿意继续做乡公所的秘书，随时可以辞职。"说完扬长而去。

天上突然乌云翻滚，大地渐渐昏黑一片。狂风摇曳着树枝，沙飞石走，远远传来沉闷的雷声。

一道闪电骤然亮起，光华熠熠，映照出众人坚毅的面容。

图书在版编目（CIP）数据

莹光血痕 / 许刚著. -- 北京：作家出版社，2023.1
ISBN 978-7-5212-2138-1

I.①莹…　II.①许…　III.①长篇小说—中国—当代
IV.① I247.5

中国版本图书馆 CIP 数据核字（2022）第 247656 号

莹光血痕

作　　者：许　刚
责任编辑：杨新月
装帧设计：周思陶
出版发行：作家出版社有限公司
社　　址：北京农展馆南里 10 号　　　邮　　编：100125
电话传真：86-10-65067186（发行中心及邮购部）
　　　　　86-10-65004079（总编室）
E-mail:zuojia @ zuojia.net.cn
http://www.zuojiachubanshe.com
印　　刷：唐山嘉德印刷有限公司
成品尺寸：152×230
字　　数：504 千
印　　张：34.25
版　　次：2023 年 1 月第 1 版
印　　次：2023 年 1 月第 1 次印刷
ISBN 978-7-5212-2138-1
定　　价：58.00 元